suhrkamp nova

Dietmar Dath

FELDEVÁYE

Roman der Letzten Künste

Suhrkamp

Die Vignette auf Seite 5 wurde von Oliver Scheibler gestaltet.

Erste Auflage 2014
suhrkamp taschenbuch 4510
Originalausgabe

Umschlag: Büro Mario Lombardo, Berlin
Satz: TypoForum GmbH, Seelbach
Druck: CPI – Ebner & Spiegel, Ulm
Printed in Germany
ISBN 978-3-518-46510-3

FELDEVÁYE

Für uns, weil wir wissen: So war es.

I. URSPRUNG

ach! wissenschaft ist pubertät. die kunst
ist das erwachsensein. begriffe sagen
nichts ohne sie: das höchste ist die welt
sehr lebbar machen. sie ist in uns drin.

Ronald M. Schernikau

1: Reise zu den Letzten Künsten

Feldeváye hatte sich als Zufallsziel ergeben.
Einig waren sich Klemens und Severin gewesen, dass man tief in die Himmel würde fliehen müssen, wenn man zusammen ein besseres Leben aufbauen wollte.
»Du und ich«, sagte Klemens nach einem kräftigen Zug an der gesunden Kräuterzigarette, »wir müssen es auf der Welt aushalten können. Sonst halten wir's auch nicht miteinander aus. Wenn ich unzufrieden bin, kannst du mir nie das ersetzen, was ich von mir selber verlange, aber nicht hinkriege. Wenn der Ort, an dem ich arbeite, zu eng ist und zu dumm – machst du ihn mir schöner? Kannst du nicht. Musst du gar nicht wollen. Verschwendung. Du sollst ja du sein, nicht ich.«

Sie hatten einander auf dem Schattenspiegel kennengelernt.
Severin Rukeyser, Mitte dreißig, großgewachsen und schlank, mit weiblich schmalen Händen, männlich breiten Schultern, rothaarig – selbst auf den Armen wuchsen dichte kupferne Härchen, Klemens nannte den Freund bald »Fuchs« –, hatte im selben kleinen, exklusiven Produl gearbeitet wie der über zehn Jahre Jüngere; allerdings in einem anderen Zweig: Severin war als Spatiokomponist jung zu Ehren und Klientel gelangt, in einer nichtklinischen, nachbiotischen Tätigkeit also, immer dicht am Nomos; Klemens Erikson entwarf und verbesserte lehrreiche, ungefährliche Krankheiten.
Severin konnte sich bei der Arbeit kleiden, wie er wollte. Klemens wiederum lief selbst während der Freizeit oft im traditionellen weißen Kittel seines Berufszweigs herum.
»Aber die Kluft ist«, fand Severin, »bereits der ganze Unterschied zwischen uns.«
In Wirklichkeit gab es zahlreiche weitere Unterschiede. Denen

verdankten die beiden, dass sie lange neugierig aufeinander blieben.
»Unter uns«, sagte der Fuchs ganz richtig, »gibt es viele Sterne, die wir nicht sehen, über uns nur einen. Die Richtung der Schwere ist anders als in der Natur, das Unnatürliche liegt uns.«

Von der Liebe abgesehen, lebte Severin asketisch, rauchte nur das Gesündeste, besorgte sich selten modische Leiden, benutzte sie noch seltener und trieb, wenn es ihn nach körperlicher Belastung verlangte, lieber Sport – er war ein geschickter Tennisspieler, ausdauernder Läufer, hochbegabter Surfer und kletterte auf alles, was nicht abgesperrt oder auf andere Art unzugänglich war. An Modisches glaubte er nicht, am wenigsten an die Tafeln: »Das sind doch, wie sagte man früher? Nur Fotos. In zweihundert Jahren wird man sich schämen für uns, dass wir diesen Blödsinn mitgemacht haben. Dass Leute glauben konnten, die Menschenseele ließe sich derart leicht einfangen, kopieren, wiedergeben.«
Severin las lieber, als sich in Tafeln kratzen zu lassen. Er hörte. Er schaute sich Videos an.
Lektüre, nicht Osmose, war sein Prinzip.
Die Privaträume des Fuchses, über die ganze Küstenstadt Chantierville verteilt, stets in den steilsten Gebäuden, waren voll mit Blattwerk, Ästen, Zweigen, Rindewällen. Er lebte im bäumlichen, waldigen Stil und hielt dort Reptilien, bevorzugt Schlangen.
Klemens Erikson war sinnlicher veranlagt, er liebte gutes Essen und hielt sein Gewicht mit induzierten Fieberdiäten unter Kontrolle (»Du bist«, spottete Severin, »wie alle Designer künstlicher Malaisen längst abhängig von deinem Zeug«).
Obwohl kein nachlässiger Bauchansatz störte, sah Klemens gemütlich aus, mit schlecht rasierten Bäckchen, wie ein aufgeweckter Hamster, und ungekämmtem braunem Haar. Er war von kräftiger, nie jedoch übergewichtiger Statur. Wer ihn nur oberflächlich ansah, hielt ihn vielleicht für etwas weich. Die klaren, kühlen, regsamen blauen Augen aber verrieten einen flinken Verstand.

»Diese Augen«, gab Severin zu, »das war's für mich. Da wusste ich's.«
Seine eigenen, braun, warm, tief, blickten melancholisch – es lag eine Schwermut darin, die er mit seiner rastlosen Selbstverbesserung, der steten körperlichen Bewegung und dem Verzicht auf alle gängigen Laster bekämpfte. Einzig bei der Liebe nahm der Fuchs sich in keinerlei Zucht.
Klemens dagegen wollte grundsätzlich nichts an sich bekämpfen: Er war seiner Sache meist sicher, beruflich wie persönlich. Das machte ihn stark und erlaubte dem Älteren, sich bei ihm Kraft zu holen, wenn der Alltag ihn bremste, niederdrückte, schwächte.
Severin liebte den Sprung von der höchsten Klippe ins wildeste Wasser.
Klemens mochte milden Tee aus blauen Blättern.
Severin ließ sich von Automaten an Kriege erinnern, die kein Lebender hatte ertragen müssen. Er rannte in Synesschlachten herum, rang dort mit Feinden, schoss und prügelte.
Klemens dagegen verlor sich, war er allein, in Bildern davon, wie es auf der Erde ausgesehen hatte, vor der Hidschra.
Severin liebte die tiefe Nacht, weil da die Lichter in Chantierville und den ganzen Küstenstreifen entlang aufflammten: Blinzelnde Zivilisation, elektrisches Wimmeln.
Klemens schätzte den frühen Abend, weil man dann Atem holte, Meer roch.

In vielem waren sie sich freilich einig: Beide mochten Wolken. Beide suchten Herausforderungen. Beide fanden Vorgesetzte lästig, die ihre Untergebenen mit albernen Befehlen bombardierten, nur um sich zu versichern, dass sie welche hatten.
Beiden gefielen die meterhohen Licht- und Schattenspiele an den Fassaden der Dünenwohnblocks. Beide fuhren mit Strandbuggys zwischen den brennenden Öltonnen Rennen, Severin als Reflextest, Klemens als Party. Beiden schmeckte Lakritz, beide waren kitzlig, mutig, gedächtnisstark, unruhige Schläfer, anfällig für Sonnenbrand.

Die Wahrheit über das, was sie von dem Ort forttreiben wollte, an dem sie einander begegnet waren, wurde ihnen erst klar, als sie einander schon ein Weilchen kannten: Severin hasste sein Los, seine Arbeitsbedingungen, die ganze Stadt Chantierville an der langen Küste, die doch als Urlaubsort der Allerglücklichsten weit übers lokale System hinaus den besten Ruf genoss. Er mochte Klemens vor allem deshalb, weil der diesen Hass als einer der wenigen im Produl verstand, sogar ein bisschen teilte, wenn schon nicht mit demselben Ingrimm pflegte.

»Nein. Schluss. Grauenhaft. Hier kann man nicht arbeiten. Hier kann man nicht atmen. Hier kann man sich nicht ausruhen«, war schließlich Severins Ansicht über den Schattenspiegel geworden. Klemens hatte zugestimmt: »Ist so. Es reicht. Obwohl sie uns gut behandeln und obwohl andere, die nichts können, weder Pragma- noch Nomotech, also weniger gebraucht und schlechter behandelt werden als wir, bestimmt viel bessere Gründe haben, sich zu beklagen, reicht es mir zuzuschauen, wie Menschen, und nicht nur die, hier jeden Tag belogen, ausgenutzt und verkauft werden.«

Das war bildlich gesprochen: Verkauft wurde hier niemand.

Geld, wie bei den Primitiven, in den verkommenen, von Sozialpathologien verschmutzten uralten Wiegen und Senken der galaktischen Zivilisation, etwa der Erde, der japetischen Gruppe oder auf den Luytenplaneten, vor allem im Orion- und im Carina-Sagittarius-Arm, gab es in der örtlichen Leuchtfeuerzone zwar noch. Aber über dieses primitive Medium wurde seit Jahrhunderten nur noch das arbeitsaufwendigste Sechstel der Ressourcenallokation geregelt, und in unaufgeräumten Ecken gab es einige wenige Spiele, die davon handelten.

Von »Verkaufen« im Zusammenhang mit dem zu reden, was in zeitgenössischen Produln geschah, hieß deshalb einfach, den Prodisten in Chantiervielle vorzuwerfen, sie würden ihre Leute nicht nach Verdiensten bevorzugen und benachteiligen, sondern nach anderen Kriterien. Gemeint war, es gäbe ungleichen Tausch und mithin Idiotinnen oder Mieslinge, die ihren kurzfristigen Vorteil

suchten statt richtiger Lösungen für die Schwierigkeiten, die sie sich machten oder die man ihnen anvertraute.
Severin und Klemens hatten einige solcher Fälle erlebt. Nötigung, Gefälligkeiten, Resultatfälschung auf Gegenseitigkeit, sogar Beziehungsmissbrauch und sexuelle Abhängigkeiten waren vorgekommen, in langsamen Produln und verstaubten Admingruppen, hellen Wohntrakten und prachtvollen Festterrassen an der Küste. Severin und Klemens verabscheuten das alles, ohne sich darauf erst verständigen zu müssen. Sie weigerten sich, vielleicht ein bisschen zu skrupulös, noch zwei Jahre nach dem Kennenlernen, ihr Beisammensein explizit übers Erotische zu bestimmen – wer sie ein »Paar« oder, noch schlimmer, ein »Pärchen« nannte, wurde bald zu nichts mehr eingeladen, das sie zusammen unternahmen. Gewiss, sie hielten einander beim Strandspaziergang, Arm um die Hüfte. Sie schliefen im selben Bett. Sie sprachen im Atem des andern. Sie teilten alle Fächer in der Noos von Chantierville. Sie tauschten Coiflets ohne Kennungen. Sie liebten einander.
Aber »ich will nicht in deinen Hosen wohnen, Fuchs« – das war, wenn Klemens es sagte, kein bloßer Witz, und Severin war froh darüber.
Als sie einander schließlich Zugangscodesiegel zu ihren Wohnräumen schenkten, blieben diese Räume dennoch unter ihren Einzelnamen gemeldet. Gemeinsame Siegel lehnten sie ab, nicht wegen der Gemeinsamkeit, sondern »weil's amtlich ist und nach der Erlaubnis des Integralleiters stinkt«, wie Severin höhnte.
Viele Bekannte verstanden so etwas nicht. Auch das war ein Grund, weshalb der Fuchs sich immer weniger wohl fühlte – im Produl, in der Stadt, auf dem Spiegel, im System.
»Manchmal habe ich nicht mal mehr Spaß an den Palmen, am weißen Sand, an den hellen Häusern, am Glas und Metall in der starken Sonne, an den Spiegelreflexen. Manchmal ist mir so schlecht, dass mir die dürrste Wüste und der eisigste Mond angenehmer wären.«
»Gut, hauen wir ab.«
»Und wohin?«

»Ich weiß es nicht. Milchstraßenauswärts? Oder quer übern Molekülring und den zentralen Balken weg. In die später besiedelten Spiralarme. Nordwesten. Jüngere Welten. Heißere Krusten. Zu deinen Wüsten und Eismonden. Hauptsache, weniger Leute.«
»Also Uneca. Oder Nitirak.«
»Senés ginge auch. Und La Sentinelle.«
»Oder gleich Feldeváye.«
»Ja. Du sagst es, Fuchs. Feldeváye.«
»Feldeváye.«

Ein Wort mit hellen Vokalen, aber Severin sprach es aus, als wäre es aus Sirup, goldenem Blut von Bäumen, die schwer duftende Rinde hatten. Natur, nicht die Pragmabiotik, die in seinen Wohnwänden steckte.
Feldeváye: ein Fluchtname und Auswegweiser.
Feldeváye: große Wüsten, freie Täler, reiche Nordnadelwälder, hoher Schnee, üppige südliche Dschungel voller Wasserfälle und Flüsse mit bewohnten Sandbänken, heitere Archipelgruppen in den gemäßigten Meeren, vier schöne Monde.
Die Sümpfe um die Brombeergegend, das alte Gras Spinifex, die Salzbüsche in der Steppe. Der Thomasgürtel im Eisregen.
Feldeváye: Lebewesen, die sich in Öl malen oder in Marmor hauen ließen, als wäre das noch üblich. Man hatte von pelzigen Fischen gehört, darunter Walen mit metallisch-rotem Fell, von Raubtieren, die aufrecht gingen und denen Feuer aus Kiemen sprühte, von den Sencassa mit Obsidianaugen, den Midrai mit Netzflügeln, von kleinsten Kreaturen auch, die Klemens besonders interessierten: »Es soll Plasmidenkolonien geben dort, die darauf programmiert sind«, verriet er Severin das Ergebnis erster Recherchen, »ihren Trägerinnen und Trägern Zugang zu sensorischen Erfahrungen unserer frühesten Vorfahren zu öffnen. Ganz andere taktile Sinne, eine Art erleuchteter Raumexistenz, die nicht mal du mit deinen Kompositionen suggerieren kannst. Und Rechnergärten auf den drei normalen Monden, groß wie Chantierville. Vom vierten ganz abgesehen: Arrhenius, dem Rätselball.«

»Träum weiter«, lachte Severin.
»Muss ich nicht, wir fahren ja hin«, erwiderte Klemens.
»Ganz anders als hier ist es da auch nicht. Die Storema ist dort, und es gibt Rengi. Dann noch die Lapithen …«
»Lapithen gibt's hier aber keine. Nur Gerüchte. Alle paar Jahrzehnte heißt es, dass jemand einen gesehen hat, am Innenäquator: New Lazarus, Clutien, Dirgha. Auf Feldeváye und Arrhenius aber, da sind sie fleißig.«
»Wie auf den anderen vierzig Welten, und den hundertzwanzig danach. Aber wenn du deswegen hinwillst …«
»Bunte Mischung! Menschen, Storema, Lapithen …«
»Ein Paradies ist das nicht. Feldeváye hat eigene Minderheitenprobleme: Diese Lacs …«
»Na was, ungleichzeitige Entwicklung eben. Solche Lasten findest du überall, wo die Hidschra ihre erste Welle hingeschickt hat. Die dann halt oft zu spät angekommen ist. Klar, auch Feldeváye hat Admins und Prodisten, im ewigen Gezänk, weil der lange Arm des Integralleiters …«
»Sag' ich doch. Wie überall.«
»Hör' mal, das ist doch Blödsinn. Wie überall? Eine Gegend mit mehr Charakter wirst du nirgends finden. Sie haben einen Mond, der eine Sonne ist. Sie haben …«
»Schon gut. Ich will ja hin.«
Feldeváye: Jedes Klima war dort zu finden, vom Backofenzittern bodennaher Lüfte in den Wüstenstrichen bis zu Gewittern in den Zonen, wo die größten der Urbeen standen, zwischen Toveyn und Travers, Ammar und den Atollen. Reguliertes Wetter überwölbte Ellemi, Deyra, Pachetum und Kaderum, Laischa, Barbizek und andere Städte für die Künste, über deren Marmorplattendächern sich morgens kleine Quellwolken bildeten, die rasch ambossartige Gewitterwolken wurden und am Spätnachmittag Blitze schleuderten, Regengüsse freiließen, von Donner bebten. Die Omphaloi dieser Städte waren Dreh- und Angelpunkte in komplizierten Systemen von Warm- und Kaltfronten, wie es sie auf klimakontrollierten Welten, also auch auf dem Schattenspiegel, seit ewigen Zeiten nicht mehr gab.

»Naturbelassen«, wusste Severin, »sind sie auch auf Feldeváye nicht, sondern, wie alles dort, beschützt, geregelt. Vor vier-, fünfhundert Jahren, glaube ich, haben die Menschen und die Mennesker, vermittelt durch die Lapithen, sich auf Konfigurationen geeinigt, die so schön sind wie zweckmäßig. Tiermigration, Waldleben, Wetter – auf Feldeváye Ergebnis von Verträgen. Ein gänzlich zivilisiertes, völlig gerechtes Gestirn.«
Feldeváye: Wo man, wie die einschlägigen Synesszenarien wussten, *das Buch* las und ganze Regionen und Kulturen diesem Text gehorchten, von dem man milchstraßeneinwärts nur wusste, dass er *Antworten* enthielt. Einem Text gehorchen, wie tat man das? Waren ihre Coiflets sowas wie Steuerungscode für Roboter? Hieß »Text« nicht immer auch »Auslegung«, war das nicht ein Gehorsam im ewigen Aufschub?
Buch, Antworten: Codes für Unsinn aus der Zeit vor der Hidschra, für Skurrilitäten religiöser, politischer, wissenschaftlicher oder philosophischer Art. »Es gibt verschiedene Versionen«, fand der Fuchs heraus, »alle sind verwirrend. Die meisten sagen, das Buch habe ein Mensch geschrieben. Einige behaupten, die allererste, handschriftliche, illuminierte Ausgabe stamme von einem Lapithen und sei dem von den Menneskern diktiert worden. Ich habe eine Synesschleife gefunden, die sagt, es gäbe sogar zwei Bücher – eins mit den Antworten, ein anderes mit den Fragen. Das eine Buch, sagen sie, habe ein Mann geschrieben, das andere eine Frau.«
»Bwähh«, machte Klemens angewidert. »Geschlechterbinaritäten als Kulturgrundlage. Ganz toll. Sitzen die Frauen in der Höhle, gebären und säugen, werden sie von den Männern geschlagen, wenn die von der Jagd heimkommen? Erbt der älteste Sohn die Keule und den Speer? Soll heißen: Wollen wir nicht doch woandershin?«
»Ist doch alles bloß symbolisch«, lachte Severin, »ein Ja-Nein-Schema, ein Schwarzweißbild, mit dem auf die Kämpfe zwischen Admins und Prodisten angespielt wird. Du weißt doch, wie der Synesquatsch funktioniert: Man macht alles Mögliche, die alte Erde, das Innere eines Pulsars oder Feldeváye zum Schauplatz der

Konflikte, die es auf allen zivilisierten Welten gibt. Und dass das dann zwei Texte sein sollen statt zwei Ungeheuer oder zwei Götter oder zwei Zahlen oder zwei Städte oder zwei Planeten, bitte, das ist halt Feldeváye. Literatur. Schöne Lügen.«

»Und die Leute dort, die das eine Buch lesen und ihm folgen, die lehnen das andere dann schön ab, und führen Kriege deswegen, Kreuz gegen Stern, Hammer und Sichel gegen Halbmond, Hakenkreuz gegen McDonald's-M?« Klemens klang leiernd, entnervt.

»Also es heißt, das Buch mit den Fragen werde von denen bevorzugt, die schon die Geste des Antwortens ablehnen. Von denen, die Antworten insgesamt für was Schädliches halten. Da gibt's wohl einige Hunderttausende. Und das Buch mit den Antworten wird dementsprechend von solchen verehrt, die Fragen lästig finden und … müßig. Wie gesagt, die Fragen, sagen viele Quellen, stammen von einem Mann, die Antworten von einer Frau, oder na ja … umgekehrt. Es gibt aber auch Schleifen, die behaupten, beide Bücher habe ein Mann geschrieben, um die Frauen zu manipulieren, und wieder andere, die sagen, beide seien von einer Frau verfasst worden, um sich entweder über die Männer oder aber sogar über alle Geschlechter lustig zu machen.«

»Alle Geschlechter. Also nicht nur diese beiden da, aus deiner Steinzeit.«

»Nee, alle. Alle, die es gab, gibt und je geben kann. Die Binarität ist ja nicht ewig, wir sind wohl nur wegen der Admin-Prodisten-Geschichte auf den meisten zivilisierten Welten wieder in …«

»Es wäre natürlich interessant, wenn man Auszüge aus dem Buch, oder ähm dem Buch und … dem anderen Buch lesen könnte.«

»Das«, Severin grinste angriffslustig, »ist eben der Witz: Es wird behauptet, man könne beide Bücher nur auf Feldeváye finden. Nur dort lesen also. Und nicht einmal dort ganz verstehen. Irgendetwas Technisches, sehr Raffiniertes, verhindert wohl, dass auch nur Teile des Texts die Schwerkraftmulde des Planeten verlassen. Lässt sich nicht in Coiflets oder CLPs ohne feldeváysche Nooscodierung …«

»Ach komm, was erzählst du? Spukmärchen.«

»Nee, wirklich. Sobald jemand auch nur Exzerpte verschickt, etwa per Radiopuls, erkennen große Filteranlagen, die in Satelliten und auf den vier Monden von Feldeváye untergebracht sein sollen, diese Zitate, und verstümmeln und entstellen sie, unrekonstruierbar. Haben die Lapithen eingerichtet. Ist Vertragsbedingung gewesen, dafür haben sie uns dann jede Menge Ports …«
»Verrückte Wolle.«
»Ja. So verrückt, dass sie stimmen könnte.«

Feldeváye: Heimat Letzter Künste.
Das jedenfalls sagte der Name, der von den vielen, die man dem Planeten gegeben hatte, der gebräuchlichste war. Er stammte aus einem Dialekt der Lacs, die dort gemeinhin zu den Ärmsten der Armen zählten, sich aber für eine Art Ureinwohner hielten, nicht ganz zu Recht, wie Klemens und Severin wussten.
»Feldeir«, das hieß: »Künste in der Neige«.
»Váye«, das hieß: sicherer Ort.

Die beiden Auswanderer ließen sich Zeit mit dem Aufbruch.
So erhielt ihr Traum Gelegenheit, erwachsen zu werden, weltzugewandt, realistisch.
Es kam ein Winter; man hatte höheren Orts beschlossen, am Küstenstrich um Chantierville einmal wieder Schnee zuzulassen. Klemens und Severin vergnügten sich damit. Sie verdampften das weiße Zeug mit Heizringen auf ihren Dächern und berauschten sich am heißen Nebel, oder sie warfen sich am Strand hinein. Schlaflosigkeit, eine gute und lustige, regierte die Winterwochen.
Die üblichen Touristen von den Schattenspiegelpolen kamen nicht mehr, die sonst gekommen waren, weil es hier immer warm gewesen war. Andere aber trafen dafür ein, die wussten, dass bei den Grotten, auf den grauen Hängen nördlich der Stadt, jetzt Eisflächen und Pisten zum Schlittschuhlaufen und Skifahren zu finden waren. Auf den entsprechenden exklusiven Vergnügungen ließ sich auch Severin gern sehen.

Der Fuchs sah, wie bei allen seinen Abenteuern, gut aus, wenn sich hinter oder vor ihm eine transgene Klapperschlange oder ein giftgrüner Hundskopfschlinger blitzschnell durch die frischen Flocken grub und ringelte.

Als der kurze Winter einem makellosen Frühling wich – man ließ sogar neue Vögel mit verwirrenden Liedern frei –, wurde es Zeit, die Reisepläne ernsthafter zu beraten.

»Aber Feldeváye, mach dir das klar, das ist so gut wie nirgends. Willst du da wirklich hin?«

Klemens, der auf seine ebenso umsichtige wie pragmatische Art die lange Reise zwischen den Sternen arrangierte, fragte, bevor er sich daranmachte, eine Insel zu organisieren, lieber noch einmal nach.

»Ja. Will ich. Aus zwei Gründen, bevor du mich damit quälst, ob's welche gibt: Erstens wird es auf dem Schattenspiegel immer schlimmer. Ist dir aufgefallen, dass es in der koordinierenden Arbeitsgruppe des Produls, zu dem wir … gerechnet werden, jetzt Leute gibt, die nicht einmal die Vornamen von Kolleginnen, mit denen sie seit vier oder fünf Jahren jeden Tag zusammen in den Hallen sitzen, richtig aussprechen können? Und zweitens: Du hast nicht recht. Es ist nicht ›so gut wie‹ nirgends. Feldeváye, das ist wirklich nirgends. Das ist gar kein Ort, eigentlich. Das ist eine Geschichte, für Kinder mit großen Augen, denen man beibringt, ohne Schnittstellen Bilder zu machen, ohne Synes zu träumen, ohne Raumdeuter Musik zu spielen. Feldeváye, das ist noch gar keine Welt. Daraus muss man erst eine machen. Genau das könnten wir tun. Zusammen.«

Das halbe Jahr bis zur Abreise war das schönste im bisherigen Leben beider Männer.

Klemens Eriksons fünfundzwanzigster Geburtstag fiel in diese Zeit. Severin fielen große Geschenke ein: Er baute dem Pragmabiotiker einen Palast aus Herztrommeln, Rasseln und Silberblitzen,

in dessen Festsaal sie am Morgen des betreffenden Tages geweckt wurden von verstärktem Meeresrauschen, dann in weite Hallräume entführt, von einem träge sich räkelnden Râga getragen. Feierliche, stolze, liebevolle Klänge – eine Musik, die Klemens hätte für immer bewohnen wollen, gerade weil er wusste, dass sie verschwinden musste.
Kaum dachte er das, umarmte ihn der Freund zum Ausklang, der mächtig um beide aufschäumte, bald freundlich verlangsamt, *rallentando*, verebbte, dann verschwunden war.

Abends feierten sie auf einem von Severin gemieteten Riesenfloß in der systemweit berühmten gläsern blauen Bucht von Seljana. Rot- und Weißweinspringbrunnen sprudelten, verbunden von kleinen Aquädukten, später war's Champagner. Auf einer zwanzig Meter langen Tafel voller Fischgerichte, Meeresfrüchte und Vegetarischem leuchteten alle Farben; selbst Severin probierte von den Lachs-Rillettes und Klemens beschloss, als Dank für den Freund ein Virus zu züchten, das die Genüsse dieses Abends als Geschmackserinnerung wachrufen konnte: den gegrillten Hummer an Rosmarin-Knoblauchbutter, die Pfeffersardinen in Sherry-Essig mit glasierten Schalotten, den pochierten Seeteufel in Safransauce.
Severin fütterte damit auch seine Schlangen, die sich um Arme und Hals ringelten wie Modeschmuck, am liebsten mochten die Tiere gebackenes Wurzelgemüse mit Ingwerglasur, das sie annahmen, als wäre es Fleisch von kleinen Nagetieren: »Seht ihr, vegetarisch kann man lernen!«
Tatsächlich vermisste niemand Steaks und frittiertes Geflügel, wo es Chili-Satay-Nudeln, süßsaure Zwiebeln, Kartoffel-Cashew-Samosas oder Spinatsalat mit Nüssen gab.

Dreihundert Gäste waren gekommen, viele aus dem Produl, in dem Severin und Klemens arbeiteten. Niemand machte ein Aufhebens davon, aber es waren fast nur Menschen da – bis auf eine kleine Gruppe von Storariern, die sich am Rand eines Floßes wiegten, als wären sie Pflanzen. Rengi etwa hätten gewiss fehl am Platz gewirkt, wie noch lebende Nahrung aus dem Meer. Musik, von Severin gebaut, wogte und sprühte helle Kräusel in die von Körperwärme erhitzte Nacht, drehte sich langsam, eine Galaxie aus unwiederholbaren Einzelheiten, aus Frechheiten und Küssen.

Nicht einmal Severins neckische Flirts mit einigen der jüngeren Mädchen aus dem Produl, besonders einer plappernd überdrehten, aber atemberaubend hübschen bronzehäutigen Pragmaphysikerin namens Jasika Maelis, konnten Klemens das Fest verderben.

Als fast alle Gäste weg waren – wer blieb, wälzte sich in seligen Müdigkeiten auf den Pfefferminzschaumkissen, zu mehreren oder allein –, sagte Klemens allerdings, gespielt leichthin: »Hast du versucht, eine anzuwerben, dass sie uns begleitet? Als Mutter vielleicht, traditionshalber?«

Er wusste, dass Severin Kinder wollte. Er teilte den Wunsch.

»Diese Ziegen?« Severin blies schnaubend Luft aus den Nüstern, als wütendes Rennpferd, »Auf keinen Fall. Ich suche mir auf Feldeváye eine böse Füchsin, oder was die sonst da haben.«

Mir.

Nicht: uns.

Es war der erste Misston, wie ein Alarmlämpchen, das flackert, bevor es pulst, und pulst, bevor es grell leuchtet, und dann grell leuchtet, bevor es durchbrennt.

Keine Kurzschlüsse, ermahnte sich Klemens. Das half: Er war, wie stets, die Ruhe selbst.

Man musste jetzt rasch eine Insel beschaffen.

Severin, erfolgsverwöhnt und sorgenfrei, hielt diese Aufgabe zunächst für eine rein technische.

So wandte er sich an Jasika Maelis, lud sie zum gemeinsamen Essen ein, »um ihr ein paar Auskünfte zu entlocken«, und ignorierte die leise Verstimmung bei Klemens, der sie hinter einem wegwerfenden Witzchen versteckte: »Von mir aus. Solang ich nicht auch noch was mit ihr anfangen muss.«

Der Abend war fürchterlich.

Jasika strampelte schon mitten im Redefluss, als sie Severins Südviertelpenthouse betrat. Das Geplapper schien gar nicht den Gastgebern, sondern ganz einer selbstbezüglich berauschenden Funktionslust zugewandt, um die sich der Monolog im weiteren Verlauf ringelte wie eine Raupe mit unendlich vielen Segmenten – eigentlich ein einziger Satz, oder doch der Versuch dazu. Das Gekakel riss selbst beim Nudelsalat mit Datteln nicht ab, quoll zwischen dem Essen aus Jasikas Mund und schmierte Klemens und Severin die Ohren voll: »Na, ha, ja, mjamm, mmmh, toll ist das, wirklich, ich würd' ja fast mitfliegen mit euch Süßen, wenn's sowas Leckeres da jeden Tag gibt, auf eurer Insel, oder wie man vor tausend Jahren gesagt hätte: eurem Schiff, ja so haben sie das genannt, während der Hidschra, irre, nicht, als wär's einfach so'n Boot, das man aber in dem Fall nicht fürs Wasser braucht, sondern um interstellare Distanzen zu überwinden, Kinder, nee, als würde man darauf nicht ewig lange wohnen müssen, ich mein, ist doch klar, die meiste Zeit kommt's einem auf so einer Reise eher vor, als ob sich gar nix bewegt, also wenn schon diese Seefahrersprache sein muss, dann ist es ja doch so, als ob man mitten im leeren Meer sitzt, wisst ihr, wir in der Pragma und die andern in der Nomo, wir sitzen seit Ewigkeiten dran, das mal zu systematisieren, wir arbeiten auch mit so Leuten wie dir, Klemens, die sollen uns Tierchen züchten, nicht, Viren, dass man das besser wegsteckt, verarbeitet, diese Einsamkeit, in dieser Metrik, die einen da festhält, Stationarität, Axialsymmetrie, Leute, wirklich, eine Insel, klar, Killingvektorfeld, na, Fachsprache würde sagen: Die lokal registrierte Geometrie wird im Lauf der Zeit invariant, fühlt sich an, als wäre man, ist klar, also statische Beobachter rotieren selbst im Ramscoop nicht gegenüber dem asymptotischen Inertialsystem, wisst ihr, wenn ihr aus dem Fenster guckt, meine Lieben, das ist der schiere Wahnsinn, gut, ihr könnt Spürer und Taster direkt in eure Nerven legen lassen, dann verschiebt sich das alles vielleicht, muss, wenn ich jetzt drüber nachdenke, ja nicht mal skalierbar sein, andererseits, da kommt es dann wieder drauf an, was ihr für einen Antrieb wählt, klar, deswegen bin ich ja heute Abend hier, um euch die

Entscheidung, wie sagt man, zu erleichtern, wobei ich allerdings gleich zugeben muss, dass ich so wahnsinnig viel darüber auch wieder nicht weiß, aber wahrscheinlich startet ihr ja von Sisela aus, ist am einfachsten, ein richtiger Hafen, abgekühlt seit weiß nicht wann, kein Planet, mehr eine Art Stein, der Schattenspiegel hat ihm ja sein ganzes Sonnenlicht geklaut, dem armen Brocken, was willst du machen, die Touristen kommen in letzter Zeit auch immer häufiger da an und shutteln dann gleich hier rüber, aber wenn ihr's so macht, von Sisela aus mein' ich, da könnt ihr dann auch gleich einen Exotank organisieren, bisschen Helium-3 dafür, Fusionsreaktor, dann wie gesagt, würde ich wirklich empfehlen, Ramscoop für die Fluchtgeschwindigkeitsphase, klassischer Trichter, ich würd' mich da auf gar nix Raffiniertes einlassen, rein mit den Wasserstoffatomen, von mir aus Deuterium, ist das beste Isotop, kommt im lokalen Nichts häufig genug vor, weiter draußen könntet ihr einen Gürteldrescher nehmen, Materie-Antimaterie-Drive, kompakter Diracmotor, so die Sorte, die, ich weiß nicht, vielleicht im Luytenweltennetz üblich ist, virtuelle Elektron-Positron-Paarerzeugung, kleiner Beitrag zur Selbstenergie der Atome, läppert sich, Differenz von schwerer und träger Masse, Schwuppdiwupp, und zum Schluss, für die richtig weiten Strecken, dann einen Verkürzerkeil …«

Nach den mit wilden Gesten erläuterten Ideen zum Antrieb malte sie den beiden inselinterne Habitate aus, eine komplette Wohnwelt für Klemens und Severin samt Kultivation in biosphärischer Nachhaltigkeit. Der Vortrag ging bis tief in die Nacht. Klemens hörte bald überhaupt nicht mehr zu und machte sich lieber eigene Gedanken. Aus denen schälte sich allmählich eine durchaus unwillkommene Einsicht: Das Entscheidende waren eben nicht die technischen Probleme. Zu denen fiel, wie nicht zu überhören war, selbst einem Hohlkopf wie dieser Frau Maelis mehr als genug ein.
Das eigentlich Klärungsbedürftige, Brenzlige war die Ökonomie.

Witze übers Verkaufen von Menschen vergingen den beiden Auswanderungswilligen darüber zügig. Denn wo, wie zwischen den meisten Produln auf dem Schattenspiegel, eben nicht gekauft und verkauft wurde, wo kein Profit vorkam und keine Kredite vergeben wurden, musste man sich Gedanken über den gerechten Tausch machen. Maßstäbe taten not.

Klemens und der Fuchs waren darauf angewiesen, sich etwas überschreiben zu lassen, das sie nicht selbst herstellen konnten, das aber leider auch nicht leicht mit dem zu verrechnen war, was sie leisten konnten.

Ramscoops, storarische Gürteldrescher, Verkürzerkeile, Habitate, Pflanzensamen, Tiergenome und mehr: Wie eicht man das an Arbeitszeit in Synesarchitekturen, an nützlichen Seuchen? Zumal es um Mehrarbeit ging. Denn was im Produl erzeugt wurde, gehörte den lokalen Prodisten als Gesamtheit, nicht einfach einem Spatiomusiker und einem Krankheitenzüchter, die zufällig irgendwelche Ideen hatten.

»Wir schaffen das«, sagte Severin, als ihm Klemens erzählte, wie ihm dieses Problem beim Sermon der Frau Maelis aufgegangen war. Der Fuchs blies sich eine rote Locke von der Stirn und zeigte beim Lachen strahlende Zähne.

Auf jeden Eismond, in jede Einöde wäre Klemens ihm gefolgt.

Frau Maelis blieb eine Episode, auch wenn Severin sich noch ein paar ähnlich unfeine Affären erlaubte.

Manchmal, wenn Klemens, der mehr Zeit im Produl verbrachte als Severin, weil subzellulare Wesen intensivere Pflege brauchen als kontrapunktische Kathedralen, spätnachts oder frühmorgens den Freund besuchen ging, fand er ihn mit einem Mädchen, oft im knotigen Nest der Rautenphython.

Die beiden Menschen kraulten einander die Haare, die schönen Schlangen zischten.

Klemens ging auf den Balkon, bis sich die zwei gefasst hatten.

Manchmal badeten auch mehrere Leute mit dem Fuchs im künstlich kalten Teich, unter Wasser an den Beinen gekitzelt von

schwimmenden, rotgelb geringelten Königsnattern, oder man liebte sich träge auf großen Ästen, wo Warane schweigend, mit glasigem Blick, dabei zusahen, wie Severins Hand auf einem weißen Hintern ruhte oder ein mokkabraunes Bein sich zwischen seine beiden hellen schob.
Klemens hatte so gut wie nie Lust, dabei mitzutun.
Lieber ging er raus, auf Balkone oder Dächer, rauchte und sah den Gleitern und Flugzeugen zu, den Frachtern und Inseln. Wenn er nicht zu erschöpft war von der Arbeit, blickte er hin und wieder sogar zur glitzernden Innenhülle des Schattenspiegels auf, zu den Positionslichtern und geodätischen Schienen, oder beobachtete die Feste auf anderen Dächern und Terrassen, weiter unten, weiter außen, raumwärts.

Allmählich nur wurde ihm dabei bewusst, dass er etwas empfand, das man mit Bakterien und Viren zwar simulieren konnte, womit er sich aber zuvor nie beschäftigt hatte. Wie hieß das? Fernweh?
Nein, korrigierte er sich, als das Meergrün der Bucht sich im Morgendämmer immer schärfer vom Horizonthimmelsblau schied, als würde es ausgedruckt – nicht Fernweh.
Heimweh.
Nach Feldeváye, wo ich noch nie gewesen bin.

Das Glück kam wieder. Es blieb eine Weile.
Severins Ausschweifungen hatten kleine Brüche gesetzt; aber etwas schwache Eifersucht kam Klemens ganz recht. Er mochte es, wenn seine gute Stimmung feinste Risse hatte, wenn die Aura ein wenig flackerte. Vollkommenheit? Lieber nicht.
Die Inselbeschaffung gab den Liebenden Auftrieb, brachte sie einander näher. Sie wollten nicht im Gewohnten bleiben; das war ihre tiefste Verbindung.

Der Fuchs vereinbarte die ersten Tauschkontakte. Verboten war Tausch nicht, in einer Wirtschaft wie der prodistischen, die vor Jahrhunderten dem Mangel entwachsen war, gab es bloß wenige

Gründe und Gelegenheiten dafür. Das meiste bekam man überall, wo es Produln gab und deren Lamontiken, aber ein Ortswechsel wie der geplante schuf, wo nicht Mangel, so doch unalltäglichen Bedarf. Tausch hieß Aufstockung des Mehrprodukts, und daran machte sich Severin deshalb zuallererst.

Er wuchtete in seinen knapp bemessenen Freistunden während dreier Wochen ganze Kuppeldomstädte zusammen, unter Verwendung von Sinfonischem, Liedhaftem, Passamezzi, Blues und Ambientem, verschmähte auch Skizzen nicht, die sich in alten, von ihm verworfenen Dateien fanden.

Klemens und er rechneten, arbeiteten, rechneten wieder.

Diese Erkältung mit Bewegungserziehern war den Tauschpartnern so viel wert, jener musikalische Wandelgang wieder etwas anderes.

So schuf Klemens ein respiratorisches Syncytialvirus aus raffiniert tranchierten, in kunstvoll designte Hüllen eingebetteten Ribonukleinsäurefädchen, das den Atem der davon Befallenen um komplexes Wissen über Muster im Innersten von Wahrnehmung und Kommunikation bereicherte: »Die RSVs waren auf der Schule mein Spezialfach, mein Steckenpferd. Man kann sehr schöne, sehr irritierende hinkriegen, wenn man was von der … Kunst des Weglassens versteht. Beschränkung. Das ist, wie wenn du Fenster ohne Rahmen komponierst, oder Dächer ohne Häuser drunter, oder ein Satzzeichen ohne Satz. Die RSVs bleiben in der Lunge – häusliche Tierchen, asketisch, anders als Rubella oder Rubeola, die sich im ganzen Körper ausbreiten wollen. Man muss sie also dort zur Wirkung bringen, wo sie wohnen.«

»Verstehe«, lächelte Severin, »Steingartenanlegen, Ikebana. Oder Bonsaizucht.«

Klemens Eriksons neue Lungenleiden waren noch beliebter als Severin Rukeysers erfolgreiche Gebäude. Da zwischen ihnen beiden keine Konkurrenz herrschte, sondern nur der Ehrgeiz, genügend Tauschgut zu produzieren, freuten sich beide sowohl am je eigenen Erfolg wie an dem des andern.

Sie rechneten.
Arbeiteten.
Rechneten wieder.

Severin schuf eine Passacaglia, die den Ortssinn verwandelte: Innen schien außen, Kreisbewegungen fühlten sich linear an.
Klemens erfand eine mild berauschende Anämie.
Severin dichtete Tänze, mit denen man wie auf masselosen Kufen reiste.
Klemens setzte eine Bindehauterkrankung in die Welt, die den Befallenen Infrarotsicht verschaffte.
Stets wurde getauscht.
Die beiden bekamen mehr, als sie erwartet hatten. Am Ende hing in der kleinsten Werft von Sisela eine in luxuriösem Leichtbau gefertigte, mit allen Annehmlichkeiten planetarischen Lebens ausgestattete Insel, die selbst für Severins Schlangen genug Platz bot, in rot und weißblau, mit schwarzen Lamellenschirmen auf dem Haifischkopf, außerdem, wie von Jasika Maelis empfohlen, drei Gürteldreschern am Rücken (der mittlere saß einer Art Rückenflosse auf; das Ganze wirkte tatsächlich wie ein gigantisches Lebewesen), zwei Verkürzerkeilen rechts und links der gedrungenen Brücke, einem Diracmotor im Bauch und einem Exotank für den Treibstoff, an sieben Tragefasern aus Kohlemantelmaterie.
Der Fuchs und sein Freund richteten sich in der Insel ein.
Sie spielten mit der Technik, um sie kennenzulernen.
Sie ließen die Insel von der Systemwacht abnehmen.
Dann flogen sie los.

Der Schattenspiegel, hinter ihnen, sank ins ununterschiedlich Schwarze zurück, eine geruchsneutrale Erinnerung, ein Jugendirrtum.

*

Alle vier bis sechs Jahre ließen sich die Reisenden wecken und blieben jeweils wenige Wochen wach, um ihre Gesundheit nicht zu gefährden.

Langsam, schmerzlich, aber unumkehrbar wurden sie einander in dieser Zeit fremder.

Bei jeder Wachpause erkannte einer den andern schlechter wieder. Zu spät verstanden sie, wie ernst das war, wie unüberwindlich.

Geweckt vom Zentralrechner der Insel, die Klemens und Severin sicherheitshalber nicht getauft hatten – eine Art Aberglaube: Sie wollten nie heimisch werden –, verschafften sie sich in den stabilen Ökosphären Bewegung, frischten ihre Talente auf, spielten oder fanden sich vor besonderen Aussichten: dem Heliumblitz einer Sonne, die allen Wasserstoff im Kern verbrannt hatte, der chromatischen Veränderung im Lyman-Alpha-Wald, einer unwahrscheinlich sauberen Orbitreihe von sechs Gaswelten um einen weißen Zwerg, bizarr zackigen Gesteinsbrocken in diffusen Oortwolken um abgelegene Sterne, optischen und Röntgen-Pulsaren.

Supernovae, rote Riesen.

Schwarze Löcher.

Severin nahm freilich wenig inneren Anteil an diesen gewaltigen *vistae.*

Fast immer bewegte er sich während der Wachphasen stattdessen im Synes.

Dabei leitete er Energie und konvertible Flussmasse aus den Verkürzerkeilfütterungen der Inselplatten ins Syneskugelbett oder fütterte Spinor-Vektor-Gravitinos mit entgegengesetzten Chiralitäten in seine großen Aggregate.

»Unsern Treibstoff für Späßchen zu verheizen, ist das eine Idee von Frau Maelis?«, wollte Klemens betont beiläufig wissen.

Der Fuchs zuckte mit den Schultern. Klemens ließ das Thema fallen.

Später erklärte Severin beim Essen: »Es ist kein Hobby, sondern eine große Sache. Am Ende krieg ich, wenn alles klappt, in der Syneskugel eine Stadt aus Sound zusammen, die weitläufiger ist als der ganze Planet, wo wir hinwollen. Verstehst du? Mit solchen Energiemengen hab ich noch nie gearbeitet. Und wir brauchen das nicht alles. Es ist ja auf einen Rückflug berechnet, den es nie geben wird. Gönn's mir doch. In einer unendlichen, offenen Symphonie wohnen, wie zu Zeiten, als es die Künste gab, reizt dich das nicht?«

»Du wirst uns in die Luft jagen«, sagte Klemens, ein bisschen zu ruhig.

Severin erwiderte matt: »Ach was, in die Luft jagen. Erstens gibt's hier keine Luft. Zweitens falte ich uns schlimmstenfalls in die Dimensionslosigkeit zurück. Ich spiele mit der Eigenzeit, den Äquivalenzen – theoretisch kann ich Monate im Synes verbringen, und draußen im restlichen Inselganzen vergehen nur Minuten. Wenn die Insel ihrerseits relativ zum Restweltraum schnell genug fliegt, nahe genug an die Lichtgeschwindigkeit rankommt, ist außerhalb der Verkürzerkeilplatten alles sogar nochmal langsamer. Matrjoschkas aus Zeit …«

Er bleckte die Zähne und leckte sich über die Lippen.

Klemens musste lachen, zittrig allerdings, und eine Spur zu laut.

Im Hinausgehen, auf dem Weg zu seinen eigenen Experimenten, die er forcierte, um nicht wie ein Sitzengelassener vor sich hin zu brüten, fiel ihm auf, dass Severin jetzt einen Kittel trug, einen weißen sogar, wie früher auf dem Schattenspiegel Klemens, der dafür jetzt in schlampigen Overalls herumlief.

Im Labor machte er sich wieder an seine neue Form der Influenza, die, über subtile Programme, eincodiert in Viren durch neuartige Capside und Matrixproteine um die RNA-Segmente, das Hirn der Befallenen in die Lage versetzen sollte, selbständig synästhetische Ergänzungen zu Erlebnissen mit taktilen, visuellen und akustischen Reizmustern zu konstruieren. Klemens dachte dabei an Erlebnisse, die auf Feldeváye, in den Omphaloi der Urbeen, auf ihn und Severin warteten: Kunst.

Sein Plan war ehrgeizig: Er strebte danach, den Unterschied zu überbrücken zwischen den alten Künsten und dem, was Severin täglich im Synes erlebte, beim Bauen.
»Ich weiß nicht, ob das nützlich ist. Oder tückisch. Ich nenne die Kleinen ›Kunstide‹«, sagte er, und hoffte, der bescheidene Witz würde verstanden.
Severin interessierte das Geschenk nicht. Selbst auf ein verächtliches Schnauben oder Augenverdrehen verzichtete er.
Küsse und Umarmungen hatte er nie abgewehrt. Auch jetzt, nahm Klemens an, würde er sie zulassen. Das machte die Lage noch schlimmer.

»Kunstide. Hm«, murmelte der sonst tagelang Synesversunkene in einer der gemeinsamen Küchen und malmte dabei geistesabwesend auf einer Scheibe Toastbrot herum. Als Klemens sich, aus Trotz, weigerte, das für ein Gesprächsangebot zu halten, stand Severin auf und verschwand in einer der Schleusen zum Becken.
Dort war die Kugel, der Zugang zur Klangstadt.
Jeder ging seiner Wege. Die Insel war klein genug, dass man einander oft begegnete.
Das half nicht.

Kamen sie nach der Arbeit an ihren Projekten zusammen, etwa aus Anlass einer neuen Aussichtsmeldung des Zentralrechners, so ging es dabei immer schneller, bis sie aneinander Fehler fanden, einander mit Sticheleien zusetzten. Die Gespräche, die daraus hervorgingen, drehten sich im Kreis, fade, bramarbasierend, sterbend.
Auf der Aussichtsplattform, im von den schwarzen Fenstern abgedämpften Licht einer Stichflamme, die länger war als der Gesamtdurchmesser des Schattenspiegels, fragte Severin schließlich: »Gibt dir das eigentlich was? Diese ganzen Scheißwunder des Universums? Warum weckt uns die dumme Kiste? Ist alles nicht besser, als die Simulation wäre.«

»Vielleicht, damit du mal rauskommst aus deiner Kugel. Und deinen Bauten.«
Severin zog die Stirn in Falten: »Du redest von was, das du nicht kennst. Ich hab dich während der letzten drei Wachpausen dreimal eingeladen, mich in der Kugel zu besuchen und dir die Stadt anzuschauen. Immer hast du was anderes zu tun. Schaust nach deinen Collicinplasmiden und … Retrotransposonen, nach deinen Prionen und Viroidenkolonien in den Zwischenschleusen. Ja, ich weiß, wie das Zeug heißt. Ich merk mir das. Im Gegensatz zu dir, der nur weiß: Der Severin, der sitzt ständig in der Kugel. Du verseuchst die ganze Insel mit diesen …«
»Seuche. Das ist alles, was dir einfällt dazu. Was ich züchte, das sind … Zivilisationen. Wesen, die kleiner und feiner sind als jede Zelle, einfach mal ein paar Jahre oder Jahrzehnte in Ruhe zu lassen und nur hin und wieder nachzugucken, in welche Richtung sie sich entwickeln, ob sie lernen, ob sie rechnen, das kannst du dir gar nicht vorstellen, für dich wäre so ein …«
»Du dichtest deinen Kram nicht genügend ab. Darum geht's mir. Das ist alles. Kein Werturteil über die Arbeit, nur über die Sicherheit.«
»Na, deine Schlangen …«
»Die Strumpfbandnattern sind tot. Alle. Deine … Zivilisationen sind durch die Abdichtung und haben sie infiziert und getötet.«
»Ach was. Das geht doch gar nicht. Wie denn?«
»Also irgendwas hat ja wohl den Fortpflanzungszyklus gestört, und es liegt doch sehr nahe, dass …«
»Das kannst du nicht beweisen. Ich habe alles dreimal überprüft. Es gibt keine Spuren von …«
»Natürlich nicht. Sie waren schon vier Jahre im Erdreich zersetzt, diese Spuren, als wir geweckt wurden, für dieses … Feuerwerk da draußen«, die Geste der rechten Hand warf weg, was gemeint war, tatsächlich ein Wunder des Universums.
Klemens seufzte.
Severin betrachtete ihn missmutig. Er fand den Freund jetzt dicklich, teigiger, auch fahler als früher: ein verfetteter Kater. Wahr-

scheinlich ließ der Virenbastler in den Schlafphasen seine Muskeln nicht genügend reizen, aus Angst vor Langzeitfolgen. Ein bisschen hypochondrisch war er ja immer gewesen, vielleicht eine Berufskrankheit.

Severin nahm einen Schluck Mokkabrühe aus einer langen Tasse, die Klemens hässlich fand. War das nicht ein Abschiedsgeschenk von Jasika Maelis? Stand das klobige Gefäß sonst nicht sogar auf der Deckelklappe seiner Liegekoje, trug er's jetzt eigentlich absichtlich immer mit sich herum?
Klemens wusste, dass das peinliche Gedanken waren, wohl Folgen der Reisestrapazen. Er schnalzte mit der Zunge: »Ich glaub, was mich so reizt, ist das ... Eingeschlossensein. Dass hier niemand ist, außer uns. Und dass wir, ich weiß nicht, wenn schon nicht im Kopf, dann doch irgendwie in den Knochen spüren, dass wir sehr, sehr ... sehr lange unterwegs sind. Länger als vorgesehen, bei Geschöpfen wie uns. Die Insel fährt nicht. Sie schwimmt auf der Stelle.«
Er blinzelte, neigte den Kopf: ein Versöhnungsangebot, schwach, aber aufrichtig. Als der Ruhigere von beiden war er auf tapfere Art nicht bereit, die Freundschaft einfach so ausbluten zu lassen.
Severin lächelte gequält, nicht uneinverständig: »Na gut, dann machen wir jetzt was aus. Du kommst in die Stadtkugel, und ich zieh mir einen Keimschutzanzug an und geh mit dir zwischen deinen Krankheiten herum.«

Klemens war einverstanden. Er folgte Severin an die Membran.
»Nach dir«, sagte der Freund.
Er legte seine Hand auf den Rücken des Besuchers, als wollte er ihn in die Sphäre schubsen, was Klemens entschieden nicht gefiel: Gehen wir jetzt, wie abgemacht, zusammen, dachte er irritiert, oder nicht?
Die Raumblende teilte sich geräuschlos.
Der Synes nahm Klemens auf, ein Rasseln, Ratschen, Knarren krümelte in seinem Körper auf und ab, bis er sich in einer Art Unter-

führung oder Fußgängerpassage wiederfand, umgeben von grauen, schwach konturierten, humanoiden Gestalten, die rasch ausschritten, geschäftig, in zittriger Notation – lebende Wimpel refrainartiger Motive.
Albern, dachte Klemens. Es genügt Severin also nicht mehr, aus Tönen Bauten zu fügen und die eine Stadt zu nennen. Er muss auch noch Homunculi drin herumgeistern lassen. Und was ist das jetzt?

Da kniete ein bärtiger Mann in Leinenhemd und blauer Cordhose auf dem Boden und malte auf Steinkacheln, in Pastell: eine Paradiesszene, zwei Menschen, Mann und Frau, beide rothaarig. Der Mann gab der Frau den mythischen Apfel. Um den Ast des Baums wand sich zischend eine Strumpfbandnatter, in deren Augen Flämmchen tanzten.
Klemens drehte sich um. Fast wäre er zu Boden gerissen worden – einem der Schemen musste er ausweichen; geduckt, mit einem Kopf wie ein Stier, hastete der Schatten an ihm vorbei. Klemens ärgerte sich und rief ungeduldig: »Severin? Bist du … kommst du?«
Keine Antwort. Auch die übrigen Gespenster beachteten ihn nicht.
Er wandte sich um, der Genreszene mit dem Pflastermaler zu. Neben dessen rechtem Knie stand ein Schälchen, in dem etwas glitzerte: Münzen.
Sehr altes Geld.
War Severin jetzt dem Kitsch verfallen? Eine kaum kindergroße Figur schlenzte am Umriss des Malers vorbei, ging beim Gehen geschmeidig in die Knie, griff nach dem Schälchen, fischte einige der Münzen heraus. Eilig versuchte sie, in der Menge unterzutauchen. Aber Hände zeigten auf sie. Disharmonien quietschten. Lichtleisten in erregtem Morsetakt pulsten. Die ganze Kaverne schrie Klemens schmerzhaft ins Ohr, aus Orgelpfeifen, Rabenkehlen: »Dieb! Den Künstler bestohlen! Beraubt! Sie soll dem Künstler den Lohn zurückgeben!«

So aufdringlich kakophonisch setzte die plötzliche Verengung der Architektur allen Sinnen des Besuchers zu, dass der sich nicht anders zu helfen wusste, als das Ausklinksiegel im Kopf zu zerbrechen. Unsanft wurde er erst in einen von diesem Akt geöffneten Riss der Klanghülle gesaugt, dann an allen Gliedern mit frostigen Pfeilen gepiekt und schließlich auf die mit Samt bespannte Schwelle der Membran gespuckt, über die er die Kugel betreten hatte.

Es war dunkel im Synesbettzimmer.

»Licht. Licht, bitte«, krächzte Klemens schwach.

Vom Schock des Austritts geschwächt, sah er sich mit unsicherem Blick bestürzt und nervös um.

Kein Severin.

»He! He, Architekt!«, rief Klemens. Der Mund tat ihm weh, das Zahnfleisch war geschwollen und reizbar. Er richtete sich mühsam auf und rang um Gleichgewicht dabei. Severin schwieg.

Langsam, ziehend, enttäuschend kam ein Verdacht in Klemens auf, den er zunächst aus Abscheu vor so etwas gar nicht überprüfen wollte. Ein Rundgang durchs Kugelbett bestätigte, dass Severin nicht nur nicht mehr hier war, sondern seit längerer Zeit niemand in einer der Nischen gelegen oder gesessen hatte – außer ihm selbst.

Klemens legte die Hand auf eine der Kontaktflächen zum Zentralrechner und fragte: »Wie lange war ich im Synes? Echtzeit?«

»Vier Wochen«, sagte das Gerät.

Severin hatte sein Display verlangsamt, ihn in Bernstein gefangen.

Maelis hatte wirklich die besten Lebenserhaltungssysteme empfohlen: Nahrung, Muskelstimulation … Aber Severin?

Ein übler Streich, kindisch auch. Und zu welchem Zweck? Klemens ahnte es, und fragte die Maschine: »Severin Rukeyser – wo ist er?«

»Schlafkammer. Auf drei weitere Jahre. Oder bis ich euch beide gleichzeitig wecke, weil etwas Flugrelevantes geschehen ist. Er bat mich, keine Schlafunterbrechung wegen Sehenswürdigkeiten und Naturschauspielen mehr zu …«

»Danke. Reicht.«

Klemens ging in sein Labor und fand, was zu finden er befürchtet hatte.

Nur noch drei Zellen mit Viren- und Bakterienumwelten regten sich, die mittleren nämlich. Alle, die an Docks grenzten, in denen Severin seine Reptilien untergebracht hatte, waren leergebrannt. Sterilisiert. Gesäubert.

Ohne Nachricht, ohne Entschuldigungsnotiz, ohne wenigstens eine herausgestreckte Zunge oder Bekennerbotschaft. Patzig, pampig, kleinlich, böse.

Wenige Lichtjahre vor der Ankunft am Zielort erst sahen sie einander wieder.

Was Severin getan hatte, war kein Thema mehr: Jahrzehnte her, nicht der Rede wert. Ein nie ausgesprochener oder beschlossener Waffenstillstand wurde eingehalten.

Severin bequemte sich sogar zu einer Art Buße, indem er, als er zwei der Platten aus der Hülle der Insel nahm, um sie zur geometrodynamischen Stabilisierung seiner ehrgeizigen Synesveränderungen zu verwenden, in die Nische eine Art Tümpel gießen ließ und dort unglücklich verwachsene Seitenlinien der Reptilienzucht einquartierte, um Klemens, wie er sagte, »einen Spielplatz« zu schenken: »Die Biester haben eine Art Raumkoller. Es sind nicht eigentlich viable Mutanten. Mehr eine degenerierte Unterfamilie. Und wenn du möchtest, kannst du sie infizieren, mit, ich weiß nicht, neuen, interessanten Stämmen von … na, was du eben kultivierst.«

»Sehr schön«, sagte Klemens knapp, mit hässlicher Ironie.

Gleich nach der Landung auf dem Zielplaneten würde man sich trennen, beschloss er unglücklich. Severin ging ihm nur noch auf den Geist.

Der Fuchs verbrachte jetzt ganze Tage am Stück im Stadtkugelsynes.

Wie viele Monate oder Jahre es drinnen waren, ließ sich kaum ahnen – man konnte die Zeit ja auch umgekehrt anpassen. Nur noch zu schlechtem Sex, unfröhlichen Gelagen und stundenlangen Angebereien kam er heraus.
Und redete dann wie ein ekstatischer Prediger: »Wirklich, du musst es dir mal anschauen. So was hast du noch nicht erlebt. Wir werden auf Feldeváye einen eigenen Omphalos eröffnen, sie werden ein Urbeum hochziehen deshalb. Die Leute ... sie werden staunen. Sie werden staunen.«
Grummeln, Nicken: Klemens gönnte Severin nicht einmal mehr Widerspruch.
Das Schlafen schien der Tonbaumeister aufgegeben zu haben; es war ihm vermutlich nicht genial genug, deshalb unter seiner Würde.

Klemens saß derweil im Kopf der Insel, etwas höher als dort, wo bei einem Fisch, an den der Bauplan entfernt erinnerte, das Maul gewesen wäre.
Er grämte sich im Abgedunkelten, mitternächtlich Stillen.
Schonte seine Augen in falschem Frieden. So sah er der Raumzeit rings dabei zu, wie sie mal gestaucht, mal gestreckt, mal gedreht wurde. Die Gürtel und der Verkürzerkeil arbeiteten mit den Diracmotoreffekten zusammen, wie Klemens einst mit Severin harmoniert hatte: geschwisterlich, nützlich und schön.
Diese Zeit, das Gemeinsame, dachte Klemens betrübt, war vorbei. Menschen kriegten das eben schlechter hin als Maschinen.

Unter vier schönen Monden also wollte Klemens sich einen neuen Gefährten – oder eine Gefährtin – suchen. Severin, der hatte sich erledigt.
Nicht einmal beim Anflug war er dabei.
Klemens saß allein auf seinem weinroten ergonomischen Knautschthron und betrachtete seltsam gerührt die gelborange Sonne, den türkisfarbenen Planeten und zwei der vier Monde, Zemelo und Thyone.

Die andern beiden, Arrhenius und Jocelyn, waren von Feldeváye verdeckt.
Ein Himmelskörpersystem aus vagen Verheißungen: Klemens war sehr erleichtert, als der Anblick schließlich eine lang verschwundene und bestürzenderweise kaum vermisste Freude in ihm weckte. Doch, ja: Er hatte wirklich hierhergewollt, es gab hier, sagten die großen Kugeln, ein neues Leben für ihn, ob mit Severin oder ohne ihn.

Ein heftiger Ruck ging durch den Sessel, durch Klemens, die Brücke, die ganze Insel.
Etwas war schiefgegangen.
Die rechte Hand patschte aufs Kontaktfeld in der Armlehne.
Die Information erfasste sein Nervensystem wie eine Hitzewelle: zu früher Atmosphäreneintritt. Coiflets zerrissen. Die Koordinationsschlaufen des Zentralrechners hatten sich an nicht übereinstimmenden Eigenzeiten verschiedener Zonen und Zellen der Insel aufgehängt. Der Ablauf stockte, stolperte, stürzte zusammen.
Klemens musste manuell und gedanklich, per CLP, selbst steuern, eine Notlandung einleiten. Wertvolle Sekunden verlor er an einen dummen, beleidigten Gedanken: Der Fuchs ist schuld, mit seinen Lücken in den Verkürzerkeilplatten, mit seinem bescheuerten Stadtsynes, seinem Eskapismus im Bauch der Insel. Da hängt er drin, der Idiot, poliert seine nichtvorhandenen Fliesen und Kacheln, ringelt sich wie eine seiner Schlangen um musikalische Säulen, spreizt sich –

Ein schwerer Stoß drückte Klemens tief in den Sessel.
Er blinzelte, sah an sich hinunter.
Auf seiner weißen Hemdbrust waren zwei zackig-zittrige Streifen roten Bluts zu sehen, im grellen Notlicht, das ihn wecken sollte: Blut, seltsam. Das ist mir dann wohl gerade aus der Nase geschossen. Der nächste Stoß packte die Insel und drehte sie nach rechts, so dass Klemens aus dem Sessel gekippt und über den glänzenden

Parkettboden gewischt wurde wie ein nasser Lumpen. Am Schleusenrand schlug er so heftig mit der Hüfte auf, dass der Schmerzblitz ihn zu spalten schien, vom Fußballen bis in die rechte Schulter. Kupfergeschmack breitete sich in seinem Mund aus. Er hatte sich auf die Zunge gebissen.

»Gaah! Femmp!«, schrie er, griff nach dem Schleusenrand, um sich irgendwo festzuhalten, und ärgerte sich über seine eigene Dummheit: Natürlich verstand ihn der Rechner so nicht. Also schloss er die Augen, in die Tränen der Wut und Frustration schossen, nahm sich zusammen und schrie noch einmal, so laut und deutlich er konnte: »Feld! Träges Feld!«

Diesmal verstand die Insel ihn. Klemens kam augenblicklich zur Ruhe, umgeben von einer Schutzblase, die ihn in die leere Mitte der Brücke trug, während links und rechts, oben und unten, vorn und hinten die Insel bebte. Er brachte sein Hirn in Ordnung, schob ein paar CLP-Menüs hin und her, die der Rechner in seinem Kopf ertasten sollte, und begann keinen Augenblick zu früh mit den Notlandungsprotokollen.

Die Fasern rissen.

Restantriebszellen, die nicht mehr gebraucht wurden, klinkten sich aus. Die Diracmaschinerie kam zu stehen, die Verkürzerkeilplatten kühlten ab. Nur die Gürtel rauschten und brausten noch, und mit denen sowie ausgefahrenen Tragflächen und einer Art scharfem Rückruder musste Klemens jetzt arbeiten.

Das hieß: die Insel steuern, als wäre sie eine antike Personenverkehrs- oder Frachtmaschine aus der Zeit vor der Hidschra. Er schloss seine Großhirnrinde mit den Außentastern kurz, die durch die glühende Hitze der Lufthüllenreibung hindurch den Planeten zu erfassen suchten, und mit den Hörschlaufen, in denen tausende unsortierter Luftraumkontrollcodes einander ins Wort fielen.

Wälder.

Gebirgszüge.

Dann die urbanen und para-urbanen Gebäudeballungen, in denen die Omphaloi leuchteten. Kurze, irrationale Hoffnung. CLP-Hilferufe.

Aber die Bitte um Überlassung von Landekennungen wurde abgewiesen. Coiflets von Feldeváye her drohten mit Abfangjägern und Abschuss. Klemens Erikson hatte keine Zeit, auf das Geschnatter, das Pulsen und Blenden einzugehen. Er musste die Insel stabilisieren; mehr, als zu diesem Zweck nötig war, konnte er von Feldeváye nicht erkennen, verrechnen, gebrauchen. Der stärkste der Verkürzerkeile wollte wieder anspringen, lief sinnlos heiß, pumpte. Die Insel schien zu glauben, sie sei aufgefordert worden, in einen höheren Raum zu springen. Gravitinoflüsse bildeten Strudel und Wirbel.

Panik würgte Klemens im Hals, er bezwang sie und beruhigte die Insel, so gut er konnte.

Lichter grellten.

Die Mittellinie ging verloren, das Höhenruder stammelte Blödsinn.

Trudeln.

Schweiß auf der Stirn, Herzpochen.

Unten Schneefelder. Blaue Verwerfungen. Die Keilplatten bockten erneut.

Risse in der Weltfläche unter ihnen traten auf, die Parität glitt auseinander, die Anzahl masseloser Fermionen entsprach nicht länger der eingepegelten Bosonenanzahl.

Gravitinos stoben auseinander wie Wasserspritzer aus einem feuchten Handtuch, das jemand auf eine Tischplatte schlägt.

Klemens ließ tasten, fluchte, fürchtete sich sehr.

Mehr Schneefelder.

Tiere.

Menschentrecks? Dörfer?

Eine arktische Region stürzte unter der Insel vorbei.

Klemens begriff, dass diese Gegend, eine der dünnstbesiedelten auf dem Planeten, seine einzige Chance für eine Notlandung bot.

Queranflug. Im konturenarmen Weiß markierte der Notpilot mit äußerster Konzentration ein Landefeld, ging in Querflug über, sah die rechte Flügelspitze sich über den vorgesehenen Landestreifen bewegen, zu schnell.

Er ließ die Insel einkurven, erlebte Übelkeit und Schwindel, war nah am Erbrechen. Winde bliesen viel zu stark. Falsch geschätzte Abdrift machte ihm zu schaffen. Das schrittweise Setzen der Klappen geriet zur Tortur. Flüche, Endanflug.
Auf zehn Grad gesetzte Klappen. Markierung des Aufsetzpunktes. Fall, Sturz.
Erschütterungen, die Klemens zu spüren glaubte, obwohl das unmöglich war.
Seitenwinde.
Rauschen, ein Wasserfall, ein Mahlstrom aus Blut im Kopf. Ziehen des Höhensteuers, Bremsversuche. Die Schnauze zu tief, viel zu tief. Verloren, entglitten, sinnloses Geschrei: »Scheiße! Verfluchte Scheiße, ver …«
Ein Schlag, dumpf und mächtig.
Das Gefühl, vom Kopf her geöffnet zu werden. Seimiges Zergehen der Trägheitsblase. Verwischter Sturm um Klemens, der, von falscher und richtiger Schwerkraft gepackt, sich überschlug, die Arme anzuwinkeln versuchte, die Beine anzog und in etwas hineingerammt wurde, als wäre er eine Axt.
Aufprall.
Ausfall.

Er kam vor Schmerz zu sich.
Das rechte Bein war gebrochen.
Klemens hatte eine halbe Stunde bewusstlos in einer Ecke der Brücke verloren, zusammengekrümmt, in den ungünstigsten Winkel geknautscht wie ein schlecht gepolstertes Möbelstück. Die Insel war schief ins Eis geschlagen.
Klemens fragte den Rechner nach Severin. Der Rechner wusste nichts.
Klemens beschloss, die Suche aufzuschieben. Er brauchte anderthalb Stunden, bis er sich durch die Gänge, von denen viele nur mit Flackerlicht beleuchtet waren, während es in einigen Räumen, auf nicht wenigen Decks brannte, in eine brückennahe medizinische Station geschleppt hatte, wo er sich vom Pharmasynes untersu-

chen und medikamentös behandeln, von der Robotik richten und schienen ließ.
Zwei Stunden lag er in einem Tank, der ihn wiederherstellen sollte.
Krücken waren in einem Schrank gestanden, der hinter einer zerbrochenen Außenwand befestigt gewesen war. Sie ließen sich nicht gebrauchen, der Feuerstrahl eines Triebwerkausfalls hatte sie aneinandergeschmolzen. »Eine Skulptur«, flüsterte Klemens.

Einen halben Tag später fand er Severin im Stadtkugelbett.
Der Synes war geborsten, der Fuchs dem Tode nahe. Eine große Glasscherbe steckte in seiner Brust, eine andere hatte seine rechte Schulter aufgeschnitten, der Freund hatte viel Blut verloren. Robotik half erneut.
Mit zwei halbwegs verständigen Transportgeräten schaffte Klemens den in Lebensgefahr Schwebenden auf eine weitere Krankenstation.
Severin hatte eine Lungenverletzung und einige von Atemmangel herrührende Hirnschäden erlitten, außerdem zahlreiche Frakturen und innere Verletzungen von erheblicher Schwere. Nur großer technischer Aufwand trennte ihn vom Tod. Nach mehreren Operationen, die Klemens von außerhalb des Operationssaals durch ein Panoramafenster verfolgte, wobei er zweimal vor Entkräftung einschlief, versetzten die Automaten Severin in ein künstliches Koma, dessen Kenndaten Klemens verrieten, dass die Rechner den Fuchs im Grunde bereits als tot betrachteten.
Las er die Diagnostik richtig, dann mochte sich das monate- oder jahrelang nicht ändern. Vielleicht nie mehr.
Das Schlimmste war die von fühlloser Technik mit größter Beiläufigkeit ausgespuckte Information, dass in Severins Blut große Mengen der von Klemens synthetisierten Kunstide gefunden worden waren.

»Er wollte mich überraschen. Mir eine Freude machen, damit, dass er mein Geschenk doch noch angenommen hat«, sagte Klemens zu den mechanischen Armen, die den Gefährten aufgeschnitten hatten. »Zu stolz, sich mit mir auszusöhnen. Aber nicht lieblos.«

Die Außenkameras zeigten Klemens keine Tiere, keine Menschen.

Viele Quadratkilometer weit gab es nichts als klirrkalte Einöde.

Er fragte sich, ob es schön wäre, zu erfrieren.

Lichter gingen an und aus. Notstrom schien sich krisselnd zu beklagen.

Die Apparate der Insel bereiteten sich aufs Versagen vor.

Klemens konnte hier drinnen nicht bleiben.

Severin würde sterben, wenn man ihn nicht irgendwohin brachte, wo es angemessene ärztliche Versorgung gab.

Wir sind da, dachte Klemens, sehr müde.

Endlich angekommen.

2: Lasse Ristaus einzige Tochter

Der Vater hatte es befohlen, also trug Kathrin ihre Schutzbrille jetzt den ganzen Tag. Nur in den Zelten nahm sie die Blende kurz ab.

Gehorsam war sie trotzdem nicht: Die Filter ließ sie meist abgeschaltet. Nur so nämlich sah sie die Berge, wie sie waren: das glitzernde Grauweiß, die harten grünen gefrorenen Wasser und schwarzen vertikalen Blöcke, die pelzigen Schneespitzen, das erhaben Schwarze.

Seit Wochen bewegte man sich auf die Felsfront zu.

Blau, grün, grau: »So sind deine Augen«, hatte Messame gesagt.

Immer, wenn Kathrin zum Gipfelschimmer schaute, dachte sie, das also sieht man, wenn man mir in die Augen guckt. Ich bin nicht hässlich; Meori lügt bloß immer, ich wär's.

In Brillensicht wirkten die Bergspitzen rosa, das war ganz unmöglich.

Die Padurn allerdings glänzten durch die Brille grün, und ihr Atem war golden. Aber dieses Farbspiel machte für Kathrin die Tiere nicht schöner, weil es ja nicht die Wahrheit war.

»Es gibt einen Drall, vorn am Schlitten«, hatte sie am siebten Tag der Eisfahrt gemerkt und ihrem Vater gleich verraten, »die Padurn wollen immer zu den Bergen.«

Der Vater hatte so donnernd ins Mikrofon gelacht, dass Kathrin die Trommelfelle zitterten.

Dann war seine Stimme leise geworden, rauchig, und er hatte die alte Geschichte wiederholt, die er liebte, die sie kannte: »Den westlichen Gipfel nennen die Lapithen die Menneskerstufe. Nahe der Spitze, höher, als für uns gesund wäre, in der allerdünnsten Luft, fanden Menschen dort zu der Zeit, als man auf den Archipelen die letzten Urbeen baute, das ausgetrocknete und gefrorene

Skelett eines Wildpadurs. Niemand kann erklären, was der in dieser Höhe gesucht hat.«

Warum der Vater das Rätsel liebte, wusste Kathrin nicht.
Er hatte es kaum nötig, sich damit interessant zu machen.
Denn Lasse Ristau war nicht nur der kräftigste, fleißigste und klügste Mann, den sie kannte; nicht nur der einzige Mann aus Wilentz und dem ganzen grünen Thomasstreifen am Rand der Eisgegenden, der auf Flammenjagd ging, der einzige, der die Berge kannte, der einzige Mensch in Wilentz überhaupt, der auf den Monden gewesen war – Thyone, Jocelyn.
Er war vor allem ein Mensch ohne Angst. Seine Großzügigkeit, seine Geduld: Kathrin fand, sie kamen daher, dass er sich nicht fürchtete.
Wäre er leichter einzuschüchtern gewesen, nie hätte er sich als Mann getraut, bei den Hohen Frauen eine Brennerlizenz zu beantragen. Sie war ihm erteilt worden. Man witzelte im Städtchen, dass allein seinetwegen die männliche Form des Handwerkstitels erfunden worden war: »Brenner«, das gab es doch gar nicht – es gab nur Brennerinnen.

Lasse Ristau pflegte mehr und vielfältigere Kontakte zu den Urbeen als die meisten Konkurrentinnen und wurde, soweit Kathrin wusste, vor allem von den Admins dort geachtet. Im ganzen Thomasstreifen behandelte man ihn fast wie eine Frau.
Langlebig und von imposanter Konstitution schien er außerdem – wenn stimmte, was er erzählte, dann hatte er schon zwei Generationen hinter sich, als er auf Feldeváye eingetroffen war, von draußen her.
Kathrin betete und hoffte, er würde hundertfünfzig bis zweihundert Jahre alt werden oder älter, wie eine Frau, auch wenn sie von Männern, die älter wurden als Mitte Neunzig, nur aus Nachrichten wusste, die man von den Urbeen hatte, oder aus den kleineren Städten und Siedlungen in Travers, Toveyn, Wüsten, Wäldern, von den Archipelen.

Lasse Ristau, so viel verstand seine Tochter, war nicht üblich.
Sie wollte auch nicht üblich sein.
Das Brennerkind konnte schreiben, etwas, das nicht viele ihrer Altersgenossinnen interessierte. Sie schrieb gern und viel, für sich, deshalb war Kathrin schnell aufgefallen, dass das Zeichen, das man für ihren Vater, den einzigen Brenner, erfunden hatte, eigenartig aussah – man musste einen Keil, der die männliche Form bildete, ins Wort »Brennerin« setzen, so dass es aussah wie ein von ungeübter Hand gemaltes Zeichen für »Roter Wal in Fell«.
Mein Vater, der rote Fellwal.
Kathrin dachte an die großen Tiere, die sie manchmal vom Eisufer als massige Umrisse im Wasser schwimmen sah, elektrisch geladene Cousins der Finnwale und Schwertwale, und hatte das Gefühl, dass die beiden Kischarrobben, die sich zwanzig Meter links von ihr unter lauten Rufen im Schnee wälzten, ebenfalls an die großen Tiere dachten und sich im Gemisch aus klarem Sonnen- und flirrendem Arrheniuslicht nur deshalb so sehr ihres Lebens freuten (*Agöah! Agöah!*), weil weit und breit kein Wal zu sehen war.

Am Morgen der Abreise hatte Zainab Sgriacci dem Mädchen noch erklärt: »Wale und andere Großfische trauen sich zurzeit nicht in Ufernähe. Man hat einen Lapithen gesehen. Fischerinnen aus Fechmansk haben mir's erzählt: Ein metallisch grüner Teufel war's, aufrecht gehend, also nicht wie die Geduckten, die manchmal mit den Padurrudeln mitlaufen.«
Zainab redete von diesen Dingen mit Selbstverständlichkeit.
Kathrin erinnerte sie lieber nicht daran, wie grimmig die Hohen Frauen von Wilentz bis Fechmansk darum bemüht waren, den, wie sie sagten, Aberglauben von Lapithen auszurotten, die mit Wildpadurn durch die Mittelgebirge zogen. Engel der Mennesker in den unterholzreichen, von Windbruch, Kiefern und Lärchen beherrschten Mischwäldern?
Über den Schluchten und Wänden kurz vor der Gletschergegend?

Engel, bei uns?
Nichts davon stand im Buch.

Auch der rote Fellwal, der Kathrins Vater war, hielt wenig von den Legenden: »Nein, nicht bei uns. Im Süden, zu den ärmeren Urbeen hin, im Felsigen, am Wüstenrand, vielleicht auf der Steppe oder an Steppengrenzen, auch im Laubwald. Da passen sie hin. Da soll es sie geben. Ich hab' zwei in der Wüste Vatok gesehen, als wir dort im Sommer Dreiundvierzig die Michelangelo- und die Feldman-Flammen gefunden haben.«
»Was haben sie gemacht? Die Lapithen?« Kathrin versuchte, es sich vorzustellen.
»Uns dabei zugeschaut, wie wir die Flammen geborgen haben. Sie sind nicht fleißig. Sie suchen auch keine Abenteuer. Hier, im ewigen Winter? Sie würden zetern wie kleine Jungs.«

Kathrin griff sich an den Hinterkopf und zupfte im elastischen Brillenhalteband herum.
Sie überlegte, ob sie den Schutz vielleicht doch ganz abstreifen sollte.
Die Halterung ziepte an den Haaren.

»Hör auf damit«, rief ihr Vater, der selbst keine Schutzbrille trug, weil man seine Augen lange vor Kathrins Geburt, lange vor dem Tod ihrer Mutter für eine seiner Fahrten ins All verändert hatte. Er sah also tatsächlich aus fünfzehn Meter Entfernung, dass sein fünfzehnjähriges Mädchen an einer blonden Strähne kaute und am Brillenband zupfte.
Sie spuckte das Haarbüschel aus. Dann legte sie die Leinen der Padurn so überkreuz, dass die Tiere schneller liefen, und dachte: Alter Affenwal. Was will er von mir? Es hilft mir eben, wach zu bleiben, mich zu konzentrieren, nach den Flammen Ausschau zu halten, so wie ihm seine dummen Zigaretten.
In Wirklichkeit saugte sie an ihren Haarspitzen herum, weil sie ihre Haare zu lang fand für eine Frau und weil die Strähnen von

der Spucke dunkler wurden, so dass sich Kathrin einreden konnte, sie wären braun oder schwarz, wie die der reichsten Frauen im Streifen, oder denen in südlichen Urbeen. Blondes Haar, das war ihr zu gewöhnlich.

Meori lachte sie dafür aus. Schlimmer, sie sagte: »Das musst du gar nicht abbeißen, dein Haar. Das kannst du ruhig lang wachsen lassen, bis es dir an den Arsch reicht, wie bei einem Mann. Dann kannst du's vorn vielleicht so zurechtkämmen, dass es deine Fratze ein bisschen verdeckt. Man sieht ja die Kieferknochen! Diese Wangen, gruslig! Du hast ein viel zu scharfes Gesicht. Man kann sich dran schneiden, wenn man hinguckt.«

»Hör auf, gemein zu sein«, hatte Messame Kathrin verteidigt, wie immer, aber bevor Kathrin sich darüber hatte freuen können, wurde auch die Beschützerin zur Feindin, sicher nicht absichtlich, mit den Worten: »Ermuntere sie nicht zum Haarekauen. Hast du nicht gesehen, wie sie sich selber an den Fransen rumschneidet, statt zur Putzerin zu gehen, weil sie sich schon schämt? Du willst, dass sie hässlich wird.«

Meori hatte sofort ihren Trumpf ausgespielt: »Wird? Ist sie denn schön?«

»Meori, hör auf.«

»Ist sie schön? Ist sie schöner als ich?«

»Niemand ist schöner als du«, hatte Messame geantwortet. Das war das Schlimmste gewesen, wenn auch nicht überraschend: ein Tonfall wie ein Padurwinseln. Kathrin hatte gedacht: Meori soll still sein. So rund ist ihr Gesicht auch wieder nicht. Richtig runde, schöne Gesichter kriegen Frauen erst, wenn sie nicht mehr arbeiten und nur noch regieren, eine Familie, ein Haus oder eine Stadt, wenn sie an festlichen Tischen sitzen und den ganzen Tag essen und trinken.

Was ich nie tun werde.

Ich bleibe Flammenjägerin und fange das Brennen gar nicht erst an.

Oder ich laufe weg, zu den Urbeen oder ganz nach Süden. Eines Tages haue ich vielleicht ganz ab von Feldeváye. Verschwinde tief in die Himmel. Fliege zu den Sternen, an irgendeinen aufregenden, berühmten Ort, nach Paine, wo nur Admins leben und die Politik der Galaxis organisieren, nach La Sentinelle, wo die meisten Spezies zusammenleben, die sich je irgendwo einig geworden sind, nach Nitirak, wo die Menschen den Maschinen dienen statt umgekehrt, oder irgendwohin, wo es großartige Produln gibt, die uns allen vorausforschen ins komplett Unbekannte – nach Zwölfsonne oder auf den Schattenspiegel.
Dann werden wir sehen, wer klein und hässlich und dumm ist.
Anderswo gelten Meoris ekelhafte Provinzideen nämlich nicht.

Und früher galten sie auch nicht.
Auf den alten Bildern, in den alten Spielen der Menschen, in der Wiege vor der Hidschra und noch Jahrhunderte danach, musste eine Frau jedenfalls keinen Speckhals haben, um bewundert zu werden, keine Pausbacken und keine rote Säuferinnennase.
An Messames Vermutung, dass die bösartigen Demütigungen Meoris und ihrer Verehrerinnen aus dem Städtchen, die Gemeinheiten der jüngeren Brennerinnen vor allem, Kathrin dazu bringen sollten, sich hässlicher zu machen, als sie war, stimmte wohl einiges.
Lasse Ristaus einzige Tochter hatte früh gelernt, dass etwa die Schreierei: »Sie hat einen Pickel, sie hat einen Pickel«, wenn sich tatsächlich einmal so etwas auf ihrem Teint zeigte, der dunkler, städtischer, südlicher war als bei den meisten Frauen, sie nur dazu verführen sollte, daran herumzukratzen.
Da sie aber aus Gesprächen mit eitlen jungen Männern aus der Gegend wusste, dass vom Kratzen Narben zurückbleiben konnten, die bei einem Mann den Ehewert beträchtlich verminderten, ließ sie ihre Haut in Ruhe.
Diese ganze Angst, hässlich zu sein, kam von der Pubertät, lehrte ihr Vater, und die, versicherte er ihr, geht irgendwann auch vorbei.

Bis dahin gab sie sich Mühe, nicht durchzudrehen.
Manchmal fiel ihr das schwer.
Nach Meoris Spott über ihre Haare war sie nach Hause gelaufen, in einem Zustand, der die verwilderten Nodos auf dem Kiesweg vor dem Mutterhaus so erschreckte, dass sie kopflos auseinanderliefen und klagende Rufe ausstießen. Zwei der schönen, bunten, aber flugunfähigen Vögel waren in Panik vor der niedrigen Mauer zwischen Wohnhaus und Brennerei zusammengestoßen. Sie rollten sich ab, ein Federwisch aus feuerroten Hälsen, safrangelben Flügelspitzen, moosgrünen Beinen, tintenblauen Schnäbeln und feuerrotem Brustgefieder: *Zabah! Zabah!*
Kathrin hatte lachen müssen, dann weinen.
Sie schüttelte sich und verkroch sich im Padurstall, heulend, lag auf dem Bauch, Gesicht im Stroh. Sie hasste es, zu weinen, und wusste, dass es schwere Strafen geben würde, wenn ihr Vater sie dabei fand – »Du sollst nicht flennen, du bist kein Junge!«
Lasse Ristau hatte die nicht unberechtigte Angst, seiner Tochter könnte die Sorte Erziehung fehlen, für die im Streifen nun einmal Mütter zuständig waren. Weich, nörgelig, faul wie ein Mann sollte sein einziges Kind nicht sein.
Toje, Kathrins liebstes Tier, war zu ihr gelaufen, als sie im Stall lag. Das Schluchzen verebbte, als der Padur ihr erst das Gesicht ablecken wollte und dann versuchte, sie zu begatten, wofür sie ihm eins aufs Fell gab, nicht zu fest.
Mirjam, die einbeinige Mutter des Hausjungen Neschech, fing sie am Eingang ab, als sie ins Haus wollte. Sie zog Kathrin in die Küche zu den Jungs, die dort das Abendessen zubereiteten, spuckte in ihr Taschentuch, rieb dem Mädchen zwei endlose Minuten lang wie verrückt im Gesicht herum und herrschte es schließlich an: »Hör auf zu zappeln. Ich reibe dich tomatenrot, damit Lasse nicht sieht, dass du gegreint hast. Hab dich im Stall gehört, als ich angekommen bin. Verfluchtes Kind! Du wirst ihm das Herz brechen. Was glaubst du, wofür er gearbeitet hat?« Kathrin lag auf der Zunge: Nicht, um dich zu heiraten, obwohl du es seit zehn Jahren darauf anlegst. Das habe ich schon als Kind gemerkt, dass du gern

meine zweite Mutter geworden wärst, aber daraus wird nichts, denn mein Vater weiß, dass es mit seiner Freiheit vorbei ist, wenn er's tut, weil ihr andern nicht seid, wie meine Mutter war, die ihn arbeiten ließ und auf die Flammenjagd gehen.

»Was hast du überhaupt zu heulen, verwöhntes Ding?«, brummte Mirjam, als sie endlich fertig war mit Rubbeln. Kathrin erwiderte trotzig: »Meori Dassy sagt, ich bin hässlich. Sie sagt auch, ich bin wie ein Mann.«

»Meori Dassy«, bellte die Alte, »hat Angst vor dir. Das ist alles.«

Kathrin war so verblüfft, dass sie sich dem Griff, der sie festhielt, nicht entwand, wie eben noch beabsichtigt, sondern nachfragte, als wäre sie schwerhörig: »Angst? Wieso?«

Ein verächtliches Prusten der Einbeinigen war die Antwort.

Als das Kathrin nicht genügte, seufzte Mirjam und sagte: »Messame Dassy, da kann man nichts machen, ist in dich verliebt. Das brauche ich nicht ins Arrheniuslicht halten, damit ich's sehe.«

»In mich ver …«

»Hör auf, kokett zu sein wie ein Milchbart. Du bist nicht so schön, wie du wohl glaubst. Aber beim Buch, du wirst es werden. Wer hat hübschere, geradere Zähne? Deine Augen leuchten noch stärker als die deines Vaters. Dein Gesicht, sanft und entschlossen. Deine Lippen, Himmel, sie sind wie Milevas, hell und süß. Seerosenblätter, sagt das Buch. Du brauchst mich nicht so anzuglotzen. Es ist nicht dein Verdienst. Du hast einfach die besten Gene deiner Mutter und deines Vaters mitgekriegt. Ich wusste, dass sie Ärger bringt, als sie aus dem Süden kam, ohne Geschichte, ohne Referenzen, wie aus einem Loch im All gefallen. Wenn es nach dem Aussehen ginge, wie in den Urbeen, müssten die paar Vernünftigen im Thomasstreifen schon jetzt vor den Wahlen in zwanzig Jahren zittern. Mit diesen Augen wirst du nicht nur Bürgerin, damit wirst du Bürgermeisterin und Hohe Frau. Und dann sind wir verloren. Jetzt putz dir die Nase, geh auf dein Zimmer, bete, dass dein Vater dreihundert Jahre alt wird, damit er dich vor dir selbst beschützen kann. Dann wasch dich und komm essen und sag' deinem armen Vater, der Himmel rette ihn, kein einziges freches Wort bei Tisch. Im Frühling wird er dich dann wieder auf die Flammenjagd mitnehmen, und wenn ihr was findet, wird er uns allen erzählen, dass du die Flammen nicht nur siehst, sondern riechen und hören kannst, als hättest du einen von diesen … als hättest du einen Synes im Kopf, wie sie von den Überzüchteten in der Auswertung verwendet werden. Täusch dich nicht, kleines Jungsweib, die Flammen findet er. Er allein, und deine Wundertalente sind reiner Unsinn. Die redet sich der Arme ein, weil er dich dabeihaben will, weil er dich … weil du ihn an seine tote Frau erinnerst, woran man sehen kann, wie viel die ganze Schönheit wert ist. Sie macht die Menschen dümmer, Männer und Frauen, als sie sein müssten, und zwingt sie, an Sachen festzuhalten, die längst der Wind mitgenommen hat. Glotz mich nur an, mit deinen strahlenden Augen, Mirjam Dremocci prophezeit dir hier und heute: Du wirst an deiner Schönheit wenig Freude haben. Geh schon. Verschwinde!«

Die Wutfalte zwischen den Augenbrauen und der Zorneston waren echt; um Schmeichelei ging es wahrhaftig nicht. Sie schien also wirklich zu glauben, was sie redete: Die Beschimpfte war in Wirklichkeit schön.

In jener Nacht schlief Kathrin erst Stunden nach dem Löschen aller Lichter ein und hielt ihr Kopfkissen in den Armen, als wäre es Messame Dassy.

Am nächsten Morgen, und noch tagelang, schämte sie sich furchtbar dabei, dass sie sich das, was die Einbeinige gesagt hatte, nicht aus dem Kopf schlagen konnte.

Das würde sie müssen, selbst wenn – der Himmel lachte über Dummchen, die sich so was ausmalten – Messame sie wirklich schön fand.

Denn wer zwischen die beiden Dassys geriet, konnte sich gleich aufhängen oder ins Eismeer springen. Vielleicht, dachte Kathrin grimmig, war das genau, was Mirjam wollte: Kathrin in eine Wahnvorstellung treiben, die nur zum Schlimmsten führen konnte.

Meori war gewiss ein Ungeheuer. Aber über Mirjam Dremocci hat-

te sie vor Jahren schon das Nötige gesagt: »Wie alle Einbeinigen will sie nichts als einen Mann. Aber da sie hochnäsig ist, will sie außerdem auch gleich den besten.«
Und noch wüster: »Sie will die Arpla wieder anwerfen. Voll bis zum Rand mit ihrer Brut, rütteln und schütteln.«
Kathrin musste lachen. Sie dachte an einen uralten, spotzenden und gurgelnden Dieselmotor dabei. Meori wusste, wie man Galle spuckte, in alle Richtungen.

Einmal hatte Kathrin Messame gefragt, woran das lag.
Ein trauriges Lächeln, eine leise Antwort: »Eigentlich ist sie nicht so. Ich hab sie großzügig erlebt, und ... melancholisch. Aber ihre Seele, die ist ... ich weiß nicht. Vielleicht ein bisschen enger als die meisten.«
Keine schlechte Beschreibung, fand Kathrin: Man hörte darin etwas von der Gepresstheit, dem Drängeligen und Unzufriedenen, heiklen Eigenschaften, die das ältere Dassymädchen selten unterdrücken konnte.
Manchmal wurde Meori selbst ihrem Hofstaat unheimlich damit – etwa, wenn sie über den roten Fellwal spottete, den doch alle besseren Mädchen von Wilentz achteten und mochten: »Wisst ihr, warum Lasse Ristau so oft und gern auf Flammenjagd geht? Weil er dann eine Entschuldigung dafür hat, dass sein Wilentzwasser mit jedem Jahrgang schlechter wird.«
Kathrin machte den Fehler, darauf zu erwidern: »Und warum bestellen die Urbeen dann jedes Jahr mehr Kisten? Nicht von den Panshins, nicht von den Riedlers, sondern vom Haus Ristau?«
»Weil die Hohen Frauen«, lachte Meori böse, »dafür sorgen, dass die Städter das tun. Sonst müssten die Hohen Frauen den Dreck selber trinken. Ist dir das nicht klar? Ausfuhr bedeutet: nicht gut genug für den Thomasstreifen. Dummes Weib! Er soll ruhig jagen gehen, dann panscht er nicht so viel.«
Messame war eingeschritten, bevor ein echter Streit draus werden konnte: »Die Flammenjagd ist nützlich genug, selbst wenn er deshalb nie zum Brennen käme.«

»Ach?«, machte Meori und zog die Brauen hoch. Dabei spitzte sie die Lippen, als wollte sie der Schwester einen Kirschkern auf den Kopf spucken.
Die Antwort war verblüffend, nämlich eine scheinbar unschuldige Gegenfrage: »Du magst doch deine Nodos, oder?«
Messame wusste, dass Meori an der alten Sitte festhielt, den Wert einer Frau an drei Dingen abzulesen: der Anzahl ihrer aus der Arpla gestiegenen Kinder, der Nachfrage für die Erzeugnisse ihres Hauses und der Menge der Tiere in ihrem Besitz.
Meori mochte Nodos lieber als Nutzvieh aller Art, weil die Vögel lebendiger Schmuck waren, auf den Wiesen herumgockelnde Wappen der reichen Familien.

»Und stimmt es nicht«, fuhr Messame schlau fort, »dass es ohne Flammen keine Nodos, nämlich keine Farbmuster für die Gefieder gäbe, wie sie unsere Genetikerinnen vor vielen ...«
»Wisst ihr was, das Thema ist langweilig«, hatte Meori die Sache vom Tisch gewischt, wie immer, wenn sie spürte, dass ihr in einem Streit eine Niederlage bevorstand.

Hier draußen, vor den Felsen, im weiten Weiß, gab es keine Farben.
Nodos, dachte Kathrin: ein Wortspiel in einer der alten Sprachen, das die Kinder lernten, auch wenn die Sprache selbst nur noch als Zitat und bei einigen Lacs lebendig war – »Not really Dodos: Nodos«.
»Dodo«, das war der Name eines Vogels gewesen, den es in der Wiege, vor der Hidschra –

»Was machst du denn? Schalt sie ein.« Die strenge Verstärkerstimme des Vaters stieß Kathrin aus ihrem Gedankengefussel.
»Wa ...«, setzte sie an, aber er schnitt ihr das Wort ab: »Die Brille. Ich sehe, dass du sie aufhast. Aber weil ich dich kenne, weiß ich auch, dass sie aus ist.«
»Die Falschfarben ...«

»Sind mir wurst. Außerdem siehst du die Flammen eher, wenn die Brille an ist. Benimm dich nicht wie ein Junge.« Das saß. Sie ärgerte sich sofort und schämte sich zugleich.
»Arrhenius steht am höchsten Punkt. Die Interferenzen können dich blind machen.«
»Schon gut.« Kleinlaut maulig sah sie es ein – den Vortrag über Sonnenwinde, ausgedünntes coronales Plasma, überschallschnell ausgebreitet, nachts manchmal sichtbar als Polarlichtfeuerwerk, das sogar die Flammen überstrahlte, wiesengrüne und veilchenblaue Vorhänge, wollte sie sich und dem Vater ersparen.
Er wäre arg trocken – anders, als wenn Messame über den Mond sprach, der eine Sonne war, »den Mond, den Feldeváye gefangen hat wie ein Padur eine Drossel. Alles hier würde verbrennen, im Arrheniuslicht, wenn die Lapithen nicht so nett gewesen wären, den Mond in einen Mantel aus etwas einzuschließen, das keine Frau versteht.«
»Kein Mensch«, hatte Lasse sie korrigiert, am Feuer, nach den Liedern, beim Brennerfest, vor einem Jahr. Messame hatte mit Kathrin getanzt. Messame tanzte mit allen, es musste nichts bedeuten. Aber ihre schwarzen Augen hatten gefunkelt, und ihr Mund hatte weich geglänzt.

Die junge Brennerin wollte sich nicht erinnern, hier im Eis.
Sie zwang sich, nur aufs Knistern in den Empfängern zu hören, das Knattern der Winde.
Sie roch den kalten eigenen Atem, in den sich der seltsame Duft der Packeisfläche mischte: frisch gepflückter Tee, etwas Salzwasser darin.
Kathrin spürte die leichten Erschütterungen der unebenen Schlittenfahrt, und hinter sich das Rumoren und Beben, das von den Robotpackern auf ihren Raupen rührte, an deren Rücken die Zelte, die Nahrung, die Waffen, das Freilegematerial fixiert waren, außerdem Vaters Trommeln. Rechts von Kathrin, immer ein bisschen weiter vorn als die andern Schlitten, fuhr er. Noch weiter rechts die Frau aus Laischa, noch weiter bergwärts die Padurfüh-

rerin Zainab Sgriacci. Ihr vertraute Lasse Ristau; die einzige andere Frau mit hinreichender Jagderfahrung, die er kannte, war Mirjam Dremocci, und die wollte er nicht mitnehmen. Sie wäre sicher irgendwann in Lasses und Kathrins Zelt gekrochen, hätte den Mann unter Schnaps gesetzt und sich genommen, was sie von ihm wollte, seit Kathrin laufen konnte.

Wieder diese Gedanken.
Ich kriege mein Hirn heute einfach nicht stillgestellt, dachte Kathrin, mit Groll auf sich selbst.
Ihr Vater hatte versprochen, dass man, wenn die Gruppe nicht bald eine Flamme fand, umkehren würde und in sechs Tagen wieder in Wilentz sein. Kathrin wusste: Nächste Woche kriege ich meine Tage, es wäre also schön, wenn er dieses Versprechen hielte.
Sie kannte derlei freilich schon: Mit leeren Händen würde Lasse Ristau nicht heimfahren, seine Ankündigung, demnächst umzukehren, war eher eine Wette mit den Vorfahrinnen.
Kathrin biss sich auf die Unterlippe – Seerosenblätter, dachte sie, plötzlich fast zum Lachen aufgelegt. Die blöde Denkerei, die Stimmungsschwankungen: Es lag daran, dass es hier draußen keine Ablenkung gab; als läge man in einem völlig dunklen Zimmer bewegungslos auf dem Rücken.
Sie drehte den Kopf leicht nach links. Auf dem Meer stießen Treibeisschollen wie große Plätzchen lautlos aneinander. Sie werden, dachte Kathrin, verklumpen, in der Kälte zusammenbacken, um Teil des Nichtlandes zu werden, auf dem wir nach Flammen suchen.
Kathrin überlegte, ob sie Musik aus der Noos rufen sollte. Die CLPs waren wegen der Arrhenius-Teilchenschauer hier draußen notorisch mies, auch kam es, wenn man sich auf diese Art zerstreute, leicht zu Schlittenunfällen, und schließlich hörte ihr Vater sie vielleicht ab – also ließ sie's bleiben und döste lieber im Stehen, mit offenen Augen, in einem leicht entrückten Zustand, in dem ihr vor zwei Jahren einmal sogar die Entdeckung einer Flamme gelungen war.

Ihr Vater fiel im Verband zurück.
Seine und Kathrins Padurn zogen langsamer. Zainabs Tiere hatten die Führung übernommen. Auch das kannte Kathrin schon: Man würde bald anhalten und ein Lager aufbauen.
Sie überprüfte ihren Log für die Tafel. Die letzte Markierung war kurz nach dem Befehl ihres Vaters, sie solle die Brille einschalten, gesetzt worden – seitdem waren, sagte der Log, volle vier Stunden vergangen, weitgehend ohne einen Gedanken, wie im Traum. Kathrin war stolz auf sich: Ich kann mich ausschalten wie die besten Jägerinnen, und dass ich gleichzeitig präzise arbeiten kann, habe ich in der Ristaubrennerei mehr als einmal bewiesen.
»Schluss! Wir campen!«, rief kurz danach wie erwartet ihr Vater.
Sie hörte ihn zweimal: einmal in den Lautsprechern, einmal im Wind.
Kaum eine halbe Stunde später war das Lager fertig.
Man aß zu dritt in Lasses und Kathrins Zelt.
Die Frau aus dem Urbeum nahm nicht teil, sie hatte ihre eigenen Abendrituale. Kathrin aß scharfen Fisch und warmes Brot. Sie war froh, sich nicht mit der Laischafrau ins Benehmen setzen zu müssen. Nicht mal deren Namen wollte sie sich merken. Es brachte nichts, sich mit Leuten von der Auswertung einzulassen. Die versprachen nur, sich über Noos zu melden, ließen nie mehr von sich hören, wechselten irgendwann ihre Coiflets aus und zurück blieb, für ihre kleinen Freundinnen aus dem Thomasstreifen, das Gefühl, sie wären nichts wert und zu Recht dazu verurteilt, ewig sitzenzubleiben im Sumpf aus Gerstenmaische, Klee, Sud, Eis und Schnee. Einigen Mädchen, die Kathrin kannte, war das passiert.
Zainab verbreitete bessere Laune.
Die Padurführerin mit der geraden Nase und den lustigen Augen erzählte Abenteuer, die sie auf Flammenjagden erlebt hatte, nicht immer ganz wahr. Die Roboter bauten danach das Schlagzeug auf, dann setzte Lasse Ristau sich daran. Er löste die Spannschrauben, legte neue Felle ein, streckte sie mit dem Handballen, stimmte sein Instrument.

Am späten Abend ging es los.
Erst Teilchenschauer wie im Arrheniuslicht, Viertel, Achtel und Sechzehntel, Rolls, Flams, Drags, Triolen, bis der Mann mit dem geraden Rücken in Stimmung kam, zu singen, im prächtigen Bariton:

Das Sternbild der Katze
erwacht und flackert

Die Heuernte, ein ständig knurrender Bauch
Arbeit auf dem Feld
Ein ständig aufschreckendes Herz

Zainab begann, nicht allzu laut, aber punktgenau, in die Hände zu klatschen, dass der Zierrat an ihren Armreifen klingelte und die Ohrringe am nickenden Kopf im Schummerlicht blitzten. Kathrin, die leicht betrunken war, fiel mit ein, etwas verschleppter, nicht immer auf den Punkt, aber voller Engagement. Der Vater sang:

Liebe
das Sternbild der nackten Frau
erwacht um zu lieben

Die Erdbeerernte
Die Lippen die Umarmungen
Das Fällen des Hochwalds
Augen die Versprechungen

Und dich die du schläfst
Die du schläfst

Wann Kathrin müde wurde, wusste sie später nicht mehr. Zainab deckte sie zu, nicht der Vater. Als Kathrin aufwachte, war alles still.

Lasse schlief gegenüber dem erloschenen Feuer. Ruhig hob und senkte sich seine breite Brust.
Kathrin stützte sich auf den rechten Ellenbogen, sah sich im Zelt um: Zainab Sgriacci war fort, in ihr eigenes Zelt gegangen. Der Log sagte, dass es halb fünf Uhr früh war.
Kathrin schlüpfte aus den Decken.
Sie wusch sich leise in der Nische, kleidete sich behände an.

Als sie die Plastikschleuse betrat und die Membran hinter sich rieselnd schloss, als der Flügel dann beiseite flappte und Kathrin, mit aufgesetzter, aber ausgeschalteter Schutzbrille, ringsum das weiße Land sah, diesen großen Morgen, der ein bisschen übernächtigt wirkte, schwächer war als sie selbst und sich, als leichter Leuchtrand auf den treibenden Schollen wie um die Konturen der Berge, nach einer Nacht sehnte wie Kathrin nach Messame (doch, das konnte sie jetzt denken: Es war, als schliefen alle Menschen überall und niemand würde wissen, was Kathrins Herz wollte), da verschoben sich auf einmal in ihrem Gesichtskreis all die grundverschiedenen Sorten Weiß, die es hier gab, gegeneinander: das Wächserne gegen das Porzellanartige, das Lilienglühen gegen Kreide und Gips.
Sie tat ein paar Schritte hinein, obwohl neuer Schnee gefallen war und sie mit ihren Stiefeln nicht leicht vorankommen würde.
»So einen Schnee«, lehrte Lasse gern, »betreten nur Padurn. Als Mensch wagt man sich allenfalls hinter einem Schlitten drauf, denn Schlitten machen uns leichter, als wir sind.«
Kathrin stapfte nach rechts, als folgte sie einer Geodätischen in einer gekrümmten Raumzeit, die außer ihr nur die Padurn und vielleicht Lapithen sehen konnten – zur Gebirgskette, auf einer Spur, die vielleicht der auf dem Gipfel gefundene Wildpadur vor ihr eingeschlagen hatte. Als sie den Horizont absuchte, westlich der Stelle, wo der Berg wie von der sicheren Hand einer Vorfahrin aus dem Eis gezogen in die Höhe zackte, bewegte sich dort etwas. Aluminiumblitzendes Flattern.

Lapithen?
Das Silberne schwang sich auseinanderstiebend in die Luft, und Kathrin erkannte, dass es sich um einen kleinen Schwarm von Sturmvögeln handelte, die vermutlich aus einem Eisloch Fischlein gepickt hatten und jetzt bergwärts damit verschwanden. Auf Felsvorsprüngen würden sie sich um die Beute zanken und sie vertilgen.
Kathrin setzte ihren Weg fort, ging rechts von rechts, in weitem Bogen um die Zelte herum, entfernte sich spiralförmig rasch weiter von ihnen.
Etwa zweihundert Meter weg vom Lager ging die Puderschicht, auf und in der Kathrin herumgestapft war, in harten Dauerfrostboden über, auf dem man besser vorankam. Der Schnee war erst angeschmolzen und dann zu Eis verhärtet, direkt ums Lager nur hatte die Temperaturregulation der Zelte die natürlichen Gradienten ausgeglichen. Mit jedem Schritt kam es Kathrin vor, als vergletscherten ihre Sinne weiter.
Schwacher Erinnerungshall des Liedes von gestern Nacht sang in ihr:

Das Sternbild der Katze
erwacht und flackert

Dann trat die Melodie zurück hinter tief violette Geschmäcker auf der Zunge, etwas wie Kobalt, bald trocken wie Schiefer und schwärzer, dazu ein Summen.
Schließlich begriff Kathrin, dass das, was sie da rief, was sie geweckt und aus dem Zelt gelockt hatte, nichts anderes sein konnte als eine Flamme.
Sie fragte den Tafel-Log, wie lange sie schon unterwegs war. Er schwieg – das war das sicherste Zeichen: Es gab eine Flamme, ganz in der Nähe.
Kathrin probierte ein par Coiflets zur Noos. Auch die blieb still. Kathrin hätte die Kontaktplatte im Hinterkopf fragen können, ins Cache greifen nach besseren CLPs, aber jeder Kontakt flackerte

hier draußen, im Arrheniuslicht, oft so sehr, dass sie davon Kopfschmerzen bekam, manchmal sogar Nasenbluten.

Lasse trug auf seiner eigenen Platte Wissen und Erfahrung mit sich herum, die über das meiste hinausreichten, was man aus der Noos fischen konnte – über die Monde, die Sterne, die Künste, sogar über Politik, die Prodisten und Admins. Wenn ihm etwas passierte, war das alles weg – er wollte keine Tafel, keinen Log: »Ich glaube nicht dran.«

Kathrin blinzelte und schluckte trocken. Der eigenartige Kompass, der sie offenbar war, wusste, wie sie ihr Storchenstelzen auf dem Eis steuern musste. Der spiralige Rechtsdrall war vorbei, jetzt wollte sie geradeaus gehen, dann sich nach links wenden.

Eine Eingebung ließ sie stutzen: Die Brille störte. Zwar war das Gerät inaktiv, aber aus irgendeinem Grund wollte sie es nicht im Gesicht lassen, schnallte es also ab.

Zu sehen war bis jetzt nichts Ungewöhnliches. Kathrin hatte Geduld. Sie dachte an den Satz aus dem Buch: Die heiligsten Handlungen sind diejenigen, die wir ohne Hoffnung auf Erfolg und ohne Angst vor dem Scheitern wagen.

Beim Gehen legte sie den Kopf etwas zurück und sah über der Menneskerstufe die schlecht aufgeschüttelte dünne Decke der Wolken. Sie fragte sich, ob ihr Vater sie auch einmal auf die andere Sorte Flammenjagd mitnehmen würde, die nur in der Nacht stattfand, in der monatelangen, der kältesten Nacht, wenn man die Stratosphärenwolken sah, über die man sich in den Urbeen so große Sorgen machte, weil sie von manchen Admins als Vorboten eines möglichen Lochs in der Ozonschicht von Feldeváye betrachtet wurden.

Die zerknautschte weiße Watte, weit weg, schien sich an ihren Rändern ins Arrheniusleuchten davonstehlen zu wollen, pflaumenblau eingerollt in übernächtigte Himmelslaken. Kathrin zwinkerte und konnte Sterne ausmachen, ganz wenige nur, vielleicht drei, vier.

Liebe
das Sternbild der nackten Frau
erwacht um zu lieben

Kathrin hatte das Gefühl, sie müsste ihre Augen öffnen, dabei waren die gar nicht geschlossen. Von weit her hörte sie ein Knacksen, wie wenn jemand Nüsse zerdrückt. Es war die Stimme ihres Vaters, in den Ohrlautsprechern. Er rief nach ihr, barsch und befehlsgewohnt. Sie hörte ihn kaum, verstand ihn nicht. Sie senkte den Blick von ganz oben her, bis ihr Gesichtskreis wieder auf der Horizontlinie lag.
Kathrin stand vor der Flamme.
Nein: mitten unter den Flammen.
Es waren drei.
Kathrin hätte die vierte sein können; es kam ihr vor, als wären die Flammen scheu an sie herangetreten, in Andacht, still.
So stand Lasse Ristaus Tochter schweigend vor der zweiten, zwischen der ersten und dritten, genau die drei Schritte weit weg, die auch zwischen der ersten und der zweiten, zwischen der zweiten und der dritten zu gehen gewesen wären: eine genau abgemessene Begegnung.
Alle drei Flammen waren goldene Rechtecke, hochformatig, etwa einen Meter breit und zwei Meter hoch. Es handelte sich weder um Musik (zweimal hatte Lasse Musik gefunden und zurückgebracht, einmal war Kathrin dabei gewesen) noch um etwas Bewegtes (dreimal schon hatten die Ristaus Filme im Eis geborgen, auf breiten Projektionswänden aus onyx-schwarzem Glattplastik).
Hier leuchteten schlicht Bilder: Gemälde.
Kathrin kannte sich nicht allzu gut aus, riet aber, dass diese Flammen ursprünglich in Öl auf Leinwand gemalt und mit Lack geschützt worden waren, inzwischen sicher tausendmal schutzbehandelt und aufgefrischt.
Die Gemälde zeigten unbekleidete, aufrecht stehende Frauen.
Die linke hatte langes dunkles Haar, wandte sich von der Betrachterin ein wenig nach links ab, legte die linke Hand vor den Venus-

hügel, wo, wie bei den beiden anderen, kein Schamhaar wuchs. Mit der rechten Hand, den Ellenbogen angewinkelt, griff sie sich in den Schopf, den sie gerade aus ihrem Gesicht gezogen hatte. Die Haut war hell, rosa, leicht bräunlich. Der Blick schien in sich gekehrt, auf den Boden gerichtet, man sah die Pupillen nicht, Wimpern verdeckten sie. Die Frau war wenig älter als Kathrin, vielleicht fünf Jahre. Sie wirkte bescheiden, aber nicht unterwürfig.

Direkt vor Kathrin erwiderte die Mittlere unverwandt den Blick der Flammenjägerin, mit angewinkelten Armen, in ausdrucksstark verharrender Geste, die einen unsichtbaren Korb oder Spiegel in die Höhe zu heben schien, Hände rechts und links vom Kopf, die Daumen leicht abgespreizt. Das Haar, das lang war, aber nicht so knabenhaft lang wie bei der Bescheidenen, war hinter dem Kopf hochgesteckt, der Ausdruck der Augen wirkte offen, mutig, neugierig und stolz.

Statuesk nah standen die Beine beieinander. Die Rechte berührte mit vier Fingern die Schläfe, mit dem Daumen die Wange. Der linke Arm, vor dem Bauchnabel, Daumen und Zeigefinger nah beieinander, schien etwas sehr Kleines zu halten. Die Frau sah zu Boden wie ihre Schwester linker Hand, nachdenklich, auf konzentrierte, durchgeistigte Weise introvertiert. Iris und Pupillen waren zu erkennen. Ihre Frisur erinnerte Kathrin an Messame Dassys: Mittelscheitel, glattes, bis auf Kinnhöhe reichendes, gerade noch weiblich kurzes Haar. Von allen dreien war sie, fand Kathrin, die Attraktivste.

Ein winziges Weilchen hielt die Jägerin in der lustvollen Anspannung der Entdeckerin inne, die erwartet, von dem, was sie entdeckt hat, angeredet zu werden.

Dann endlich drang die inzwischen zum Brüllen angeschwollene Stimme ihres Vaters zu ihr durch: »Wo zum … chhhrrr … bist du? Kccchhh … Kathrin … hhhrr … sofort!«

»Flamme. Nein. Flammen«, sagte das Mädchen, als ginge es zunächst darum, Sprache zu kosten, auf der Zungenspitze zu spüren, dass sie noch sprechen konnte. Kathrin war sich sehr unsicher, ob das überhaupt zusammenpasste, diese Sinneseindrücke und das Sprechen.

»Ichhhhkkhhrrr ... verstehen! Sprich deutlich!«

»Drei Flammen! Drei!«, schrie Kathrin lachend in Freude und Wut, angriffslustig, befreit. Sie trat einen Schritt zurück. Die Flammen blieben, wo sie waren.

Der Abstand jedoch löste den Zauberbann.

»Ich habe«, sagte Kathrin, »drei Flammen gefunden.«

»Oh, das ... das ist ... das ist toll, wie ... für ...«

»Bring die Frau aus Laischa mit.« Kathrin staunte selbst, wie sehr das nach Anweisung klang – als hätte sie das Kommando übernommen.

»Cosima schläft noch ...«, sagte der Vater. Kathrin erwiderte kühl, aber heiter: »Dann weck sie. Das wird sie sehen wollen. Tafelbilder. Ölgemälde. Riesengroß ... wunderschön.«

Die Detonation, die Kathrin von den Füßen riss, nach hinten aufs Eis warf und alles außer den Flammen zum Zittern brachte, war eine Antwort der Vorfahrinnen, die Kathrin so erschreckte, dass sie nasse Hitze innen an den Hosenbeinen spürte.

Ins taube Nachzittern des Knalls schnitt wie ein heißes Messer tiefe Scham: Ich hab mich nass gemacht vor Schreck, wie ein kleiner Junge. Meori und Mirjam haben recht, ich bin keine Frau. Ich bin peinlich.

Von einer gewaltigen Faust niedergestreckt, als hätte man ihr das Rückgrat zerschmettert, lag Kathrin so drei Minuten reglos auf dem Rücken; rechts und links, oben und unten umgeben von tief klaffenden, zackigen Brüchen im Eis, das nach allen Richtungen zersprengt war. Kathrins Gesicht, dessen Blick nach oben stierte in die räumlich unklare Milch aus Sonnen- und Arrheniuslicht, aus blassem Himmel und dem Nichts, das alles überwölbte und aus dem die Riesenfaust gefallen war, glänzte feucht auf Wangen und Stirn.

Sie wagte nicht gleich, sich im Gesicht zu berühren, um herauszufinden, ob das Tränen waren oder Blutspritzer. Sie wusste, von einem schweren Unfall in frühen Kindertagen her, was ein Schock war, und hielt es durchaus für möglich, dass sie lebensgefährliche Verletzungen erlitten hatte und dennoch keine Schmerzen spürte, weil das Nervensystem mit der Katastrophe im Augenblick einfach nichts anfangen konnte.

Bald stellte sich ein dumpfes Drücken an den Hüften und im Rücken ein. Wurde es schlimmer? Kathrin wartete ab, mit flachem Atem. Es wurde nicht schlimmer.

Schließlich waren ihre Ohren weit genug wiederhergestellt, dass sie den Vater bang rufen hörte: »Rinchen? Kathrin, bist du …«

»Ich lebe«, sagte sie. Es war fast zum Lachen.

Der Vater versicherte ihr: »Wir kommen. Wir sind unterwegs. Zainab ist gleich los, müsste sofort bei dir sein. Bin kurz dahinter, wir … fliegen. Ich schau mir nur schnell die Insel an, dann bin ich auch bei dir.«

»Ist gut«, sagte Kathrin, und traute sich jetzt doch, ihr Gesicht abzutasten. Es war klatschnass, von nichts als Wasser: Eis war zerschlagen worden, aber auch geschmolzen, zum Teil sogar verdampft. Nicht weit von hier, nordwestlich der Flammen, die immer noch ganz unbeschädigt vor ihr aufragten, sah Kathrin ein kochendes Loch im Boden, als sie sich langsam, hustend berappelte und mit flauem Magen auf unsichere, wankende Beine fand.

Ich kann mich nachher einfach waschen, dachte sie, niemand muss wissen, dass ich nicht nur von schwappendem Wasser Flecken auf der Kleidung habe.

Ihre Laune besserte sich schlagartig.

»Hast du mitgekriegt … hast du gesehen, was das war?«, fragte sie den Vater. Der erledigte einen kurzen, gedämpften Wortwechsel mit Zainab, dann wandte er sich wieder der Tochter zu: »Du weißt nicht, was dir passiert ist? Ein Raumer. Eine richtige Insel wahrscheinlich. Abgestürzt. Ein Satellit der Lapithen, oder einer von uns, kann's nicht sein.«

Stimmt, dachte Kathrin, man hätte uns per Override aus der Noos gewarnt, die Gegend gesperrt oder sogar evakuiert.

Kathrin grinste. Sie wusste, was die Erregung in Lasse Ristaus

Stimme bedeutete: Eine Insel, das war noch besser als die drei Flammen, die sie gefunden hatte. Für eine Rettung würde man ausgezeichnet werden, und falls niemand zu retten war, gehörte alles, was an und in der Insel noch funktionierte oder auch nur Schrottwert hatte, nach den Gesetzen des Thomasstreifens den ehrlichen Finderinnen – und, in diesem raren Fall, dem ehrlichen Finder.
Was für ein Tag.

Kathrin ging langsam um die Flammen herum.
Auf halbem Weg zwischen ihr und den gewaltigen Gebirgszügen westlich der Menneskerstufe steckte zwischen haushohen Gletschersplittern das schwarz rauchende Wrack. Viel war von hier aus mit bloßem Auge nicht zu sehen, also setzte Kathrin ohne Zögern ihre Brille wieder auf und schaltete sie ein. Autozoom. Die Insel sah aus wie ein mit der Axt gespaltener Nodo: Gelbe, plusterartig auseinandergeplatzte Innenwandungen lappten von einer rotweißen Außenhülle her in den Schnee, ursprünglich wohl cyanfarbene Vorderpanoramafenster glühten rostbraun. Es musste eine schöne Insel gewesen sein, im Flug, im All.
Die armen Frauen an Bord, dachte Kathrin: Sie waren entweder tot oder schwer verletzt. Ein maunzendes Geräusch klagte um sie, tief im Hals.
Dann drehte sie sich um und ging den Weg zurück zwischen die Flammen. Die Bilder darin blieben ihr auch beim Drumherumgehen stets frontal zugewandt. Die mittlere Frau schien jetzt traurig, einsam, Botin einer Entsagung, die ihr schwerfiel.
Alle drei Akte schienen zu wissen, was geschehen war und wie es Kathrin dabei ging. Ihre Haltungen waren dieselben geblieben, aber deren Bedeutung hatte sich, fand Kathrin und rieb sich den Nacken unter der Kapuzennaht mit dick behandschuhten Händen, subtil verändert.

»Es sind Allegorien«, sagte Zainab, die hinter Kathrin vom Schlitten stieg.

Kathrin nickte.

Etwas in ihrem Hals hinderte sie am Sprechen. Sie näherte sich Zainab vorsichtig und war sehr erleichtert, als die Padurführerin sie heftig umarmte und sogar ein bisschen schüttelte, dann losließ.

»Tolle Bilder«, sagte Zainab, nachdem sie die Gemälde genauer betrachtet hatte.

»Deine Datenbanken ... du weißt, was das ist?«

»Ja. Sind drin«, bestätigte Zainab. »Die Auswertung kennt die schon.«

»Allegorien wovon?«, fragte Kathrin, schlang die Arme um den eigenen Körper und klopfte sich selbst auf den Rücken – nicht, weil ihr kalt gewesen wäre, denn selbst die nasse Schutzkleidung wärmte sie mit thermischen Fasern stets hinreichend, sondern weil sie unbewusst versuchte, die Umarmung, aus der sich Zainab schnell gelöst hatte, noch ein Weilchen zu verlängern.

»Die mit den langen Haaren, das ist die Weisheit. Die so herausfordernd guckt, das ist die Sinneswelt. Und die mit der hübschen Frisur, das ist die Verkörperung des Gefühlslebens.«

»Sie sollten einander umarmen«, sagte Kathrin, und redete dabei von sich.

Zainab lachte und sagte: »Der Mann, der sie gemalt hat, wollte sie lieber getrennt. Vielleicht fand er, sie ließen sich so leichter beherrschen.«

Kathrin stutzte und rümpfte die Nase.

Vieles, was die Flammen zeigten, die in den letzten dreihundert Jahren auf Feldeváye erschienen waren, zeugte von versunkenen Verhältnissen in der Wiege, vor der Hidschra, von Zuständen, von denen auch das Buch Schlimmes andeutete. Etwas so Schönes wie diese drei Flammen damit in Verbindung zu bringen, kam Kathrin abwegig vor. Sie wollte darüber nichts weiter hören und wechselte das Thema: »Wie hieß er denn? Der Maler?«

»Kuroda Seiki. Die Bilder sind ... etwa ... ein paar tausend Jahre alt, entstanden in ... Japan, sagen die ...«

»Japan ... ein Urbeum auf der Wiege?«

»Größer als ein Urbeum. Und zugleich verstreuter. Mehr wie die Atolle. Hallek, Tares, die Kleineren. Zusammengenommen.«
»Glaubst du …«, setzte Kathrin zu einer weiteren Frage an. Aber Zainab hob die rechte Hand und wandte sich ab, um auf etwas in ihren Lautsprechern zu horchen und ein paar knappe Antworten zu geben. Es war Kathrins Vater, der sie rief und mit ihr übers Wrack der Insel redete, wohl auch über etwas, das er an der Absturzstelle gefunden hatte.
»Gut … nein. Nein. Sieht gut aus. Keine Schramme. Bisschen durchgerüttelt, leichter Schock, nass gespritzt vom … ja. Nein, dann geh erst mal in Ruhe mit Cosima … an die, ja. Wart auf … nein, kannst ja reinsteigen, aber sei vorsichtig, ob … ja, Passagiere … ist klar. Cosima ist wach, sie hat mich gerade schon … eben. Also, sie kommt zu dir. Ihr schaut euch das Ding an, außen und … klar, und innen, und holt … gut. Ich bleib bei ihr, ja. Lasse, ich pfeif einen Roboter her. Wir laden die Flammen auf, du kannst … richtig. Ja. Bis gleich.«

Brot, Käse, Wein aus dem Vulkankreis auf dem Tares-Atoll: Zainab hatte sehr gutes Essen dabei. Außerdem wusste sie so viel über Japan und allegorische Aktmalerei zu erzählen, dass Kathrin und ihr die Zeit, die sie gemeinsam auf dem Schlitten saßen und warteten, nicht lang wurde, obwohl es fast drei Stunden dauerte, bis Lasse Ristau kam.
Er traf zu Fuß ein, in Begleitung eines vermummten Menschen, dessen Schutzzeug aus allerlei Formplatten und Isolierstoffen zusammenimprovisiert worden war. Das Mädchen und die Frau sahen die beiden eine Dreiviertelstunde erst als Punkte, dann als putzige Spielzeugfiguren, schließlich als Leute.
Zainabs Gesichtszüge verhärteten sich.
Lasse rief etwas durch, die Padurführerin kommentierte, was er ihr mitteilte, mit knappen Zwischenbestätigungen wie »Mhm«, »Ja«, »Gut«. Einmal sagte sie: »Du musst wissen, was du tust. Ich hätte ihr die Schlitten nicht einfach … schön. Ja. Hast recht. Aber das wird ein langer Heimweg.«

Als das Gespräch beendet war, gab Zainab ein frustriertes Schnauben von sich.
Kathrin wartete einen Augenblick, um nicht Anstoß zu erregen, dann fragte sie: »Die Frau da, bei meinem Vater, ist die von der Insel?«
»Die Frau heißt Klemens. Ein Mann. Kerl am Steuer. Kein Wunder, dass die Insel den Planeten rammt. Alles Verrückte, da draußen.«
Kathrin schwieg. Für wie dumm muss Zainab mich halten, wenn ich nicht mal drauf komme, dass eine Insel auch von Männern bewohnt und gesteuert werden kann? Schließlich sind die Sitten des Thomasstreifens selbst auf Feldeváye nicht weit verbreitet.
»Die Frauen bestimmen nur da, wo die Lebensbedingungen zu hart für Männer sind«, pflegte ihr Vater zu sagen, »und auch das ist erst so, seit es Arplas gibt.«

Kathrin verbrachte die nächsten zwanzig Minuten mit der Phantasie eines stummen Gesprächs zwischen den drei gemalten Frauen und ihr selbst. Ob die Weisheit sich auch schon mal blamiert hatte, ob die Sinneseindrücke auch fanden, sie seien hässlich, ob die Gefühle daran zweifelten, wirklich weiblich und stark zu sein?
Zainab tuschelte mit dem roten Pelzwal.
Kathrin nahm die Brille ab.

Der Mann von der Insel zog seine Gesichtsmaske übers Kinn nach unten, lächelte Kathrin an und streckte ihr verwirrenderweise seinen rechten Arm entgegen. Zainab trat geschmeidig dazwischen und ergriff die Hand des Mannes mit ihrer, dann schüttelten sie einander die Arme, was Kathrin überhaupt nicht verstand, aber geistesgegenwärtig genug sofort nachahmte, als Zainab die nicht allzu große Männerhand im dicken Handschuh wieder losließ. Der Fremde, der sich Zainab mit den Worten »Klemens Erikson. Ich bin froh und dankbar, dass Sie hier sind« vorgestellt hatte, sah Kathrin, während er mit ihr sein Ritual vollführte, freundlich und fragend an, so dass Kathrin sich genötigt fühlte, etwas Ähnliches

zu sagen wie das eben Gehörte: »Kathrin Ristau ist mein Name, und ich bin auch sehr froh, dass Sie hier sind. Eben, dass ... also nicht über Ihren Absturz, sondern ... ich freu ...«
Als er ihre Hand losließ, fürchtete sie, er würde jetzt lachen oder eine Gemeinheit sagen.
Stattdessen erwiderte der Fremde: »Ich verstehe. Es ist aufregend. Ich weiß auch nicht, was ich sagen und wie ich mich verhalten soll. Ich hätte mich viel besser auf Feldeváye vorbereiten können, aber wir ... mein ... Mitreisender und ich ... wir dachten, wir landen in Barbizek oder Laischa ...«
»Auf den ordentlichen Hafenfeldern der Urbeen«, brummte Lasse Ristau.
Der Mann nickte. Seine entwaffnende Aufrichtigkeit nahm Kathrin sofort für ihn ein.
Sie war erleichtert, dass niemand von ihr zu erwarten schien, dass sie sich in der neuen Situation trittsicher bewegte. Etwas, das Klemens Erikson erwähnt hatte, beschäftigte sie jedoch so, dass sie nachfragen musste, während der Inselfahrer die drei Flammen betrachtete, erkennbar beeindruckt, womöglich nicht weniger eingeschüchtert als Kathrin.
»Sie hatten einen ... einen Begleiter erwähnt?«
»Der ist schwer verletzt«, sagte Lasse Ristau und legte dem Raumfahrer kurz die rechte Hand auf die Schulter, um ihn sanft von den Flammen wegzuführen, »und wird von Cosima zum Thomasstreifen gebracht. Ich habe ihren und meinen Schlitten zusammengesteckt und ihr alle Padurn gegeben, damit sie's so schnell wie möglich mit dem Tank, in dem der Mann schwimmt, nach Wilentz schafft. Cosima wird sowieso Meldung machen und den Weitertransport aus den eher ... rustikalen medizinischen Einrichtungen, die wir haben, nach irgendeinem Krankenhaus in den Urbeen organisieren.«
»Die Flammen?«, wollte Zainab wissen.
»Kann sie sich im Dorf angucken, wenn wir sie mitbringen.«
»Wie willst du sie transportieren?«, fragte Kathrin. Die Padurführerin sagte wegwerfend: »Pfff, Roboter. Der Rückweg dauert unge-

fähr eine Woche. Wir müssen einiges an Last abwerfen, aber die kann man sich auch später wieder holen, zum Beispiel das zweite Zelt. Wir schlafen zu viert im ersten. Ist ja groß genug.«
»Diese … präsynestischen … Bilder …«, sagte Klemens Erikson, der ohne Lasse Ristaus diskrete gestische Hinweise immer näher an die Gemälde herangetreten wäre.
»Flammen«, sagte Lasse Ristau.
»Ich habe davon … ja, das …«, sagte der Raumfahrer traumverloren. Dann räusperte er sich und fragte: »Die Lapithen, richtig? Das sind … das ist Kunst von uns, von Menschen, die von den Lapithen überall in der Galaxis eingesammelt wird, nach dem … Vertrag. Und dann hierhergeschickt, mittels irgendeiner Technik, die mit dem gläsern goldgrünen Licht … den Verkürzerports …«
»Vertrag«, lachte Kathrins Vater trocken, »so kann man das auch nennen. Sie haben es den Admins mitgeteilt. Die Admins haben es abgenickt. Es ist passiert wie die Nomosgeschichte, wie die Lapithen uns Feldeváye gezeigt haben, wie sie uns mit Arrhenius geholfen haben. Vertrag.« Er spuckte auf den harten Boden.
Der Raumfahrer schwieg, ein wenig unbehaglich war ihm wohl. Kathrin betrachtete ihn genauer. Er war unrasiert und bleich. Etwas weniger straff, als Männer in seinem Alter sein sollten. Kathrin fand ihn eigentlich recht gutaussehend: Die Augen waren klug und wach, der Mund entschlossen, nicht zu hart oder schmal, die unter der Kapuze hervorguckenden Haarsträhnen von gesundem, kräftigem Braun. Kathrin gähnte. Der Raumfahrer lächelte, sah sie aber nicht an.

Zainab war damit beschäftigt, per Fernlenkbefehl die Roboter zu instruieren, die Zelte abzubauen, einzupacken und mit Sack und Pack zur Flammenfundstelle zu fahren, wo man ein neues Lager aufbauen musste. Bis die Flammen transportfähig waren, wusste Kathrin, würden noch mindestens vier bis sechs Stunden Abstrahlungszeit erforderlich sein, dann ein paar Tests (es hatte hier vor siebzig Jahren zwei schwere Unfälle gegeben, deren Ursachen vor allem im fahrlässigen Umgang der damaligen Flammenjäge-

rinnen mit der Freischneidetechnik lagen), schließlich das umsichtige und sorgfältige Verpacken.
»Haben Sie Hunger?«, fragte Lasse Ristau den Raumfahrer.
Der nickte und sagte: »Hab ich. Aber bis Sie gefragt haben, wusste ich's nicht.«

Kathrin war fleißig: Zusammen mit Zainab vermaß, testete und präparierte sie die drei Flammen, löste die Bilder nach vier Stunden Abstrahlzeit aus der grünen Lichtummantelung, nach der man diese Sorte Lapithengeschenk »Flammen« getauft hatte.
Das war eine Arbeit, die man ursprünglich zu viert hatte erledigen wollen: Zainab, Cosima Riedler, Lasse und Kathrin. Sie ließ sich aber zu zweit bewältigen, »und wahrscheinlich sogar zügiger, als wenn sich die Ziege aus Laischa umständlich eingemischt hätte, mir ihrer Auswertungsscheiße«, wie Zainab schimpfte. Lasse Ristau und der Raumfahrer fuhren mit Zainabs Schlitten zur havarierten Insel, wo der Abgestürzte Kathrins Vater auf einer Art Notführung mit Ausstattung, Eigenheiten und Schäden des Schiffs vertraut machen wollte.

Diese Tour durch das Wrack war wohl anstrengend.
An diesem Abend spielte Lasse Ristau daher nicht Schlagzeug – das Gerät stand vor dem Zelt, in Schnee und Eis. Er wollte es überhaupt zurücklassen: »Warum sollen nicht auch Menschen mal eine Flamme ins Eis stellen?«
Mit leicht glasigem Blick, auf eines seiner liebsten Felle gebettet, sah der Pelzwal dem Gast dabei zu, wie er Zainabs entspannte und Kathrins brennende Fragen beantwortete.

»Also ein Spatiokomponist. Das heißt, er wollte auf Feldeváye besonders die Musik untersuchen?« Zainab schien sich fürs Fach des Verletzten sehr zu interessieren.
»Nein, nein«, sagte Klemens, »die Künste … wir wollten gar nicht so sehr … Ich meine, es ging einfach um ein besseres Leben.«
»Besser als auf dem Schattenspiegel?« Kathrin hätte viel darum

gegeben, dorthin zu dürfen, wo es die beiden Inselfahrer nicht mehr ausgehalten hatten.

»Ja.«

»Aber der Schattenspiegel … Sie sagten, ein Strand … geht der dann einmal innen durch die ganze …«

Klemens schüttelte den Kopf: »Sie stellen sich die Nomotechniker begabter vor, als sie sind. Das könnte niemand bauen. Bedenken Sie, Kathrin, wie groß so eine Dysonsphäre ist – nichts verläuft durch den gesamten Kugelinnenraum, kein Fluss, kein Strand, kein Gebirge. Wir haben eine komplette Sonne abgeschirmt, damit auch nicht das geringste bisschen Energie, das sie auswirft, ungenutzt von Menschen in den Leerraum entweichen kann. Aber das heißt eben nicht, dass die Sphäre homogen ist. Milliarden von Habitaten für … hunderte von Milliarden energetisch anspruchsvoller Intelligenzwesen. Nicht nur Menschen, auch Rengi und Storarier und … umfangreiche Ökologien …«

»Der Stern hatte vorher keine bewohnten Begleiter, richtig?«, hakte Zainab nach.

Klemens bestätigte das: »Man ist erst spät hingekommen. Einhundertzehn Lichtjahre weit weg von der Wiege, das hätte man ohne Verkürzerkeile nicht geschafft. Schon vor den entsprechenden Antrieben hatten die Menschen allerdings ein Auge drauf geworfen, in der ersten Welle der Hidschra. So ein Magnetstern mit chemischem Reichtum in der näheren Umgebung …«

»Vorfahren von uns, Ristaus also«, schaltete sich träge, aber freundlich der rote Pelzwal ein, »waren während der Bauzeit dort. Sieben Generationen vor dir, Rinchen. Der Stern hieß damals Cor Caroli, im Sternbild Jagdhund. Hunde, das war die Spezies, die auf der Erde für das da war, was bei uns die kleineren Padurn erledigen. Für die härtere Arbeit hatten sie Pferde, die's in den Meerurbeen ja auch gibt. Auf den Atollen.«

Die Themen wechselten: »Aber Krankheiten, soll man das wirklich so nennen? Sind es nicht eher Kunstwerke, was Sie da herstellen, wenn's bei der Transkriptionsregulation von Repressor- und Aktivatorproteinen …«

»Eine Form von Literatur sozusagen. Wenn man die alten Kunstnamen will.«

»Schlangen, wirklich? Stelle ich mir gruslig vor.«

»Nein, das ist ungerecht. Sie haben auch … verrückt eigentlich, dass ich das erst jetzt begreife, ich hätte es Severin ja auch mal sagen können. Einmal war ich dabei, wie kleine Hakennasennattern aus ihren Eiern geschlüpft sind: Diese spitzen Näschen, da kann keine kleine Katze mithalten. Dieses … dass sie kein Fell haben, sondern glatte Haut … Sie zu lieben ist auch nicht schwerer, als meine Viren zu mögen, und die hab ich ja auch … gepflegt.«

Man betrank sich.

Die Zungen wurden schwerer.

Lasse Ristau schloss die Augen und summte nur noch gelegentlich Halbverständliches.

Kathrin fing an, von Wilentz zu erzählen, von den Brennereien, vom Dorfleben, den Tänzen, den Gärten, den freilaufenden Padurn und den um die Haushalte staksenden Nodos: »Einmal ist einer bei der einbeinigen Mirjam aufs Dach geklettert. Wie er das gemacht hat, weiß niemand, sie können ja nicht fliegen.«

»Wahrscheinlich«, riet Zainab, »haben ein paar von euch Mädchen das Tier raufgetragen, um die böse Frau zu erschrecken.«

»Und selber runterholen konnte sie den Dingens den, den … den Vogel wohl nicht«, riet der Raumfahrer, »ich mein' wennse … wenn … Ich meine, mit nur einem Bein erklimmt man ja kein … Haus …«, worauf Zainab und Kathrin natürlich lachen mussten, bis Kathrin sich als erste fasste und erklärte: »Nein, Quatsch, das ist nur so'n Ausdruck. Sie hat beide Beine. Aber das … das Sprichwort sagt: ›Eine Frau im Thomasstreifen hat zwei Beine, auf denen sie stehen muss.‹ Die Brennerei, die ihr gehört, und den Mann, der ihr Töchter macht. Na ja, der Mirjam ist der Mann verunglückt …«

»Ach so ah, eine … ihr sagt Einbeinige … zur Witwe.«

»Witte?«

»Witwe. Eine Frau, die einen Partnervertrag geschlossen hat, der durch den Tod des Partners oder der Partnerin …«

»Habt ihr das auf dem Schattenspiegel? Verrückt.«

So vertratschte man den Abend, kochte Streifen zarten Fleisches, aß Obst dazu und Weizenkekse. Die vier Menschen schliefen bald tief; Steine im kühlen Flussbett.

Wieder erwachte Kathrin als Erste.

Diesmal lag sie lange schweigend und reglos auf dem Rücken. Dabei sah sie hinauf zur dunkelblauen Plane, durch die Sonnen- und Arrheniuslicht gestreut wurden. Sie dachte an Messame Dassy: War die schon wach? Spielte sie mit Toje, dem Padur, der Kathrin gehörte und den sie Messame gebracht hatte, damit die sich während der Flammenjagd der Ristaus um ihn kümmerte? Wusch sie sich gerade, aß sie, träumte sie, dachte sie an Kathrin? Ganz weit weg meinte die Erwachte jetzt Robbenrufe zu hören, mit fragendem Ton: *Ragöah*? Vielleicht bildete sie sich das auch nur ein, um sich zu erklären, was sie geweckt haben mochte. Als sie schließlich aufstand, stieß sie mit dem rechten Fuß an die Schulter des Raumfahrers und erschrak. Aber Klemens Erikson schlief weiter, drehte sich nicht einmal auf die Seite.

Kathrin kleidete sich ohne Morgentoilette an und verließ eilig das Zelt.

Anders als gestern trieb eine Unruhe sie um, die sie zuerst für etwas wie Furcht hielt. Nein, dachte sie dann.

Als sie, ganz wie am Tag zuvor, nur diesmal im Gegenuhrzeigersinn, ums Zelt herumging und sich dabei davon entfernte, zwischen den Robotern hindurch und wieder mit einer ganz klaren Richtung im Kopf, wusste sie, mit Angst hatte es nichts zu tun.

Sie wusste, wohin sie wollte.

Erhöhte Aufmerksamkeit: Die Luft roch, wie sie das aus der Umgebung von Flammen kannte, leicht pfeffrig, kitzelnder Niesreiz.

Der Lapith stand ganz still da.
Groß, schlank, unbestreitbar menschenähnlich – nur die Kniegelenke gingen in die falsche Richtung, das verwirrte die Intuition, und natürlich die vielen feinen Härchen, das Fell, metallisch grün, silbersmaragden, auf Bauch und Rücken. Die schmalen Gesichtszüge fand Kathrin schön, und dachte: Sehe ich so aus, ist das die Knochigkeit, über die Meori spottet?
Die Augen.
Dunkel.
Klug, klüger als wir, wusste Kathrin, und fürchtete sich nicht.
Sie trat vorsichtig näher – die bewegten sich schnell, konnten rasch davonlaufen. Der Abstand zwischen dem Mädchen und dem Gehilfen der Mennesker betrug am Ende nur noch die dreißig Zentimeter, die auch zwischen den drei Flammengemälden gestern als eine Art Auragrenze hatten gewahrt werden müssen. Kathrin blieb stehen.
Der Lapith schaute sie an.
Kathrin fühlte sich ganz leicht, das war ein Sauerstoffrausch, ein Karussellschwindel.
Sie dachte: Er will bestimmt nicht, dass ich seinen Arm an der Hand nehme und schüttle wie den von Klemens Erikson.
Der Lapith senkte den Kopf ein wenig.
Es ging kein Wind.
Er war gut zu verstehen: »Kathrin Ristau von den Contramuralen. Kathrin Ristau, die erklären wird. Die herausfinden will. Kathrin, die schwierige Auswertung.«
Auch sie senkte den Kopf; er sollte nicht sehen, wie sehr sie verwirrte, was er sprach.
Der Lapith kannte sie? Woher? Waren das Fragen, ein Gruß, Feststellungen?
Nach einer kurzen Pause fuhr er schnurrend, warm, freundlich fort: »Klemens Erikson vom Schattenspiegel. Der Mann, die zwei Männer, die Frau. Denen, die eins sind, muss Kathrin Ristau sagen: Wir müssen uns einigen. Der schnelle Junge. Der schnelle Mensch. Das Kind, am Ende, zum Glück. Wir müssen uns einigen.«

Ein Auftrag. Ein Rätsel. Sie schüttelte den Kopf: »Ich … nein, ich verstehe dich nicht.«

»Kathrin begleitet Klemens. Klemens begleitet Kathrin. Sie gibt auf ihn acht, bis die Unterredung stattfindet, zwischen ihm und uns. Das ist nicht heute. Das geschieht in fünfzehn eurer Jahre. Aber er wird nicht Klemens sein, sondern Severin. Helfen die Schlangen? Die Vögel? Auch sie müssen sich einigen. Die Mutter kommt von morgen her und starb schon gestern. Kathrin Ristau muss nicht trauern. Liebe hilft.«

Er war tatsächlich so flink, wie Kathrin gehört hatte.

Ein Blinzeln genügte und der helle grüne Blitz verschwand zur Menneskerstufe hin.

Kathrin dachte an den einzigen Lapithen, den sie bis jetzt gesehen hatte, als verwischten Strich, in den Kieferwäldern, kurz nach dem Tod ihrer Mutter.

Kathrin Ristau muss nicht trauern, dachte sie.

Hoffentlich stimmt das.

Liber Severini 1

Ein makabres Blümchen blüht aus meinen Fehlern und lacht, als winzige Sonne.
Es geht also doch, wir kommen weiter.

Meine liebe Welt, meine weit verstreute Stadt aus Städten, gedenke der Kastanienaugen des Boten aus Toveyn, gedenke der Meermusik bei den Fischern, vergiss nicht die Blätterdächer von Hallek, auf dem Pfad nach Messentu. Die einzige Chance hieß Cerrem, aber wir fanden nicht hin, und die Storema half uns nicht – sie übersah die Dringlichkeit, sie kannte unsere Angst nicht, oder nicht gut genug.

Laischa, deine Melonenstände an der Uferpromenade, unter den blauen Stufen der Schatzkammer, die den Omphalos abgelöst hat, als der falsche neue Reichtum kam. Eine Villa aus dem Süden, zerlegt, per Schiff und Ballon hergebracht, dann wieder aufgebaut.

Tumak, deine rosenquarzfarbenen Dächer, und in ihrer geometrischen Mitte der Prodistenwolkenkratzer mit den achtundachtzig Stockwerken – denn die Acht war die Glückszahl der sino-australischen Lacs von der Erde, deren erste Siedlung auf Feldeváye, ein Irrgarten aus einander störenden widersprüchlichen Hoffnungen, hier Altstadt heißt.

Barbizek, deine niedlichen Gelehrten auf dem sechseckigen, gepflasterten Platz: Umhergehen, Lehren, Lernen, Debattieren – da hörte ich das erste Mal Menschen storarische Begriffe gebrauchen, im Streit über Kunst: »Man hatte Riten, so entstand die Sandmalerei, aber im Ritus als Bestandteil der Religion ist schon die Kunst, also die Überschreitung der Religion – genügend Ritus, und die Religion zerstört sich, ein Fall von Kren.«

»Ja, aber Kren über Kar, am Scharnier, das die Storema als Semta kennt. Denn Kar heißt: Etwas ist etwas und ist es doch nicht.«
»In Cec heißt es das. Aber was heißt es in Cerrem?«
Und dazu liefen flinke Helfer auf und ab, streuten das bunte Pulver, aus Mineralien oder Pflanzen gewonnen, in den vorgesehenen Mustern: Sandmalerei, tatsächlich, aber es war nicht Ritus noch Kunst, es diente weder der Krankenheilung noch der Erbauung, sondern war Semta: reine Möglichkeit.

Ellemi, deine Edelsteine im Bild der Freundlichen, im Torbogen vor dem Omphalos, dein Ruinenfeld, den Hunden und schmutzigen Lac-Kindern überlassen, die Rechteck-Zitadelle, lang schon eingestürzt, die abgebrochenen Ecktürme. Der musikalische Wind.
Der Abend: Brot und Salz und manchmal eine Flöte, aus Knochen.

Deyra, deine Partys auf den Brücken, der klarste Rausch.
Justina hieß sie, ein Lacmädchen – sie sah Carla in mir, glaube ich, und ich hätte ja auch nicht widersprechen können, wenn sie gesagt hätte: Das bist du, eine Frau.
Es war in einer der Luftkissenhallen, einem der schwebenden Festsäle, die zwischen den Brücken hin und her glitten – sie trat ein, da erwachte ich wie aus langem Schlaf. Ich hatte noch nie einen so hübschen Menschen gesehen, der gleichzeitig so gefährlich, so kühl und beherrscht, stark und selbstbewusst aussah – sie hatte diese besondere Schönheit, die ich später als etwas erkennen lernte, was man nur bei Lacs findet. Die Verachtung, die ihnen sonst überall auf Feldeváye entgegenschlägt, ist nicht zum kleinsten Teil ein verwandelter Neid gerade darauf. Wer das Licht in diesen schwebenden Hallen kennt, weiß, wie es sich gegen Morgen ändert: wie es jede und jeden prüft, wie die meisten dabei nicht gut abschneiden, sondern plötzlich mehlig wirken, verquollen, verlebt, aber Justina hatte diese Schönheit, die das nicht anfechten konnte.
Sie nahm mich mit nach Hause.
Ich blieb drei Wochen. Man machte sich schon Sorgen am roten Wasser, weil meine Höhle langsam überwuchert wurde von Lasses schnellem, violettem Horchkraut.

Sie schickte mich weder weg, noch lief ich davon – es war einfach irgendwann richtig, wieder auseinanderzugehen.
Ich wüsste gern, was aus ihr geworden ist.

Pachetum, deine Lederwände, der warme, reiche Geruch von Vorhängen statt Türen, biosynthetisch, die großen Kessel, in denen diese Baustoffe gezüchtet wurden, und die Segelboote auf dem Voramsee, zwischen den großen Tellern der schwimmenden Cafés.

Kaderum, dein Wein, tiefdunkel wie die schweigenden Nachthimmel, und die Bälle der SB im Tierpark: Die Polizei war damals, kurz vor Torils erstem Feldzug gegen die Eigensinnigen zwischen den Urbeen, zum Teil aufgeschlossener, lebenslustiger als die Aistheten. Monatelange Rhythmen, jahrelange Wetterspiele, manchmal bis Mittag hunderte von Leuten, die auf den Promenaden in der kleinen Bucht vor dem Frachthafen lagen und schlummerten in großer Trunkenheit, am lichten Tag.

Stipay, deine zweitausend kleinen Bäche und Teiche, wie ein ironischer kleiner Kommentar zu den Befestigungsanlagen der lokalen Admins, die hier schon lange vor Mikolats Blockade so bauten, als wäre das normale Leben ein steter Belagerungszustand.

Laischa, Tumak, Barbizek, Ellemi, Deyra, Pachetum, Kaderum, Stipay: Unser Feldeváye. Unsere unvergängliche Zeit.
Werden die Schlangen gut damit umgehen?
Werden sie dies alles so sehr lieben wie wir?

*

Die Fenster gefüllt von Monet, die Apfelstücke in der heißen Milch zum Frühstück: Ich war nicht unglücklich, nicht einen Tag lang, im schwarzroten eisernen Haus.
Ob Lukas da war oder nicht, ich war nie allein.
Nicht mal die Rückkehr des Geldes hat uns aufgehalten, getrennt

oder in einen Streit gestoßen. Das Richtige kam immer durch, hat meine Wände durchschritten wie Giottos Vision der staunenden Heiligen, hat über mir die Himmel geöffnet wie Andrea Pozzos Allegorie auf das Missionswerk der Jesuiten.
Wir waren nie nur hier, in Cec, wir waren nie nur in Reke oder Cerrem. Wir waren immer unsere unwiederholbare, eigene Weltlinie.

*

Das fand ich richtig, was die Marktfrau sagte, in der kleinen Stadt Einbaum: »Geld, schwierig. Sie nennen es D), nach dem alten Wort für Geschäft in der Sprache der Vorfahren, ›Deal‹. Aber Geld ... die Künstler mussten betrügen, denn das Echte reichte nicht fürs Essen, fürs Wohnen, fürs Sichanziehen. Ich mein' ja nicht nur die Malerinnen und die Bildhauer, ich mein' die ganze Wüste damals: Sie mussten Liebeszauber verkaufen oder Wundermaschinen oder Prophezeiungen. Kunst, ist doch klar, was sonst? Kunst war das. Leicht zu erkennen, denn Kunst wird immer, zu allen Zeiten gemacht, allerdings, zu den meisten Zeiten nennt man's nicht so. Bevor es Skulpturen sind, sind es Götzen, und bevor es abstrakte Zeichnungen sind, sind es magische Siegel. Und das heißt, bevor es Performance ist oder Kritik oder Soziale Praxis wie bei Bastet Rethel, ist es Betrug, Unterschlagung, vielleicht auch Sexualverbrechen. Und ohne Geld unnötig. Viel Semta, würden die Storarier sagen. Aber wenig Gewinn.«
Ich glaubte ihr – ich hätte ihr auch geglaubt, wenn ihre Kirschen nicht die schönsten gewesen wären, glänzend und tiefrot, oder sie daraus keine kleinen Törtchen gebacken hätte, die es gratis gab bei ihr.
Ich fand nirgends größere Zuneigung als bei denen, die Verständnis für Betrügerinnen hatten, und für Lügner.

*

Eine sagte, das kleinste Teilchen der Welt sei zweideutig und dies sei das Wesen der Liebe.
Wir haben versucht, zu übersetzen, der Kinder wegen, damit die Verständigung schneller in Gang kommt zwischen denen in der Stelis und uns.
Ich wurde beauftragt, man dachte, ich könnte das gut, also wollte ich das Vertrauen rechtfertigen. Luzi machte große Augen, hätte ich denn sagen sollen: Mach die großen Augen wieder zu? Ich traute mich nicht, und es wäre auch verkehrt gewesen, moralisch gesehen.

Was ist denn Cec?, fragte Luzi.
Cec, sagte ich: Das ist die Höhe und die Breite und die Tiefe und das ist die Kunst, um die man herumgehen kann und in der man herumgehen kann, dann erzählte ich vom Palast auf dem Felsenberg unterm Vulkan, von den Atollen, von den Ruinen, von den Wandmalereien im Kapitelsaal, auf verputzte Flächen aufgetragen, den Nymphen, welche die Blumen streuten, und dass es aussah, als fielen die Blumen aus der Wand in den Raum, und das, sagte ich, ist das Gleichnis, das davon handelt, wie alles in Cec sich danach sehnt, nach Reke zu gelangen.

Was ist denn Reke?, fragte Luzi.
Reke ist die Tür in die Fülle der Richtungen und des Vorwärtstreibens und Zurücknehmens, die Tür über der Menneskerstufe und die Gelegenheit für Cec, nicht mehr nur geträumt zu sein, sondern wahr, nämlich in etwas anderem untergebracht als sich selbst, dann erzählte ich von den Assemblagen der Aisthetin Grosvernor aus Tumak, von den falschen Gewölben der Einzelheiten und den richtigen Abständen des Ganzen, von Käfern und Würmern, vor denen sich niemand fürchten muss, weil ein Boden nur ein Boden ist, wenn er Käfer und Würmer hat, und dass nur aus solchem Boden Cerrem wachsen kann.

Was ist denn Cerrem?, fragte Luzi.

Cerrem ist die nicht abzählbare Menge aller denkbaren Aufteilungen innerhalb aller Subvarietäten der projektiven Räume, die zwischen Cec und Reke liegen, wie etwa ein Zahlenstrahl mit reellen Zahlen zwischen 0 und 1 – Cerrem ist damit das, wovon Reke ein Schatten ist, und Cerrem hat keinen Platz für Zeitpfeile, ist nicht orientierbar, ist immer jetzt, und zugleich nie jetzt, ist zur Ruhe gekommener Tausendfüßler als Kind von Käfer und Wurm, ist Schreibgerät der Mennesker und ist das Gefäß, in dem man findet, was die alten Philosophien vor dem Nomos »Nunc Stans« nannten, das Immerjetzt und das Niejetzt, und dann erzählte ich von der Art und Weise, wie die Mennesker dieses Schreibgerät Cerrem benutzen, von der Zackenlinie der Graviernadel in Cec und Reke, vom Schmelzen und vom Feingehalt des ziselierten Stichs, in dem man Kreb erkennen kann, als Differenz der beiden Seiten, welche die Linie Cerrem voneinander trennt, den schlauen Tausendfüßler.

Was ist denn Kreb?, fragte Luzi.
Kreb ist das Aufwachen und Merken: Man ist tot, Kreb ist die Hitze, bei der man schlottert, Kreb ist ein Gedanke, der sich so tief bückt und so dumm stellt, dass er die größte Klugheit anzieht und, leider, auch erfolgreich zu sich niederzerren kann, Kreb ist ein algebraisch geschlossener Körper, der einen Morphismus definieren hilft, mit dem man alles Licht als Spektrum völliger Finsternis begreifen lernt, Kreb ist das Einverständnis von Cec und Cerrem hinter dem Rücken von Reke, Kreb ist die Vollversammlung der Abwesenden am Brunnen der Zeltstadt, Kreb ist das Pulver, aus dem man Wasser macht, indem man es weglässt, Kreb ist der harmonische Widerspruch der richtigen Lösungen des falschen Problems, und ich erzählte von den Ikonen der Meerwesen in rotem Glas auf dem Grund des Brunnens, und von den Wolken zwischen den Atmosphären benachbarter Monde, und von dem Holz, aus dem man keine Stelis machen kann, keine Möbel, keine Kruzifixe, keine Türen und keine Fensterrahmen, weil es sich das nicht gefallen lässt, und vom Preis, den es kostet, so lange zu warten, bis man eine spontane Entscheidung fällen kann – sehr viel Zeit, die in Kren zum winzigen Augenblick zusammenstürzt.

Was ist denn Kren?, fragte Luzi.
Kren ist, wenn die Auswertung sich so lange aus den zähen Kämpfen zwischen den Admins und den Prodisten heraushält, dass dieses Heraushalten selbst zur Einmischung wird, nämlich zur Begünstigung der stärkeren Partei, und Kren ist, wenn ich so viele Zitate zusammenschiebe, dass daraus tatsächlich ein neuer Text entsteht und die Zitate plötzlich den Charakter noch nie gesagter Sätze bekommen, und Kren ist, wenn ich so viele Handschuhe verschiedener Größe übereinander anziehe, dass ich tatsächlich eine neue Hand habe, durch sie, und Kren ist, wenn so viele Leute malen, dass plötzlich eine oder einer davon besser malt, als je vorher gemalt wurde, und dann erzählte ich ihr von den Interieurs der Villen der Neureichen nach Torils Sturz, die in sich reicher waren, als jede Landschaft draußen hätte sein können, und von den künstlichen Körperverbesserungen, die schließlich besser miteinander und der Physik zusammenspielten als jede Natur, und von den Planungen der Admins, die bald so detailliert waren, dass das Gegenteil von Planung dabei herauskam, nämlich ein herrliches Chaos, eine wirkliche, spürbare, körperlich greifbare Manifestation von Kar.

Was ist denn Kar?, fragte Luzi.
Kar ist die Zellmembran der Biologie der Gespenster, Kar ist Lasse Ristaus Fähigkeit, keinen einzigen Satz zu sagen, der nicht wahr ist, und dabei trotzdem, wenn es sein muss, zu lügen, Kar ist der Glättungsalgorithmus für den Verlust der Übersicht, Kar ist der Fehler der konstanten Rechtschaffenheit, Kar ist das königspurpurne Geräusch der Zurückhaltung des Ausbeuters bei der Anwendung abstrakter Gewalt, Kar ist eine kleine Mumie, in die von Zeichnerinnen und Zeichnern nicht benötigte Schwarzweiß-Töne bestattet werden, und dann erzählte ich ihr vom Farbauftrag derer, die nicht hinschauen, wenn sie in Öl arbeiten, vom kleinsten Staat der Mönche der Lacs auf Thyone, der Bestand hatte, weil er aufgelöst wurde, von Schattenspielfiguren aus Säckchen voll Diamanten, und davon, dass man an Kar erkennen kann, wo sich Semta verborgen hält.

Was ist denn Semta?, fragte Luzi.
Semta ist der Handschuh, aus dem sich schließen lässt, was eine Hand ist, Semta ist das Maskenspiel der Unverkleideten, Semta ist das nächste Glied der Kette, Semta ist, dass man Reke aus Cec holen kann und Cerrem beide bergen will, aber ihr Ausbrechen in lichtlose Tiefen von Kar, Kreb und Kren nicht verhindern kann, Semta ist die Durchsuchung der gesamten Anzahl der Schlüssel für unsere Rätsel nach dem einen, der uns hilft, zu beweisen, dass unsere Rätsel keine Rätsel sind, sondern Sträuße von zu eng zusammengebundenen Offensichtlichkeiten, Semta ist der Attraktor der Befürchtungen und der Hoffnungen, der die Künste zulässt, die allesamt nicht davon handeln, was ist, sondern von dem, was sein könnte, Semta ist das von uns Herzustellende, und dann erzählte ich ihr von dem Guckloch in der Tür, durch das Tarik Jaivedh seine unerreichbare Erlösung im ausgedörrten Gras erspähen musste, und von dem Relief in ihrem Kopf, auf dem sie erkennen konnte, dass sie nicht Luzi war, sondern Lukas, und davon, dass dieses Relief einem Abdruck in meinem Kopf entsprach, der mir zeigte, inwieweit ich Severin war, der Carla war, die Klemens war, der Clarence war, der wiederum Severin war.

Und Luzi sagte, Semta, das sei kein Kreis, sondern etwas, das sich schöner schließt als ein Kreis, das sich besser auf sich und in sich zurückführen lässt als etwas Rundes, und ich musste zugeben, dass das stimmte.

II. AUSLÖSERINNEN

sie haben zu mir gesagt
ich sei ein berg
der nicht weint

sie haben zu dir gesagt
du seist eine höhle
in der nicht gelacht wird
Christian Geissler

1: Verspätete Sitzung

Der Chef war wütend.
Sein Sessel aus Abstraktsolvat, Prunkstück neuester Nomotechnik, bebte unter dem massigen, zornigen Menschenleib. Pseudophylla schwammen im Sessel und verbesserten die Luftqualität im Raum, damit man nicht mit Topf- und anderen Pflanzen Platz verschwenden musste. Abstraktsolvat glich in Vielem gewöhnlichem Wasser, konnte sich aber fest zusammenreißen, ohne dafür aufs Erreichen des Gefrierpunkts angewiesen zu sein. Der bebende Sessel, vom Gebrüll des Chefs geschüttelt, wackelte in einem Büro aus mal plapperndem, mal tuschelndem, auf Befehl sogar schweigsamem Transparentplastik.
Dieses Büro war verankert in der Spitze einer Zikkurat von neunhundertfünfzig Metern Höhe und einem Quadratkilometer Grundfläche. Der Bau gehörte zu einem Verwaltungskomplex, der ein eigener Staat war. Dieser Staat befand sich auf einem ansonsten nahezu unbewohnten Kontinent namens Blaydenbrook. Der Kontinent gehörte zur äußerst aufgeräumten Geographie eines relativ kleinen, aber sehr massereichen künstlichen Planeten.
Man nannte ihn Paine. Die sehr reiche Welt umkreiste eine zusammengeschnurrte Sonne, die Menschen als »Beta Pictoris« kannten.

Quaymet Munoz-Perou, umringt von zwanzig Menschen, acht Storariern und einigen wenigen Rengi, die ihm Rechenschaft schuldeten, schrie einen Untergebenen aus Fischbiotik, Holz und Metall an, dass die Glimmerhaut violett anlief, aus der das Büro gefertigt war: »Die Prodisten wissen es seit Jahren! Jahren! Und wir? Ich kenne diese Leute. Ich treffe sie. Ihre Abdrücke und Modelle stehen auf meiner Tafel herum. Ich stehe auf ihren Tafeln herum. Als Partial, Modell, aber immerhin. Seit Jahren! Wenn es so weit kommt, dass sie wissen, was wir noch nicht mal ahnen, dann muss ich mich fragen: Gibt es keine Netzwerke mehr? *Only connect*, sagt das Sprichwort! Keine Verbindungen? Habe ich keine Leute? Niemanden? Hält mich die Storema zum Narren? Haben mich die Rengi abgeschrieben? Was taugen meine Truppen? Was soll das hier noch? Was?«

Der Holzmetallfisch setzte zu einer schwächlichen Verteidigung an: »Spuren haben wir doch verfolgt. Es wird eben täglich mehr rekonstruiert, als man sichten kann. Wir laufen unserem Wissen hinterher. Aber wir bleiben dran. Wenn Sie mich in drei Wochen noch mal gefragt hätten ... haben würden ...«

»In drei Wochen!«, heulte Quaymet Munoz-Perou auf wie stromstoßversehrt. Er warf die Arme in die Höhe, als wollte er alle Sorgen von sich schleudern oder davonfliegen, und schlug dann mit flachen Händen auf die Tischplatte.

»In! Drei! Wochen!« Nach jedem Wort ein neuer Schlag.

Der Storarier gab nicht auf: »Bitte, mein ... Ich bitte Sie. Wir arbeiten eben gründlicher. Für die Anforderungen der Prodisten mag genügen, was da an unscharfen Auskünften durch jede dritte Noos im galaktischen Süden geistert. Aber als Admins ...«

Es war ein beschämender Anblick: Er wand sich, ließ seine Nevina leicht wilfern. Munoz-Perou erkannte mühelos, dass Egaluces Mim-Herru selbst nicht glaubte, was er von sich gab. Der Chef schätze Storarier durchaus. Ihre Verrenkungen aber, wenn sie sich in die Enge getrieben fühlten, irritierten ihn sehr.

»Gründlicher. Was? Gründlicher! Provozieren Sie mich nicht, Mim-Herru! Ich rate Ihnen gut: Provozieren Sie mich nicht!«

Die Rengi im Raum larkten schockiert. Der Storarier keuchte leise, das Wilfern hatte ihn viel Sauerstoff gekostet. Ein Mensch namens Arvis Mikolat, der in weißer Plastikverschalung von der Decke hing, weil er sich im Schwerkraftanpassungsmonat nach einer sehr langen, sehr billigen, also nicht gravitationsangepassten Inselreise nach Paine befand, warf sich mit leidlich fester Stimme für Mim-Herru in die Bresche: »Ohne Egaluces und seine Abteilung wüssten wir immer noch nicht, was der Übergang bedeutet.«

»Übergang? Was? Was! Unfug!«, spie Munoz-Perou angewidert.
»Keineswegs. Die Strata zeigen einen Übergang. Man ging von der Frage, ob es eine Lösung gibt, zu der Frage über, ob es eine endliche oder eine unendliche Menge Lösungen gibt. Das sind sehr kleine, das sind infinitesimale Fortschritte. Ich bewundere jeden Storarier, der ohne menschliche Intuitionen diese uralten …«
»Quak! Verstehst du mich? Quak! Quak Quak Quak!«, unkte Munoz-Perou kindisch. Betretenes Schweigen im stickigen Raum.
Das Auge des weißen Zwergs am Himmel sah ohne Blinzeln – es gab keine Wolken – durchs Plastik, das die Versammlung überwölbte, in jede Seele, und fand allenthalben Mängel.

Munoz-Perou, ein stämmiger, wenngleich nicht fetter Mann von Anfang fünfzig, schloss die geröteten Augen. Er rieb sich die bleichen Schläfen mit den Handballen, wischte sich mit der Rechten den kalten Schweiß von der Stirn, gab gepresste Laute von sich.
Nass und klamm glänzte Wut unterm schwarzen Haaransatz.
Er räusperte sich und sprach dann aus rauem Hals, nicht mehr laut, fast schon versöhnlich: »Ich verstehe die grundsätzlichen organisatorisch-epistemischen Hindernisse. Ich verstehe, dass wir uns sozusagen selbst behindern, indem wir auf Gerechtigkeit achten. Auf Proporz, nicht wahr, um's weniger pathetisch zu sagen. Die Prodisten, sicher, die haben es leichter. Sie arbeiten nur mit Menschen. Wir haben von Anfang an gesagt: Es muss fair zugehen. Alle sternfahrenden Spezies sollen zusammenarbeiten. Wir binden alle ein. Ich binde alle ein. Ich gebe allen eine Chance.«
Ein Rengus flötete dunkel: »Außer den Lapithen. Und den Menneskern.«
Munoz-Perou lächelte gequält: »Gut, alle … jungen … sternfahrenden Spezies. Das Erbe soll allen zugutekommen, die helfen wollen, es wiederherzustellen.«
Die Worte schmeckten ihm nicht besonders. Er wusste, wie abgegriffen sie klangen. Aber er war Politiker, und eine andere Geschäftsgrundlage als aschgraue und abgegriffene Worte besaß er nicht. Mit ein paar lustlos-fahrigen Handbewegungen der Rechten

spannte er zwischen sich und seinen Leuten ein paar Gleichungen und einige Dutzend flackernde Zeilen Code überm Schreibtisch auf.

»Die Prodisten haben es. So ist das, da braucht man nicht herumzukaspern. Aber sie können es wahrscheinlich genauso wenig deuten wie wir. Arvis? Wie sicher sind wir, dass es mit unseren … Unglücksfällen überhaupt was zu tun hat?« Der Angesprochene zeigte mit keiner Regung, dass die Unbeherrschtheit des Chefs, die dieser so plötzlich verschluckt wie zuvor ausgespuckt hatte, ihm zu schaffen machte. Besonnen führte Mikolat aus: »Mehrere unserer größten politischen Anlagen hängen in Vorhersagekrisen fest. Das ist das Offensichtlichste. Die Prodisten versuchen, uns an heiklen Orten einen Strick daraus zu drehen – sie sagen: Das hat die Zivilisation jetzt davon, dass sie ihre nomophysikalischen und sonstigen technischen Tätigkeiten von den Admins kontrollieren, genehmigen oder blockieren lässt. Misswirtschaft: Ihre Rechner schlafen ein, rutschen weg, bleiben stecken. Riesige Projekte zum Wohle aller werden auf freier Strecke zum Stehen gebracht, nur weil irgendeiner … Formalität der Folgenabschätzung nicht Genüge getan ist.«

»Heimtücke«, fiel einem Storarier ein.

Der Blick des Vorsitzenden, der ihn daraufhin traf, war nicht anerkennend.

Munoz-Perou schmatzte.

Alle schauten auf die Gleichungen. Alle warfen in ihren Köpfen, oder womit sie sonst dachten, Münze um Münze, um die entsprechenden Programme zu formulieren, Bit für Bit. CLPs wurden getauscht.

Was, wenn es gar keine Wahrscheinlichkeit gab?

Mikolat kannte das Spiel, beteiligte sich nicht.

Blöcke von ganzen Zahlen.

Coifletrascheln.

Munoz-Perou bleckte die Zähne: »So sieht's aus. Algorithmisch irreduzible Information. Haben uns die Mennesker davon je was erzählt? Nein. Aber sie erzählen ja nie was. Storarier, aus meinem Team, haben es ausgegraben. Im Nomos erscheint es nicht.«

Egaluces wagte eine schüchterne Ergänzung: »Noch nicht. Es muss ja drin erscheinen, aber wir sind wohl noch nicht tief genug im …«

Munoz-Perou ging darüber hinweg, schnippte mit den Fingern und sagte: »Also, meine Storarier müssen mir das sagen, dass die Menschheit das in ihren Archiven hat«, er spielte mit den Fingern auf einem unsichtbaren Klavier, so dass die Gleichungen und die von seinen Untergebenen ergänzten Programmfragmente zu etwas wie Staub zerfielen, der die Wände befiel und dort aufgesogen wurde, »solches Zeug, eine Zahl, eine Wahrscheinlichkeit dafür, dass ein Computerprogramm, also auch eine Nomosfolgerung, irgendwann hält, nicht wahr, sehr wichtig für unsere Planungen, für unsere Kompetenzbehauptung, unsere Ad … mi … nis … stra … tion …«, einige sahen jetzt sehr betreten aus, es wurde leis gehustet, gewilfert und gelarkt, das Wort sprach man heutzutage ja eigentlich nicht mehr aus, »… und diese Zahl, nun, ihre Bits haben keine Struktur. Wir können sie nicht begreifen. Sie spricht keine Sprache, die wir kennen. Sie ist wie die Mennesker. Absolute Katastrophe!«, er blinzelte wild. Dann wurde er leise, böse: »Und die Prodisten? Entsetzen sie sich mit uns? Neeeeeiiiin«, er flüsterte das Wort, in tödlich langgezogenem Singsang, und gleich noch mal, »neeeeeiiin, aber niiiie im Leben. Was tun sie?« Er brüllte wieder: »Verarschen uns! Ver! Ar! Schen!« Und wieder in normaler Lautstärke: »Sie tun so, die Schweine, als würden sie uns nachgeben, damit sie uns vorführen können, wenn wir die Koordination nicht leisten, die wir ihnen ja überall wegnehmen, wo wir nur können. Gut. Also. Meinetwegen. Aber: Namen, bitte. Was sind das denn so für Projekte, die nicht vom Fleck kommen?«

Arvis Mikolat, der Wohlpräparierte, wusste auch das: »Die Heliumsäuberung in Coma Berenices zum Beispiel. Sie war, wenn wir ehrlich sind …«

Grollend schmollte der Chef: »Seien wir mal schön ehrlich.«

Mikolat, ungerührt: »… sie war schon im Verzug, bevor die Vorhersagekrisen losgingen. Dann die ebenfalls schon länger eher schleppenden Vorbereitungen für den Dysongürtel um Mu Cephei, den wir allerdings sowieso seit Jahrhunderten für eine verquere Idee halten – was uns Wringer, Talaad und andere Prodisten mit Sonnennostalgie natürlich in allen Parlamenten aufs Brot schmieren, nach dem Motto: Wer soll euch diese Krise glauben? Ihr wolltet eh nie, dass das Ding gebaut wird.«

»Verbrecher«, schnaufte Munoz-Perou. »Weiter.«

»Die Regulierung der Eruptionen von R Aquarii, weil sie den Inselverkehr stören. Die Delta-Orionis-Verkürzer-Schnellrouten-Orientierungspfeiler. Die Ekliptikkorrektur bei einigen der Nachbarn von Antares ...«

»Und Unternehmen Lärz«, tschilpte der vorhin bereits auffällig gewordene Rengus von seinem an die Plastikwand geschmiegten Liegeplatz.

»Richtig. Projekt Lärz. Ganz große Scheiße. Hätte man nie genehmigen sollen.« Munoz-Perou hatte Kopfschmerzen und wollte sie mit allen teilen.

Mikolat ließ sich nicht stören: »Des Weiteren ein paar großräumige musikalisch-architektonische Veränderungen im Gouldgürtel, der für solche größeren geometrodynamischen Eingriffe bekanntlich besonders geeignet ist. Viele junge Sterne, die direkt dem wiegenächsten Spiralarm in der Galaxis entspringen. Vermischtes auch noch ... die beschleunigte Planetenerzeugung im Uhrzeigersinn, die sidereale Synchronie-Eichung von der Wiege her, das Aufräumzeug im Umfeld der Baryonenkatastrophe ...«

Der Blick des Vorsitzenden verschleierte sich.

Er stierte verloren ins Wischeln und Wispern auf dem Kopfkamm des Storariers, den er so harsch gemaßregelt hatte, und dachte, während Mikolats Stimme in emsiger Monotonie mal etwas lauter, mal etwas leiser, aber ohne auffällige Betonungen flutete und ebbte, dass er Storarier eigentlich wirklich sehr mochte.

Seine zwölfte und liebste Tochter Ida hatte ihn sogar schon mit ihnen verglichen – erst vorgestern, im Bewegungssynes, entnervt: »Weißt du, das macht keinen Spaß. Du kämpfst dich durch die Hindernisse wie ein Storarier, nicht wie ein Mensch. Ich frag' mich manchmal, ob Mama nicht recht hatte, als sie dir weggelau-

fen ist, mit der Begründung, wenn du unbedingt so sein musst, dann kann sie auch gleich einen von den Holzfischen heiraten.«
Quaymet hielt Haltung, Ethos, Kultur und Sittlichkeit der Storema tatsächlich für vorbildlich. Sternfahrer durften nicht so von der Evolution verzärtelt, wehleidig und wählerisch bei der Wahl der Mittel ihres Fortkommens sein wie die Menschen.
»Dass wir von Fischen reden, wenn wir das biotische Substrat der Storema meinen, ist ein unbeholfener, ja falscher Vergleich«, lehrte er gern, »den wir nur deshalb plausibel finden, weil die Protostorarier in Meeren lebten – vor ein paar Millionen Jahren, als sie anfingen, sich zu erweitern, zu formen, zu züchten. Geologische Zeitalter vor den ersten Amphibien in der Wiege hatten sie bereits die alloplastische Homöostase zweiter Stufe erreicht. Das ist eine Operationsbasis, die wir Menschen erst mit der Entdeckung der Replikatoren in unseren Zellen und der Entschlüsselung unserer genetischen Baupläne erklimmen sollten! Die Schranke zwischen künstlich und natürlich wurde auf Lokra, der Storemawiege, mit Tentakeln niedergerissen, als diese tapferen Leute anfingen, ihre Anatomie mittels Holzbauteilen zu augmentieren – als sie mit Beitel, Stemm- und Stecheisen an die Selbstverbesserung gingen. Schnitzen, lochen, fräsen, furnieren mussten sie das, was sie heute sind. Halterungen, eingespannte Platten, metallene Kolben, Schrauben, Muttern, Scharnierlappen, Kanten, Fassungen sehen bei jedem Storarier, jeder Storarierin, schon bei ihren geschlechtslosen Jungen vor der Wahl der jeweiligen Sexualität anders aus. Und egal, wie sehr sie sich unseren Gewohnheiten angleichen – bei der traditionellen Storema wählen ja die Eltern die Sexualität der Jungen, inzwischen liegt das immer häufiger bei den Einzelnen selbst, eine … Individualismusmode, die sie bei uns aufgegabelt haben, leider … Nein, selbst wenn sie längst ihre eigenen, großzügig bemessenen Nischen im Gesamtlebensraum der Sternfahrer, Milchstraße, Nachbargalaxien und im Leerraum dazwischen, errungen haben, kehren sie doch den alten Formen, Techniken, Materialien nicht den Rücken. Kein Plastik. Keine *smart matter*. Nichts Lamontisches. Mir gefällt das. Ich bewundere das.

Ihre Augen, diese schwermütigen Öltropfen ... die Storema weiß Dinge, die wir niemals hätten vergessen dürfen.«

Arvis Mikolat räusperte sich.
Der Chef fand aus seinen Träumen und knurrte.
Nickte. Spielte mit den Fingern der Rechten Klavier in der Luft, was bedeuten sollte: Ja, weiter bitte, und komm zum Punkt.
Mikolat fasste also zusammen, was er gesagt hatte und was während der letzten sechs Minuten vom Chef nur halb aufmerksam, als eine Art Hintergrundgeräusch, wahrgenommen worden war: »Die Recherche, die Egaluces hat anstellen lassen, bringt uns Ergebnisse. Täglich, zu jeder Stunde. Ihr Nutzen für die Entschärfung der Vorhersagekrisen mag ein nur mittelbarer sein. Die technischen Probleme, die uns die Prodisten zur Last legen, werden davon oft genug nicht berührt. Aber wir sollten auch eristische Erwägungen ...«
»Quak«, maulte Quaymet.
Mikolat setzte neu an: »Unser Hauptinteresse ist die Wiedergewinnung von Terrain bei der öffentlichen Polemik zwischen uns und den Prodisten. Wir wollen Vertrauen wiedergewinnen. Alle, die sich weder zum einen noch zum anderen Lager zählen, müssen uns zuhören, nicht denen. Deshalb ist das Freilegen des Erbes wichtig. Die Übersetzung und die Abgleichung. Wir haben uns zu sehr auf Nomotechnik, Nomophysik, auf Geschenke der Lapithen und der Mennesker verlassen. Wir haben Kredit verspielt. Selbst die vordergründig abwegigsten Ermittlungen, wenn sie uns nur das Erbe verständlicher machen, sind vor diesem tristen Hintergrund ohne Alternative.«
»Ohne Alternative. Scheiße, vor allem«, grunzte der Chef, um zu signalisieren, dass er wieder bei sich war. Er hob die Hand, rief noch ein paar Programmpakete auf, von denen er jetzt wusste, dass sich nie würde beweisen lassen, dass sie die einfachsten waren. Mit Zeige- und Mittelfinger der Rechten spielte er darin herum. Dann knickte er sie weg, und einige im Raum zuckten zusammen. Es war wie ein Coiflethusten.

»Alles, was wir kriegen können, müssen wir wollen«, verdeutlichte Mikolat seinen Standpunkt. Um ein bisschen zu brillieren, öffnete er jetzt selbst zwei Zeilen Code als Ansatz zu einer Gödelisierung der wichtigsten Admin-Vorhersagegleichungen, die er mit einem eleganten Fingerschnippen dorthin schickte, wo Quaymet in Notaten herumgestochert hatte.
Der Chef verfiel in schweigsame Grübelei.
Die Konferenz war steckengeblieben.
Es störte niemanden und war allemal angenehmer als das Gebrüll von eben.

Diese Treffen, von Quaymet durchgesetzt mit eiserner Entschlossenheit, bindend für alle, die nicht aus der Hierarchie ins Bodenlose fallen wollten, dienten meist einfach der Selbstvergewisserung des Chefs über seine jeweilige Stimmung. Hier konnte er sich im Glanz von Erfolgen sonnen, die sein Stab eingeheimst hatte, hier konnte er Niederlagen mit ätzenden Bemerkungen oder Geschrei verarbeiten und stundenlange Monologe halten, von denen er in grober Verkennung der Tatsachen dachte, es handle sich dabei um Diskussionen, ums kollektive Entwickeln von Agenden.
Den Raum, in dem die Treffen stattfanden, nannten Eingeweihte die »Kleinmuthalle«, weil darin Karrieren und Nervensysteme demoralisierter Untergebener mit unbezwingbarer Gewalt zerquetscht worden waren.
Quaymet selbst war geradeaus und stur auf seine Position gelangt. Den Weg hatte er rückwirkend gezielt verdunkelt: Vierzig Admindienstjahre ohne besondere Vorkommnisse, so schien es. Spuren von Gegnerinnen und Herausforderern gab es keine mehr.
Eins immerhin ließ sich mit Gewissheit sagen: Quaymet Munoz-Perou hatte noch unter Parvis Hagen gedient, dem legendären sechsten Integralleiter. Hagens Führungsstil hatte ihn im Guten wie im Bösen geprägt. Mit der siebten Person, die das Integralleitungsamt bekleidet hatte, einer Storarierin namens Semitac-Sinhumen, musste er sich nach allem, was seine Leute wussten, wohl

mehrfach überworfen haben. Die relativ große Zahl storarischer Fachkräfte in seinem jetzigen Stab war eine Spätfolge ihrer Amtszeit.

Es schien da inoffizielle Quoten gegeben zu haben. Als Semitac-Sinhumen von einer intergalaktischen Reise nicht zurückgekehrt war, gehörte Munoz-Perou zu denen, die darüber wenig betrübt gewesen waren. Loyalistinnen und Loyalisten schieden seinerzeit in großer Zahl freiwillig aus ihren Ämtern. Sie warteten immer noch auf Semitac-Sinhumens Rückkehr. Man ging in ihren Kreisen davon aus, dass etwas mit ihrer Insel nicht in Ordnung gewesen war, dass sich die Heimkunft der Integralleiterin bloß verzögerte – »Hat sich verflogen, wie die Lacs beim Kolonisieren, für manche dauert die Hidschra ja immer noch an«, pflegte Quaymet zu spotten.

Der derzeitige Integralleiter, Ahmed Ben Han, schien den Chef in der Zikkurat weder zu begünstigen noch zu behindern. Han hatte andere Lieblinge und Opfer unter sich.

Überhaupt schien die Abteilung, die hier heute zusammengekommen war, im Kräfteparallelogramm des Konflikts zwischen Admins und Prodisten nicht allzu bedeutend. Beide Klassen kostete ihr Zwist inzwischen mehr Zeit und Energie als das Administrieren und das Produzieren. Die Ermordung Parvis Hagens auf Tannhäuser und das Verschwinden Semitac-Sinhumens im Nichts waren Zeitgeschichte, die langsam ins Legendäre verblasste, für den Alltag der allermeisten Zivilisierten nicht belangvoller als die Verträge von Cygnus, Carina, Norma und Crux Scutum.

Mit ernsthaften Kriegshandlungen rechnete niemand mehr, seit die Prodisten zwei Jahre nach dem Crux-Scutum-Abkommen zwischen den zwei storarischen Zivilisationen Schirokusa und Khestec einerseits, dem vorreformatorischen Rengi von Antares andererseits große Mengen astrogatorischer Daten an die Admins übergeben hatten, »im Geiste der Zusammenarbeit zwischen allen Kindern der Wiege«, wie die sentimentale Formel sang.

Man bekämpfte einander also nicht mehr (oder, wie manche ahnten: noch nicht wieder) mit Waffengewalt, sondern mit verschiedenen Methoden der wechselseitigen merkantilen und diplomatischen Behinderung.

Zugang zum Projekt Lärz, Energiefragen, Infrastruktur: Darum ging es, nicht um Leben und Tod. Quaymet Munoz-Perou sah das allerdings ganz anders.
Die beiden skandalösen Ereignisse – Hagens Tod und Semitac-Sinhumens Verschwinden – waren für ihn Verbindungsglieder einer Kette eng miteinander verknüpfter Vorzeichen. Die Mächte, die entscheiden würden, wie es weiterging, suchten sich bereits ihre Leute, mutmaßte er. Wer dem nicht gewachsen war, würde zerbrochen werden.
Nahezu nachsichtig wiederholte der Chef jetzt träge: »Alles … was wir kriegen können … müssen wir wollen.« Er zerdrückte Mikolats Programme im Raum.

Eine weibliche Stimme, die zuvor geschwiegen hatte, sprach ernst: »Inklusive Naturkatastrophen, alles zwischen Supernovae und Seuchen. Engpässe der Versorgung im Binnenwirtschaftsraum der unverschämteren Prodistenzivilisationen. Persönliche Schicksalsschläge für unverbesserliche Nervensägen wie Wringer und Talaad. Mord und Totschlag.«
Constantina Galgadas arbeitete bei der Abwehr. Sie konnte sich solche Bemerkungen erlauben. Beim Chef genoss sie höchstes Ansehen.
Er ging sogar darauf ein, gespielt schläfrig: »Hmmjoh … Sabotage … fleißig. Schön. Und es zwingt uns ja auch niemand, alles alleine zu machen. Vielleicht gibt's bald neue Allianzen. Vielleicht … also, man hat ja immer den Eindruck, dass, während alle möglichen Ereignisse um uns … toben … die wirklichen Ereignisse viel zu schnell passieren, und viel zu abstrakt sind, als dass Menschen oder Rengi oder die Storema sie noch verstehen könnten. Menneskerebene. Intelligenzen, die … tja.«
Er ließ den Satz bewusst zu Nichts zerbrechen.
Schmatzte wieder.

Schüttelte den Kopf.
Und fuhr dann doch fort: »Neue Allianzen. Vielleicht kann man ja sogar die Lapithen für unsere … Sorgen interessieren. Sie mögen Ordnung.«
Ihm war zu heiß. Mit einer Handbewegung, die er für verstohlen hielt, die aber alle im Raum mitbekamen, griff er unter seinen rechten Oberschenkel in den Sessel, der sofort verstand, was er wollte. Die Finger des Vorsitzenden tauchten bis zum ersten Gelenk ins Solvat.
Sofort zog er sie heraus und tupfte sich mit leicht fahriger Geste die frisch benetzte Stirn ab.

Fatme Ejin, eine junge, ehrgeizige und den meisten Anwesenden aufgrund ihres länglich maskenhaften, mit allerlei intelligenten Kosmetika behandelten Gesichts leicht unheimliche Frau von La Sentinelle, riskierte eine Meinung: »Die werden wir nicht kriegen. Die Lapithenhilfe. Da können wir uns eher noch an den schweigenden Kundschafter wenden. Die Lapithen sind überall mit dem Menschenerbe zugange, wie wir, das stimmt schon. Aber eben ganz anders als wir. Anders als Egaluces. Sie interessieren sich für Musik, Malerei, Skulptur, Literatur.«
»Also dasjenige«, bemerkte Arvis Mikolat und ließ seine schöne, volle Bassstimme ihre volle Wirkung tun, »worauf wir verzichtet haben, seit die Kunst verwirklicht ist.«
Fatme Ejin beachtete ihn nicht: »Seit sechshundert Jahren bewegt die Lapithen nicht die geringste Neugier auf die älteren Wissenschaften der Menschen. Am Anfang ja, jetzt? Nichts. Physik, Mathematik, Biochemie – wir müssen alles, was nicht mehr im Gebrauch ist, selbst rekonstruieren. Noch Hagen hat versucht, den Lapithen zu erklären, dass die Entwicklung des Wissens bei uns Menschen wegen der ererbten Trennung von Theorie und Praxis …«
»Wir finden«, mischte sich Mikolat ungeduldig ein, »in den reinen Wissenschaften oft genug Dinge, deren Nutzen man wegen des niedrigen Stands der alloplastischen Technik zunächst gar nicht

sieht, vielleicht sogar für Spielerei hält. Bis dann fünf oder fünfzig oder zweihundert Jahre später ein Problem auftaucht, für das die betreffende formale Einsicht die Lösung ist.«
Fatme Ejin nickte grimmig: »Ja. Schon. Aber: Das kümmert die Lapithen nicht. Keine Spur. Ich habe mit genügend vielen geredet, von Vega bis R Leporis, von Lambda Boötis bis zum Andromedarand. Die verstehen das gar nicht, warum man ...«, sie seufzte effektvoll. Bevor Mikolat oder sonst jemand ihr erneut ins Wort fallen konnte, sagte sie: »Kunst. Künste. Tragen sie überall zusammen, und scheuen dabei weder Zeitverlust noch Aufwand. Reden von tiefen Stollen und Minen, von Erz. Als wären das natürliche Ressourcen, diese ... esoterischen Basteleien da.«
Niemand außer dem Chef sah die Frau an.
Der schweigende Kundschafter: Wieso hatte sie ihn erwähnt? Wusste sie nicht, dass das beim reizbaren Chef ein wunder Punkt war?
Erstaunlich milde sagte Quaymet Munoz-Perou: »Sie sind neu hier, nicht? Frau äh ...«
»Ejin. Fatme Ejin«, half ein Storarier namens Zistrenc-Gezin aus.
»Frau Ejin«, summte der Chef versonnen. Ein paar Sekunden schwieg er; dachte nach.
Dann sagte Quaymet leutselig: »Die Sache, Frau Ejin, ist uns bekannt. Wüssten wir die Gründe dafür, würde uns das sicher helfen.« Er glaubte, das Thema damit beendet zu haben, und war verblüfft, als die junge Frau sich nicht zufriedengab: »Genau das denke ich auch. Ich wundere mich deshalb – und ich habe das überprüft –, warum es gar keine Admin-Abteilung gibt, die sich das Ziel gesetzt hat, zu begreifen, was die Lapithen eigentlich mit der ganzen Kunst wollen, die sie ...«
Egaluces Mim-Herru konnte sich nicht länger zurückhalten: »Die Lapithen selber, die wollen gar nichts. Sie tun, was die Mennesker verlangen. Und das, bitte sehr, was die verlangen, das kann niemand verstehen. Es ist wie Omega: Bits ohne Struktur. Wir können es nicht lesen. Weil sie nicht denken wie wir. Weil sie nicht spre-

chen wie wir. Weil sie nicht aus denselben Atomen gemacht sind wie wir und sich nicht in denselben Räumen bewegen und …«
»Weshalb sie eben«, erwiderte Fatme, »die Lapithen brauchen, um überhaupt mit den Menschen, den Storariern, den Rengi, den Laschew und zwanzig anderen Spezies zu interagieren. Aber von allen Lapithengruppen, die wir kennen, also, ich muss das alles hier ja nicht nochmal statistisch aufschlüsseln … sicher ist: Mehr als ein Viertel beschäftigt sich mit nichts anderem als dieser Kunstarchäologie. Dass wir das nicht untersuchen …«
»Wir haben den Lapithen sehr früh angeboten, beim Aufspüren und der Bergung von …« Arvis Mikolat klang kampfbereit.
Auch Egaluces war erregt, er fiel dem Kollegen unbedacht ins Wort: »Wir hatten sogar einen diplomatischen Posten erster Klasse auf Favela, na, Felfen …«
»Feldeváye«, korrigierte ihn Mikolat und sah beunruhigt zu Munoz-Perou: Wann explodiert er wieder?
Der Chef jedoch lächelte, blinzelte. »Lasst sie doch mal ausreden, Kinder. Ich glaube, sie will auf was Interessantes hinaus.«
Fatme setzte eifrig wieder an: »Ich meine gar keine Kooperation. Dass sie das nicht brauchen, haben sie klargemacht. Mehr als einmal.«
»Mit wie vielen Lapithen«, blubberte eine Renga, »haben Sie denn jetzt wirklich geredet?«
»Sieben. Aus sieben verschiedenen Kolonien, oder … Gruppen, wie manche hier vielleicht noch sagen. Das war ja früher die Sprachregelung«, erklärte Fatme.
Das brachte jede weitere Opposition zum Schweigen. Kaum jemand unter den Admins hatte in ihrem oder seinem Dienstleben mehr als fünf Lapithen aus verschiedenen Kolonien zu Gesicht bekommen. Die Reisen, die nötig waren, diese weit auseinanderliegenden Gruppen zu besuchen, kosteten einfach zu viel Lebenszeit. Allen im Raum war jetzt klar, dass diese Frau erheblich älter sein musste, als sie aussah. Fleißiger, geduldiger, ehrgeiziger.
»Was ich vorschlage«, fuhr sie fort, »ist ein Spionageauftrag. Beobachten, Überwachen, Ausforschen. Rauskriegen, was sie tun und

warum, was sie wollen – na gut: sollen. Was die Mennesker sich dabei … ich weiß, das Wort passt nicht ganz, aber der Bequemlichkeit halber, ich habe kein anderes: denken.«

»Fein«, sagte Quaymet Munoz-Perou, erstaunlich aufgeräumt. »Dann brauchen wir ja nicht mehr lange quasseln. Bilden Sie ein Team. Fliegen Sie nach Dings. Nach Feldeváye.«

»Jetzt?« Fatme wirkte konsterniert.

Arvis Mikolat gab sich Mühe, nicht schadenfroh zu grinsen.

Quaymet bestätigte: »Sofort. Sie brauchen das Ende der Konferenz nicht abzuwarten, Frau Ejin«, die Betonung des Namens verriet, dass er nicht vorhatte, ihn jemals wieder zu vergessen, »wir schicken Ihnen dann schon die Protokolle. Sie haben meinen Segen, auf geht's. Brauchen Sie eine Identität? Decknamen?«

»Ich werde auf einen zurückgreifen, den ich schon einmal benutzt habe«, überraschte sie nun ihrerseits den Vorgesetzten. »Cosima Riedler.« Ihr Hinterkopf schickte die basalen zwölf Kennungs-CLPs bereits an alle Anwesenden.

»Dann viel Glück, Cosima Riedler. Ich erwarte wöchentliche Berichte, direkt hier in die Paine-Noos«, sagte der Chef.

Dann öffnete sich in der Wand hinter der Frau, die sich bereits von ihrem Sitz erhoben hatte, das goldgrüne Leuchten. »Soll noch mal jemand sagen«, scherzte Quaymet düster, »die Lapithen würden uns nicht helfen wollen. Der Port hier, dem schick ich ein Coiflet, und er geht auf, keine Formalitäten, kein Ärger. Obwohl wir jetzt jemanden damit reisen lassen, der diejenigen ausspionieren soll, die ihn uns geschenkt haben. Lustig, nicht?«

Fatme drehte sich wortlos um und schritt hindurch, zum nächstgelegenen Hafen.

Einen Augenblick schwiegen alle, dann sagte Quaymet mit aufreizend guter Laune: »Sonst noch was?«

Nicht einmal die Hälfte der informellen, seit Monaten auf den kurzen wie den schnellen Wegen der inneradministrativen Verständigung kursierenden Agenda war angesprochen, geschweige erschöpfend behandelt worden.

Das Ritual aber, an intuitiv erschnüffelten, strategisch gesetzten Punkten während derartiger Treffen so zu tun, als könnte man sie auflösen, gehörte zu den Herrschaftstechniken, die Munoz-Perou bei Parvis Hagen gelernt hatte.
Er sah sich um und versuchte, an den Gesichtern und Körperhaltungen zu erkennen, wer die jeweils geleistete Arbeit nicht allzu genau inspiziert und diskutiert wissen wollte. Quaymets ruhige Miene suggerierte dabei eine provokant selbstvergessene Dummheit. Egaluces Mim-Herru, der nicht naiv genug war, die Szene zwischen dem Chef und Frau Ejin für etwas anderes zu halten als das abgekartete Spiel, das sie war – es war wohl einfach darum gegangen, allen zu zeigen, dass man dem Chef keine Vorschläge zu machen hatte, wenn man nicht über den Willen verfügte, sie augenblicklich selbst in die Tat umzusetzen –, musste an eine in der Adminausbildung von den meisten Nichtmenschen aufgeschnappte Einschätzung politisch erfolgreicher Menschen denken: Exemplare der Spezies *homo sapiens*, die sich erfolgreich dumm stellen können, lassen sich besonders schwer beseitigen, weil ihre erlernte Dummheit sich rasch als eine Art träger Masse um sie ballt, die sie schützt.

Der Storarier brachte Zugkräfte an den Schwalbenschwanz-Zapfenverbindungen in der Mitte seiner Körperachse zur Wirkung. So verschob er einige feingedrechselte Zylinder an den teilweise gesperrten Eingängen seiner beiden oberen Atemöffnungen, um nicht allzu entspannt auszusehen. Es half nichts.
Quaymet fixierte ihn und sagte halblaut: »So. Kinder. Vergessen wir die Geschichte mit der Haltewahrscheinlichkeit. Lassen wir die alte Mathematik mal eben liegen. Wie sieht's denn mit den praktischen Sachen aus? Mit der Agentenführung? Wir haben doch noch ein paar Kundschafter unter Talaads Nase, oder?«
Egaluces wusste, dass er mit keinem Quietschen oder Blinzeln verraten durfte, wie ungeheuer ungerecht er diese Frage fand. Saabrec-Harres, eine seiner wenigen Getreuen in der Gruppe und Gesandter der Marna-Staffel, warf sich für ihn vor den Chef: »Die

Klarnamenprotokolle sind hinterlegt. Wir sollten das nicht in der Konferenz ausbreiten.«

»Ach?«, wieder die gefährliche Beiläufigkeit: Quaymet in Lauerstellung.

Saabrec fuhr hastig fort: »Die Versuche der Prodisten mit der gebietsweisen Wiedereinführung der Geldwirtschaft haben sich, ganz wie Sie das vor einer Dekade vorhergesagt haben«, so viel Schmeichelei musste sein, »in der erwarteten Weise ausgewirkt, nämlich, dass zahlreiche neue Schwachstellen im Gefüge der prodistischen Selbstorganisation aufgetreten sind. Nomophysik, Biodesign, Musikarchitektur, die kohäsionsrelevanten Wissenszweige überhaupt, verändern sich ja im Zweijahresrhythmus vollständig, in einigen Teilbereichen annähernd bis zu dem Punkt, an dem sie jemand, der aus beruflichen Gründen lange genug Effekten von Zeitdilatation oder Verkürzertorsion zwischen den Sternensystemen ausgesetzt ist, bei der Rückkehr ins angestammte Produl nicht mehr wiedererkennt und nur schwer neu erlernen kann. Die Flexibilitäts- und Auslastungsallokation der Prodisten versucht, damit Schritt zu halten. Das Problem ist aber nach der Ordnung klassisch prodistischer Arbeitsabläufe kaum beherrschbar. Die Geschwindigkeit des Eintreffens neuer Informationen in den teilautonomen Produln, die Differenzen zwischen verschiedenen derartigen Geschwindigkeiten, selbst zwischen Departements einzelner Produln, zwingt die Personen, die darin arbeiten, sich sozusagen selbst aufzuspalten, zu modularisieren, völlig rolleninkonsistente Aktivitäten in die Kadenzen ihrer Arbeit einzuspeisen. Das wiederum stellt eine Atmosphäre her, in der Agentinnen und Doppelagentinnen praktisch nicht mehr enttarnt werden können, weil die verdeckte, in jeweils individueller Entscheidungsjurisdiktion regulierte Weitergabe oder Seklusion von Wissen plötzlich zum Tätigkeitsprofil aller gehört, nicht nur dem von Spionen.«

»Klingt prima. Gibt's konkrete Zahlen?« Quaymet gähnte.

Saabrec antwortete: »Seit der letzten Insertion von dreißig Kundschafterinnen und Kundschaftern in sechs der direkt von Yusuf

Talaad kontrollierten Makro-Produle in den Perseus-, Norma- und Carina-Sagittarius-Armen der Milchstraße sind lediglich zwei von ihnen enttarnt worden, beide niederrangig. Sozusagen Bodenpersonal. Und beide weigern sich trotz erheblicher Repressalien hartnäckig und erfolgreich, überzulaufen oder auch nur ihre Führungsoffiziere preiszugeben.«

»Wissen wir das aus direkter Überwachung? Oder nehmen wir das an, weil den Führungsoffizieren noch kein Unglück passiert ist?« Arvis Mikolat klang skeptisch.

In der Brustplatte seiner weißen Plastikverschalung tickte etwas Spöttisches und blinkte blau.

»Lass mal. Die Schnüffler sind erstklassig. Wenn du dir die Mühe machen würdest, die Protokolle ab und zu mal durchzusehen, müsstest du dich hier nicht aufspielen, Arvis« – das war Constantina Galgadas, die damit schon zum zweiten Mal an diesem Morgen aus der Rolle der braven Supplikantin fiel.

Quaymet lachte gehässig. Arvis Mikolat stierte stoisch geradeaus.

Der Vorsitzende lehnte sich zurück.

Das war für alle, die er nicht zum ersten Mal um sich geschart hatte, also für mehr als drei Viertel der Anwesenden, ein untrügliches Zeichen dafür, dass nun der informelle, von weniger vorsichtig gewählten Worten geprägte Abschnitt der Begegnung begann.

Zwar redeten daraufhin nicht buchstäblich alle durcheinander – man ließ einander durchaus Luft holen, und diejenigen, deren Wortmeldungen mehrere Unterpunkte umfassten, durften angemessen ausführlich werden.

Aber zwischen dem, was nun reihum in die Runde geworfen wurde, gab es keine tiefere Verbindung als das Verlangen, erstens gehört zu werden und zweitens unter Beweis zu stellen, dass man die angemahnten »konkreten Zahlen« liefern konnte.

Zwei tiefdunkle, länglich muschelförmige Rengi überboten einander gegenseitig in Erläuterungen bezüglich der Outputs von Zulie-

fererproduln fürs Projekt Lärz, die im Schattenspiegel und in Veganähe operierten – »zwei Milliarden Designer« dies, »vierhundert Produln auf Äquatorhöhe« das, »zweiundzwanzigtausend Lamontiken« jenes.
Saabrec und Egaluces erzählten danach von neuen hydrothermalen Energiegewinnungsexperimenten auf drei Wassergiganten im äußersten Ausläufer des Norma-Spiralarms.
Drei Menschen namens Husak, Glawzeck und Vatilo aus der Clique um Arvis Mikolat wollten »noch ein paar Worte zum Projekt Lärz« verlieren: »Bei einem Radius von gut vier astronomischen Einheiten, aber einer Oberflächentemperatur von lediglich dreitausendvierhundert Kelvin können wir davon ausgehen, dass selbst die fortgeschrittenste Nomophysik der Prodisten …«
Und so weiter.
Selbstberuhigung.
Selbstbestätigung.
Gewäsch.
Als er davon genug hatte, beendete der Chef das gruppentherapeutische Gerede mit einem farblosen »Nun gut.«
Der einstudierten Lockerheit war Genüge getan. Drei Dutzend allerwichtigste, absolut essentielle Dinge waren nicht einmal gestreift worden und zu ihrer Erledigung damit auf den ohnehin alles Wesentliche umfassenden unter- wie überlichtschnellen Datenverkehr in den Coifletnetzwerken und auf den Verkürzerservern angewiesen.
»Tina? Bleibst du eben noch?«, raunzte Quaymet, zugleich liebenswürdig wie wegwerfend, in den allgemeinen Aufbruchslärm.

Constantina Galgadas nickte knapp und wich einem fragenden Blick Arvis Mikolats aus, der von drei Gehilfen im weißen Plastikpanzer aus der Kleinmuthalle getragen werden musste.

Die Abwehrfrau und der Chef waren einander kurz nach Parvis Hagens Tod das erste Mal begegnet, auf Tannhäuser, im Kataklysmus.

Die Adminspitze wankte seinerzeit zwei brenzlige Tage lang, rasante, in Minuten entschiedene Diadochenkämpfe tobten.
Quaymets Losung bewährte sich glänzend: »Nichts Eiliges tun.«
Das hatte ihr gefallen.
Inzwischen kannten sie einander viele Jahre.
Nie hatte sie versucht, ihn zu manipulieren oder die emotionale Bindung, die sich ergeben hatte, zur Vorteilsnahme auszunutzen.
Man lebte selten ein Weilchen zusammen, die Affäre, wenn es eine war, hatte große Lücken, die ihrem Gedeihen eher gut taten als schadeten.
Constantina hatte heute nicht gewusst, aber gehofft, dass er sie nach der Sitzung einladen würde, etwas Zeit mit ihm zu verbringen.
»Wo warst du eigentlich die letzten vier Jahre?«, fragte er nach dem Verschwinden der letzten Leute, als er sie umarmte.
Sein Büro löste sich auf einen beiläufigen Befehl hin von der Zikkurat.
Langsam schwebte die befreite Kleinmuthalle hoch über den Aussichtsplattformen einiger der höchsten Gebäude in der Milchstraße zu einem ebenholzschwarzen Wohnturm. Dessen sechs oberste Stockwerke standen seit Jahren stets zu Quaymet Munoz-Perous persönlicher Verfügung.
Mehr Lichter blitzten unten, als oben Sterne leuchteten.
Constantina sah ihre vielen Farben, nadelspitz funkelnd, und dachte: Es gibt inzwischen, nimmt man nur alle bewohnten Welten, überhaupt mehr Fenster als Sonnenfeuer, mehr fühlende Wesen als Phänomene fühlloser Natur – kann das sein? Was bedeutet das?
»Nah an der Wiege«, sagte sie, als er sie im Nacken küsste.
»Nah? Wie nah denn?«, ein Hauch nur.
»51 Pegasi und … Umgebung. Gibt ein paar neue Zivilisationen da hinten, im schlampigsten Eck. Schöne Welten. Alte irdische Gesellschaften, weil das alles traditionsbewusste Kolonisten sind. Al-Bahr al-Ahmar, Harrat al-Uwayrid, diese Sorte Namen.«
»Und du«, er lachte leise, als sie sich umdrehte und ihn an sich zog, »du hilfst ihnen dabei, die Gegend … zu … entwickeln, ja?«

»Klar. Admin durch und durch.«
Constantina wusste, dass er es auf verquere Art genoss, wenn man von den alten Adminaufträgen sprach, als ginge es heute noch darum: Anleiten, Helfen, Ausbilden, Koordinieren.
Worum ging es wirklich? Darum, den Prodisten überall dort in ihre Suppen zu spucken, wo welche köchelten.
Seine Finger begannen eher spielerisch als gierig oder besitzergreifend, sich an der komplizierten Verschnürung ihres silberseidenen Mieders zu schaffen zu machen.
Constantina sah hinunter auf den gigantischen Kanal, gesäumt von steilen Kontorfronten und Werftverwaltungen, die puppenbühnenhaften hexagonalen Plätze mit ihren Restaurants, Cafés, Gärten und Tierparks, die zackige und brüske Skyline aus Wehrtürmen und Adminpalästen.
All das war patinierter Prunk, der nur wenige, aber pointierte kriegerische Züge aufwies. Noch vor zweihundertfünfzig Jahren war der Leerraum um Beta Pictoris Schauplatz erbitterter Schlachten um die Vorherrschaft in diesem galaktischen Bezirk gewesen.
»Dekadenz«, flüsterte sie und dachte an den Kontrast der unter ihr ausgebreiteten Szene zu den jungen, erdnahen Zivilisationen, in denen sie die letzten Jahre verbracht hatte.
Quaymet lachte leise. »Du solltest Talaads neue Loggien sehen, hinter den Peterstribünen, von hier aus verdeckt.« Er streichelte ihre Schultern, die Ober-, dann die Unterarme. Die entschnürte Kleidung glitt von ihr ab, als sie sich sachte schüttelte.
Feine Härchen in ihrem Genick stellten sich erwartungsvoll auf.
»Dass so ein Schwein, so ein … verkommener Terroristenfürst es wagt, in einer unserer Städte zu residieren, das … das ist fast lustig, so obszön ist es«, knurrte Quaymet.
Es war natürlich Theater. Der Krieg war so leise geworden, dass er sich für Leute wie ihn längst in eine Art gepflegten Sports verwandelt hatte,
Sie drehte sich zu ihm.
Ein langer Kuss schmeckte beiden.
Dann legte sie einen Arm um ihn, die Hand auf seinen Rücken,

und nickte in Richtung städtisches Treiben: »Du hast Unrecht. Wirkliche Politik hat nichts mit Zahlen zu tun. Was wüsste jemand über das da unten, wenn er nur wüsste, wie viele Millionen Menschen, Storarier, Rengi und wer weiß was für Wesen sonst noch darin wimmeln?«

»Wie soll man die Welt sonst regieren? Zahlen sind der Schlüssel«, sagte er, und begann, an ihrem linken Ohrläppchen zu knabbern.

»Nein, Geschichten«, flüsterte sie verschwörerisch.

»Geschichten?«

»Solche, die man sich erzählen lässt. Solche, die man erzählt. Solche, die man glaubt. Und andere, die man nicht glaubt.«

»Zum Beispiel?«

Sie knöpfte sein Hemd auf, langsam, vom Kragen her, während sich seine Möbel in einer neu entstehenden Senke in der Mitte des Raumes verflüssigten, dort zusammenschäumten, nach Tannennadeln und Minze duftend, ein Bad für die beiden Menschen.

Sie sah ihm kokett in die Augen, von unten, obwohl beide gleich groß waren; Constantina wusste, wie sie den Kopf zu senken hatte, damit das gelang, und sagte: »Die ganze Stadt würde sofort verwandelt, wenn man ein Gerücht darüber ausstreuen könnte, dass der schweigende Kundschafter hier ist. Vielleicht in besonderer Mission, von Ahmed Ben Han hergeschickt, um Talaad auszuforschen …«

»… zu ermorden«, sagte Quaymet und nahm ihr den Rest der Arbeit ab, indem er sich auszog.

Nicht elegant, aber lustiger Laune rutschte er ins Wasser. Dann hielt er ihr beide Arme entgegen. Sie streifte den Rest Wäsche ab, stieg aus den Stiefeln, folgte ihm.

»Zu ermorden! Siehst du, sehr gut!« Sie umarmte ihn heftig, zog ihn hinab, dass beide untertauchten.

Willentlich setzten die Menschen die Atmung aus. Ihre Körper waren stark genug dafür, sie wären eine Stunde und länger ohne Sauerstoff zurechtgekommen.

Beine und Arme bewegten sich langsamer als in der gefilterten Luft, aber stärker.
Sie überspielte ihm aus ihrem Log Bilder in den Kopf, von Geschöpfen, die sie auf einem Mond des Al-Bahr-Al-Ahmar-Systems kennengelernt hatte – Gastarbeiter von Aquila, die mit den dortigen Menschen vereinbart hatten, ihnen zweihundert Jahre lang gute Dienste zu leisten: lange, bronzene Leiber, die Zucker atmeten, flüssigen Stickstoff und Exotisches, das auf jenem Mond zu finden war. Ihre schlanken Köpfe erinnerten an altirdische Pferde, ihre Bewegungen waren fließend, anmutig.
Quaymet antwortete mit abstrakten Mustern – pentagonalen Antiprismen und Hyperkuben, in denen sich das vom Wasser bereits abgelenkte und bewegte Licht der Stadt sowie die künstliche Beleuchtung der Halle brachen, die zum Schwimmbad geworden war. Es blitzte und schimmerte, vibrierte auch als Klang und wohliges Summen in Muskeln, Nerven, Sehnen und Knochen der Tauchenden; sie schmeckten es und nahmen es als Duftkonzert war, mit lässigen Bewegungen moduliert.

Als das Schwimmen und Spielen anfing, die beiden zu langweilen, stiegen sie aus dem Becken an ein Ufer aus Samt und Cord, Seide und Polstern. Die Halle hatte sich ins kuppelförmige Penthouse gesenkt, war in Munoz-Perous Schlafzimmer eingeklinkt und hieß sie mit warmer, aromatischer Luft willkommen, in der die Haut rasch trocknete.
Die Liebe, oder das, was nach all der Zeit davon übrig war, gefiel ihnen gut genug, dass sie zwei, drei Stunden damit verbrachten.
Er fand die Frau mit dem kupferfarbenen, kurz geschnittenen Haar sehr schön; sie kannte und erkannte ihn, nicht schlecht.

»Wir sollten was essen«, entschied er danach.
In einer mattgrün leuchtenden Nische mit Herdplatten und Schrankpaneelen bereitete er Quesadillas zu, aus denen freche Champignons quollen, etwas Möhrenjoghurt, zwei fruchtige Cocktails. Nach dem Essen lagen sie auf einem warmen Schafsfellman-

tel über einer nicht zu harten, nicht zu weichen Matratze unter der Aussichtskuppel, die den Blick auf lauter Sterne freigab, die beide schon besucht hatten.

Bunte Insekten mit roten, gelben oder grünen Glutaugen brachen zu Reisen auf oder kehrten zurück: Inseln, Frachter, militärischer Geleitschutz.

»Vor sechshundert Jahren hätten Leute wie wir beide einander jetzt etwas vorgelesen, oder Musik gehört, oder ... einen Film ...«, sie fuhr sich zerstreut durchs Haar.

»Ja«, seufzte er, »lauter Lügen. Künste. Versprechen, Vertröstungen. Ich glaube, Hagen hat's richtig gesehen: Künste, das ist was für Mangelzivilisationen, genau wie Religion.«

»Dein schweigender Kundschafter sieht das anders, hört man.«

»Du meinst diese Legenden, dass ...«

»Dein bester Agent Bücher schreibt. Und Musik macht. Vielleicht sollten wir runtergehen, in deine Stadt, ihn finden und fragen.«

»Hier ist er nicht«, sagte Quaymet, leicht gereizt.

Sie wechselte das Thema: »Glaubst du, Fatme ... oh, halt: Cosima findet was raus? Über die Künste und die Lapithen?«

»Ich glaube mooooah ...« Er gähnte und griff ein wenig zu grob nach ihrer rechten Brust, wusste dann aber nicht recht, was er damit wollte, die Hand schien augenblicklich eingeschlafen, die Stimme somnambul: »... die Alten ...wussten ... was, als sie sich dafür interessiert haben, ob in den untersten Fächern der Mathematik ... im einfachen Rechnen mit einfachen Zahlen ... irgendwelche Löcher sind ... sei's an den Rändern zu ... gar nichts oder dem Unendlichen, sei's ... mitten ... hmaah ... mittendrin. Ich glaube, dass uns das jetzt in den Arsch beißt, dass ... wir das so lange vernachlässigt haben. Ich glaube, dass die Prodisten schuld sind, mit ihrem engen ... Begriff vom Lernen, von wegen: Wissenschaft hat sich an der Alloplastik zu orientieren. An den großen ... technischen ... Aufgaben.«

»So hättest du«, sie gähnte jetzt auch, weil das ansteckend war, »mal mit Egaluces reden sollen. Er kann die Anerkennung brauchen, weißt du. Was er macht ... er will die Wende. Hin zu den Sa-

chen, die nicht nur technisch … nimm nur diese Gleichung, die er heute dabeihatte. Das sitzt an der Wurzel unserer Vorhersageprobleme, aber die Wurzel ist nicht technisch. Sie ist, wie soll ich sagen?«
»Ontologisch.« Er schmunzelte, es sah nicht hübsch aus, eher giftig.
»Ontologisch. Metaphysisch. So was. Und zwar im Sinne der … des menschlichen Horizonts, der menschlichen Intuitionen. Diese Gleichung …«
»Die Haltewahrscheinlichkeit.«
»Ja. Das sollte man den Prodisten auf die … irgendwohin tätowieren, damit sie es nie vergessen. Es gibt Grenzen. In der Natur, in der Mathematik, in der Wirklichkeit, in der Wahrheit. Es gibt Grenzen.«
Er zwinkerte ihr anzüglich zu: »Auch für uns?«
»Gerade für uns. Die Haltewahrscheinlichkeit … eine Perle zu finden wie diese Gleichung, in dem ganzen alten Geraffel, das seit der Hidschra in Vergessenheit geraten musste … das ist wie … eine Nadel im … wie sagt man? Heuhaufen?«
»Schlimmer. Eine Nadel im … Nadelhaufen …« Er wurde leiser, schnurchelte, blinzelte schwach mit müden Lidern. Schlief ein.

Constantina lag lange wach.
Mit Jägerinnenblicken folgte sie den freien zwischen den starren Lichtern. Sie fühlte sich wie ein Reptil auf einem heißen Stein. Viel Schlaf brauchte Constantina nicht. Sie war hundertzwanzig Jahre ihrer Eigenzeit alt und hatte damit die Hälfte des Durchschnittsalters zivilisierter Menschen aus dem Wiegenarm der heimischen Galaxis erreicht. Wer mit einer Biologie wie ihrer das achtzigste Lebensjahr überschritten hatte, brauchte nicht mehr als fünf Stunden Ruhe pro vierundzwanzig-Stunden-Zyklus, wie lange die offiziellen Tage und Nächte in der jeweiligen Umwelt auch sein mochten.
Quaymet drehte sich zur Seite, gab ein Summen von sich. So einfach, überlegte sie, wie ich es ihm gerade verkauft habe, ist es ja

leider nicht: Die Gleichung, die Egaluces gefunden hatte, mochte einen Schatz erschließen oder eine gezielt von Prodisten ausgelegte falsche Fährte sein. Nicht Mathematik würde das entscheiden, sondern der Krieg.

Constantina war besser unterrichtet als Quaymet, der sich für ihren Vorgesetzten hielt, aber nicht halb so gut wie die Leute, für die sie tatsächlich arbeitete.

Sollte man also nicht wirklich am besten die Lapithen fragen?

Ohne es zu merken, biss sich Tina Galgadas auf die Unterlippe: Schändlich, dass man den grünen Boten der Mennesker jetzt schon die Deutungshoheit übers ganze verbummelte Menschenwissen zubilligte.

Die eigentliche Wissenschaft, als genuin menschliche Leistung, hatte mit Dingen begonnen, die ja nicht weitab lagen von dem, was die Lapithen heute interessierte. Constantina entsann sich eigener Forschungen, dachte an Manuskripte aus dem islamischen Kulturkreis der Wiege, wo Astronomisches und Metrisches aufbewahrt worden war, als es im sogenannten Abendland schon einmal ein sehr großes Vergessen gegeben hatte. Kunstsinnige Leute, die alten Araber.

Auch Galileo Galilei hatte seine wichtigsten Anregungen nicht in einer prodistischen Ausbildung, sondern in der Berührung mit den Kuppeln Filippo Brunelleschis, der Dichtung Dantes, der Kunst Piero della Francescas und Leonardo da Vincis empfangen.

Quaymet atmete leicht uneben, es rasselte ein wenig.

Tina Galgadas dachte: Traurig für ihn, aber er ist zu alt, das zu vergessen, was er für neu hält, zu alt auch, das zu erlernen, was älter ist als er und zugleich zeitgemäßer.

Verrostete Vorschriften, verstockte Programme: Schade um den Mann, dass er dem starren Lagerdenken der Ära Hagen verfallen blieb wie nur je ein Arvis Mikolat und seine dumme Clique. Fatme und Tina, überhaupt die wacheren Admins, hatten längst verstanden, dass man die Differenzen zwischen Admins und Prodisten nicht überschätzen durfte.

Yusuf Talaad persönlich wohnte in einer Adminmegalopolis, unterhielt hier Villen und Archive, sogar Fertigungshallen für einige seiner Produln überall auf Blaydenbrook, das war nur eins der Zeichen des Neuen.

Tina drehte sich zur Seite, stützte ihren Kopf auf die linke Hand und diese auf den linken Ellenbogen. Seltsam detachiert sah sie hinunter auf den Chef, den Geliebten, den alten Freund. Die Software in ihrem Hinterkopf wertete aus, was ihre geschärfte Wahrnehmung registrierte, seine Vitalzeichen: Atmung, Herzschlag, schwachelektrische Hirnstrommuster. Als sie ganz sicher war, dass er schlief, legte sie ihm die rechte Hand auf die Stirn und sandte auf osmotischem Weg Signale in seinen Kopf, die sich dort innerhalb weniger Minuten zu kleinen, hocheffektiven Killern verknüpfen würden. Äderchen pulsten blaugrün unter der dünnen Haut seiner Schläfe. Feine Härchen regten sich kaum.

Tina lächelte.

Geschmeidig stand sie auf, suchte im Halbdunkel ihre Kleidung zusammen, zog sich an.

Auf der Balustrade rauchte sie ein bisschen, sah hinunter auf die herrliche Stadt.

Sieben genau bemessene Minuten später kehrte sie zum unordentlichen Bett zurück.

Quaymet Munoz-Perou war tot.

Fast, dachte sie, hätte mir das alte Plappermaul verraten, wo der schweigende Kundschafter steckt – nicht, dass ich das noch von ihm hätte erfahren müssen. Wir wissen es: Die Seite, auf der ich arbeite, weiß es, selbst wenn ich es nicht weiß.

Talaad hat völlig recht: Quaymet ist ein Sicherheitsrisiko, jemand, den man nicht in komplizierte Mehrfronten-Operationen einbeziehen kann, ohne ein Leck befürchten zu müssen.

Schlechtes Gewissen? In Tinas Beruf überlebte man nicht lange, wenn man sich selbst nicht restlos durchschaute. Eine ehrliche Wut gegen ihr Opfer empfand sie: Er hätte etwas argwöhnen können, wenigstens ein bisschen kämpfen.

Sie wählte Talaad an, in der Noos.
»Ja?«, fragte die Stimme des Prodisten in ihrem Kopf.
»Es ist … vollbracht«, sagte sie, ohne die Lippen zu bewegen. »Ich würde gern hier raus jetzt.«
»Das geht nicht. Noch nicht. Wir haben's besprochen.«
Sie nickte, obwohl er das nicht sehen konnte, und sandte ihm die Antwort, die er erwartete: »Ich bleibe bis morgen früh. Dann … finde ich ihn, alarmiere die Abwehr, leite die Untersuchung, empöre mich, lasse mich nicht überzeugen, dass es ein Hirnschlag war, bestehe darauf, dass er so schlampig nicht gewesen sein kann – er wird sich doch medizinisch gegen dergleichen mit der besten Technik abgesichert haben! Dann schäume ich, weil ein paar Prodisten in den Medien Kommentare absondern, wonach der traurige Fall leider zeige, dass die Weigerung der Admins, sich dem lapithenvermittelten Fortschritt zu öffnen, manchmal selbst ihre besten Leute schädigt. Tief gekränkt erkläre ich, dass das zynisch sei und Totenschändung, und lasse nicht locker mit meinen Mord- und Verschwörungstheorien, bis ich unserem geliebten Integralleiter Ahmed Ben Han mit meinem Gekreische so peinlich werde, dass er mir Quaymets Job aufdrängt und den eigentlich längst dafür vorgesehenen Nachfolger Arvis Mikolat auf irgendeinen Schnarchposten abschiebt, damit ich so viel zu tun habe, dass ich seine komischen Entspannungsbemühungen nicht länger behindern kann.«
»Voraussichtliche Dauer des Unternehmens?«, neckte er sie in nachgemachter Rechnerstimme.
»Sechs Monate.«
»Und die drei Stunden, bis es Tag wird, hältst du auch noch durch.«
»Muss ich wohl«, erwiderte Constantina und drückte grußlos die Coiflets weg.

2: Kurze Jugend

Neschech Dremocci wurde im planetarischen Herbst Feldeváyes erwachsen.
Das war die Zeit der letzten Farben, ein spätes Einverständnis, Näherrücken der Menschen, deren angestammte Lebensweisen bald aufgegeben werden mussten.
Abschied.
Die Arbeit im Haushalt der Ristaus, die seine Mutter ihm verschafft hatte, war Neschech recht.
Er fegte die Padurställe, kochte mit andern, trug Mahlzeiten auf, räumte die Reste ohne Murren ab, beklagte sich nicht übers Abspülen.
Die Aufgaben beim Mälzen empfand er als Vertrauensbeweis.
Neschech schätzte den Geruch des verbrannten Torfs im Haupthaus, schaufelte fleißig Gerste, mochte das Mahlen und Einmaischen im Bottich, nicht zuletzt, weil er dabei immer ein wenig das Gefühl hatte, er gehörte selbst zu den jungen Mädchen, die das Handwerk erlernten: Jede Frau, nicht nur die Hohen, schickte ihre Töchter in Brennereien anderer Frauen, um dort den Meisterinnen zur Hand zu gehen. Falls Jungs zu den Haushalten gehörten, durften die ebenfalls mithelfen, wenn sie auch in den freien Stunden gehalten waren, den Abstand zu respektieren, der sie von ihren künftigen Arbeitgeberinnen oder Gattinnen trennte.
Neschech wusste, dass er seiner Mutter dankbar sein durfte für die Voraussicht, mit der sie ihn bei Ristau untergebracht hatte.
Für einen Jungen gab es wenig Angenehmeres als unterm einzigen Brenner im Thomasstreifen zu dienen, dessen Tochter obendrein im Ruf stand, in mancher Hinsicht so etwas wie ein Junge zu sein: verträumt, ja versponnen, eigen, nicht am politischen Leben interessiert und auch nicht am sozialen Erfolg.

Kathrin wurde unter den Jungs und Männern von Wilentz heimlich dafür geschätzt und bewundert, dass sie auch für sie, die mehr oder weniger unproduktiven und wenig angesehenen Mitglieder der Dorfgemeinschaft, gelegentlich ein nettes Wort übrig hatte und sogar manchmal »Bitte« oder »Danke« sagte, wenn sie von einem der ihren etwas verlangte und bekam.
So durfte Neschech mitmachen, wenn Kathrin die andern Mädchen zum Ballspielen in den Hof rief. Neschech war auch dabei, wenn gefeiert wurde. Er wusste, dass er nicht wirklich dazugehörte, aber wie es war, war es gut, und es hätte, wäre Neschech gefragt worden, immer so bleiben dürfen.

Dann kam Klemens Erikson, der Fremde vom Schattenspiegel.
Er zog sofort in Lasse Ristaus Wohnhaus, lebte dort als luxuriös eingerichteter Gast.
Von seiner Insel hatte er ein paar Apparate mitgebracht, die dem einzigen Brenner im Thomasstreifen bei den Frauen der Gegend sowohl Respekt wie Neid verschafften – »als hätte er von beidem nicht schon genug!«, lachte, nicht ohne entspannte Bosheit, seine Padurführerin Zainab.
Hinter vorgehaltener Hand ballte sich bei den weniger Erfolgreichen im Dorf rasch die Rede vom »Männerhaus«. Einige der schmutzigeren Zungen konnten es nicht lassen, Geschichten darüber auszustreuen, dass »Ristau und seine Knaben und Kerle ohnehin keine Frauen brauchen«, dass sie miteinander schliefen, und man behauptete sogar, Ristau sei beim Rat vorstellig geworden, ob der nicht genehmigen wolle, dass der Brenner seinen Raumfahrer legal zum Gatten nahm, was in der ganzen Geschichte des Thomasstreifens noch niemals vorgekommen war und laut Stirja Nemper, dem schlimmsten Lästermaul der Ortschaft, »eine widerliche Parodie der Frauenehe« darstellte, gegen die »man früher Brandfackeln und Steine« gehabt habe, »aber heute, mit diesen senilen Hexen im Rat, wird auf die Vorfahrinnen gespuckt. Die Welt steht nicht mehr lang, das ist gewiss.«

*

Vor der Treppe zu den Gärfässersälen in der Ristaubrennerei gab es einen erhöhten Holzboden über einem Lagerkeller.
Auf dem spielten die Mädchen, wenn es nichts zu tun gab, Karten, oder rauchten und tratschten. Neschech, der herausgefunden hatte, dass in der hinteren Rampe dieses Holzbodens zwei Bretter lose genug waren, um verschoben zu werden, schlüpfte manchmal mit seinem schlanken Körper durch den Spalt und unter die Dielen.
Zwischen vergessene Fässer kroch er dann, legte sich auf den Rücken und lauschte den Gesprächen der Töchter.
Stunden und Tage verbrachte er so.
Kaum wagte er dabei zu atmen.
Die Augen hielt er fest geschlossen, im unbewussten kindlichen Aberglauben, man könnte ihn durch die Ritzen zwischen den Dielen schlechter sehen, wenn auch er nichts sah.
In seinem Versteck umgaben ihn Stimmen, die er nach einer Weile besser kannte als die eigene. Draußen, im Nichtversteckten, im Alltag, beim Arbeiten, senkte er sofort den Blick, wenn er eine dieser Stimmen in Sichtweite des Mädchens hörte, zu dem sie gehörte, beim Rufen, beim Bestätigen von Befehlen oder beim Singen, das die Arbeit begleitete.
Neschech liebte die Lieder.

Gern hätte er selbst mitgesungen, aber das wäre eine Ungehörigkeit gewesen, für die selbst Kathrin Ristau ihm vermutlich eins mit dem Stock auf den Rücken gegeben hätte – wohl auch, weil man wusste, dass ihr Vater gelegentlich sang, auf Flammenjagd oder bei Klettertouren im Gebirge, wo ihn die jungen Mädchen mit Ausnahme seiner Tochter nicht hören konnten. Ein ärgerer Verstoß gegen die guten Sitten als ein unter Mädchen und Frauen singender Mann war nicht leicht vorstellbar.
Man hielt sich im Thomasstreifen viel darauf zugute, dass hier, so überwunden die Künste sonst in der Galaxis waren, gesungen wurde. Die meisten Flammen mit Liedern (wenn auch nicht die meisten musikalischen) waren, was kaum wer für Zufall hielt, hier gefunden worden, oft in der Zeit des Arrheniuslichts.

»Niemand außer uns hat Musik, die nicht zum Bauen benutzt wird«, pflegte Nescheschs Mutter Mirjam zu sagen, »Musik, die nur für sich steht, niemand außer uns auf Feldeváye, und niemand auf Feldeváye hat Gesang wie die Frauen hier.«
Das war eine grobe Verallgemeinerung, aber doch etwas, was die Hohen Frauen gern hörten, und damit jenseits jeder Kritik.

Messame Dassys Stimme war die schönste.
Das ohnehin anziehendste Mädchen von Wilentz hätte sich darauf viel einbilden können. Das aber war Messame so fremd wie Trotz, Argwohn oder Spott über Schwächere. Sie unterschied sich darin von ihrer Schwester Meori, die sie aufgrund besonderer Umstände im Zusammenhang mit dem komplizierten Erbrecht des Thomasstreifens und dem Stammbaum der Dassys bei Erreichen der Volljährigkeit heiraten sollte.
Messame war mit dieser Aussicht durchaus einverstanden.
Sie fand an ihrer Schwester Liebenswertes, das anderen verborgen war.
Die äußerliche Schönheit teilten beide ohnehin: dieselbe helle Haut, dieselben großen Augen und wilden dunklen Haare.
Meori aber hielt gern Hof, brach gern den Willen von Konkurrentinnen, spielte, wann immer es ihr passte, ihre Macht als Erbin der Dassybrennerei aus.
Selbst Stirja Nemper, die schlimmste Klatschbase der Gegend, fürchtete Meoris scharfe Zunge. Nur Messame hatte keine Angst vor Meori, und widersprach ihr sogar, wenn sie allzu garstige Reden schwang.
»Nein, so kannst du nicht reden. Männer«, fand Messame – Neschechs Herz schien einen Schlag auszusetzen, als er das in seinem Versteck hörte –, »sind keine Padurn. Du wirst dir schon Gedanken machen müssen, wie du welche für dich – für uns – gewinnen willst. Das Testament, das Mutter hinterlassen will, reicht als Lockmittel nicht aus. Wir müssen mit einem Mangel an Jungs rechnen, die Hohen Frauen kauen uns das seit Jahren vor: In unserer und den nachfolgenden Generationen gibt's zu wenige, das weiß die Wissenschaft.«

Neschech kannte die Geschichte: Seit einiger Zeit purzelten jedes Jahr zwei Prozent weniger männliche Kinder aus den Arplas als im Jahr davor.

Angeblich hatten sich die Hohen Frauen bereits damit beschäftigt und ihre Polizistinnen ausschwärmen lassen, um Nachforschungen darüber anzustellen, ob nicht Arpla-Manipulationen vorgekommen waren.

Kratzig erwiderte Meori ihrer Schwester: »Dann fahren wir in die Urbeen und holen uns dort welche. Die sind froh, wenn sie nie mehr arbeiten müssen. Die frische Luft tut ihnen auch gut. Und wenn sie wollen, können sie sich den ganzen Tag besoffen auf die Nodowiesen legen.«

»Es sind Menschen. Hörst du mich?« Messame ließ nicht locker.

»Menschen! Wo hast du das her? Liest du das falsche Buch?«

»Das falsche, das richtige, und jedes andere, aus Flammen und Archiven«, gab Messame herausfordernd zu. »In der Wiege waren die Dinge anders, und sie könnten wieder anders werden.«

»Ich weiß. Da waren wir Frauen Eigentum der Männer. Eine Geschichte, die du nicht vergessen könntest, wenn du das richtige Buch wirklich gelesen hättest. Willst du dahin zurück? Willst du einen männlichen Gott anbeten, der, wie war das? Der die erste Frau aus dem Bauch des ersten Mannes geholt hat ... na? Musst du kotzen?«

»Ich kenne die Geschichte wörtlich. Du auch? Siehst du. Es war die Rippe. Nicht der Bauch. Und ich glaube, die Leute haben das absichtlich falsch verstanden. Die Geschichte sollte nicht sagen: Der Mann war zuerst da und hat deshalb das Sagen. Das ist bloß dahin verballhornt worden. Es geht um was anderes: darum, dass die Männer, erstens, aus den Frauen kommen, das wussten damals eh alle, das heißt Geburt ...«

»Iiih! Weißt du was, du stinkst!«, rief Meori. »Muss das jetzt sein, diese Horrorgeschichten aus der Zeit vor den Arplas?«

»Was heißt hier vor? In den Urbeen gibt es massenhaft Geburten. Jeden Tag, jede Stunde wird da jemand auf dieselbe alte Art ...«

»Ja, ja und vorher neun Monate mit dem Ding durch die Gegend watscheln. Spinnst du jetzt ganz? Sag' mal, soll ich etwa ...«

»Die alte Geschichte mit der Rippe bedeutet nur: Ihr wisst ja, dass die Männer, erstens, aus den Frauen kommen, aber manchmal, zweitens, kommen die Frauen eben auch aus den Männern. Es ist, wie das richtige Buch sagt: Menschen sind aus anderen Menschen zusammengesetzt.«
»Sag' ich doch: Du stinkst«, lachte Meori, so hässlich sie konnte.

Das Lachen, die Witze, die Lieder der Mädchen trug Neschech nah am Herzen, auch wenn sie wehtaten. Am Herzen – und in seinem Kopf, den Mirjam Dremocci »den Holzeimer« nannte.
»Hör auf zu träumen!«, schimpfte sie und sparte nicht mit Ohrfeigen.
Es schien, als wüsste seine Mutter auf irgendeine dunkle Weise, dass er nicht mehr in der Welt gefangen saß, die sie ihm gezimmert hatte – die Arbeit bei den Ristaus war ihm ja nur zugewiesen worden, damit sie ihn kontrollieren und schurigeln konnte –, sondern in sich damit beschäftigt war, eine neue zu finden.
Das litt sie nicht. Er sollte nicht frei sein, auch nicht im Kopf.
Ihr Sohn sollte sich gefälligst dafür interessieren, was sie ihm über Kathrin Ristau zu erzählen hatte: welche Farben sie mochte, was sie gerne aß, wie man mit ihrem Padur, Toje, umspringen musste, um den Gehorsam des Tiers zu erzwingen.
Besonders interessiert war Neschech an alledem nicht, obwohl er Kathrin mochte.
Er wusste, dass der Plan seiner Mutter, ihn zu Kathrins Bräutigam zu machen, scheitern musste. Kathrin Ristau würde keine Brennerei betreiben. Sie würde keine Kinder in der Arpla backen lassen und kein Haus leiten.
Alle, die Augen und Ohren hatten, wussten, dass Kathrin Messame liebte. Da diese Liebe keine Zukunft hatte, würde Lasse Ristaus Tochter nicht in Wilentz bleiben, sondern irgendwann nach den Urbeen aufbrechen.
Und wer das, obwohl es alle sahen, dennoch nicht wusste, musste es sich von ihr persönlich erzählen lassen.

Mit der ominösen Auswerterin Cosima Riedler hatte sie eine Noosfreundschaft angefangen. Seit dem Absturz der Insel vom Schattenspiegel war jene Frau drei Jahre lang jeden Sommer nach Wilentz zurückgekehrt, um mit Lasse und Kathrin, aber auch dem abgestürzten Mann, auf Flammenjagd zu gehen. Ob es einen Zusammenhang gab zwischen diesen Exkursionen, der Coiflet-Freundschaft mit einer Auswerterin und der zunehmenden Unzufriedenheit, mit der Kathrin über ihre Heimat sprach, konnte Neschech nicht entscheiden.

Ihr Schimpfen jedenfalls konnte sich inzwischen selbst neben Meoris Giftkeifen hören lassen: »Was ist das hier? Ein Kaff, sechs Brennereien, von denen zwei demnächst zusammengelegt werden. Der Sgriaccibetrieb gehört längst den Schesters, die letzte Sgriacci im Stammbaum hat sich ganz aufs Führen, Züchten und Erziehen von Padurn geworfen. Die Siedlung hat keine Zukunft, schon gar nicht für eine wie mich. Mädchen ohne Mutter, ohne Manieren.«

Meori konterte nur zu gern: »Hau schon ab!« oder »Fort mit Schaden!«

Aber Kathrin war inzwischen recht beliebt und würde vermisst werden – auch von Neschech, ihrem Niemalsgatten.

Sobald sie wirklich wegzog, dachte er, musste nicht nur ein weiterer sinnloser Traum seiner Mutter notwendig zerplatzen, die sich seit Jahren für nichts anderes begeistern konnte als ihre Pläne, das eigene Haus irgendwie mit dem der Ristaus zu verknüpfen, sei es, indem sie Lasse heiratete, sei es, indem Kathrin ausgerechnet ihren Küchenjungen zum geeigneten Vater für ihre Kinder erwählte.

Neschech hatte darüber hinaus aber mittlerweile das Gefühl – und konnte es nicht erklären –, auf irgendeine nahezu blutsverwandte Art unter Kathrins persönlichem Schutz zu stehen.

»Du träumst!«, schalt ihn die Mutter, wenn sie das ahnte, vielleicht, weil ihr dämmerte, dass sie selber längst nur noch träumte. Abwehr dieser Einsicht war all ihr Wüten gegen den Sohn: »Ich seh's in deinen fiesen Augen! Da ist, wie bei deinem Vater, mehr Wilentzwasser drin als Leben!«

Neschech wusste, dass das nicht stimmte.
Er trank viel weniger als andere. Er wusste sogar, dass sie wusste, dass das nicht stimmte.
Es half nichts.
Sie mochte ihn nicht, das war das Problem.
Sie mochte auch sich selbst nicht, das war die Wurzel des Problems.
Mochte er sich?
Zwar benutzte er alle Cremes, die ein Junge brauchte, und kämmte und flocht sich die Haare, mied allzu schweißtreibende Tätigkeiten, um nicht schlecht zu riechen, parfümierte sich auch vor allen Festen und zu gesellschaftlichen Anlässen, bei denen er zugelassen war.
Mit Deckschminke aber war er sparsam, Lidschatten und Kajal benutzte er fast nie, Ohrringe trug er nur zwei, Armreifen nur drei, und anstatt abends im Buch nachzulesen, wie er ein Mädchen für sich einnehmen konnte, lag er im Dunkeln auf seinem Strohquader im Bedientenhüttchen an der inneren Brennereimauer und träumte, er wäre selbst ein Mädchen und lebte in einer Welt ohne verächtliche Blicke von Hohen Frauen, ohne Enttäuschung im Spiegel, ohne Rufe auf dem Kiesweg: »He, Nesch, schläfst du bei Lasse? He, Nesch, lutschst du den Alten?«

Er wollte bei den Stimmen leben, die er liebte.
Vor allem bei Messames Stimme, dem Lachen, den Liedern. In tiefster Nacht, mit geschlossenen Augen, war es ihm zu hell im kleinen Zimmer, das er für sich allein hatte. Zuviel Licht, zu wenige Stimmen.
Im Finstern legte Neschech sich den rechten Arm über die Augen, zog mit der andern Hand die Decke über das Gesicht, abgeschieden genug vom Tag, von den Gemeinheiten, der Mühsal. Endlich hörte er Messame singen:

Im ungeschickten Dschungel
Gibt es nächtliche Orchideen

Riesendisteln
Ich habe welche gesehen

Da öffnete Neschech den Mund und sang, ganz leise, mit Messames Stimme:

Hör auf Sklavin
Geh wieder in dein Zelt
Die heißersehnte Quelle
Stillt nur die Augen.

Er erschrak.
Und staunte.
Es war wirklich Messame, im Melodischen, der Phrasierung, dem Tempo. Hatte er ihre Stimme so oft gehört, so gänzlich aufgenommen, dass er sie täuschend echt wiedergeben konnte? Es war mehr als das.
Er hatte ein Geheimnis betreten, das sein Leben retten oder zerstören konnte.
Er war noch nie so glücklich gewesen, noch nie so verängstigt.

Am nächsten Morgen, auf dem Weg über die Nodowiese durch den schönen Nebel, fragte sich Neschech, ob er seine Verwandlung geträumt hatte. Sollte er sich jemandem offenbaren? Zeigen, was er jetzt konnte?
Was er jetzt war?
(Was war er denn? Etwas Neues?)

Ein Nodo stolperte ihm leise girrend vor die Füße.
Er sprach den Vogel an, und merkte gar nicht, dass die Stimme nicht seine, sondern Messames war: »Na, du? Husch mal weiter!«
Das Tier guckte interessiert, dann senkte es den Schnabel und sauste mit im Wind knatterndem Gefieder davon.

*

Die nächsten Tage und Wochen über verschaffte es Neschech melancholisch süßen Kitzel, dass niemand vom Wunder wissen durfte. Noch hatte er genug daran, sich nachts mit Messames Stimme Geschichten zu erzählen, Trost zu spenden, ein bisschen zu singen.
Eines Abends aber, beim einsamen Saubermachen im Stall, als alle Arbeiten in der Brennerei erledigt waren, die Gärbehälter kontrolliert, die Brennblasen geputzt, fiel es ihm ein, dass er, den Besen in beiden Händen, ein verschmitztes Lächeln im Gesicht, ein Lied versuchen mochte:

Hör auf Unschlüssige
Klein
Wie der ge-

Ein Scheppern ließ ihn zusammenschrecken. Etwas war hinter ihm von der Wand gefallen oder durch die Tür hereingeworfen worden.
Ein Eimer?

Neschech drehte sich sehr langsam um. Da stand Kathrin, mit Toje, ihrem Padur.
Angst hatte Neschech vor Padurn längst nicht mehr. Als Kind war ihm zwar ihr Bellen in Albträume gefolgt, weil seine Mutter ihm die alte, rollengebundene Angst eingejagt hatte, die Jungs und Männer seit Jahrhunderten dazu anhielt, große Bögen um Padurn zu machen. Aber Toje war keine strafende Beißmaschine, die nur darauf lauerte, dass er sich etwas anmaßte, was seinem Geschlecht nicht zustand.
Toje war der Freund einer Frau, von der er spürte, dass sie ihm nichts Böses wollte.
So stand der Padur, die Ohren aufgerichtet, abwartend, fast verdutzt. Kathrin hielt in der linken Hand den zweiten Milchblecheimer. Der erste rollte vor ihren Füßen gegen eine Holztrennwand, sie hatte ihn fallen lassen. Ihr Gesicht sah aus, als wäre Arrhenius ihr auf den Kopf gefallen.

»Du«, sagte sie nur.
Ihre freie Hand griff ins orange Kragenfell des Tiers, kraulte wie geistesabwesend.
Toje verstand den zerstreuten Befehl sofort: Er senkte das Hinterteil, bis er auf dem frisch gefegten Boden saß, knickte die Ohren ab und schloss das Maul: Jetzt reden die Menschen, der Padur ist still.
Neschech legte den Kopf schief, als wäre er selbst ein Padur, und sah Kathrin fragend an.
»Das warst du. Du hast … Messame ist nicht hier, oder?«
Es hätte viele Möglichkeiten gegeben, darauf zu antworten.
Vermutlich wäre es ihm, wie den meisten Jungs, die mit den Mädchen und Frauen des Thomasstreifens zurechtkommen mussten, irgendwie gelungen, sich herauszureden.
Er entschied sich dagegen.
Neschech öffnete den Mund, in schutzlosem Mut, und fing wieder an, leise, ein bisschen klagend, in klarem, liebendem Ton:

Hör auf Unschlüssige
Klein
Wie der gedemütigte Adler
Wenn er das Licht entdeckt …

Toje blieb brav sitzen.
Er guckte, als verstünde er sehr viel.
Kathrin stellte den Milcheimer auf den Boden. Wortlos ging sie zu Neschech, der einen winzigen Augenblick lang eine aufregende, wohlige Angst spürte, als er in Kathrins Augen sah, dass sie nicht wusste, was sie tun wollte: ihn umarmen?
Als sie bei ihm war, nahm sie ihm bloß sanft den Besen weg, nickte ihm zu, wandte sich ab und setzte die Arbeit, die er begonnen hatte, schweigend fort, bis sein leises Lied zu Ende war.

»Regnet es wieder?«, fragte er dann, weil er ein Gespräch anfangen wollte, um nicht in der schönen, gefährlichen Stille zu ertrinken.

Sie fegte noch, und er sah, wie sie sich ein wenig zur Seite drehte. Ihre Augen waren geschlossen. Sie sagte: »Die … Stimme. Kannst … kannst du auch …?« Die würzige Luft schien elektrisch geladen. Alles wartete auf eine Wendung, eine Neuigkeit.
Neschech erwiderte, mit Messames Stimme, aus Messames Seele: »Wenn es regnet … Nein. Eigentlich … wenn es nieselt, wenn ein ganz feiner Sprühregen in der Luft ist, von dem man gar nicht weiß, kommt er von oben und fällt zur Erde, oder kommt er aus der Wiese, aus der Welt und will in den Himmel, vielleicht weil … vielleicht zu Arrhenius, weil er … weil der Mond Kühlung braucht … weil er … fiebert … dann … geh ich durch die hohen Gräser und berühre die Spitzen mit meinen Fingern, lasse sie meine Handflächen kitzeln, ohne Schwester, ohne Mutter, ohne Pflichten. Die freien Stunden.«
Das Herz schlug ihm bis zum Hals. Eine köstliche Panik war in seinen Schultern, Armen, seiner Kopfhaut, am Hals, auf der Brust, als er etwas wagte, das er im selben Moment, da er es sagte, hörte, als spräche nicht er es, sondern wirklich Messame: »Und so wäre das. Deine Stirn zu berühren, deine Wange, wie im frischen Gras, wie im … Sprühregen.«
Zwei Minuten, die sich nach etwas streckten, das es nicht gab, vergingen.

Die beiden Menschen hörten nichts als das leise Atmen des treuen Padurn, das strömende Rauschen des Blutes in ihren Körpern und ihren vom Glück verstörten Köpfen.

Dann öffnete Kathrin die Augen.
Sie wandte sich Neschech zu und sah ihn an.
Es war, als liebten sie einander, weil sie beide Messame liebten, etwas Unmögliches, das so wenig erlaubt war, dass es nicht einmal für das Verbot Worte gab.
Auf Neschechs Zunge lag ein heißer, angenehmer Geschmack, wie wenn er ein paar scharf gewürzte Auberginenscheiben von Lasses oder Kathrins Teller stibitzt hatte, vor dem Auftragen des Abendessens.

Kreuzkümmel und Koriander.
Es war Kathrin, die jetzt sprach; leiser, als er gesungen hatte: »Danke schön, Neschech.«
Sein Name war das Zeichen, dass es ein Bündnis gab und ein Einverständnis zwischen ihnen; dass ein Spiel begonnen hatte, bei dem beide viel riskierten und das aus ihnen mehr machte als Freunde, aber auch kein gewöhnliches Liebespaar.
Vielleicht etwas Schreckliches.
Zweifellos etwas Wunderbares.

Kathrin nickte knapp, er auch. Sie lehnte den Besen an einen der schwarzen Holzpfosten, die das Dach der Scheune trugen, und ging zu Toje. Der stand artig auf, ließ sich einen Klaps auf die Seite geben und trottete dann an Neschech vorbei, als wäre der gar nicht da, in seinen schmalen Schlafraum, wo er sich hinlegte.
Kathrin drehte sich um und ging ohne ein Wort.
Neschech verstand nicht, was geschehen war, freute sich sprachlos darüber.
An diesem Abend redete oder sang er auf seinem Lager nicht mit fremder Zunge, sondern schwieg, horchte auf jedes Geräusch – die Mäuse und Limiks im Stroh, die Eule draußen, den Wind. Er atmete leichtes Feuer, als wäre er Herr über alles, über Wilentz, den Streifen, die Welt.
Er schlief tief und traumlos.

Zunächst hielt Neschech sich ein paar Tage von Kathrin fern. Der Grund war eine neue Scheu, die keinen genauen Namen wollte.
Kathrin, umgekehrt, schien seine Nähe zu suchen, wenn auch nicht auffallend – öfter als sonst schaute sie in der Küche vorbei: »Kannst du ein paar mehr grüne Bohnen in den Spinatsalat machen und weniger Nüsse? Klemens isst mit uns, der mag die Bohnen nicht.«
Am Sonntag, den ihr Lasse meist freigab, brachte sie den Mädchen in der väterlichen Brennerei und damit auch Neschech, der ihnen half, Wasser und ofenwarme Brote vorbei: »Ich glaube, das ist

Mutwillen von meinem Vater, dass er am Wochenende mehr Arbeitsstunden von euch verlangt als alle andern Brennerinnen und dafür unter der Woche alle schon am frühen Abend gehen lässt. Manchmal will er sich um jeden Preis vom Rest der Siedlung unterscheiden, fast schon albern.«
Mit jeder Kleinigkeit der Tiere wegen, Nodos wie Padurn, kam sie zuerst zu Nesch, auch wenn sie dafür aufs Dach klettern musste, wo er nach Herbststürmen mit Handwerkerinnen Schäden ausbesserte, oder zum Komposthaufen laufen, wo er die Schichtung der Abfälle überprüfte, oder in die Lagerhäuser, wo die Kühle und Feuchtigkeit zwischen Steinboden und Lehmmauern beide immer wieder an die ersten Worte erinnerte, die er als Messame zu ihr gesagt hatte: Sprühregen. Tau. Flüstern.

Meori, findig aus Bosheit, merkte die Veränderung als Erste und dachte sich sofort einen fiesen Grund dazu: »Endlich macht Kathrin mal, was Frauen machen, und sucht sich einen Kindsvater. Aber wie faul sie ist, sieht man daran, dass es gleich ein Hausangestellter sein muss. Mit so was hat man ja normalerweise erst als Mutter eine Affäre. Ich nehme an, wir können froh sein, dass sie nicht ihrem Padur den Hintern hinhält, sondern wenigstens dem Küchenjungen.«
Die Biestigkeit der gemeinen Dassyschwester wurde von den Jungs und unverheirateten Männern des Dorfes als Lizenz verstanden, Neschech das Leben schwerzumachen: »Da kommt der Liebling der jungen Ristau«, »Wie machst du das, wo du dich kaum wäschst?«, »Riecht wie ein Nodo, vielleicht mag sie das.«
Auch Stirja Nemper mischte sich, wie üblich, garstig ein, ließ aber Kathrin und Neschech in Ruhe – wie ein aufs Blutriechen abgerichteter Beutepadur fand und verbellte sie ein anderes Ziel: »Es liegt an Lasse Ristau. Der macht uns noch unser ganzes Leben kaputt. Rang? Ordnung? Dafür hat der kein Gefühl. Sonst hätte er in eine anständige Familie eingeheiratet, nach dem Tod seiner Frau. Die Brennerei ist keine schlechte Mitgift. Zainab Sgriacci, die auch mal langsam Mutter werden sollte, wäre die Richtige ge-

wesen. Was macht er stattdessen? Lässt diesen Astronauten sein Wilentzwasser vergiften, mit selbstgebastelten Mikroben, und erlaubt seiner Tochter, mit einem Bedienten im Gebüsch zu verschwinden, wenn's sie juckt. Und der Alte greift sich denselben Jungen. Einen sauberen Schweinestall hat er beisammen, dieser … Mann!«

Schließlich erreichte die üble Ansteckungskette Mirjam Dremocci.

»Die Leute reden, Junge. Es beschädigt meinen Namen. Reiß dich zusammen! Gib ihr nicht nach, wenn sie … na, was immer ihr macht, wenn ihr alleine seid. Schweig, ich will's gar nicht wissen. Du glaubst, du wärst ein Prinz, weil sie dich benutzt. Frauen verlieren jeden Respekt vor Jungs, die leicht zu haben sind. Sag' nein, hörst du? Lass den Schwanz in der Hose, bis sie dir wenigstens Aussichten macht auf einen Partnervertrag, auf irgendeine Sicherheit. Sonst schmeißt sie dich weg, wenn sie genug von dir hat. Dann werde ich dich an kein Mädchen mehr los. Jede Mutter mit einem Funken Ehre im Leib wird sich weigern, einen abgetanen Stecher in ihr Haus, geschweige ihre Brennerei zu lassen.«

Auf den Monolog folgten wochenlang ähnliche, gewürzt mit drastisch beleidigenden Ausdrücken für Jungs und Männer, wie sie unter ungelernten Brennereiarbeiterinnen oder Jagdhelferinnen üblich waren – »Zipfel«, »Nuss«, Neschech kannte sie alle und hatte als Kind geglaubt, einige davon seien tatsächlich seine Namen, weil er so oft damit gerufen worden war.

Kathrin schien all das nicht aufzufallen.

Hartnäckig und zugleich geschmeidig setzte sie sich darüber hinweg.

Nach einer Weile dämmerte Neschech, dass es eine paradoxe Verbindung zwischen der öffentlichen Hetze und den Freiräumen gab, die Kathrin und er mit kleinen Spaziergängen, gelegentlichem Zusammensitzen – bei Brot, Wasser, Wein – auf der Mauer des Friedhofs oder an einem der Bäche unter den großen Bäumen

erobern konnten: Durch die Ortschaft windete so viel Häme und Neid, dass die einzige Möglichkeit, trotzdem zusammenzuleben, seit Jahrhunderten darin bestand, das, was man so schwatzte, wenn man Leute verlästerte, nie ganz ernst zu nehmen.
Gerade weil die meisten wussten, dass derartige Gerüchte mehr über die Gemütslage der Frauen verrieten, die sie ausgesponnen hatten oder weitergaben, als über die Menschen, von denen sie handelten, war das Gerede über Kathrin und Neschech fast so etwas wie ein Kokon, der sie schützte: Solange die haarsträubenden Behauptungen schwirrten, legte niemand Hand an sie. Schließlich hatte ja auch nicht gestimmt, was kurz zuvor im Umlauf gewesen war: dass die Spelleichbrennerei einem reichen Gangster aus einer der nördlichen Urbeen auf Ammar gehörte, dass die Lehrerin Luisa Arwhad in ihrer Freizeit eine neue Methode zur Verkürzung der Arplazeit entwickelt hatte, dass Zainab Sgriacci sich gelegentlich im Kiefernwald mit einem Lapithen paarte.

Neschech versteckte sich seltener als zuvor unterm Holzboden.
Die Gespräche der Mädchen kamen ihm jetzt oft fast fade vor:
»Lasse Ristau interessiert sich gar nicht mehr dafür, wie viel wir auf die Fässer ziehen, der sitzt nur noch bei seinem Alchimisten im Anbau.«
»Ich glaub' aber, ich heirate meine Cousine Dunja aus Remoga, dann komm ich wenigstens aus Wilentz weg.«
»Der Sohn der Bäckerin in Peires hat ein Stipendium gekriegt. Den zieht's zu den Urbeen. Schade, fescher Kerl.«
Selbst Meoris Rundumschläge fingen an, ihn zu langweilen.
Messame schien das ähnlich zu erleben, widersprach nur noch träge, wenn Unsinn laut wurde: »Der Lasse Ristau weiß schon, was er tut.«
»Deine Cousine ist sehr hübsch, die solltest du sogar nehmen, wenn sie nach Wilentz ziehen will.«
»Der Sohn der Bäckerin ist einer von denen, die sich für uns Mädchen gar nicht interessieren.«

Manchmal stimmte sie der Schwester, mit der sie verlobt war, sogar zu: »Hast recht, Meori, die Stirja säuft wie ein Kerl.«
»Stimmt, sind zu viele Nodo-Eier, wir sollten nicht zulassen, dass das alles ausgebrütet wird.«
»Ja, hab ich schon gesehen, an der Brücke muss was gemacht werden, ich glaube, wir sagen das gleich Mama.«
Wenn Meori gegen Kathrin oder Neschech ihre Säure spritzte, war es, als hörte Messame ihr nicht zu, so ungenau waren ihre Widerworte: »Na, komm« oder »Hör halt mal auf.«
Sie nähern sich einander, die Brautleute, mutmaßte Nesch, der sich über Ehefragen bislang nur im Hinblick auf seine Mutter Gedanken gemacht hatte.
Wahrscheinlich war das ein normales Phänomen bei Leuten, deren Hochzeit näher rückte – ein, zwei Sommer, mehr trennte die Schwestern, wusste der Lauscher, nicht mehr von der Zeremonie, die das offiziell machen würde, was niemand bezweifelte.
In einem verborgenen Winkel seiner Seele kräuselte sich eine Ahnung, das seltsame Verblassen Messames mochte vielleicht sogar mit ihm zu tun haben, mit seiner Fähigkeit, ihr die Stimme zu – stehlen, war das richtig?
Wenn er überhaupt darüber nachdachte, weckte diese Ahnung Trotz – stehlen? Nein: zurückholen. Heimlich nämlich glaubte Neschech, dass den Mädchen und Frauen so viel Schönheit und Kraft, wie sie hatten, nicht zustand, dass sie diese Schätze zu Unrecht an sich gerissen hatten, in irgendeinem Jenseits, wo die Gaben des Lebens auf ungeborene Menschen verteilt wurden, und dass es vielleicht die Aufgabe von Jungs wie ihm war, besonderen Jungs, seltenen Jungs, sich das Geraubte zurückzuholen.
Unsinn, natürlich.
Sonne, Arbeit, neue Gesellschaft vertrieben die morosen Grübeleien schnell.

Die neue Gesellschaft war das Beste.
Kathrin nämlich nahm ihn mit zu ihren Leuten: Zainab Sgriacci und Klemens Erikson.

Diese beiden waren zwar keine Ratsmitglieder, standen außerhalb der Hierarchie, der unterworfen war, wer in Wilentz zurechtkommen wollte, waren aber zugleich unverkennbar wichtiger als die Mädchen auf der Holzrampe in der Ristaubrennerei.
Neschech saß wie selbstverständlich, als Kathrins neben Toje zweiter ständiger Begleiter, immer häufiger dabei, wenn sie Zeit mit der Padurführerin oder dem Raumfahrer verbrachte.
Am frühen Abend, wenn Kathrin frei und Neschech Dienstschluss in der Brennerei hatte, aber noch nicht im Haupthaus helfen musste, erzählte Zainab von den Tieren, von den Stürmen, von den Wäldern und Küsten, vom Norden, vom Westen.

Zainab hielt sich selten in Häusern auf.
Lieber lebte sie in halborganischen Zelten, die sie wachsen ließ und wieder sterben, am Rand der Siedlung, bei den Hecken, Büschen, kleinen Wäldchen, im verwilderten Garten ums alte Schloss der Familie Scheres, die, bis auf wenige, mit Fischerinnen verheiratete weibliche Ausläufer, im Südosten ganz ausgestorben war und ihren Besitz vor langer Zeit den Sgriaccis hatte abtreten müssen.
»Mit der Matriarchin«, erklärte Kathrin Nesch, »der berühmten Annabel Sgriacci, die vor dreihundert Jahren gestorben ist, war die letzte echte Brennerin der Scheres' lange zusammen. Ohne Vertrag.«
Neschech kannte die Geschichte, es gab sogar Liebeslieder darüber – abgewandelte Flammen, deren Originale von Annabel gefunden worden waren.
»Die Scheresfrauen – das waren sehr erfolgreiche Brennerinnen, oder?«, wollte er wissen. Zainab erwiderte wegwerfend: »Kann man nicht mit heute vergleichen. Das war ja eine Zeit, als man außer dem, was heute Wilentzwasser heißt, auch alle möglichen anderen Schnäpse gebrannt hat, aus den irrsten Grundstoffen: Thymian, Basilikum und Knoblauch.«
Neschech schüttelte ungläubig den Kopf, Kathrin flachste: »Das kennt er nur als Fischwürze.«

»Das Scheresgeheimnis«, sagte Zainab, »war das Wasser. Sie haben es aus den Kalksteinfelsen geholt, oben am Kamm, wo es in starken Fällen aus dem Gebirge stürzt und sich in kleinen Seen sammelt. Hartes Wasser – viel Calcium, Magnesium, Phosphat. Das beeinflusst alles, was die Enzyme beim Maischen machen. Wir nehmen heute das weiche, aus den Bächen und Flüssen in der Ebene, wo die Kiefern wachsen.«
Kathrin stimmte zu: »Richtig, und das machen wir, weil es viele Sachen gibt, die wir nicht mehr drin haben wollen, zum Beispiel die Bakterien, die Mikrotierchen, vor allem Plasmidenkolonien, die so viele Lacs umgebracht haben, damals im Vertreibungskrieg. Allerdings: Der Klemens legt wert drauf, dass doch noch welche drin sein sollen. Er spielt mit ihnen rum, irgendwie.«
»In der Tat«, Zainab zog die Brauen hoch, was Neschech nicht deuten konnte, »er macht was draus. Aber unsere einfallslosen Hohen Weiber wollen die Tierchen samt anderen Verunreinigungen per Membranfilter oder per Umkehrosmose loswerden. Dann lassen sie auf die Etiketten drucken: Es kommt alles aus Quellen. Als wäre das entscheidend, aber die Idiotinnen – und Idioten, Nesch – in den Urbeen hören's gern.«

Der Tratsch lag also wieder einmal falsch: Es stimmte nicht, dass Zainab vom Brennwesen nichts wusste. Sie wollte bloß nichts damit zu tun haben.
Die roten Ziegel, die gelben Mauern gefielen ihr nicht; sie lebte auf im freundlichen Grau der Felsen, im Grün der Kleeflecken, der sanften Hügel.
Hier bildete sie Padurn aus, ließ sie laufen und sich abrollen, künstliche Vögel im Flug dicht über der Wiese aus der Luft beißen und sich tot stellen.
Ihre Klientinnen vertrauten Zainabs Sinn für die Herzen und Seelen der Tiere.

Gepolsterte Arme und Beine, ein schaumstoffverkleideter Torso: Die wilderen unter den Padurn fielen Zainab an, wenn sie ihnen

mit der linken Hand Fressen hinwarf, während sie in der rechten die Schockstange hielt, mit der sie die Padurn beim Beißen und Schlingen so disziplinierte, dass sie lernten: Wer einem andern Tier zu nahe kommt, wenn's Futter gibt, wird bestraft und so lange vom Fleisch ferngehalten, bis alles verzehrt ist.
Neschech sah ihr zu, und lernte.

Danach saßen sie zu dritt, Kathrin, Nesch und Zainab, an Feuerkegeln, abgesichert von Ringen aus Steinen, die Nesch und Kathrin auf dem toten Acker hinterm Schloss eingesammelt hatten, tranken Malzkaffee, oder süßliche Biere, und aßen Würstchen, an dünnen Spießen gegrillt. Feuer tanzte, Funken stoben. Der Flackerschein erhellte Zainabs ein wenig breites Gesicht und brachte ihren Schnurrbart zum Glänzen, den sie, anders als jede andere Frau im Städtchen, die Nesch kannte, niemals abrasierte, weil es ihr nichts ausmachte, dass dieses Fadenbärtchen und das manchmal übern Kragen hinausgewachsene Haar einige dumme Weiber dazu reizte, sie als »armen Mann« zu verspotten. Dass sie männlichen Lastern wie Faulheit und Verweichlichung ferner stand als die Lästernden, wusste sie selbst so gut wie alle andern. Zainab war das, was da über sie gemeint wurde, einfach egal.
So unabhängig sah sie die Dinge auch sonst: »Ihr beide, lasst euch nichts erzählen. Lasst euch nicht auseinandertreiben. Es geht mich einen Dreck an, ob ihr knutscht und vögelt oder was immer ihr sonst macht, aber lasst den Dummen nicht die Freude, euch daran zu hindern, hört ihr? Ich brauch keine und keinen, aber wenn ich eine … oder zur Not einen … finden könnte, dann würde ich mir jedenfalls nicht von denen, die mir nie Gutes getan haben, sagen lassen, was ich von der oder dem halten soll, die oder der mir Gutes tut! Geschlechter, na gut. Es wird schon irgendeinen Natursinn gehabt haben – ich bin auch nicht dafür, sie ganz wegzureduzieren, auf eins. Ich find's manchmal störend, dass wir, damit keine Biomasse verlorengeht bei unseren Hilfsgeschöpfen, die Padurn so verändert haben, dass man Männlein und Weiblein mit bloßem Auge nur in der Hitze unterscheiden kann, wenn sich bei

einigen ein Penis bildet, und während der drei Monate Schwangerschaft natürlich. Ich kenne viele andere Tiere sehr genau, von draußen, wo sie leben. Bei Säugern und Vögeln, die ich am besten kenne, ist es sehr verschieden, wie stark sich die Geschlechterunterschiede auswirken – nicht bloß, was die Farben angeht. Soweit die Theorie wasserdicht ist, die von sexueller Selektion als Evolutionsmotor ausgeht, finde ich da, wo es bei den beiden vorhandenen Geschlechtern wegen großer Unterschiede weit abweichende Reproduktionsstrategien gibt und gleichzeitig Polygynie vorliegt, intensiveren intrasexuellen Wettbewerb immer nur unter den Männchen. Nicht schön. Ich meine, es sind einfach die blödsinnigsten Spezies: nix wie Gebrüll und Kampf und Scheißdreck, Tote und Verletzte. Dass wir das Spiel hier nicht haben, weil die Vorfahrinnen so was nicht dulden wollten, ist ein großer Segen. Wären sie anders eingestellt gewesen, hätte eine wie ich ihr schönes Leben nicht. Aber die komische Heiraterei und die seltsame Art, das eigene Innenleben nach Verfügbarkeit und Bespielbarkeit der Arplas zu organisieren, die mag ich halt auch nicht. Ich meine, es ist … es ist wie mit dem Wirtschaften: Ich kriege Voucher für meine Dienste, wenn ich die Tiere trainiere und erziehe. Wir könnten ehrlich sein und gleich Geld verwenden wie die paar Prodisten in den Urbeen, aber wir wollen ja unbedingt anders aussehen als die. Ihr wisst schon: der Thomasstreifen als der Ort, der im Ökonomischen am meisten den modernsten Gegenden in der Galaxis ähnelt. Also richten die Hohen Frauen unsere Rechner aufs Tabellieren und Gegeneinanderaufrechnen von Arbeitszeit pro Brennerei-Output oder Stückzahl erzogener Padurn aus. Und was kommt heraus? Stechuhren sind sie, diese Rechner. Die Noos wird von ihnen angezapft, für eine Wirtschaftsweise, die fast wieder die alte, die aus der Zeit vor der Hidschra ist. Ein Scheißdreck, liebe Kinder. Ich weiß nicht, wie soll man sagen –: Das Allerneuste schlägt ins Allerälteste um, so hat man's öfter. Da frage ich mich dann eben auch, ob unsere Art, Familien zu gründen, nicht einfach Sachen wiederaufwärmt, die im Patriarchat gang und gäbe waren. Nur dass es eben Hohe Frauen sind, die drüber wachen, statt Hohe Hoden. Hohe …«, und dann sagte sie ein Wort, das Neschech noch nie gehört hatte, sich aber lange merken sollte, und das wie »Herrscher« klang: hart und matschig, blutig, schwer, geheimnisvoll, wie verwitterte Grabsteine, deren Inschriften man nicht lesen konnte.

Kathrin sah Zainab spöttisch an und sagte spitz: »Also wie dann? Alle sollen alle lieben, wann und wie sie wollen, und gewirtschaftet wird auf Vertrauensbasis? Papa nennt dich eine Träumerin. Eine, der ihre Träume so wichtig sind, dass sie lieber alle Menschen meidet, als sich der Gefahr auszusetzen, von deren Dummheit darüber belehrt zu werden, dass man Träume nicht leben kann, weil einen die Idiotinnen und Idioten immer dran hindern.«

»Du bist smart, ja?«

Nesch und Kathrin kannten das antike Adjektiv nicht. Zainab schüttelte lächelnd den Kopf: »Dein Papa sollte seine Trommel aus dem Eis holen. Wenn er trommelt, ist er lustiger. Und was das Lieben und Wirtschaften und die guten Menschen angeht: Es muss auch Leute wie mich geben, die sich den Mangel und die Enge wegdenken können. Wie heißt es so schön?« Sie schloss die Augen, und Nesch dachte verstohlen an den Moment in der Scheune, da er gesungen und Kathrin die Augen geschlossen hatte. Friedlich hatte das ausgesehen, inspiriert, so wie jetzt bei der Padurfrau. Dann sagte Zainab leise etwas, das wohl ein Zitat war, woher, wusste Nesch nicht: »Je mehr du liebst, desto mehr kannst du lieben, und desto stärker liebst du. Es gibt keine Obergrenze dafür, wie viele du lieben kannst. Wenn eine Person nur genug Zeit hätte, könnte sie irgendwann alle lieben, die der Mehrheit der Menschen angehören, welche anständig und gerecht sind.«

»Die Version, die ich kenne«, sagte Kathrin fröhlich, »hat ein Adjektiv mehr, da heißt es: ›die jener übersehenen Mehrheit der Menschen angehören‹ …«

Zainab lachte. Das gefiel ihr.

Neschech versuchte, zu verbergen, dass er nicht wusste, wovon die Rede war, indem er eine nachdenkliche Miene aufsetzte. Aber mit ihrer charakteristischen Offenheit sprach Zainab auch das an:

»Neschech wird's nicht gelesen haben. Das sogenannte falsche Buch. Von dem ich übrigens glaube – wie die liebe Stana aus Kollech drüben, die Pflanzenlehrerin, die das freimütig erzählt –, dass es einfach aus Stellen des richtigen Buches besteht, die unseren Hohen Frauen nicht gefallen haben und die sie deshalb rausnehmen ließen, bevor sie die Überspielungen …«

Neschech räusperte sich schüchtern.

Zainab verschluckte den Rest des Satzes und sah ihn herausfordernd an: Was ist, Junge, hast du eine Frage?

Er hatte eine: »Hast du … hast du die Bücher wirklich als … hast du Papier? Hard Copy? Ich meine, ich weiß, dass einige der … der Mädchen aus den … besseren Familien …« Er dachte an Meori, die einen dicken Folianten im Ranzen trug, in weinrotem, nachgedunkeltem, uraltem Ledereinband. »Dass sie das richtige Buch … na, eben ›das Buch‹, wie wir's ja nennen sollen … in dieser Form … aber uns andern wird's doch während der Schulwochen in den Hinterkopf …«

»Es gibt allein in Wilentz bestimmt fünfzig Exemplare vom richtigen und etwa ein halbes Dutzend vom falschen Buch«, erklärte Kathrin. »Natürlich hat kein Junge oder Mann je eins besessen. Die liberaleren Frauen lassen die Väter ihrer Kinder manchmal drin blättern. Ich kann's dir zeigen. Der rote Pelzwal hat beide. Drei vom richtigen, ein falsches. Erbstücke. Von meiner Mutter.«

»Der rote Pelzwal?« Neschech war verwirrt.

Zainab lachte: »Ihr Vater. Sie nennt ihn so. Wegen dem Schriftzeichen.«

Neschech, der schreiben und lesen konnte, musste einen Augenblick nachdenken, dann verstand er's und stöhnte leise auf: schlimmer Kalauer.

Nesch staunte, nicht zum ersten Mal: Ich darf mit Mädchen und mit Frauen lachen. Sie lachen wirklich mit mir, sie lachen mich nicht aus.

Auf dem halbstündigen Heimweg trug Kathrin eine Fackel vor ihm her.

Neschech, der sich als Kind um diese Jahreszeit nachts stets gefürchtet hatte, weil Arrhenius nach dem Sprung auf die andere Position nicht da war, Zemelo und Thyone nur schwach leuchteten und der vierte Mond, Jocelyn, sich erst gegen Morgen zeigte, genoss das hereinbrechende Dunkel und redete vergnügt, ganz selbstverständlich mit Messames Stimme, von den Eindrücken des Tages: »Sie hat mit jedem Padur die besondere Verbindung, die du nur mit Toje hast. Mit jedem. Es passt zu dem, was sie über die Liebe sagt. Sie kann das. Aber nicht jede kann das.«
»Ich will's nicht können«, sagte Kathrin gutgelaunt, »mehr als eine besondere Verbindung im Leben, nein. Da stimmt was nicht, die ist dann doch nicht mehr besonders.«
»An sich geht es schon«, sagte Messamenesch, und wunderte sich über sich dabei, »denn besonders ist ja nicht ganz das gleiche wie einzigartig. Ich glaube, es geht um eine Art Wahrheit, die höher steht als so allgemeine Behauptungen wie ›ich liebe viele Menschen‹ oder ›ich kann nur einen Menschen lieben‹. Man liebt halt, wen man liebt. Sobald man dagegen so ein Prinzip ausspricht, geht's nicht mehr um die Liebe, sondern um dieses Prinzip. Und das ist falsch, weil das Besondere am Besonderen eben ist, dass es unter kein Gesetz fällt. Wer vorher weiß: Ich bin auf einen Menschen festgelegt, oder: Ich werde mich nie auf einen Menschen festlegen, hat nicht verstanden, worum es geht.«
Kathrin zog Messamenesch auf: »Aber du hast's verstanden, ja?«
»Ich heirate Meori, aber ich liebe auch dich. Es muss sich nie widersprechen, weil … weil nur Sachen, über die man spricht, sich widersprechen können, aber es gibt Sachen, die … tut man eben, die fühlt man, die ist man, und es braucht keine … Es ist … das Besondere ist stärker als das Allgemeine. Aber nur dann, wenn es wirklich besonders ist.«
Kathrin blieb stehen.
Die Fackelflamme schien eine Fahne im Wind, schwarzer Rauch tanzte darüber, hüpfte weg, wurde von der Nacht aufgesogen.
»Bleib stehen«, sagte sie, als hätte er das nicht ohnehin sofort getan, als sie stehenblieb. »Schließ die Augen, und schweig.«

Er tat es.
Sie kam zu ihm. Er hörte ihre Schritte auf dem Pfad im kurzen Gras.
Sie umarmte ihn mit dem freien Arm, hielt die Fackel mit dem andern hoch.
Er spürte ihren warmen Bauch unterm groben Hemd, ihre schönen festen Brüste. Ihre Hand wanderte nach unten, griff nach seinem Hintern, zog ihn zu sich. Er wurde heiß und hart, so schnell wie vorher nie, und machte ein leises Geräusch, das nicht ganz seins war und nicht ganz Messames. Fahrig dachte er: Mein Schwanz, der stört hier gar nicht, könnte auch Messames Schwanz sein, oder Kathrins.
Das ist unmöglich, was ist das?
Kathrin küsste ihn. Seine Lippen waren weicher, als sie erwartet hatte. Sie öffneten sich; die Zungen sagten einander, dass sie das Kennenlernen freute. Der warme Atem mischte sich, es roch und schmeckte gut. Er legte seine Arme um ihren Rücken, drückte sie nicht zu fest. Ein Naschen. Trinken. Ganz feuchte Glut, arger Hunger. Es ging nicht wirklich lang. Beide wollten es absichtlich zu kurz, damit man danach nicht viel reden musste, sondern das, was man geworden war, verschließen konnte in dem Moment, dem es gehörte.
Sie ließ ihn los. Fiel von ihm ab, als wäre sie Blatt und er Ast.
Erst, als er hörte, dass sie sich umgedreht hatte und wieder vorausging, öffnete er die Augen wieder. Bevor er die schwere Entscheidung treffen konnte, mit welcher Stimme er sie jetzt anreden sollte, nahm sie ihm die freundlich ab: »Nesch, wenn du magst … versuch ich dir mal eins zu bringen … von den Büchern.«
»Ja«, sagte er, mit engem Hals, unsicher, und dachte: Was wird, wenn ich älter werde? Wenn ich schließlich doch nur ich bin, der ich gar nicht sein mag, weil es den nicht gibt, weil den meine Mutter gemacht hat, statt mich leben zu lassen, wie ich will?

Klemens Eriksons Labor war eine Art verrückt gewordenes Modell des Schattenspiegels.

Auf engstem Raum hatte der Astronaut Produltechnik zusammengestöpselt und -gestopft, aus Bauteilen der havarierten Insel und den Beständen der Brennerei. Lasse Ristaus Abrundungstechnikerinnen, die zuvor den Luxus eines Vier-Superrechner-Arrays hatten genießen dürfen, mussten jetzt mit nur zwei CPUs auskommen, noch dazu kruden, die andern beiden waren Klemens vom roten Fellwal übergeben worden.

Kathrin liebte das Durcheinander.

Nirgends wurde sie lebhafter, redete sie schneller, brannte sie heller. Ein Sperrfeuer von Fragen prasselte auf den Mann vom Schattenspiegel ein, während Neschech sich mit leicht nach vorn gesunkenen Schultern und möglichst langem, unattraktivem Gesicht in die entlegenste Ecke auf einen Schemel kauerte, weil er fürchtete, dass der Mann, der offenbar mit einem anderen Mann verheiratet war, der jetzt im Süden in einer Klinik im Koma vor sich hin vegetierte, an ihm Gefallen finden könnte.

Kathrin wollte alles wissen: »Wie geht das? Wie lange brauchst du für die Analyse? Und dann die Synthese? Wo baust du was um? Plasmiden, Sporen? Wie schnell wirkt das? Wirkt es bei allen Menschen? Ist es altersabhängig, hat es was mit anderen biologischen Parametern zu tun? Geschlecht? Pass auf, ich weiß, also du greifst ein, indem du die Hefe neu zurechtzupfst, so dass bei der Gärung für die Entstehung von Amino …«

»Bei der Aminosäuresynthese«, verbesserte Klemens lässig und wandte den Blick nicht vom Schirm, der endlose, wurmig ineinandergeringelte Animationen aus lebenden Molekülsymbolketten zeigte. Kathrin holte tief Luft, dann legte sie wieder los: »Also, dabei gibt es Abfallprodukte, sowohl erwünschte wie …«

»Die langen Alkoholketten will man haben. Diacetyl lieber nicht. Hefe ist nicht anaerob, aerobe Stoffwechselprozesse sind nötig, um einige der Bestandteile ihrer Zellen herzustellen. Wenn ich mit der Hefe etwas Ähnliches mache wie das, was ich bei den Kunstiden gemacht habe …«

»Den Viren, die ich will.«

»Weil du nicht verstehst, wie sie wirken.« Klemens zog die Brauen zusammen, wandte den Blick der mit in beide Hüften gestemmten Händen herausfordernd vor ihm stehenden Ristautochter zu und sagte: »Du denkst, du wirst damit zur besten Flammenjägerin aller Zeiten. Richtig?«

»Wenn ich die Flammen besser verstehen kann als andere Jägerinnen, dann könnte ich das, was wir hier wissen, zur Auswertung nach Laischa oder in ein anderes Urbeum …«

»Hör mal, du kommst seit zwei Jahren immer wieder zu mir, Kathrin. Und ich wiederhole seither, so dass es mir wirklich langsam zum Hals raushängt: Die Hefe, die ich für deinen Vater herstelle, und das, was ich in letzter Zeit außerdem mit der Gerste mache, ermöglicht ein Wilentzwasser, das sozusagen die … Geschmacksintelligenz der Leute verbessert, die es trinken – selbst Personen, die nicht dreißig, vierzig Jahre lang an Verkostungen teilgenommen haben, selbst Leute, die nie von Connaisseurinnen«, auch er benutzte fast selbstverständlich bei Verallgemeinerungen inzwischen die weibliche Form, bemerkte Nesch, »in die Feinheiten der Sache eingewiesen worden sind, nehmen auf diese Weise Nuancen wahr, denen sie sonst nicht auf die Schliche gekommen wären. Apfel im eher medizinischen Geschmack, oder den subtilsten Hauch von Kohlenseife und Jodsalz, oder sie lassen ihre Gaumen von der Öligkeit verführen, schmecken Blumen, Rosen, Lavendel, Heidekraut heraus, auch wenn sie das alles nicht benennen können. Vor allem aber sind die Veränderungen im Hirn dauerhaft, das heißt, sie vergessen diese … Geschmackserleuchtungen nie mehr. Bindung ans Produkt, verstehst du? Aber bloß eine Spielerei, letztlich. Nichts Mystisches. Nichts von dem, was du suchst, Kathrin. Nichts, das irgendeine tiefe unaussprechliche Resonanz herstellt, die dich dann auf die Spur von verborgenen Flammen führt. Hättest du wirklich Kunstide im Blut, du würdest anders hinsehen, würdest die Gemälde oder Skulpturen oder Texte oder Klänge differenzierter, voller, reicher wahrnehmen. Ohne entsprechende Studien könntest du aber auch das nicht mal verbalisieren. Nein, bitte … fang jetzt nicht wieder an, mir zu erzählen, wie das damals war, als ihr meinen Arsch gerettet habt. Wie dich die drei Frauen auf dem Triptychon gerufen haben, wie du … ich weiß, was du von mir willst. Dass ich auf biochemischem Weg diesen … sechsten Sinn isoliere und irgendein … irgendwas zusammenmixe, das ihn verstärkt. Aber, und hör mir endlich mal zu …«

Kathrin winkte heftig ab, ihre Hand flatterte wie der Flügel eines verrückt gewordenen Nodos: »Ich muss auf deine Toilette. Klemens! Hörst du? Und wenn ich wiederkomme, erzählst du mir das mit der Gerste nochmal haarklein. Was ich dem dann entnehme, das überlässt du bitte mir, ja?«

Kaum war sie den schmalen, niedrigen und alle anderthalb Meter bis fast zur Unpassierbarkeit mit Geräten vollgestellten Gang hinterm Labor verschwunden, seufzte der Raumfahrer lang, tief, aber amüsiert.

Dann sagte er, während er mit den Fingern auf dem altmodischen Schirm herumfuhr und in die Glühwürmchen griff, um ihre Zusammensetzung wie ihr Verhalten zu manipulieren: »Du siehst das alles ganz falsch, Junge. Ja, dich mein' ich. Naschak, nein: Neschech. Wie oft warst du hier? Ein Dutzend Mal, zwanzigmal? Und sagst keinen Ton. Stellst dich tot. Versuchst, unsichtbar zu sein. Warum? Weil du eifersüchtig bist? Weil du denkst, ich nehme sie dir weg? Oder weil du Angst hast, ich könnte von dir was wollen? Quatsch, Junge. Ich wäre bei Severin, stünde an seinem Bett, würde seine Hand halten, wenn ich das Gefühl hätte, ich könnte irgendwas ausrichten, oder ein Wunder wäre … denkbar … dass er aufwacht. Von allein. Beide Hoffnungen hab ich begraben. Aber das, was er und ich … sagen wir so: Mir ist nicht nach Abenteuern. Nenn es Treue, nenn es Schuldgefühl. Und Kathrin? Die ziehe ich nur auf, mit meinen Sprüchen. Ich weiß, dass sie mir nicht deshalb Löcher in den Bauch fragt, weil sie eine bessere Flammenjägerin werden will, oder weil sie etwas übers Brennen rausfinden möchte, über die Optimierung von … nichts dergleichen. Das sind alles … Angelegenheiten, die hier ins Kaff gehören. Sie gehört nicht hier ins Kaff. Sie wird hier nicht bleiben. Diese Cosima Riedler in Laischa, die hat es verstanden. Die wird

sie fördern, die wird sie ins Urbeum einführen. In die Auswertung. In die Omphaloi. Wir beide, du und ich, wir können nur … ein Stück Weges mit ihr gehen. Guck nicht so«, er hatte wohl einen Seitenblick riskiert oder wusste auf andere Art, wie Nesch, der darüber sehr bestürzt war, gerade guckte, »die Erfahrung, die du machst, die hab ich schon hinter mir. Leute wie du und ich, da ist der Abstand nicht so groß, wir taugen zu Prodisten, oder Admins, aber Leute wie Kathrin oder Severin … die wären früher Künstlerinnen geworden. Na, Künstler auch …« Das Wort mit der seltsamen Endung entlockte Neschech, gegen seinen Willen, ein Lächeln. Klemens sah nicht zu Nesch und schien doch abermals zu wissen, was in diesem vorging: »Siehst du. Du musst es von der heiteren Seite sehen. Sei froh, dass du sie eine Weile bei dir hast. Sie hat … ich habe das damals schon gesehen. Bei den drei Frauenbildern. Sie will … es genügt ihr nicht, die Dinger zu finden. Sie will wissen, was … was sie bedeuten, warum die Lapithen sie herschicken, was mit ihnen in den Omphaloi der Urbeen passiert, wieso auf Feldeváye die Künste … sie will viel mehr, verstehst du, als du willst. Als du kennst. Geben kannst. Lass sie los, Junge. Sie ist größer als wir beide.«
»Wer ist größer als wer?«, fragte Kathrin, die eben zurückkam.
»Die Welt, Kind«, sagte Lasse Ristau, den niemand kommen gehört hatte, und verscheuchte Nesch und Kathrin mit wortloser Geste, weil er mit Klemens etwas zu besprechen hatte.

Als Kathrin schon die schmale Treppe hinunterpolterte und Nesch fast aus der Tür war, rief er: »Neschech. Du nicht. Bleib hier.« Und setzte hinzu, strenger: »Kathrin hat genug zu tun. Alles Mögliche, was sie ohne dich erledigen kann.«
Nesch kämpfte gegen die scheußliche Ahnung an, jetzt werde man von ihm Abscheuliches verlangen, jetzt werde sich zeigen, dass alle Gerüchte stimmten, die in Wilentz kursierten, über den Fellwal, seinen Raumfahrer und ihre schlimme Sexualität.
»Wie viel hast du im Kopf? Über Biotech?«, fragte Klemens, sehr unerwartet. Der Ausdruck »im Kopf« bezog sich dabei wohl auf

alles, was in den Extensionen schlief oder ohne Spezialcodes per CLP aus der Noos geholt werden konnte. Daher sagte Nesch: »Was alle haben, hier. Alle, die in den Brennereien arbeiten.«

»Na«, sagte Klemens und zwinkerte Lasse zu, »das ist doch ein Anfang.«

»Du wirst«, Lasse ignorierte den Humor und wandte sich mit aller Autorität, die er geltend machen konnte, an Neschech, »ihm helfen. Meinem Klemens hier. Du bist ab jetzt von allen Pflichten in der Brennerei entbunden und ihm zugeteilt. Zwei Gründe. Erstens kommt Klemens vor lauter Arbeit an meinen Schnäpsen nicht mehr zu seinen … eigenen Forschungen im … wirklichen Labor. Das befindet sich nach wie vor in der Insel, die, nachdem wir sie repariert haben, wohl noch gut sechzig, siebzig Jahre Leben in sich hat, wenn sie nicht fliegen muss. Er wird dir also alles beibringen, was du für diese Arbeit«, der Kopf nickte in Richtung der Computerantiquität, der Blick aber ließ Nesch nicht frei, »brauchen kannst. Zweitens, mein Junge«, in der Anrede lag keine Freundlichkeit, »haben sich die Mütter gewünscht, dass du nicht mehr beim Brennen hilfst. Ich weiß, dass du nichts dafür kannst, wie sehr Kathrin dich kassiert hat. Ich weiß, dass du ihr schlecht widersprechen kannst, und dass es dir ein bisschen schmeichelt, das Ganze. Für den Augenblick verbiete ich dir ihren Umgang nicht. Ich kann den Streit nämlich nicht brauchen, und sie soll selber lernen, wie man damit klarkommt, wenn das Dorf mit Hass … egal. Aber bilde dir nichts ein. Du wirst nicht ihr Kindsvater. Sie wird nicht im Streifen bleiben, sonst war mein Leben ein Fehler. Sie geht nach Laischa, und du bleibst hier. Wenn du lernst, was Klemens dir beibringt, wirst du Dinge wissen, die vielleicht eine andere Brennerin interessieren, und dann werden wir sehen, ob diese … Mütter dich immer noch von ihren Töchtern fernhalten, weil sie glauben, du wärst ein Verführer – woran, ich weiß das, niemand die Schuld trägt als meine verrückte Tochter. Haben wir uns verstanden, Junge?«

Nesch nickte und durfte gehen.

Kathrin war mit Toje verschwunden.

Sie hatte nicht auf Nesch gewartet, was ihn verdross.
Bei der Küchenarbeit war ihm trübe zumute. Als er abends aber in seine winzige Stube kam, lag unter seiner Decke ein Ziegelstein aus Papier. Noch nie hatte Nesch ein verpacktes Geschenk erhalten und zögerte, es aufzureißen, löste nur eine Klebestelle und faltete die Verpackung auseinander, ohne das Papier zu beschädigen.
Das Buch hatte keinen Schutzumschlag, war in etwas Rotbraunes gebunden, das sich wie Stoff mit darin eingeschlagenem hartem Karton anfühlte, und nur auf der Vorderseite beschriftet, in bronzenem Prägedruck.
Oben stand: »D.D.«, eine Zeile darunter »Feldeváye«, dann war die halbe Seite frei und unten, in kleinerer Schrift: »S. Arrhenius«.

Auf keine Seite im Buch selber würde er später länger starren, im Licht des kupfernen Mondes Thyone.

Am nächsten Tag wich Kathrin ihm erstmals aus, spielerisch allerdings, neckisch.
Ständig war sie bei anderen jungen Frauen, rauchte, klönte.
Erst als er zum fünften Mal mit Beatrix aus dem Lager einen Getreidesack auf einen Wagen hievte, verließ sie kurz ihre schwatzende Gruppe hinter der Nodowiese, half ihm, den Sack, der ihm fast das Kreuz brach, auf die Ladefläche zu schieben und sah ihn auf die innige Art an, die er kannte, als er sagte: »Danke.« – womit er das Buch meinte. Sie schien es zu verstehen, denn sie sagte: »Erzähl mir mal, wie's ist.«
Also tat er das, allerdings erst im Frühjahr, als es wärmer wurde, am alten Harrerteich, unterm Baum, wo sie fortsetzten, was sie im Winter in den Ställen begonnen hatten.
Er lag neben ihr, sie hatte die Augen geschlossen, die Hand in der weiten Hose, und spielte mit sich, bis sie sich bog, bis sie zitterte und seufzte oder lachte, während er ihr mit Messames Stimme ins Ohr flüsterte, sie antrieb, sie aufzog und mal zärtlich, mal lästerlich reizte.

Er selbst traute sich nie, sich zu berühren. Merkte sich nur in allen Nerven, was er mit ihr erlebte, und half sich dann bei Nacht, auf seinem dürren Lager.

Einmal, als sie fertig war, bat sie ihn, der den Moment der Entspannung sonst als Signal aufzufassen gelernt hatte, sich rasch zu entfernen: »Bleib. Erzähl vom Buch. Wie ist es?«

Ein Zögern, Sichbesinnen, dann: »Schwierig. Ich meine, ich dachte immer, es sind … Lehren drin. Das meiste, was man davon per Coiflet in den Kopf gespielt kriegt, in der Schulzeit, sind alle diese Dinge über Blicke und Kunst und Männer und Frauen. Du weißt schon …«

Kathrin nickte: »Ja. Dass die alten Wörter, die man in der Kunstzeit gebraucht hat, um zu beschreiben, wie die Menschen etwas anschauen, manchen Leuten unmöglich machten, von ihrem Verlangen und ihrem Genuss überhaupt zu reden. Dass auf Feldeváye dieser Zustand nicht einfach beendet wurde, sondern anders … aufge … überwunden, indem etwas Neues, na und so weiter …«

Das fromme Zeug war beiden gleich, aber er schloss doch an, bevor er zu seinem Punkt kam: »Und die Beispiele. Die, wie hieß es? Fotos einer Tochter, die um ihre Mutter trauert, und wie dieses … das Kunstwerk, zu dem sie gehören, dafür sorgt, dass die Künstlerin und die Betrachterin neue Positionen erreichen, wie sie lernen, dass die ganze Auffassung von der Künstlerin als einer schöpferischen Einzelnen und von der Kunst als etwas, womit sie sich ausdrückt, am Wesentlichen vorbeigehen, was wir erfahren, wenn die Flammen …«

»Ich sage doch: und so weiter!« Kathrin rümpfte die Nase, was Nesch sehr hübsch fand.

»Dafür hätte ich dir das Buch nicht geben müssen. Du sagst, es sei schwierig. Diese Sachen sind ja nun nicht schwierig.«

»Ich meine auch nicht schwierig im Sinne von: schwer zu verstehen. Ich meine verwirrend, und nicht die Lehren, sondern … da sind Geschichten drin. Ein paar kennen alle.«

»Du meinst wie die von dem Lehrer und dem Krieg. Dem Lehrer, der seinen Schülern hinterherläuft, weil die in den Krieg gesaugt werden, und auf Feindesland trifft er dann die beiden Frauen, die alte und die junge, und kommt bei ihnen unter, und …«

»Ja, und die andern Feiertagssachen« – er meinte Geschichten, die man am Wochenende teilte, per CLP, und an denen sich der Festkalender im Thomasstreifen ausrichtete. Die Geschichte, auf die Kathrin gerade angespielt hatte, gehörte zum Friedensfest im Sommer, andere zu anderen Terminen. Nesch rückte näher zu Kathrin, im duftenden Grün, und gestand ihr: »Aber da stehen so viele andere Geschichten drin, von denen ich noch nie gehört habe. Die Geschichte von der Frau, die auf ein Sprachwissenschaftlerinnentreffen geht, wo auch Männer sind, und dann neidisch ist auf eine andere, und dann aber auch wieder auf die runterschaut, voll Verachtung, und am Ende ist sie es dann irgendwie selber. Die Geschichte von dem weiblichen Tier, das nicht fliegen kann, aber einen Jungen zu einer Klippe trägt, weil der will, dass das Tier dort doch versucht, zu fliegen, und währenddessen ist ein männliches Tier von derselben Art hinter dem weiblichen Tier her und will den Jungen fressen und sich mit dem weiblichen Tier paaren, oder beides. Die Geschichte von dem Dorf, in dem ein Mann auftaucht, der fast schläft beim Gehen, langsam redet, halb tot zu sein scheint, und ein faules und zerstreutes Mädchen mag ihn, aber die anderen verjagen ihn, und dann ist das Mädchen plötzlich wie er … ich verstehe diese Geschichten alle nicht. Sind das Gleichnisse?«

»Ich glaube«, sagte Kathrin schläfrig und schmiegte sich nah an ihn, »das soll man nicht verstehen. Das soll man auf irgendeine andere Art wahrnehmen als mit dem wachen Kopf. Das ist … wie … das ist wie wir. Wie deine Stimme. Messames Stimme.«

Er legte den Arm um sie, das fand sie liebevoll.

In Wirklichkeit war es ganz hilflos.

Sie verstanden einander falsch, aber sie mochten einander wirklich.

Dieser Widerspruch war anstrengend, also flüchtete Neschech, der nie gelernt hatte, dass es Anstrengungen gab, die sich lohnten, weil sie nicht von andern angeordnet waren, sondern man sie sich selbst auferlegte, in die Arbeit bei Klemens.

Dort lernte er Dunkelfeld-, Phasenkontrast- und Interferenzmikroskopie, dort lernte er, sich in Energetik und Katabolismus, plasmider Ökologie und anderen winzigen Welten nicht nur intellektuell, sondern vorbewusst sicher zu bewegen – ein kleiner Synes, nicht mehr als ein paar Brust- und Kopfkontakte, half ihm dabei. In Respiration, Lithotrophie, Photolyse orientierte er sich bald wie ein Nodo auf der Wiese, spielte mit Krankheiten wie Influenza, Mumps, Pocken und Tollwut, kämpfte erfolgreich mit den Tücken der Prionen und Retroviren – schon in der zweiten Woche seiner Lehrzeit trickste er am Schirm das einst so gefürchtete AIDS-Virus aus –, jonglierte Viroide und Transposonen, designte bald eigene Mykoplasmen und war nach ein paar Monaten in der bakteriellen, archäalen und prokaryotischen Diversität der vor Jahrzehntausenden von den ersten Züchterinnen und Züchtern auf der Wiege vorgefundenen Schöpfung, den außerirdischen Ökosystemen und schließlich sogar der menschen- und fremdintelligenzgeschaffenen Zweitnatur so sicher zuhause wie Zainab Sgriacci in den Kiefernwäldern, auf den Bergen, im Eis.

In sich selbst aber ruhte er nie.

Etwas hatte ihn herausgeschüttelt.

Kathrin? Das Buch?

So viel geschah, so viel erfuhr er, so viel durfte er lernen und tun, dass er nicht mitbekam, wie verzweifelt Kathrin, die selbst von gewaltigen Veränderungen erfasst wurde, auf die sie kaum Einfluss hatte, sich an Messameneschs Stimme klammerte, ans Flüstern, den Gesang, das leise Summen.

Weil dies geschah und sie es beide nicht begriffen, wurden Nesch und Kathrin unvorsichtig.

Sie trafen sich nicht mehr nur draußen, sondern öfter im Stall.

Hier suchten sie den Ausweg, nachts, im Hochsommer, unter der Fackel, wo die Mücken und Glühwürmchen um sie tanzten, während er sprach und dann schwieg, weil er ihre rechte Brust im Mund hatte oder seine Finger sich zwischen ihre gestohlen hatten und sie ihn bat, nicht aufzuhören, sich wand, ihm entgegen, als wäre sie eine Schlange, die sich um Messame winden wollte, als wäre auch er eine Schlange, die sich in Kathrins Haar verstecken will.

Die Fackel flammte auf, hochgerissen.

Lasse Ristau brüllte: »Weg! Weg von ihr!«

Der kräftige, große Mann trat Neschech in die Seite, dass der gegen die Bretterwand schlug und sich an seinem Atem verschluckte.

Kathrin schrie sofort aus Leibeskräften: »Was? Was willst du? Lass uns in Ruhe!«

Ihr Vater war lauter: »Ins Haus! Du gehst sofort ins Haus, oder ich schlag dich tot und begrab dich neben deiner Mutter!«

Mit offenem Mund starrte sie ihn an.

Dann stand sie auf, den Blick fest, wie beim Armdrücken, in seinen gesenkt, ohne sich zurechtzumachen, ohne ihr Hemd zuzuknöpfen, und sah Nesch nicht an, der spuckte und japste, sich krümmte und ächzte.

Kathrin ging aus der Nische, achtete nicht auf die keuchenden Padurn, und drehte sich erst auf dem Gang um. Sie wandte sich ab vom Vater und von Neschech, dem das ärger wehtat als die Schläge, Tritte und Beschimpfungen des rasenden Lasse Ristau – dieses Liegengelassenwerden, diese Nichtachtung der einzigen Freundin, die er auf der Welt hatte.

Als Lasse Ristau sich im Wüten verausgabt hatte, half er dem Jungen, sich aufzusetzen.

Neschech sah aus zugeschwollenen Augen, dass Tränen die Wangen des Brenners hinunterliefen, in den Bart, dass seine Unterlippe bebte wie bei einem Baby, das gerade Brabbeln lernt, und dass sein Blick verriet, wie entsetzt er darüber war, was er getan hatte, was Kathrin getan hatte, was Neschech getan hatte, und alle drei Handlungen nicht verstand.

Als der verletzte Junge leidlich in die Vertikale gehoben war, ließ Lasse, der ihm aufgeholfen hatte, ihn los. Nesch wankte.

Lasse Ristau sagte: »Ich will dich hier nicht mehr sehen. Geh zu deiner Mutter. Sie soll dich zusammenflicken. Und in eine andere Siedlung schicken. Ich habe mit ihr gesprochen, per Coiflet.«

Neschech öffnete die gesprungenen Lippen, die Kathrin geküsst hatten, die ihren ganzen schönen Körper kannten, und sagte: »Das Buch hat … recht … mit … allem, was … es … über die Herrscher … die … Väter …«
Er konnte nicht weitersprechen.
Die Stimme aber, mit der er geredet hatte, war neu: Er redete als Kathrin.
Lasse Ristau gab ihm eine letzte Ohrfeige, so stark, dass Neschech gegen den nächstgelegenen Pfosten taumelte und an ihm hinunterrutschte.
Dann ging er fort und überließ Neschech die Arbeit, sich einzusammeln, aufzurichten, fortzuschleppen.
Es war für lange Zeit das letzte Mal, dass der Sohn von Mirjam Dremocci mit einer weiblichen Stimme sprach.

Drei Tage später, nachdem Nesch täglich ein Dutzend Mal vom Bett im alten Kinderzimmer aus versucht hatte, Kathrin per Coiflet zu erreichen und, als das nicht gelang, sein Wissen über Codes und Rechner nutzte, um Klemens und Lasse Ristau mit Hackattacken zu terrorisieren, kamen zwei Technikerinnen aus Remoga und ätzten seine Kopfports aus.
Die Prozedur tat nicht besonders weh, man hatte ihn lokal betäubt.
Ein paar Tage lang juckte es, und nur dasjenige Wissen anwählen zu können, das er im Hirn und auf der Festplatte gespeichert hatte, war eine schmerzliche, demütigende Erfahrung – die erste von vielen, die jetzt drei Jahre lang sein Leben bestimmen sollten.

Die einbeinige Mirjam schickte ihn nach Peires.
Das war eine Stadt, die mehr von Fischerinnen als von Brennerinnen regiert war. Allerdings gab es drei Brennereien dort. An eine hatte die Witwe ihren Jungen vermittelt. Er dankte ihr das schlecht, machte Scherereien, war aufsässig, belästigte Töchter.
Seinen sechzehnten Geburtstag verbrachte Neschech im Gefängnis von Peires, dem ersten, das er von innen sah. Man ließ ihn

nach vier Tagen mit Auflagen frei, gegen die er sofort verstieß, indem er sich aus gestohlenen Flaschen seiner Arbeitgeberin betrank und mit einem Stein eine Scheibe in deren Wohnhaus einschmiss.
Er saß erneut eine Woche.
Als er freigelassen wurde, sagte man ihm, er solle sich zurück nach Wilentz scheren.
Nesch blieb in Peires, versteckte sich im Hafen, stahl Fisch, Brot und Wasser. Jedes Mal, wenn man ihn aufgriff und ins Gefängnis warf, verhielt er sich wilder, schimpfte, biss, trat und schlug um sich. Während acht Monaten protokollierte man vierzig Zwischenfälle in der Haft und einundsechzig Ordnungswidrigkeiten oder Straftaten außerhalb.
Neschech Dremocci tötete drei Nodos seiner ehemaligen Chefin, schlug eine Fischerin zusammen, zündete ein Boot an. Man verlegte ihn schließlich nach Remoga, wo er von den Wärterinnen täglich durchsucht und misshandelt, von anderen Häftlingen, ausschließlich Männern, mehrfach vergewaltigt wurde.
Therapien schlugen fehl.
Selbstverletzungen und Versuche, sich mit den verschiedensten Materialien aufzuhängen, brachten ihn in der verbleibenden Haftzeit viermal fast ums Leben.
Auf der Krankenstation der Strafanstalt von Remoga freundete er sich mit einer kettenrauchenden und korpulenten Ärztin namens Rebecca Ladras an, die ihn unter ihre Fittiche nahm und ihm ein paar Dinge über gute Führung beibrachte.
Daraus ergab sich für Neschech eine Tätigkeit als Hilfspfleger und eine ungelenke, für beide Teile körperlich wenig befriedigende sexuelle Liaison. Ladras half sie über ihre Einsamkeit hinweg, dem Jungen verschaffte sie ein paar Vorteile, darunter eine eigene Zelle, ohne deren relativen Schutz er die verbleibende Haftzeit wohl nicht überlebt hätte.
Zwei Wochen vor seiner Entlassung teilte ihm die Gefängnisleitung erstmals mit, dass seine Mutter versucht hatte, ihn zu erreichen.

Neschech ließ ausrichten, dass er kein Interesse an irgendeiner Art Kontakt hatte.
Mit gefrorenem Grinsen lag er auf seiner Pritsche und dachte daran, dass er inzwischen so alt war wie Kathrin Ristau, als er das erste Mal in der Padurscheune für sie gesungen hatte.
Die Jahre dazwischen, wusste er, hatte man ihm weggenommen, und vieles andere mehr.
Seine Mutter ließ nicht locker.
Er ließ sie abweisen. Beim Gedanken, sie könnte ihn besuchen, wurde ihm übel.
Der Abschied von Rebecca Ladras ging unsentimental vonstatten.
Beide wussten, dass sie einander zwar geholfen hatten, aber nicht als Personen, sondern als Rollen in einem sehr unfairen Spiel.
Um ihm den Wiedereintritt ins Gemeinwesen des Thomasstreifens zu erleichtern, schenkten ihm die Hohen Frauen von Remoga einen anderen Namen und ließen neue Zugänge zur Noos in seinen Schädel legen.

Auf der Reise nach Wilentz, wo er Lasse Ristau töten wollte, informierte sich der Mann, der Neschech Dremocci gewesen war, über die Veränderungen, die im Städtchen stattgefunden hatten.
Kathrin und Klemens waren ein Vierteljahr nach den Prügeln, die Lasse Ristau den Jungen hatte spüren lassen, gemeinsam aus Wilentz fortgezogen, nach Süden, übers Meer, in irgendein Urbeum.
Die Ristaubrennerei war geschlossen.
Der Alte lebte, hieß es, in der abgestürzten Insel, unweit der Menneskerstufe.
Die schöne Messame Dassy hatte sich vor zwei Jahren in dem Teich, an dem Neschech und Kathrin gemeinsam von ihr geträumt hatten, die Pulsadern geöffnet.
Ihre Schwester, die zu der Zeit bereits ihre Gattin war, hatte sie beerdigt.
Der Mann, der Neschech Dremocci gewesen war, besuchte das Grab.
Es standen schwache Lichtlein in Keramiktassen auf dem Stein.

Seltene Blumen lagen dabei, kleine Sträuße, zwei dunkelrote Rosen in einer schlanken weißen Vase. Der Mann, der Neschech Dremocci gewesen war, hätte gern geweint. Es ging nicht.
Als er sich umdrehte, stand am Ende der Grabreihe ein Geschöpf aus Stangen und Schrauben und Brettern und Schienen, ein Korpus aus Holz, Metall und lebendem Gewebe, der auf ihn wartete.
Der Mann, der nicht weinen konnte, kniff die Augen zusammen und näherte sich dem Wesen auf leise knirschendem Kies.
Er wusste, was ein Storarier war, auch wenn er noch nie mit eigenen Augen einen gesehen hatte.
Das Wesen besaß, immerhin, eine Art Mund.
Mit dem sprach es ihn an: »Neschech Dremocci?«
Der Mann schüttelte den Kopf und sagte: »Den Menschen gab's mal. Er ist tot, wie alle hier.«
Der Storarier bewegte das, was sein Kopf sein musste, in einer Art Nicken und sagte: »Ich verstehe. Ich habe versucht, Herrn Dremocci über seine Mutter zu erreichen. Sie sind, kann man das so sagen, sein Erbe?«
Der Angesprochene lächelte dünn.
Seine Augen blieben starr auf den Storarier gerichtet, als er sagte: »Ich muss noch ein paar Sachen für ihn erledigen. Dann wäre ich ihn gern los.«
»Nachvollziehbar«, sagte der Storarier in gleichmütigem Tonfall, aber als der Mensch, den er gesucht hatte, sich umdrehen wollte, um fortzugehen, fügte der Fremde einen seltsamen Satz hinzu: »Ich bin bereit, Ihnen für einen Einblick in … Teile der Erbschaft des Herrn Dremocci … bei Ihren Erledigungen zu helfen, und mehr.«
»Mehr«, wiederholte der Mensch.
»Was immer Sie wünschen – wenn ich es tun kann, werde ich es tun«, sagte der Storarier.
Der Mensch antwortete: »Das ist das großzügigste Angebot, das mir jemand bis jetzt gemacht hat.«
Mit Situationen, in denen es aussah, als hätte er eine Wahl, während er in Wirklichkeit keine hatte, kannte er sich aus.

»Ich heiße Terzutac-Mohenim«, sagte der Storarier.

Der Mensch nannte seinen neuen Namen, an den er sich gerade gewöhnte.

Der Mann, der diesen Namen trug, wurde geboren, indem er einen Pakt schloss.

Liber Severini 2

Kreuzschnitt im Handgelenk: schwarzer Schorf von Blut,
die Schirmkriegerin aus toveynschen Gefilden,
erschöpft schon vor dem ersten Mordauftrag:
Ich sollte sterben.
Sie stellte sich, und wollte raus. Es war zu spät.
Mauras Leute hatten sie enttarnt.

Im schwarzen Schorf die Waffen, anders als unsre,
die Schirmkriegerin mit Jagdgewissen,
selbstwidersprüchlich, nach aller Ausbildung:
Ich verhörte sie.
Sie gab alles zu, und wollte bei uns sein. Es war ein Witz.
Maura hatte ihren Tod beschlossen.

Dreißig Sekunden fürs Gespräch mit der Mörderin.
Die Narben, kaum fertig, platzten, sprühten
Ein schweres Gift in mein Gesicht, beißend.
Sie lachte, und sprang aus dem Fenster. Brach sich das Genick.
Maura legte mir zum Trost die Hand auf die Schulter.

*

Manchmal schlug etwas furchtbar fehl, was die Aistheten versuchten – die Margen und Zwischenzeilen der großen Erzählung abzusuchen nämlich, die wir der Auswertung verdanken.
Es führte in Sackgassen.
So wollten sie in Kaderum Formen wiederbeleben, die man den bekannten Künsten nicht eindeutig zuordnen konnte, den sogenannten Zirkus beispielsweise, und sie waren wirklich grauenhaft, diese grünen Haare, die stahlgrauen scharfen Reißzähne, das me-

ckernde Lachen und die blöde Spieluhrmusik. Aber ein Feuerschlucker zeigte mir selbst dort, nämlich in seinem dunklen Wagen, etwas, das die Reise lohnte: ein Bild von Paul Klee, auf dessen Leinwand die Fische in Öl und Wasserfarben schwereloser schwebten als selbst die bunten lebendigen Kekse, die wir später zwischen Hallek und Tares fanden, den kleinsten der Atolle.

*

Erinnerungen, aber eben nicht meine – hieß sie nicht Catherynne, die Frau, die als Erste mit den Schlangen nicht nur arbeitete, sondern bei ihnen wohnte, in Dedication? Die von der Geschichte sprach, die sich zwar nach der Hidschra, aber doch auf der Erde zugetragen haben sollte, in diesem Haus, Neo-Heian-Architektur, auf der Shiretoko-Halbinsel auf Hokkaido, mit einem Roboter und einem Menschen, aber auch Göttinnen oder Göttern – Inanna, Herrin des Himmels und der Erde, lautete so nicht der vollständige Name?

*

Ich war noch Klemens Erikson genug, mich von Lasse überreden zu lassen, auf Louises verlassenes Dach zu steigen und dort ein paar der wilden Gräser des verkommenen Rechnergartens in ihrem Nachlass zu mähen, mit einer wissenden Sichel. Ich spürte in den grüngelben Spitzen die Verbindungen blitzen, genauer: die Suche nach Verbindungen. Ich stand da und sah, wenn ich die Augen schloss, die Umrisse der Tiefenräume, in denen unsere Schmerzen und Sorgen nichts als Trivialitäten waren, ich sah die drei mathematischen Urschlangen – die logizistische, die formalistische, die intuitionistische – einander umringeln, sah die Tripelhelix und schrak zurück, und nahm die Reste der gemähten Halme an mich. Die SB hätte alles niederbrennen können, sie hat es nicht getan, ich weiß bis heute nicht, was sie daran gehindert hat.
Vielleicht nur Trägheit, Faulheit, Desinteresse.

Auf Lasses Wunsch brachte ich die Reste zu Lasse und Waveele. »Du selber«, sagte dein Vater, sich nervös die trockenen Lippen leckend, »hast mich auf die Spur gebracht – wie man mit den pathogenen Mikroorganismen wirtschaftet, wie man die Kunstide pflanzlich synthetisiert, als eine Art von solchen Gräsern ausgeheckte Krankheit.«

Er ging die Arbeit an, zusammen mit Waveele, ließ die Peptide aus den Proteinen der Pathenogene proteolytisch prozessieren – Signale, Anreicherungen. Wir rauchten das Kraut, im niedrigen Zelt, und betrachteten die Baumringe, die Tieradern, ließen sie durch uns schauern, wurden schattig und stärker, schauten einander in die schwarzen Augen, begrüßten die Neugeborenen, die wir waren, und tauschten in Sekunden Leben, Atem, Wissen mit Raten, die weder die Solitona noch die Noos je erreichten, selbst auf ihren freiesten Umschlagplätzen nicht.

Ich war ekstatisch danach, zwei Tage lang, dann schwermütig, zog mich zurück, watete durch die Sümpfe, alleine, wagte mich nicht zu den Brombeeren, kehrte schließlich zurück wie ein Drogenabhängiger in den Flitterwochen der Sucht, und sagte zu Lasse: »Machen wir das nochmal? Gibst du mir mehr?«

»Hab's vernichtet«, sagte er ruhig.

»Es ist nicht, was wir wollen. Es ist nur Möbelrücken im Kopf.«

Er hatte recht, und ich sah es ein, und wir redeten nicht mehr darüber.

*

Gegen den Wind betraten wir Seestücke, sahen die Maler Leibl und Sperl im Segelboot sich unter ihren Kapuzen verbergen, standen am Kai und betrachteten das Eis im Hafen, jede Scherbe eine andere Erfahrung des Himmels, und rechneten alles im Ausgleichsverfahren durch, um die empirische Verteilung zu glätten.

Gemalte Möwen schrien, wir wunderten uns, dass es keine Midrai waren.

*

Der Mensch, der mich auf dieser langen Reise vielleicht am meisten beeindruckt hat – ich kann da von dir absehen, denn »beeindrucken« ist für deine Wirkung auf mich wirklich das falsche Wörtchen –, war wohl Maura: ihre unerschütterliche, den anderen, die sie nur oberflächlich wahrnehmen konnten, ganz verborgene melancholische Heiterkeit, die aus der Empfindung kam, dass sie das, was ihr gehörte, was für sie richtig war, wegen der Aufgabe aufschieben musste, alle Verhältnisse auf Feldeváye umzustoßen – sie dachte, wusste ich, weil ich ihre innere Musik hören konnte, eines Tages würde sie Erleichterung finden, eines Tages würde sie ankommen, dann würde sie den Freunden eine Freundin sein, die wussten, wie man Freund war, dann würde sie sich um die eigenen und die anderen Kinder kümmern können, dann wäre sie geheilt, dann wäre sie ihrer Wunden ledig, und dann könnte sie darangehen, das Ende der Tragikomödie zu schreiben, und es wäre das alles eine sanfte und unaufdringliche Entrückung, die gelebte Erkenntnis nämlich, dass sie für den Rest ihres Lebens gar nichts anderes sein musste als unvollkommen.

Wie passte das zu ihrer Liebe? Wie passte das dazu, dass sie mit derjenigen Frau zusammen war, mit derjenigen Frau lebte, die für beide ganz andere Entscheidungen traf, nach ihren viel verträumteren Losungen, ihren viel kühneren Ansprüchen, in der Gewissheit, dazu jederzeit »wir« sagen zu dürfen: Wir sind mittellos, aber glücklich, wir sind arm, aber freundlich, wir sind kurz, aber gesund, wir sind berauscht, aber geerdet, wir sind vernünftig, aber überwältigt, wir haben uns verlaufen, aber wir sind voller Hoffnung, und es läuft darauf hinaus, dass das schon alles gut ausgehen wird, Hauptsache die eine Hand steckt in der Hosentasche und die andere klatscht die Liebste ab, ja sicher, wir schaffen das, wir sind immer da, wo wir gerade sind, aber eigentlich unterwegs, das wird schon.

Ich war nie eifersüchtig, ich habe weder sie noch dich auch nur eine Minute beneidet. Aber bewundert? Das schon.

*

»Was ist es?«, fragte der alte Mann das junge Mädchen.
»Das ist eine Laute. Ein uraltes Instrument.« Sie konnte es spielen.
Der Mann war älter als sie, aber die Musik, obwohl eben erst erfunden, war älter als beide zusammen.
So haben wir den Ablauf der Zeit verbessert.

III. DER SCHMERZ IST IN DER HAND, NICHT IM HANDSCHUH

Contemporary art is especially characterized by an emphasis upon the artist as himself instrument of discovery, and the role of the art instrument has, for the most part, degenerated into a mere means of conveying those discoveries.

Maya Deren

1: Krankengeschichte

Alle, die mit ihm arbeiteten, mochten Tarik Jaivedh.
Sie hatten es, wie er, mit Dingen zu tun, die nicht nur anders aussahen, als sie sich anhörten, sondern auch anders waren, als sie sowohl aussahen wie sich anhörten.
Eigentlich hätten sie mitten in diese Dinge stürzen müssen, in die wütenden Farben, das brüllende Licht und das strömende Plasma.
Etwas, das man nicht messen, berechnen oder beschreiben konnte, hielt sie jedoch sicher fest. Es zwang ihr Habitat auf eine Bahn um die Wellen, Oszillationen und majestätischen Hitzegeometrien, die man als Mensch nicht überleben, ja nicht einmal denken konnte.
Tarik Jaivedh hatte eine Meinung dazu: »Es gibt keine Skala für diese Dinge. Eines Tages aber muss es sie geben. Wir versuchen hier deshalb, sie zu erfinden. Das ist eigentlich das Einzige, was wir tun. Ich kann mir nichts Wertvolleres vorstellen. Wir sind die Ersten, und wissen nicht einmal genau, wobei. Ist das nicht toll?«
Sein Lächeln war ansteckend. Es gefiel selbst denen, die nicht lächeln konnten, weil sie keine Münder hatten.
Seine hellen Wollanzüge, seine schwarzen T-Shirts, sein schmales, schönes Gesicht mit den Linien von hundertsechzehn Jahren einzigartiger Erfahrung – siebenundzwanzig davon waren vor Ort im Ungeheuerlichen verbracht worden –, der wilde weiße Haarschopf, die glutvollen Augen, der entschlossene Mund, der Gesamteindruck unangestrengter Überlegenheit: Dies alles gewann ihm Sympathie, Aufmerksamkeit, in Krisenzeiten gar Gefolgschaft.
Die Menschen in der Arrheniuslinse, Prodisten wie Admins, verließen sich auf seine Umsicht, seine Genauigkeit, seinen Fleiß. Sie wussten, dass nur ein Wissenschaftler seines Kalibers aus den Extrema, die zu erleben und zu bezeugen ihre Aufgabe in der Linse

war, etwas Stimmiges, geschweige Nützliches würde herausfiltern können.

Die Rengi, sonst dem Nepotismus, der Hermetik und Introversion verfallen, ließen ihn sogar an ihre sensiblen Tastfilter, damit er das, was darin blitzte oder zuckte, in Sichtbarkeiten und Berechenbares übersetzte: koronale Hitzefluten, thermische Strahlungsereignisse, Flares aller Art, freie Partikelströme in grundverschiedenen musikalischen Stärken, malerische Unstimmigkeiten in den Röntgenspektra, Neutrinowimmelpunkte, vorübergehende Helligkeitsschwankungen jenseits jeder stochastischen Plausibilität, wild gestreute Bremsstrahlung, inkohärente Gyro-Emissionen, große Bögen schöner Kühlschlaufen, das Wallen und Weben spiralartiger radialer Felder, chromosphärische Anomalien und die verstörenden Freudenschreie nicht wahrnehmbarer Lebewesen, die in diesem Höllentanz zuhause waren. Diese Geschöpfe, die vielleicht nur Einbildung waren – kann man etwas, das sich nicht länger als einen Herzschlag lang am Stück beobachten lässt, lebendig nennen? –, bildeten Kolonien, die in Sekunden entstanden und wieder vergingen.
Tarik lebte für dergleichen, und sein Enthusiasmus war ansteckend.
Selbst die Lapithen unterhielten sich mit ihm – und zwar über eines seiner Lieblingsthemen, das nichtsprachliche Denken ihrer Auftraggeber, der Mennesker.
Und die Mennesker, im Allgemeinen zurückhaltend bis zur Unsichtbarkeit, ließen ihm durch die Lapithen Andeutungen zukommen, die ihm erlaubten, informierter als der Rest der Menschheit darüber zu spekulieren, was es mit Arrhenius in Wahrheit auf sich hatte und warum die Mennesker diesen Mond, der eine Sonne war, in seine bizarre Begleiterbahn um Feldeváye geschickt hatten.

Tarik Jaivedh hatte zwei Kinder.
Ihre Mutter, Beatriz Sonka, liebte ihn sehr, wenngleich sie sich nie bereitfand, mit ihm auf dem Mond zu leben, der eine Sonne war.

Beatriz Sonka wohnte stattdessen mit den beiden Kindern Carla und Ryad, die Tarik Jaivedh ebenfalls liebten, auf Zemelo, in der Peripherie der Rechnergärten der Wallesch-Stadt. Sie gab sich täglich Mühe, Tarik – entweder per CLP, in Signalüberbrückung der Entfernung zwischen den zwei Monden, oder bei seinen häufigen Besuchen per Verkürzerport – spüren zu lassen, dass sein Leben sich erheblich vereinfachen würde, wenn er nur seine Arbeit in der Linse niederlegen wollte: »Eine Aufgabe hier in einem der Gärten findest du sofort. Die nehmen dich mit Handkuss. Und langweilen wirst du dich kaum.«
Er lächelte vielsagend; sie las Empathie, Höflichkeit und Schalk aus diesem Lächeln.
Drang sie tiefer in ihn, wurde aus dem Lächeln eine leicht herablassende Feststellung wie: »Lass nur. Du kriegst mich von Arrhenius nicht weg.«
»Ach ja? Ist das so spannend, rauszukriegen, wie man eine Sonne dämpft, bis sie ein Mond ist? Wie sie das machen, dass er zwei Monate überm Nordpol steht, dann langsam einen dummen Längengrad langrutscht, phasenverschoben, immer eine bestimmte Periode, die mit diesen … Oktaveinteilungen aus der Musik zu tun hat, in sprunghaft veränderten, immer geostationären Bahnen, und zum Schluss noch mal zwei Monate überm Südpol steht, bis er einen anderen dummen Längengrad wieder hochzockelt? Ist das so aufregend, die Ratio rauszukriegen? Die Rhythmen und ihre …«
»Synkopen.«
»Synkopen, füllt dich das aus?« – es klang nicht patzig, nur verwundert.
Dass ein Mann, von dem sie wusste, wie wach, beweglich, leidenschaftlich und unter der Oberfläche souveräner Eleganz rastlos er war, sich darauf verpflichtete, Jahre, vielleicht Jahrzehnte am selben Ort, mit denselben Aussichten, unterm Regime derselben Arbeitsabläufe zu verbringen, war ihr ein Rätsel: »Erklär's mir. Was ist es, was du wirklich wissen willst?«
Die Frage verriet ihm, dass sie auf der richtigen Spur war: Es ging

ja wirklich nicht um astrophysikalische Besonderheiten, celestiale Mechanik und Verwandtes, sondern um etwas schwerer Greifbares, das so elektrisierend auf ihn wirkte, dass selbst sein siebenjähriger Sohn bei solchen Gesprächen der Eltern lebhaft wurde: »Erklär's, Papa, erklär's!«

Die Tochter Carla, Mitte zwanzig, streng kahlköpfig, in zwielichtigen Kreisen unterwegs, gähnte in solchen Augenblicken lieber provokant und maulte den kleinen Bruder an: »Als ob du's verstehen könntest. Als ob irgendwer das verstehen könnte. Freu dich lieber, dass er nicht so oft hier ist, um uns ins Leben reinzuregieren.«

Tarik rüffelte sie, wenn er's angebracht fand: »Glaub' nur nicht, du könntest machen, was du willst. Deine Mutter kann dich auch alleine bei den Admins anzeigen, wenn du mit dem Orgienblödsinn nicht aufhörst, mit diesen … Aistheten oder wie sie sich nennen. Ich weiß Bescheid. Ihr trefft euch am Rechnergartenrand. Unappetitlich ist das.«

In Wahrheit hätte Tarik Jaivedh selbst gern eine Antwort auf die Frage gewusst, die Beatriz und Ryad beschäftigte.

Direkt konnte er sich dem Nachdenken über derlei nur selten widmen – sein Alltag forderte Konzentration, Hingabe und Ausdauer, Selbstzweifel wäre hinderlich gewesen.

Manchmal aber dämmerte ihm zumindest vage, worum es in der tiefsten Schicht seines Wesens ging, was er wollte, was ihn antrieb. Zum Beispiel, wenn er mit den Rengi konferierte, auf ihrer Lamellenbrücke.

Die befand sich in einem vom Rest des lapithischen Riesenartefakts abgesonderten Randbereich – die Linse war ja nach Nutzern aufgeteilt.

Arbeit und Umgang mit Rengi waren etwas, das man als Mensch sehr langsam und umsichtig lernen musste. Arbeitszusammenhänge mit Individuen aus der Rengipopulation ließen sich nur mit der allergrößten Behutsamkeit herstellen, Rengi dachten, redeten und handelten eher in Gruppen, Clustern, Agencements.

So saß Tarik, Einzelner unter Vielen, also auf der Rengibrücke und

spürte weich, wispernd, gelöst, was die Wesen in chorartigen Wellen über die arrheniale Binnenrotation dachten:
»Reifen in Reifen im Rollen, gegeneinander verschoben, Flecken im Leuchtmantel, Reifen in Reifen ...«, und dann stürmten, visuell fast zu dicht, Zahlen auf ihn ein, Kennwerte von Konturen zylindrischer Oberflächen mit mal konstanten, mal wechselhaften Drehgeschwindigkeiten. Manchmal sandten die kleinen Schwärme flacher Grundzellen, die sich auf den Unterseiten der mit Wasser gefüllten, ledrig braunen Lamellenwände immer wieder zu neuen Individuen ineinanderschoben oder auftrennten, auch Schallwellenprobentabellen hin und her, die er in seinem menschengerechten, schwerelos auf Äquidistanz von sämtlichen Lamellenbecken gehaltenen Konversationssessel als Klänge in verschiedenen Tonhöhen wahrnahm.
Muscheln, dachte er: So, wie wir Menschen vor langer Zeit Affen waren, waren die Rengi einst Muscheln.
Noch heute, hier, fiel ihm ein, im warmen Unterbauch der Linse, baden sie am liebsten in wasserstoffreichen Flüssigkeiten und lassen sich von ihren Symbionten, wahren Myriaden Spielarten wasserstoffverzehrender Bakterien, die Energie erschließen, die ihr künstliches Habitat aus chemisch abgebautem Fels unter einer dünnen Schicht hochoxidierten Materials gespeichert hat. Photosynthese, Wasserstoff, Wasserstoffsulfid, Methan: Es ist dieselbe Speisekarte, die wir überall im All gefunden haben – das biotische Substrat, die Meta- und Katabolismen, dachte der Wissenschaftler, das sind die Invarianten, aber das Geistige, das aus ihren Konstellationen emergiert, das sich über Adaption und Exaption formt und entfaltet, ist bei den Spezies, die wir kennenlernen konnten, so unübersehbar verschieden, dass selbst der längst erbrachte Beweis, der zeigt, warum zwei Sprachen, solange es nur wirklich welche sind, immer ineinander übersetzbar sein müssen, den Abgründen nichts von ihrer Tiefe nimmt, die zwischen den meisten Sprachen, den meisten Intelligenzen klaffen, die wir im All tatsächlich gefunden haben.
Muscheln.

Tiefsee.
Heiße Schächte.
Lamellen.
Methan, das zu Kohlendioxid oxidiert.
Wasserstoffsulfid, das zu Sulfat oxidiert.
Bläschentreiben in der nie hastig verbrauchten, immer ausgekosteten Zeit.
Freundlich strömte die fremdartige Lebendigkeit um ihn. Denn Freundschaft war möglich zwischen Geschöpfen, die verschieden atmeten und verschieden sprachen.

*

Ein Lapith besuchte ihn, als die Krise begann.
Admins und Prodisten waren beide davon betroffen: Immer mehr Verkürzerports fielen aus, für Einzelpersonen gab es bald keine mehr, nur noch für große Lasten, manche Inseln, weit auseinanderliegende Spiralarme der Galaxis – und in bestimmten Räumen, zum Beispiel dem System, zu dem interessanterweise Feldeváye gehörte.
Auch dort aber wurde das goldgrüne Leuchten spärlicher, und Türen schlossen sich, von den Lapithen abgebaut.
Der Lapith war wenig hilfreich.
Immerhin konnte Tarik Jaivedh ihm sein Herz ausschütten: »Schön, lassen wir das Betteln. Ihr habt sie aufgestellt, ihr nehmt sie wieder mit. Was soll ich fragen? Ich bin kein Diplomat, ich bin Naturforscher. Und auch das eher aus Not als aus Berufung. Ich interessiere mich nämlich gar nicht so sehr für Natur, oder gar für Technik: gemachte Natur. Ich interessiere mich für … Es ist schwer in Worte zu fassen. Verschiedene Denkweisen, nehme ich an. Und je verschiedener, desto besser. Desto interessanter. Ich glaube zum Beispiel, dass die Ergebnisse, die uns die Rengi hier besorgen, mit ihren … sehr … idiosynkratischen Sinnesorganen … auch anders gewonnen werden könnten. Dass wir Messapparaturen entwickeln könnten, die das physikalisch Besondere an

Arrhenius vielleicht langsamer aufschlüsseln würden, als die Rengi das tun, aber mit derselben Trennschärfe, mit ähnlich geringen Abweichungen zwischen Vorhersage und Gemessenem über längere Zeit. Aber ich bin froh, dass weder Admins noch Prodisten das so sehen, dass wir lieber den Rengi zuhören. Denn die Art, wie sie's aufbereiten, wie sie's kommunizieren – das ist der wirkliche Gewinn. Jedenfalls für mich. Und wenn man das jetzt zu Ende denkt …«

Der Lapith blinzelte, aber er schwieg.

Auch Beatriz erzählte er schließlich von seinem Steckenpferd der »verschiedenen Denkweisen«.

Sie sah das anders: »Es sind doch bloß Kulturgrenzen. Umwege, die du gehen musst, bis du so denkst wie die. Keine größeren, als man gehen muss, um die Linse zu verstehen. Sie arbeitet halt nicht mit etwas, das euer Habitat, eure Station von der Arrheniusstrahlung einfach isoliert, wie das die ältere Physik empfohlen hätte, sondern mit höherdimensionalen Entrückungen. Aber sobald man die Software dafür im Kopf hat, die passende höherdimensionale algebraische Geometrie, das nötige theoretische Instrumentarium der Verbundenheiten, ein paar Lemmata fürs Biegen und Brechen, Kurvenkegel in glatten und unglatten Fällen, wenn man gelernt hat, Morphismen zu parametrisieren, wenn man Linien auf einer Untervarietät eines projektiven Raums folgen kann, dann sieht man es halt doch wieder ganz altmodisch anschaulich, dann ist man drin, in dieser anderen Art zu denken. Man hat's vor Augen, wenn man sie schließt. Die verschiedenen Denkweisen, das sind alles Sprachen, mit Vokabularen, die man lernen kann. Du stellst dich an wie Kinder beim Erwachsenwerden, wie in der Pubertät, wenn ganz normales Wachstum ständig inszeniert wird, als wären es ungeheure Durchbrüche zum Unbeschreiblichen. Es ist nichts als Vokabelpauken mit der Sprache der Erfahrung.«

Tarik nahm an, dass Beatriz, die dabei die hübsche Nase rümpfte, diese beeindruckenden Gleichnisse aus der Beobachtung ihrer Kinder genommen hatte.

Carla zum Beispiel rannte mit seltsamen Gleichaltrigen durch die Rechnergärten und vergaß sich in deren Außenzonen, machte eine riskante Experimentierphase nach der andern durch, veränderte wöchentlich ihre Körperparameter – längere Beine, Arme, manchmal Kiemen, mehr Augen, neue Haare bis hin zu Pelzchen, zwei Jahre lang wuchsen ihr metallischgrüne Pelzflecken, wie beim Lapithenfell.

Ryad wiederum hing lieber im Synes, reduzierte seine Schlafzeit mutwillig auf wenige Minuten am Tag, fing dreißig verschiedene Ausbildungen an, vom Demokratenadmin bis zum Geologen, und brachte mit großem Mutwillen nichts zustande.

Beatriz, Carla, Ryad: Bei diesen Menschen, spürte Tarik, konnte er, so sehr er sie liebhatte und so eindeutig sie das erwiderten, einfach nicht erwarten, dass sie ihn verstanden.

Aus der allerhöchsten Adminspitze im System Beta Pictoris teilte man ihm mit, dass die Verkürzerport-Sperrpolitik der Lapithen inakzeptabel war und dass von ihm erwartet wurde, den Erbauern der Arrheniuslinse das in aller gebotenen Schärfe auseinanderzusetzen.

Tarik tat sein Bestes.

Der Lapith gurrte.

Sein goldgrünes Haar und Wangenfell kräuselten sich elektrisch. Er schnupperte und sagte endlich: »Den frühen Leuten auf der Wiegenwelt der Menschen ist mein Tarik Jaivedh wohl verwandt. Mein Tarik Jaivedh will in Winkeln lernen.«

Das persönliche Fürwort, wusste Tarik, war ein Zeichen von Respekt.

Er verneigte sich. Der Lapith gurrte wieder, ein perlendes, leises Glucksen, und fuhr fort: »Er ist wie jene, die das, was ist, anschauen wollen, als sei es längst Geschriebenes. Die Menschen früh gaben sich Mühe, die Natur nach dieser Seite hin zu lesen und zu erraten, was die vermuteten Verfasser wollten, meinten, wussten.«

Tarik versuchte, den Gedanken, der ihm so mitgeteilt war, in einfacherer Sprache zu paraphrasieren: »Du willst mir sagen, unsere ersten Naturforscher glaubten an Gott. Sie hielten das Universum für eine sowohl ... intentional wie intensional organisierte Schöpfung und meinten, ... die Naturgesetze zu verstehen, das sei ... dem Erraten der Gedanken der Schöpferin, des Schöpfers, der Schöpfergottheiten ... äquivalent. Dass ich's ähnlich sehe ... daran mag etwas stimmen. Nur gibt es einen Unterschied, den man nicht übersehen darf.«

Der Lapith nickte kaum merklich und sagte sehr leise: »Die Menschen früh waren der Ansicht, es gäbe gemeinsame Sprachen. Sie glaubten, ihre Götter wüssten nur mehr als sie selbst, nicht etwas grundsätzlich anderes.«

Tarik atmete scharf ein.

Dann ließ er, in einer Art lautlosem Lachen, die Luft wieder entweichen und sagte: »Ihr sagt uns, die Mennesker sprechen nicht. Ihr sagt uns, sie denken ganz ohne Sprache. Aber sie kriegen Alloplastik zustande wie die dort unten. Diesen Mond. Diesen Stern. Den wir umkreisen, in unserer lustigen Linse. Manchmal bleibt sie auch stehen. Wir können sie steuern. Und so etwas zu bauen, das soll möglich sein, ohne dass die Erbauer für das, was sie tun, Worte haben? Ohne dass sie über das, was sie wahrnehmen, das, was sie aneignen, verwandeln und so weiter, Aussagesätze bilden können? Und Ihr, sagst Du, könnt dennoch für sie übersetzen. Wie übersetzt man, was keine Sprache ist? Ich versuche, mir das vorzustellen: wie Mennesker Arrhenius sehen. Ist das ein Ding für sie? Was ist ein Ding? Können sie einer einzelnen, kontinuierlichen Weltlinie durch die Raumzeit folgen, mit Sinnen, mit Ansichten darüber, Absichten dazu? Wissen sie, dass der Mond Arrhenius existiert, wenn sie ihn gerade nicht wahrnehmen? Wissen sie, dass er eine gegen anderes klar abgegrenzte Form hat – und sei's nur abgegrenzt gegen das Vakuum? Wissen Sie, dass ... und wie ... er von innen her mit sich selbst zusammenhängt? Wissen sie, was das heißt, wenn er Veränderungen durchläuft? Wissen sie, dass da, wo er ist, nicht gleichzeitig etwas anderes sein kann? Haben sie eine Vorstellung davon, dass er eine Masse, eine Dichte und so weiter hat? Dass er in Kausalbeziehungen steht, dass das, was er ist, von etwas verursacht wurde und selbst wieder Folgen hat? Wie ist das für sie, ihn, ich weiß nicht – anzufassen, zu manipulieren?«

Der Lapith schwieg.

Tarik verstand, dass dieses Schweigen eines war, das seinem eigenen ähnelte, wenn Beatriz oder die Kinder wissen wollten, was er in der Linse suchte, was ihn an Arrhenius band.

»Mein Tarik Jaivedh will wissen, was man nicht wissen kann, und erinnert mich an Künstler, nicht an Wissenschaftler«, nahm der Lapith schließlich auf seine Weise die Unterhaltung wieder auf.

»Kunst, na, die ist vorbei«, erwiderte Tarik Jaivedh.

Der Lapith stellte das rechte Ohr auf, eine Keckheit, von der Tarik aus jahrelangem Umgang mit den grünen Leuten wusste, dass sie eine ironische Wendung ankündigte: »Schon seine Vorfahren auf der Erde konnten es kaum erwarten, dass die Kunst aufhört. Einer von ihnen, der Strukturen zeichnete, die bereits vorauswiesen auf die neueren Bauweisen der Rengi, sagte vor vielen Jahrhunderten …«, der Lapith überlegte einen Augenblick, dann sprach er mit dem Gleichmaß und der tonlosen Nüchternheit, die bei seinesgleichen auf wörtliche Zitate, fehlerfrei abgerufene Archivinhalte hindeuteten: »In Zukunft wird die Verwirklichung des reinen Gestaltungsausdrucks in der greifbaren Realität unserer Umwelt das Kunstwerk ersetzen. Aber um das zu erreichen, ist eine Orientierung zu universeller Vorstellung und Lösung vom Druck der Natur notwendig. Dann werden wir keine Bilder und Skulpturen mehr nötig haben, weil wir in der verwirklichten Kunst leben. Kunst wird verschwinden in dem Maße, wie das Leben selbst an Gleichheit gewinnt. Zurzeit ist Kunst noch von größter Wichtigkeit, weil sie gestalterisch auf direktem Wege, frei von individuellen Vorstellungen, die Gesetze des Gleichgewichts demonstriert.«

»Pff«, machte Tarik, milde verblüfft.

»Viele hundert Jahre? Da hat man das schon so gesagt: verwirklichte Kunst? Ich dachte immer, das sei eine rein prodistische Idee – Abschaffung durch Verwirklichung.«

»Wie es seine Prodisten mit der Technik und seine Admins mit der Politik versuchen.« schnurrte der Lapith, und setzte nach einer kurzen Pause hinzu: »Niemandsland besiedelt man am schnellsten. Es ist die Gegend, die durch Urbarmachung nur verwüstet wird.«
Der Forscher besaß die Größe, an dieser Stelle nicht weiter zu fragen.

In den Wochen, die folgten, war Tarik sehr beschäftigt.
Zunächst musste er sich in neue Verfahren der Rengi beim Messen von Scherwellen innerarrhenialer Beben einarbeiten. Beatriz lag nicht falsch, dachte er: Man verstand das, was die Muscheln durch die Hülle der Linse hindurch spürten, sehr viel besser, wenn man es in Begrifflichkeiten von 4+n Dimensionen auffasste, wenn man Winkeladditionen und -subtraktionen in Hyperkugeln, Hyperellipsoiden, Hyperprismen, Parallelotopen, Hyperpyramiden und dergleichen im Sinn behielt. Ja: Vokabeln, die man büffeln konnte.
Für Abwechslung dabei war gesorgt: Bald verlangten rätselhafte Serien von kreisförmigen Oberflächenhebungen und -senkungen Tariks Aufmerksamkeit und sein deuterisches Geschick, dann wieder galt es, neue Maschinen, darunter einen von Tarik selbst maßgeblich mitentwickelten »Aktiver-Innenraum-Radiometer-Irradianz-Monitor« (AIRIM), auszuprobieren und zu optimieren.
Die Besuche auf dem Nachbarmond wurden seltener, obwohl im Nahraum um Feldeváye und bei Leuten wie den Jaivedhs noch nicht allzu viel von der Verkürzerport-Misere zu spüren war.
Beatriz kam, weil sie sich mit dem langsamen Sterben der Beziehung nicht abfinden wollte, jetzt häufiger nach Arrhenius und unternahm damit einen tapferen Versuch, Tarik davon abzuhalten, seinen Horizont auf einige präzise formulierbare Spezialprobleme einzuengen.
»Komm schon, Lieber. Lass uns Carla aus den Hecken reißen, in die sie sich wühlt. Lass uns das Kind retten, solange es noch nicht ganz verkommen ist. Dein synessüchtiger Sohn braucht uns auch. Lass uns, na, von mir aus nach Feldeváye reisen, ein Jahr lang den Planeten kennenlernen. Du kannst ja in den Urbeen den Kerl su-

chen, der als Erster von den Lapithen wegen deiner Linse da kontaktiert wurde. Du weißt schon. Den von der Wiege.«
Tarik nickte, lächelte zerstreut: »Von der Venus. Viele glauben, dass er von der Erde stammt, aber er kam von der Venus, das ist ganz in der Nähe.«
»Ja, na gut, also, von der Venus. Lebt noch, richtig? Der Mann, nach dem sie den Mond benannt haben, auf dem du festsitzt. Red mit ihm. Vielleicht kann der dir helfen, und uns beiden. Und Carla und Ryad könnten durch den Ortswechsel …« Sie verlor selbst den Faden; er war zu dünn.
Tarik sah in sein Abstrarium. Die große Kugel, voll mit Solvat, beherbergte Dutzende der kleinen dunkelbraunen Stäbchen, die den Rengi als Rechner dienten. Ihre Choreographien waren von eigentümlichem, hypnotischem Reiz.
Schweben. Fallen. Steigen. Schweben.
Tarik schien die letzten Worte seiner Frau gar nicht gehört zu haben; als folgte er einer Regieanweisung, die ihn angewiesen hatte, beiseite zu sprechen, murmelte er: »Arrhenius. Hmtjoh. Ist allerdings … nicht sein wirklicher Name. Hat er sich erst zugelegt, als er hier … dort … als er auf Feldeváye in einer Wüste, oder nein, einer Steppe, nah bei der Brombeergegend …«
Er wandte den Kopf immer wieder zu ihr, schien sie dabei aber gar nicht recht anzusehen. Die Augen schienen wie bei einem ganz leichten Nystagmus ständig neu abzuschweifen, etwas nach rechts, wie wenn man heimlich per CLP ins Hirn projizierten Datenreihen zu folgen versuchte. Las er etwa, während sie redeten? Hätte sie ihn darauf angesprochen, dann, das wusste sie, wäre er belehrend und väterlich geworden, mit fettigem Trost, den sie hasste.
Eine ernsthafte Antwort auf ihren Vorschlag, Arrhenius wie Zemelo den Rücken zu kehren, solange noch eine Chance bestand, den einst in Liebe gefassten Beschluss zum gemeinsamen Leben zu verwirklichen, erhielt sie nicht.
Sie hatte keine erwartet.
»Es regnet hier drin«, sagte Beatriz, nach einem Blick durch die nach innen gekrümmten Fenster keine zehn Meter weit von dem

Gehwegreifen, auf dem sie an einem von Milliarden unsichtbarer Maschinen immer wieder spiegelblank geputzten Geländer aus Stahl standen.
»Draußen«, berichtigte er.
»Oder draußen, ja.«
»Nieseln«, murmelte Tarik.
Sie seufzte und sagte: »Ganz tief drinnen, wo ihr eure schwimmenden Luftreiniger aufbewahrt, ist eine Art kleines Meer, in Form einer Kugel, richtig?«
Er nickte zufrieden: Das war, wie vieles hier, sein Design.
»Daher regnet es. Die Kugel ist von Wolken umgeben, ich seh's erst jetzt, und die sind rosa, und die regnen.«
Er brummte: »Ja. Sie regnen etwa eine Woche lang. Der Regen fällt nach innen, und dann dampft die äußerste Schicht wieder nach außen, sehr langsam, etwa einen Monat lang, und dann regnet es wieder. Die Rengi nennen es Seeherz.«
»Hübsch.«
»Sie meinen es, glaube ich, ganz sachlich«, sagte der Tarik und nahm mit unerwarteter Galanterie ihren Arm, um sie zum Essen auszuführen, obwohl beide keinen Hunger hatten.

Beider Besuche beieinander wurden danach noch seltener.
Die Eheleute trafen sich fast nur noch per CLP, in Noos-Schnittmengen der beiden Monde. Auch diesen Verabredungen blieb Tarik schließlich häufig unentschuldigt fern, als auf Arrhenius etwas aufregend Neues geschah: Seine beiden besten Leute, Orna Synge und Xao Alexandrow, stellten ein Gerät fertig, das Menschen erlaubte, endlich mit ihren eigenen Sinnesorganen Erfahrungen bei der Beobachtung des Sternmondes zu machen, die denen der Rengi-Taster ebenbürtig waren.
Sie nannten es den »Arrheniographen«.
Was dieser Apparat aufnahm und wiedergab, war nach Datenmasse wie Detailauflösung spektakulär: Strömende Kontrollverluste, Stehen in Mesonenstürmen, die Verdünnung aller Sinneseindrücke als blutrote Zuspitzung lichtjahrlanger Dornen, die den

Mond, der ein Stern war, durchbohrten und seinem Strahlenwetter weit übern feldeváyschen Raum hinaus ins Dunkel nachhorchten – wer sich dem aussetzte, stunden- und tagelang, wie Tarik es voll Hingabe tat, empfing chemische Narben, leichte Verbrennungen von den Kontaktpflastern, seufzte aber mit jedem Atemzug dem Mond, der ein Stern war, großen Dank für die brutalen Wellen, jubelnden Finsternisse und das Gefühl, im Epizentrum von etwas zu leben, das Verneinung alles Gewohnten und Vorschein einer völlig anderen Welt war.

Zwei Tage nach Beendigung des erfolgreichen Prototypentestlaufs fand Tarik bei einer Routine-Überprüfung einiger von ihm kaum genutzter Noos-Ablagen eine Mitteilung von Beatriz: »Deine Tochter liegt im Sterben. Meglinkrankenhaus, Station Canda, am dritten Rechnergarten vom Äquator abwärts. Das ist auf Zemelo. Wo wir leben. Ich denke, du kennst den Weg noch.«

Vier Stunden später betrat Tarik Jaivedh das Foyer der Klinik.

Die Amtsgeschäfte hatte er an Orna Synge übertragen.

Panik blieb ihm, wie immer, fremd, alle Logs waren geordnet.

Beatriz sah ihn an, als verstünde sie nicht, dass es ihn gab.

»Wartest du auf mich?« Er wollte einen traurigen Witz machen, aber es war nur die matte Koketterie eines Schuldbewussten.

»Nein. Ich warte nur noch darauf, dass sich Carlas Zustand ändert.«

Beatriz hatte geweint. Jetzt sah sie bleich und leer aus, zerstört genug, sich zur Tochter zu legen.

Tarik fragte: »Was ist passiert?«

»Ihre Freundinnen und Freunde.«

»Die Orgienleute? Diese … Sexgeschichten im Rechnergarten?«

»Es ist irgend so eine … eine Art Kirche oder sonst ein mutwilliger Wahn. Aistheten. Schlampig organisiert, übrigens. Sie suchen ein Virus, das …« Beatriz schluckte und verzog das Gesicht dabei, schüttelte den Kopf, lachte lautlos. Er ging zum Wasserspender, ließ einen Plastikbecher volllaufen, reichte ihn ihr. Sie trank. Dann fuhr sie fort: »Ja. Aistheten. So heißen die. Hat auf Feldeváye

angefangen. Ich dumme Kuh … wollte ausgerechnet da hin mit ihr. Wir wären fast runter. Auf den Planeten. Ohne dich.«
»Ryad?«, fragte Tarik hilflos, wie um, ein Streber der eigenen Not, zu belegen, dass er wusste: Es gab ein zweites Kind.
Sie sah ihn verständnislos an. Es war, als hätte er sie geweckt, als hätte sie den Sohn selbst vergessen. Er räusperte sich verlegen und fragte noch einmal: »Ryad. Der Junge. Wo ist er?«
Wieder das winzige, das schlimme Lachen. »Nirgends. Im Synes. Zuhause. Den kannst du … den … dem passiert nichts.«
»Diese … die Aistheten …«
»Ein Virus. Es geht um die Plasmidenkolonien auf Feldeváye, und das Zeug, das sie in den Omphaloi der Urbeen installieren, wenn die Lapithen es herschicken. Die … Kunst. Sie … Carlas Leute … die schauen sich, ich weiß nicht, Filme an, Bilder, hören … Musik, oder lesen und lassen lesen, vorlesen … und experimentieren dann mit Plasmiden, und mit Virusvektoren. Es soll da etwas geben, das … ich zeig's dir einfach.«
Er willigte ein, sich die Daten per Coiflet überspielen zu lassen. Daten: Damit konnte er umgehen.
Es waren sehr schlechte Nachrichten.
Zwar schwamm in Carlas Blut gerade so viel schützende biotische Intelligenz herum wie in den Gefäßen aller anderen Menschen. Aber die junge Frau hatte ihre Abwehr mit mehr und ärgerem Unsinn belastet, als selbst die aufwendigsten Immunonetzwerke bewältigen konnten: Pseudobakter und Lungenpest, Karzinogenes, Gonorrhoe-Neisseria und syphilitische Spirochäten, tausend Schrecken aus den Archiven längst besiegter menschlicher Geschlechtskrankheiten, aufgerüstet und als Informationsträger zugerichtet: Chlamydien und Humanpapilloma-Viren, Herpes, Trichomoniasis und HIV, dazu Seuchen, die man im alten Sonnensystem gar nicht gekannt hatte, von der Femla-Vaskulitis über den La-Sentinelle-Bronchialzerfall bis zur Mikro-Dunkelnekrose und der Gravatrophie, die erst vor zweihundert Jahren die Admins gezwungen hatte, den Luyten-Sternverbund zwei volle Dekaden lang unter Quarantäne zu stellen.

»Ich möchte sie sehen«, sagte Tarik.
Beatriz wies ihm den Weg. Dann setzte sie sich neben dem Wasserspender auf den Boden, lehnte den Kopf an die Wand, schloss die Augen. Er sah sich nicht nach ihr um.

Die junge Frau lag in einer niedrigen Wanne voll zitronenfarbener Heillösung.
Sie war kahlgeschoren, wie er sie kannte, und lächelte, als ob sie in angenehmen Träumen schwebte.
Carla hörte, wie ihr Vater den Raum betrat, und schlug die Augen auf, die tief in dunklen Höhlen lagen. Die Gesichtshaut spannte überm Schädel. Ihre Arme und Beine sahen aus, als müssten sie bei der geringsten Bewegung zerbrechen.
Roboter mit Alabasterchassis umgaben sie, rundliche, künstliche Körper, deren Formen Kindern Vertrauen einflössen sollten, damit die kleinen Patientinnen und Patienten sich nicht vor den segmentierten schwarzen Carbonfasertentakeln fürchteten, mit denen die Maschinen Vitalwerte maßen, Infusionszugänge legten oder kleine Eingriffe durchführten.
Tarik dachte betrübt daran, wie ungewöhnlich es war, dass eine Erwachsene hier lag – Erwachsene fand man in Krankenhäusern seit der vierten biotischen Revolution eigentlich nur noch nach schweren Verletzungen, bei nötigen Alterskorrekturen oder zur Gesamtwäsche nach überraschendem Herzkreislauf- respektive Hirntod an solchen Orten.
Mit Krankheiten im klassisch metabolisch-biochemischen Sinn hatten es für gewöhnlich nur die Kleinen zu tun, weil ihre Leiber vor der (heutzutage meist extensiv nanotisch supplementierten) Pubertät noch nicht in jeder feinimmunologischen Hinsicht auskalibriert waren. Carlas Mundwinkel ließen ahnen, dass sie das Umsorgtwerden durch Apparate, die sie für ein unreifes Mädchen hielten, sogar ein bisschen amüsierte.
Tarik sah allerdings auch Trotz in ihrem Blick.
Trotz, den konnte er verstehen.
Unbegreiflich aber waren ihm das Leiden selbst und die Geduld,

die man brauchte, um sich nicht, wenn das Leiden denn unvermeidlich und nicht zu beenden war, das Leben zu nehmen.

Er setzte sich zu ihr und legte seine rechte Hand, weil ihm im letzten Moment bewusst wurde, dass er ihre nicht nehmen, nicht drücken konnte, ohne ihr Schmerzen zuzufügen, hilflos auf den Rand des flachen Bades.

Ihr Stimme war erstaunlich kräftig, etwas tiefer als in seiner Erinnerung, als sie zu sprechen begann: »Sie hat dir die Hölle heißgemacht, was? Lass es nicht … an mir aus, bitte.«

Er erwiderte ihren Blick und sagte ruhig: »Du irrst dich. Sie hat große Angst, und gibt sich selbst mindestens so viel Schuld wie mir. Ich glaube, der Einzige in dieser Familie, der wirklich nichts angestellt hat, ist dein Bruder.«

Flackern und Zittern im Lächeln der Frau, ein leises Einsummen auf Sprache, so dass er sich vornüber beugte, ganz nah, als wollte er sie auf die Stirn küssen, damit er hören konnte, wie sie flüsterte: »Nee … der ist … überhaupt … an allem schuld.«

Sofort streckte einer der Roboter einen Fadenarm nach ihr aus und legte ihr ein Kalmpatch auf den Hals, das lindgrün aufleuchtete und ein, zwei Minuten pulste. Sie schloss die Augen. Ihr Vater lehnte sich auf dem schwarzen Plastikstuhl zurück. Dann sagte Carla, klar und deutlich: »Ryad. Der hat … ich hab ihn ja, seit es ihn gibt, für meine Versuche missbraucht … Es hat mich immer sehr interessiert, wie die Menschen funktionieren. Im Kopf. Im … die Gefühle und all das. Erinnerst du dich an unseren Hof? Das erste Haus, die kleine Kuppel am Rechnergarten um den Raumflughafen? Im Gereonskrater?«

»Mit der Wiese. Und den beiden Schaukeln, an Ketten.«

»Genau.«

»Du hast ihm immer beim Schaukeln geholfen. Und Bea … deine Mutter fand, du stößt ihn zu heftig in die Höhe. Ich fand das nicht. Er hatte Spaß, er hat geschrien.«

»Nein, er hatte schon Angst. Und das wollte ich auch. Ich wollte wissen … na ja … einmal habe ich mich neben ihn gesetzt, auf die zweite Schaukel, und dann fing ich plötzlich an zu röcheln und

bin vornübergekippt und ins Gras gefallen. Richtig heftig, mit Absicht, und leblos liegengeblieben, mit geschlossenen Augen.«
Tarik runzelte die Stirn: »Wieso?«
»Ich wollte wissen, ob er nicht nur Angst hat, von der Schaukel zu fallen, wenn sie zu heftig ausschwingt, sondern ob er … ob er auch Angst um mich hat, wenn er denkt, mir ist was passiert, ich bin krank oder tot … oder so.«
Eine Weile schwiegen beide. Dann sagte Carla: »Ich habe ihn nicht gesehen. Ich habe ihn kaum gehört – er ist von der Schaukel geklettert. Die Kettchen haben leise geklirrt. Er ist im Gras rumgetapert, aber nicht auf mich zu, nicht um mich rum. Ich wusste das, was Mama jetzt über ihn sagt: dass er nicht auf der Welt ist, nicht auf Zemelo, und auch nicht woanders wie ich. Mama sagt ja, ich wäre eigentlich dauernd auf Feldeváye, in den Sachen, die man dort hat, die dort wichtig sind, nicht hier …«
Sie holte Luft, wie man berauschenden Kräuterrauch einsaugt. Dann setzte sie neu an, mit einem winzigen Kopfnicken zur Seite, fast entschuldigend: »Bin ein bisschen … zerfahren. Fällt mir schwer, mich zu … konzentrieren.«
»Es ging um Ryad.« Es war ihm nicht wohl bei dieser Hilfestellung, er hatte das Gefühl, dass er nicht wirklich hören wollte, was sie ihm zu sagen hatte.
»Ja. Ich habe ihn nicht gesehen, kaum gehört. Aber gespürt. Diese … ich habe seine Gleichgültigkeit gespürt. Glaubst du das? In dem Moment, in dem ich die Augen geschlossen hatte, und nicht mehr auf ihn achten konnte, nicht mehr mit ihm reden oder spielen, hat er jedes Interesse an mir verloren. Mama hat das erst jetzt mitgekriegt, dass er nicht auf der Welt ist, sondern in seinen … seinen Interessen. Sie sagt, es läge am Synes. Aber Mama selber, mit ihrer Mathematik, in den Beweisminen und -schächten, ist genauso, und du, in der Linse, bist es auch. Ihr seid alle nicht auf der Welt.«
Tarik wusste nicht, was eine Metapher ist, und dass er häufig selbst welche gebrauchte. Er fragte nach: »Welche Welt meinst du?«

»Wenn andere Leute euch … ich kann es nicht sagen. Für euch sind … mir fällt, ich … mir fällt was ein, das ich gesehen habe. Ein Bild von was, das auf Feldeváye in einem Omphalos, in einem Urbeum steht, in einer Vitrine.«

»Das Bild steht in einer Vitrine?«

»Nein. Nein, das … das, wovon das Bild ein Bild ist, steht in einer Vitrine. Und ich musste dran denken, wie wir mal oben in der Linse waren, und du hattest eine Besprechung mit zwei Rengi, und die hatten so …die schwammen in so ausgebeulten …«

»Bottichen, ja …« Tarik erinnerte sich. Es war vor sechs Jahren gewesen, er hatte seiner Tochter zeigen wollen, wie er arbeitete, wie es war, mit Fremdintelligenzen kollegialen Umgang zu pflegen – einer seiner seltenen Ausflüge ins Pädagogische. Beatriz hatte ihm erzählt, dass auf Zemelo die Versuche, Multispezies-Habitate einzurichten, an den Beharrungskräften der kleinen Menschengemeinschaften scheiterten, die unter sich blieben. Als tolerante Prodistin sorgte sie sich, ihre Kinder könnten in der Atmosphäre kriechstromartig durch diese Gemeinden krisselnder Xenophobie zu bornierten und rückschrittlichen Leuten heranwachsen. Er hatte daraufhin seine Familie auf die Linse geholt, sie dort drei Tage in einer Art intermittierende Führung am Alltagsleben teilnehmen lassen und am Ende Carla zur Besprechung mit den Rengi eingeladen.

»Du hast mir erklärt, dass … dass diese Bottiche die Hilfsmittel der Rengi waren, um mit dir zu frühstücken. Dass da irgendwie Wasserstoff oder … keine Ahnung. Sie haben mit dir gefrühstückt, ein Arbeitsessen, und du hast mit ihnen gefrühstückt. Tasse Kaffee, Brötchen, Ei. Und du dachtest, ich sei schüchtern, weil ich dauernd auf dein Besteck und dein Geschirr geguckt hab statt auf die Rengi, und weil ich meinen Kopf nicht einloggen, mich nicht in euer Gespräch einschalten wollte, weißt du noch?«

»Ja. Diese gesenkte Kopfhaltung bei dir, das sah demütig aus, eingeschüchtert. Hat mir nicht gefallen. Ich dachte, vielleicht guckt so eine kleine Speziesistin, vielleicht hat deine Mutter recht – Scheu vor den Fremden als eine Variante von Hass. Also hab ich

dich … ein bisschen ermahnt, richtig? Sitz gerade, sei nicht so schüchtern. So was.«
»Der Kopf war gesenkt, weil ich auf das Besteck und das Geschirr geguckt habe. Weil ich dauernd gedacht habe: Er ist in dieser Linse, die aus etwas besteht, das irgendwie in denkende zusätzliche Dimensionen gefaltet ist, so, dass es kein Mensch und wahrscheinlich auch kein Rengus und keine Renga versteht, höchstens die Lapithen, vielleicht nur die Mennesker. Er lebt da, und er kreist um einen Mond, oder einen Stern … um ein …«, sie zog die Oberlippe hoch, bleckte die Zähne, das nächste Wort, ein sehr antiquiertes, sprach sie, wie man auf eine kandierte Kirsche beißt: »Gestirn, das einzigartig ist in der Milchstraße, im bewohnten, im erschlossenen Kosmos. Und trotzdem benutzt er genau dasselbe Plastik-Keramik-Geschirr und dasselbe Formmetallbesteck wie zuhause. Dieselbe Tasse. Dieselbe Untertasse, wie sie jeden Morgen bei uns in der Wallesch-Stadt auf dem Tisch steht, wenn Mama frühstückt. Ich frühstücke ja nicht, das weißt du.«
»Hast du nicht mal als Kind.«
Sie nickte kraftlos.
Lästige Tränen wollten Tariks Augen fluten. Sein Hals zog sich zusammen. Er nahm das als abscheuliche Schwäche wahr und überwand es rasch, während Carla sagte: »Und daran … ich meine, ich … war nicht so weit wie heute, seit ich die … seit wir versuchen, die Kunstide zu reproduzieren, als Vektorsumme von … seit ich Kunst kenne … aber ich habe in diesem Geschirr, in diesem Besteck gesehen, dass du nicht auf der Welt bist, sondern nur in … mit dir selbst, an dich selbst … gefesselt und … wie Ryad. Dein Geschirr hat mehr Macht über dich als deine … deine Rätsel, die du lösen willst. Das ist das Schlimme. Das ist das, wo ich einen Ausweg wollte … und den habe ich gesehen auf dem Bild, denn in der … in der Vitrine steht eine … eine Tasse, und dazu gehört ein Löffel, und die sind auf einem Untersetzer, und … das alles … hat ein Fell. Pelzig. Lange, weiße Haare, graue auch, und … es ist … es sind Hasen ohne Augen, oder wenn … wenn Hasen wie Storarier wären, oder … und da habe ich gesehen … das war eine Form

dafür, wie man in die Welt kommt. Wenn eine Person so was gemacht hat, und andere Personen können …«

Sie delirierte offensichtlich.

Er wagte nicht, ihr ins Wort zu fallen.

Nichts von dem, was sie sagte, ergab einen Sinn, die Schaukelgeschichte nicht, die Geschichte vom pelzigen Geschirr und Besteck nicht. Anstatt sie darauf hinzuweisen, fiel Tarik in ein bodenloses Schuldgefühlsloch: Sie sagt solche sinnlosen Sachen, weil ich ihr nicht gezeigt habe, dass man das Unverständliche nicht dulden muss, sondern alles aufdecken, alles erklären kann, wie wir das auf der Arrheniuslinse tun.

Carla schwieg, als wäre es ihr gelungen, ein Argument zu Ende zu führen.

Wie geistesabwesend hob sie den spindeldürren rechten Arm, legte die Hand auf die Brust, tastete sich mit Fingern, die zitterten, als wären es Grashalme, bis zum Patch und berührte dessen Rand, wozu ihr Blick etwas zu sagen schien wie: Die sind schon gut, diese Roboter. Sie kriegen es problemlos fertig, jedes Symptom – dünne Stimme, bleiche Haut, poröse Knochen – für bis zu zwanzig Minuten am Stück vollständig zum Verschwinden zu bringen. Nur gegen meine Krankheit, die hinter all diesen Symptomen steckt, können sie nichts tun. Denn meine Krankheit, das bin ich selber.

Es lag eine für Tarik sehr erschreckende Überlegenheit in der Geste und dem Blick: Das arme, aber böse Kind, dachte der Vater, weiß ganz genau, dass ich die Angst habe. Die Angst, die sie Ryad damals nicht hatte einjagen können.

Dass sie mich mit dieser Angst beherrscht, dass sie mich damit bezwungen hat, aus dem Schutz gerissen, den meine Arbeit mir all die Jahre gewährt hat, weiß sie auch.

Schutz wovor?

Ein wenig erinnerte ihn Carlas Mimik an das Gesicht, das Beatriz machte, wenn sie kurz davor war, den gefürchteten Satz »Wir müssen reden« zu sagen.

Jahrelang hatte Tarik Jaivedh sich davor mit der Ausrede gedrückt, dass es in allen wesentlichen Fragen des Zusammenlebens, der Erziehung und der Weltanschauung zwischen ihr und ihm nicht genügend Unterschiede gab, um darüber diskutieren zu müssen, während alle daten- und faktenbezogenen Dinge – Urlaubsplanung, Umzugsformalitäten, Zeitabstimmung für Gemeinsames – seiner Ansicht nach nicht per mündlichem Gespräch, sondern per Coiflet zu erledigen waren, »weil das Zeit spart«.

Der Todkranken konnte er das nicht erzählen.

Alle ihre Noos-Transceiver waren von den medizinischen Robotern vorsorglich ausgebrannt worden, weil zwischen den intelligenten Virenverbänden in ihrem Körper und anderen personenbezogenen Informatika möglichst keine Schnittstellen bestehen sollten oder neu etabliert werden durften.

Wie Computerviren in den längst versunkenen Zeiten der Digitalität mussten die biotischen Viren und sonstigen Paralebendigkeiten in Carla davon abgehalten werden, ihre Information auf neue Träger zu spielen, die sie damit korrumpieren konnten. Deshalb gab es nur mehr einen einzigen Weg, zu erfahren, was sie dachte: Man musste sie fragen.

War er wieder abgedriftet?

Schlief er schon?

Hatte sie recht, war er nicht auf der Welt?

Er hörte sie wispern: »Scheißbruder. Aber er … ist … wenigstens der Konsequenteste von euch allen.«

Das war eher ein halbverschlucktes Stoßgebet als eine Anklage.

Zögernd, stammelnd begann jetzt Tarik zu sprechen: »Ich wollte … ich wollte vorhin nicht sagen, dass Ryad … dass du ihn dir zum Vorbild … als ich sagte, er hat noch am wenigsten angestellt. Carla, was ich sagen wollte – und du lässt mich nicht. Das muss ich hinnehmen, das ist dein Recht … ich wollte … sagen: Ich weiß, was ich falsch gemacht habe, und ich weiß, dass auch deine Mutter einiges falsch gemacht hat, und dass ich an einigem von dem, was sie falsch gemacht hat, eigentlich schuld … ich meine nur, dass du dich nicht hättest kaputtmachen müssen, um uns darauf hinzuweisen, dass wir dich nicht einfach in die Welt setzen können und uns dann nicht dafür interessieren, was du da machst. Und dass es der falsche Weg da raus ist, dir eine Ersatzfamilie … eine … eine andere Art von Zusammenhang zu suchen bei diesen … den Aistheten. Weil die noch weniger Angst um dich haben als Ryad, weil die nicht hier sind. Ich bin hier, und Beatriz ist … hier …«

»Draußen«, sagte Carla kühl, und überraschend klar, ihre Augen waren geöffnet.

»Draußen, ja. Aber hier. Ich glaube, sie hält es im Moment nur nicht mit dir und mir im selben Raum aus. Gleichzeitig. Mit dir einzeln, und mit mir, aber … nicht mit beiden.«

Er musste seine Gedanken neu sortieren. Sie schloss die Augen wieder, diesmal aber nicht, um in sich selbst nachzusehen, sondern um seine unausgesprochene Bitte um Hilfe abzuweisen: Von mir bekommst du keine Einladung zum Weiterreden.

Ihr Atem ging ruhig, offenbar schmerzfrei.

Tarik beschloss, das Schweigen als Gelegenheit aufzufassen, aus der Zemelo-Noos ein paar schnell resorbierte Informationen über die ominösen Aistheten abzurufen, damit er wenigstens wusste, wovon er redete, wenn er sich über sie äußerte.

Auch wenn er bußfertig vor Carla getreten war: Schuld musste entsorgt werden, denn ganz bei und für sich selbst wollte er's doch nicht gewesen sein, und Beatriz, die er, wie er erst jetzt begriff, immer noch liebte, sollte es nicht gewesen sein, und Carla selbst konnte es nicht gewesen sein, denn die war ein Kind, sein Kind.

Also, an wem lag der Jammer? An den falschen Freundinnen und Freunden.

Aistheten, sagten die Quellen in der zemeloschen Noos, waren kleine Gruppen von sechs bis zwanzig Leuten, über Noosplattformen und direkte Transceiverkorrelationen verbunden, auch um realräumliche Treffpunkte organisiert, die sie als Arbeitsstätten für neue Produln anmeldeten.

Es wurden dort tatsächlich Dinge hergestellt: Replikate von Kunst aus den Omphaloi der Urbeen von Feldeváye nämlich.

Man arbeitete dabei einerseits mit Elementen und Verbindungen, die denen glichen, die ursprünglich Träger der entsprechenden Information gewesen waren – Leinwand, Acrylfarbe, Marmor, Holz, magnetische Bänder, digitale Speichermedien, Papier –, und andererseits mit intelligenter Materie, von Wasser bis schwarzem Glas, also Lamontik, um die inneren Strukturen transparenter und analytischen Eingriffen zugänglicher zu machen.

Supplementiert wurde das Ganze mit biotischen Informationsnetzwerken, etwa Viren- und Plasmidenverbänden. Dreieinhalb subjektive Sekunden nach Beginn der Abfrage erfuhr Tarik, dass es die pelzige Tasse samt Löffel und Untersetzer tatsächlich gab, dass sie ein Kunstwerk aus der Zeit an der Schwelle zur Hidschra war und dass einige Aisthetengruppen sehr viel Information über dieses spezielle Werk in algebraisch-geometrisch abstrahierte Speicherkörper geschrieben und sich per Phagocytose in sensitive Zellen geholt hatten.

Kreisläufe wurden sichtbar.

Dimensionstricks, die ihn an Rengi- und Lapithenarbeit erinnerten.

Zur runden Öffnung der Tasse wussten die Netzwerke Banales, aber für die Aistheten offenbar Wichtiges: Kreise kann man in Kreise legen, die Katastrophenoberfläche eines Kreises ist ein Doppelkegel, Spitze auf Spitze …

Tarik verstand, was geschehen war.

Es brach ihm das Herz, als er sagte: »Weiß deine Mutter, dass du Sachen aus ihrer Arbeit … ihren Beweisminen … an deine Aistheten weitergegeben hast, um euren … Wahnsinn … auszuschmücken, eure Systeme effektiver zu machen?«

»Sie weiß es«, sagte Carla, und blinzelte mit schweren Lidern. »Und sie weiß außerdem, dass ich auch aus deiner Arbeit stibitzt habe. Privilegierter Zugang, Papa. Ich meine, ihr seid meine Eltern. Die sich sehr spät entschlossen haben, Eltern zu sein. Sie ist sechzig, du bist über hundert. Ihr erinnert euch nicht mehr daran, wie es war, jung und tollkühn zu sein. Ihr seid nicht … misstrauisch genug. Ich habe alle Kennungen, ich komme an alles ran, alle Logs, alle Tafeln.«

»Verdammte Tafeln. Verdammter Dreck«, spuckte Tarik.
Carla lächelte: »Private Noosschlaufen. Entwürfe …«
»Du hast versucht, dich mit Mathematik, Geometrie, geklautem Zeug aus dem Besteck und Geschirr … deiner Eltern bei den Aistheten … einzukaufen.« Das alte Verb, ein schlimmes Schimpfwort, gebrauchte er mit Absicht. Tarik versuchte, richtig in Rage zu geraten. In Wirklichkeit war er fassungslos, besiegt, gänzlich entwaffnet.
Sie hatte ihre Eltern einfach imitiert – so, wie die Mutter Anschluss an die bessere Gesellschaft von Zemelo gesucht hatte, indem sie sich als einer der hellsten Köpfe, eine der besten Jäterinnen und Pflegerinnen der Rechnergärten hervorgetan hatte, so, wie Tarik sich bei Rengi und Lapithen (und mittelbar den Menneskern) hatte beliebt machen wollen mit einer Gründlichkeit, die hinter den praktischen Fragen der Arrheniusforschung die philosophischen Zusammenhänge zu erspüren verstand, gerade so hatte Carla mit geschickt zusammengestohlenen Kenntnissen anderer und kühnen eigenen Einfällen die Aistheten für sich gewinnen wollen.
Kein Kind mehr. Kein schwaches Opfer.
»Papa«, das Wort krächzte und kratzte, er hörte deutlich heraus, dass die Wirkung des Halspflasters, dessen Glimmen erloschen war, schnell nachließ, »ich möchte, dass du mich jetzt ein bisschen schlafen lässt. Ja? Du kannst … du … du kannst mich aber gern wieder … besuchen …«
»Das werde ich«, sagte er, und schenkte den Augenkameras eines der Roboter einen Blick grimmigster Entschlossenheit: Bei euch lasse ich sie nicht, egal, was sie angestellt hat, egal, wie fremd sie mir dadurch geworden ist.
Ich hole mein Kind hier raus. Ich repariere Carlas Leben, und meins.

Er ging mit größerem Ernst an diese Aufgaben als an irgendetwas seit dem ersten Betreten der Arrheniuslinse.
Seine dortige Arbeit überschrieb er formlos an die beiden Spitzen-

kräfte Orna und Xao, dann wehrte er alle ihre Versuche ab, eine Art geordneter Übergabe zu erwirken: »Ihr kommt klar. Ihr seid so brillant, dass auch Hinterlassenschaften, die keinen Sinn ergeben, weil ich auf der einen oder andern Noosplattform vielleicht zu sehr in meinen Privatprojekten gekramt habe, für euch Gelegenheit sind, den Verstand daran zu schärfen.«

Seine Sachen – auch das Geschirr, das Carla so wichtig war – ließ er, um nicht sinnlos Energie zu verschleudern, nicht per Verkürzerweg, sondern in einer Fähre nach Zemelo bringen.

Drei Wochen später traf alles auf Zemelo ein, wo er im selben Viertel, unweit der Klinik, Quartier bezogen hatte, in dem jetzt auch Beatriz mit Ryad lebte.

Gemeinsam zu wohnen kam weder für sie noch für Tarik in Frage.

Man traf sich indes oft.

Tarik hatte eine detektivische Arbeitshypothese: »Sie hat von uns geklaut. Sie hat unsere Plattformen geplündert. Also führt der Weg zur Heilung durch die Wirrnis der Viren- und sonstigen Erregernetzwerke, durch unsere Arbeit, unsere Notate – deine abstrakte und meine konkrete Mathematik. Die Codes, die Automaten. Ich glaube, es steckt im Wesentlichen eine gar nicht dumme Analogie dahinter: Diese … Kunst auf Feldeváye zu verstehen, in ihr ein Medium zu finden, um das herzustellen, was Carla ›auf der Welt sein‹ nennt, ist für sie vergleichbar … na ja: läuft für sie parallel mit meinem Versuch, den Menneskern auf die Schliche zu kommen, und deinem Versuch, in den Randgebieten des Beweisbaren neue Theoreme zu entdecken, die man zunächst nicht verstehen, mit dem Werkzeug der schon vorhandenen Mathematik aber allmählich assimilieren kann. Erlernen. Sie tastet sich an den Grenzen entlang, die dieser Admin-Storarier gefunden hat. Der aus der Gruppe um Quaymet Munouz-Perou.«

»Die Beta-Pictoris-Leute«, warf Beatriz ein. »Egaluces Sowieso und seine Truppe. Sie … wie sagst du? Tastet sich entlang an der … Haltewahrscheinlichkeit. An der Chance für Programme, sich …«

Er fiel ihr ins Wort: »Und was sie von uns gemopst hat, das sind dann die Heuristiken. Die Methoden. Die Ansätze. Die hat sie, gemeinsam mit ihren Spinnern, in subzellulare Biosprache übersetzt, die hat sie als Programme auf Krankheiten laufen lassen, die so zu Rechnern wurden und die in Verschaltung mit anderen, ebenfalls infizierten liefen. Eine Art Seuchenwolke.«

Zwei Monate lang schien der Ansatz zunächst recht erfolgreich. Über an Fiberbündel-Konstruktionen festgemachte Kegel-Theoreme und deren Korrolare arbeiteten Beatriz und Tarik sich tief in die Konfigurationen der Erregerpopulationen, die Carlas Stoffwechsel belasteten, und nutzten ihren Zugang zu den Heilrobotern in der Klinik, die auf diese Weise erstellten Programme auf Netzwerken von Immunregulationsantigenen laufen zu lassen.

Sie kamen den T-Lymphozyten zu Hilfe und dämmten so ein paar Gelenkentzündungen ein, wurden den schwer auf ihrer Tochter lastenden Schatten der Hämochromatose los, reduzierten die gefährlichen Hypersensitivitäten, die Carlas verwirrten Organismus zuvor immer wieder zwangen, auf hilfreiche Medikamente mit einer Sorte Abwehr zu reagieren, die er eigentlich den Krankheiten selbst hätte entgegenwerfen müssen.

Beatriz glaubte sich bereits zu den schönsten Hoffnungen berechtigt: »Es wird schon. Wir schaffen das.«

Tarik war skeptischer: »Du musst dir das, was in ihr brennt und sie zerfrisst, wie eine bösartige Zwiebel vorstellen. Wir sind gerade eben erst durch die erste Hautschicht, und wie stabil das ist, was wir jetzt freilegen … und was, befreit von dieser Haut, vielleicht noch viel schädlicher wird, als es bislang gewesen ist … das können wir nicht mal raten. Diese Netzwerke sind ja nicht einfach ätzend und gefräßig. Sie sind obendrein intelligent, und ihre Verzahnung mit Carlas Stoffwechsel funktioniert sozusagen sensorisch. Das heißt, sie kriegen mit, was wir tun, und werden flexibel reagieren. Wir hatten das Überraschungsmoment auf unserer Seite. Wie hart der Kampf wirklich wird, werden wir erst sehen, wenn wir den Gegner mit unserem Angriff geweckt haben.«

Neue Komplikationen traten genau in dem Augenblick auf, als Beatriz und Tarik überzeugt waren, ein adäquates, keinen Gipfel, keine Senke der entscheidenden logischen Geographie außer Acht lassendes Katastrophenlandschaftsbild entworfen zu haben.
Makrophagen und Mastzellen fielen aus.
Bei Injektionen mit Waffen gegen die Erreger traten lokale Anaphylaxien auf.
Carla erkrankte an Asthma und rhinotischen Leiden, bizarre Atemwegserkrankungen traten gleich im Dutzend auf. Der Erfolg an Knochen und Gelenken wurde zerstört von rheumatoider Arthritis, während gastrointestinale Schwierigkeiten sich einstellten, die jeder beruhigenden oder entzündungshemmenden Behandlung hartnäckig widerstanden.
»Sie schwimmt in nekrotisierenden Entzündungen. Sie zerfällt darin«, fasste Tarik den Schrecken zusammen. Beatriz wusste nichts zu erwidern als: »Ich habe modelliert. Ich habe Gegenproben aufgestellt. Es ist kein Fehler drin. Sogar Forschungsplattformen hat man uns geöffnet. Am Anfang war es Mitleid, und vielleicht was Politisches – die Admins wie die Prodisten hier sind sehr argwöhnisch, was diese Aistheten betrifft, sie sehen in Carlas Fall ein Exempel, während die Aistheten selbst in ihren Foren und auf ihren Plattformen jede Verantwortung ablehnen: Wir waren es nicht, sie ist übers Ziel hinausgeschossen. Der Aufwand, den du und ich treiben … alle drücken uns die Daumen, sogar die Aistheten selber, weil sie wissen, dass das Klima für sie nur unangenehmer werden kann, falls Carla … falls es noch schlimmer wird. Und trotzdem hilft das alles nichts. Aus Mitleid wird allmählich, wie soll ich sagen? Sie finden uns unheimlich, unsere Unterstützer.«
»Dann will ich mit den Aistheten reden. Ich will … wir haben irgendetwas übersehen. Vielleicht gibt es ein Detail, das sich nur aus dem Blickwinkel dieser Leute erschließt. Einen Hinweis, den wir brauchen, um die innere Valenz, innere Stimmigkeit …«
»Die Ästhetik«, das Lächeln auf Beatriz' Lippen war böse und sehr anziehend.
»Ja, meinetwegen. Die Ästhetik. Sie fehlt uns.«

Die beiden jungen Leute – älter als Carla, aber nicht mehr als ein Jahrzehnt, schätzte Tarik – bestanden darauf, sich unterm Parkfullerdom eines der abgelegensten Rechnergärten mit Tarik zu treffen.
Er hatte sie über eines der zusehends verwaisten Aisthetenforen kennengelernt. Neue Einträge waren dort selten geworden. Leute, die gewohnt gewesen waren, sich mit Klarnamen zu äußern, schwiegen ganz. Die zwei, die sich bereit erklärt hatten, Tarik zu treffen, nannten sich Olivier und Sara.
Sie sahen bedrückt und gehetzt aus.
Zunächst schienen sie überhaupt nicht zu verstehen, was er wollte, obwohl sie wussten, wer er war: »Wir haben die Ausgabe unserer Präparate eingestellt«, erklärte Olivier und sah Tarik an, als erwartete er, dass der ihn jeden Augenblick ergreifen, durchschütteln und verprügeln würde. Sara fügte hinzu: »Die Med-Admins hatten uns dafür ja nach ersten klinischen Tests und Simulationen sogar Unbedenklichkeitsbescheinigungen ausgestellt. Aber wir haben trotzdem freiwillig aufgehört und unsere Bestände unter Aufsicht zerstört. Kunstide zu machen, das versuchen wir nicht mal mehr. Der Astronaut auf Feldeváye, Erikson, von dem wir das alles ursprünglich … aus der Noos … er hätte uns die SB auf den Hals gehetzt, wenn wir nicht aufgehört hätten. Es war sowieso vorbei.«
»Wir glauben allerdings immer noch«, sagte Olivier, als Sara ihn hilfesuchend anschaute, weil sie nicht wusste, was Tariks Schweigen bedeutete, »dass unsere Netzwerke nicht gefährlich sind, wenn man sich nicht … ich will Carla nicht verurteilen. Aber sie hat sich über jede Empfehlung hinweggesetzt, die wir … Sie müssen verstehen: Es war völlig klar, dass wir nicht sechs, sieben Networks gleichzeitig auf so einen Körper spielen können, ohne ernste Risiken einzugehen – drei, vier, das war die absolute Obergrenze, die wir festgelegt hatten, aber Carla … es müssen um die fünfundzwanzig sein.«
»Achtundzwanzig, soweit ich es isolieren konnte«, sagte Tarik.
Dann räusperte er sich und sah Olivier fest in die Augen, um ihm

mit deutlichen Worten begreiflich zu machen, dass es ihm um etwas ganz anderes zu tun war als die Klärung irgendwelcher Schuldfragen: »Ich habe mir … Sachen angesehen. In der Noos. Kunst. Das, was ihr untersuchen wollt. Die Zeichnung, mit der es angefangen hat: Feder und Tinte, braun, laviert, diese …schattige Figur des Menschen mit Flügeln. Und die Sachen, die sich bauschen, in gegossenem Metall. Ich habe mir die stundenlange Orkan … nein, wie heißt es? Orchestermusik angehört. Das Singen für … Gott oder? Ja. Gott. Ich habe mit einem Synes gearbeitet, habe versucht, in die Architekturen einzusteigen und sie abzubilden auf … das Mathematische, was wir wissen. Beatriz und ich. Goldener Schnitt, Oktavenharmonie, Zwölf Töne, Rapid-Eye-Movement bei Traumvideos … ich habe es mit der Knotentheorie probiert, ich habe diese … diese Gedichte von dem Mann, der den langen Dialog über sein Geheimnis geschrieben hat …«

»Secretum Meum.« Olivier war im Bilde.

»Ja. Diese Gedichte. Ich habe versucht, sie mit Algorithmen zu durchforsten, die Häufigkeitsverteilungen als … ich habe Einpunktkompaktifizierung vorgenommen, ich habe mit Stochastik und Statistik gearbeitet … es tut mir leid, es erschließt sich mir nicht. Diese … die Kunst. Es sind unsaubere, unordentliche, kaum zu formalisierende … Ich verstehe nicht, warum ihr das als Erfahrungsmatrizen unter eure Ringschaltungen legt. Was ihr … was eure Meditationen, diese …«

»Kunsterlebnisse«, sagte Sara, wenig kraftvoll.

»Ja. Was für eine Gemeinschaft ihr sucht, über solche Kunsterlebnisse.«

»Ich bin mir gar nicht sicher«, sagte Olivier, »ob es um Gemeinschaft geht dabei. Wir sind nur zu mehreren, wir haben nur Gruppen gebildet, weil man so mehr Stoff bewältigt kriegt, weil man so mehr Kunst in kürzerer Zeit durchkämmen kann.«

»Wonach?«

»Nach sinnlichen … nach dem Ausdruck von Erfahrungen, die verloren gegangen sind. Nehmen Sie es als etwas, das sich mit dem vergleichen lässt, was Ihre Frau macht. Beatriz.«

Tarik zog die Brauen zusammen: »Ich weiß, wie meine Frau heißt.«

»Ja. Ähm. Sehen Sie … Warum mögen die Prodisten … also nicht nur die Admins, bei denen ist es klar … warum mögen Prodisten Mathematiker, warum unterhalten sie sogar noch auf relativ ressourcenarmen, vergleichsweise unproduktiven Monden wie Zemelo mathematische Abteilungen? Weil die … Grundlagenforschung eben immer mal wieder überraschende Resultate auswirft. Gleichungen, Kürzel, Formalismen, die sich bei der aufs Praktische und Produktive gerichteten Auseinandersetzung mit der wirklichen Welt als nützlich erweisen. Nützlicher als Nomophysik sogar, manchmal.«

»Und das glaubt ihr für eure Kunsterlebnisse auch.«

»Nein.« Olivier senkte den Blick bescheiden, vielleicht auch ein bisschen reumütig. Die Affekte dieser Leute waren für Tarik schwer zu lesen, kaum zu deuten. Der junge Mann sagte: »Das haben wir nur anfangs geglaubt. Unsere Fragen … unser Anspruch, das, was wir von den Sachen wollten, hat sich unter dem Eindruck der ersten Antworten bald verändert. Verstehen Sie?«

»Kaum«, log Tarik.

Er wusste nicht, weshalb er sich weigerte, zuzugeben, dass das alles gar nicht sonderlich verschieden war von seinem Wissensweg in der Arrheniuslinse.

Als weder Olivier noch Sara auf diese letzte Zurückweisung etwas erwidern konnten, riss er sich zusammen und setzte neu an: »Wie geht es für euch jetzt weiter? Was macht ihr als Nächstes?«

Olivier zuckte mit den Schultern: »Wir gehen an die Quelle. Sonst bleibt uns nichts. Wir gehen nach Feldeváye und versuchen, in den Urbeen Zugang zu den Werken zu erhalten, und in der Klinik zu dem Mann im Koma.«

»Ah«, Tarik horchte auf, »der Mann im … ja, ich weiß davon. Es gibt einen Menschen dort, in dessen Blut die Prototypen für das schwimmen, was ihr züchten wolltet. Es ist entwickelt worden, um …Kunsterlebnisse …zu verstärken, ohne Synes.«

»Severin Rukeyser«, flüsterte Sara.

Olivier beeilte sich, hinzuzusetzen: »Der Mann liegt nicht wegen dieser Networks im Dauerschlaf, sondern wegen eines anderen Unfalls.«
Tarik sagte: »Die Med-Admins auf Feldeváye haben mit seinen Networks experimentiert, um einen Weg zu finden, ihn aus synesbezogenen Aberrationen zu befreien, die sein Erwachen unrätlich erscheinen lassen, richtig?«
»Richtig. Deshalb sind diese Networks ja überhaupt in die Foren und auf Plattformen geraten, zusammen mit einer Art Hilferuf von diesem … Klemens Erikson. Und dort haben drei von uns sie gefunden, als wir noch ohne pharmakologische Unterstützung mit den Kunstgeschichten gearbeitet haben. Eine der drei …«
»War Carla. Ja, ich habe das zurückverfolgt. Zu euch. Deshalb sitzen wir hier.«
Der betroffene Ausdruck in den Gesichtern der beiden Aistheten wich neuer Beklemmung, aber bevor sie nachfragen konnten, verdeutlichte Tarik, was er meinte: »Ich will wissen, ob ihr unzugängliche Foren oder Plattformen habt. Geschützte, gesicherte. Ich will alles haben, was Carla gesammelt hat, bevor sie … vor dem Kollaps.«
Erleichterung bei Olivier: »Oh, Interna. Natürlich. Klar. Aber ich bräuchte …«
»Ich habe euch eben eine Erklärung geschickt, dass ich nichts davon mit den Admins von Zemelo teilen werde. Forschung, Therapie, das ist alles, was ich damit mache. Gebt euch einen Stoß. Überspielt es mir.«
Olivier schloss die Augen (sehr altmodisch, der Junge, dachte Tarik), um die Erklärung zu lesen. Dann sah er Tarik an, und wirkte gelöst, zufrieden. »Gut. Ich spiele es in den nächsten Stunden rüber. Alles.«

Es war nichts dabei, das half.
Bildergalerien, Rundgangsfilme (Skulpturen), Durchgangsfilme (Installationen), Soundfiles, Seiten um Seiten mit Prosa, Dramatik, Lyrik, keine Spur zu Carlas Rettung.

Am meisten betrübte Tarik, dass Beatriz diesen erneuten Rückschlag als Gelegenheit zum Ausstieg aus der Mühe sah.
Eine gewisse Lustlosigkeit und Schweransprechbarkeit hatten sich schon zuvor bemerkbar gemacht. Immer häufiger hatte sie Treffen, sogar CLP-Schnitte abgesagt oder verschoben, mit der immergleichen, nur schwach variierten Entschuldigung, sie müsse mit Ryad arbeiten, denn der habe sich nach Carlas Absturz nur immer tiefer in seine Syneträume zurückgezogen: »Ich will nicht noch ein Kind verlieren.«
Carla, hieß das, gab sie verloren.
Er widersprach: »Sie ist nicht tot. Sie ist am Leben. Verstehst du?«
Am Ende wurde Beatriz verzweifelt deutlich: »Ich kann das nicht mehr. Diese Hoffnung, mit der du da auf mich einprügelst. Diese emotionale Wut, die du auf dich selber hast, weil du glaubst, du wärst schuld. Wir wären schuld. Bitte versteh mich: Ich glaube nicht, dass es sinnlos ist, gegen Carlas Krankheit zu kämpfen. Ich glaube nur, dass ich mehr verliere als gewinne, wenn ich dir dabei jetzt nicht aus dem Weg gehe. Und dieser Rechnergarten hier, und das Produl, in dem ich gearbeitet habe, die Leute, die mich mitleidig anreden und nur noch in leisen Tönen …so verhuscht … das alles fühlt sich an, als wäre ich selber gestorben, als wäre … Zemelo mein Friedhof.«
Tarik hatte sich nicht mehr hinreichend in der Gewalt, die patzige Antwort zu unterdrücken: »Willst du auch nach Feldeváye emigrieren? Wie die Aistheten? Nimmst du den Jungen mit?«
Sie antwortete trocken: »Ich bin hier gescheitert, Tarik. Wir sind gescheitert, alle beide. Mein Berufsleben ist … ich habe nichts zustande gebracht. Seit Jahren nicht.«
»Aber deine Bereinigung der Theorie der Invarianten endlicher Ordnung für höhere …«
»Vergiss es«, sie winkte nicht einmal ab. »Schmeicheleien hatten wir nie nötig. Wir sind gut, das ist klar. Sonst hätte uns Carla nicht beklauen und mit unseren Sachen nicht punkten können, bei ihren Wahnsinnigen. Aber gut sein und gute Arbeit tun – das hängt

weniger eng zusammen, als wir vor dreißig, oder auch noch vor zwanzig Jahren dachten.«

Er nickte. Das stimmte.

»Dieses Leben hier ist ein Trümmerfeld für mich, das musst du sehen. Aber ich habe ein Angebot.«

»Ein berufliches?«

»Nicht nur. Sie arbeiten in Knotentheorie, aber sie verknüpfen es mit Synesforschung. Eine Nomo- und Pragmaphysikerin hat es initiiert. Jasika Maelis heißt die Frau. Die Organisationsform ist neuartig. Das Ding untersteht nicht den Admins, und die Prodisten haben nur teilweise Einfluss drauf, weil es als rein soziales Projekt ausgeflaggt ist.«

»Wie die Auswertung auf Feldeváye?«

»Ja. Allerdings mit eigener Noos. Es geht darum, wie Kommunikation anders codiert werden kann, um die Menneskergeschenke besser zu nutzen: nicht mehr normale analoge oder digitale Signale in verkürzerraumkompatible oder synesverschlüsselbare Signale umsetzen, sondern den Prozess zusammenziehen auf eleganteste, konziseste Art, knotentheoretisch, die kürzesten Wege suchen, im Synes. Maelis ist aufgefallen, dass sich die Leute nämlich öfter verlaufen, in sich, wenn sie im Synes arbeiten. Musikarchitekten, aber auch private … Nutzerinnen und Nutzer, wie Ryad. Deshalb gehört eine Art … Krankenhaus dazu, wo Menschen mit Traumata, schweren Leiden oder leichten Charakterdefekten, die sie sich im Synes zugezogen haben, therapiert werden, und ihre Hirne dabei als Parallelrechner …«

»Du nimmst Ryad mit.«

»Richtig.«

»Wo ist das?«

»Weit weg.«

Er lächelte dünn: »Du brauchst mir das nicht schonend beibringen wie einem Kind. Ich vertrage klare Auskünfte.«

»Okay. Ja, hast recht. Entschuldige. Es ist … es ist in der Nähe von Cor Caroli.«

»Da fliegt doch nichts hin. Wie willst du …«

»Es gibt eine Insellinie von EG 129 nach Cor Caroli. Sie kommt hier vorbei.«

»Wann?«

»In drei Wochen.«

Er schwieg.

Sie räusperte sich und sagte: »Ich habe mich wirklich erst vorgestern entschieden. Es ist nicht so, dass ich das seit langem aushecke und …«

»Nein«, sagte er, »schon gut, du schuldest mir …«, er musste nachdenken: Was war es, was sie ihm schuldete? Es fiel ihm ein: »Nichts.«

»Das stimmt nicht«, sagte sie sanft, und streifte seine Hand mit ihrer, »ich schulde dir viel. Aber wir müssen beide akzeptieren, dass ich es nicht bezahlen kann.«

Ihm blieb kaum Zeit, um seine Familie zu trauern.

Die Roboter riefen ihn zu Carla.

»Du bist wochenlang nicht hergekommen«, sagte sie.

»Ich habe gearbeitet, ich wollte dir helfen«, sagte er, hilflos.

»Das hilft mir nicht, wenn du nicht kommst. Alle sind weg. Die … meine Freunde, Freundinnen, wer noch übrig war, die sind abgehauen. Nach Feldeváye. Sie haben eine neue Parole, das hat mir … einer erzählt, den du als Olivier kennst: Die Letzten Künste sind die ersten.«

Ihr Vater schnaubte.

»Tu das mal nicht ab. Es steckt mehr … drin.«

»Streng dich nicht an«, mahnte er liebevoll. »Wir müssen was entscheiden. Die Roboter sagen mir, dass die Krankheit … die Krankheiten … jetzt das Zentralnervensystem erreichen, die mutierten Syphilisgeschichten werden bald …«

»Ich weiß. Und ich bin aus … grundsätzlichen … Erwägungen … gegen die … Alternativen zum Sterben, die sie anbieten: Künstliches Koma bis zu einem späteren Zeitpunkt, an dem sie mich wieder hinkriegen, oder du mich wieder hinkriegst, das ist Vertröstung, und Töten und Wiederhochfahren, nach den Logs auf den

Tafeln, irgendwann, wenn die Technik so weit sein wird … das ist … das ist diese neueste Variante der Tafelscheiße. Die Logs sind doch eh korrupt. Die letzten habe ich mir abnehmen lassen, als ich schon voller Netzwerke war. Ich weiß, du und Mama, ihr macht jede Woche eine Gesamtaufnahme.«
Er schüttelte den Kopf: »Längst nicht mehr. Das war vor Jahren.«
»Vom Glauben abgefallen, wie?« Ihr Schädel, schon nicht mehr diesseitig, sah ungeheuer schön aus. Tarik hätte weinen mögen.
»Also«, sagte sie leise.
»Kann ich … sonst …«, er schämte sich für den Satz, sprach ihn nicht zu Ende.
Sie lächelte, wie wenn man etwas überraschend wiederfindet, an das man gar nicht mehr gedacht hat, und sagte: »Komm doch einfach ab und zu vorbei, solange ich noch … solang ich mich noch erkenne.«
Tarik versprach, ihr den Gefallen zu tun.

Er hielt das Versprechen, so gut er konnte.
Zuhause lag er zwischen den Besuchen nur mehr auf der Matratze und klapperte verlassene Gemeinden, öde Wüsteneien, ausgetrocknete Brunnen und hohle Zähne in den Noos von Zemelo, Thyone, Jocelyn, der Arrheniuslinse, Feldeváye, Uchuden, La Sentinelle, Hoval, Whileaway, Antares, Eolomea, ja: der halben heimatlichen Galaxis ab. Er suchte Rat und Hilfe bei Storariern, Rengi, Laschew und Galvices, rief sogar nach Lapithen und Menneskern und seinen alten Arbeitskolleginnen und -kollegen.
Sie wussten keine Hilfe und ließen sich selten mehr als dreimal rufen, dann wimmelten ihre Filter ihn höflich, aber bestimmt ab.
Carla besuchte er nicht ein-, zwei- oder dreimal, sondern jede Woche fast täglich, sechs Wochen lang, bis es zu Ende war.
Jedes Mal sah sie elender aus und war weniger die, die er als seine Tochter gekannt hatte.
Bald fiel ihm auf, dass sie immer enger umstellt war von immer mehr Robotern, nicht mehr nur kugelrunden und kindgerechten, sondern zusehends schmalen, kalten, unverkleidet stählernen,

sehr neuen, mit immer mehr, immer schwärzeren oder dunkler roten Tentakeln.

Am Ende sah es auf ihrem Zimmer aus wie in einem Rüstungsprodul.

Die Maschinen sandten ihm, wenn er das zuließ, im Minutentakt eine nicht zu bewältigende Fülle von Coiflet-Informationen: Elektrolytverlust und Hypovolämie, Schock ohne Ursachen, die man erkennen konnte – Orthostase, punktförmige Gehirnmikroblutungen …

Die einzige Hoffnung, die er empfing, kam verstörenderweise von Carla selbst. Beim vierten Besuch, als er sie umgeben fand von den Blumen, die er ihr jetzt schicken ließ, um sie mit irgendetwas anderem zu umstellen als den auf sie eindringenden Apparaten, zwischen Sumpfschwertlilien, Rosen, Chrysanthemen, allesamt genetisch schadfrei gezüchtet, flüsterte sie: »Hör mal, wirklich, tu das nicht so ab.«

Seine Sichtordner im inneren Auge verrieten ihm eine Zehntelsekunde später, als er es selbst bemerkt hatte: Sie knüpfte an ein Gespräch an, das sie beide vor einiger Zeit geführt hatten.

Es war um die Vorstellungen der Aistheten gegangen, und Carla hatte mit genau denselben Worten wie jetzt darum gebeten, er solle sie ernster nehmen.

So gut ist ihr Gedächtnis?

Carla leckte sich mit fast ganz weißer Zungenspitze die kaum noch vorhandenen Lippen und sagte, ein bisschen kräftiger jetzt, wenn auch mit Pausen, verschluckten Silben, mehreren Anläufen: »Weil … das hat sich … das zeigt sich nicht da nur, wo die … die Kunst hinkommt, auf Felde … in den Urbeen. Nee, hör mal, es zeigt sich, wo sie verschwindet: Sigma Dings, Epsilon Aurigae, und wo der, wenn der … Schwan der … und aber vor allem in der Zeit. Es war immer so. Die Agentin, bei Munoz-Perou … sie hat recht. Galilei hat sich von Künstlern, nicht nie von Forschern … kaum … hinter der Tür, und guckst du durch das Loch, dreht sich die Erde um die Sonne, die ein Mond ist, über der nackten Frau im Gras, die aber … ein … Sternbild ist. Du bist der andere Vater bloß, ich die andere Tochter. Der Trommler sucht die falschen Ausgänge und ist auch nicht … der schweigende Kundschafter. Du wüsstest gern, was ich … Kommt … nie. Kommst. Kommst nicht mehr in den Kopf nicht … nie mehr rein. Vierzig Stück, daher der falsche Name … Lapithen. Aber die Sprache ist die richtige, das sagt der Bart: Kunst ist … eine Bedeutung, die rückwärts aufgeprägt … wird, von Formen, die noch gar nicht erreicht sind, aber … innen, implizit … als … als Verzögerung … in Einbaum … letzte …versteckte …«, die Lider flatterten. Maschinen, deren Rufe er nicht hörte, deren Blinken er nicht achtete, drängten ihn weg.

Er musste gehen.

Sie operierten Carla.

Sie saugten Blut und Eiter weg.

Sie isolierten Nervenstränge, fingen Kurzschlüsse auf, schickten mehr Blut, künstliches.

Sie halfen und halfen doch nicht.

Beim nächsten Besuch delirierte sie noch schlimmer, öffnete die Augen gar nicht mehr, spürte aber seine Präsenz irgendwie, obwohl er sich nicht mehr nah herantraute.

Er hätte direkt bei ihr sitzen oder stehen können, es war nur noch ein Roboter da, ein metallischroter, mit Hufeisenkopf, und seine vierzig Fadenarme steckten irgendwo in ihr, Tarik wollte nicht hinsehen. Die Tochter sagte: »Mit Beinen den umklammert, der kein … Hund ist. Das wäre die bessere Chefin … gewesen. Die wirklich macht, was Chefinnen … machen. Sie klaut der Untergebenen Zeit, in der sie, als Chefin, sich wälzt, mit … böser Fresse. Sie ist so hässlich, weil sie zu lange im … Urbeum war, weil sie glaubt, Stadt ist … Erdkreis ist … Weltall … Weil sie sich etwas einbildet auf die vielen Eingeweihten, die sie kennt. Aber selber ist … sie ausgeweiht und weiß es. Seit Jahren hat sie keine Idee mehr gehabt … die Tochter ließ sie kommen, um deren Ideen klauen zu können und aufzufressen, aber jetzt, wo die Tochter … da ist, kann sie die Ideen nicht essen, nicht beißen, weil sie kein Gebiss mehr hat dafür, nur schwarze Stummel, wo die Zähne wären. So … hässlich! So viel Make-up!«

Ein dünner Schluck von Grauenhaftem quoll aus ihrem Mund, wurde sofort vom Roboter abgesaugt. Tarik drehte sich der Magen um.

Das Gespenst redete weiter: »Und immer wollen sie böse sein, die Chefinnen, und immer wollen sie hart … und autoritär sein … weil sie so große Angst haben davor, dass sie anders als mit Gewalt, mit der Erpressung von langen … Besprechungen und sinnlosen Monologen, wie sie das von ihren Chefs … ach, oft …. oft genug Männer, ja … gelernt haben, niemanden mehr dazu kriegen, ihnen …. zuzuhören, und weil sie außerdem Angst haben, wenn ihnen niemand zuhört, gibt es sie … nicht mehr. Wozu die … Angst? Es gibt sie sowieso nicht. Der schlimme Mund! Ein Loch, wie mit dem Teppichmesser ausgeschnitten. Fünf schwarze Sch … ein Loch im gelogenen Gesicht. Aber geschminkt, na gut. Zum … Heulen. Wer andern keinen Platz gibt, den kann's nicht geben. So ist das, und sie sollen … den Weg … freigeben, die Sicht freigeben auf die Kunst, nicht davor … sitzen in ihrer Galle. Aber das.. hör mal … das Mädchen, das …die …die Tochter, die glaubt, dass sie ihre beste Zeit verschwendet unter dieser Chefin, die … lernt in Wirklichkeit was … Gutes. Die Tochter lernt warten, das wird sie noch brauchen. Die Tochter lernt schwimmen. Die Tochter lernt immer …. Kunst, eine Bedeutung, die erst rückwärts … Ich weiß das Wort nicht. Scheiße, ich weiß das Wort nicht. Ich bin sie leider nicht, die mittlere, die … die uns direkt anschaut, die … Sinneseindrücke. Ich bin sie nicht, die mittlere nackte … Frau. Sagst du ihr … sagst du … wir … wir sehen uns im … Dschungel, ja? Bitte? Im Dschungel … wenn sie ihr Kind … bevor sie ihr Kind … bekommt …«

Beim letzten Besuch sprach Carla nicht mehr.

Es wäre schön gewesen für Tarik, sie hätte ganz geschwiegen.

Aber sie röchelte und pfiff, und Tarik zwang sich, gegen Vernunft und Herz, dabeizustehen. Er wollte ihre Worte hören, falls da noch welche wären, statt dass er sie geküsst hätte und gestreichelt, um sich noch etwas davon mitzunehmen, dass sie ein Körper war, der sich in seiner Gegenwart befinden konnte, durfte, vielleicht wollte.

Als sie starb, schlief er fünf Kilometer weiter weg auf seiner stinkenden Matratze.
Zemelo hatte keine Erde außerhalb der Rechnergärten.
Also wurde Carla in einem dieser Gärten beigesetzt.
Tarik hielt Abstand zu allen, die kamen.
Es waren die Mitleidigen, vor denen schon Beatriz und Ryad geflohen waren, zuerst in Synesgräben, dann zu einem fernen Stern.
Er ging zu Fuß zurück zur Siedlung mit dem schmalen Haus mit der dunklen Wohnung.
Aber bevor er sie erreichen konnte, stellte sich ihm auf einer ausgetrockneten Rasenfläche zwischen zwei Wohnkomplexen, auf gelbem Gras, eine Frau mit Sonnenbrille in den Weg, die sagte: »Tarik Jaivedh.«
»Ja. Soll ich sein«, sagte er wegwerfend.
»Sie sind meine letzte Hoffnung. Niemand weiß mehr über Kunstide als Sie. Ich hätte Sie längst gerufen, aber ich wusste, dass ich nichts für Sie tun kann und Sie alles für mich. Also ließ ich Sie kämpfen. Es tut mir sehr leid, dass Sie ihre Tochter nicht retten konnten.«
»Was geht's mich an, was Ihnen leid tut? Wer sind Sie? Niemand. Nichts.«
»Seien Sie ruhig grob. Ich weiß, Sie sind erwachsen und haben Mut und Anstand und Haltung, auch wenn Ihr weißer Anzug der dreckigste ist, den ich je gesehen habe. Eine Rasur täte Ihnen gut. Ich glaube, Sie müssten sich auch die Zähne putzen.«
Er sah sie verblüfft an, hatte sie bis jetzt gar nicht wahrgenommen, für eine Art Nachbild gehalten, Echo der Fremden am Grab seiner Tochter.
Sie lächelte.
Es war kein schönes Lächeln, aber auch nicht herausfordernd wie das von Beatriz oder Carla. Etwas Neues.

Nicht gut, aber neu: Er wusste, dass er danach greifen würde, alles Neue war jetzt richtig, wichtig, nötig.

Er fragte. »Wie heißen Sie, und was wollen Sie?«

»Ich heiße«, sagte die Frau, »Cosima Riedler, und ich will Sie nach Feldeváye bringen.«

Winzige Lichtreflexe blitzten ihn von ihren feuervogelrot lackierten Lippen an. Dahinter sah er makellose Zähne. Der schlimme Mund, dachte Tarik. Wie mit dem Teppichmesser ausgeschnitten.

Viel erklärte sie ihm nicht.

Er folgte ihr, weil er das musste.

*

In using people as a medium, participatory art
has always had a double ontological status: it
is both an event in the world, and at one
remove from it.

Claire Bishop

2: Aus Tiefen

Das Meer war Kathrins Lieblingswetter.
Sie konnte darin atmen, und wenn Künste drin leuchteten, war das schöner als die Sonne.
Wenn Kathrin morgens vom Geländer glitt, vorn am langen Boot, auf dem das kleine Haus stand, das sie sich für die Dauer der sechswöchigen Suche nach Tiefenlichtern hatten bauen lassen, war der Moment, da sie ins Wasser tauchte, ein zweites Aufwachen.
Stets schwamm sie eine Weile von Nord nach Süd, mit langen, kräftigen und genüsslichen Zügen, genau auf der Grenze: Hier wollte ein Teil der Wellen im und auf dem Wasser sie an Land schieben, ein anderer sie aufs Meer hinausziehen.
Kathrins gestreckte Bewegungen, ihr langes Zusichkommen im Blauen waren stärker als der Ozean, ausdauernder als Ebbe und Flut, ganz sie selbst, aus Muskeln und Herzschlag und Freude am Lebendigsein.

Freiheit: Das Haus mit Nastja, das Boot, war eine Verabredung, kein Zwang, keine Notwendigkeit.
Man hätte auch ständig im Meer leben können, Algen und Schwebeteilchen oder unvorsichtige fliegende Fischlein essen, Wasser atmen, mit den synthetischen Kiemen.
Im kleinen Haus konnte man kochen und unordentlich sein, sich eigene Ecken mit Kerzen und Pflanzen einrichten, einander lieben, lange ausschlafen auf Polstern, fluffigen Kissen, gemeinsam Syneslandschaften umgraben, Quatsch anstellen, also lebte man dort.
Freiheit: Alles, was Kathrin brauchte, um ein Meerwesen zu sein, trug sie im und am Körper. Der Film auf ihren Augen erübrigte die Brille, die Schlitze hinter den Ohren holten den Sauerstoff aus der See, die Finger und Zehen waren mit Schwimmhäuten verbun-

den, die sich nach einer halben Stunde an der Oberflächenluft verflüchtigten, während sich die Kiemen schlossen.

Vor zweihundertfünfzig Jahren hatten die ersten Tiefenlichtsucher hier im Süden von Ammeda, der schroffen Ammar-Nordhalbinsel, die an einer dünnen Landzunge nördlich auf dem Kontinent saß wie ein Teller, der auf einer Stange balanciert wird, noch Geräte gebraucht, Taucheranzüge auch, Flossen aus Gummi.
Im Ort mit dem nächstgelegenen Verkürzerport, der zurzeit nicht verlässlich war, sondern immer wieder ausfiel, hatten Nastja und Kathrin ein paar Relikte dieser Tauchzeit in Schaugläsern an der gelb-braunen Stadtmauer gesehen. Wer hier wohnte, interessierte sich dafür kaum.
Genügsame Gestalten, diese Einheimischen, wahrscheinlich ganz froh darüber, dass sie nicht mehr mit großen keilförmigen Robot-Halbtauchbooten fischen mussten wie ihre Großeltern, oder Getreide anbauen, Buphlonks und Saserber züchten, Tourismus aushalten.
Obwohl allmählich merkliche ökologische Belastungen von denen ausgingen, die hier nach den Tiefenlichtern tauchten, waren sie doch immer noch nicht halb so schädlich wie die alte Küstengewässer-Eutrophierung, den Stickstoffschweinereien der vormaligen Landwirtschaft geschuldet und den Folgen des ehemaligen Verkehrswesens sowie der menschlichen Abfälle, als es hier Bauernhöfe, Hotels und die grässlichste Überfischung gegeben hatte, aber auch die erste Unterwasservermessung samt Tiefenlichtentdeckungen durch Pioniere mit schwerem Gerät.

Wie das wohl gewesen war, sich mit Ballast in den Grotten, zwischen den dunkelblauen Wänden mit ihren steil abfallenden Unterseeschroffheiten, in den schmalen Riffkorridoren zu bewegen, in den schwarzen Tunnels und Öffnungen?

Wenn Kathrin morgens von ihrem gliederlösenden, herzweitenden ersten Schwimmweg zurückkam, fand sie Nastja meist auch schon im Wasser.

Von weitem sah Kathrin ihre schönen Arme und Beine, äußerlich kaum muskulös, aber, das wusste sie, stark für zehn, und das lange Haar, ein sacht strömungsbewegter Seidenschleier, wenn Nastja am größten der Tiefenlichter arbeitete, die sie beide hier gefunden hatten: dem Vogelkopf aus Bronze auf einem Achsnagel aus Eisen, Kultobjekt eines uralten Volkes, das in der Wiege gelebt hatte und dort gestorben war, lange vor der Hidschra.

Nastja tanzte schwebend, duckte sich drunter weg, griff hier und da ins Leuchten, um mit dem Schaber, mit kleinen Sonden oder mit Aufzeichnungsgeräten dem stilisierten Tierhaupt ein paar seiner Geheimnisse zu entlocken.
Wie sie dem Licht näher kam und sich wieder davon entfernte, dachte Kathrin oft: Sie ist ein Wimpelfisch, mit unsichtbaren Flossen aus Begeisterung und Bläschen aus Neugier, die aus ihren Atemwegen ins Wasser perlen.
Nastjas Vorsicht und Geschicklichkeit beim Arbeiten erinnerte Kathrin daran, wie die Tiere, die hier lebten, sich vor den Nesseln der purpurnen Feuerkoralle in Acht nahmen, wenn sie so dicht an ihr vorbeischwammen, dass man meinte, sie müssten sie jetzt berühren.
Nastja hatte mehr Lust zur Arbeit als Kathrin, die in der Noos nach einer Assistentin für die Tour gesucht und Nastja auf diese Weise gefunden hatte. Schön, sollte sie fleißig arbeiten, Kathrin schaute gern zu.

Am besten gefiel Kathrin an der Zeit mit der Frau, die so enthusiastisch und jung war, wie sie selbst vor acht Jahren bei ihrer Ankunft in Laischa und dem Eintritt in Cosimas Arbeitsgruppe gewesen war, dass in der Beziehung, die sie gerade zusammen aufbauten, nichts von den Nötigungen, Abhängigkeiten, der Enge und Unbeweglichkeit drückte oder störte, die inzwischen Kathrins Arbeitsverhältnis und den letzten Rest persönlicher Freundschaft zu Cosima Riedler bestimmten.
Dass Kathrin im Meer frei war, hieß eben nicht nur, dass sie selbst

Freiheit genießen, sondern auch, dass sie Nastja alle Freiheit zur Neugier, zum Arbeitseifer, zum Spielen und zur Liebe lassen konnte.
Frei bin ich, weil es mir nicht einfällt, jemand anderen zu maßregeln, zu belagern, zu bedrücken. Frei bin ich, weil ich mir anzügliche Bemerkungen über die Biomodifikationen verkneifen kann, die Nastja sich vor der Reise übers Tauchtaugliche hinaus hat machen lassen: Schön ist er, der lange Hals (außerdem kann man ihn küssen), schön sind auch die schräg stehenden Augen (unter Wasser sieht das einfach richtig aus, als müssten Menschengesichter so sein, wenn Menschen Meereswesen wären).
Cosima dagegen, dachte Kathrin, kann grundsätzlich nicht die Klappe halten, sollte ich mal mit einer neuen Frisur, einem neuen Schal, neuen Schuhen, einem neuen Mantel im Omphalos erscheinen. Ich will, bitte, nie Chefin sein – sonst werde ich, was ich nie war: Sklavin.
Sie lachte im Wasser, ohne sich zu verschlucken.

*

Heute fand Kathrin bei der Rückkehr von der ersten Tauchtour Nastja nicht unterm Boot.
Kathrin war eine Weile mit einem Rochen geschwommen, hatte ihre Arme links und rechts dabei so weit ausgestreckt, dass sie fast die Spannweite seiner Brustflossen erreichte, und dem schönen Tier von oben in die seltsamen Augen gesehen, während es den hellblauen Boden nach Nahrung durchwühlt hatte.
Gleiten. Fliegen.
Der Rückweg zum Boot war ein langsames, sehnsuchtsgetriebenes Aufsteigen gewesen.
Der bronzene Vogelkopf schien Kathrin zustimmend anzusehen: Kommst du also wieder, Nixentochter, das freut mich.
Als sie die Handflächen an den Rumpf des Bootes legte, griffen hilfreiche Waldokabel nach ihr, zogen sie aus dem Wasser in die

Höhe. Kathrin fasste mit den Füßen Tritt an der Außenwand, bis das Ziehen aufhörte, weil sie die Bordroboter so instruiert hatte, dass die ihr und Nastja nicht mehr Arbeit ersparten als nötig. Klettern war wichtig.
Möwenschreie splitterten über ihr in Kreisen auseinander. In einiger Entfernung röhrten Motoren.
Kathrin dachte: Wir sind leider allmählich zu viele hier draußen, zu viele Boote, und als sie sich übers Geländer schwang, verriet ihr ein Blick aufs Meer, dass tatsächlich einiges mehr als sonst auf den Wellen schaukelte: Segel, zerbrechlich wirkende Plattformen. Man umwimmelte die Fundstellen, es war hier nicht wie früher im Streifen, im Packeis unter der Menneskerstufe, als nur selten zwei Jägerinnen aufeinandertrafen.
Ja, schade: Wir konkurrieren inzwischen um die Letzten Künste wie Bakterien im Meer um Phosphor. Ich muss mal wieder die Demographie überprüfen – werden die Planraten eigentlich noch eingehalten, seit die Spinner von den Monden gekommen sind, oder explodiert die Bevölkerung in den südlichen Urbeen tatsächlich, wie die Mäkler unter den Admins meinen?

»Na du«, grüßte Nastja, die im Schneidersitz auf dem Vorderdach des Häuschens saß und ein paar virtuelle Tasterplatten vor sich geöffnet hatte.
Ach, sie arbeitet schon wieder, süß, dachte Kathrin, und freute sich über den Teint der Liebsten: So sieht man aus, wenn man auf Deck bleibt, Spürer und Taster abliest und korreliert, statt dauernd zwischen den Korallen rumzukrauchen.
Kathrin nahm an, die Sonne würde sie auch im umgekehrten Fall nicht so schnell bräunen wie Nastja, weil die, deren Haut ohnehin sehr dunkel war, in einem der meernahen Urbeen aufgewachsen war, wo man sich in den warmen Jahreszeiten außerhalb von Produln, Adminbezirken und dem Omphalos gar nichts draus machte, den ganzen Tag auf Straßen oder in Parks, erst recht aber in den eigenen Wohnbereichen nackt herumzulaufen, während Kathrin ihre Kindheit unterm Arrheniuslicht, in Hosen, Jacken,

Ölzeug und Fellen verbracht hatte. Ihre Haut und die Sonne kannten einander einfach nicht gut genug, es dauerte länger, bis sie einander verstanden. Dann wieder dachte sie: komischer Aberglaube, der die Sonne für eine Person hält, die verklemmte Menschen nicht küssen mag.

»Ich dachte, du schmeißt uns was auf den heißen Rost. Grillst ein Frühstück«, rief Kathrin an der Vorderfenster-Kreuzfront des Häuschens.

»Nee, wozu? Wir bleiben heute nicht bis abends hier. Ich muss ein paar von den Zeichnungen aus dem Licht von vorgestern aufs Festland bringen. Dein Klemens hat deshalb angerufen, der wartet mit gedecktem Tisch auf uns – dann gibt's Frühstück und Mittagessen auf einmal.«

Kathrin hatte das Dach erreicht.

Nastja streckte ihr den rechten Arm entgegen, zog sie hoch, wie vorhin die Waldos, nur viel schöner.

Ein Küsschen, zerstreut.

»Mädchen, es sind zu viele da draußen«, sagte Kathrin, als sie sich hinter die Jüngere gesetzt hatte und damit begann, ihr den Nacken zu massieren. Nastja hob kurz den Kopf von ihren Schaubildern und ließ den Blick schweifen: »Stimmt. Viele. Mehr als vierzig jedenfalls«, ein typischer Scherz für sie, den Kopf immer in den Mythen um Lapithen und Mennesker.

Kathrin knabberte an Nastjas rechtem Ohr und sagte leise: »Ist aber kein Trojanischer Krieg, in den die hier aufbrechen.«

»Nö. Heutzutage kommt erst das Schätzebergen, dann das Abschlachten. Wenn die Gerüchte stimmen.« Der ominöse Tonfall war halb ernst gemeint, was Kathrin etwas an die Laune ging. Sie hatte natürlich auch davon gehört, dass die Prodisten mehr Militär nach Feldeváye schicken wollten, weil sie der Meinung waren, in den Spinnern von Zemelo und Thyone unbedingt die Keimzelle für eine Separatistenbewegung erkennen zu müssen, wie sie auf der Großbaustelle des Projekts Lärz, um R Aquarii und auf einigen Welten entlang der geplanten, inzwischen inoffiziell aufgegebenen Delta-Orionis-Verkürzer-Schnellroute für großen Ärger sorgten, seit Phegal und Korridam, zwei Dysonsphären im Gouldgürtel, sich tatsächlich als Autonome Habitate konstituiert hatten. Die Admins wiederum verhielten sich dazu sehr mehrdeutig, als wäre mit der Ankündigung eines solchen Zuges eine neue Spielrunde eröffnet worden, zu der man noch nicht allzu deutlich Stellung nehmen durfte.

»Kuck doch hoch. Alles klar, alles leuchtend. Friedlich. Aus diesem Himmel fallen so schnell keine Besatzerschiffe«, sagte Kathrin.
Nastja legte den Kopf in den Nacken, um sich besser küssen lassen zu können. Dann schauten beide ins hohe Blau, an dem kein Wölkchen zu sehen war.
Kathrin wechselte das Thema: »Zeig mal, was forschst du denn?«
Nastja erläuterte ihr neueste Resultate: »Die schwarze Außenzone, kontinentales Benthal, hier, orange, da haben wir eine deutliche Abnahme von Funden – das ist abgegrast, würde ich sagen, bietet höchstens noch manchmal ärmere Lichter, Eisenkäfige mit Soundinstallationen drin, oder älterem Musikzeug. Symphonien, Sonaten, Asiatisches. Vereinzelte Rollen mit Radierungen drin, und, ach so, unsere Linolschnitte letzte Woche. Aber ins Pelagial …«
»Freies Wasser. Hier draußen«, sagte Kathrin, damit Nastja wusste: Sie passte auf.
»Genau. Ich habe mir Statistiken aus den letzten fünf Sommern geholt. Die Lapithen knausern.«
»Genauer … Einzellicht statt Menge, oder?«
Kathrin griff sanft um Nastjas Leibesmitte und zeigte mit dem Finger auf die Abbildung einer sieben Meter hohen Stahlskulptur auf Granitsockel, die vor drei Jahren nicht weit von da, wo ihr Boot jetzt trieb, gefunden worden war.
»Solche … sind Ausreißer. Das Häufigste im letzten und diesem Jahr sind bemalte Holzskulpturen aus dem … Afrikanischen, Filme mit Ballettgeschichten aus der frühen europäischen Moderne, ja und … Fotoprints, Gelatine – meistens so dreißig mal zwanzig Zentimeter, in diesen langen Regalfächern. Deren Häufigkeitsver-

teilung folgt, hab ich entdeckt, genauso wie der gusseiserne und der Collagen-Kram ziemlich genau dem vertikalen Lichtprofil der freien Meereszonen. Hier, siehst du, links linear, rechts halbalgorithmisch ... das hier ist der Attenuationskoeffizient.«
»Und da bist du aus freiem ... da bist du einfach so drauf gekommen?«
Kathrin staunte und war stolz auf Nastja.
»Nicht ganz. Ich lese die Papers. Die Literatur. Die Debatte ... ich verfolge sie.« Damit klappte Nastja ihre Folder zu, stütze sich auf den Boden, stand auf, zusammen mit Kathrin, die aber, bevor sie sich umarmen, anschauen, küssen ließ, ein skeptisches Gesicht zog.
Nach den Begrüßungsfreundlichkeiten schob Nastja die Freundin spielerisch von sich und sagte: »Passt dir nicht, was? Dabei hast du schon sieben Veröffentlichungen, allein dieses Jahr, und ich noch keine. Ganze Coifletwälder rauschen von deinem Wort.«
»Drei eigene nur. Der Rest – für Cosima. Wie alles. Ich glaube nicht an dieses Raushauen. Dieses Reinquatschen in die konzentrierte Diskussion in der gesamten Noos. Wo hast du das denn her, die Lichtprofile?«
»Eine Übertragung von Studien an Flüssen. Die Leute haben es dort mit Vegetationsdichte gemacht, ich habe das einfach transponiert auf die Bedingungen für das, was hier im Ozean biologisch läuft: Photosynthese beim Phytoplankton, Sichtmöglichkeiten für die Viecher ...«
»Sag' ich doch, du bist brillant«, freute sich Kathrin.
Nastja erwiderte, ganz uneitel: »Dann lass uns losfahren, damit ich die Leute auf dem Festland mit meiner Brillanz überzeuge. Und auch eines Tages was veröffentliche.«
»Das könntest du sogar jetzt, mit diesen Korrelationen da. Aber meinen Grundsatz, den merkst du dir trotzdem, ja?«
Nastja nickte, der Ernst war ein bisschen ironisch: »Nur veröffentlichen, wenn man was zu sagen hat, auch wenn's niemand kapiert. Alles andere verstopft die Kanäle.«
Kathrin gab ein beifälliges kleines Schnauben von sich. Die bei-

den wechselten Blicke wie Diebinnen, da sie ja wussten, dass Kathrin vorhatte, noch heute in die Noos zu gehen, mit einer Arbeit, die beweisen würde, dass sie wirklich etwas zu sagen hatte.
»Kommst du mit runter, was anziehen? Die Fischerenkel gucken sonst so ... lästig.«
Kathrin dachte: Was du anziehst, das macht die Provinzler noch viel wuschiger, als wenn du nackt rumlaufen würdest.
Zusammen suchte man hübsche Sachen aus – je eine weiße Bluse, V-förmige Ausschnitte, mit Rüschen besetzt, für Nastja ein kleines Schwarzes drüber, mit hohem, aristokratischem Kragen, für Kathrin einen Tweedanzug mit gerader Hose und Kimono-Ärmeln in vornehmem Taubengrau.

*

Die Breslau hat eine Wange
so naturgemäß gemalt, dass ich als
Weib und als rivalisierende Künstlerin
Lust hätte, diese weibliche Wange
zu küssen ...

Marie Bashkirtseff

*

»Sieht fantastisch aus!«, ergab sich Klemens seufzend, als die beiden Frauen von Bord gegangen waren und sich zu ihm unter ein silbernes Zeltdach an einen niedrigen, clownfischbunten Tisch gesetzt hatten.
Er selbst trug ein weißes T-Shirt, das seine breiter gewordenen Schultern – nicht nur Muskelmasse, dachte Kathrin – betonte, eine meerblaue Jeans, knallgrüne Espadrilles und auf dem Kopf einen leuchtgelben Strohhut, rein zu Schmuckzwecken – Kathrin kannte wenige Leute, die ihren Metabolismus, überhaupt ihre Körperfunktionen penibler kontrollierten als Klemens; Hitzschlag und Sonnenbrand waren bei ihm ausgeschlossen.

Der Gastgeber hatte sich, wie üblich, als Koch die schönste Mühe gegeben. Seine weißen Zähne blitzten im dunklen, fast schwarzen Gesicht; diese Hautveränderung wählte er jetzt jeden Sommer, er hatte damit bei einem kurzen Wüstenaufenthalt in Mukal angefangen.
Seine sechs langen Schnurrhaare – Katzenhaftigkeit war Mode, die Ohren hatte er abrunden und höher stellen lassen – zitterten freudig, als Kathrin und Nastja sich das duftende Bronzebrot, dann Piroggen, Apfelchips, Erbsenpüree und Knusperbällchen aus Käse und Linsen schmecken ließen. Dazu gab es Quellwasser aus den Bergen nördlich von Kathrins Heimat, ergänzend etwas Feuriges aus einer hohen, röhrenförmigen Flasche mit kurzem Hals, ohne Etikett: »Ist noch durchsichtiger als das Wasser, obwohl es diesen goldenen Hauch hat, und diese Spur von Blutrot – komischer optischer Trick!«, staunte Nastja, und Kathrin ließ sich von Klemens die drei Gläser reichen, in die sie so geschickt einschenkte, wie das nur Menschen konnten, die mit dieser Sorte Flüssigkeit aufgewachsen waren.
»Na?«
»Und?«
So fragten Kathrin und Klemens, weil Nastja die erste war, die einen winzigen Schluck probierte.
»Mmmh. Ja. Mensch. Schrecklich. Toll.« – sie schüttelte ihre vollen langen Haare, machte ein »Brrrr«-Geräusch, kniff die Augen zusammen, schüttelte sich noch mal und sagte dann: »Das würde ich sogar trinken, wenn man davon dümmer würde statt klüger.«
»Bevor er drankam, bevor … mein Vater ihn drangelassen hat«, sagte Kathrin mit stolzem, liebevollem Blick auf Klemens, »wurde man davon wirklich manchmal … dümmer. Aber du hast die Frage nicht beantwortet: Wie schmeckt's?«
»Puuuhhh … hömm, in so was bin ich nicht … na, holzig, bisschen auch nach Nuss und … wie Medizin, aber das ist wahrscheinlich … das ist unhöflich, oder, der Vergleich?«
»Gar nicht«, lachte Kathrin, »ist sogar Teil der Fachsprache: medizinaler Geschmack. Wir haben nämlich kein so ein feines Vokabu-

lar wie diese Wein-Idioten, weißt du. Wir sind praktische Leute, wir Schnapsbrennerinnen.«

»Verachte mir die Weinprobierer nicht!«, sagte Klemens, der sein Glas hob und es in die Mittagssonne hielt, als erwarte er, die Flüssigkeit darin könnte unter Freisetzung erstaunlichster Wohlgerüche verbrennen. »Sie haben uns schon auf der Erde Hinweise gegeben, die erst heute, hier, mit den Synesgeschichten und den letzten Künsten ...«

»Oh je, er wird gleich fürchterlich dozieren« stöhnte Kathrin und strich sich etwas Honig auf ein Hörnchen. Klemens tat ihr den Gefallen und dozierte tatsächlich, auch weil Nastja aussah, als wäre sie nicht eben desinteressiert an dem, was er wusste: »Na ja, gut, also ... die Leute hatten gern unberechenbare Sachen im Mund, nicht wahr, also Getränke, nicht nur Wein, auch Whisky, einen Vorläufer von dem, was ihr da trinkt, und sagten, um zu beschreiben, was ihr Gaumen dabei erlebte, erst mal alles Mögliche, bedienten sich für Metaphern überall – butterig, wie brennende Reifen, et cetera. Man führte also ein paar Proben und Gegenproben durch, bei denen sich dann herausstellte, dass die Leute oft gar nicht den Geschmack oder das Bouquet beschrieben, sondern, auf synästhetische Art, die Farbe. Sie verarbeiteten visuelle Hinweise. Also, man schoss eine geruch- und geschmacksfreie Färbesubstanz in Weißwein, damit der aussah wie Rotwein, und was sagten die Probandinnen? Als es wie Weißwein aussah, sagten sie: frisch gemähtes Heu. Was sie also eigentlich sagten, war: gelb. Und wenn es rot war, sagten sie: Es ist fruchtig, es ist Brombeere. Rot. Dasselbe Zeug.«

»Und von da zu den Letzten Künsten sind es dann nur noch ein paar Jahrhunderte Kontakt mit Außerirdischen, KI-Forschung, Neuromodifikation, Anpassung an jenen Vorfahren unfassbare Lebensbedingungen ...« Kathrin war zum Spötteln aufgelegt.

Man clownte herum, bis alle satt und mild betrunken waren.

Mit großer Genugtuung nahm Kathrin zur Kenntnis, wie nett, respektvoll, warmherzig Klemens sich gegenüber Nastja benahm. Das war nicht immer so gewesen, nicht bei allen ihren Freundinnen; am allerwenigsten bei ihrem zeitweiligen Freund Harry, der sich allerdings schnell als monumentale Fehlentscheidung erwiesen hatte.

Am Ende des Gelages machte der gemütliche Mann ihrer Assistentin und Geliebten sogar ein Geschenk: Er holte eine Zeichnung aus einer Pappröhre, auf kaffeebraunem, leicht brüchigem Papier, in Kohlestift: zwei Frauen, leicht als Kathrin und Nastja zu erkennen, auf einem Felsen, mit etwas Gras und Steinen, Rücken an Rücken hockend, beide kurzhaarig.

»Wenn man sie in die Hand nimmt, hört man …Musik. Dieses Klaviergetüpfel, das ich so mag, wie sagt man? Impressionistisch. Frankreich.«

Nastja staunte über den kinderleichten Trick und war entzückt. Klemens wiegelte ab: »Ach, nichts Besonderes. Das Papier liegt räumlich sozusagen in einer Kopie seiner selbst, die aus Triggern besteht – fasst du es an, wird ein CLP aktiviert, ins entsprechende Debussy-Archiv. Kitsch eigentlich. Und Quatsch.«

»Aber die Zeichnung?«, fragte Kathrin in gespielt missbilligendem Ton.

Klemens gab es zu: »Stammt von einem der Spinner, ja.«

Die Aistheten, die bei Kathrin und Klemens, aber auch den meisten anderen Aufgeklärten auf Feldeváye stets solche leicht abwertenden Namen hatten, waren in den letzten vier Jahren zusehends dazu übergegangen, sich in eigener Kunstproduktion zu versuchen.

Sie behaupteten, dass sie damit über kurz oder lang auch der eigentlichen Auswertung etwas voraushaben würden, während deren Grunddogma nach wie vor lautete, dass es nicht darum gehen könnte, mit der Kunst, die ja längst verwirklicht und also überwunden war, wieder neu zu beginnen, sondern nur darum, das »seinerzeit unterlassene und versäumte volle Verständnis nachzuholen«, wie etwa Cosima Riedler nicht müde wurde, ihrer Arbeitsgruppe vorzubeten.

Klemens war da anderer Ansicht.

Kathrin wusste schon lange, dass er sich in Aisthetenkreisen bewegte. Sie kannte seine Wohnquartiere, in denen allerlei Neukunst (oder »Geraffel«, wie er selbst lästerte) herumstand oder an den Wänden hingt. Sie hatte sogar einige seiner Aistheten kennengelernt, in den zwei Urbeen, in denen er lebte.

»Hast du eigentlich viele Schwierigkeiten mit … Ordnungsstiftern?«, fragte Kathrin Klemens, ernster jetzt, und aufrichtig neugierig.

»Wie meinst du das?«

»Na ja, die Admins und die Prodisten … ich hab nur gehört, es gibt Nickligkeiten, weil der Verdacht besteht … es soll zwei, drei Fälle gegeben haben, wo man bei Aistheten echte alte Kunst fand, auch bei … na, ihren Unterstützern. Leuten wie dir …«

»Sammlern. So nennen die Aistheten uns. Ist natürlich ein Begriff aus der Zeit vor der Hidschra, als die Kunst noch nicht überwunden war und daher ein … Markt dafür existierte.«

»Markt«, murmelte Nastja und runzelte die Stirn. »War das nicht diese Katastrophe mit Tauschwert und Gebrauchswert? Handel ähm …«

»Aber darum geht ja jetzt gerade der Streit«, sagte Kathrin. »Was das eigentlich für ein Gebrauchswert gewesen ist, den die Kunst hatte.« Sie zwinkerte Klemens verschwörerisch zu, weil sie wusste, dass er ihr Vorhaben kannte.

Ihre Arbeit.

Den mutigen Plan.

Er sagte: »Die Klügeren in der Auswertung halten diese ganze Vorstellung für völlig daneben – ein richtiger Markt sei das eigentlich nicht gewesen, bei der Kunst. Sie haben wohl in Quellen, die über die Admins erschlossen wurden, auch Hinweise gefunden, dass das sogar … seinerzeit … so gesehen wurde: ein gespielter Markt, und das Spiel hieß gewissermaßen Versteigerung. Es gab Gebote. Der Preis des Kunstwerks, das war dann eben das Höchstgebot. Die Quellen sagen, es sei müßig gewesen, seinen Wert zu messen, und andere Preise, nach denen man sich, wie das auf Märkten sonst ging, etwa hätte umhören können, seien eben Preise für andere Kunstwerke gewesen und also kein Halt. Es gab immer bloß einen Meinungswert. Und bevor dieser Meinungswert nicht erzielt gewesen sei, habe es ihn nicht gegeben. Indem er erzielt wurde, gab's ihn. Wie viel die Arbeit der Künstlerin wert war, wusste sie erst, wenn sie das Geld zählte, das ihr am Ende in der Tasche klingelte. Alle Veräußerungsweisen der … Kunstseele hatten den Sinn, dass sie aus einer großen, wenn machbar, der Gesamtmenge aller möglichen Käufer den engsten Seelenfreund … also so was wie einen Noos-File-Partner … herausfinden sollten, den Zahlungskräftigsten und Zahlungswilligsten, kurz, den Bestzahlenden. Zu dem Zweck hatte dann die Verkaufsform der Versteigerung sich gebildet. Die Ziffer, bei der der Hammer niederging, das war der Preis der Kunst.«

»Und was zahlst du, Sammler?«, fragte Kathrin.

»Pöh«, machte Klemens leichthin, als wäre es nicht der Rede wert.

Die Frau, die mit eigenen Augen gesehen hatte, wie er auf diese Welt gefallen war, merkte sofort, dass etwas Heikles berührt war, worüber er nicht reden wollte – bevor sie aber etwas tun oder sagen konnte, das ihm über die Hürde half, sagte er selbst: »Du kennst das eh. Sie brauchen Technik, die armen Spinner. Sie sind … nicht sonderlich … na ja, bei der ganzen Sensitivität und Träumerei lassen sie die materiellen Grundlagen manchmal außer Acht, und dann brauchen sie Booster.«

»Booster.« Kathrin zog amüsiert die rechte Braue hoch.

»Ja. Sachen, die sie mal schlafen lassen, wenn sie monatelang gewerkelt haben, oder die sie auf Zack bringen, wenn sie sich hängen lassen. Pharmakologisches.«

»Hmpf«, machte Kathrin und erinnerte sich an Gerüchte, die sie gehört hatte: dass Kunst zur Herstellung wie zur Würdigung nach Ansicht der Aistheten besondere Bewusstseinszustände erheischte, dass dabei die Feinjustierung der Neurotransmitter-Peptid-Zusammenarbeit im Hirn eine wichtige Rolle spielte, der Dopaminhaushalt und andere, sowohl elektrochemische wie makrostoffwechselbezogene Umstände rund ums Zentralnervensystem und an der Blut-Hirn-Schranke. Erzählt hatte ihr all das der eitle

Tarik Jaivedh, Cosimas Lieblingshaustier. Erörtern wollte Kathrin die Angelegenheit jetzt weder mit Klemens, der offenbar auf dünnem Eis spazierte, noch mit Nastja, deren Unbeschwertheit von dergleichen nicht beschädigt werden sollte.

»Ich find das jedenfalls eine tolle Erinnerung an unsern Sommer, Kathrin«, sagte Nastja.

Die Offenheit und Herzlichkeit in ihrem Gesicht rührte Kathrin so sehr, dass sie sofort davonlaufen und schwimmen gehen wollte, weil sie, wie sie sich selbstkritisch eingestand, nicht gut darin war, solche Liebesbeweise entgegenzunehmen, schon gar nicht in der Drei-Personen-Öffentlichkeit hier unterm Zelt.

»Wir sollten dann mal, oder?«, sagte die Frau aus dem Norden, als sie sich bezwungen hatte, und man baute gemeinsam das Zelt ab, ließ es von den Robotern des Bootes einladen, koppelte zwei aus dem Verband und belud sie, damit sie alle von Kathrin und Nastja in den letzten vier Tagen gehobenen Schätze zum Transportpunkt der nächstgelegenen Auswertungsdependance bringen konnten.

»Sie ist toll«, sagte Klemens, als Nastja losgefahren war.

»Auf jeden Fall besser als deine scheußliche feste Freundin zuhause.«

»Ey! Katerpfoten aus meinem Leben! Außerdem sind Kelsey und ich nicht mehr zusammen. Nicht mehr richtig jedenfalls.« Nicht so wie du und Severin, hätte sie fast gesagt, um ihn zu triezen. Der Alkohol wirkte, erkannte sie daran, tückisch nach, aber da sie nicht sicher war, ob diese Sorte Rüffel Klemens verletzen würde, behielt sie den Spruch für sich.

Die beiden stießen sachte an und leerten ihre Gläser mit einem Schluck: alte Überlebende aus dem Thomasstreifen.

»Wann stellst du es frei?« Er versuchte, lässig zu klingen, aber Vorfreude und Anteilnahme waren herauszuhören. Es gab wenige Geheimnisse, wenn man einander schon so lange so sehr mochte wie diese beiden.

Kathrin schaute leicht unschlüssig drein, dann sagte sie, als wäre sie urplötzlich völlig nüchtern geworden: »Heute Nacht.«
Er kannte die Arbeit. Sie hatte den Text in ein Gruppenfach in der Nordnooshemisphäre gelegt, wo niemand Einsicht hatte als Zainab die Padurführerin, Klemens und ihr Vater Lasse.
An den musste sie jetzt denken: »Meinst du, er liest es? In deiner doofen Insel da?«
»Wenn du es ganz frei ausflaggst … Dann schon. Ich dachte, du wolltest erst eine Kennung nur für die Auswertung …«
»Ich glaube …«, sagte sie, es lag wieder ein wenig Seufzen drin, »es ist dafür nicht speziell genug.«
»So kann man es auch sagen«, er zwinkerte ihr zu, aufmunternd, mehr als brüderlich.
»Wie würdest du's denn sagen?«, fragte sie.
Er wurde ganz ernst: »Ich glaube, es ist das Wichtigste, was jemand aus der Auswertung an die allgemeine Öffentlichkeit gerichtet hat, seit Maria Telihim aus Barbizek vor siebzig Jahren ihre …«
»Pfff!«, machte Kathrin, aber man sah ihr an, dass sie geschmeichelt war, und mehr noch, dass sie genau wusste, wie viel Wahres in dem großen Lob steckte.
»Komm, wir schauen noch mal rein«, sagte Klemens.
Er schloss die Augen und hatte die CLP-Partition sofort etabliert, so dass Kathrin wenig anderes übrigblieb, als selbst noch einmal per Synesimmersion tief in die Argumente und Belege zu tauchen, die sie versammelt hatte.
Der durchaus unbescheidene Titel ihrer polymedialen Abhandlung lautete: »Was für eine Zivilisation machen die Künste aus Feldeváye?«
Die Auswertung, wichtigste informelle Dachorganisation aller Bemühungen um die Lapithengeschenke auf dem Planeten, stellte solche Fragen schon lange nicht mehr – man benahm sich nur noch in Sonntagsreden in den Omphaloi so, als wäre einem derlei wichtig.
Hauptsache Ordnung.

Staat.
Verwaltung.
Sicher, da war alles wohlorganisiert.
Die Militärs der Prodisten, die Polizei der Admins waren auf Feldeváye, anders als überall sonst im All, so etwas wie Arme und Beine der Auswertung geworden.
Aber was, wollte Kathrins Arbeit wissen, war der Kopf zu diesen Armen, diesen Beinen, und wie dachte er? Wie sollte er denken?
Ausgangspunkt ihrer Überlegungen war ein modischer Gedanke für jene Sonntagsreden gewesen, der derzeit aus der Auswertung bis in hohe Adminkreise sickerte (für die Belange der Admins hatten umgekehrt ja auch die Auswerterinnen und Auswerter immer ein offenes Ohr, schließlich waren die ersten von ihnen vor vier- bis fünfhundert Jahren nichts anderes als freigestellte Admins gewesen, wenngleich man danach auch aus Prodisten- wie aus Zivilkreisen mehr Personal kooptiert hatte).
Der Gedanke, den die Admins im Moment so liebten, war von einem Storarier namens Terzutac-Mohenim in die Auswertungsforen gesetzt worden, der sich für die letzten Künste offenbar in Parallele zu eigenen Forschungen in menschlicher Archäomathematik interessierte. In den Worten des Storariers lautete die Idee: »Seit die Menschheit, unsere wertvollste Schwester, galaktische und transgalaktische Zivilisation wurde, hat sie vieles vergessen, wie wir anderen auch. Manches davon aber fügt sich an etwas, das wir wissen, wie umgekehrt bei den Menschen mancherlei Wissen in Gebrauch ist, das Laschew, Rengi oder die Storema nie gewusst oder vergessen haben. So helfen wir einander, uns zu erinnern – und niemand hilft uns allen mehr als die Lapithen, das aber heißt: die Mennesker. Was sie auf Feldeváye tun, haben wir lange nicht in diesem Kontext gesehen. Es schien uns eher eine Art Liebhaberei, etwas Verschrobenes, auch wenn die Einrichtung von Arrhenius und die Erschaffung der Linse dort als Hinweise hätten aufgefasst werden können: Wo Lapithen so anspruchsvolle Technik einsetzen, so viele Verkürzerports einrichten, da geht etwas Wichtiges vor. Welche Sorte Wissen wollen sie also der Menschheit und

ihren Geschwistern ins Gedächtnis rufen, indem sie überall in der Galaxis die Reste der Künste zusammensuchen und nach Feldeváye schicken? Eine soziale wohl, so vermute ich. Denn anders als die Mathematik ist Kunst allzeit kommunikationsabhängig gewesen, empirisch stets eine Sache von Sender und Empfänger. Materielle Dispositive, Träger- und Speichermedien und deren historische Veränderlichkeit spielten, anders als bei der Mathematik, das heißt dem, wie die Menschen sagen, platonischen Bereich, entscheidende Rollen. Entgegengesetzt den zeitlosen Schönheiten von Sätzen und Beweisen – damit aber auch komplementär, ergänzend zu ihnen. Die Menschheit hat die Künste überwunden. Damit aber muss etwas verloren gegangen sein, das die Mennesker und Lapithen nicht im Dunkel lassen wollen. Was, fragen wir und muss die Auswertung fragen, mag das sein? Ich behaupte: eine menschliche zivilisatorische Besonderheit. Und ich frage daher: Welche?«

Kathrins Arbeit war die Antwort.

Ihre Urheberin wusste, dass sie nicht allen gefallen würde.

Denn das Gerede, das sich an der Frage derzeit freute, wollte nichts als Rhetorik sein, eine ernsthafte Antwort erwartete so gut wie niemand.

Kathrins Gedankengang beschrieb eine lockere, aber in sich stimmige Figur aus Erfahrung, Material, Sozialem, Geschichte. Sie maß, kurz gesagt, die Frage des Storariers an einer anderen: Wie gegenwärtig ist uns hier, auf Feldeváye, denn nun die Kunst? Haben wir das Abgeschaffte an ihr, das Vergangene, Vergängliche, wieder in unsere Zeit geholt?

Was für eine Zeit ist diese Zeit dann?

Kathrins aus dem Abgleich der beiden Fragen mit dem Gegebenen gewonnenen Ansichten und Einsichten waren über weite Teile des Datensatzes streng auf Textform abgezogen: »Was ist Kunst? Schauen wir uns an, was in den Flammen des Nordens, den Tiefenlichtern der Meere, den Nachtpäckchen der Flüsse, den Glanzaltären der Wüsten und Steppen gefunden wurde, dann können wir sagen: Potentiell ist alles Kunst. Wer hat Kunst gemacht? Man sieht an den Herkunftsspuren, die wir sichern konnten: potentiell alle Sorten von Menschen, die vor der Hidschra in der Wiege lebten. Wo finden wir Kunst auf Feldeváye an ihrem Ort? Dank der Auswertung, der Noos und den Omphaloi der Urbeen: potentiell überall. Lässt sich, dies alles vorausgesetzt, Kunst, die lang schon verwirklichte, als Lebensform, Gedankenquelle und Reizreservoir anders erfahren als in der Zeit, bevor sie verwirklicht war? Einer neueren Richtung innerhalb der Auswertung zufolge, die von Terzutac-Mohenim angeregt wurde und vielleicht auch eine Reaktion auf Anliegen und Praxis der Aistheten ist, geht es ›der Kunst‹ vor allem auf eine andere Art als sonstiger Erkenntnis um ›Inhalte‹. Diese Inhalte sind, lautet das stille Einverständnis aller damit Befassten, sozialer Art, was immer das sei. Noch nie hat die Auswertung so emsig nach diesen Inhalten gesucht wie jetzt. Die ausgestellten, untersuchten, in der Noos diskutierten Werke sind unzählbar; Wiederholungen motivischer, formaler, auch (im erwähnten Wortsinn) inhaltlicher Art sehr üblich. Die Gegenwartsausrichtung unserer Arbeit gebiert allenthalben neue Formen der inzwischen rund dreihundert Jahre alten, noch von Saskia Kieboch angeregten Diskussion ums Kanonische: Was gehört dazu, was ist eher Trennwand? Das Gegenwärtige, das laut Terzutac-Mohenim mit den Lapithengeschenken insgesamt eigentlich gemeint ist, kommt dabei jedoch abhanden.«

Beispiele, die Kathrin videographisch in den Text stellte, belegten den Punkt eindrucksvoll: riesenhafte Gemälde, Spektakelaufführungen in den Omphaloi, vor allem Opern und Dramen, flutende Porträtschwemmen, moussierende Pastellorgien, Witze, Pathos, »Sekundenspiele, die wie müde Scherze klingen« (Kathrin).

Ein Videokabinett in Laischa, dessen Einrichtung Cosima Riedler organisiert hatte, beschrieb Kathrin mit den Worten: »Im Innern einer Katakombe sehen wir auf großen Leinwänden bekannte Medienbilder in Schwarzweiß flimmern, die jedoch eine malende Hand unaufhörlich zu erfassen sucht. Auf darüberliegenden Glasplatten müht sich der Künstler, einer der ersten von der Auswertung kooptierten Aistheten, die Bewegungen nachzumalen. Das

Ergebnis sind abstrakte Gemälde in impressionistischen Farben auf Glasplatten. Dieser hilflose Versuch, zur Nooswirklichkeit, die ja historisch eine nachkünstlerische ist, irgendwie aufzuschließen, entspricht ganz dem Versuch der Auswerterinnen und Auswerter, unbedingt Anschluss an die Entwicklung seit Ankunft der Aistheten von den Monden her zu suchen, anstatt sich auf eigene Stärken zu besinnen, die gerade erst gefunden wurden. Bevor man sich von den neuen Spannungen zwischen Prodisten und Admins, zwischen Aistheten von den Monden und Alteingesessenen auf Feldeváye, zwischen Zivilistinnen in Städten und Lacs im Dschungel oder auf den Atollen, zwischen verschiedenen Generationen innerhalb der Auswertung und dem Abstand zwischen diesen und nicht an ihrem Werk beteiligten Menschen auf diesem Planeten beeindrucken lässt, empfiehlt es sich, zu entscheiden und zu artikulieren, was man eigentlich will. Sonst wird man über die eigene Mühe stolpern. Anstatt dies aber zu tun, klagt man hinter vorgehaltener Hand und in nichtöffentlichen Noos-Foren darüber, dass sich alle möglichen Auswertungsfremden ins Geschehen einmischen, und fühlt sich zur Eile gedrängt, zur Hudelei. Aber das ist eine Ausrede. Die Letzten Künste und das, was uns an ihnen fasziniert, als Menschen, die keine Künste mehr kannten, haben es auf Feldeváye immer vermocht, sich gegen ephemere politische, soziale und technische Augenblicksprobleme zu behaupten. Ich weiß für die Wahrheit dieses Planeten kein anderes Wort als das uralte ›Dialektik‹ – Wie Form und Inhalt, wie Admins und Prodisten stehen die beiden zeitlichen Leitgrößen unserer Arbeit zueinander: Was war Kunst mal, und was ist sie jetzt? Es handelt sich, das meine ich mit ›Dialektik‹, um zwei Größen in einer wechselseitigen Abhängigkeit, die durch die Arbeit, die wir uns als Auswertung angewöhnt haben, aber überall künstlich zerschnitten wird. Diese Schnitte segregieren das Kunstfeld, wie die Krisen, unter denen die Projekte der Admins und Prodisten leiden, die wirklichen Gemeinschaften der menschlichen und nichtmenschlichen Intelligenzen auseinandertreiben. Die Letzten Künste zittern, weil der gesellschaftliche

Boden bebt. Davon Noos- und andere Entscheidungen zu abstrahieren, die uns als Auswertung helfen sollen, die alten Sachen, wenn sie einmal von den Lapithen hergeschickt sind, nicht nur zu verstehen, sondern auch so aufzustellen, zu hängen, zu situieren, aufzuführen, dass dieses Verständnis sich unter Leuten verarbeiten kann, die nicht der Auswertung angehören, ist das Schwierigste. Und es ist das Nötigste. Die Gegenwartskunstidee, die Vorstellung, dass uns das angeht, was wir im Eis, in der Wüste, im Meer finden, hat sich für viele von uns im unmittelbaren Alltag, im wirklichen Leben ja längst bewiesen, hat Werke erschlossen, die immer noch wirken. Die Gefahr des Gefahrlosen, wie ein großer Auswerter das einst nannte, die Gefahr also, dass das, was wir auf Feldeváye machen, nur ein Witz ist, dass wir nur Dressurtricks lernen, die uns die Lapithen zumuten, ist nicht mehr aktuell, seit es Leute gibt, die diesen Beweis der Gegenwärtigkeit leben – die Aistheten. Man muss sie nicht mögen, ihnen in nichts zustimmen, und kann doch sehen: Ihre Existenz ändert etwas. Fragen ließe sich freilich: Ist das Ganze dieser Gegenwärtigkeit nicht vielleicht ein Schauspiel, das uns nach Absicht der Menneskер helfen soll, unsere Überforderung durch unsere eigene Geschichtlichkeit zu erkennen? Die jüngere Entwicklung zeigt: Der Reiz, der uns hilft, dieser Überforderung zu begegnen, muss jedes Mal von formalen Attributen der Künste ausgehen, von dem, was die Aistheten zu Recht in den Mittelpunkt stellen – sonst hätten die Lapithen auch eine Noos-Schlaufe oder einen CLP-Datensatz schicken, vielleicht einfach einen pädagogischen Rechnergarten programmieren können. Ignorieren wir die formalen Eigenheiten, Relationen, Maßgaben, das Rituelle, Strenge, so droht uns der Verfall der Plausibilität der Arbeit, des Lebens, die Trennung von Bewegungsmomenten im Fortgang unserer Auswertung, zuletzt: Beliebigkeit der Deutungsarbeit, die wir tun. Es gibt kein Außerhalb der Auswertung für Auswerterinnen und Auswerter, gewiss. Aber das, was die Künste meinen, geht trotzdem tatsächlich alle an, nicht nur die Auswertung. Ich bin daher nicht davon überzeugt, dass allein die Auswertung uns, als Menschen von Feldeváye, sagen kann, warum wir hier sind und was Feldeváye ist, für die Mennesker. Ich bin aber sehr wohl davon überzeugt, dass, wer etwas tun will, das dazu beiträgt, die gegenwärtigen galaktischen und transgalaktischen Krisen zu überwinden, das hier auf Feldeváye besser als an vielen anderen Orten tun kann. Wir brauchen mehr als begriffliche und politische, prodistische und administrative Antworten auf die Fragen der gegenwärtigen Lage. Wir brauchen, im ältesten Sinn dieser Worte, aisthetisches Werkzeug.«

Als die coifletsymmetrische gemeinsame Erfahrung der Arbeit abgeschlossen war, strahlte Klemens die Autorin an. Er sah aus, fand sie, wie ein Fischer, der einen Riesenfang mit nach Hause brachte, oder eine Hebamme, die ein perfektes Baby aus der Arpla geholt hatte.

»Besonders gefällt mir«, sagte er, »dass du nicht zu soziologisch und konkret wirst bei den Aistheten. Dass du ihre Netzwerke nicht zu klar heraushebst aus der sonstigen sozialen Wirklichkeit der … Auswertung und ihrer Umgebung.«

Ein ironischer Zug spielte um Kathrins Mundwinkel, als sie erwiderte: »Das kann ich mir denken, dass dir das besonders gefällt. Du kämst ja in Schwierigkeiten, wenn die Leute wüssten …«

Er winkte ab, sie verschluckte den Rest.

Direkt verboten war es ja nicht, die Aistheten bei ihren seltsamen Experimenten zu unterstützen, ihnen dabei zuzusehen oder daran teilzunehmen. Zwar waren die höheren Adminstellen in letzter Zeit misstrauischer geworden; man hörte vermehrt von Anordnungen, wonach die aisthetischen Biotechniken, also alle Derivate der Kunstide, die Klemens erfunden hatte, »auf Nomokompatibilität überprüft«, »katalogisiert« und »genehmigungspflichtig gemacht« werden sollten. Aber Repressalien gab es kaum, und über die produktive Seite der Sache, das Entstehen neuer Kunst, beschwerte sich selten jemand – das alles geschah gänzlich regularienfrei, selbst zwischen den Kunstschaffenden und ihren Förderkreisen zu unterscheiden war gar nicht einfach.

Die Zeichnung allerdings, das Geschenk, da war sich Kathrin fast sicher, hatte Klemens nicht selbst angefertigt, dazu war er zu faul. Wahrscheinlich hatte er der Künstlerin oder dem Künstler bloß ein CLP-Fensterchen geöffnet, mittels dessen sie oder er Kathrin und Nastja auf irgendeinem gespeicherten Bild- oder Filmfile hatte sehen und studieren, dann den Rest improvisieren können.

»Jedenfalls ist das noch nicht diskussionsfähig«, fand Kathrin. »Die neue Kunst, das Aisthetenzeug. Ich meine, wenn man es erwähnt, dann sieht man aus wie jemand, der es damit fördern will, und das nimmt meinem Ding von vornherein bei manchen in der Auswertung, die ich erreichen will, jede Chance auf Ernstnahme. Man erklärt nicht öffentlich, dass man's loswerden will, aber Vorbehalte … du weißt schon.«

»Schön«, sagte Klemens, und bevor sie auf der Sache weiter herumreiten konnte, fügte er hinzu: »Was machen wir denn jetzt den restlichen Tag? Bis zu deiner großen Blamage?«

»Du siehst ein bisschen müde aus, Lieber«, erwiderte sie, und das stimmte: Klemens war vor wenigen Stunden aus dem nächstgelegenen Verkürzerport geschritten und hatte sich davor an einem weit nördlich von hier gelegenen Küstenstreifen aufgehalten. Da war es, wie er ihr jetzt erzählte – »Hast recht, pass auf, mir steckt der letzte Ort noch in den Knochen« – und per Coiflet zeigte, nicht besonders schön gewesen: Warme Meeresluft aus dem Shirleymeer zog zu Zeiten, da Arrhenius so stumpf am Himmel stand wie jetzt, bis zum Desnistrom aus dem Landesinnern, überstrich ihn lau und zeugte so, in Kontakt mit dem kalten Wasser, einen immerwährenden Nebel. Das sah gespenstisch aus, wobei Klemens es durchaus genossen hatte, sich wie ein Schatten zu fühlen.

»Weiter entlang der Strömung«, erklärte er, »ist die Luft dann ohne alle Feuchtigkeit, die Küste verödet, ganz schrecklich – etwa so, wie wenn das hier, dieser Strand, gestorben wäre. Ich hab's dann irgendwann letzte Woche nicht mehr ausgehalten in der phantomvagen Abgeschiedenheit, deshalb wollt ich euch zwei besuchen.«

Kathrin ging taktvoll über einige Implikationen dieser Erklärung hinweg – was seine ewige Wanderschaft ihrer Ansicht nach bedeutete, und dass es besser für ihn wäre, wenn er die fixe Idee, Severin könnte eines Tages doch noch erwachen, endlich überwinden würde, hatte sie ihm schon viel zu oft erzählt. Deshalb sagte sie stattdessen: »Gut, dann leg dich doch im Häuschen hin. Ein Mittagsschlaf tut dir bestimmt gut.«

Er willigte ein, was ihr Gelegenheit gab, im Dorf einige Abendessenzutaten abzuholen, die sie am Strand grillen wollte, auch ein paar stärkere CLPs auszutesten, die dort in der Luft lagen und ihr erlaubten, wegen ihrer Arbeit ein wenig vorzufühlen: Wie ist das Klima in den Foren, auf den Plattformen der Auswertung, in den Urbeen heute? Aha, nichts Besonderes, keine spektakulären Werkfunde.

Zurück im Haus ließ Kathrin sich von Medrobotern einige Modifikationen spritzen, die sie die nächsten Tage über brauchen würde, darunter eine Leuchthautessenz, die ihr erlaubte, heute Abend im Meer zu baden und dabei hell genug zu sein, dass sie sehen würde, was sich ihr näherte, und selbst nichts Giftiges streifen konnte.

Kathrin schaute Klemens beim Schlafen zu.

Wovor, fragte sie sich, selbst ein wenig müde jetzt, läuft der eigentlich weg? Ich gehe auf die Jagd nach den Letzten Künsten, den neuen Paketen der Lapithen, weil ich ab und zu raus muss aus der Auswertung, raus aus der Stadt, weg von der fürchterlichen Cosima, in Gegenden, die so wenig dicht besiedelt sind wie die, aus der ich komme – aber er? Klemens ist doch für Städte wie gemacht, stammt daher, den Schattenspiegel kann man ja ohne Übertreibung als eine riesige Stadt betrachten, eine der größten in der Galaxis.

In Laischa und den anderen Urbeen, die sie zusammen hatten erkunden dürfen, war er sogar ihr Lehrer für Städtisches gewesen. Ihm verdankte sie die inzwischen hochentwickelte Aufmerksamkeit etwa für die unterschiedlichen Zeiten, zu denen man einerseits Einheimische, andererseits Besucher auf den Straßen und Plätzen fand, und wie sich das Lehrreichste und Lustigste aus solchen Begegnungen machen ließ. Es gab viel zu bestaunen, wenn man etwa Leuten zusah, die auf Bänken saßen und selber alles beobachteten, ohne auf den Gedanken zu kommen, dass sie ihrerseits beobachtet wurden.

Am Nachmittag bewegten sich, das war die erste Lektion gewesen, Städter langsamer als am Vormittag, anders als in Wilentz. Alle hatten ihre kleinen Rituale, die Prodisten auf dem Weg zum Produl, die Admins auf dem Weg nachhause von der Sitzung, die Beschäftigten in den Omphaloi am Feiertag, wenn Ströme von Neugierigen in die Hallen wollten.

Ein Stadtkater war Klemens, der friedlich schlummerte – einen eigenartigen Moment lang dachte Kathrin, sie könnte sich jetzt eigentlich auch neben ihn legen, oder sich um ihn wickeln, als wäre sie eine Decke, ihm etwas von dem Trost und dem Schutz zurückgeben, den er all die Jahre geschenkt hatte, einfach dadurch, dass es ihn gab.

Sieht aus wie ein Padur, wie er da liegt.

Die schlimmste Mittagshitze hatte sich verzogen.

Ein paar Wölkchen träumten überm Dorf, den Dünen und den Kieselgeröllgegenden dazwischen. Die Wolken schoben sich verlegen in- und auseinander, als wüssten sie, halbwache weiße Fetzen, nicht recht, was sie hier vorhatten, na, vielleicht Regen.

Klemens gähnte.

Blinzelte.

Stand auf.

Sichtlich erfrischt schlug er vor, das Boot von den Robotern auseinandernehmen zu lassen, um auf diesem Weg einen kleinen Motor- und Ruderflitzer auszuklinken, mit dem man zum Wäldchen im Sumpf südlich des Dörfchens fahren konnte.

Kathrin war grundsätzlich einverstanden, lehnte die Motorenidee jedoch ab – »Man muss das Ökosystem nicht mit mehr Lärm ärgern als unbedingt nötig.«

Außerdem, fand sie, tat es beiden gut, ein bisschen zu rudern.

Das taten sie abwechselnd, und beobachteten die riesigen bunten Insekten und schwarzen Amphibien in der Moos- und Wurzellandschaft unter gewaltigen Baumkronen, bis es Abend wurde.

Kathrin ruderte zurück.
Klemens lag, unverschämt mit sich zufrieden, längelang ausgestreckt im Bauch des Schiffchens, Hände überm Magen verschränkt, Strohhut tief ins Gesicht gezogen, und pfiff Mozart, mit ein paar Ansätzen zu eigenen Improvisationen. Er ist, dachte Kathrin liebevoll, auf dem besten Weg, selber ein Neukunstaffe zu werden, wovor ich ihn natürlich werde bewahren müssen, bevor es ganz lächerlich wird.
Schweigend bauten sie am Strand ihr Feuerchen: einen Kegel aus Planken und kürzeren, dünneren Hölzern. Er brannte sehr hell.
Sie setzten sich zueinander, indem er sie in die Arme nahm und sie sich an seine Brust lehnte, wo das Raumfahrerherz schlug. Die beiden schauten hoch zu Zemelo und den Sternen, und Klemens zeigte ihr, woher er gekommen war, und sie zeigte ihm, wo sie eines Tages noch hinwollte.
Beide dachten, sie hätten noch sehr viel Zeit.
Nach einer Weile stand Kathrin auf, reichte ihm große Sardinen, durch die Bauchhöhle entgrätet, mit Kopf und Schwanz, Olivenöl, Zitronen, vier große Streifenbarben, Fenchelknollen, und was er sonst noch brauchte, während sie selbst aufs Boot stieg, ins Häuschen ging und dort in Schüsseln, die ihr Nastja geschenkt hatte, in einem kleinen Herd Kartoffeln mit Lorbeerblättern, Thymian, Rosmarin und Knoblauch mit Fenchelmarinade zurechtmachte.
Das alles brachte sie hinaus, als er mit den gegrillten Meerbarben und Sardinen fertig war. Auf dem Tischchen von heute Mittag, dessen Beine sie verkürzt hatten, wurden die Mischgerichte dann fertig präpariert, und man aß unter Komplimenten füreinander.
»Als die Fischerei hier noch der Hauptwirtschaftszweig war, hättest du um diese Zeit nicht schwimmen dürfen«, sagte Klemens, als Kathrin anfing, sich auszuziehen.
»Lass mich zufrieden. Alter Besserwisser. Ich schick jetzt die Arbeit los, und dann schmeiß ich mich ins Wasser, und kappe jedes CLP.«
Er schüttelte den Kopf: »Für die mutigste Frau in der Auswertung

bist du ganz schön feige. Ich nehme an, du erwartest von mir, dass ich mir die Reaktionen angucke.«
»Ich bin zwei Stunden im Wasser. Was bis dahin nicht in der Noos lärmt, wird sich vernünftig und konstruktiv äußern, das ist dann eine Sache der … kommenden Monate.«
Klemens verbeugte sich, Kathrin winkte ab.

Seeschlangen mit Köpfen wie Schildkröten sah sie, als sie zwischen den roten und pinkblassen Meerblüten dicht am Boden durch die Dunkelheit schwamm, zwischen Gorgonien, Algenvorhängen und Haarsternen.
Auf zarte Blasenkorallen fiel das fahle Licht aus ihrer Haut, wie transparente Eierschalen sahen sie aus. Blut rauschte in Kathrins Ohren, die Luft, aus dem Wasser gefiltert, kitzelte ihre Adern innen.
Zwergseepferdchen versuchten, sich mit ihren Zehen anzufreunden, als sie ganz still schwebte, minutenlang, in sich versunken, und die Augen schloss, um über Freiheit nachzudenken, anders als heute Morgen, erfüllter vom Tag mit zwei Menschen, die sie liebte: Ich habe mich für das alles entschieden, und ich weiß, dass ich ein Dickkopf bin, vielleicht ein schlimmerer als der rote Pelzwal, der es so weit getrieben hat, dass er keine Menschen mehr kennt, mit keinen mehr redet.
Ich will, dass sie mich kennen, und ich will, dass sie mit mir reden, aber über das, was ich will, was mir auffällt, was ich merke und denke und träume. Bevor ich mich mit der Arbeit, die jetzt in der Noos ist, zu Wort gemeldet habe, war ich ein unbeschriebenes Blatt für viele. Jetzt habe ich selber was draufgeschrieben, das steht da, das wird beurteilt werden, und so habe ich aus Freiheit gehandelt, um meine Freiheit selber zu begrenzen.
Das Wasser war warm, wurde wärmer, wenn sie sich darin bewegte, eigenartig.
Vielleicht bin ich viel mehr Künstlerin als die Aistheten, die da draußen malen, komponieren, zeichnen, installieren, programmieren.

Kathrin öffnete die Augen und sah Schwärme von kleinen silbernen Pfeilchen sie umkreisen, einen Hofstaat aus Stachelmakrelen, ehrerbietig, informiert, als hätten sie alle die Arbeit gelesen, gesehen, gehört.

»Und, ist es schlimm?«, sagte die leuchtende Nixe, als sie aus der Gischt auf den Mann zukam, der ihr sein weißes T-Shirt zum Abtrocknen entgegenstreckte. Klemens war in einen luftigen burgunderroten Pyjama mit smaragdgrünen Schmetterlingsstickereien geschlüpft.
»Sag' schon. Erspar mir nichts.«
Er grinste grimmig, während sie sich abrubbelte: »Du hast einen Coup gelandet, Rinchen. Sie sind erregt. Sie sind genervt.
Gut so. Eine traurige Begriffskleisterei allerdings fahren sie zum Teil auf, ich muss schon sagen … Ja, was heißt überhaupt gegenwärtig, was meint sie denn, und gibt es überhaupt ›die Kunst‹, ›die Letzten Künste‹, wird damit, wenn man es so allgemein anschaut, wie Kathrin Ristau das tut, nicht unsere ganze Unterscheiderei und Katalogisiererei, die wir als tolle Auswertung ins Werk gesetzt haben, schlimm geschmälert, gibt es nicht vielmehr eine Pluralität von Künsten und so weiter und so fort. Also der uralte Schrott, mit dem mich schon deine verblödete Chefin Cosima immer nervt, und ihr bescheuerter Medizinalrat, dieser Narr aus der Arrheniuslinse: Wenn es zwei Seiten einer Frage gibt – dreht sich die Erde um die Sonne oder die Sonne um die Erde? –, dann tauchen seit spätestens der Zeit, als die Menschen in der Wiege ihren Horizont genug erweitert hatten, um das Kosmische an ihrer Lage zu erkennen, immer diese Superschlauen auf, die so was sagen wie ›Was heißt überhaupt Erde?‹ oder ›Wer weiß schon, was eine Sonne ist?‹. Das sind alles Pseudofragen, die so tun, als wäre zum Beispiel unverständlich, dass du, wenn du ›die Letzten Künste‹ sagst, ganz klar die Verantwortung der Auswertung meinst, nicht über das hinwegzugehen, was die Arbeit aller Künstlerinnen und Künstler von jeder anderen Arbeit unterscheidet. Aber immer, wenn man etwas sagt wie ›Die Admins haben im Krieg

gegen die Separatisten Verbrechen begangen‹ oder ›Die Prodisten sind im Allgemeinen nicht wirklich nett zu den Storariern‹ kommt sofort irgendein Differenzierer daher und sagt: Aber ich kenne liebe, skrupulöse Admins, die niemals eine Stadt bombardieren lassen würden, niemals ein Gewässer vergiften, niemals Biowaffen auf harmlose Autonomisten und Separatistinnen loslassen würden, oder: Aber ich kenne einen sehr netten Storarier, der für die Prodisten auf Alpha Arschloch oder Beta Blödplanet arbeitet und den dort noch niemand mit einer Säge zu zerlegen versucht hat. Man nennt das: einem Problem ausweichen. Ohne Verallgemeinerungen kann man nicht denken. Dass man sie einschränken muss, um nicht ungerecht zu sein, ist eh klar – aber das machst du ja dauernd, in der Arbeit: Einerseits, sagst du, fehlt bei der Auswertung zurzeit dies oder jenes, aber Gegenbeispiele kommen dann gleich in deinen Hyperlinks und, na, wie sagt ihr?«

»Fußnoten«, half Kathrin.

»Ja, Fußnoten, dies, das und jenes, nur haben die dann wieder folgende Probleme et cetera – also so, wie man eben denken muss, wenn man denken will. Übrigens hat sich der Storarier gemeldet. Als einer der ersten.«

»Terzutac?« Ihre rechte Augenbraue ging hoch, an der Nasenwurzel, ein mimisches Unsicherheitszeichen, das er sehr gern hatte.

»Terzutac-Mohenim persönlich, ja.«

»Und?«

»Mehrere Ebenen, Kathrin. Mehrere Ebenen.«

»Als da wären?«

»Na, er stellt sich erstens ein bisschen an ... der empfindliche Punkt, den du bei seinesgleichen triffst, ist: Du gehst aus dem Erfahrungsgeleiteten ins Programmatische und Urteilende, das mögen sie natürlich nicht, die Politiker. Denn Auswerterinnen sollen nur sagen, was man da so finden kann, in den Flammen, den Tiefenlichtern ... nicht wirklich, was es bedeutet, auch wenn er das gefordert hat. Sonst werden ja die Vermittlungsfertigkeiten derer, die sich als nichts anderes sehen denn eben als Vermittler, irgendwie entwertet – er sieht sich schließlich als Philosophen, und wenn du dann ... dass das einen Nerv trifft, sieht man an seiner halb-ironischen Selbsteinschätzung als ›oberlehrerhaft‹ – das sagt er an einer Stelle, er will nicht oberlehrerhaft sein – ja, und dann stellt er sich zweitens ein bisschen dumm, indem er bezweifelt, dass die Stelle ganz durchdacht ist, an der du eine Korrelationsgraphik aller Noospools aufstellst, mit denen die verschiedenen Urbeen arbeiten. Also, er sagt, es sei doch immer noch so, dass man nicht in den Plattformen, sondern nur anhand der sorgfältig von der Auswertung arrangierten Raumbespielungen in jedem einzelnen Omphalos den Stand der Arbeit beurteilen könne. Als wäre das nicht banal wahr, was du voraussetzt – dass nämlich heutzutage mehr Leute, und zwar nicht nur innerhalb der Auswertung, von Skulpturen oder Installationen erfahren, indem sie sich Bilder davon anschauen, über Noosplattformen verfügbare nämlich, über CLP anschaulich gemachte, als je tatsächlich eine Skulptur oder eine Installation sehen, ich meine: besichtigen könnten. Das ist, da gebe ich dir recht, nicht ihm und nicht Cosima und ihrem Tarik, der immer alles mit Dimensionsberechnungen verbinden will, die er von den Rengi oder den Lapithen oder den Englein im Himmel hat, viel wichtiger als der Unterschied zwischen Zweidimensionalität und Dreidimensionalität. Das – diese Vermittlung von bereits vermittelten, Bearbeitung von bereits bearbeiteten Sachen – meinst du ja gerade, wenn ich dich richtig lese, mit deinem Wort ›Bilder‹. Also nicht, dass die Nooskoordination jetzt unbedingt eine Fehlerquelle oder eine Gelegenheit darstellt, den alten Fetischfallen aus der Zeit vor der Verwirklichung der Kunst zu entgehen, oder dass du in irgendeinem emphatischen Sinn auf die Noos setzt, ausschließlich. Seine Kritik, wenn man das so nennen kann, soweit sie nicht einfach Senf im Sinne von ›Ich sehe das alles irgendwie anders‹ ist, zielt unter das Niveau deiner Fragestellung, aber sie ahnt, und gesteht es auch halb grummelig ein, dass diese Fragestellung weder von der Kunst noch der Auswertung, noch den Admins und Prodisten derzeit überhaupt erreicht wird.«

Kathrin atmete tief durch.

Dann sagte sie, indem sie sich erneut zu ihm setzte und sich in eine grobe, sehr warme Decke wickeln ließ, die er vom Boot geholt hatte: »Und wie sehen das … deine Aistheten?«

»Ich habe vier Reaktionen auf deinen Text gehört und gelesen, aus dieser Ecke. Zwei davon öffentlich, zwei an mich selbst adressiert. Alle vier sagen: Aus dieser Höhe der Übersicht … das hat man in Tagesforen sonst nie, und in der offiziellen Auswertungsarchivwelt auch nicht oft, beziehungsweise nur selten nah genug an den Gegenständen, an der laufenden Zirkulation der Entdeckungen, der … na ja, der Flammen, Tiefenlichter, die du seit Jahren in die Urbeen holst. Also: Alle sehen, hier ist ein Statement. Dass es außerdem recht hat, an den Stellen, an denen es Defizite und Desiderate meldet, dürfen gerade diejenigen nicht zugeben, die sich gemeint fühlen müssen. Dass sie aber so umständlich ›Stimmt nicht‹ sagen, das beweist, dass du auf der Spur von was Heißem bist.«

»Du meinst …?«

Er legte beide Arme um Kathrin und drückte die Seelenschwester fest an sich: »Auf dich, verdammt, bin ich sehr stolz.«

Das Feuer, dachte Kathrin, flackert unruhig.

Wir müssten nachlegen. Aber wir sind zu zufrieden dazu. Ihr war warm, die Anstrengungen des Tages und Abends, das Rudern und Schwimmen und die jetzt gelöste Erwartung großer Dinge hatten sie eingeholt. Sie hätte in Schlummer fallen können, bei Klemens, von ihm umsorgt, und nur ein letztes leises Zweifeln kräuselte sich ganz weit hinten im Herzen: Hätte er's mir gesagt, falls der Pelzwal das Ding schon gesehen und darauf reagiert hat? Bin ich zu egoistisch, dass wir hier heute bloß über mich und meine Sachen geredet haben und nicht über Klemens, über Severin, über die falsche Hoffnung, die dieser blöde Tarik Jebelblödel, oder wie er heißt, die ganze Zeit stiftet, auf Befehl der noch blöderen Cosima Riedler?

»Deine Freundin kommt zurück!«, weckte Klemens die Wegdämmernde.

Es waren aber zu viele Scheinwerfer, die da übern Dünenkamm strichen und die Feuerstelle umkreisten.

Es waren zu breite Roboter.
Außerdem mehr als drei.
Kathrin wachte schneller auf als der offenbar ebenfalls leicht versackte Freund: Da stimmt was nicht.

Was nicht stimmte, waren SB-Polizisten mit Brustpanzern, mit schweren Waffen an den Hüften, Helmen auf dem Kopf und Schutzbrillen, die Kathrin einen verrückten Moment lang an ihre Zeit als Flammenjägerin am Nordpol erinnerten. Nastja war zwar dabei, auf dem mittleren Wagen, aber mit einem hässlichen schmuddelgrünen Plastikumhang über den Schultern, einem bedrückten Gesichtsausdruck, Strähnen von plötzlich stumpf aussehendem Haar über der schweißverklebten Stirn.
»Scheiße«, sagte Klemens, als er aufstand. »Haben sie mich doch schneller gefunden, als ich dachte.« Die Zeichnung, begriff Kathrin sofort, und wurde aus aufkommender Angst aggressiv: »War ja auch nötig, was? Dass du ihr das gibst, unmittelbar bevor sie zu den Admindeppen fährt? Damit die, wenn sie die Tieflichterfunde katalogisieren, es gleich finden und scannen und per Uplink gegen anderes halten, was ... Klemens, echt. Scheiße.« Aus anerzogener Scham griff sie nach ihrer Hose, schlüpfte hinein, streifte das T-Shirt über, das ihr zu weit war, und steckte so in einem ziemlich verwegenen Aufzug, als die Polizisten den Strand erreichten.
Zwei kamen gleich auf Klemens zu und stellten sich bellend vor: »SBs Talulah de Guerin und Alfred Aristoxenus. Omphaloswache 10 Beta Beta Omikron, die Dienstkennung können Sie abfragen, Herr Erikson.«
»Mach ich gerade schon«, erwiderte Klemens gefasst und kühl, dann nickte er.
»Wir müssen Sie mitnehmen.«
»Wie, mitnehmen?«, protestierte Kathrin sofort, wobei sie ihr ganzes Selbstbewusstsein als Tochter des einzigen Brenners im Thomasstreifen und Auswerterin auf dem Weg zu einer großen Karriere mobilisierte.
Fast hätte sie gesagt: Wenn ich das Cosima Riedler erzählte, dann

seid ihr beiden Sicherheitsbeigeordneten (SB, die zackige Abkürzung der neueren Abwehr hatte sie noch nie jemanden aussprechen hören) in echten Schwierigkeiten.
Rechts und links von zwei weiteren SB eingerahmt, trippelte Nastja mit gesenktem Kopf auf die kleine Gruppe zu.
»Sie können Klemens«, Kathrin kam in Fahrt, »ganz normal hier befragen, er öffnet Ihnen seine Files und …«
»Es geht nicht um eine Befragung. Es geht um Fluchtgefahr. Wir wissen von Ihren Versuchen, den Planeten zu verlassen, Herr Erikson. Wir wissen von Ihren Kontakten zu Autonomisten im ganzen lokalen galaktischen Arm. Wir wissen von der Rolle, die Sie spielen, bei der Koordination der Wühltätigkeit der sogenannten Aistheten. Die Adminleitung kann über diese Dinge nicht hinwegsehen.«
Der automatenhaft seine Sätze herunterleiernde SB Aristoxenus streckte seine behandschuhte Rechte nach Klemens aus.
Dann geschah alles Schlimme sehr schnell.

Kathrin warf sich nach vorn, um dem Polizisten in den Arm zu fallen, und wurde dafür von seiner Kollegin, die sich ihr unerwartet flink und heftig entgegenstemmte, Schulter gegen Schulter gerammt. Nastja schrie auf. Kathrin, deren Reflexe entsprechend den Anforderungen der Unterwasserarbeit so sehr auf Höchstleistung kalibriert waren wie ihre verbesserte Muskel- und Sehnenzurüstung, wischte mit einem Trittschlenker die Polizistin von den Beinen.
Nastjas rechter Begleiter zog, als die so Gefällte in den Sand fiel, seine Waffe, zielte damit auf Kathrin und wurde dafür von Nastja mit dem Ellenbogen heftig in die Seite gestoßen. Ein Schuss löste sich und pfiff als zigarrenförmiger Glutpfeil über den mittleren der Roboter weg in die Nacht. Die linke Bewacherin rammte Nastja ihr Knie in den Unterbauch, dass das Mädchen japsend an dem Mann, den es angegriffen hatte, vorbei gegen den Roboter fiel, auf dessen Chassis sie mit dem Kinn krachte.
Kathrin konnte den Kiefer der Freundin knacken hören. Ihr drehte

sich der Magen um. Sie schnellte in die Höhe und blickte in den Lauf der Handfeuerwaffe des verblüfften, aber auch sehr zornigen SB Aristoxenus. In die Schockstille rief Klemens: »Aufhören! Schluss! Ich widersetze mich nicht! Hört auf, sonst gibt's hier noch Tote! Wollt ihr das? Tote?«

Niemand wollte das.

Kathrin sah die Polizisten, die noch einen Schritt näher auf Klemens zugingen, ebenso feindselig wie fragend an.

SB de Guerin machte daraufhin eine Kopfbewegung in Richtung Nastja, die am Roboter zu Boden gerutscht war und jetzt zusammengekrümmt neben der linken Fahrkufe lag, beide Hände über den Mund gelegt. Zwischen den Fingern, erkannte Kathrin, als sie zu ihr lief, quoll schwarzes Blut, nicht viel, aber genug, dass Kathrin noch schlechter wurde.

Eine eisige, wütende Übelkeit spürte sie, unter den Rippen, im Hals, im Unterleib.

»Gut. Keine Schießerei. Besser«, sagte Klemens, als wäre er der Befehlshaber hier und nicht jemand, den sie abführten, zu dem Roboter, gegen den Nastja gestürzt war, mit auf den Rücken gedrehten Armen, in Handschellen.

Kathrin konnte es nicht fassen.

Sie kniete im Sand, nahm Nastja in die Arme, deren Blutung bereits aufhörte, deren Kinn sich bereits wieder zusammenfügte. Sie spuckte zwei Zähne auf Kathrins Hand, während für beide bereits Ersatz in ihrem Zahnfleisch durchkam und sie nuschelte: »Wmm … paffmi?«

»Was passiert ist, weiß ich auch nicht so genau. Große Kacke, nehme ich an«, sagte Kathrin. Klemens tat etwas Unglaubliches: Er zwinkerte ihr zu, als er sagte: »Siehst du, klappt alles, wie die Aistheten wollen. Jetzt kommt sogar die Sorte Unterdrückung zurück, die früher so inspirierend war, für die Künste.«

»Sie hören jetzt auf zu reden!«, herrschte einer der Bewaffneten Klemens an. Kathrin dachte zusammenhanglos: Tarnfarben, was soll das, sie sind in Tarnfarben gekleidet, die mit ihren Blättermustern in einen Dschungel passen, aber hier? Ein Unsinn.

»Was wollt ihr von ihm?«, fragte sie trotzig.

SB de Guerin antwortete herablassend: »Er wollte abhauen. Ins All.«

»Ach was!«, schimpfte Kathrin, die Gefahr nicht achtend, »Er würde Severin nie zurücklassen.«

»Sie haben mich falsch verstanden, diese Bullen«, sagte Klemens, als sich die Tür in der Seite des Roboters öffnete, damit die Maschine ihn aufnehmen konnte. »Ich wollte tiefer in den Planeten, nicht raus hier. Tiefer in das, was Feldeváye ist. Denk dran, Kathrin. Denk drüber nach. Such mich, finde mich. Sie haben meine Aufbruchspläne falsch gelesen und …«

»Fresse«, brüllte der Polizist, der auf Kathrin gezielt hatte, und stieß Klemens in den Roboter. Die Tür schloss sich mit scharfem Zischen, und Kathrin dachte: Such mich, finde mich.

Die SB rückten ab.

Eben noch hatte sich Lasse Ristaus Tochter wichtig gefühlt, als eine Stimme, die etwas zu sagen hatte. Jetzt kam sie sich ohnmächtig vor, getreten, gedemütigt wie seit Kindertagen nicht mehr.

Sie half Nastja auf die Beine.

»Gut, dann eben anders, als ich dachte«, sagte sie zu ihrer Liebsten, als sie diese zum Feuer brachte, um im Flackerschein ihre Verletzungen zu untersuchen. Nastja öffnete den Mund, Kathrin schaute hinein, befühlte das Kinn, den Kiefer bis zurück zum Ohransatz. Nastja schloss den Mund, senkte den Kopf, als Kathrins Hände ihr verrieten, dass die das wollte.

Sie ließ sich auf die Stirn küssen.

Dann sah sie die Ältere fragend an und sagte: »Wie meinst du das, anders, als du dachtest?« Kathrin zuckte mit den Schultern und schaute landeinwärts, in die Dunkelheit, die Klemens verschluckt hatte. Dann sah sie ihrer Freundin in die Augen und erklärte ruhig, mit fester Stimme: »Alles sollte sich ändern, heute. Und genau das ist passiert.«

Liber Severini 3

In einem Kostüm ganz aus Andeutungen und Ablenkungen ging ich durch die Städte, als der Niedergang schon unaufhaltsam schien, und erzählte den Coms und den Sympathisantinnen und Sympathisanten dort meine Geschichte: Wer das gewesen war, Carla, wie sehr sie sich gefürchtet hatte davor, dass nichts bleiben würde von dem, was sie aus sich gemacht hatte durch Denken und Konfrontation mit allem, was sie nicht ohnehin selbst schon gewesen war, dass niemand zuhören würde oder hinschauen, und ich dachte, damit könnten sie vielleicht was anfangen, mit diesem Gegenteil des Solipsismus der Synes-Verstörten, und ich erzählte ihnen auch von Klemens, es waren richtige kleine konspirative Treffs an klandestinen Orten, und ich berichtete davon, wie das gewesen war, als Klemens immer geargwöhnt hatte, es gäbe vielleicht nicht genug Zeit, es müsste einem alles zu schnell durch die Finger rinnen, man brächte das alles gar nicht unter, die Erfahrung und die Überraschung, und die Einzigartigkeit jeder unvorhergesehenen Begegnung, und die vielen Gründe, einander zu helfen und einander zu lieben, sogar von Severin erzählte ich ihnen ein bisschen und vom Zweifel an der Verständigung, der ihn umgetrieben hatte, und sie schienen aufmerksam und stellten sogar Zwischenfragen, aber dann, wenn ich wieder fortgegangen war, horchte ich, ihren Blicken und ihrem Gehör verborgen, in der Noos nach und in der Solitona, was sie wirklich damit anfingen, was sie daraus machen würden, erwartungsvoll, also im Grunde ungemein naiv, denn es ging alles unter, sie fanden es uninteressant, nicht mal das, sie vergaßen es in dem Augenblick, da ich aus der Tür war, und ich schüttelte den Staub ihrer Städte von meinen Sohlen und vergaß sie so gründlich, wie sie mich, ihre Gesichter und ihre Namen, weil ich nicht wusste, wie ich ihnen sonst hätte vergeben sollen, und weil mir andererseits ganz klar war, dass ich selbst schuldig werden müsste über jedes mir bekannte Maß hinaus, wenn es mir nicht gelingen würde, ihnen zu vergeben.

*

Wochen, Monate, vielleicht Jahre subjektiver Zeit verbrachte ich in diesem Film, diesem Park, diesem Zusammenkommen und Gegeneinanderleben von Rollen, nein Leuten, nein Absichten, nein Mustern, bewegten: Symbiopsychotaxiplasm, eine verschüttete Gegenthese zu der, die du immer gelehrt hast (»Leute sind aus anderen Leuten zusammengesetzt«), die wertvollste Lüge, die ich sah.

*

Ein Ball voll eisensplittrigem Sternglanz, angestrahlt von einer starken Leuchte im Innern des grünen Wassers, das schäumte, wenn man den Ball gegen irgendetwas warf, weil der Aufprall das Wasser jedes Mal ganz verrückt machte – das Ding sah aus wie ein zur Kugel zusammengeballter Verkürzerport, aber es war nur ein Spielzeug, das mir ein Mädchen aus Dedication im Dschungel geschenkt hatte, als ich langsam gesund wurde.
Ich war mehr als einmal geboren worden, das hast du mir später immer gesagt. Dann fragtest du, was das für ein Geschenk sei. Die meisten werden nur einmal geboren, dann müssen sie zusehen, wie sie mit dem arbeiten, was sie deswegen erst mal sind. Ein Geschenk? Das einzige Geschenk, bis dahin, bis wir im Zelt saßen, wo Conlon die Solitona endgültig auch für Leute außerhalb der Wandersiedlungen öffnete, sie so erweiterte, dass alle hineinpassten, die wollten, war dieser Ball gewesen, und ich war nicht so froh über deine Ermunterung, weil ich's natürlich sofort genau andersrum sehen konnte: Mehrmals gestorben war ich eben auch.
Also legte ich den Ball vor mich auf den Tisch, in diesem Zelt, weil ich von Conlon wusste, dass ich besondere Gefahr lief, mich zu verlieren in der erweiterten, der offenen Architektur der Solitona, und den Ball hatte ich als Anker dabei: Den konnte ich anschauen, in den

konnte ich meine Aufmerksamkeit legen, sie so sammeln, damit mich die Solitona nicht auseinanderreißen würde.
Und auf einmal hast du mir diese Nachricht geschickt, per Coiflet: »Ich verbringe den ganzen Tag damit, dich anzusehen.«
Ich war dein Ball.
Da dachte ich: wie schön, aber mir wurde auch schwindlig davon. In dir, weißt du, hätte ich mich jederzeit leichter verlieren können als in der Solitona, oder in der Noos, und der Unterschied wäre gewesen, dass der Gedanke, mich in dir aufzulösen, in dir zu verschwinden, dir anverwandelt zu werden, bei dir zuhause und gleichzeitig ganz vergessen zu sein, mit keine Angst machte oder macht, nie, damals nicht, auch heute nicht, sondern mich lockt, mir schöner vorkommt als alles.

Das Mädchen, das mir den Ball geschenkt hat, war in mich verliebt, hatte Lukas, damals noch Luzi, mir erklärt, das war in der Woche, als wir Dedication abbauen mussten und weiterziehen, brombeerwärts.

Du hast mich angesehen, den ganzen Tag, als die Solitona geöffnet wurde, und ich habe einen kleinen Witz zurückgeschickt, da muss ich geleuchtet haben von innen her, gerade so wie der Ball, denn ich spürte deinen Blick wie das Licht von Nemezal, der Freundlichen, das durch die vielen großen Fenster fiel, zu meiner Linken, zu deiner Rechten, und ich sagte, per Coiflet: Du siehst mich den ganzen Tag an, da weiß ich ja jetzt endlich, was das bedeutet, was sie immer sagen, »ein angesehenes Mitglied der Coms«. Das ist, schrieb ich dir, was Schönes. Ja, hast du geantwortet, es ist wirklich schön, und ich dachte: Sie meint mich (und meintest das Gedicht mit: ... in meiner Augenflut ...).

*

Etwas geht vor, geht falsch. Ich bin deine Uhr, gehe richtig.
Es sind keine bösen Vögel: die schwarzen Midrai aus der Vergangen-

heit, im Flug hierher ... in allen Höllen auf allen Welten ist die Zeit gekommen, erlöst von ihren Augen. Was wollen Gespenster, außer umarmen, leiden, zerstören – Geschenk der Schuld.
Geschenk der Schuld.
Dem Glück der Jugend heiß ich Schönheit nah verwandt.

*

Unter der Regenkuppel im Annex des Omphalos von Deyra für Gartenskulpturen fand ich in meinem siebten Jahr bei den Coms, als ich mich langsam traute, mit Maura in die Urbeen zu gehen (auch wenn wir nie lernten, wirklich eng zusammenzuarbeiten), eine gesprächswillige, mit dem Gedanken ans Überlaufen oder wenigstens an die Arbeit als Doppelagentin liebäugelnde junge Auswerterin namens Navaline Edalati, die mir eine Geschichte erzählte, von der ich seither oft dachte, ich hätte viel Schlimmes verhindern können, wenn ich sie damals nur richtig verstanden und praktisch ausgelegt hätte: »Man lässt mich in Ruhe, weißt du? Aber gerade das stört mich. Kein Kontakt, keine Reibung. Ich wollte immer hoch, komisches Bild, aber: Aufsteigen wollte ich, aus dem Schlamm, in die Wolken, wo etwas gedacht wird, wo es um was Geistiges geht, ja? Primitivste Primatenpsychologie, im Grunde. Dominanz und Unterwerfung, oben und unten. Aber ich ... wollte atmen. Denken. Ich wollte streiten über ... nicht über Wohneinheiten, über Kleidung und Essen, sondern über etwas, das sich lohnt. Meine Familie ... es war alles sehr traditionell. Archaisch. Nicht wie in den Urbeen. Mein Vater ist ein Lac, meine Mutter aus Laischa, so was gibt es häufiger, als man meint. Ich stamme nicht aus Deyra, ich stamme aus Waresem, einer Stadt in Toveyn, die ist kein Urbeum. Mein Vater heißt Han, das ist sein Vorname – wie der Nachname des Integralleiters, lustig, ja. Meine Mutter heißt Ekaterina, ihre Familie, die Baranovs, das sind Nomobiodesigner, also Prodisten. Er hat sie in einem ihrer Produln kennengelernt, einer Palmölverwertung. Agrobranche, tja. Ich wollte immer ... ich bin zuerst auch zu den Prodisten, nicht? Weil das so faszinierend war, dieses Ingenieurswesen, und die Auslegung des

Nomos, das Mapping, das Abbilden von Nomos-Sequenzen auf die Biologie hier, auf Feldeváye als Riesenorganismus. Aber dann habe ich ... also, meine eigenen Entwürfe, transgene Insekten, es war eigentlich schon früh so was wie Kunst, so was wie das, was die Aistheten wollten. Man duldete es im Produl, man gab mir sogar Material, Arbeitszeug, zuerst war es fast eine Art Tausch. Ich konnte meine Schmetterlinge und Krabbler machen, und dafür musste ich dem Oberprodisten dann seine Forschungen organisieren – buchstäblich organisieren: Noosmanagement, dann die politische Seite der Sache, also die Koordination mit den Admins, die mich immer öfter nach Barbizek und Deyra geführt hat, und irgendwann merkte ich unzufrieden: Es macht mein Privatleben kaputt, dieses Rumreisen, die Liebe leidet, nicht, die Beziehungen, immer schlimmer schrumpfte das Zeitkonto – eben weil ich, wenn ich das selber sagen kann, gut war. Das war wie ein Fluch: Ich konnte das, dieses Organisieren, ich war schneller und irgendwie klarer im Kopf als andere, und verstand mich mit den Admins. Die schmeichelten mir sogar, und ich dachte wieder: Aufstieg, das ist die nächste Stufe, ich versuche es bei den Admins. Es war doch sowieso schon ... die Prodisten hier auf Feldeváye, sie wollen alle heimlich Admins sein. Sie tragen ungern die Handschuhe für die Manipulation, sie mögen die Waldos nicht, sie halten sich für Planer und ... es ist, als ob sie sich schämen würden, ich meine, für jemanden mit Lac-Hintergrund wie mich ist das vielleicht etwas offensichtlicher, weil das alles Tünche und Maske und Schminke und Kostüm und Selbstdressur bei mir ist, Abrichtung, so zu reden wie Prodisten oder Admins, die Kleidung ... da fiel mir eben auf: Die Maßstäbe für die Prodisten setzen hier die Admins, die Frisuren und die Marotten und die Abendgestaltungsmoden ... Ich habe mich nie formell beworben, die Admins haben mich sozusagen einfach rausgeholt, eine Frau hier in Deyra. Kooptierung. Und die waren zuerst ganz entzückt dann: Ohh, was macht sie, sie macht Insekten, was für ein schönes Hobby. Haben sich das angeguckt, in meiner Wohnung. Haben welche mitgenommen, ich verschenke sie heute noch gern. Und dann: dasselbe wie bei den Prodisten. Immer weniger Zeit, zwar nicht mehr wegen Reisen, aber wegen Sitzungen ... Interfaces mit dem Omphalos, mit der Auswertung überhaupt ... und dann noch eine Wiederholung: Ich merkte, die Admins wollen alle keine Admins sein, die Admins wollen viel lieber Auswerterinnen und Auswerter sein. So ergab sich wieder die Richtung für diese Phantasie vom Aufstieg, nicht? Ich wurde eine Auswerterin. Und merke jetzt: Die Auswertung will längst ... die wollen nicht mehr über Kunst urteilen oder sie erklären oder politische Konsequenzen ziehen aus den Menneskergeschenken, sondern ... sie wollen selber Künstlerinnen und Künstler sein, wie die Aisthetinnen und Aistheten, und diese wiederum ... ich kenne sie ja ... die wären alle am liebsten Coms, die wären alle am liebsten bei Kathrin Ristau. Da dachte ich, Navaline, überspring doch einmal eine Stufe. Sei doch bei denen, die nicht was anderes sein wollen, als sie sind, die sich nicht entschuldigen und schämen und ihren Alltag dementieren. Sei nicht mehr unterwegs, komm mal an. Aber ich weiß natürlich, es ist ein Kreis. Die Coms, soweit ich sie kenne, Leute wie Nancarrow zum Beispiel, die wären am liebsten produktiv in einem überhaupt nicht künstlerischen Sinn, nicht? Die wollen alle heimlich Prodisten sein, und damit fängt es wieder von vorne an. Wahnsinn.«

*

Ich weiß nicht, ob ich will, dass dieses Buch – das zweite, das hinter dem ersten versteckte – überhaupt je fertig wird. Gibt es ein Recht der Leute, die Kunst machen, sie für sich zu behalten, wenn sie besser wird als das andere, das sie nicht für sich behalten wollten?

Rechtsfragen, fällt mir auf, haben die Aistheten immer nur dann interessiert, wenn ihrem Bekanntwerden, dem Aussenden ihrer, ich weiß, du magst das Wort nicht, »Botschaft«, jemand mal etwas in den Weg gestellt hat. Hat man schon an diesem falschen Schwerpunkt nicht sehen können, wie das alles schiefgehen musste?

IV. NIEMANDSLAND BESIEDELT MAN AM SCHNELLSTEN

We're gonna do what they say can't be done.

Jerry Reed

1: Auf dem Puppendach

Unter echten Gräsern schuf Louise falsche Blumen.
Das Papier, auf dem sie arbeitete, hatte denselben Teint wie Louises Make-up. Die Pflanzen, die sie leben ließ, waren mal blau wie ihr Lidschatten, mal rot wie ihr Lippenstift. Einmal malte sie in wässrigen Farben den Umriss eines fließenden Frauenkörpers, ohne Kopf, Arme und Beine – die fingen alle erst an den jeweiligen Rändern des Blattes an.
An den Hals und auf die Brüste, um den Bauch und auf der Innenseite des rechten Oberschenkels brachte sie kleine perlende Äuglein an. Die guckten zurück, wenn man das Bild anschaute. Als Louises Freund, der wie sie unter falschem Namen hergekommen war, leicht besorgt fragte: »Was ist das?«, nickte Louise freundlich, wie mit ihm verschworen, und sagte: »Das sind die kleinen Sensationen.«
Ihr gemaltes Leben atmete vegetativ, aber nicht so, wie Leben gewesen war, bevor es Tier werden konnte, das dann wiederum Mensch sein mochte, sondern so, wie das Leben vielleicht einmal sein würde, wenn es nicht mehr Mensch sein musste.
Auf der Wiese war genug Platz für Louises Experimente. Wo sie stand oder hockte, schirmte Federgras sie vor neugierigen Blicken ab.
Wo der Rand der Wiese war, von dem aus man hundertsechzig Stockwerke in die Tiefe fallen musste, wenn man darüber hinausging, standen fünfzig bis fünfundsiebzig Zentimeter hohe Rohrkolbenpflanzen, zierlich, aber in dicken Büscheln, mit kugelförmigen weiblichen Blütenkolben, die aufgrund der Genetik, die Louise ihnen eingegeben hatte, das ganze Jahr über nicht verfielen und nie Früchte trugen – »undeflorierbare Pflanzen«, sagte Louise, ein bissiger Spaß.
Die Wiese war ein reduzierter Rechnergarten.

Auf Zemelo, wo Louise und ihr Freund hergekommen waren, standen vollere als dieser Garten kontinenteweit in schönster Blüte; hier auf Feldeváye aber musste die Aisthetin mit den paar Quadratmetern auf einem Hochhausdach zurechtkommen, die man ihr nach langem Warten auf eine Admin-Wohnraumallokation zur Verfügung gestellt hatte.

Louise half den Leuten, die ihr das Dach zugeschanzt hatten, mit Dienstleistungen, es gab, was das betraf, einen kleinen, halblegalen, jedenfalls tolerierten Schwarzmarkt. Ihr Rechnergarten, obgleich reduziert, koordinierte vielerlei für zahlreiche Produln und bewahrte sogar eine Reihe Tafeln auf – nicht wenige zwar von Louise selber, die öfter als üblich neue machen ließ und sie selten löschte, zu einem ganz speziellen Zweck, der in ihrem persönlichen künstlerischen Plan erst nach der beabsichtigten Erfüllung des Gesamtwerkskonzepts eine Rolle spielen würde, gut sechzig aber auch von Freundinnen und Freunden, die sie hier in Pachetum, zwei Häuserringe außerhalb des Omphalos, gefunden hatte. Louise war ein weltoffener, fast leutseliger Mensch geworden: Tugend aus Not.

»Das sind nicht deine Freundinnen. Das sind nicht deine Freunde«, warnte ihr Freund sie. Louise reagierte paradox: Sie nickte wieder, einerseits, und sagte, andererseits: »Das weiß ich doch, das ist aber auch egal.«

Sie nahm sich einen großen Bogen ihres sehr hoch geschnittenen Papiers, spannte es in einen Rahmen, damit es von den gelegentlichen Höhenwinden hier auf dem Dach nicht fortgeweht werden konnte, und malte eine rosa schimmernde Schräge unten in die rechte Ecke. Der gab sie einen blauen Rand und setzte dann zwei hohe Ranken aus ohren- oder embryonenartig gekrümmten roten Haken aufs Blatt, eine in die Mitte, eine nach links, zu dem Punkt, wo die Schräge unten aus dem Bild strebte.

Dem Ganzen gab sie keinen Titel; es war ein Zwischenergebnis und brauchte keinen.

»Jetzt kommt eine Heilige«, sagte sie.

Im Omphalos von Pachetum hatte sie Bilder aus der katholischen Mythologie eingehend studiert, sich jede Einzelheit gemerkt. Jetzt nahm sie sich eine Scheibe vor und entwarf wieder einen Frauenkörper, der diesmal allerdings wenigstens einen Fuß hatte, einen linken, während der rechte aus dem Bild getreten war und die Arme sich hinter melonenförmigen, sehr großen Brüsten nur ahnen ließen. Vielleicht existierten sie gar nicht.

Oben am Hals knickte eine Schnittstelle ab, wo der Kopf hätte sein müssen.

Die Heilige, der Louise den Namen »Ste. Sébastienne« gab, weil sie etwas vom Vater der Schlangen wusste und etwas von der Schwester und Tochter der Schlangen, war in chinesischer Tinte, Pastellkreide, Kohlestift und Gouache gearbeitet.

Hinter ihrem fülligen, vielleicht schwangeren Leib konnte man eine Landschaft ahnen wie die, in der Kathrin Ristau, der rote Pelzwal und ihre Freundinnen und Freunde vor rund einem Menschenalter auf Flammenjagd gegangen waren.

Breitblattsegge und Pfahlrohr wiegten sich in den Höhenwinden um das Kunstwerk.

Sie rechneten komplizierte synthetische Abläufe für Lamontarbeiten in hochentwickelten Produln, nicht allein in Pachetum, sondern auch in Kaderum und Stipay, wohin die Ergebnisse dieser Rechnungen über von Louises Freund eingerichtete spezielle Plattformen in der lokalen Noos des Kontinents Ammar gelangten.

Manchmal wanderten sie dann weiter in andere Urbeen, von Laischa bis Messentu.

»Der ganze Planet benutzt deinen Rechnergarten«, sagte Louises Freund. Er war deswegen nicht etwa stolz auf die Freundin, sondern lebte ihretwegen in Furcht: So weit ließ Louise ihre Talente spielen und wirken, die ihr schon auf Zemelo Achtung eingebracht hatten, hier aber vor allem ungewollte Aufmerksamkeit wecken konnten, dass er nicht glauben konnte, die SB würden sich noch lange zurückhalten.

»Macht dir«, beklagte er sich, »der Fall Klemens Erikson keine Angst?«

Ganz Feldeváye redete in diesem Herbst und Winter davon.
Der Mann, dem die Aistheten ihre allerersten pharmakologischen Inspirationen verdankten, war entführt worden – nach Berichten zweier Augenzeuginnen hatten ihn angebliche Polizeikräfte der Admins in Gewahrsam genommen. Danach war er vom Antlitz der Welt verschwunden. Die beiden Augenzeuginnen, zwei junge Mitarbeiterinnen der Auswertung namens Nastja Ngwethu und Kathrin Ristau, kämpften bei ihrer Organisation seither darum, dass sie die echten SB zwang, sich mehr Mühe bei den Ermittlungen zu geben.
Die Admins stritten jede Beteiligung an dem Menschenraub ab. Die Kennungen der SBs, welche die Verhaftung an der reichsten Ammarküste durchgeführt hatten, waren ausweislich der Logs der beiden Frauen Fälschungen von atemberaubender Kunstfertigkeit.
»Vielleicht selbst eine aisthetische Splittergruppe«, sagte Louise, und zwinkerte. »Jedenfalls nichts Administratives. Nicht echt.«
Der Freund war nicht besänftigt: »Echt genug, ihn einzukassieren. Vielleicht gibt es schon verdeckte Operationen gegen uns. Glaubst du wirklich, jemand kann Adminkennungen fingieren, ohne Kontakte in die Hierarchie? Die offenen Aktionen werden nicht mehr lange auf sich warten lassen. Die Stimmung kippt, das ist mit Händen zu greifen.«
»Wessen Stimmung? Wen fürchtest du?«
»Alle, die nicht zu uns gehören«, sagte der Freund und wusste selbst, wie sich das anhörte. Er lebte in ständiger Erwartung »aufzufliegen«, wie er das nannte: »Die Sache mit Carla Jaivedh wird uns einholen und fressen«, eine Annahme, die zumindest nicht völlig aus der Luft gegriffen war. Im Urbeum Laischa lebte Carlas Vater Tarik, der mit einflussreichen Leuten in der Auswertung verkehrte und Louise und ihren Freund zweifelsfrei hätte identifizieren können, an Coifletsignaturen, ja sogar am gegenüber früher gar nicht fundamental veränderten Äußeren.
Die beiden Zuwanderer hatten sich ihm gegenüber einst als Sara und Olivier vorgestellt und hießen jetzt Louise und Shinzu.

Die neuen Namen hatten die alten nicht ausgelöscht. Sie waren in den einschlägigen Coifleträumen für ein Auge, das die nötige Neugier mitbrachte, gerade so gut sichtbar wie eine Kohlestiftzeichnung, über die man etwas Wasserfarbe pinselte.

»Kathrin Ristau, das ist ja auch nicht irgendwer«, insistierte Shinzu.

»Ich kenne die Arbeit«, nickte Louise, und sah hinaus auf die Dächer, auf die großen Turbinen an den Spitzen der Türme, die Anlegeplattformen, die spinnwebfadendünnen Glasröhrenbrücken zwischen den Adminzitadellenspitzen rechts des Omphalos.

Die Künstlerin dachte: Wenn wir alle unsere Arbeit tun, ich selbst, und Maya, unsere Doppelagentin in der Auswertung, die im Omphalos von Barbizek den Bildern beibringt, sich gegens falsche Zeitempfinden zu bewegen, und Cristina und Dara und Björn und Patrice und Conlon und die Leute in den Produln, die sich von uns überzeugen lassen, vor allem die einfachen Prodniki, dann wird diese Skyline sich verändern.

Eines Tages, im Sommer, wird niemand mehr auf Brücken oder Gleiter angewiesen sein. Dann werden die Menschen fliegen.

»Hast du keine Angst, dass die … die Widersprüche eskalieren, mit denen wir spielen?«, drang Shinzu weiter auf sie ein. Louise schmatzte bloß, in gemütlicher Mischung aus Behagen und Überlegenheit.

Er ließ nicht locker: »Ich finde, wir sollten mit diesem Gemunkel aufhören, im toten Winkel, und sehr viel öffentlicher werden, sehr viel … legaler. Legitimer. Uns mit den Urbeen abstimmen. Es gibt vernünftige Kräfte dort. Cosima Riedler in Laischa, Kwame Van der Pijl in Barbizek, Restauratorengruppen in Tumak, sogar einen Typen in Messentu, der auf seiner persönlichen Plattform erklärt, er wünsche sich, die Aistheten würden formell in die Auswertung eingegliedert.«

Shinzu hielt die Hände flach gefaltet zwischen den Knien.

Er hockte leicht vornübergebeugt auf einem niedrigen Schemel und machte eine Miene, als habe er Magenschmerzen. Louise sagte: »Es verbietet dir niemand, dich als Berater oder informeller Unterstützer bei der Auswertung eintragen zu lassen.«

»Das mach ich nicht, wenn du's nicht auch machst. Sonst denken sie, ich bin von dir vorgeschickt. Agent finsterer Machenschaften.«

»Bewahre«, sagte sie und rollte mit den Augen.

In Wirklichkeit empfand Louise einige Beklemmung bei der Vorstellung, von Personen, ja einer ganzen Zivilisation umzingelt zu sein, die nicht verstanden noch verstehen wollten, was ihr und Shinzu wichtig war.

Sie interessierte sich nur erheblich weniger für ihre eigenen Empfindungen als er sich für seine. Das lag daran, dass seine Aisthetenexistenz eine wesentlich theoretische, ihre eine praktische war. Während er daher die Auswertung beobachtete und selbst auswertete, sich einen Überblick über das in den Omphaloi Angebotene verschaffte und einige Forschungsfäden weiterspann, die man schon auf Zemelo zusammen geknüpft hatte, wagte Louise, dank ihrer Schwarzmarktspiele ausgestattet mit einer schier nie versiegenden Menge reichhaltigster Lamont-Saat und einer ausgezeichneten Lamontik, den nächsten Schritt in ihrer künstlerischen Evolution.

Aus Kleidungsstoff, Garn und Stahl unter Glas schuf sie eine lumpenknautschige, in selbstversunkener, augenloser Innigkeit die eigene Existenz in dunkler Schwebe haltende Frauenfigur, abermals ohne Arme, mit Beinen nur bis zu den Knien, und einem schönen, leicht gesenkten Haupt, frei stehend, überhaupt: frei.

»Das … ja, das ist sehr gut«, musste selbst Shinzu zugeben.

Louise war nicht ganz so zufrieden: »Es stört mich was. Aber nicht an der Figur, die ich übrigens ohne Titel und also erstmal in Ruhe lassen will, sondern an der Frau, die sie gemacht hat. Mist, die bin wohl ich.«

»Was stört dich an der … also dir?«, wollte der Freund wissen.

»Sie ist zu jung«, sagte Louise und unternahm etwas dagegen, indem sie ihre Biotik mit derselben Entschlossenheit zur Transformation anging wie ihr Lamontgut und die sonstigen Dispositive künstlerischen Schaffens.

Sie schnippelte an Telomeren, beschleunigte schwerkraftbedingte und andere Abnutzungs- und Verfallsprozesse über enzymatische und hormonelle Blut- und Nahrungszusätze. In wenigen Wochen alterte sie um wenigstens neunzig bis hundert Jahre.

»Schon besser«, kicherte Louise, die ihrem timiden Shinzu langsam unheimlich wurde.

Aus Marmor, den ihr die Lamontik produzierte, meißelte sie eine Wolkenlandschaft als Skulptur zum Ertasten, das Bild einer Küstenlinie mit Wölbungen und Tälern, die man greifen konnte, auch Allegorie einer Familie.

Die Gräser schossen hoch um dieses Bildnis.

Shimizu mied die Stelle, als sei sie verwunschen, und brachte überhaupt immer mehr Zeit in Kneipen, immer weniger auf Louises Dach zu. Die bemerkte seine Abwesenheit kaum, sondern hängte im nächsten Vorgriff auf die Schwerelosigkeit eine spiralige Gestalt aus Bronze, die an die roten Haken erinnerte, die sie in die Wasserfarbenschräge gemalt hatte, an überhaupt nichts auf, über einer schwarzen Schieferplatte.

Louise redete mit der Erscheinung: »Du hängst da gut und pendelst kaum, Spiralfrau. Das ist mir ein gutes Zeichen.«

Jetzt fing der Rechnergarten an, die Kunst Louises nicht nur wahrzunehmen, sondern sich auch dafür zu interessieren. An einem Teich gab's Binsen, die wissen wollten: »Wir haben ein Buch aus der Noos gezogen, das von Frauen handelt und ihrer Rolle auf Feldeváye. Es wird im Norden gelesen, im Thomasstreifen. Es sagt, die Frauen hatten es schwer, bevor die Kunst verwirklicht wurde. Hast du es schwer, Louise? Haben deine Frauen deshalb keine Köpfe, oder keine Augen?«

Louise freute sich daran, dass das Gras so naiv war. Mit großer erzieherischer Sorgfalt bei der Wahl der Formulierungen erklärte sie sich: »Ich glaube nicht, dass ich als Aisthetin mehr zu leiden habe als etwa Aistheten. Der Mensch ist ohnehin des Menschen Wolf, ihr wisst schon. Das ist eine universelle Wahrheit. Ich habe das Buch gelesen, das ihr meint. Die Frauensicht, nun ja, meinetwegen gibt's die. Wir sind eine Hinterwäldlerwelt, es gab woanders schon mal mehr Geschlechter als zwei, und hier, na ja, bald wird's ernsthaft so weit sein, gespielt wird schon. Frauensicht? Gut, sie äußert sich bei mir in einem intensiven Interesse daran, was Frauen tun, in unserer Bewegung. Von Mayas und Daras Wirken verspreche ich mir viel. Ich bin allerdings eine einsame Wölfin. Mich mit anderen zusammenzutun, abgesehen davon, dass wir eben jede das ihre leisten, an je ihrem Platz, ist mir keine Hilfe. Wirklich, gar keine.«

»Aber sagt die Auswertung nicht«, hakten die Binsen nach, »dass es noch mal ein spezielles Vorurteil gegen Künstlerinnen gibt, also: Ist es nicht das, was die Rekonstruktionen sagen, für die Zeit, in der die Kunst noch nicht verwirklicht war?«

Louise überlegte einen Augenblick und tat dann, was sie neulich schon bei Shinzu getan hatte: Sie nickte verlogen und gut gelaunt.

Dann redete sie das Gegenteil: »Nein.« Dachte noch einmal nach. Dann: »Nein, viele Künstlerinnen sind nicht zur Kenntnis genommen worden. Das ist das Problem. Nicht zur Kenntnis genommen zu werden ist nicht dasselbe wie diskriminiert zu werden. Ich denke nicht, dass überhaupt noch allzu viele Menschen oder Storarier oder Rengi diskriminiert werden, das hat es in den Notgesellschaften gegeben, aber jetzt, da der Mangel abgeschafft ist … scheint … gewiss werden viele Leute nicht zur Kenntnis genommen. Das ist das Problem. Diskriminierung, so was kenne ich nur gegenüber den Lacs. Die, das stimmt, haben es wirklich schwer.«

Die Binsen versprachen, sich das genauer zu überlegen.

Louise sandte ihnen einige Ansichten von Werken, die sie nicht ausführte, mit der Aufforderung: »Denkt sie euch nur weiter.«

Die Binsen bedankten sich für die Anregung. Louise, nicht eingebildet, verneigte sich vor ihnen und sagte: »Wenn es euch Vergnügen macht, dann denkt daran, dass ich sie euch aus freiem Willen überlassen habe, und haltet euch, da ich euch doch so treu mit Sti-

mulantien versorge, auch bereit, mir eines Tages einen Gefallen zu tun.«
»Eines Tages?«, raschelten die Binsen.
»Schon bald«, gab Louise zu.

Wieder ging die Künstlerin an die Arbeit.
Es hatte sich jetzt etwas wie eine Routine herausgebildet. Marmor, Schiefer, Bronze, immer Lamont, zuvor aber jedes Mal erst eine Zeichnung, dann ein Konzept in Pappe, danach in stabilerer Wellpappe. Ein Thema packte sie, dann machte sie Skizzen und Zeichnungen, blieb einige Monate daran, befand sich, wie sie das sah, in einer Art Spirale, einer wendeltreppenförmigen Bewegung der Motivation.
Zwei Bogenkeile aus bemaltem Holz entstanden, in einem neuen Gartenbereich nahe dem Zentrum des Daches, der von Tüpfelfarn grün leuchtete, eine Komposition sich wiegender Wedelbüsche von jeweils einem halben Meter Länge, durchschossen von einzelnen Königsfarnblättern. Der Boden, auf dem die Holzskulpturen wie die Farnpflanzungen gediehen, war humusreich, moorartig. Louise liebte den starken Duft bei der Arbeit. Die beiden Holzgestalten taufte sie »Bruder und Schwester«.
Bald darauf kam Maya aus Barbizek zu Besuch.
Sie hatte Brillen mitgebracht, in denen man ihre eigenen Fortschritte sehen konnte, von denen Louise sowohl beeindruckt wie entzückt war. Die beiden Frauen tranken Tee. Maya ging bedächtigen Tritts im Stapfkreis um Bruder und Schwester herum, einmal, zweimal. Dann sagte sie: »Du bist nahe dran. Bald wirst du …«
»Die Tafeln sind aufgereiht. Die Farne rechnen sie täglich schärfer, die Auflösung kommt bereits lebenden Menschen, wahrem Bewusstsein in Echtzeit nahe. Jubel! Tafelmissbrauch!«
Maya wollte etwas sagen, da teilte sich ein Farnvorhang zum inneren Zirkel von Louises Reich. Shinzu trat herein, maß Maya abschätzig, erwiderte ihren knappen, eher gemurmelten als gesprochenen Gruß nicht, stellte sich vor Louise und sagte. »Was macht sie hier? Was soll das? Dieses Dach, bitte! Ich hab's mit dir zusam-

men registrieren lassen. Wir sind so gut wie verheiratet, du musst mich fragen! Weißt du, wie anstößig das ist?«

»Ich habe Nachmittagsfilmchen von ihr gesehen«, kicherte Louise bester Laune. »Ich weiß, wie weit sie ist – weiter als ich. Das ist doch ein Ansporn, nichts Abschreckendes!«

Shinzu war einen Augenblick sprachlos. Dann platzte er heraus: »Ein Ansporn! Willst du ... willst du alle Vorurteile, alles Getuschel gegen uns ... gegen die Aistheten bestätigen? Für wen schaffst du deine Sachen, für die SB?«

Louise lachte, es klang brüchig und kehlig, aber nicht schwach. Sehr viel gefährliches Leben war in dieser mutwillig alternden Frau. Shinzu stolperte, als er versuchte, sich zwischen Bruder und Schwester zu stellen. Er ballte die Rechte zur Faust, hob sie hoch, schüttelte sie dem Himmel entgegen, wo noch keine Leute flogen, schüttelte sie, bis die Knöchel weiß hervortraten, und pochte dann mit diesen weißen Knöcheln gegen die Schwester: »Wir wollten forschen, wir wollten ... vergessene Resultate freilegen aus der Zeit der Künste, rational vorgehen, methodisch, aber das hier«, und er pochte auch gegen den Bruder, »das ist nicht mehr Forschung, das ist nicht mehr rational, das ist Manie! Das is ... das.. das is ... ist ... dassy ...«, die Zunge schien ihm zu glitschig im Mund. Er suchte sie, wollte sie fangen.

»Du bist beschickert. Du hast gesoffen«, sagte Louise, nicht anklagend, es war eine Tatsachenfeststellung.

»Wilentzwasser«, ergänzte Maya, die eine feine Nase hatte.

»Was denn?«, verteidigte er sich, eine Spur zu laut. »Ich muss das machen! Ich muss ...meine Intelligenz boosten, ich muss, mir ... mir muss ein Ausweg einfallen!«

»Ach, Ausweg. Der Ausweg, das sind die anderen. Es ist einfach. Geh nach unten, ins Penthouse, pack deine Sachen, zieh in eine eigene Wohnung, such dir neue Leute, und du bist allen Ärger los, der noch nicht da ist!«

»Weißt du was?« Seine Halsader trat hervor, seine Schläfen pochten, er versprühte feine Speicheltropfen, als er schimpfte: »Weißt du was, du durchgeknallte Vettel? Das mach ich! Das tu ich! Du stellst dich an … du führst dich auf, als wärst du eine kühne Pionierin, Avantgardistin …alles, was wir auf Zemelo … Alles! Alles hast du von mir gelernt.«

»The two of them«, flüsterte Maya traurig, die sehr viel wusste.

»Und du?« Louise blinzelte, lehnte sich in ihrem Liegestuhl mit Holzrahmen und knallroter Stoffbespannung zurück und sagte in grausam-heiterem Singsang: »Du hast alles, was du weißt, von der armen Carla Jaivedh. Und die ist tot und wird dich nicht mehr Plagiator nennen.«

»Hexe!«, schrie Shinzu, dem sonst nichts einfiel als dieser schimpfliche Name, der, wenn auch in anderer Lautgestalt, älter war als selbst die Kunst. Er trat mutwillig nach eindrucksvollen, stattlich breiten Blättern auf dem Weg nach draußen, und fluchte, und wurde dabei immer leiser. Dann war er weg.

Louise sah ihn nicht mehr lebend wieder.

Maya lobte die Farne: »Dieses Lederhafte dran ist schön. Die breiten Wedel.«

»Wenn du und ich und alle unsere Freundinnen und Freunde Erfolg haben, wird man daraus einmal Schiffe bauen, die zwischen den Gestirnen hin- und herfahren«, sagte Louise, nicht verträumt, sondern im selben aufrichtigen Ton, in dem sie Shinzu zurechtgewiesen hatte.

»Farnschiffe. Schönes Bild. Wenn du und ich …« Maya stand auf, küsste die Ältere, die jetzt täglich noch älter wurde, auf die runzlige Stirn und flüsterte: »… Erfolg haben. Und alle unsere Freundinnen und Freunde.«

Nach Mayas Abreise ging Louise überhaupt nicht mehr nach unten.

Sie aß – die Gräser webten ihr aus Lamont Nahrung –, schlief, erleichterte, wusch und erholte sich, lebte und arbeitete ein halbes Jahr nur noch auf dem Dach, bei Regen und Sonnenschein, nackt und gebrechlich, entschlossen und fleißig.

Sie wusste, dass Satelliten und Drohnen von Admins wie Prodisten alles beobachteten, was auf der inzwischen wild von allem

Möglichen, das Gras oder Farn, Wedel oder Blatt war, überwucherten Wiese geschah. Sie wusste auch, dass die Noosverbindungen mit den Produln, denen sie bisher behilflich gewesen war, aufgrund des zunehmenden Selbstbewusstseins, der wachsenden täglichen Zeiten der Selbstreflexion des Rechnergartens allmählich einschliefen und Link für Link zusammenbrachen.
Die letzte Phase von Louises Arbeit begann mit Brüsten und einem Kopf, dessen Augen und Mund offen waren.
Der Mund formte ein »O«.
Aus Glas, das Lamont gewesen war, wölbte sich eine Kuppel darüber, und in die Kuppel sprach die Frau aus Stoff, die Louise nach ihrer Geburt mit »ma femme, good morning, my little woman!«, begrüßte, eine uralte Rechenvorschrift aus China, aus der Han-Dynastie, zur näherungsweisen Berechnung einer Kreisbinnenfläche in neun Kapiteln, die auf Lippen aus grobem Leinen mutierten – Isoperimeterberechnung.
Dann blühten Schatten auf ihren Wangen auf, denn aus der weichen Erde zog die Stofffrau erste neue Tafeln, auf denen Louise aufgezeichnet war und die von den Binsen und Farnen an diese Erde abgegeben worden waren.
Die Frau, die Puppe, erinnerte sich an Louise, wie die vorher gewesen war, als Sara, und noch früher, und ganz am Anfang, oder nie, wie sie nicht war, wie sie hätte werden wollen, wie sie hätte werden können, aber nicht dürfen.
Das war der Durchbruch.

Es folgte ein voluminöses Doppelherz, Busen vielleicht, oder Hintern, mit kleiner Fellchenfeige dran auf gut verschraubtem Holz, das schon vom Fliegen träumte und keine Augen brauchte, die man hätte schließen müssen, zum Träumen.
Schnell machte Louise noch mehr Unweiches aus Metall, inzwischen schließlich Gold, vollbrachte Alchemie, mehr und mehr Poupées, Larven, Louisen, Louisianen.
Sie sprachen und bissen in die Gräser und Farne, dass ihnen der grüne Saft zwischen den Zähnen hervorschoss, übers Kinn lief,

und lachten, und gaben sich, als sie Arme und Hände hatten, Arme und Hände, und Louise, sehr alt jetzt, greisinnenhaft ausgedörrt, voller Energie immer noch, unaufhaltsam, ungeschlagen, kroch zwischen ihnen lachend, wenn auch halbverhungert am Boden umher, auf Krumen und Grasflecken und Steinen, nah an Wurzeln, nah an Lügen unverschämtesten, gefährlichsten Zuschnitts.
Dem pachetischen Magistrat blieb nach einem Drohnenblick auf das, was sich da abspielte, gar nichts anderes übrig, als Sicherheitskräfte vorbeizuschicken.

Schon wuchsen den Gestalten, die Louise aus ihrem Kopf und dem großen Gedächtnis der Wiese geholt hatte, viele helle Haare, an denen vielleicht früher oder später Sporenkapseln aufgetreten wären, die hätten platzen können, so dass der Wind das Erbgut der unanständigen Künstlichkeiten, welche die absurde Uralte geschaffen hatte, in alle Richtungen, vielleicht bis in den Omphalos, und auch nach draußen, über die Stadtgrenzen des Urbeums hinaus hätte tragen können, und wer wäre imstande gewesen, die Folgen solcher Aussaat vorherzusagen?
Ein Dutzend Fachkräfte mit Waffen, Flammenwerfern, Pflanzenbrand schickte man hin. Louise selbst empfand es beinah als Erlösung, als man sie mit erstickendem Pulver in den Boden ätzte. Ihre Geschöpfe leisteten eine Woche lang Widerstand, man musste hacken, schneiden, auseinanderreißen, was sich in Ranken oder klettengleich zusammenfand, verschmolz, frech verbündete.

Volltrunken, unvorsichtig schaute in dieser Zeit Shinzu noch einmal im von ihm eigentlich geräumten Apartment vorbei, wo er nur eine irre Unordnung entdeckte, die ihn jedoch, da er ganz allgemein fürchterlich schlecht orientiert war, nicht auf den Gedanken brachte, flink zu fliehen. Er stieg stattdessen die Treppe hoch und fand, als er durch die Klappe aufs Dach stieg, die Räumungsteams bei fleißiger Arbeit.
Einer trat ihm von hinten in die rechte Kniekehle, dass er ein-

knickte. Ein anderer stellte sich vor ihn hin und hatte Fragen, betreffend seine mögliche Verwicklung in die Taten einer Toten. Er mochte nichts Gescheites dazu sagen.
Man schoss ihn ins Gesicht, da fiel er hin, wo schon kein Gras mehr wuchs.

2: Die Insel zerbricht

»Magnetpolster zweiundsechzig Prozent«, meldete die Maschine.
»Hör auf zu jammern. Überhaupt, halt doch ...«, das Maul, wollte Lasse Ristau bellen, aber die Explosion des Schleusentors hinter ihm und die Brocken aus in der Hitze zusammengebackenem und verkohltem Gummi, die um ihn fetzten und denen er ausweichen wollte, stopften ihm die Worte in den Hals, dass er würgen musste.
Der Stahlbau wurde mit einem Ruck einen halben Meter nach rechts und zwanzig Zentimeter nach unten ins Eis geworfen, den Lasse bis ins Mark spürte und der seinen Schädel zum Dröhnen brachte, als wäre er ein Glockenklöppel, den jemand gegen eine Messingwand geschlagen hatte.
Fast wäre Lasse auf ein Schlangenknäuel getreten.
Wolfsnattern, ineinandergeringelt, verärgert zischend. Lasse sah nach unten. Eine der Schlangen schaute ihn vorwurfsvoll an, als wollte sie sagen: Für dich mag das der Weltuntergang sein, wenn sie die Insel stürmen, aber für uns – Aristokratinnen, die wir sind – ist es etwas Schlimmeres: ein Affront. Wir kämpfen nicht, weil uns nicht danach ist.
Lasse wusste, dass die Tiere klüger waren als er, und nur aus diesem Grund nicht mit ihm redeten – Severin Rukeysers in ihre Genetik geschriebene Wunder langsam, Codezeile um Codezeile, vorsichtig freizulegen, war in den vergangenen sechs Jahren seine Hauptbeschäftigung neben der Sicherung der Insel gegen die Begehrlichkeiten unterschiedlichster Mächte gewesen.
Klemens hatte ihm aus der Ferne per CLP-Standverbindung beigebracht, wie man die forcierte Evolution der Schlangen beobachtete, ohne sie zu stören.
Sie sind mir, dachte Lasse, vom lidlosen Blick der Geschöpfe auf

dem Boden erfasst, immer drei-, vierhundert Jahre voraus gewesen.
Wenigstens hat sich der Abstand nicht vergrößert, darauf dürfen Klemens und ich uns was einbilden: Wir haben uns selbst gutes Wilentzwasser zusammengerührt, wir sind besser, klüger, als wir damals waren, nach seiner Bruchlandung hier.

Dreimal hatte Lasse Ristau die Insel auch militärisch verteidigt.
Das vierte Mal musste es ihm misslingen. Die Schlangen hatten ihn gewarnt, daran lag's nicht. Einige waren seit Lasses Einzug bis drei Kilometer im Umkreis der Insel, die er vor Jahren so nah wie möglich zur Menneskerstufe hin verschoben hatte, im Schnee herumgekrochen und hatten jede kleinste Sonde, jeden Abtastvorgang registriert. Jede fremde Präsenz.
Admins.
Prodisten.
Storema.
Andere, bis auf Fingernagelgröße kleingezüchtete Würmchen mit zarten Libellenflügeln, hatten bei der Abwehr des zweiten und dritten Angriffs auf die Insel als denkende Nadelwaffen beste Dienste geleistet.

Die Schlangen würde er vermissen.
Wie sie zunächst, bevor sie gelernt hatten, ihren Blutkreislauf über den Salzhaushalt willentlich zu regulieren, den ganzen Tag auf heißen Platten gelegen waren, nahe der Brücke – schwarzgeschuppte Tigerottern einträchtig neben kirchenfensterbunt gemusterten Gabunvipern: schöne Trägheiten.
Wie sie dann durch das ganze Raumschiff ihre komplexen Gemeinden und Zivilisationen ausgebreitet hatten: das demokratische Zischen, das imperiale Rasseln. Wie sie im kurzen Winter der Kommunikation auf Augenhöhe mit Lasse gefordert hatten, er solle ihnen die Hangars für die längst verschrotteten Beiboote überlassen. Wie sie sich dort, als er dem Wunsch nachgekommen war, eigene Regenwälder angelegt hatten.

Korkenzieherkarawanen, die aus den oberen Stockwerken migrierten, Boas, die vor den Luftschächten lagen und über die Verbesserung des Schiffklimas diskutierten, bis der Mensch dazukam und auch ein Wörtchen mitreden wollte – »Ihr wohnt ja nicht allein hier.«
Aalglatte Erwiderungen: »Wir nehmen das ernst, Lasse.« Wie ihre Körpersprache diese Umgänglichkeit damals immerhin noch als Lügenhöflichkeit entlarvt hatte: stumpfer Schwanz über der Körperschlinge, Verteidigungshaltung.
An unsere Köpfe, Bruder Mensch, kommst du nicht heran. Und nie hinein.
Wir waren Hausgenossen, und nicht die schlechtesten, dachte der Brenner, als er, die Schulterstütze des Gewehrs in die linke Armbeuge gekeilt, mit Schmerzen in der Schulter drüber, wo Glassplitter steckten, den Korridor hinunterhumpelte, das nutzlose linke Bein nachzog und wütend grunzte.

Deckenlichter über ihm versagten. Rechts und links brutzelten selbstverlegte Kabel durch. Der Lärm der Eindringlinge – Holz auf Aluminium, Stahl gegen Formplastik, Schreie – war eine starke Versuchung, die Tasterangaben im Gesichtsfeld zu ignorieren und sich lieber nach Gehör zu orientieren. Gleich um die nächste Ecke mussten die Angreifer durch den zweiten Schutzring gebrochen sein.
Lasse konnte entweder zurück zum blauen Aufzug, Richtung zerstörter Verkürzerkeil, oder links abbiegen, auf den Durchgang zwischen den Terrarien, an dessen Ende ein weiterer Lift ihn runter zum Backup-Datenknoten bringen würde.
Gasleitungen platzten.
Zischend trat beißendes Gemisch aus. Die Schlangen am Boden lispelten Missbilligung.
Warum sie Frühwarnhilfe geleistet hatten, aber, anders als bei den letzten beiden Angriffen, nicht bereit schienen, die Insel zu verteidigen, verstand Lasse nicht ganz.
Er neigte freilich nie zum Grübeln.

Mit Blutgeschmack im Mund (Habe ich Hunger?), schmerzenden Rissen im Leib und flackernden Datenkolonnen im Sichtfeld wandte er sich einer konkreteren Frage zu: Keil oder Terrarien, wohin?

Die Entscheidung wurde ihm von den beiden Schaufelköpfen zweier bewaffneter Storarier abgenommen, die vor ihm um eben jene Ecke bogen, auf die er selbst beinahe zugegangen wäre. Sie tschilpten überrascht, ihre Nevina schlackerten wirr durcheinander. Lasse Ristau nahm das Gewehr hoch, schoss das Haupt des Vorwitzigeren in Späne und Splitter, konnte aber nicht verhindern, dass der andere sich duckte und etwas Helles, sehr Dünnes ausspuckte – eine Detonatorspindel, wie Lasse aus alter Gefechtserfahrung wusste.

Der Boden unter den Schlangen wurde gespalten. Das Wurmknäuel und der Verteidiger der Insel fielen in die Tiefe. Lasses Arme versuchten im Fall, etwas vom Innenstützgerüst der Konstruktion zu greifen. Der einzige Körperkontakt mit dem Schiff, ein heftiger Aufprall, zerschlug ihm das Knie des bis jetzt gesunden Beins, dann fiel er rücklings auf eine eiskalte Schräge. Ah, Klimatanks, Scheiße, dachte er. Seine Augenmonitorausschnitte flimmerten in wertlosen Angaben über Entropie, Enthalpie und andere Richtwerte jener Tanks.

Lasse versuchte, sich irgendwo festzuhalten, geriet aber dadurch erst recht ins Rutschen.

Er drehte und überschlug sich. Dann streifte er mit der Hand ein Wimmeln – die Schlangen. Lasse Ristau schlug sich den Kopf an.

Er verlor das Bewusstsein.

In Qualm und Stickluft kam er zu sich.

Ein Feuer, wo?

Sein Gleichgewichtssinn verriet ihm, dass er sehr ungünstig lag, eingeklemmt auf einer Art Knick-Kamm über Elevons und vertikalen Stabilisatoren. Sollte er sich jetzt verkehrt bewegen, dann

war es durchaus möglich, dass ein Absturz in den noch vom Aufschlag des Schiffs im Eis von Feldeváyes Nordpol her zertrümmerten, insgesamt unnützesten Teil der Insel ihm das Genick brach. Gekappte Stränge von Verteilerfaserbündeln hingen vor seinem Gesicht aus der Wand. Er griff mit der Hand danach, der die Waffe entglitten war. Unter Schmerzen in Hüften, Schultern und Rücken zog er sich in die Höhe, bis eine verbeulte Trittstufe für den Wandungsspaziergang seinem anderen Arm erreichbar war. Das Gewehr fiel neben ihm über die eiserne Klippe ins Dunkel. Lasse stieß einen gurgelnden Fluch aus und hievte seinen Oberkörper Richtung Trittstufe. Dann trat er mit dem lahmen, aber nicht zerstörten Bein gegen eine nicht mehr ganz gerade Geländerstrebe, stellte seinen Fuß dort im rechten Winkel wie in einen Steigbügel ins Strebenkreuz und biss die Zähne zusammen, als er das Bein durchdrückte, so fest er konnte, und sich an der Trittstufe die Wand entlang zu einer Luftklappe stemmte, deren in mehreren Schleierschichten herunterhängender Folienvorgang beiseite wich, als er den Kopf hindurchdrückte. Ein Blick in den Schacht: Da war ein Gang, auf dem das Licht noch leuchtete. Intakter Schiffsbereich. Mögliche Rettung.
Eine Drehung des Kopfes zur Seite ließ ihn aus den Augenwinkeln im Abgrund tanzende Lichtbalken wahrnehmen. Da, wo sie herkamen, sehr weit oben (bin ich wirklich dieses ganze Stück gestürzt? Sind das vier Meter, sechs?), stritten sich ein Mensch und zwei oder drei Storarier. Was sie sagten, war nicht zu verstehen.

Lasse zog und drückte, schob und quetschte sich, der Ohnmacht nahe, in den Lufttunnel.
Stieß er an Flächen oder Kanten, so tat das schließlich weniger weh, als er befürchtet hatte, aber dass dies keine rein gute Nachricht war, die ihm die Nerven da übermittelten, wusste er auch: Ich bin unterkühlt, stehe unter Schock und bin mit Adrenalin überflutet, das alles sind Schmerzbetäubungsfaktoren, die mich darüber täuschen, wie es mit mir steht.
Am Ende des Tunnels angekommen, streckte er die Arme hinaus

und tastete den Rahmen ab, ob er daran irgendeinen Halt finden würde, um einigermaßen sicher hinausklettern zu können. Aber die Öffnung war abgeflacht verkleidet, geschweißt, leider kein Pfusch. Er würde sich aus dem Schacht drücken und dann auf dem Gang wie einen Sack Knochen zu Boden plumpsen lassen müssen, sonst war kein Durchkommen.
Lasse hielt sich zwar die Arme angewinkelt schützend vor den Kopf, aber der Aufschlag drückte ihm die Eingeweide zusammen, als wäre er ein Akkordeon. Die Hüfte knackte.
Er hustete schwarzes Blut. Ich werde hier sterben, dachte Kathrins Vater, ich höre sie schon auf ihren Stelzbeinen und in ihren Stiefeln die metallischen Wendeltreppen runtereilen. Ich höre sie rufen. Ich bin unbewaffnet. Wohin soll ich, wohin will ich fliehen?

Trotzdem, als ob diese Gedanken gar nicht zu ihm gehörten, schleppte er sich weiter, Dezimeter für Dezimeter, bis zu einer weiteren Iristür, die sich, als sie ihn erkannte, mit leisem Summen öffnete, so dass er, inzwischen zusammengekrümmt wie ein Igel in stachliger Ballgestalt, über die Schwelle rollte. Im hellen Raum angekommen, der zu Severin Rukeysers heckseitigen Wohnquartieren gehörte, drehte er sich erneut auf den Rücken. Lasse schloss die Augen und streckte die schmerzenden Extremitäten seesternartig von sich. Die Tür wurde mit hydraulischem Sauglaut schalldicht versiegelt.
Kein Knacksen und Krachen mehr, keine Schritte noch Schreie. Gut, dachte Lasse: Eine letzte Verschnaufpause, bevor sie mich finden und gefangen nehmen oder töten. Drei lange Minuten vergingen. Sein Leben zog nicht an seinem geistigen Auge vorüber. Er sah nur nutzlose Zahlen glimmen.
Ein Coifletsignet blinkte, und zwar, wie die Locutorleiste anzeigte, aus unmittelbarer Nähe – wer von den Invasoren, fragte sich Lasse Ristau, hat meine Kennung? Und wieso rufen sie mich an, wenn sie wissen, wo ich bin, statt mich in die Luft zu jagen?
Das Anruferporträtfeld zeigte einen generischen Umriss, Lasse

hatte mit diesem Menschen also noch nie per Coiflet gesprochen. Er gewährte den Verbindungswunsch. In altmodischem Langskript schrieb ihm wer: »Ich komme nicht durch die Iristür. Du musst sie von innen aufmachen..«

Lasse sagte mit krächzender Stimme: »Guter Witz. Spreng sie doch.«

Der Gesprächspartner passte sich sofort an, Lasse hörte eine ihm unbekannte Stimme in seinem Kopf sagen: »Du verwechselst mich. Ich gehöre nicht zu den Scheißkerlen.«

»Ach?«

»Wenn du leben willst, komm mit mir.«

Lasse lachte, kläffte, es stach in der Brust.

Lungenblutung?

Er befahl der Tür, sich zu öffnen. Während die Iris sich in den Rahmen zurückdrehte, setzte Lasse sich unter Zuhilfenahme der Ellenbogen auf, so gut es ging. Was vor ihm stand, war kein Mensch, sondern ein Padur – einer, den er tatsächlich kannte.

»Toje«, begrüßte er das Tier, »du kannst sprechen. Und bist nicht tot. Warst du nicht tot? Was für eine nette Halluzination.«

Die Stimme antwortete in seinem Kopf: »Ich bin nicht der, für den du mich hältst. Ich bin eine neue Version. Sie hat mich verbessert.«

»Wer, Kathrin?«

Der Padur kam nah heran und beugte sich vornüber, indem er die Vorderläufe abknickte. Lasse verstand, dass von ihm erwartet wurde, die Arme um den Hals des Retters zu schlingen und sich auf dessen Rücken zu hieven – groß und stark genug, ihn wenigstens eine Weile zu tragen, war der Padur zweifellos, aber mit Erwachsenen wurde so etwas nur selten gemacht. Es dauerte ein Weilchen, bis die menschliche Fracht eine einigermaßen stabile Halteposition eingenommen hatte. Beim Ziehen und Zurechtrutschen sah Lasse hinter sich und erkannte einen zerschmetterten Storarier und zwei leblos daliegende Menschen in sandfarben-militärischen Overalls am Wendeltreppenabsatz. Die musste Toje gerissen haben, der also offenbar wirklich hier war, um Lasse aus dem Dreck zu ziehen.

Kathrin Ristaus Vater spürte, wie Schinderei und Blutverlust ihn soweit entkräftet hatten, dass eine Ohnmacht, diesmal für länger, sich nicht würde vermeiden lassen. Er flüsterte dem Tier ins Ohr, das mit ihm loslief, tiefer ins Heck, dem hinteren Ende der Insel zu: »Bin ... nicht mehr ... sehr lang ... präsent, fürcht' ich ....«
»Reiß dich zusammen. Ein paar Minuten, dann sind wir bei ihr, dann kannst du loslassen. Dich fallen lassen.«
Lasse war nicht sicher, ob er das wirklich gehört oder sich nur gewünscht hatte.
Die nächsten zehn Minuten, in denen der Padur mit ihm auf dem Rücken Gänge in gestrecktem Galopp entlanglief, Hindernisse überwand – jeder Sprung tat Lasse weh, der Griff seiner rechten Hand ums linke Handgelenk wollte sich mehrfach lockern –, Leitern hinaufkletterte – kann er das wirklich, gebraucht er die Vorderläufe wie Arme? –, mischten sich in Lasse Angst und Überdruss am Wahrnehmen. Bitte Schlaf, bitte Tod.

Der Padur blieb in einem Hangar stehen, auf einer Rampe.
Da stand ein Gleiter, der nicht hätte da sein sollen – diese hinteren Beiboote, fiel Lasse fahrig ein, waren doch als Altmetall in Wilentz weiterverwertet worden.
Triebwerke liefen warm, der Rumpf brummte. Eine Menschenhand an einem starken Arm griff Lasse ins Genick, eine selbstbewusste Stimme, die er kannte, rief laut: »He, lass den Toje los. Du bist in Sicherheit. Lass los, und ich zieh dich. Warte, ich zieh dich hoch.«
Eine andere Hand griff ihm unter den linken Arm, als Lasse tatsächlich losließ und damit etwas löste, das schon mehr Krampf als Griff gewesen war.
Die Frau half ihm dabei, sich aufzurichten, zu ihr umzudrehen, und er sagte, mit brüchiger Stimme, als hätte er niemand anderen erwartet, als er sie vor sich sah und sofort erkannte: »Tach, Zainab.«
»Alter. Mach mal eben den Hals frei, ich hab Meds. Das kann man sich ja nicht anschauen.«

Er griff sich in den Kragen, zog ihn beiseite und ließ sich von Zainab Sgriacci einen schnellen Schuss setzen. Achtlos warf sie die Ampulle weg, als die leer war. Auf dem Rücken trug Zainab, wie er erkannte, als sie ihm die Rampe hoch ins kleine Schiffchen half, drei Trommeln mit Schlangen darin, und um ihren linken Arm war eine Boa gewickelt, die Lasse gelangweilt ins Gesicht sah.
»Sehr viele nimmst du ja nicht mit«, ächzte er, und merkte dabei, dass er sich schon besser fühlte: Starkes Zeug war das, was die Padurführerin dabeihatte.
»Die wirklich klugen sind schon seit Wochen weg. Die haben es längst kommen sehen. Mich gesucht, in den Bergen. Waren seit Jahren in der Noos und wussten auch Sachen zu deuten, die den Admins, den Prodisten und der Auswertung verborgen blieben. Die, die sie hiergelassen haben, sind eigene Züchtungen der … na ja. Dumm wie die Tiere, aus denen die superschlauen sich entwickelt haben, bis auf einige Dutzend, die hier die Stellung halten wollten und jetzt mit dem Schiff verbrennen. Von denen haben die andern Tafeln. Die, die bei meiner Hütte warten. Auf ein Wiedersehen mit dir.«
Schlangen mit Tafeln, Schlangen auf Tafeln, dachte Lasse: Was es alles gibt.
Er hustete, schon nicht mehr feucht, sondern gesundend, trocken, und sagte dann: »In den Bergen. Ich hätte gedacht, du bist nach Süden. Aus Wilentz haben sie dich doch vertrieben, oder?«
»Die Oberhetzkuh hat mich mit einem Padur erwischt – in flagranti. Beine um ihn geschlungen, auf dem Rücken.«
»Wa--?«
»Jubelnd vor Vergnügen. Hier, setz dich da … nein, weiter nach hinten. So. Ich werd mal vorne reinsteigen. Ins Cockpit.«
»Und dann?«
»Hauen wir ab. Bevor sie dich vermissen. Im Moment sind sie noch geblendet, von den Schätzen hier. Fajid Toril, das Dreckschwein, kann's kaum erwarten, in den aufgegebenen Projekten von Klemens und Severin zu wühlen. Reinzutauchen. Sich die Daten auf die Glatze prasseln zu lassen.«

»Fajid Toril? Wer ist Fajid Toril?«

Zainab Sgriacci lächelte böse, nahm ihren Platz an der Konsole ein, schnallte sich an und sagte: »Alles zu seiner Zeit, Lasse. Alles zu seiner Zeit.«

3: Transfiguration

Maya wusste, wie viel von ihr abhing.

Sie war in Barbizek geboren und hatte diese Stadt bis zum Beginn ihrer Annäherung an die Aistheten nie verlassen. So standen ihr selbst zu einer Zeit, da man wieder Buch zu führen begann, weil die Lapithen allmählich mit den Ports zu geizen anfingen, für jedes noch so schwach entwickelte Gerechtigkeitsempfinden viele Schritte durchs goldgrüne Licht zu. Als die Rationierung begann, hatte sie noch nie Verkürzerports passiert, und da die Admins auf derlei achteten, erlaubte man ihr manchen Weg.

Die arme Louise, dachte Maya, war da schlechter gestellt gewesen – als Einwanderin von Zemelo, die nicht per Gleiter gekommen war, durfte sie sich aus ihrem Urbeum kaum anders als mit den allerlangsamsten Transportmitteln fortbewegen, so hatte sie sich schließlich auf ihrem Dach verschanzt.

Viele Leute arbeiteten, als Maya ihr Projekt begann, bereits Portschulden ab. Man nannte dies freilich nicht offen so. Die Ökonomie der mittlerweile mehrere Galaxien umspannenden Menschheitszivilisation nach der Hidschra tendierte, seit die Lapithen, also die Mennesker, mit ihren Gaben knausriger wurden und selbst zur Nomos nicht mehr viel hinzukam, Schritt für Schritt zur Tauschwirtschaftlichkeit. Diskutiert wurde das in den Produln mehr als in den Verwaltungen, Unruhe erzeugte es eher kriechend als sprunghaft.

Maya reiste programmatisch, bald auch strategisch, schließlich taktisch.

Sie baute sich ein Netzwerk persönlicher Bekanntschaften auf, lernte wichtige Vorkämpferinnen und Vorkämpfer der aisthetischen Sache wie Louise oder den Prodnik Conlon Nancarrow kennen, tauschte mit diesen Ideen und Verfahren aus.

Wenn sie nicht in ihrem Studio arbeitete, war sie in den Jahren der großen Umbrüche auf Feldeváye eigentlich immer unterwegs, so dass die geheimen Abteilungen der SB viel zu tun hatten, wenn sie Mayas Bewegungsprofile auf dem neuesten Stand halten wollten.

In Barbizek gab sich die Auswertung erheblich liberaler als in Laischa oder Pachetum. Mayas früh gefasster Plan, sich enger an den Omphalos zu schmiegen als alle anderen Aisthetinnen und Aistheten, ging daher tatsächlich auf.

Die Frau mit der prachtvollen Mähne aus feinlockig dunklem Haar und einem Gesicht, das an die kultischen Katzenköpfe aus der Pharaonenzeit erinnerte, arbeitete schließlich ganz offiziell für die Auswertung: Eine entfernte Cousine namens Moira Setaris verschaffte ihr ein Entrée beim Omphalos.

Maya bot sich als Neugestalterin der Filmabteilung im Spätkunstflügel an: »Ich bin eigentlich mehr Gesinnungsaisthetin als eine Praktikerin, jedenfalls bis jetzt. Wenn ich Kunst mache, dann nur, um Kunst besser zu verstehen.«

Ein Herr in purpurner Robe mit kekstrockener Haut und langen Wimpern wandte in weinerlichem Singsang ein: »Kunst besser zu verstehen? Nicht den Kosmos, oder das Leben?«

»Kunst reicht«, fand Maya.

Moira Setaris, die nicht parteilich wirken wollte, sagte mit kehliger, verruchter Stimme: »Aber denkt ihr nicht alle ... ihr Aisthetinnen und Aistheten ... dass Kunst und Kosmos und Leben irgendwie zusammenhängen?«

»Denkt das nicht ganz Feldeváye, seit dem kleinen Pamphlet von Frau Ristau?«, nölten die langen Wimpern.

»Weiß ich nicht. Ist mir zu hoch. Ich sehe mich mehr als ... es ist wie mit den Leuten, die trotz Nomophysik weiterbasteln am alten Menschenwissen. Trotz Nomophysik und Lamontik Rosen züchten oder Fahrzeuge bauen oder ... diese Richtung.« Maya machte eine charmant unbestimmte Handbewegung. Dass sie ein bisschen stammelte, dass ihre Sätze nicht gebügelt und gestriegelt waren, kam gut an.

»Anders aber, wissen Sie ... anders als die Erfindungen der Wissenschaften und der Technik, die nur wertvoll sind, bis eine andere Erfindung dem betreffenden Zweck besser dient, sind die Erfindungen der Künste, ähm ... sie ... sind als Erfahrungs ... als Gefäße emotionaler und intellektueller Art ... haben sie ihren Wert gewissermaßen, öhm ... sind sie sozusagen zeitlos. Und anders als Entdeckungen, die von den Grenzen menschlicher Wahrnehmung eingezäunt sind oder, na, wie soll ich sagen, deren Fortschritt vom Fortschritt der ... Instrumente und des exakten Wissens abhängt ... also, wir können in der Kunst aus den primitivsten Materialien die transzendentesten Ergebnisse ... hervor ... wie soll ich sagen: locken? Ja. Hervorlocken.«
Der Zweifler in prächtiger Robe sagte gönnerhaft: »Na, dass es einen Komparativ und gar einen Superlativ von ›transzendent‹ gibt, das höre ich zum ersten Mal. Gut denn, wir wissen, was Sie meinen, und wir ... sympathisieren durchaus mit diesem Ansatz. Wir wollen also sehen, ob Ihr Enthusiasmus und Ihre ... schönen Überzeugungen nicht eine Zusammenarbeit erlauben, die für uns alle, für uns alle ... fruchtbar ist.«
Was er meinte, war sehr simpel: Wir wollen sehen, ob wir unsere Aistheten nicht an eine kürzere Leine legen können als die anderen Urbeen, ohne Drohung und Konflikte, denn Barbizek ist tolerant.

Der joviale Mann wurde Mayas Mentor im Omphalos.
Er hieß Mischa Schabech, war ein enger Mitarbeiter des obersten barbizekischen Kurators Kwame van der Pijl und verfolgte bei Maya zum Glück keinerlei erotische Interessen (sie hatte wirklich keine Zeit für dergleichen).
Schabechs Kalkül ging auf, im Maßstab seines Horizonts: Maya experimentierte unter einer Art Aufsicht (man verstand nicht wirklich, was sie tat) mit den Lamontressourcen des Omphalos, bis die Zusammensetzung geeigneter Projektionsgewebe für eine authentische historische Aufführungspraxis der Filme gegeben war, die sie untersuchen wollte, dafür gab es in Barbizek dann weniger

Ärger zwischen Admins und der organisierten Aisthesis als in anderen Urbeen – die Aisthetinnen und Aistheten nämlich betrachteten, was mit Maya geschah, als einen Testfall, der klären konnte, wie tolerant die Auswertung tatsächlich war. Die Besuchszahlen des lokalen Omphalos, offiziell von nachgeordneter Bedeutung bei der Selbstbewertung der Institution, stiegen merklich. Einheimische wie Auswärtige, sogar einfache Prodniki, schließlich auch lokale Lacs, die sonst fast nie in die Omphaloi gingen, ließen sich von Mayas Rekonstruktionen und dann von ihren eigenen Erfindungen anlocken und einnehmen.
Maya arbeitete mit selbstentworfenem Kamera-, Zelluloid- und Schnittkunst-Material.
Die Filme zeigten sie selbst, wie sie auf Dächern Vogelbewegungen nachahmte, wie sie an Flüssen fischte, unter Lacs, wie sie in der Steppe barfuß ging, wobei sie sich selbst, so schien es paradoxerweise, immer einen Schritt voraus war.
Von Politik ließ Maya die Finger.

Nastja Ngwethu besuchte sie am Schneidetisch.
»Wie nett, eine von Kathrin Ristaus Leuten!«, rief Maya, und fuhr sich durch die wilden Löckchen.
Nastja räusperte sich und sagte: »Wir sind beide sehr beeindruckt. Kathrin und ich, und die andern in Laischa.«
»Beeindruckt, echt? Wovon?«
»Von der Geschwindigkeit, mit der Sie Verschüttetes freilegen. Kathrin überlegt ernsthaft, ob Sie nicht die erste Gegenwartskünstlerin, die erste Aisthetin von Feldeváye sind, der man sogar Auswertungsarbeit widmen soll.«
»Aber selber kommt sie nicht. Zu mir. Kluge Rebellin.« Maya lächelte.
Nastja ging darüber hinweg: »Uns wundert nur, dass Sie sich so selten programmatisch äußern. Das man von Ihnen nichts erfährt ...«
»... was die Auswertung so richtig ärgern würde«, sagte Maya, und zwinkerte Nastja zu.

Zwei Stunden redete die Jüngere auf die Filmfrau ein, sie solle doch »ihr Prestige in den Dienst der guten Sache stellen. Ein Wort von Ihnen, und die Admins, wenigstens die von Barbizek, werden sich wieder für die Aufklärung der Entführung unseres Freundes Klemens Erikson interessieren.«
Maya schüttelte den Kopf, nicht verärgert, eher befremdet: »Wieso sollte ich so was tun? Ich genieße hier, Dank der Generosität von Mischa und Kwame und der Unterstützung von Leuten wie Moira, ein paar Vorrechte, von denen Kathrin Ristau, wenn ich ihre Arbeit richtig verstehe, noch vor anderthalb Jahren glaubte, dass sie für unsereins nicht zu haben sind. Dass man noch nicht mal darüber nachdenken darf, wie man so was fordert.«
»Sie haben Kathrin eine Rebellin genannt. Jetzt nennen Sie Kathrin feige.«
»Im Moment ist sie Reformistin, also beides. Sie redet, das lässt sich nicht übersehen, mit der Auswertung über Verbesserungen, die letztlich schon darauf abzielen, auch aktuelle Kunstproduktion zuzulassen, einzubinden. Das ehrt sie. Aber die Mischung aus auftrumpfender Aggressivität – der Ton ihrer schönen Abhandlung – und verschämtem Ausweichen … wissen Sie, ich verfolge das alles sehr aufmerksam. Aber ich habe von ihr nie einen offenen Ton über uns gehört.«
»Uns?«
»Alle, die jetzt Kunst machen. Es passiert in den Pausen, zwischen den Zeilen bei ihr – das schadet eher, als dass es hilft, wenn Sie mir die Offenheit gestatten.«
Nastja hatte dem nur Umständliches entgegenzusetzen, also nichts.
Man verabschiedete sich nicht unfreundlich.
Nastja sah, bevor sie ging, die große Raubkatze mit einem Blick an, der sagte: Kathrin und ich, und unsere kleine Zelle von Leuten in Laischa, wir wissen, dass du dich von uns distanzieren musst. Wir haben gar nichts anderes erwartet. Nastja war nicht hergekommen, um Maya für einen zähen Kampf anzuwerben, sondern um herauszufinden, ob ihre Zurückhaltung in politischen Angelegen-

heiten strategisches Geschick und Schläue oder Naivität bedeutete.
Man verstand einander.

Maya kehrte zurück an die Arbeit: Einzelstudien über Bildformat und Bildeinteilung, Perspektive und Motiverfassung, Licht- und Farbgestaltung, Sitzungen per Noos und persönlich, mit Nomophysikerinnen und Chemikerinnen, auch Wahrnehmungstechnikerinnen, dann Rechnerseparierung von Ebenen bei Fahrten mit den ungewohnt groben und großen Aufnahmemaschinen der letzten wiegengebundenen Menschheitsepoche, Etüden in Schärfentiefe-Regulierung, schließlich der Schritt von reinen Raum- und Zeiterkundungen mit ihr selbst als Hauptfigur zur Arbeit mit Darstellerinnen und Darstellern.

Den Eitelkeiten der Granden Kwame van der Pijl und Mischa Schabech wusste sie gezielt zu schmeicheln, indem sie diese beiden als Schauspieler in einer ersten Bewegungsstudie einsetzte. Sie ließ die vornehmen Männer gravitätisch auf- und abschreiten, sich um sich selbst drehen, filmte sie dann unter Wasser (ein großer Tank mit Abstraktsolvat wurde dafür angeschafft), ließ sie mit Garn spielen und instruierte sie mit kurzen Treatments, in denen für die Figuren, deren Treiben da in Szene gesetzt wurde, kryptische Namen wie »Die Witwe« oder »Schatten 2« angegeben waren.
In der dritten Woche dieser Arbeit wirkten schließlich auch Moira und einige ihrer Assistentinnen persönlich mit.
Auf Mayas Bitte stellte van der Pijl die Kontakte zu Produln her, die Maya mit komplexeren Programmen für ihre Lamontversuche am eigentlichen Filmmaterial beliefern konnten. Schabech, der sich als Förderer und Mäzen zu verstehen begann, stellte Rechnerkapazitäten in seinen umfangreichen Noosfächern bereit.
Moira Setaris renommierte mit ihrer Nähe zur Cousine längst in den besseren Kreisen der Stadt und darüber hinaus. Auf den üblichen Umwegen, über angenommene Einladungen zu Partys,

Noos-Anfragen und Besuche im Studio, ergaben sich daraus für die Künstlerin weitere nützliche Kontakte in alle Himmelsrichtungen.

Schließlich ließ Van der Pijl eine Premiere anordnen: Mayas neuester Film »darüber, wie unsere Vorfahren Filme gesehen haben«, fand im hochoffiziellen Rahmen vor sechshundert Leuten, darunter auch Storarier und einige Rengi, im Omphalos statt, ausgerichtet von Sandrine Chassik, einer leitenden Adminrätin der Stadt. Auch aus anderen Urbeen kamen Gäste.

Nastja Ngwethu und Kathrin Ristau allerdings ließen sich nicht blicken (in der Noos, wo Maya neugierig nachforschte, gab es Gerüchte über eine Trennung der beiden, die Maya betrübten).

Der Abend war ein großer Erfolg.

Nach Filmende klatschte und tuschelte das Publikum, ein Verhalten, das man im Film selbst gesehen hatte (»Ist alles Teil der Inszenierung – rekursive Auswertung!«, zischte Sandrine Chassik auf der Empore ihrem Sitznachbarn bedeutungsvoll zu).

Das Bankett danach entgleiste, wie es sich für festliche Anlässe in einem liberalen Urbeum schickte, eilig zur Orgie, von der sich Maya allerdings, wie ein Fischlein davonschlüpfend, nach nur einer halben Stunde umsichtig absentierte.

Die Debatte auf den einschlägigen Plattformen der Noos würdigte vor allem, dass Maya zum Erreichen ihrer Wirkung radikal auf Synesdislokutionen verzichtet und alles, was ihre Arbeit ausmachte, mit rein cinematischen Verfahrensweisen erreicht hatte – die letzte Verwandlung, auf die das Opus hinauswollte, war sogar mit rein photochemischem Instrumentarium erzeugt worden: Das Filmnegativ zeigte die Figur der Witwe, abwechselnd von Moira und Maya selbst gespielt, von regsamen Wassern umgeben, und deren Verwandlung in »die Braut« – das kontrastumgekehrte Bild der Witwe war nichts, was für sich stand, sondern wirkte mit seinem bauschigen, glühenden Schleier wie ein Nachbild aller Körperkonfigurationen, in denen der streng ritualisierte Film zuvor auf der sicheren Spur von Mayas Ideen seine eigene Mehrdeutigkeit gefeiert hatte.

In der Mitte von Stadt und Weltkreis, auf dem Höhepunkt des Ruhmes angelangt, führte Maya ihre Unternehmung nun in die entscheidende letzte Phase.

Das Sechzehn-Millimeter-Filmmaterial bedurfte einer Lichtquelle, um auf den Leinwänden als Bildersequenz gelesen zu werden, die sie jetzt auch an anderen Orten im Omphalos anbringen ließ, mit tatkräftiger Unterstützung van der Pijls (Maya richtete, wie sie sagte, »Environments« ein, die »das Nebeneinander von Film und Video und anderen Arten visueller, taktiler Kunst zutreffend vergegenwärtigen sollen, das seinerzeit soziale Norm war«).
Diese Lichtquelle für die Filmprojektion begann Maya nun zu manipulieren.
Nomophysikerinnen halfen ihr dabei, die kleinen Photonenkanonen umzurüsten, damit auch andere Sorten Teilchen davon abgeschossen und durch neue Sorten von Zelluloidbändern (»meine Schlangen«, nannte Maya die) gestreut werden konnten.
»Was wird das?«, fragte Moira interessiert.
Wie blass sie ist, dachte Maya, und wie wasserblau die Äderchen schimmern. Die Haut, zu dünn, zu durchsichtig.
»Zeit«, sagte die Künstlerin – eine kryptische Antwort.
Moira fand das faszinierend, und argwöhnte selbst dann noch nichts, als Maya schwerverständliche neue Filmszenen mit eigenartig ineinander geschachtelten Schnittfolgen von Frauen drehen ließ, die Fußstapfen in den Sand liefen, an ebenjenem Strand des Kontinents Ammar, an dem nach Nastja Ngwethus und Kathrin Ristaus Behauptung der dubiose Klemens Erikson verhaftet worden war.
»Wird das was Politisches?«, kicherte Mischa Schabech ungezogen.
»Nein. Ich sage doch: Es geht um Zeit«, wiederholte Maya (denn Wiederholungen gehörten auch dazu).
Schabech ließ seine Robe rascheln, veränderte seine Sitzhaltung und sagte: »Zeit.«
Maya insistierte: »Ja, das ist es, was mich interessiert. Und nach-

dem ich, wie du ja gesehen hast, die Eigenzeit der Körper in Choreographien gebracht und danach die Abfolge von Handlung und Ereignis mit Schnitttechnik kontraintuitiv neu arrangiert habe, möchte ich jetzt Filme drehen, Filme zeigen, die Teilchen streuen, deren Weg nicht von vorher nach nachher führt wie der von gewöhnlichen Photonen, sondern in umgekehrter zeitlicher Richtung. Von der Wirkung zur Ursache.«

»Tachyonen«, sagte Schabech, der nicht nur nomophysikalisch gebildet war.

»Wo kriegst du Tachyonen her?«, fragte Moira, endlich beunruhigt. »Damit wird doch kaum gearbeitet. Die Lapithen haben uns gewarnt, erinnerst du dich? Das hat bei Lärz viel Ärger gebracht, dass die Nomotechnik und unser altes teilchenphysikalisches Arbeiten aus der Zeit vor der Hidschra so schlecht zusammen …«

»Richtig«, sagte Maya, »aber es sind ja ganz wenige, weißt du. Ich brauche nur winzige Mengen. Und ich bekomme sie als Abfallprodukte aus hinter die Projektoren geschalteten kleinen Verkürzermotoren. Bleibt alles im Nomo-Rahmen. Diese Dinger, diese Motoren, sind nicht größer als menschliche Fäuste. Zwei, höchstens mal drei Stück. Ich lasse die Maschinen leerlaufen, befeuere sie dann mit Positron-Elektron-Annihilationsreaktionen, gebe ihnen aber nichts zu tun, dann ist ihr ganzes Produkt tachyonische Abwärme. Die schicke ich gebündelt durch das präparierte Filmmaterial, so dass meine Aufnahmen die Teilchenschauer auf eine am jeweiligen Filmbild orientierte Art wieder zerstreuen. Die Positiv-Negativ-Geschichten im Ritualfilm, mit Braut und Witwe, das war der erste, noch vermenschlichte, allegorisierte Anlauf dazu. Ein Spiel.«

»Und jetzt … wird das Spiel ernst«, raunte Schabech, griente und rollte mit den Augen.

Als Kwame Van der Pijl erfuhr, was vorging, war er hell begeistert: »Eine Premiere! Wir müssen wieder eine Premiere draus machen. Wir brauchen noch so ein Ereignis. Das hat Wunder gewirkt. Weiter so, und ich sage euch, wartet nur ein, zwei Jahre, dann wird es

heißen, der Omphalos von Barbizek ist überhaupt der wichtigste auf Feldeváye.«
Zu seiner Überraschung versuchte Maya, seine Euphorie zu dämpfen: »Entschuldige, Kwame, aber ich bitte darum, die nächste Arbeit zunächst nicht mit einer größeren Öffentlichkeit teilen zu müssen. Einige vertrauenswürdige Einzelpersonen, gerne. Du, und Mischa, und Moira. Jederzeit.«
Das gefiel dem Kurator freilich noch besser, als ihm ein weiterer Höhepunkt des gesellschaftlichen Lebens gefallen hätte. Er ließ sich sogar überreden, für einen ersten Testlauf den Omphalos zwei Tage lang absperren zu lassen. Keine Besucher, »notwendige Instandsetzungsarbeiten«, ein Heimlichtun, das den wenigen Eingeweihten ein Gefühl großer Wichtigkeit, ja numinoser Macht einflößte.
Beim Probelauf selbst waren dann nicht einmal Moira und Mischa zugelassen, nur Maya, ihr technisches Personal, das faktisch blind war – die Bewegungen der Helferinnen und Helfer, sämtlich einfache Prodniki, wurden per Coiflet, Funk und Echoraumorientierung koordiniert, sie sollten das Projizierte nicht sehen –, und Kwame van der Pijl persönlich.
Siebenundzwanzig Leinwände, siebenundzwanzig Projektionsmaschinen, siebenundzwanzig Kameras, siebenundzwanzig zu Vorführsälen umfunktionierte Kammern des Omphalos, siebenundzwanzig tachyonische Kippmotoren, siebenundzwanzig Verkürzer-Wandler für kombinierte Photonik/Tachyonik.
Die erste Kamera nahm auf, was auf der ersten Leinwand zu sehen war, nämlich das aus der Zukunft abgestrahlte Bild aus dem letzten Vorführsaal, in dem Maya und Kwame zuletzt ankommen würden, deren gemeinsamer Weg im ersten Vorführsaal begann.
»Aber ich seh' mich nicht! Ich seh' nur dich, wie du reinkommst und, was machst du, du schaltest ja ab?«, sagte van der Pijl irritiert, als das Licht ausgegangen war und die Tachyonenstreuung angefangen hatte.
»Wart's ab. Wer weiß?«, sagte Maya. »Vielleicht wirst du unterwegs in einer der anderen Kammern verweilen, oder zurückgehen.«

Sie sah ein bisschen steif aus in ihrem silbernen Schutzanzug, der den Monturen, die ihre Hilfskräfte trugen, bis auf zwei bedeutsame Einzelheiten glich: Auf Brust und Rücken sowie an den Körperflanken saßen erstens zahlreiche kleine kupferrote Scheiben mit spiralförmigen Gravuren, und Maya trug zweitens keinen Helm.

»Aber wenn ich mich dagegen entscheide?«, sagte Kwame aufgeregt, »Was dann? Oder willst du behaupten, deine Maschinen nähmen mir den freien Willen? Ich habe mich ein bisschen schlau gemacht über die dahinterstehende Mathematik und Nomophysik, liebe Maya. Wahrscheinlichkeiten! Ah, wenn ich das richtig verstehe, hat so ein Tachyon eine negative Quadratmasse, was ein Hinweis auf eine Instabilität des Vakuums …«

Maya lächelte geheimnisvoll und sagte: »So genau muss man das alles gar nicht nehmen. Was hier passiert, ist einfach eine Erweiterung längst etablierter, ganz konventioneller, in meiner vorherigen Arbeit weidlich ausgenutzter filmischer Arbeitsweisen – Rückblende, Zeitstauchung, Parallelhandlung und so weiter –, das hat ja auch alles nicht direkt mit dem Handeln der Handelnden zu tun, sondern nur mit der Art und Weise, wie es präsentiert wird.«

»Das heißt«, gab sich der Kurator ebenso augenzwinkernd, »wir müssen uns keine Sorgen machen, weil es ja nur darum geht, wie die Dinge aussehen … und bei anderen Filmleuten als dir, die nicht aus lichtspielpuristischen Erwägungen auf Ton verzichten, vielleicht noch darum, wie sie sich anhören … aber nie darum, wie sie sind.«

»Ist das nicht das Wesen der Kunst?«, antwortete Maya mit einer Gegenfrage.

Der Kurator geriet in Dozentenlaune: »Nun, also … wie die Bewegung, das Zeitliche, dazu benutzt wird, dem zweidimensionalen Leinwandbild den Schein von handlungsrelevanter, nicht nur beobachtungsbezogener Tiefe abzuringen, so hat dein Arrangement den Zweck, sogar mehr als die immerhin für unsereins erfahrbaren vier Dimensionen, vielleicht mehr als die der Storema-Sinnenwelt bekannten elf …«

»Etwas in der Art, ja«, schnitt Maya ihm das Wort ab und machte eine einladende Geste: Hier entlang, geschätzter Kenner der Künste!

Die beiden verließen die erste Kammer.

Höflich wichen sie Technikerinnen aus, die letzte Nachbesserungen vornahmen, nach Mayas komplizierten Plänen.

Van der Pijl stellte Fragen, um ihr zu zeigen, dass er vorbereitet war: Wie es denn mit den Abweichungen der möglichen Erzählbahnen des gemeinsamen Spaziergangs durch die Anlage unterm Aspekt der gekrümmten Raumzeit aussah, die, von Gürtelgravitationsstabilisatoren erzeugt, den Omphalos zusammenhielt, der dadurch mehr Kammern und ein größeres Fassungsvermögen hatte, als man ihm von außen anmerkte?

Was es mit dem zeitabhängigen Hintergrund der Aufnahmefolge und der Einteilung in so und so viele Bilder pro Sekunde, möglichem Raffen oder Verlangsamen und so weiter auf sich habe, ob es dafür nicht antike niedrigenergetische Feldtheorien gäbe? Überhaupt: freie Felder, diskrete Spektra, lokale Symmetrien, Weltflächen, Amplituden von narrativen Vertex-Operatoren?

»Ach, so kompliziert ist das gar nicht«, schnurrte die Katzenköpfige und wiederholte damit eine frühere Finte, »ich mache hier was ganz Primitives.«

Er wollte ihr zunicken, aber neben ihm ging nicht mehr die, die er kannte, sondern eine alte Frau, die ihn listig anlächelte und ihre knochige Rechte hob, mit der sie eine zittrige Winkbewegung machte: Da, schau nur hinter uns.

Das tat er.

Auf der Leinwand rechts neben dem Durchgang zur vorigen Kammer stand reglos Maya.

Die Kamera fuhr auf sie zu, bis ihre Augen das Bild füllten. In denen näherten sich zwei alte Frauen. Van der Pijl drehte den Kopf in unguter Erwartung: Vorn, auf der Leinwand an der Rückwand der nächsten Kammer, sah er sich selbst von hinten, aber zweimal – Kwame ging neben Kwame, einer gebeugt, einer gerade.

Er wollte protestieren, aber als er den Mund auftat, hörte er sich mit Mayas Stimme sagen: »Ach, so kompliziert ist das gar nicht, ich mache hier was ganz Primitives.«

Denn jetzt war er sie, oder sie war er, und spürte das Konvergieren großer Amplituden, und sah SB eintreten, durchs goldgrüne Leuchten, die doch erst in ein paar Stunden diesen Tatort untersuchen würden, und war die Braut, und war die Witwe.

Die Polizistinnen gingen durch ihn und Maya hindurch, er und sie standen jetzt auf dem Kopf, und dem Kurator wurde leicht ums Herz, als er seinen Zwilling, der hinter ihm ging, nein, hinter sich, wie denn nun, sagen hörte: »Sicher, Tachyonen in geschlossenen Schlaufen, in deinen Schlangen, anderen Schlangen, und die Ausgangspositionen, jetzt seh' ich's erst, sind natürlich nicht arbiträr gewählt, sondern exakt entlang der Innenseite von Ereignisfolgenspiralen, die Maya zu einem fünfdimensionalen Trichter zusammengeschoben hat, durch den sie dahin kann, wohin ich muss. Sie. Wir. Er, meine ich, als sie.«

Der Angesprochene nickte, nachdenklich und seltsam erleichtert, beschwingt.

Als Kwame Van der Pijl im letzten Raum ankam, war er alleine.

Die Gegenläufigkeit hatte sich erfüllt: Auf der Leinwand hatte er zunächst Maya ohne Kwame gesehen, in Wirklichkeit kam ein umgekehrtes Resultat heraus, perfekte Drehung. Die Spiralen auf dem Anzug sollte er noch Wochen später, längst im Gewahrsam ermittelnder Behörden, nicht in der richtigen Anordnung und Reihenfolge nachzeichnen können.

Aber selbst wenn es ihm gelungen wäre: Dazu, die in der Zeit untergetauchte Künstlerin zu verfolgen oder gar einzufangen, war es zu spät, weil es dazu schon immer zu spät gewesen war, immer zu spät sein würde.

*

The result was a room that shimmered
and changed tonality as the
spectators moved around.

Charlotte Klonk

4: In Haft

Die ersten anderthalb Jahre in Gefangenschaft waren weder grauenvoll noch angenehm. Klemens war geduldig.
Die Überfahrt vom Schattenspiegel nach Feldeváye hatte ihn gelehrt, wie man wartete.
Seine Bewacher verrieten ihm, wer für seine Haft verantwortlich war: »Fajid Toril will dich in Gewahrsam haben.«
Mehr erfuhr Klemens über diesen Menschen nicht, persönlich blieb der Genannte unsichtbar, obwohl die Leute, die Klemens bewachten, Andeutungen machten, jener werde sich den Häftling demnächst »vornehmen«, was immer das bedeuten mochte.
Klemens hatte keine Angst, aber dafür ein Geheimnis.
Man konnte, wusste er, ganz machtlos sein und trotzdem unbesiegbar.

*

Herr Egge deckte ihn mit einer Decke zu,
vertrieb die Fliegen, bewachte seinen Schlaf,
und wie an diesem Tage gehorchte er ihm sieben Jahre lang.
Aber was immer er für ihn tat, eines zu tun
hütete er sich wohl: das war, ein Wort zu sagen.

Bertolt Brecht

*

SB waren die Wachen nicht.
Ihre Schulterpolster, ihr Schrittschutz, ihre lamontischen Gelenkschalen sahen denen der SB zwar ähnlich, waren aber doch andere: falsche Farben, verkehrte Formen.
Klemens dachte oft über seine Verhaftung nach, über die ersten

Momente der Gefangenschaft an der reichen Ammarküste und die Fahrt im Roboter.

Er hatte viel Zeit, darüber nachzudenken. Wie war das gewesen?

Sein Transceiver: tot, keine Links mehr, innerhalb weniger Sekunden gestorben.

Ein Nadelstich? Nein. Also nicht rausgebrannt, das Ding.

Feldeinwirkung? Was für ein Feld? Oder Gase?

Aber seine Taster, fein justiert genug, waren nicht drauf angesprungen.

Logeinträge: unmöglich, von einem Moment zum andern. Das Zeitempfinden: auf null gesetzt. Eine neue Zählung begann, als er ausstieg – man hatte also seinen Kopf gehackt.

Sehr mächtige Leute.

Geheime Abteilungen der Abwehr? Prodistenmilitär?

Sie hatten SB-Kennungen angegeben. Die wirkten echt.

Sehr, sehr, sehr mächtige Leute also.

War er lange gefahren? Geflogen?

Hatte man einen Verkürzerport passiert?

Mehrere?

Der Ausstieg: eine zweispurige Straße, zwischen Gebäuden mittlerer Höhe, vielleicht zehn Stockwerke, manche hatten auch mehr, fünfzehn schien das Äußerste. Die Straße: asphaltiert, nass. Es hatte geregnet. Er sah sich blinzelnd um. Andere Roboter. Ungefähr ein dutzend jener falschen SB. Man stieß ihn, er sollte eins der Gebäude betreten, einen roten Turm. Bevor er hineinging, in Handschellen aus Plastik, zum Glück ohne Fußfesseln, schaute er nach oben, an den Fassaden hoch: ein sehr altes Viertel in einer nicht mehr jungen Stadt. Der Baustil deutete auf eine nahegelegene hochurbane Zone, also kein Städtchen wie Wilentz, sondern etwas mit mindestens einer Million Einwohnern. Ein ammarisches Urbeum?

Oder eins auf dem Gebiet von Toveyn? Travers?

Keine Menschen. Weitläufig geräumt.

Im Turm waren die Wände blassgelb gestrichen, die kühle Treppe schien aus grauem Stein. Das Treppenhaus war eng, die Luft darin sowohl modrig wie stickig.

Jedes Stockwerk wies zwei Türen auf, jeweils rechts und links der Stufen, und ihr Zuschnitt, ihre Tiefe im Rahmen, die Türspione und das Schlüsselfeld rechts des Türgriffs ergaben zusammen eine Anmutung, die Klemens suggerierte: Zellen.
Ein Gefängnis, aber kein barbarisches.
Viermal führte man ihn an solchen gegenüberliegenden Türenpaaren vorbei.
Im fünften Stock (er hatte von außen sechs Fenster übereinander gezählt, der fünfte war also der zweithöchste) blieb man stehen. Ein Uniformierter streifte mit der Rechten, die jetzt, anders als die Hände der Bewaffneten am Strand, keinen Handschuh trug, nachlässig das Schlüsselfeld. Die Tür öffnete sich leise schmatzend.

Die Zelle, die Klemens erwartete, stellte sich als nicht allzu beengte Wohnung heraus: ein Zimmer mit Pflanzen in Töpfen, eine Couch, ein niedriger Tisch und eine große, altmodische Noos-Medienschnittstelle.
Also lassen sie Außenkontakte zu? Kurios, dachte der Häftling.
Ein kurzer Gang führte rechter Hand zu einer Küche und einem Bad, die erkennbar neu waren, frisch gestrichen und angenehm sauber. Links gab es ein Zimmer mit Meditationsmatte und einer zweiten, kleineren Schnittstelle, rechts ein Schlafzimmer mit großem, niedrigem Bett. Schlafzimmer und kleines Schnittstellenzimmer hatten Fenster, von denen aus man auf einen schuttverschmutzten Hinterhof blicken konnte.
Küche und Wohnzimmer lagen über der Straße, auf der Klemens aus dem Roboter gestiegen war. Im Wohnzimmer waren an der rückwärtigen Wand Geräte zum Erhalt der körperlichen Fitness angebracht, die man allerdings nicht derart auseinandermontieren konnte, dass sie als Waffen geeignet gewesen wären.
Selbst die beiden freien Hanteln hingen an Ketten, die sich nicht ohne schwere Ausrüstung würden brechen oder zerreißen lassen.
»Wenn Sie versuchen, zu fliehen, werden Sie sterben«, sagte der Mann, der ihm die Wohnungstür geöffnet hatte. Er schien gelang-

weilt, das machte die Drohung glaubwürdig. Klemens rechnete im Widersetzlichkeits- oder Fluchtversuchsfall mit einem schweren Stromstoß, einem subtilen Luftgift, einem Kurzschluss in seinem Kopf oder Kugeln aus einer Selbstschussanlage.
Es gab noch mehr Möglichkeiten, die ihm nur nicht einfielen.

Die Küche war primitiv, ohne Lamontik. Er hatte auch das erwartet und sollte in den folgenden Monaten lernen, dass er Dinge, die er sich wünschte – von Teesorten bis zu frischem Fisch –, dem großen Schnittstellenfenster im Wohnzimmer erzählen musste, um sich dann zu von ihm selbst zu bestimmenden Zeiten, meist einfach, wenn es draußen lange genug dunkel war, schlafen zu legen, woraufhin er sicher sein konnte, die bestellten Lebensmittel am nächsten Tag im Speise- oder Kühlschrank oder auf der Anrichte neben dem Waschbecken zu finden.

Das Bett verfügte über eine Einrichtung, die ihn sofort in tiefen Schlaf fallen ließ, wenn er sich hineinlegte, egal wie müde oder wach er war. In der dritten Woche beschloss er deshalb, sich zum bloßen Ausruhen fortan lieber auf die Couch zu legen, wo die geheimnisvolle Vorrichtung zu fehlen schien.

Neben dem Bett stand ein Beistelltischchen, auf dem lagen zwei Bücher, das gute und das schlechte. Der alberne Witz sollte Klemens wohl sagen, dass man viel über ihn wusste, auch über seine Jahre in Wilentz.
In der Küche stand folgerichtig eine Hausbar mit Schnäpsen aus dem Thomasstreifen. Eine Weile lang betrank er sich alle paar Tage einsam und sinnlos.
Auch kotzte er entschlossen aufs Sofa.
Wenn er nach so einem kleinen Exzess erwachte, war immer alles aufgeräumt; Katerfolgen hatten die Abstürze auch keine.
Die Fensterscheiben ließen sich nicht brechen, was immer er dagegen warf.
Lange und grüblerisch beschäftigte er sich mit dem Wetter draußen.

Hoch über der Straße riffelte sich häufig ein hässlicher Makrelenhimmel, drunter wälzten sich bockige Rollwolken über die Dächer. Zum Greifen nah sah er vom Hinterhofaussichtsposten Schönwetterwolken oder wattig ausgebuchteten Cumulus Congestus.

Manchmal schien klarste Sonne, deren Licht durch die Scheiben fiel und den Linoleumboden und die Füße des Gefangenen erhitzte, der stundenlang dastand und wartete, dass die Zehen anfingen zu qualmen. Manchmal regnete oder hagelte es, goss in Strömen oder nieselte. Hin und wieder sah er Nebel, in denen er hätte davonschwimmen können.

Nie ließ man ihn raus.

Was seine Augen erblickten, war nicht weit weg, aber kaum wirklicher als ein Gerücht.

Setzte er sich mit geradem Rücken auf die Couch, so erwachte die Schnittstelle gegenüber. Innert kurzer Zeit hatte er herausgefunden, wie er mit ihr reden musste: Eine grobe zweidimensionale Animation, die beleidigenderweise ein wenig wie Kathrin Ristau aussah – allerdings idealisiert, geglättet, also, dachte Klemens bitter belustigt, und daher nicht halb so schön wie die wirkliche Person –, stellte sich dort als »Menü« vor und bot ihm »Filme« an.

Was das war, verstand er erst, nachdem er drei davon gesehen hatte: herzlich uninteressante, präsynestische Kinderflackerfummeleien ohne Charme, aber mitunter technisch suggerierter Tiefe, wie man sie offenbar noch hundert Jahre nach Beginn der Hidschra fleißig hergestellt hatte. Nein, das brauchte er nicht.

Immer wieder mal wurde Klemens zwischendurch vorübergehend wahnsinnig.

In diesen Schüben versuchte er, sich selbst zu schädigen oder wenigstens irgendetwas in den Räumen, die natürlich immer kleiner wurden, je länger er sie bewohnte, zu zerstören. Mit kurzer Reaktionszeit – es dauerte nie länger als zwanzig Sekunden – fiel er dabei in tiefe Bewusstlosigkeit. Man hatte, schloss er, Zugriff

auf seinen Kopf, und dort vermutlich in nächtelanger Arbeit Dinge angerichtet, die von dem, der er gewesen war, nur noch etwas Handzahmes übrigließen, das man, fand er, genauso gut hätte töten können.
Warum geschah das nicht?
Er hatte zwei Theorien: Erstens mochte sich jemand, vielleicht ja der gruselige Fajid Toril, denken, dass Klemens Teil einer Kabale, eines Netzwerks von Aistheten oder Ähnlichem war und das bloß selbst nicht wusste, in welchem Fall man ihn eines Tages wohl als Geisel würde brauchen können.
Zweitens gab es, dieser Gedanke baute auf dem ersten auf, fraglos vieles, das Klemens wusste, ohne dass er wusste, dass er es wusste, ganz zu schweigen davon, wie und wo er es wusste – wenn sein Bewusstsein und dessen Ränder einem Buch vergleichbar waren, so gab es darin abseitig und unter der Hand Codiertes, Text zwischen den Zeilen und andere Geheimnisse, die er, aber auch andere, etwa Severin oder Lasse Ristau, dort untergebracht haben mochten.
Dass er selbst in seinem Kopf und an anderen Körperstellen zahlreiche Routinen implementiert hatte, die seine eigene Erinnerung an alle steganobiotischen Extratexte extinguierten, sobald er sich in der Gefahr einer Entdeckung durch Unbefugte befand, daran zweifelte Klemens keine Sekunde.
Die Peiniger hofften wohl, es würde sich, wenn sie ihn lange genug festhielten, eine Möglichkeit ergeben, an diese Geheimnisse heranzukommen.
Auf der Straße unten war nie jemand, ob die Sonne schien, ob es schneite oder regnete. Auch in den Fenstern der Gebäude gegenüber entdeckte Klemens niemanden, am Tag so wenig wie bei Nacht.
Hielt er das Ohr an Wände, an den Boden, stieg er auf die Rücklehne des Sofas und versuchte, die Decke abzuhorchen, so vernahm er keine Stimmen, kein Klopfen, kein Schaben oder Scharren, nichts Lebendiges oder auch nur Automatisches, kein Zeichen einer Welt von Menschen, Storema, Rengi, Phantomen.

Das in Geräteform vorliegende Angebot, sich zu bewegen, nahm er schließlich an, und trieb den Körper grimmig über sich hinaus, bis zur Erschöpfung, bis kurz vor dem Zusammenbruch. Wieder war eine Ohnmacht die Folge.
Das Erwachen tat weh, man hatte ihm ein paar herbe Lehren gespritzt, damit so etwas nicht wieder vorkäme. Danach widmete er sich, verteilt über fade Wochen, derselben Sache disziplinierter, und verlor Gewicht, straffte Muskeln und Sehnen. Nach einer Weile fand er: Ich bin kampfbereit.
Bloß: wogegen?
Die Dummheit dieses Lebens hatte keinen Namen.

Die Tage teilte er sich jetzt vernünftig ein.
Morgens ein kleines Frühstück, Bewegung an den Geräten, dann Mittagessen, Ausruhen auf der Couch, Lesen, Filme – was hätte er tun sollen, sich sperren, bis ihn die Langeweile wirklich wahnsinnig machte? Später wieder Bewegung, mal aus dem Fenster schauen, ob nicht doch ein Hinweis darauf zu entdecken war, wo er sich befand, von wem er gefangen worden war und weshalb.
Noch mal Bewegung. Abendessen, mit mehr oder weniger Schnaps, die beiden Bücher, Schlaf.
Als es draußen das erste Mal schneite – besonders der Hinterhof sah hübsch aus, Müll und Schrott, weiß glasiert –, versuchte Klemens es mal mit Schreien und Schimpfen.
Hass!
Toben!
Alles, was in seinem Leben schiefgelaufen war, hatte im Schattenspiegelprodul »Rico Bandsek« begonnen. Diese verdammten Leute da! Diese Art, einander auf hinterhältigste Weise Territorien und imaginäre Punkte, Arbeitsvorteile, Zeitkonten und dergleichen abzuschneiden oder zu stehlen. Kein offenes Wort: Nie hätten sie »Arschloch« oder »Scheiße« gesagt. Nie hätten sie einander geküsst, aber symbolische ›Küsschen‹ gab's, per Coiflet. Widerlich, dass sie »Liebste« oder »Liebster« zueinander sagten und damit das Wort verbrannten, im Alltag, im Blödsinn: »Liebster, gibst du mir mal …«, »kannst du gerade«, Bussi.

»Arschlöcher! Scheiße!«, schrie Klemens jetzt also und sah dabei aus, als unterhielte er sich blendend. »Scheiße! Schweine!«
Es war Gesang. Klemens fand in sich einen Heldentenor.
Nichts antwortete ihm.
Er stellte um auf Jammern und Weinen.
Allerdings gab es unten Bäume, an der Straße, und in manchen Fenstern sah man nachts bisweilen Licht. In diesen Fenstern standen Pflanzen in Töpfen, wie seine, Gummibaumartiges auch.
Keine Leute wo auch immer.
Jetzt war schon Sommer.

Klemens ging vom Weinen zum Lachen über. Er dachte über sich nach, das war lustig: Ich gehöre mir nicht und habe Gedächtnislücken, an denen ich womöglich selbst schuld bin. »Scheiße!«, lachte Klemens Erikson.
Die Komik war damit bereits verbraucht.
Der Häftling kehrte zu seiner früheren Routine zurück, Sport, Essen, Lektüre.
Die Bücher wurde er nie leid; der Text veränderte sich nämlich im Laufe der Monate, des Jahres, des zweiten Jahres. Wurden die Bücher nachts ausgetauscht?
Wer veranstaltete das alles hier?
»Und für wen?«, fragte er niemanden, als er an einem ganz besonders langen Nachmittag nach zwei Wochen ohne Kontakt mit den Wächtern, die nur noch selten vorbeischauten, vor dem Schnittstellen-Menü auf dem Sofa saß.
Das Menü sagte: »Für wen was?«
Klemens fragte: »Du sprichst?«
Das Menü antwortete: »Sieht so aus.«
»Das heißt«, dachte Klemens laut nach und überlegte dabei, ob er wieder toben, weinen oder lachen sollte, »ich müsste keine Filme sehen. Wir hätten uns die ganze Zeit über auch unterhalten können?«
Das Gesicht, das Kathrin Ristau ähnelte, sagte: »Nicht immer. Aber heute. Jetzt.«

»Oh. Gut.«
Klemens schwieg erst einmal eine Viertelstunde und dachte: Vielleicht hat es Kathrin Ristau ja auch nie gegeben.
Das Gesicht sprach ihn an: »Warum sagst du nichts? Du kannst mir vertrauen.«
Klemens verzog die Mundwinkel, dann sagte er gedehnt: »Aaahhh nee. Vertrauen. Nicht meine Stärke. Man lernt ja in den Produln, dass man damit haushalten muss. Ich erinnere mich …« Er driftete ab, sein Blick wurde glasig.
Das Gesicht sagte streng: »Woran erinnerst du dich, Klemens?«
»Ah. Hm. Da war mal … da war eine Frau. Als ich noch auf einer anderen Geodätischen des Schattenspiegels gewohnt und gearbeitet habe als da, wo ich dann Severin …. Ich habe … wir haben irgendwie … irgendwas gemacht. Es hatte nichts mit Viren oder subzellularen Sachen oder überhaupt Biologie zu tun, ich glaube, ich war in der … wir haben Waffen erfunden, fürs Militär. Aufrüstung, für Streitigkeiten wegen … es ging um Antares.«
»Projekt Lärz.«
»Ja, Projekt … ja. Mit dieser Frau.«
»Eine Partnerin? Eine Liebe?«
»Nee, Frauen … nein. Nein, das war eine Kollegin, aber die war eng befreundet mit meinem damaligen Partner, also wollte ich ihr gefallen und habe ihr … ich habe ihr oft Arbeit abgenommen und … irgendwann musste ich dann hören, wie sie über mich redete, nicht nur abwertend, sondern auf so eine ganz verklemmte Art missgünstig …und hatte sofort raus: Das lag eben an der Sache mit meinem Freund, dem gönnte sie nicht, dass sein Liebesleben so viel hübscher war als ihres, weil sie nämlich zu so selbstdestruktiven Geschichten neigte und … na ja. Langweiliger Klatsch, nicht?«
»Kommt darauf an, worauf du hinauswillst.«
»Schon. Eben. Aber, na ja.«
»Aber was?«
»Aber will ich überhaupt auf was hinaus? Doch. Darauf, dass ich durch diese Arbeitsgeschichten, diese Intrigiererei und dieses hin-

terhältige, feige Einanderaustricksen ... ich habe mir bald jedes Vertrauen abgewöhnt, und ich glaube, das hat danach dann jede Liebesgeschichte gefressen, und deshalb, ich weiß nicht, doch ... Deshalb wollte ich mit Severin diese Reise machen, dieses Risiko. Feldeváye. Als Zufallsziel. Ein Niemandsland besiedeln, obwohl da schon Leute waren. Weil uns das ... dieses Umziehen auf eine ganz andere Welt, das hätte uns einfach gezwungen, Vertrauen zu lernen. Was man sich so denkt.« Mehr fiel ihm nicht ein.
Das Menü hatte keine weiteren Fragen.
Klemens brütete ein paar Minuten vor sich hin, stand dann auf und ging in die Küche, zum Kochen. Etwas mit Vanille, dachte er.

In den nächsten vier, fünf Tagen – es war so schwierig, sie zu zählen, nicht durcheinanderzukommen, sich zu konzentrieren – lauerte Klemens geradezu darauf, von der Schnittstelle angesprochen zu werden.
Sie schwieg.
Schließlich setzte er sich davor und sagte: »Jemand da? Hey? Hey! Jemand drin?«
Nicht schnippisch, eher geschäftsmäßig sagte das Gesicht, das sofort erschien: »Mit wem würdest du denn gerne reden?«
»Keine Ahnung. Fajid Toril vielleicht. Oder mit dem Integralleiter Ahmed Ben Han.«
»Ersterer ist vielleicht ohnehin längst dabei, wenn wir reden – vielleicht bin ich es, maskiert –, und der andere, nun ja: Greifst du nicht sehr hoch? Und: Woher weißt du, dass Ahmed Ben Han überhaupt noch Integralleiter ist?«
Klemens schnaubte.
Das Schnauben blies die heiße Oberfläche des Tees, den er trank, ein bisschen kühler. Er nahm ein winziges Schlückchen und sagte: »Habt ihr den auch verschwinden lassen? Wie Semitac-Sinhumen, die Storarierin? Die Nachfolgerin von Parvis Hagen? Die erste nichtmenschliche Person auf dem Posten?«
»Du interessierst dich für Politik. Gut.«

»Nein, eigentlich nicht«, gab Klemens zu. »Aber ich nehme doch an, dass es was mit Politik zu tun hat, dass man mich hier verfaulen lässt.«

»Womit genau, was denkst du?«

»Tja. Hm. Mit dem Kampf zwischen Prodisten und Admins.«

»Es gibt einen Kampf? Zwischen den beiden Stützen der Zivilisation?«

»Es sind Klassen von Menschen, nicht bloß Stützen von was.«

Das grob künstliche Gesicht deutete ein Lächeln an: »Klassen. Die gab es vielleicht in Mangelzeiten.«

»Vielleicht mangelt uns ja noch was. Oder wieder«, riet Klemens ins Blaue.

»Klassen«, wiederholte das Gesicht, als sei es ganz fassungslos und frage sich, wo der Häftling nur immer seine Ideen hernahm.

»Na ja.« Klemens sammelte sich, runzelte die Stirn. Suchte Worte. Fand sie: »Prodisten, sie sind die wichtigsten Leiter der Wirtschaft, weil sie sie erstens koordinieren und zweitens, zum Beispiel als Nomophysiker oder in den großen Lamontiken, auch direkt ... wie sagt man? Durchführen, was sie planen. Und die Admins ...«

»Die ja eigentlich aus den Prodisten hervorgegangen sind. Das war nicht immer getrennt. Sie waren ursprünglich eine spezielle Abteilung.«

»So sieht das heute keiner mehr. Admins als besondere Prodisten? Soll ich das so verstehen, dass die Ausschüsse eine Art Metaprodul ... Admins denken nicht wie Prodisten, und Prodisten, wie sie nun mal sind, werden nie lernen, wie Admins zu denken.«

»Wieso nicht? Wieso sollen Prodisten nicht Adminwissen besitzen?«

»Keine Ahnung, Vielleicht haben sie ... schau, ich habe mein Hirn auch mehrfach umarbeiten lassen und selbst umgearbeitet, und am Ende ... Es gibt ja nicht nur eine zufällige und naturwüchsige Evolution, es gibt auch gesellschaftliche Schübe von ... Vielleicht haben Prodisten einfach einen anderen Denkapparat als Leute, die sich über Soziales Gedanken machen können. Der Integralleiter: Das war ja ... das weiß ich ja. Das weiß man ja, dass das eigentlich

kein reines Adminamt war. Stimmt schon, noch Parvis Hagen hatte Produlerfahrung. Die Instanz sollte einen Ausgleich schaffen.«
»Und du glaubst, diese allerhöchste Ebene hängt mit deinem traurigen …«
»Bist du selbst Fajid Toril? Wer ist Fajid Toril, was ist Fajid Toril?« Klemens konfrontierte das Menü sehr unbedacht mit seinem dringlichsten Einfall.
Das Gesicht schloss die Augen. Als es sie wieder öffnete, wirkte es gelöst, fast fröhlich: »Hast du denn eine Theorie über Fajid Toril?«
»Ich glaube, ich kenne Fajid Toril schon lange. Ich glaube, ich war gerade im Begriff, herauszufinden, dass es einen Menschen gibt, der jetzt Fajid Toril heißt und früher anders hieß, als man mich in Ammar geschnappt hat.«
Das Bild bekam Streifen, Falzlinien.
Die Augen des Menüs blinzelten, flammten rot auf. Dann erlosch das Ganze, stürzte in einem eisblauen Punkt zusammen, und eine fremdartige Glut erleuchtete den Schirm.
Klemens hörte Donnerschläge. Irgendwo im Gebäude geschah etwas Heftiges.
Er stand auf.
Woher lärmte es? Aus dem Gang? Von der Treppe? Er ging nicht zur Tür, sondern zum Fenster, langsam, auf schweren Beinen.
Klemens sah auf die Straße.
Die Sonne schien. Ein Lapith stand zwischen zwei Hauseingängen, in die Klemens noch nie jemanden hatte hineingehen, aus denen er noch nie wen hatte hinauskommen sehen. Der Lapith hob die rechte Hand. Er war strahlend grün, wie eine junge Wiese im Thomasstreifen.
Klemens hob seine Rechte. Sie betrachteten einander, in Grußhaltung. Klemens wandte sich ab. Er ging seine Bücher holen.
Er zweifelte nicht daran, dass die Tür sich leicht würde öffnen lassen. So war es.
Auf der Treppe, vor jeweils einer der beiden Türen der unteren

Stockwerke, lagen drei tote Bewacher. Klemens hatte längst verstanden, dass es keine anderen Gefangenen gab, dass er niemanden befreien musste.
Als er ins Freie tat, war das gar keine riesige Erlösung oder Erleichterung, nur in Ordnung, als würde etwas aus dem Lot Geratenes wiederhergestellt.
Ruhig ging Klemens auf den Lapithen zu.
Klemens wusste jetzt, wie lange er eingesperrt gewesen war: ein Jahr und acht Monate, denn er erinnerte sich an die Ankündigung des Lapithen, als der mit Kathrin gesprochen hatte, im Eisfeld. Sie hatte es ihm oft erzählt. An den Zeitraum.
»Wohin gehen wir?«, fragte er die grüne Gestalt.
Die zeigte wortlos nach oben.
Klemens sah hinauf, entlang der Hausfassade des Turms, den er bewohnt hatte, höher und höher, bis übers Dach, direkt über dem Quartier, in dem er geglaubt hatte, er müsse verrückt werden, er müsse sterben, er müsse sich totlachen oder selbst zerreißen.
Die blaugrüne Glasmurmel, die dort hing, befestigt an nichts, hatte er nicht sehen können – stimmt, dachte er, der Ort, an dem ich, wie ich jetzt weiß, fixiert worden war, kehrt dieser Glasmurmel immer dieselbe Seite zu, Gesicht seines dritten Mondes.
So aufgegeben, so leergeräumt, nach aufwendigem Terraforming vor Jahrhunderten, war Jocelyn. Sogar Städte gab es. Das wusste man nicht mehr, da oben. Unten?
Er blinzelte. Feldeváye blinzelte nicht zurück.
»Gehen wir Severin holen?«
»Etwas wie das, ja«, sagte der Lapith.
»Kannst du ihn wecken? Retten?«, fragte der Befreite.
»Man kann das tun. Er wird gebraucht«, sagte der Lapith, vieldeutig, wie Lapithen redeten.
»Wer, man?«, fragte Klemens.
Der Lapith neigte den Kopf und erwiderte: »Mein Klemens Erikson stimmt nicht mehr. Er muss zerbrochen werden. Er muss anders verteilt sein.«
»Ich bin dabei«, sagte Klemens.

5: Eine Prodniklaufbahn

Die Mächtigen waren sehr unzufrieden.
Louises Taten hatten sie nicht kommen sehen. Das sollte ihnen nicht nochmal geschehen.
Maya hatte sich bei ihnen eingeschlichen, auch das durfte sich nie wiederholen.
Conlon aber, den man nicht ernst nahm, bis es zu spät war, wurde ihre schwerste Niederlage.
Er erreichte, was er erreichte, und wurde, was er wurde, in ihrer Mitte, als simpler Prodnik.

»Seh' ich so aus? Am Arsch vielleicht! Du Trottel!«, schimpfte der Mann mit dem blonden Spitzbart, als man ihn das erste Mal für einen Aistheten hielt. Ein Antiquitätentechniker und Jademeister, ein Lac also, war der, den er da einen Trottel nannte.
Dessen richtiger Name lautete Chang Hsi-Kuo, und er lebte im tiefsten Stipay, wo Lacs, die von chinesischen Hidschra-Schwärmen stammten, nicht ohne Ansehen leben mussten – dass Angehörige dieser alten Nation die Dysonsphäre um Mu Cephi gebaut und auch anderswo in der menschlichen Heimatgalaxie, besonders zum turbulenten Zentrum hin, stolze Zivilisationen errichtet hatten, war in Stipay und nah den beiden Flüssen noch nicht vergessen. Ein chinesischer Lac musste sich solche Beleidigungen also nicht anhören.
Er wahrte seine Würde und sah an Conlon vorbei, als er erwiderte: »Ich habe Neffen bei den Aistheten. Es wird einmal ein Berufsstand sein, die Auswertung wird von ihnen wimmeln. Ich meinte es als Kompliment. Sie werden Stipay verändern.«
Conlon spuckte seine Zigarette auf den Boden der Werkstatt und maulte: »Stipay verändern, höchste Zeit. Dreckloch. Gibt zu viele Lacs hier und Männer aus dem Thomasstreifen, die den ganzen

Tag besoffen an den Häusern lehnen, und mehr Pack aus dem Norden, nich.«

Conlon sah nicht aus wie Pack aus dem Norden: Sein Schnurr- wie sein spitzer Kinnbart waren traditionell südammarisch gestutzt, sein Haar glänzte mit Anfang achtzig, also in der Blüte der Mannesjahre, noch voll genug, und sein grüner Overall, an dem man Prodniki erkannte, die auf ihre Zunft stolz waren, hatte keine Flecken.

Conlon wollte nie Prodist werden, erst recht kein Admin.

Er war zufrieden mit dem, was er konnte.

Der Lac, ein gebeugtes, verhutzeltes Männlein schon mit Anfang siebzig – wie viele Lacs verschmähte auch er die Telomerbehandlungen, die bei den wenigen Lacs, die sich Alterungsverzögerungen gefallen ließen, allerdings auch oft genug nicht anschlugen –, hatte mit seiner Frage allerdings nicht ganz unrecht gehabt, und stellte deshalb jetzt eine zweite: »Wenn du kein Aisthet bist, wozu brauchst du dann dieses obskure Zeug?«

Er meinte die Mikrophone, die uralten Computer, Multisynthesizer mit sechs Oszillatortypen, vorsintflutlichen Lautsprechermagneten, SensorLabs, Verstärker, Effektgeräte, Omnichords, selbst dem Begriff nach kaum noch jemandem bekannten MP3-Recorder und Player, Berge von Software für die Verwandlung analoger in digitale Information, vor allem aber die antiken Musikinstrumente, die mit drei der lahmsten Lacschiffe erst vor ein paar Generationen auf Feldeváye angekommen waren: mutierte Trompeten, Keyboards, schließlich, das wichtigste – Conlon hatte es früh, am Beginn seiner Forschungen bestellt und anderthalb Jahre darauf warten müssen –: ein mechanisches, aber automatisches Klavier mit Walze.

»Ich bin ein Prodnik, nich?«, erwiderte Conlon, und fügte, leicht drohend, hinzu: »Und du, Freundchen, bist'n Lac, und ihr habt Pech gehabt, klar. Ihr wolltet die ersten Siedler sein, auf weiß die Sau wie vielen Welten, darunter Feldeváye. Und seid unter den letzten gewesen, weil eure Schiffe gestartet sind, bevor wir Menschen die Lapithen kennengelernt haben.«

»Vor den Verkürzerkeilen«, sagte Chang Hsi-Kuo, nicht ohne Verachtung.
»Ja. Vor den Verkürzern, nich. Is halt so. Und jetzt sitzt ihr hier und anderswo mit eurem ganzen alten Geraffel, und habt zig Generationen verpasst, in denen wir uns biologisch Schritt für Schritt verbessert haben. Weißte, ich bin kein Zufallsprodukt wie du, das die blöde Natur halt so ausgeworfen hat. Meine Genetik is verbessert, die is besser als die von meinen Eltern, die auch schon verbessert waren gegenüber ihren. Is Pech, ihr kommt halt nich mehr mit. Ihr kratzt im Dreck rum, und wenn ihr mal was habt, was einer von uns brauchen kann … also … wär ich du, ich wär halt froh und würde meine Klappe halten sonst. Is doch so.«
Chang Hsi-Kuo tat, wie ihm geheißen, und dachte sich sein Teil.

Conlons Produl, von sechs hervorragenden Prodisten geleitet, beschäftigte siebenhundert Prodniki und zweitausend Roboter im Omphalos der Stadt.
Die Arbeit dieses Produls bestand in der beinah täglichen Neukonfiguration der Innenräume des Omphalos, der unter den auf Ammar ansässigen einer der größten war, fast so groß wie der von Tumak auf Toveyn.
Arrangieren, Verschieben und Befestigen der tragenden Steinblöcke, auch der Türen, Fenster und Vitrinen, der Aluminiumdecken, der Geländer auf den Gängen, der Rampen und Treppen aus lichtdurchlässigen Baustoffen, die das Tageslicht filterten und streuten, das möglichst überall hell und direkt einfallen sollte, wenn nötig aber auch indirekt, von Spiegeln gesammelt und umgeleitet: Das war Conlons Leben.

Der Omphalos von Stipay beherbergte die größte Musiksammlung aller Urbeen auf Feldeváye. Conlon, der kein Aisthet war, hatte damit täglichen Umgang, auch wenn in seine engere Zuständigkeit nur die durchsichtigen Treppen fielen; er war ein ungewöhnlich geschickter Lamonteur.
An einen besonderen Anlass, der ihn bewogen hatte, sich erstmals

mit der Sammlung zu befassen, konnte er sich später nicht erinnern – es war eher eine vage Eingebung: Architektur im Synes, also auch der Treppenbau, basierte ja auf Musik, einer der ersten Künste, die verwirklicht und damit eigentlich abgetan worden waren, also dachte er sich: Ich könnte mich vielleicht beruflich verbessern, wenn ich mehr darüber wüsste.

So speicherte er ein paar der Tonströme und Klangwolken im Gebäude ab und besah sie sich zuhause. Es half tatsächlich: Stufen, Ränder, Ordnungen wurden ihm klarer.

So angeregt, studierte Conlon Partituren von Bach, Bauweisen japanischer Musikinstrumente, graphische Scores von Cornelius Cardew, Textanweisungen indeterministischer Komponistinnen, Algorithmen der ersten und zweiten Generation der sogenannten Computermusik, Plattencover, venusische Malefikalmusik, Salentinen aus der späten Gente-Ära.

Ohne große Mühe verschaffte er sich Zugang zu den entsprechenden Plattformen in der Noos, lernte und lauschte, notierte und studierte. Einer der Admins in der lokalen Auswertung, Hassan Wadhawan, stieß durch Zufall auf Conlons Fach, weil Wadhawan für eine Veröffentlichung Quellenbezüge herzustellen wünschte, die Conlon aus praktischer Freude am Basteln eingerichtet und, da er sie nicht für etwas Besonderes hielt, im Profilbereich öffentlich zugänglicher Datengruppen belassen hatte.

Wadhawan suchte Conlon in seinem Baumhaus im Audesig-Distrikt der Stadt auf.

Das war eine seltene Ehre. Der Admin meldete sich zwar an, verriet aber nicht, weshalb er den Prodnik sprechen und sehen wollte.

Das Vorgeplänkel machte Conlon unruhig: Gefällt es Ihnen bei uns, möchten Sie sich vielleicht höher qualifizieren, sind Sie auf ein volles Prodistenprofil aus, da kann man doch bestimmt was machen – »Pfff« oder »Na ja, joh …«, eine bessere Sorte Antwort hatte der Prodnik dafür nicht übrig.

Endlich kam der Robenträger zur Sache: »Was interessiert Sie eigentlich an diesen Dingen? Warum sammeln Sie derlei? Wollen

Sie auf eigene Kunst hinaus? Sprechen Sie nur ohne Scheu. Viele von uns in der Auswertung sind trotz der Vorfälle ... na, Sie wissen schon: Louise Bourgeois und die andere ...Maya, Maya Deren ... nach wie vor der Meinung von Kathrin Ristau: Die Auswertung kann und soll von den Aistheten lernen.«
»Oh nee. Aistheten, nee. Wissense«, sagte Conlon und fuhr sich mit der Rechten nervös durchs Haar, »Aistheten, also die sind für mich schlimmer als die Weiber aus dem Thomasstreifen oder die Strandhopser oder die Lacs. Ich mein, die hätten da mal schön auf ihren Monden bleiben sollen, wenn's nach mir geht. Rechnergärten. Kunstide. Was is das denn, wir haben unsere Auswertung hier. Das genügt. Nee, aber ... ich dachte halt ...«
»Sprechen Sie nur frei.«
»Gut, nee. Also, ich dachte: Was machen wir hier eigentlich? Wir passen den Omphalos der ständigen Ausstellung an. Wenn neue Flammen oder Tiefenlichter oder was weiß ich Wüstenpflanzen reinkommen, oder wenn gemeldet wird, die Besucherzahlen nehmen zu oder nehmen ab, dann ziehen wir neue Partitionen rein, nich? Und wie machen wir das?«
Wadhawan schmunzelte, ihm gefiel die Art, wie sein Gegenüber ständig rhetorische Fragen stellte, um den eigenen Denkprozess zu drehen und zu wenden – er ging mit seinem Kopf um wie mit der Innenarchitektur des Omphalos, sein Denken war Layoutarbeit.
Der Auswerter sagte: »Da Sie, denke ich, auf die Synestechnik hinauswollen, wird es wohl so sein, dass Ihnen die Tatsache aufgefallen ist, dass wir Architekturen danach beurteilen, wie gut die Matrizen klingen, denen sie korrespondieren. Dass wir Gebäude gleichsam komponieren. Musikalisch. Da wollten Sie eben wissen, kann man das in der Weise optimieren, dass man ... nun, wie die Physiker vielleicht manchmal einfach die anschauliche Physik vergessen und lieber in der reinen Mathematik weiterarbeiten ... dass man von den Räumen im Omphalos abstrahiert und direkt auf ...ich weiß nicht, Notenpapier ...«
»Lochstreifen«, sagte Conlon. »Ich stanze das in Lochstreifen,

weil die einfachste, direkteste Maschine, die ich gefunden hab … Schaunse, hier steht es, ich hab's bei den Lacs besorgt, bestes Lamont aus der Wiege.«
Er zeigte dem Admin sein Gerät und erläuterte es: »Vorsetzer mit filzbezogenen Holzfingern, Reichweite fünfundsechzig verschiedene Töne, mehr braucht ja keiner, hier legste die Notenrolle rein, dann auf den Hocker, zack, die beiden Fußpedale, so, wie ein … also, da ist ein Vakuummotor drin, je nachdem, wie stark ich trete«, er demonstrierte es.
Ein Heidenlärm brach los. Conlon schrie: »Dann wird es lauter, hörnse? Oder leiser« – der Admin winkte heftig ab, verzog in einer Mischung aus Leiden und Amüsement das Gesicht und rief: »Danke, genügt!«
Conlon ließ ab vom Krach.
Er stand auf, setzte sich wieder in die gepolsterte Sitzecke, kratzte sich am Kopf und sagte: »Na, und ich kann halt … eine enorme Zeitversetzerei damit machen, dutzende verschiedener Tempi gleichzeitig, sehnse, und das eben entspricht dann ja dem molekularen Coding in der Lamontik. Das is robust, erlaubt multiple Schienen der Selbstorg, hilft bei Selektionen. Wie sone unsichtbare Hand für … wie soll ich sagen …«
»Evolutionäre Algorithmen«, half der Admin aus.
»Genau. Supramolekulare Assemblagen als intelligente Strukturen – die neue Spiraltreppe, hamse die gesehen? Die zu den gregorianischen Manuskripten führt?«
Conlons Körperhaltung änderte sich, er lehnte sich vor, schob die Brust raus, war stolz.
Wadhawan nickte: »Beeindruckende Arbeit. Das sagt auch Malik«, der erfahrenste unter den Architekturprodisten im Omphalos. Der Admin räusperte sich, setzte eine etwas amtlichere Miene auf und sagte: »Ich frage das alles aus zwei Gründen: Erstens freut mich immer, wenn Leute über die bloße Erledigung ihrer Obliegenheiten hinaus Eigeninitiative entwickeln. Zweitens …nun, kein Grund zur Besorgnis, aber: Ist das, was öffentlich zugänglich ist, wirklich alles, was Sie tun und wissen? Wir haben nämlich …

also, die Admins in der hiesigen Auswertung, wir versuchen ein bisschen ...eine Art Überblick über die Aktivitäten von Leuten zu erlangen und zu pflegen, die nicht direkt in die Auswertung eingebunden sind, sich aber dennoch mit Kunst befassen.«
»Sie überwachen die Noos?«, riet Conlon, nicht besonders erstaunt.
Wadhawan sah keinen Anlass, das zu verheimlichen: »Ja. Und wir sehen, dass Sie mit ein paar Leuten aus Laischa und anderswo Notate austauschen. Musikinteressierte in der Auswertung, ein, zwei Aistheten ...wenige, gewiss. Und wir bemerken sogar, wer sich Ihre Sachen ansieht, ohne mit Ihnen Kontakt aufzunehmen.«
»Lurker«, sagte Conlon, seine Augenbrauen und Mundwinkel drückten Abscheu aus – diese Leute, unproduktiv und nicht am Dialog interessiert, rangierten in seiner persönlichen Wertordnung irgendwo unter Storariern mit rostigen Gelenken und betrunkenen Lacs.

Der Admin fuhr fort: »Wir haben uns das alles angeschaut. Schließlich muss man nach der Sache in Barbizek wachsam sein, leider. Diese Frau gehörte auch zu Ihren ... Lurkern.«
»Von denen es wahrscheinlich Tausende gegeben hat. Und gibt, nich?«, verteidigte sich Conlon mit der Wahrheit.
Hassan Wadhawan räumte das ein: »In der Tat. Aber wir wollen eben nicht, dass die SB oder gar Ihre eigenen Leute – die Prodisten – Sie verdächtigen.«
»Wissense, ich will bloß ... ich will bessere Treppen bauen. Schönere Gänge, transparentere Displays. Das isses schon. Mehr nich. Dazu mache ich an der Musik rum, mit dem da.« Er deutete auf das Pianola. Hassan Wadhawan nickte: »Freilich. Es wäre töricht, eine Grenze zwischen gewöhnlicher Synesoptimierung und Experimenten aus dem Bereich der ... Aisthetik ziehen zu wollen. Wir können das Rad der Zeit nicht zurückdrehen, den Fortschritt nicht aufhalten. Aber eben deshalb ist es wichtig ...«
»Dass ich nix vor Ihnen verheimliche, klar. Also, wollen Sie sämtliche Kennungen, auch zu meinen privaten ...«

Der Admin lächelte, schüttelte sacht den Kopf. »I wo.«
Conlon ahnte, dass Leute wie der da solche Einladungen, wie Conlon sie gerade ausgesprochen hatte, gar nicht brauchten, um bis in seine intimsten Speicher vorzudringen. Wahrscheinlich war längst alles durchforstet. Wieso saß der Mann dann aber hier?
Weil ihm sonst nichts einfiel, sagte Conlon: »Ich bin ein simpler Prodnik.«
»Nun, ein Prodnik wohl. Nicht gar so simpel allerdings«, lächelte der Auswerter gönnerhaft, erhob sich und streckte Conlon die Rechte entgegen, die dieser enthusiastisch schüttelte. Dann sagte er: »Gut, wir werden jetzt die Überprüfung Ihrer Kontakte und Ihrer … freiwilligen Mehrarbeit einfach als abgeschlossen betrachten, und verlassen uns dafür darauf, dass Sie mit Anregungen oder Fragen zu uns … nein: direkt zu mir kommen. Abgemacht?«
»Abgemacht«, freute sich Conlon, und hielt sich tatsächlich daran.

Eine Weile ging es ihm, dem Produl und dem Omphalos von Stipay damit sehr gut.
Aus Sinuswellen, Taktzahlverschiebungen und wohltemperierten Gravitationsmulden schufen Conlon und die kleine Gruppe rasch begeisterter Prodniki, die sich um ihn versammelte, ohne dass er sie hätte rufen müssen, neue, schöne Verhältnisse zwischen dem omphalischen Gebäudekern und seinen säulenfreien Außenringen. Sie erweiterten die Nutzfläche für Ausstellungen sowohl ober- wie unterhalb der drei Straßenniveaus und zogen in der Bogenhalle zwischen dem Musik- und dem Skulpturenflügel eine Haut aus lichtdurchlässigen Glaslamellen ein, die visuelle Effekte im Einklang mit der von Conlon organisierten Sanftbeschallung im für Menschen unhörbaren Bereich erweckte.
Zumindest die Admins behandelten Conlon schließlich wie einen Prodisten ehrenhalber.
Er nahm an Adminfesten teil, und auch sein Liebesleben blühte: Schon vorher war er, wie bei Prodniki üblich, einigermaßen beweglich gewesen, jetzt fusselte sein Feiern in völlig neue erotische Abenteuer aus, mit allen möglichen Geschlechtern (es gab gerade

wieder einmal mancherlei neue, die relative Statik der letzten zweihundert Jahre brach auf Feldeváye zögerlich auseinander, das Ferment, glaubten viele, waren die Aistheten).
Als ihm die schönen Turbulenzen schließlich zu heftig wurden, lebte er ein halbes Jahr glücklich mit einer festen Freundin, der Tochter des Lacs Chang Shi-Kuo, die sich Miss Qi nannte und zu den Aistheten gehörte.

»Eine unkonventionelle Beziehung«, meinte Conlons väterlicher Freund Hassan, »aber warum nicht? Auch Lacs sind Menschen. Und ich gebe zu, dass deine … Vorurteile mir anfangs Sorgen gemacht haben. Rückständigkeit, weißt du.«
Rückständig, ja – nicht im Technischen, sondern im Kulturellen, wie wir Prodniki eben sind, dachte Conlon, nicht ganz glücklich, behielt den Gedanken aber für sich.
»Du gehst nicht mehr auf Partys. Du arbeitest zu viel«, beschwerte sich zur selben Zeit Miss Qi. Sie hatte recht, das sah er ein, und trennte sich von ihr.
Man muss ja wissen, was man will.

Seine Arbeit stieß an eine Grenze.
Jede Einzelveränderung der Omphalos-Architektur hatte er den Admins inner- wie außerhalb der Auswertung vorgelegt. Auf algorithmischen und nonalgorithmischen Rechnern, sogar in Gärten auf Zemelo, hatte man Simulationen laufen lassen, der Unbedenklichkeitsprüfung halber. Conlons exaptiver Ehrgeiz, immer komplexere, originellere, rhythmisch reicher verhakte und splittriger zergliederte Konstruktionen auszuhecken, hatte schließlich einen Lochstreifen hervorgebracht, dessen Umsetzung in der Omphaloslamontik sich nicht mehr in vertretbarer Zeit simulieren ließ.
»Irreduzibel«, staunte Hassan.
Er ließ eine Mathematikerin aus Laischa kommen, Elena Vathek.
Sie war fasziniert: »Das ist das erste Mal, dass ich von so was nicht nur höre und lese. Algorithmische Informationstheorie, wissen Sie?«

Hassan wusste es nicht.
»Ihr habt das gefunden«, sagte Vathek, »eure Leute. Admins. Wir haben uns für solche Grundlagensachen viel zu lange nicht interessiert.«
Sie sagte das ohne Koketterie, mit echter Demut: eine Prodistin mit Respekt vor den Admins, erstaunlich. Hassan war im Begriff, sich zu verlieben.
Conlon dachte an Miss Qui: die glatten schwarzen Haare, die geschickten Finger, ihre schönen Tuschbilder. Es war ein Fehler gewesen, sie wegzuschicken.
Elena Vathek sagte: »Ein Storarier, genau genommen. In der Gruppe Munoz-Perou. Blaydenbrook. Er hieß, warten Sie … Egaluces. Die Funde stammen aus der Vorhidschrazeit, sogar vor den Gente. Gregory Chaitin hieß der Mathematiker …«
»Ich habe noch nie davon gehört«, wiederholte Hassan und sah Conlon fragend an, der mit den Schultern zuckte. Elena Vathek erklärte, was sie meinte: »Es geht im Wesentlichen darum, dass man nie beweisen kann, dass ein gegebenes Programm für einen bestimmten Output bereits das knappste, konziseste, eleganteste ist. Es gibt eben algorithmisch irreduzible Information, und das ist einer der Effekte ihrer …«
»Und Conlon hier hat so was geschrieben? So eine irreduzible Dings?« Hassan war noch beeindruckter als sonst. Der Gemeinte griff sich ans Ohrläppchen und zog verlegen daran herum, einige anwesende Prodniki sahen stolzer aus als er.
»Ziemlich sicher«, bestätigte die Mathematikerin. »Also, beweisen ist schwierig. Aber ich konnte zeigen, dass das Ding einer Gleichung äquivalent ist, von der wir seit den archäomathematischen Forschungen dieses Egaluces Mim-Herru wissen, dass …«
»Weniger technisch, bitte«, schnitt ihr Priyamvada Gikandi, ein von den Admins des Omphalos als Berater einbestellter, sehr ungeduldiger SB-Leutnant aus Kaderum, barsch das Wort ab. »Ich will nur wissen: Ist das was Gefährliches, was der Mann da komponiert hat? Ich meine, wenn man es die Lamontik bauen lassen würde? Oder ist es ungefährlich?«

Elena Vathek seufzte. »Weiß ich nicht. Weiß niemand. Kriegen die Rechner frühestens in zwanzig Jahren raus, wenn sie jetzt anfangen, zu rechnen, und vielleicht nie. Das ist der Punkt, den ich zu erklären versuche. Wir wissen nicht, ob die Programme überhaupt halten würden, die wir …«
»Dann raten Sie halt«, blaffte Gikandi.
Vathek tat ihm den Gefallen: »Ich sehe nichts, was gefährlich sein könnte. Die Statik kann man ja trotzdem checken, zum Beispiel. Und die Wände werden nicht dünner. Das ist alles wie bei dem Zeug, das er bis jetzt schon hat einziehen lassen.«
Hassan hatte genug gehört: »Wir können es entweder riskieren oder bleibenlassen. Angst oder Vertrauen.«
Gikandi schnaubte, dann sagte er: »Was Sie Angst nennen, nenne ich Vorsicht.«
Man votierte.
Gikandi wurde überstimmt und verließ eilig den Raum.

Diese Entscheidung verdankte sich vor allem politischen Rücksichten der Admins.
In der Auswertung, bei Admins, Prodisten, Prodniki, der Zivilbevölkerung und selbst nicht wenigen Lacs in den zwielichtigeren Stadtvierteln von Stipay kannte man Conlons Namen.
Die Auswertung hatte in der Noos Stimmung gemacht – der bescheidende Mann war als positives Gegenbild zu verantwortungslosen Leuten wie Maya Deren und Louise Bourgeois aufgebaut worden, als einer, der zwar neue Kunst schuf, diese aber in die Dienste der bewährten Organisationen stellte und nichts weiter wollte, als dass sie das Leben verbesserte.
Jemanden, den man so dargestellt hatte, durfte man nicht gängeln.
Man musste ihm, wenn man die Situation entspannen wollte, das Vertrauen aussprechen.

Es gab keine Einladungen zur Implementierung der Komposition.

Der Termin – ein sonniger Freitagmorgen im späten August – sprach sich bei den richtigen Leuten schnell genug herum.
Conlon Nancarrow kaute gesunden Tabak.
»Läuft ziemlich langsam an«, maulte eine junge SB, die mit ihm an der Balustrade einer der Terrassen lehnte. Das Mädchen roch gut und hatte einen auffällig schönen Hals.
Vielleicht, überlegte Conlon vage, konnte er sich ihr interessant machen, indem er erklärte, was gerade geschah. Dreißig Prodniki, vier Prodisten, neun Admins und etwa hundertfünfzig SB-Leute bevölkerten und sicherten das Gebäude.
Er setzte mit tiefer Stimme an: »Die Lamontik kriegt erst mal 'n paar Kontrollschlaufen ab. Die Binnenlage is auf optische Fasern geschaltet. Wahrscheinlich is das, was da so lange dauert, einfach die … ich denk mal, die Sensoren und Aktuatoren an den lamontischen Knospen brauchen länger, wenn das optische Zeug ihr normales … Nervensystem ersetzt. Weißte, meine Idee war das nich. Eure SB-Knilche …«
Er winkte ab.
Das Mädchen lachte.
Eine Weile schwiegen sie freundlich zusammen, dann rückte sie ein bisschen näher an ihn heran. Gleich berührt ihre Pistole meine Hüfte, dachte Conlon. Schon seltsam, das alles.
Die SB sagte: »Ich hab mal einen Kurs gemacht, Grundlagen, bei einer Auswerterin in Pachetum.«
»Echt, Pachetum? Stinkt doch nach faulen Eiern, die Stadt.«
Sie nickte: »Klar. Da kann man nicht leben. Aber diese Frau … ich wollte halt wissen, wie war das, als die Sachen noch separat gemacht wurden, nicht wie jetzt im Synes. Hat sie mir erzählt. Und dann hat sie mir Sachen gezeigt, von einem Mann, der erst Gedichte gemacht hat, Wortfolgen, aber irgendwie ging das schief. Beruflich. Die haben ihn nicht … es waren ja Mangelzeiten.«
»Ach, wegen … Geld jetzt und so?« Conlon war bestürzt.
Sie sagte: »Es lief nicht. Es ging nicht. Da nahm er ein Buch … weißt du?«
»Ich weiß, was ein Buch ist.«

»Klar. So, also der nahm ein Buch, eins von seinen, die keiner wollte, und hat gesagt, Medienwechsel, bitte schön, ganz grober Vorläufer der Synestechnik: Das ist jetzt 'ne Skulptur. So wie du mit dem Lochstreifen komponierst und sagst: Das ist jetzt 'ne Halle, das ist jetzt 'ne Rampe, das ist jetzt ein Tunnel.«
»Das war in der Wiege? Vor der Hidschra?«
»Genau. Und ich frage also die Auswerterin da in Pachetum: Hat er dann mehr Geld gekriegt? Sie wusste es nicht. Was ist denn das für 'ne Auswertung, Leute? Sie wusste nichts.«
Er bot ihr, weil sie sich jetzt eine Zigarette in den rechten Mundwinkel klemmte, Feuer an. Sie ließ sich's geben, sog Rauch ein, die Zigarettenspitze glomm auf, die SB puffte kleine weiße Wölkchen aus den Nasenlöchern. Dann sagte sie: »Das hat die gar nicht interessiert. Glaubst du das? War ihr egal, hat sie als Frage gar nicht verstanden. Da fing sie dann auf einmal an, zu deuten und zu raten, warum er das wohl gemacht hat, was das wohl für eine Herstellung von Mehrdeutigkeit war und für ein … wie hat sie gesagt? Ein Überschreiben der einen Praxis mit der andern, konnte sich schier nicht einkriegen …«
Ein tiefes Brummen aus dem Zentrum des Omphalos-Unterbaus kündigte den Beginn der Rekonfiguration an.
Conlon wollte die reinen Durchgänge ganz auflösen und nur noch Hallen, Kammern übriglassen, jeder Raum einer für Exponate mehr, ineinandergefügt in so harmonischer und natürlicher Weise, dass niemand mehr auf den Gedanken käme, die alten Korridore zu vermissen. An Verbindungen sollten nur drei- oder rechteckige, auch runde Auslassungen in den Wänden selbst übrigbleiben.
Das Mädchen sprach weiter, während Conlon per Link erste Kennziffern über die Verschiebungen und das Einrasten seiner Walzenkomposition in der räumlichen Omphaloswirklichkeit empfing.
»Na ja und ob er es gemacht hatte, um, oh je … weißt du, wie diese Frau geredet hat? So: Also, ob er es gemacht hat, um die Signifikanten zu vermehren, ohne je ein Signifikat zu erreichen, und ob er es gemacht hat, um historisch kompromittierte Medien zu ver-

lassen, und ob er die Verschiebung seines Tätigkeitsfeldes als Vernichtung des poetischen Textes wollte oder als dessen Emporheben auf ein ... echt jetzt ...«
Conlon grunzte: »Quatsch, klar. Sie haben ihn halt nicht dichten lassen, da hat er was anderes gemacht.«
Sie nickte, rauchte, schwieg.

Plötzlich fuhr Conlon zusammen wie gebissen: »Was?«
Sein Link gellte Schocks, sein Gesichtsfeld war von Alarmzahlen getrübt. Die Optikleitung im abgesenkten südlichen Teil des Gebäudekerns war zusammengebrochen.
»Zusammengebrochen?« – er merkte nicht, dass er das laut sagte.
Es stimmte nicht. Kein Kollaps: eine Bifurkation.
Zwei Leitungen, wo eben noch eine gewesen war.
Conlon wollte loslaufen, den Schaden zu inspizieren.
Prodniki meldeten sich mit Notfallkennungen, zwei SB liefen links von ihm die Treppe runter zum Foyer der Wandelhalle, die seine Glaswandumstülpungen eben aus drei Korridoren neu geschaffen hatte. Der vordere Polizist hatte eine Waffe gezogen. Conlon hob den rechten Arm und rief ihnen zu: »He! He, wartet mal! Da kann man jetzt nicht hin, da ist ...«
Aber die SB neben ihm griff seinen rechten Arm, zog ihn zurück, und die beiden SB auf der Treppe rannten weiter, gerufen von Priyamvada Gikandi, dessen erregte Stimme Conlon im Kopf brüllte: »Einheiten drei und sechs sofort zu den Schächten vor der Positionslamontik. Wadhawan, was ist mit dem Vestibül? Bestätigen!«
Wadhawans Stimme, schwach, verzerrt: »Wir haben uns ... die Treppe führt ... sind runtergelaufen, aber wir kommen auf dem Ostbalkon raus, es stimmt nicht ... wo sind Ruth und Majandra? Wo sind die andern Admins?«
»Was machen die Ärsche denn da?«, erregte sich Conlon im Laufen, als ein Gang, den er nicht geplant hatte, direkt vor ihm wandmittig ins Gebäude zurückschoss.
»Da müssen wir hin. Lauf!«, sagte die Frau, der er die Zigarette

angezündet hatte, und als er sie verständnislos anschaute, rief sie ungeduldig: »Hallo! Zuhören! Ich heiße Nastja Ngwethu. Mich schickt Kathrin Ristau, du sturer Bock. Wir haben so was kommen sehen – du bist viel zu weit gegangen, als dass dich drei Dimensionen noch lang hätten fesseln können. Vathek arbeitet mit uns. Elena Vathek.«

»Aber …« Conlon war arg verwirrt.

Sie wartete nicht, bis er klar war: »Los! Bevor das Gebäude völlig unpassierbar wird. Wir müssen mittendurch, zum Landeplatz neben der dritten Gemäldegalerie. Da wartet ein Gleiter, der dich wegbringt, bevor sie dich fassen können.«

»Wie, mich fassen?«

»Läufste jetzt?«, ärgerte sich Nastja.

Conlon erkannte mit einem Seitenblick, der ihrem folgte, dass ein halbes Dutzend SB auf verschiedenen Treppen aus dem sechsten Stock zu ihnen unterwegs waren, mit gezückten Waffen. Auch Nastja hatte ihre Pistole aus dem Holster befreit, fuchtelte damit.

Conlon blendete das Coifletchaos, das ihn aus der Noos begrapschte, einfach aus.

Nastja lief los, sofort um eine Ecke, links lang, dann wieder rechts. Sie ist gut orientiert, dachte er beeindruckt, die Involutionen stören sie nicht.

Schnell hatte er sie eingeholt.

Der Gang verjüngte sich.

Zweimal rechts, eine schiefe Ebene hoch, dann geradeaus, dann links – spiegelnde Flächen fielen jetzt aus den abgerundeten Ecken das Gangs, klappten in Schrägen, die Kammern, Hallen, Säle werden wollten. Conlon erkannte Leute, die dort herumliefen, unkoordiniert, in wütender Unruhe. Er sah über eine Brüstung nach unten, wo zwei Gruppen einander genug misstrauten, dass ein Handgemenge begonnen hatte.

»Sind fast da. Müssten fast durch sein«, sagte Nastja.

Absurd euphorisch dachte Conlon: Das hier ist mein Werk. Meine Musik, meine Tempi.

Eine scharfe Klinge aus Weißlicht fuhr von links in seinen Schädel. Conlon strauchelte, stolperte, lief gegen eine Ecke. Nastja prallte von hinten gegen seinen Rücken, dann schrie sie auf, dann knallte was. Nastjas rechte Hand packte seinen Overallärmel und riss ihn seitwärts hinter den glatten Rahmen einer Türöffnung. Er blinzelte zweimal. Als er wieder sehen konnte, erkannte er, dass sie Blut im Mund hatte, und begriff, dass geschossen worden war, als sie ihn anschrie: »Runter!«

Nastja erwiderte die Schüsse. Dreimal krachte es zu nah an seinem Gehör, viel zu nah, und er wusste, dafür bin ich nicht gemacht, Abenteuer, das ist nichts für mich, das ist scheiße.

Zweimal schossen die Verfolger, noch einmal Nastja.

Dann stieß sie seine Schulter mit dem Ellenbogen an: Da drüben, unter einem Torbogen, der zu keiner Fassade mehr gehörte (die war am Tor zu Boden gerutscht, wurde zur Lücke, wand sich um einen Schacht, der das Auge verwirrte) sah er den Gleiter stehen.

»Lauf!«

Die rechte hintere Klapptür des Gleiters wurde geöffnet.

»Lauf, Conlon Nancarrow. Und grüß die Kathrin!«

Er verstand nichts.

Seine Beine aber wussten, was verlangt war. Die liefen los, und sein Herz pumpte Blut, und es brauste in seinen Ohren.

Sein Gleichgewichtssinn fiel ins Trudeln, die Welt war aus Gummi und zugleich aus Glas.

Er erreichte den Gleiter, wurde hineingezogen.

Er blickte zurück und sah, wie die SB Nastja Ngwethu erschossen.

Er schnappte nach Luft; die Tür schloss sich.

Ich bin schuld, dachte er, und musste sich übergeben.

6: Cerrem zittert

Schablone und Kopierring hatten Imrun Egres lebenslang nichts ausgemacht.
Immer verbesserte er sich, nie war er es leid.
Stahl war seine Wohnung.
Was er wollte und dachte, beseelte ein Schlachtschiff, aber er hielt sich seltener in beiden Richtungen seines Körpers auf als die Menschen in ihren Angstköpfen. Der Himmel war nie dunkel für ihn: Er wusste, unter welchem Fluch die Lichter in Cerrem alles ausfüllten, was man denken konnte, selbst wenn es keine physischen Lichter waren, sondern nur die der Einsicht.

»Zu nahe der Ekliptik«, warnte Imrun Egres die Prodisten, als sie ihre größten Fehler begingen, »und zu groß für eure Versuche.« Die Menschen dachten immer noch so, wie Geschöpfe denken, die eine sehr kleine Sonne gewohnt sind.
Antares, mit dem achthundertfachen Durchmesser des Sterns, der die Menschwerdung der Menschen beleuchtet hatte, war das falsche Spielzeug für sie.
Aneinandergefesselt in widersinnigen Systemen weicher Grausamkeit, umgeben von Wolken der Selbstverkennung, hörten die Menschen nicht auf Imrun Egres. Schon als der Krieg bereits unvermeidlich war, spielten sie ihre Spiele.
Sie hielten das für Politik.
Auch die Storema hatte eine politische Geschichte.
Imrun Egres hatte Ter Helinac gestürzt. Ter Helinac verargte es ihm nicht; Führung parallel zur Kante war nie sein Fach gewesen. Als Imrun Egres die Menschen aufhielt, die den großen Fehler bei Antares machen wollten, den sie »Projekt Lärz« nannten, war Ter Helinac dankbar: »Ich hätte das«, gestand er vor zweiundzwanzig Profilgrößen der Storema, »niemals gewagt. Menschenblut zu ver-

ßen ist mir widrig. Ich weiß, wer und was ich in Cerrem bin, ein Menschenschlächter ist das nicht.«

Das Muster war indes bereits gestört, Imrun Egres war zu spät eingeschritten.
Antares gehörte zu einer Gruppe von überwiegend noch sehr heißen, meist blauen Sternen, deren Auseinanderfahren einen Zweck in allen drei Reichen, in Cek, Reke und Cerrem hatte. Menschen konnte man das nicht erklären, sie hielten mit dem Trotz von Kindern fest an ihren engen Ideen von der Raumzeit. Auch die praktischen Unterweisungen durch die Lapithen und das Nomosgeschenk hatten daran nichts geändert.
Imrun Egres befahl ein Ende des Projekts Lärz.
Die achte Armee der dritten Ordnung der Storema unter Sarabil-Obet Tira warf sich mit zahlreichen Profilen ins Gefecht. Da die Menschen nicht damit gerechnet hatten, angegriffen zu werden, führte die Offensive rasch zum Sieg. Das bleiche Rubinlicht, das der Hafen war, in den Kar den Stern Antares gebettet hatte, war gerettet. Man hatte dafür siebzig menschliche Konstruktions- und Werftinseln verbrennen müssen. Mehrere tausend Menschen waren tot.
Narbenbedeckt kehrte Ter Helinacs Schiff, das sich an den Kämpfen beteiligt hatte, vor das zuständige Profil zurück. Der Tarnanstrich trug Spuren menschlicher Gegenwehr, mehrere Gefechtstürme waren in der Hitze der Auseinandersetzung geschmolzen, zahlreiche Familien der Storema ohne Hoffnung auf Wiederherstellung ausgelöscht.
Ter Helinac hatte während der gesamten Kampfhandlungen den Feuerleitstand nicht verlassen.

Der Integralleiter Ahmed Ben Han, eine Art Krenmeister der Menschen, ließ sich von Imrun Egres täuschen, der einen Zeitvorsprung herauszuschinden suchte. Ein Renegat der Storema namens Ter Helinac, log Imrun Egres, habe aus Rache für das Verschwinden und den mutmaßlichen Tod der storarischen Vorgängerin des Integralleiters die Menschen in einen Krieg verwickeln wollen.

Gleichzeitig suchte und fand eben jener Ter Helinac, in Absprache mit den obersten Profilen der Storema, eine Allianz mit einem der mächtigsten Prodisten, Yusuf Talaad von Paine.
Unter dem Schutz äußerster Geheimhaltung akzeptierte Talaad das Angebot. Die Prodisten schenkten dem angeblichen Verräter hundertfünfzig Inseln und einen halbfertigen Dysongürtel um Mu Cephi. Ter Helinac vertrieb zwei Fünftel der in diesem Gürtel ansässigen Menschen und rief ein autonomes Habitat aus.
Die Admins unter Ahmed Ben Han fassten diese Proklamation als zweite Kriegserklärung auf. Eine militärische Antwort unterblieb jedoch.
»Ihnen sind die Hände gebunden«, ließ Yusuf Talaad dem Bündnispartner ausrichten, der die Nachricht sofort an die höchsten Profile und damit an Imrun Egres weitergab. »Sie haben nur Polizeigewalt auf Menschenwelten. Das Militärische unterliegt uns. Sie wollen das, was ihre Spionage über die Storema herausbekommt, grundsätzlich nie mit uns teilen.«
Schirok und Khestec, zwei der markantesten Profile, gerieten bei der Suche nach der richtigen Entscheidung in dieser Lage in Streit.
Einer aus dem innersten Bezirk des Khestec-Profils, Rimah Enaluc-Lir, machte Imrun Egres in seinem Habitat in der Nähe eines ultramagnetischen Neutronensterns ausfindig und stellte ihn mit den Worten: »Ich bringe Schleifsteine! Du setzt Staub an, in deinen Vollmachten. Dein Rahmen gönnt sich die öligsten Pinsel, und wir anderen brechen, brennen und sterben. Familien vergehen, weil du dich in die Politik der Menschen einmischst.«
Imrun Egres, aus seinem gewaltigen Raumschiff in einen kleineren Gestellrahmen migriert, verneigte sich vor dem Beschwerdeführer und sprach: »Einer wie du sieht den andern Weg, ich weiß. Der ist als Semta auch erkennbar, aber die augenblickliche Lage lässt ihn nicht zu. Der Ehrgeiz der Menschen ist das Problem. Die Heliumsäuberung, die Gouldgürtelarbeit. Die Mennesker warnen sie nicht. Die Lapithen halten sie nicht auf.«
Er zeigte Rimah eine Aufzeichnung von Sondenberichten über

illegale, vor den Admins verborgene Unternehmungen der Prodisten im Zentrum der Milchstraße.
Spiele mit Cerrem auf Monden von Planeten, die um junge Sterne kreisten, wo sie nicht hingehörten: Die Menschen hatten sie gemacht und in ihre unnatürlichen Umlaufbahnen geschossen, weil sie von dort aus die langen Gasfäden und magnetischen Felder, die lichtjahrweiten Ausdehnungen noch weitgehend unverstandener Prozesse aus Hitze und Erwartung studieren konnten, das Herz der Heimatgalaxis. Imrun Egres zeigte seinem Besucher Gammastrahlen-Haloveränderungen, die durch die Manipulationen von Fundamentalkonstanten in Cerrem verursacht wurden.

Er zeigte ihm ein zähes Ringen zwischen mehreren menschlichen Zivilisationen und großen Siedlungsräumen der Rengi: Ein langer, unerklärter Krieg fand statt, »der dem Krieg mit uns gleicht. In manchen Regionen leben wir in Eintracht. Diese Regionen wissen nichts davon, wie wir uns andernorts bekämpfen. Der Kosmos, nun: Er ist sehr groß. Die Menschen sind längst nicht zufrieden damit, dass wir, die anderen, die älteren Zivilisationen ihnen in der Milchstraße und Andromeda so gut wie freie Hand lassen. Sie fassen die Politik der Rengi, immer weiter auswärts in die lokale Gruppe zu wandern, von ihrer Heimat im galaktischen Zentrum weg, als Zeichen der Schwäche auf und jagen sie, ihre angeblichen Verbündeten, wo diese schon fliehen. Die Prospektoren und Kolonisatoren«, Einspielungen entsetzlicher Bild- und Tondokumente begleiteten seine Rede, »die sie schicken, um den Rengi mit Verkürzerkeilflotten den Weg abzuschneiden zur Fornax-Zwerggalaxie, zu Sextans, Sculptor, Draco, Ursa Minor, die Konquistadoren, die sie aussenden, um Festungen zu bauen, sind gesetzlose Leute. Unbestätigten Berichten einiger Schiffe der Storema zufolge, die bei siebenundvierzig Tukane verschollen sind, soll es dort eine Spezies gegeben haben, die, zwischen fünzehn- und sechzehntausend Lichtjahre weit weg vom Zentrum der menschlichen Umtriebe im hiesigen Bezirk, eine sehr alte, aber bis vor sechshundert Synchronjahren in voller Blüte stehende Zivilisation gebildet hat. Es gibt sie nicht mehr. Die Prodisten haben sie vernichtet.«

»Die Mennesker …«

»Sie wissen zu viel, um noch handeln zu wollen. Oder, sagen wir: schon. Sie wissen alles über Cec und haben versucht, es den Menschen auf dem Mond Arrhenius, der um den Planeten Feldeváye kreist, beizubringen. Sie wissen alles über Reke, und haben versucht, es den Menschen beim Abbau von Schätzen aus braunen Zwergen aufzuzeigen. Sie wissen vor allem mancherlei über Cerrem, und wie Semta darin liegt. Sie wissen, was wir mit allen Nevina nicht erfahren könnten, weil wir Wahrheiten wie Kreb, Kren und Kar immer noch nicht vollständig durchdrungen haben, weil wir, die Storema, erst beginnen, zu verstehen, wie das Universum funktioniert. Wie es lebt. Wovon. Warum. Sie spielen mit denen, die erst kommen werden. Noch kriechen, gegen Semta scheinbar gleichgültig durch den Fluss aus Eigenzeiten, ihre eigenen Ahnen, und ringeln sich.«

Mit dieser Belehrung war der Beschwerdeführer abgewiesen.

Er hatte jedoch Einfluss auf niedere Profile in der Nähe einer Welt, die bei den Menschen La Sentinelle hieß. So gelang es ihm, eine Audienz bei einem tief in Admingeschäfte verstrickten Storarier namens Egaluces Mim-Herru zu erwirken. Dieser warnte ihn vor einem Mann namens Arvis Mikolat: »Wenn es einen Menschen gibt, auf den alles zutrifft, was Imrun Egres über den Ehrgeiz der Menschen sagt, dann diesen. Er hat Verträge gebrochen. Er schart ein neues Militär um sich, die Prodisten fürchten ihn schon jetzt. Beim Giganten Gamma Draconis baut er eine Flotte auf.«

Rimah Enaluc-Lir vermutete, diese Aufrüstung sollte womöglich der Verteidigung gegen eine erwartete storarische Bedrohung dienen – das hieß bei Menschen früher oder später immer: dem präventiven Angriff auf die Storema.

Kundschafterarbeit deckte jedoch auf, dass Arvis Mikolat, der ihn schließlich in Ehren und mit sehr viel mehr Freundlichkeit als Imrun Egres empfing, ganz andere Sorgen hatte.

»Ich arbeite inzwischen«, erklärte der Mensch, »nominell unter einer Frau namens Constantina Galgadas. Die wird sich, wenn wir nicht aufpassen, demnächst auch den Posten von Ahmed Ben Han unter den Nagel reißen. Sie ist im Übrigen selbst nur eine Marionette von Yusuf Talaad, eine Verschwörerin in Diensten der Prodisten. Wenn der Staatsstreich gelingt, wird der gesamte organisatorische Aufbau der Admins schlicht mit der überlegenen Feuerkraft der Prodisten mattgesetzt werden. Die Admins, von den Prodisten absorbiert. Das werde ich nicht zulassen. Deshalb, nicht gegen euch, stelle ich mein Heer auf. Ihr habt nichts zu befürchten. Wenn du und deine Storarier uns dabei unterstützen, soll es dein Schaden nicht sein. Verstehst du? Ihr Storarier, soweit ich weiß …«, er hob die Hand, als wollte er den Rahmen des Gastes tätscheln, was diesen in erhebliche Verlegenheit gebracht hätte. Mikolat zog die Hand zurück und fuhr in ruhigerem Ton fort: »Ihr Storarier, ihr denkt in Familien, in Abstammungsgemeinschaften. Eure Profile, eure steuernden Räte und Ausschüsse sind ja eigentlich eine Art … Ältestenversammlungen, und eine Kultur, die so gebaut ist, müsste einsehen können: Was Menschen wie ich im Grunde versuchen, das ist, wir … wir wollen unsere Familien zusammenhalten, wir wollen das Chaos verhindern, das Leute wie diese Frau Galgadas anstiften, indem sie Gleichgewichte, die sich über Jahrhunderte, über Jahrtausende herausgebildet haben, ohne Not aus dem Lot bringen.«
Rimah Enaluc-Lir erklärte, dass er das nachvollziehen konnte.
Arvis Mikolat, in seine weiße Porzellanrüstung gestellt wie ein Edelstein in eine protzige Ringfassung, sah ihn wohlwollend an, und wirkte doch wie tot: der Staatsmann als seine eigene Statue.

Kaum hatte er sich von seinem grimmigen Gastgeber verabschiedet, begriff Rimah, dass er soeben Zünglein an einer sehr großen Waage geworden war.
An einem einsamen Ort unterzog er sich dem Ritual der Neuschöpfung seiner Stelis. Menschen dachten, es handele sich dabei um eine Art Rüstung, wie die Verschalung war, in der Arvis Miko-

lat seine Arbeit verrichtete. Aus totem Holz, so meinte *homo sapiens,* sei die Stelis gemacht. Das bisschen biotischen Matsch, den eine lebensfähige Stelis immer noch brauchte, hielten die Menschen fürs Eigentliche – fürs storarische Wesen. Von Kreb, Kren und Kar wussten sie weniger als die unmündigsten Kinder der Storema, von Cerrem überhaupt nichts.

Rimah Enaluc-Lir begann seine Regeneration mit der standesgemäßen Auflösung krebwidriger Auswüchse in heiligen ionischen Flüssigkeiten, nach einem Verfahren, das die versunkenen Profile der ersten erinnerlichen zivilisierten, weil nach Semta geöffneten Storemagegend (die bei den Menschen Mizar-Alcor-Region hieß und längst vom Fortschritt verwüstet war) entwickelt hatten und das auch den letzten Durchgang seiner Selbstneuschöpfung in Cerrem bestimmen sollte. Rimah ging gegen Kernrisse und Ringschäle vor, maß seine Krenmaße mittels Tastzirkeln, reinigte sein Gewissen mit Vorstechern, ließ engste Familienmitglieder Gestellsäge und Feinsäge anlegen. Dann griff er selbst zum Schlichthobel und zum Zahnhobel, brachte neue gefederte Fugenverbindungen in der Basis seiner Stelis an, arbeitete mit Bügelzapfen und verdübelten Gehrungen, reinigte alle Nevina.

Die Reaktivität der in den ionischen Flüssigkeiten aufgelösten Cellulose versetzte ihn in Erstaunen: Tosylation und nukleophile Ersetzungen erbrachten Ergebnisse, die wenig Nutzen, aber bizarre Schönheit zeigten. 1-Butyl-2,3-Dimethylimidazoliumchlorid und 1-ethyl-3-Methylimidazoliumacetat wurden ihrem Ruf als heilige Essenzen gerecht. Wieder einmal wunderte sich der Storarier, dass den Menschen noch nicht aufgefallen war, wie sehr die Stelis, die sie als reines Exoskelett betrachteten, dem glich, was beim *homo sapiens* einst »Kunst« geheißen hatte, und wie wenig sie als Manifestation der ganzen Kultur und Geschichte der Storema in Gestalt eines lernfähigen Biopolymers letztlich mit dem gemein hatte, was die Menschen »Technologie« nannten.

Und doch hielten sie die Stelis für das, was sie nicht war, und maßen sie nie an dem, was sie war.

Als Rimah sein Reinigungsritual hinter sich gebracht hatte, eröffnete er seinen Nächststehenden einen schweren Entschluss: »Ich will, um die Balance in Cerrem nicht zu stören, den Rat unseres geschätzten Verwandten Egaluces annehmen. Ich will auch die andere Seite der Menschenauseinandersetzung hören, obwohl dafür vielleicht nicht viel Zeit bleibt.«

Tatsächlich war Imrun Egres, der für die meisten Zivilisationen der Storema inzwischen den Status eines Helden und Retters angenommen hatte, mittlerweile aus seiner Tarnung getreten und hatte offen seine Allianz mit Ter Helinacs autonomem Habitat erklärt.

Gemeinsam war es diesen beiden daraufhin gelungen, die Prodisten, deren Hilfe Ter Helinac zuvor so gern angenommen hatte, aus einigen ihrer angestammten Zentren zu vertreiben: Rho Ophiuchi hatte fast gar keine Menschen mehr, Sigma Octanis nur noch Admins, und bei den Rückzugsgefechten des völlig überrumpelten prodistischen Militärs waren hunderttausende Opfer auf beiden Seiten zu beklagen.

Die Admins zeigten sich dankbar.

Der Integralleiter machte den Fehler, seine nominelle Überparteilichkeit mit einem Vertrag zu beflecken, der den Schiffen Telinacs und Egres' freies Geleit durch die lapithischen Verkürzerkorridore gewährte, welche strategisch relevante Arme der Milchstraße miteinander verbanden. Auf diesen Routen lagen hunderte bewohnter Welten, die damit in den Krieg gezogen wurden, der immer noch nicht offen erklärt worden war, darunter La Sentinelle, Paine und Feldeváye.

Yusuf Talaads Wut und Rache waren furchtbar.

Anstatt sich in einen Zweifrontenkrieg gegen die Admins einerseits und die von Imrun Egres regierten Teile der Storema andererseits zu werfen, organisierte er mittels Spionage, forciertem Bürgerkrieg und Sabotageakten beispiellosen Ausmaßes seinen Aufstieg auf einen Posten, den es zuvor nicht gegeben hatte: Er wurde, so ließen seine Propagandaleute das nennen, »Beschützer der Gesamtproduktion«, ein unverkennbar in Nachahmung der formalen Bestimmungen der Integralleitung geschaffenes Amt, das ihn zu einer Art Militärputsch befähigte, den er denn auch durchführte.

Seine rechte Hand wühlte derweil im Verborgenen; sie hieß Constantina Galgadas. Die Kundschafter der Storema wussten von dieser Frau und ihrer Rolle schon seit Längerem.

Rimah Enaluc-Lir traf sich mit ihr.

Ihr Lächeln verriet dem Storarier alles, was er wissen musste: Ihr Gesicht, im Lichte Cerrems angesehen, war das einer fröhlichen Zerstörerin.

»Also du bist auch so ein Storarier«, sagte sie, »der seinem Imrun Egres nicht gehorcht, weil er Massenmord ablehnt? Wie Ter Sowieso? Und um dieser Ablehnung Gewicht zu verschaffen, führst du jetzt Krieg und mordest also doch ein paar Massen? Respekt. Ich dachte, für euch ist alles ohnehin schon immer festgelegt. Seid ihr nicht Fatalisten? Erklär's mir nicht, eure Philosophie oder Religion macht mir Kopfschmerzen. Ich will etwas ganz anderes wissen: Du warst bei Mikolat?«

»Ja.«

»Er wird den armen Ahmed bald stürzen. Das ist dir klar, oder?«

Der Storarier schwieg. Sie nahm es als Bestätigung und fuhr gelassen fort: »Für mich ist das ein Signal, mich demnächst aus dem Staub zu machen. Weg von den Admins. Ihre Sache ist verloren. Ich meine, Mikolat hat recht, sie brauchen ein Militär, nicht nur eine Polizei. Aber es ist zu spät, eins aufzubauen. Die Prodisten werden siegen. Was ein Integralleiter ist, das wird in hundert Jahren niemand mehr wissen. Ich setze auf Yusuf. Klar, der hat seine eigenen Probleme. Wusstest du, dass auf dem Schattenspiegel einige tausend Prodniki neulich eine Akademie besetzt haben, weil sie dagegen protestieren wollten, dass immer mehr Rechen- und Arbeitszeit der fortgeschrittensten Produln auf Militärisches verwandt wird? Und sie haben unter richtigen Prodisten Fürsprecher. Anhänger. Das wird alles noch mal ziemlich heiß. Solche

Bewegungen sind gefährlicher als alle Separatisten und Autonomisten, die's immer mal wieder gibt. Die einzigen Gegenden, fällt mir gerade ein, wo man so was noch nie gesehen hat, sind die vierzig Welten, auf denen sich Lapithen herumtreiben. Die halten sich natürlich raus aus dem ganzen Spiel.«

»Es ist kein Spiel. Es ist Kren, und es gehört zu Cerrem, und es müsste weniger grausam sein, wenn ihr Menschen das nur endlich einsehen wolltet.«

Sie ignorierte das und schlug ihm stattdessen allerlei vor. Galgadas hatte eine lange Liste dabei, Tauschgeschäfte, punktuelle Sondervereinbarungen, Korridorsicherung.

Er erklärte, darüber nachdenken zu wollen.

Rimah flog zu Imrun Egres und unterbreitete ihm das Ergebnis seiner Erkundungen und Überlegungen: »Es gibt nur eine Möglichkeit, das Gleichgewicht in Cerrem zu halten, das Zittern abzustellen, solange die Menschheit nach Prodisten und Admins gespalten ist: Wir, die Storema, spalten uns auch. Nicht mehr nur fraktionell, situativ, punktuell. Systematisch. Ich weiß, dass die Rengi und andere denkende Spezies komplexe Neutralitätsabkommen nach allen Seiten getroffen haben. Aber das bedeutet auch nur, dass sie zwischen den Fronten festsitzen, wo man sie zerreiben wird. Wir machen es anders: Eine Hälfte, deine Leute, hält es mit den Prodisten, mit Yusuf Talaad, auch wenn ihr jetzt mit ihnen Krieg führt. Ihr werdet die Seiten wechseln, damit wir uns auf die Seite von Mikolat schlagen können und wenigstens eine Gruppe von Profilen den kommenden Krieg überlebt.«

»Das bedeutet, wir kämpfen auch gegeneinander.«

»In Wahrheit wird es nach Einflusszonen ausgewürfelt: Leben Teile der Storema in adminkontrollierten Gebieten, so erklären sie den Admins ihre Loyalität, die andern halten es mit den Prodisten. Von den realen Fronten ziehen wir uns so weit wie möglich ins jeweilige Hinterland zurück.«

Imrun Egres antwortete: »Der Friedensschluss mit Talaad wird keine Schwierigkeiten machen. Er mag mich. Stärke, Macht ist ihm alles. Aber dein Vorschlag, uns in den Hinterlandbezirken einzukapseln, hat eine Schwachstelle: Gibt es überhaupt ein Hinterland, wo alles wechselseitig so zersiedelt ist? Gibt es Adminwelten oder Habitate, die nicht bis in den letzten Winkel mit Prodisten besetzt sind, und umgekehrt?«

Rimah wilferte leise.

Dann stimmte er zu, schlug aber eine dialektische Volte: »Eben weil das so ist, wird dies ein sehr merkwürdiger Krieg – man wird ihn heuchlerisch führen, man wird so tun, als wäre es ein Krieg Mikolats gegen Talaad, keiner der Admins gegen die Prodisten. Das heißt: In Gegenden, wo die Admins die Hegemonie innehaben, werden sie ihren Prodisten anbieten, dem Integralleiter Treue zu geloben und mit ihrer bisherigen Lebens- und Arbeitsweise fortzufahren, als gäbe es den Krieg im Großen nicht, und umgekehrt. Je befriedeter diese Welten daraufhin sind, desto mehr Storarier sollten dort sein: An solchem Frieden im Krieg erkennen wir das Hinterland.«

Damit war man sich einig.

Ter Helinac meldete von seinem Außenposten an der Front im Krieg gegen Talaad indes Bedenken an. Imrun Egres ließ ihn unter Bedauern ermorden.

Yusuf Talaad zeigte sich von diesem Opfer so gerührt, dass er den komplizierten, im Wesentlichen die Rimahsche Hinterlandlösung festschreibenden Vertrag sofort annahm, den Imrun Egres ihm jetzt unterbreitete.

Im selben Moment ließ Arvis Mikolat den glücklosen Integralleiter Ahmed Ben Han wegen fast beliebiger, jedenfalls aus der Luft gegriffener Verfehlungen absetzen und verhaften. Ben Han wurde an einen sogenannten sicheren Ort verbracht. Kundschafter trugen ein Gerücht zu Imrun Egres, wonach dieser sichere Ort sich auf einem der Monde des Planeten Feldeváye namens Jocelyn befand, den man zu diesem Zweck in einer geheimen Räumaktion evakuiert hatte.

Der Planet Feldeváye selbst war von Mikolats verbesserten SB, eigentlich einer neuen Art Armee, gründlich gesichert, und stand unter Kriegsrecht.
Zwar gab es dort Prodisten. Sie alle aber sicherten Mikolat, ganz wie vorausgesehen, Ergebenheit zu.
Constantina Galadas war verschwunden.
Rimah vermutete, dass sie den günstigsten Moment für ihre Selbstentlarvung als Agentin Talaads verpasst hatte.

Imrun Egres ließ Rimah Enaluc-Tir und Sarabil-Obet Tira zu sich kommen.
Er eröffnete ihnen, wie er die Lage sah: »Die Storema hat ein vitales Interesse an diesem Gestirn, Feldeváye. Es gibt dort einen Menschen, der in Cerrem leuchtet.«
»Kathrin Ristau«, sagte Rimah, der so gut unterrichtet schien, dass Imrun Egres sich vornahm, seine Zuverlässigkeit bei Gelegenheit überprüfen zu lassen.
»Richtig. Sie gräbt die Künste wieder aus, und die Künste ... leben in Cerrem.«
»Ich dachte, die Künste der Menschen seien abgeschafft?«, wunderte sich Sarabil-Obet Tira.
Imrun Egres holte aus: »Es hat mit der Ungleichzeitigkeit der Kolonialbemühungen der Menschen zu tun. Mit ihrer Hidschra, mit den versetzten Staffeln der Auswanderung von ihrer Wiege her.«
»Sie sind nicht mehr dieselbe Menschheit wie beim Aufbruch. Sie sind mehrere Menschheiten gewesen, seither«, sagte Rimah.
Imrun gab ihm recht: »Es ist die siebte oder achte. Die erste sah nicht einmal menschlich aus. Die erste Menschheit war eine aus Geschöpfen, die ...«

»Die erste Menschheit war eine der Tiere«, zitierte Rimah ein geflügeltes Wort eines der Gründerväter des ersten erinnerlichen Hochprofils der Storema, Stancet-Owas, der jene erste Menschheit gut gekannt und ihre Auswanderung zu den ersten Planeten, auf denen sie nicht geboren war, persönlich begleitet hatte. Die beiden andern Storarier gaben auf ihren Bankettliegen zustimmende Geräusche von sich.

Imrun Egres sagte: »Ich bin alt, und meiner Familie sowie der Storema wohl nicht mehr lange von Nutzen. Ich will weitergeben, was ich gelernt und getan habe. Ihr beide sollt meine Arbeit fortsetzen, wie ich selbst die Arbeit von Egaluces Mim-Herru fortgesetzt habe, der mich dennoch überleben wird, weil er … unorthodoxe Techniken der Lebensverlängerung anwendet.«

Rimah knarrte missmutig.

Auch er hatte Geschichten gehört, die dem gelehrten Storarier, der so viele Jahre in den Diensten des Admingranden Quaymet Munoz-Perou gestanden hatte, die Schamlosigkeit zutrauten, den überkommenen Regenerationsriten eigene beigefügt zu haben, mittels deren er Cellulose an Stellen seiner Stelis konservieren konnte, die nach der heiligen Lehre in Cerrem unrein waren. Sanft pfiff Sarabil-Obet Tira: »Fahr fort, Lehrer.«

Imrun Egres ächzte warm. Dann sagte er: »Die Storema hat lange viel Mühe auf die Heliumsäuberung von Coma Berenices verwandt, um sich bei den Menschen beliebt zu machen. Wir dachten, unser Können in Cek und Reke, unsere Leistungen auch auf Arrhenius, in Zusammenarbeit mit den Rengi, dies alles … macht die Menschen neugierig drauf, was wir über Cerrem wissen. Aber die Unentbehrlichkeit einer realistischen Sicht auf Cerrem lässt sich denen nicht beibringen, die von Semta nichts wissen, weil sie nicht wilfern können. Weil ihre Nevina blind sind oder sie gar keine haben. Wir waren ungeschickt. Die Admins, auch der ehemalige Integralleiter Ahmed Ben Han, haben es nicht an ihre Öffentlichkeiten dringen lassen, aber ein nach dem Maß in Cerrem recht kleiner interferometrischer Fehler, der auf Semitac-Sinhumen zurückging, die erste Storarierin, die den Integralleitungsposten besetzt hatte, kostete beim Kollaps der Verkürzer-Route zwischen den äußersten Ausläufern des Orion-Arms und der Sagittariusballung mehrere Millionen menschliche Inselreisende entweder das Leben oder … sagen wir: verlängerte … ihre Reisezeit so nachteilig, dass für die Kolonisierung vorgesehene Regionen von ihnen erst erreicht wurden, als sich Rengi und andere Nichtmenschen dort bereits eingerichtet hatten. Meine Kriegstaten haben sich eigentlich nur daraus ergeben, dass wir, die Storema, den Regressforderungen nicht mehr gerecht werden konnten, die Ahmed Ben Han für diese Schäden hat geltend machen können. Krenmeister vor mir hatten versucht, die Schuld abzuleisten, indem sie der Menschheit umfangreiche Wissensspeicher mit jahrtausendealten Langzeitbeobachtungsdaten über die Entwicklung der interstellaren Chemie in noch unbewohnten, noch nicht genutzten Regionen der drei Galaxien übermittelten. Der Gedanke dahinter muss wohl gewesen sein, dass jeder Versuch der Storema, die Menschen theoretisch oder gar praktisch aus der stumpfen Befangenheit in Cec herauszuholen, ihnen Cerrem zu zeigen oder diese Begriffe wenigstens so zu übersetzen, dass sie für Menschen erfahrbar wurden, an der Hartnäckigkeit gescheitert wären, mit der diese Leute in allen Armen der Milchstraße, von Perseus bis Crux Scutum, Orion bis Cygnus, die immergleichen Fehler machten im Verfolg ihrer schrecklichen Pläne. Verwirklichung ihrer Kunst – das heißt ja nur, dass sie die wirklichen Räume nicht länger von den möglichen trennen wollten, wie der erste Integralleiter verkündet hat. Cec haben sie gespalten, die Teile wollten sie dann zusammenzwingen. Die Trennung war sinnvoll im … zivilisatorischen Kindesalter – in der Wiege, bevor sie die verlassen hatten, wofür die wichtigste Voraussetzung der verändernde Eingriff in den eigenen Genotyp und die daraus resultierende Herstellung der ersten Menschheit war. Aber selbst nach der Hidschra, die von der Raumfahrt und der Gentetechnik ermöglicht wurde, drang kein Licht aus den Menschen, obwohl sie nun übers Wirkliche hinaus technisch ins Mögliche griffen. Sondern alles, was sie an Licht kannten, war nur zwischen ihnen, nicht in ihnen, weil sie es sich verboten hatten, zu leuchten, in Cerrem. Und solange sie Licht nur außerhalb ihrer Zivilisation suchten, störten sie die Wege der Storema.«

»Und das wird jetzt anders? Wegen dieser Kathrin Ristau? Ausgerechnet auf Feldeváye, einer Welt unter Mikolats Stiefel, einer unfreien Welt, die selbst das Geschenk verspielt, das die Mennesker den Menschen mithilfe der Lapithen gemacht haben?«, der Hohn in Rimahs Stimme war nicht zu überhören.
»Es genügt, wenn ein einziger Mensch dieses Geschenk annimmt«, sagte Imrun Egres.
»Und das ist der Fall? Sie ist dieser Mensch?«
»Sie ist einer von dreien. Aber die andern beiden wissen noch nicht, wo ihr Licht in Cerrem liegt, wo ihre Tür wartet. Ich habe euch hergerufen, damit ihr erfahrt, was wenige Storarier wissen: Unsere Präsenz auf Feldeváye, so bescheiden sie ist, hat die Aufgabe, diese drei zu beobachten und zu beschützen. Unsere Präsenz wird die ganze Storema rufen, wenn die Gefahr zu groß wird.«
»Und wir werden helfen? Mit allen Mitteln, die unsere Ehrfurcht vor Cerrem nicht verletzten?«, fragte Rimah skeptisch.
»Mit allen. Auch den verbotenen. Auch den verletzenden.«
Die beiden Gäste sahen einander irritiert an; es gab sonst doch eigentlich keinen orthodoxeren Bewahrer der Riten als den Krenmeister, der sie zu sich geladen hatte. Wie redete er denn?
In die unangenehme Pause, die entstanden war, sprach Imrun mit der größten Deutlichkeit, die seine Stimmfilter zuließen: »Drei Menschen öffnen als Erste ihre verklebten Augen. Ich werde jeden Storarier, gleich aus welchem Profil, der sie damit alleine lässt, in die heißeste Sonne schleudern, die ich finden kann!«

Liber Severini 4

Das Firmament unserer Programme wölbte sich über einem Wartezimmer, das uns versprach, wir würden eines Tages zu den Menneskern vorgelassen, und je präziser wir ihnen dann würden sagen können, was wir tatsächlich wollten, desto besser, desto wahrscheinlicher (ein Basston aus geschichtlichen Strata tief unterhalb der Hidschra klang da durch) würde es sein, dass man unsere Wünsche (pumpatapupapumpa) tatsächlich erfüllen können würde (schikatschikatschika), und jede und jeder von uns saß da, eine Maske aus Grünstein und Muschel, Obsidian, Koralle, Fehlschluss, Unabschließbarkeit, Haltewahrscheinlichkeit von Programmen, Unterbestimmtheit von Zwecken, Verlorenheit in Semta, und teilte allein durch diese Haltung, allein mittels dieser Maskenstarre, den Menneskern mit: Ich bin randvoll mit Geduld, ich warte warte warte warte, meine Zeit verschwindet im Abfluss, bewegt euch, bewegt euch bewegt euch bewegt euch, meine Brüder und Schwestern, und schließt nicht die Tür zwischen Wartezimmer und Sprechzimmer, schließt nur die Tür des Schadens, die nach draußen, die Tür zur Vorgeschichte, geöffnete Augen, oval, nicht ganz geschlossene Lippen, ich will gar nichts Neues hören, ich gehöre nicht zu den Neuigkeiten und habe keine Verwendung dafür, ich sitze immer außerhalb der Zeltstadt der Contramuralen, alle sind betrübt, sie kriegen sich nicht in die Lüfte, so geduldig die Midrai uns auch alles vom Fliegen erzählen, so viel uns die Schlangen auch von der Katafriktion verraten, aber glaubt nicht, ihr Mennesker, dass ich hier einfach nur so herumsitze, ich plane durchaus eine große Überraschung, ich werde bald kämpfen für das, was ich sein will, ich mach nicht noch einmal dieselben Fehler, ich weiß ja, wie viel Zeit damit verschwendet wurde, das Funktionieren ist der Schlüssel, gerade auch im Wartezimmer, schikatschikatschika.

Als ob die Antwort, ungeschichtlich, direkt vom Himmel fallen würde, um die Kruste von unseren geschlossenen Augen zu sprengen.

*

Einmal, in Barbizek, während deiner geheimen Tournee, in einer konspirativen Wohnung, arbeiteten wir Zimmer an Zimmer, du in der Noos, mittels Proxies und Partialen, ich in der Solitona, und ich kochte uns Nudeln mit einer Erbsen-Nuss-Käse-Tomatensoße, und wir tranken kurz in deiner Kammer Wein. Dann ging ich zurück in meine, mit dem halbvollen Glas, und goss mir schäumend heißen Kakao auf.
Schäumend heißer Kakao und roter Wein: Meistens passt es nicht.
Manchmal passt es.
Das sind wir.

*

Eltern kann man nix beibringen, die wissen zu viel. Gift macht immer müde. Ich glaube, der Doktor ist ganz böse vor Dummheit. Riesenrad mit Glöckchen. Ganz hell ganz alt ganz weit weg sind alle Freunde. Lakritze kann man nicht anzünden. Im Wald stehen keine Zwerge, da steht immer nur die SB. Man kann von ganz oben runterfallen und bricht sich trotzdem nichts. Man muss viel machen, damit nichts passiert, aber wenn man nix macht, passiert alles, wie es soll. Wenn es regnet, stelle ich mir vor, ich wäre aus Eis. Ich hätte auch als Klemens gern mal jemanden umgebracht, um zu sehen, wie das geht, aber mein Hinderungsgrund war: Man kann sie nicht wieder lebendig machen, und dann will man, dass sie wiederkommen, ich glaube, Mörder sind sehr traurig deswegen. Wenn man immer alles runterschluckt, wird man viel zu schwer. Man darf sich gegen alle wehren, die angreifen, auch wenn sie es ganz anders meinen. Weiße Blumen machen das Wasser rot. Im Feuer hab ich mich nie verbrannt, nur im Dunkeln. Die Leute sind ganz staubig vom Abwarten. Wenn ich einen Hund hätte, würde ich ihn beißen. Wer zu viele

Geschichten erzählt, verirrt sich irgendwann drin. Ich würd' mich viel lieber selber ins Bett bringen. Eis schmeckt deshalb so gut, weil es nicht gekocht ist. Musik kann einen ganz stark machen, dann muss man aufpassen, dass man nicht Häuser abreißt, aus Versehen. Die Wurst ist eine Katastrophe und der Käse ist böse.

Ich will keine guten Noten, ich will einen klügeren Roboter. Aus der Tasche kann man immer ein paar Leute ziehen, die es nicht gibt. Wenn man spielt, muss man aufpassen, dass es nicht auf einmal stimmt, was man spielt. Du kannst keinem erklären, warum er dir nicht zuhört. Du musst aufpassen, dass du dich nicht anlügst. Wo ich hinwill, gibt es noch gar nichts, das muss ich dann alles mitbringen. Wenn man jemanden gern mag, ist es nicht egal, ob er explodiert oder nicht. Früher gab es für jeden Affen einen Baum zum Hochklettern. Der Teufel hat alle im Sack und weiß nicht, wie er sie wieder loswird. Zu viele Straßen, zu viele Nasen. Im Zirkus wird die Milch verrückt. Erwachsene können nicht denken und regen sich darüber dauernd auf und können dann vor Aufregung noch viel weniger denken und davon wird es dann immer bescheuerter mit ihnen. Kinder allerdings sind langweilig, weil sie zu schwach sind, viel kaputtzumachen. Die ganze Welt hat Kopfweh. Im Winter ist es anstrengender als im Sommer. Ich wäre auch noch gern neu verliebt worden, aber dann musste ich ja leider schon wieder sterben. Hilf mir mal mit nichts, das kann ich nicht alleine. Ich finde, das Geld sollte aus Stein sein und viel größer. Wer am meisten Angst hat, dem hören alle zu, weil sie auch mehr Angst haben wollen. Die Uhr haben sie mir auch weggenommen weil ich sie immer absichtlich falsch gestellt hab. Auf das Baumhaus muss man nicht extra klettern, man kann auch direkt in die Sonne springen. Der Priester redet Quatsch, damit man nicht merkt, dass er den lieben Gott reinlegen will. Am besten sind Leute, die überhaupt nichts begreifen, die sind lustig. Ich habe Fische im Hemd. Alle können schon seit jeher fliegen, aber es ist ihnen zu gefährlich.

*

Was immer es sonst gewesen sein kann, ein Zitat war es nicht, das Kind mit dem Schäufelchen an dem Strand, den sie nach dem armen Aristoxenus benannt hatten: Es grub das lamontische Teil in die Gischt und wollte das ganze Wasser in seine Grube umschütten, und der belesene Klemens in mir wies drauf hin, dass man jetzt an Augustinus denken durfte, den Kirchenlehrer, wie das Kind da so patschte, und die belesene Carla in mir wies drauf hin, dass man, da die Mutter des Kindes in der Nähe schlief, lang ausgestreckt mit gelösten Gliedern, neben einer Skulptur, die einen Kopf darstellte, jetzt an Foucault denken durfte, nicht den Wissenschaftler vor dem Nomoswissen, sondern den Philosophen kurz vor der Hidschra, und sein Gleichnis vom Gesicht, aber Severin der Fuchs, ich selbst, wusste zu gut, Zitate passieren so nicht, in der Welt: Es kommt immer wieder, das erweckt nur den Eindruck, es sei bekannt, weil irgendwann irgendwo gelesen worden.

*

Zwei nachtfinstere Schmetterlinge tanzen hoch oben, liebend, über der Königsorchidee.

Wir aßen Bananen, die man kochte, damit sie wie Kartoffeln schmeckten, nur süßer. Blut auf dem Pflaster, Tjapukai. Die Engel sind nicht freundlich, aber vor Arrhenius haben sie Respekt. Wer keine Befehle befolgen kann, sollte auch keine erteilen. Geisterkrabbe: sah aus wie ein SB, weiße Panzerung, schwarze Augen und Scharniere. Schielende Schwielen wollen mit euch spielen. Fiedelkrabben: rotgelbe Scheren. Ebbe als Enttäuschung der Flut. Schlammkrabbe, flach, gelblich. Soldatenkrabbe, klein, blau, in irren Mengen, Schwärmen. Drachen waren hier gesehen worden. Brise, böse. Ibisse sprangen auf unsere Tische. Der Wolkenmuffin auf dem südlichen Gipfel war auch nachmittags noch da. Alle anderen Gipfel waren längst klar. Wind knatterte in meinem Hemd, rauschte in den Palmen und raschelte in den Ohren. Um sechs hell, um sechs dunkel. Tropische Tafeln, schwitzende Schriften. He who conquers self conquers all. Als die Musik dem Tode geweiht war, wich sie in die Literatur aus. Weiß, Bronze, Schwarze. Schirme? Mein Schweigen ist dein Stichwort. Willkommen an Bord, fauler Erlöser.

*

Gefährlich
Sind die Paläste.
Von einer Sekunde zur anderen
Krachen sie über den Köpfen ein.
Karl Mickel

*

Einmal bin ich in eins der Urbeen zurück, inkognito, als Lukas eine praktische Fortbildung machte, an einem der nördlicheren Kaps, Bergungs-Zusatzkurs, und habe mir mit anderen Haaren und einer anderen Nase, kindischen Requisiten im Grunde, einen Vortrag, eine Performance, sagen wir einfach: einen öffentlichen Auftritt angeschaut, von diesem Francis Yerka. Es war alles sehr konsequent, er hatte sich ein antikes Kostüm angezogen mitsamt Krawatte, und stand da gestikulierend wie das Rumpelstilzchen seines eigenen Schauermärchens am Pult, denn ihm war ein Preis seitens der Admins verliehen worden, für rebellische Opposition und Erneuerung der Formen der Abwehr der Fadheit des städtischen Lebens, und er schlug da mutig, rhetorisch glänzend, mit den Armen auf und ab flatternd wie der falsche Vogel, der er unbedingt sein will, auf die Feinde ein, nur dass das komischerweise nicht die Prodisten, die Admins oder wenigstens ein paar letzte Coms und Aistheten waren, sondern die von den Feralkunstiden vergifteten Menschen: Die zeigten, so bellte er, was aus Leuten würde, die ohne das nötige Feuer und den nötigen Ernst mit den Künsten »rummachen«, wie er sich ausdrückte, die seien Verlierer – nicht des Krieges, der sie ja tatsächlich zu Opfern gemacht hat, sondern ihrer Eitelkeiten und ihres kleinlichen Verlangens danach, große Durchblicker zu sein, und ihre

Geisteskrankheit sei gleichsam eine Strafe, die sie stellvertretend für – da kriegte er dann doch noch die Kurve zu seinem älteren Hass – »Leute wie Kathrin Ristau« ereilt habe, denn an ihnen könne man sehen, was passiere, »wenn Verlierer Transzendenz wollen«, dagegen er selbst, schrie er in entzückender Zurückhaltung, habe sich jetzt seine frühen Filme nochmal angeschaut, als er selbst noch zu den Coms gehört habe, da seien sie entstanden, und er sei verblüfft und erfreut und traurig und überhaupt alles zusammen gewesen, als ihm klargeworden sei, diese frühen Filme hätten doch schon alles enthalten, was er sei, der Abstand sei gar nicht so riesig, und man klatschte und lachte und lachte und klatschte.

Und ich ging.

*

Mehrere Himmel übereinander und ineinander, das ist das, was man nicht sehen kann, wenn man nicht sehr zurückgezogen wohnt, weit weg von allen Fenstern.

Geht man aber in die hinterste, dunkelste Ecke und schaut von da her nach draußen, erkennt man, dass die Unendlichkeit so gut ihre Schichten hat wie das Nächstliegende.

*

Conlon hatte lange genug versucht, Waveele zu überreden, ihm beim Umrechnen zu helfen, Optikalität, Meta-Optikalität: Kugeln in Licht, in unendlich fortsetzbarem, dreidimensionalem Gitter, so dass man jede Form oder Bewegung drin beschreiben kann, das war fertig vorhanden, das war die, wie Lasse sagte, »Raumgeschichte« der Menschenkunst, aber jetzt, sagte Conlon, jetzt stellt sich die Aufgabe, wie kriegen wir das nach Cerrem, vergessen wir mal Cec und Reke.

Cerrem ist die Tür in die Fülle, Cerrem ist, wo wir Semta zu fassen bekommen – er hat dann sehr mit eigenen Begriffen operiert, meinte beispielsweise, Kausalität sei der Mörtel des theoretischen

und praktischen Gebäudes, auf das es ankommt, und hat dann von »Mörtelmischverhältnissen« geredet – die seien das Problem, die hielten ihn nachts wach – und dass es eigentlich nur einen Weg für Menschen gäbe, Kausalität zu beobachten, nicht Induktion, nicht Empirie, jedenfalls nicht passiv: nur Gewolltes, nur Experimente, »eigentlich is die Ganze Kunst ja bloß 'ne Methode, wie man das Setzen von Zwecken ausprobieren kann, es geht um Absichten, aber die sind leergeräumt, die sind wie so Buchstaben inner Algebra«, und das machte ihm dann diese unbändige Lust, zu kombinieren.
Da hat er Pflanzen mit Musik verflochten und lebendige Treppen gebaut und was nicht alles, immer entlang seiner Vorstellung, »dass man Semta eigentlich ganz leicht verständlich machen kann, auf diesem Weg der Praxis, bei diesen ganzen Künsten da, besonders natürlich Musik, weil das is einfach alles, was wir aus dem machen könnten, was wir schon haben – das is dem Material der Bearbeitung, auch den Bearbeitungsverfahren oder, ich weiß nich, man kann sagen: den Techniken ... implizit. Dieses Implizite, nicht, dieser Komplex von Inhalten, die sich aus der genauen Auseinandersetzung mit den Formen ergeben, ich sag' mal: implizites Weiterwachsenwollen der Formen, dieses Ding, kannste vielleicht ›Implizitätenkomplex‹ sagen, oder kürzer ›Implex‹, das is Semta.«

Damit hat er es gehandhabt, es war – und er würde mir bestimmt den Kopf abreißen für die Formulierung, aber egal – die poetische Fassung, so ein großer Bogen, den er drüberspannte, denn die Begrifflichkeit als solche, dieser »Implex« oder wie immer er es in der jeweiligen Woche nannte, das sagt ja nichts drüber aus, wie er es rechnet, zum Beispiel für die Solitona, die dann als eine der Teilumsetzungen der Idee entstand, es sagt nichts über polare Koordinaten in n Dimensionen, nichts über Winkel, nichts darüber, wie man die Server für die Solitona in die Noos schmuggelt, das sind ja sozusagen Hyperprismen, das darf keine falschen Kanten, Ecken, Vertices haben ... aber für ihn war es ein produktives Bild, und vielleicht ist das am Ende alles, was zählt.

*

Das schwarzrote Haus am Wasser, ein *Lady Temple*, psst, ein Haus, nicht nur mit Händen gemacht, ein Stückchen jenseits der weltlichen Wege, darüber ihr Gold ausgebreitet, oben, rundum, einverwoben, seltsame Sehweisen und Wände daraus gemacht, und ich habe meine Dame gesehen in der Sonne, ihr Haar gelöst, wie Schwingen, und rot war das Licht der Freundlichen.

*

Bei den Lacs der Atolle, in meinem verschwundenen Jahr, wie du es nennst, zu Gast in ihren Häusern auf Pfählen, zu Gast als Helfer beim Befestigen der gefährdeten Küsten an ihren windbestürmten Stegen, von denen uns die Wetter damals manchmal fast wegwehen wollten, zu Gast in ihren Gruppenträumen an Strandfeuern, wie zu der Zeit, als ich noch Klemens war und du noch mit Nastja gelebt hast, zu Gast in der Welt derer, die ihre Leiber weiß und rot bemalten, lernte ich, wie sehr sich Lasse geirrt hat, als er den Kleinen erklärte: Lacs und wir, da gibt es nur einen Unterschied, sie sind abhängiger von der Natur.
Das war falsch: Auf Feldeváye, siehst du, gibt es gar keine Natur. Es gibt nur den Unterschied zwischen alter, sehr alter, ganz alter, junger und noch nicht vorhandener Kunst. Es gibt nur Semta – aber Semta, wissen die Lacs, gibt es nicht.
Verwirklichung, Abschaffung: Ich stieß bei den Lacs auf die ältesten Namen. Ein Mädchen hieß Phädra. Ihr gab ich den grünen Ball, den mir eine Com gegeben hatte, Maria. Am Strand die Muscheln: Keine war heil, keine ganz, alle Scherben.
Zu viel Geschichte schon, um diese Natur. Ein alter Lac, er hieß Trinculo, öffnete eine Auster für mich: »Das Fleisch«, sagte er, »das ist der Planet Feldeváye. Manchmal, schau, das kann es nicht loswerden, nicht austreiben. Das wird eine Perle. So etwas, Junge, ist sie, deine Kathrin Ristau.«

*

Was die Leute im Norden nicht wissen, und was ich nur schwer aufschreiben kann, ist, dass die Umherirrenden, diejenigen, die noch immer unterm Bann der Feralkunstide stehen, nicht völlig unansprechbar sind, wie sich das viele vorstellen, sondern stattdessen umgekehrt manchmal auf unsereins zuschlurfen und uns anreden, mit Sachen wie: »Haben Sie im Plenum gebadet, sind Sie in allem gewesen, geben Sie mir den Code, sehen Sie nur die Gletscher, wissen Sie nichts vom Unglück, kennen Sie meine Zähne« – also mit endlosen Reihen von Behauptungen und Fragen, und das Scheußlichste dabei ist dieser Gesichtsausdruck der größtmöglichen Beflissenheit – etwas wie Hilfsbereitschaft, als wären nicht diese Armen selbst bedürftig, nicht nur der Rettung und des Trostes, sondern zunächst mal der Auskunft darüber, wer sie sind, denn das wissen sie nicht, und dann kommen sie auf mich zu und faseln, bis sie plötzlich, nicht selten mitten in ihrem obskuren Redefluss, wieder aufhören, wie eine Maschine, die jemand abschaltet, und sich wegdrehen und dann davonschleichen, ganz so, wie es das Vorurteil von ihnen haben will, das man sich in Gegenden, wo es weniger von diesen gibt oder gar keine, von ihnen gemacht hat: dass sie kindische Greisinnen und Greise sind.

Lukas sagt: »Du darfst sie tatsächlich gar nicht als Personen sehen, sie sind Zustände, noch blöder: Sie sind ein kompletter, einiger, übergreifender Zustand als Ganzes, und vielleicht sollte man den, damit nicht alle immer herumkramen in der Black Box und wissen wollen, was wohl in ihnen vorgeht, nicht Trauma oder so nennen, als Beschreibung ihrer Binnenverfassung, sondern ein Wort dafür finden, das beschreibt, wie sie von außen wirken, wie sie mit uns Nichtvergifteten oder weniger Vergifteten und der restlichen Welt umgehen – es könnte vielleicht einfach ›das Gefasel‹ heißen. Schau, überleg mal, was ist dieses Gefasel? Es ist ja nicht nur das Ende der empirischen Person, die sich ihm überlassen hat, die Kopf und Kragen an dieses Gefasel verloren hat. Es ist in einem Sinn, den ich nicht trivial finden kann, wirklich das Ende der Welt.«

V. WIE ÜBERSETZT MAN, WAS KEINE SPRACHE IST?

I've come to understand
that a large part of being happy
is about alignment: having
the inside match the outside,
not hiding.

Nicola Griffith

1: Urwaldweben

Nachts sah der größte Wald, den es auf Feldeváye gab, blau und grau aus.
Das lag am Licht zweier Monde.
Aus einiger Entfernung sang man für diese beiden. Das, was sang, waren junge Stimmen. Sie lebten alle im Camp, das Maura »Dedication« getauft hatte, nach einem Lied, das ihr gefiel und das sie oft mit Zainab und Lasse spielte, für Kathrin meist.
Die Lieder der Kinder für die Monde hatte Conlon geschrieben. Sie waren nicht tonal noch atonal. Dreiunddreißig verschiedene Tonhöhen mischten sich darin, zu merkwürdig schönen Intervallen zusammengesetzt. Jede wurde etwa eineinhalb Sekunden gehalten. Den Kindern machte das Spaß; in Wirklichkeit war es eine Gefechtsübung, für den Fall, dass Conlons Projektoren ausfielen.

Kathrin stand auf einer der abgeschnittenen Säulen, um die sich schwarzes Kletterkraut geringelt hatte, und ließ sich vom ganz warmen nächtlichen Wind umflüstern. Der spielte im Saum ihres Kleidchens, das Maura sehr mochte.
Kathrin fand nicht, dass es ihr gut stand. Sie trug den Fetzen nur, weil das während der gegenwärtigen Phase der Schwangerschaft die bequemste Lösung war. In der schwülen Hitze am Fluss kam selbst durch die weitesten Hosen nicht genug Luft an die Haut.
Unterm Kleidchen trug sie nichts, was Maura noch mehr mochte. Maura, fiel Kathrin ein, mag an mir, was ich an mir mag, aber sie mag auch vieles, was ich nicht mag, meinen Hintern zum Beispiel. Dass man immer merkt, sie hat sich selbst ausgesucht, was sie mag, und nicht einfach beschlossen, alles an mir toll zu finden, unterscheidet sie von meinen Anhängerinnen und Anhängern, unterscheidet sie von allen anderen … wie sagen die Städter zu uns?

Coms.

Überall denkt man, so heißen wir, weil wir gegen die Urbeen arbeiten, weil wir die Künste stehlen, bevor sie jemand hinter die Mauern schleppen kann, weil wir die Mauern mit dem, was wir tun, langfristig vielleicht sogar einreißen werden: wir, die Contramuralen. Coms.

Und nichts davon stimmt, uns sind die Mauern einfach egal und die Künste zu wichtig, als dass wir zulassen würden, dass jemand sie in die blöden Kriegsspiele zerrt, die auf Feldeváye herrschen seit … ich weiß nicht mehr, wie lange schon.

Contramuro: Name für die, denen die Künste zu wichtig sind. Maura bin ich noch wichtiger als die Künste, das unterscheidet sie wiederum von uns allen. Sie ist nur dabei, weil mir das wichtig ist. So geht Liebe: Kreise von Aufmerksamkeit, die sich zu Ketten verbinden.

Ketten: Schmuck.

Kathrin hob ihren linken Arm und sah das Silber glitzern. Es kam ihr vor, als ginge das beruhigende, stete Rauschen, von dem sie wusste, dass dies der gute Fluss war, der beste Freund der Coms, der sie ernährte und ihnen Schutz in Gestalt des Waldes geschenkt hatte, von diesem Kettchen um ihr Handgelenk aus, dem ersten Liebesgeschenk von Maura.

Kathrin blendete das Rauschen aus, dann wieder ein: Senye, unser großer Strom, westlicher Bruder von Lenyc. Kupfern und scharlachfarben, erdbraun und bienengelb: Du gibst uns alles, und wir versuchen, dir möglichst wenig zu nehmen. Wir sind Geschwister der Lacs, die hier wohnen, aber wir reden nicht miteinander. Es ist nicht nötig.

Das Brausen überspülte den Gesang der Jüngeren. Kathrin lauschte ihm nach. Die Intervalle verebbten. Dann waren sie ganz verschwunden: Die Übung hatte aufgehört.

Immer wieder waren Kathrin und ihre Getreuen in den letzten Jahren von hier fortgegangen, um anderswo, in Wüsten, an Küsten, in Gebirgen nach Kunst zu suchen. Aber die Biegungen und

Windungen des Senye waren doch ihr Zuhause geworden: die Gegend, wohin man immer zurückgehen kann, wenn eine Arbeit abgeschlossen ist, in Erfolg oder Scheitern. Die Gegend, wo man geheiratet hat – den Schritt hatten Maura und sie erst vor zwei Jahren gewagt. Die Gegend, wo man Kinder kriegt und großzieht, wo man nichts hinstellen muss, das nicht immer schon da war, und wo einen die Kunst umgibt, die alle richtigen Fragen stellt und alle Antworten birgt, die man je brauchen wird.

Kathrin spähte mit nachtklugen Augen in die mittlere Distanz. Dort schimmerte die Hausfassade, an der die Säulen nicht mehr verkürzt, sondern in voller Größe standen. Hinter der Fassade fand man, auch wenn es so aussah, kein Gebäude, sondern nichts als intensiv duftenden, undurchdringlichen Urwald.

Die Fensterscheiben reflektierten Sterne, Monde. Die Fensterscheiben sagten: Irgendwann einmal muss ein Innenraum kommen, in dem Leute arbeiten und wohnen, die nicht mehr fliehen müssen. Aber bis dahin ist es noch Zeit, bis dahin lauft ihr wie Kinder, die Fangen oder Verstecken spielen, zwischen diesen kurzen, verschieden hohen Säulen im saftigen, dampfenden, atmenden, schwarzen und grünen und braunen und roten und gelben Wildwuchs herum, zwischen den Säulen mit den senkrechten schwarzen Streifen darauf, deren Abstände so genau bemessen sind, nach denen am Gebäude, die das Gebäude also kommentieren, die seine Raummarkierungen mit anderen Maßen kontern: Coms, Contramuros auch sie.

Säulen für Dächer, die es nicht gibt, die aber schlechte Wetter fernhalten vom Fangen- und Versteckspiel der Liebenden.

Manchmal braucht Liebe dieses: dass man vom andern Menschen auch ein bisschen wegkann, um drüber nachzudenken, um dem nachzuspüren, privat, wie lieb man diesen andern hat.

Maura versteht das.

Sie kann sogar damit leben, dass ich die Coms manchmal ein bisschen zu hart antreibe, weil mich das schlechte Gewissen wegen Nastja immer noch nicht in Ruhe lässt. Nastja hätte das sicher geliebt, dieses Verstecken, diese Gemeinschaft, die Coms. Sie wollte immer eine Bewegung, eine Gruppe draus machen, die disziplinierter ist als die Aistheten damals, »so fit wie die Auswertung, besser: noch fitter«, hatte sie mal gesagt. »Und unsere Hoffnung sind die Prodniki, die mitten in den Sachen stecken, im Praktischen.«

An Conlon, bei dessen Rettung sie gestorben war, hatte sich gezeigt, wie richtig diese Idee gewesen war. Ohne Conlons Neuraumprojektoren um die Zonen, in die sich die Coms zurückzogen, wenn die Patrouillen der Admins den dezentralen Wander-Gegen-Omphaloi zu nahe kamen, hätten Kathrins Freundinnen und Freunde nicht einen Tag überleben können. Und Maura, dachte die Anführerin, die ein bisschen Rückenschmerzen hatte, vom Gewicht des Kindes, das sie trug, und ein bisschen glücklich war über diese Rückenschmerzen und den Zahnfleischkummer und die Erinnerung an die erste Morgenübelkeit – Maura gehörte ja auch zu den Prodniki, richtig.

Vielleicht wäre Nastja jetzt mit Maura zusammen.

Irre Gedanken. Lustig und unheimlich, wie Schmetterlinge in der Nacht.

Maura war aus dem Süden gekommen, Messentu. In jeder Hinsicht eine ungewöhnliche Kandidatin für die Auflehnung gegen alles Bestehende und für Kathrins Liebe: Atollmädchen, Prodnik, aus einer Gemeinde der Lacs, mit einer ganz anderen Hautfarbe als der, die Kathrin sonst mochte – hell und empfindlich, voller lichter Härchen an den Armen, die Kathrin so gern küsste und berührte –, ohne jede Ausbildung in den höheren Feinheiten der Auswerterei, desinteressiert an fast allem, was in der Noos vorging. Man hätte sie, überlegte Kathrin mit gemischten Gefühlen, in die Welt, in der ich vor … ich weiß nicht wann … meine ersten Erfolge erreicht habe, gar nicht reingelassen. Jetzt ist sie führend in einer Bewegung, die diese falsche Welt zerstören wird.

Zerstören muss. Zerstören kann?

Kathrin wusste, dass sie mit Maura die schönste Zeit ihre Lebens verlebte, auf der Flucht vor den Admins, auf der Suche nach neuen Geschenken der Lapithen, die man der Auswertung wegschnappen und in Wüsten, Felsklüften, Urwäldern vor ihrem Zugriff abschirmen konnte. Ich bin mit Maura glücklich und hätte es doch, nach allem, was Nastja für mich getan hat, mit Nastja sein sollen. Wir beide, Maura und ich, kriegen jetzt die Kinder, und ziehen sie groß, die Nastja sich gewünscht hat. Wer ist Kathrin Ristau?

In Momenten wie diesem, wenn auch die Vogelschreie der nachtaktiven Baumspringer und Himmelssegler, das Brausen des Flusses, das Rascheln im Unterholz, der kitzelnde Wind und das Blitzknistern der Schlangen ihres Vaters nicht das Gefühl der Stille störten – wenn außer ihr nur die Unermüdlichen, die Kinder, durch den Dschungel stapften, beschützt von den Schlangen und den Grenzen des Neuraums –, kam es Kathrin vor, als hätte sie Laischa erst gestern verlassen.

Dabei war es bald zehn Jahre her.

Ich bin fast Ende dreißig, Aufrührerin und Mutter, aber ich bin auch jünger, aufgeregter, erwartungsvoller als mit achtundzwanzig. Es geht mir, anders als denen, die in den Urbeen leben, heute im Grunde besser als vor dem Kriegsrecht, vor dem Beginn der Unterdrückung.

Erst die schlimmen Zeiten haben mir gezeigt, wie stark ich sein kann, weil ich muss. Für mich, für die andern. Für das Kind, dessen Namen ich noch nicht kenne – bei dem Gedanken legte sie die rechte Hand mit dem Kettchen auf ihren Bauch und staunte in sich hinein, wie unglaublich das alles war. Ein Dschungel, ein Kind. Eine Mission, eine Gruppe Verschworener. Eine Hoffnung, ein großer Kampf.

Das alles bin ich.

Sie werden uns niemals besiegen, weil sie nichts haben, das sie so ausfüllt, so segnet.

Hinter Kathrin teilte sich der Blätter- und Rankenvorhang. Maura?

Fff, fff, Windkindpfeifen: Nein, es waren Vaters Schlangen.

»Sind nicht meine«, sagte er gern. »Ich hab nur auf ihre Urgroßel-

tern aufgepasst, als wir in der Insel zusammengewohnt haben, die Viecher und ich.«
Kathrin staunte wie stets über die fast schallschnelle Bewegung – anders als die ortsansässigen Wurmreptilien, die schuppig-trägen, oft sehr langen, flitzten diese Wesen, obwohl sie weder Extremitäten noch Flügel hatten, rasend durch Gehölz und Blattwerk, wie Regentropfen, die im Sturm an einer Fensterscheibe heruntersausen, nein, noch schneller: so schnell oft, dass der Blick ihrem Platinflackern nicht folgen konnte, manchmal so schnell, dass sie Brandmale, qualmende Narben im Holz oder anderen Medien hinterließen, an denen sie vorbeisausten, immer damit beschäftigt, die Gegend zu durchkämmen, und deshalb nützlich: Oft fanden sie Kunst, manchmal spürten sie Adminpolizei auf, wenn die durch eine Lücke in Conlons Verwirrflechtwerk akustisch-spatialer Geodätischer geschlüpft und auf Comterritorium vorgedrungen war. Dann wich man den SB entweder aus oder konfrontierte sie – kam es zum Ärgsten, hatten die Schlangen auch da ihre Verdienste, bissig, elektrisch, tödlich.
»Katafriktion« hatten kluge Leute aus Conlons engerem Stab, etwa Frau Vathek, die Fortbewegungsart dieser Schlangen getauft. Als Kathrin freilich Conlon gefragt hatte, was das Wort bedeutete, hatte der nur vielsagend gepfiffen und dann über seine Mitarbeiterinnen und Mitarbeiter gesagt: »Ach ja, weißte, Katadingda. Die Leutchen – Nazim und Aischa und Lukian –, die lieben solche Etiketten, wenn se nich wissen, was das eigentlich is, wo sie die Etiketten draufkleben. Ich kapier selber nich, wie die Viecher flitzen. Hat was mit Quantentunneleffekten zu tun, so viel begreif ich, das heißt, sie durchqueren viel von dem Raum, den sie überbrücken, gar nich wirklich. Tscho, und ihre Wahrnehmung is so organisiert, dass sie sich selber aus der Zukunft … also, wenn sie von a nach c sausen, über b, dann schicken sie sich von c nach a zurück. Boing. Versteht kein Aas. Was ihnen alles unterwegs begegnen würde, wenn sie die Strecke auf gewöhnlichem Weg passieren müssten, wissen se dann, und mit diesem Wissen schaffen sie's irgendwie, diese Begegnungen alle zu vermeiden, und das kürzt ihren Weg

ab, auf eine Art, die wir, wie gesagt, nich kapieren. Also, siehste, sie stoßen sich ab, oder reiben sich, gegen die tatsächlichen beziehungsweise genauer: Die möglichen Strecken, also alle, die möglich sind, vom Anfangs- zum Endpunkt, und dieses Sichdagegenreiben is ihre Fortbewegungsart. Katarumpelpumpel. Boing eben. Klingt gut, is unvorstellbar.«

Kathrin drehte sich nicht um.

Maura und ich, das ist auch Katarumpelpumpel und Boing.

Die erwischt mich auch immer dadurch, dass sie mich nie bedrängt, nie abpasst, nie einsperrt, nie greift und drückt und zwingt. Gleich wird sie mich sowieso finden, schneller als alle andern, schneller als die Kinder und die Padurn, weil Maura immer unterwegs ist zu mir, selbst wenn sie in die Städte geht und dort Aufruhr stiftet, selbst wenn sie in den Süden segelt zu den Atollen, um ihre Familie zu besuchen oder unser geheimstes Netzwerk enger knüpft, das uns in den ärgsten vorstellbaren Notzeiten helfen soll, das äußerste Versteck, die verachtete Gegend, den Zipfel, den niemand durchsuchen wird, weil er den Rand von Feldeváye bildet, das Fast-ganz-draußen. Immer unterwegs zu mir, mutige Maura, seit fünf Jahren, was sich anfühlt wie: seit immer.

Und ich bin heute Nacht auch nicht deshalb ausgebüxt, hab mich nicht von der Gruppe entfernt, weil ich etwa ohne Maura sein wollte oder ihr entkommen oder so etwas, sondern weil es großen Spaß macht, ab und zu auseinanderzugehen, damit man wieder zusammenkommen kann. Damit sie mich finden kann, und ich sie.

*

It is the beast in the
bottom of the garden, or the elf
seeking assistance.

Farah Mendlesohn

*

Kathrin liebte den Ort, das waldumwucherte Feld der kurzen Säulen, fast so sehr wie den andern, die Steppe, das zweite Zuhause, nah bei den Brombeeren. Jetzt dachte sie an einen dritten, den man hier im Dschungel finden konnte: die Straße mit den beiden Häuserfronten, hinter denen, wie hier hinter der Hausfassade, einfach gar nichts lag, die Straße, die von den Coms entdeckt worden war auf der anderen Seite des Stroms, weiter nördlich, fast schon auf halbem Weg nach Stipay, die Straße, über die Fahnen gespannt waren, deren tragendes Seil dann in einem geöffneten Fenster in einem der oberen Stockwerke beider Gebäudefronten verschwand.

Wenn man süd- oder nördlich der Straße um die Fassade herumging, setzte sich die fahnenbehangene Leine dort fort, zwischen den Baumkronen, unter den Seilbahnen, welche die Coms gebaut hatten, um ein paar der Verkehrswege im Dschungel zu straffen.

Die Leine ging nach Osten und Westen, mehrere Kilometer lang, und war an ihren Enden nicht etwa an Baumstämme gebunden, sondern hörte beide Male mitten in der Luft auf.

Jede Messung bestätigte: Das kann man nicht herausziehen, das kann man nicht zusammenlegen und in einen Omphalos bringen, das ist größer, rein räumlich, als jedes andere Kunstwerk, das die Lapithen nach Feldeváye geschickt haben.

Kathrin, damals noch bei der Auswertung, hatte die Straße mit den Fahnen kurz vor Nastjas Tod entdeckt.

Stärker als je zuvor empfand sie, dass die Lapithen, vielleicht sogar die Mennesker, damit etwas sagen wollten: nicht abhauen.

Nicht mitnehmen. Nicht zusammenfalten und in ein Urbeum tragen.

Hierlassen. Versteckt lassen.

Das war der Tag gewesen, an dem … vor neun Jahren? Zehn? Sie wusste es nicht mehr.

Damals hatte sie sich gegen die Auswertung gewandt. Damals hatte sie begonnen, ihr eigenes Programm zu formulieren, ihre eigene Agenda.

Salziger Dampf, pfeffrige Luft. Die Fahnen im sachten Lufthauch.

Nastja war bei ihr gewesen.

Sie hatten sich nächtelang leidenschaftlich die Köpfe heißgeredet, was das Zeichen denn nun wirklich bedeutete.
Sie hatten sich zwischen diesen Hausfassaden geliebt, im Zwei-Personen-Zelt, während der Rest der Gruppe abseits campierte, an einem See, unter einem blauen Wasserfall.

Als dann vor vier Jahren Maura zu Kathrin gekommen war, mit der Nachricht vom neuen Platz, vom Säulenhain, von der Fassade ohne Haus, hatte Kathrin gewusst: Das ist die Fortsetzung, der nächste Schritt, das gehört zu den Fahnen.
Immer wieder hatte Kathrin seither versucht, ihren Leuten zu erklären, dass in diesen beiden Werken, mit diesen beiden Orten die ganze Schwierigkeit gesagt, gezeigt war: Was die Coms taten, wozu sie da waren, was die Admins und die Auswertung versäumt hatten, was getan werden musste auf dieser Welt. Was das bedeutete, in der Sprache der Lacs von den Atollen: Feldeir, Künste der Neige. Váye, sicherer Ort.
Aischas Unverständnis: »Warum haben sie die Gebäude nicht mitgeschickt? Wir haben doch auch sonst Türme und Galerien und Hütten mit Innenräumen von ihnen bekommen?«
So naiv fragten nicht mal die Kinder und Jugendlichen, sie akzeptierten einfach, dass es Fassaden ohne Häuser geben musste.
Kinder und Jugendliche: In den wandernden Lagern der Coms wuchs ihre Zahl jetzt deutlich, seit etwa zwei Jahren. Manchmal sorgte sich Kathrin deswegen: Wenn wir wirklich in die Sorte Krieg gerissen werden, die der rote Pelzwal befürchtet, was wird aus den Jüngsten?
Ganz aufrichtig war die Sorge nicht.
Kathrin und Maura selbst vermehrten ja die Zahl der Coms jetzt.
Wichtiger als die Sorge war also der beste Beweggrund fürs Kinderkriegen die Liebe, die eine neue Zivilisation wollte, auf Feldeváye.

Die Erwachsenen, Menschen wie Aischa und Nazim, hatten für das, was sie am Säulenplatz und an der Fahnenstraße verwirrte,

einen eigenen Ausdruck: »unverhältnismäßig«. Normalerweise, sollte das sagen, achteten die Lapithen aufs Maß: Es wurden immer Rahmen mitgeliefert, oder minimale Distanzen zur Bewahrung der Aura der Werke, Kontextandeutungen, Vorgaben betreffend die richtige Hängung, Einrichtung, Aufführung, ob das jeweilige Werk nun als Flamme oder Tiefenlicht oder anders auf die Welt kam. Aber hier: Abbruch, Überhang des Werks aus einem abgeschnittenen Kontext, einem verloren gegangenen Hauptkörper.
Die schönste Widerrede gegen diesen Einwand war Maura eingefallen, mitten unter den Säulen, aufbrausend, mit roten Wangen, pochender Halsschlagader: »Blödsinn! Was heißt denn ›unverhältnismäßig‹? Der gelbe Leuchtschnabel bei diesem Tukan da drüben, siehst du ihn? Der ist auch unverhältnismäßig, er behindert ihn sogar beim Fressen. Der arme Vogel muss den Kopf ganz weit zurücklegen, damit er schlucken kann, was der Riesenschnabel geschnappt hat. Aber gibt's was Prächtigeres als diesen Schnabel? Und vor allem: Wäre der Tukan denn der Tukan, ohne ihn?«
Worte für etwas, das sich in Worten eigentlich nicht sagen ließ.
So etwas konnte Maura.

Conlon, dachte Kathrin jetzt, doch, der könnte es verstehen, aber der versteht nicht gern, der macht lieber was, der baut lieber Wege, bahnt Pfade. Und wer sagt, dass er damit nicht viel richtiger liegt als ich mit meiner Versteherei? Als Maura mit ihrer Freude an der Parrhäsie?
Kathrin schloss die Augen.
Ein verwegener Impuls regte sich in ihr: Ich springe jetzt von dieser Säule ins hohe saftige schnittscharfe Gras, auf den aromatischen Waldboden, wo die Ameisen und die andern cleveren Waldinsekten krabbeln, mit geschlossenen Augen, und mir passiert nichts, und dem Kind passiert nichts.
Sie tat den Schritt tatsächlich, wäre aber beinah gestürzt.
Nur waren dann zwei Hände da, rechts und links, oberhalb ihrer Hüfte, und zwei Arme, mit viel Kraft, die sie fingen und hinstellten auf den Boden, den sie in ihrer Fantasie eben schon gespürt

hatte. Zwei Arme, die sie sacht absetzten, als wäre Kathrin aus Glas.
Als sie die Augen öffnete, funkelte es in Mauras Blick, und ihre Lippen glänzten, und ihre Zähne leuchteten in der Nacht mit demselben Weiß wie die Monde, die Sterne.
Maura lachte und sagte: »Seit wann weißt du, dass ich hier bin?«
»Seit immer«, sagte Kathrin und küsste Maura, bevor die sie küssen konnte.

»Hast du den Kids beim Singen zugehört? Den Intervallübungen?«, fragte Maura.
»Ein Weilchen. Dann hab ich dem Fluss gelauscht. Dann hab ich im Mondlicht gebadet. Hab mir überlegt, ob ich in der Lagune schwimmen will.«
»Und magst du?«
»Lieber laufen. Mit dir.«
Ein Weilchen spazierten sie, händchenhaltend wie Kinder (nicht ganz, dachte Kathrin, Kinder sind nicht so scharf aufeinander), schweigend, über den mild kribbligen Ameisenboden.
Dann flüsterte Maura: »Hörst du's? Was alles wach ist, und arbeitet, und … wächst?«
Da blieb sie stehen, und Kathrin mit ihr, dass beide hören konnten, wie in der Lagune, wo das Wasser des Senyestroms sich beruhigte bis zum Schlaf des Schaums, den er sonst mit sich führte, kleine Echsen miteinander rangen, wie der schlanke Waldgeist mit den spitzen Füßen scharrte und der Krötenkopfkobold seine Höhlen grub.
Noch genauer horchten sie hin, was oben geschah, wo der Himmel zersplittert zwischen den Ästen und Blättern und Lianen seine Nadelspitzensterne leuchten ließ und die beiden sichtbaren Monde. Dorther rief ein roter Sichler, und Äffchen schnatterten, weil sie eigentlich schlafen wollten, aber etwas Besonderes an dieser Nacht sie wachhielt. Maura berührte Kathrin sanft am Arm, ging in die Hocke, und die Freundin folgte ihr, ließ sie ihre Hand nehmen und auf den Boden legen.

Da tasteten sie an Moos und Krume entlang, bis sie gefunden hatten, was Maura gemeint hatte: eine kleine Pflanze, einen blauen Halm, einen von tausenden, die von den Coms gesät wurden, als Resonanzverteiler in diesen Böden, für die Verknüpfung der Ultraschallfelder aus Conlons Projektoren – auch, damit die Schlangen sich orientieren konnten.
Ein Winzling, dachte Kathrin, und Maura kam ganz nah heran, Gesicht vor Gesicht, und wisperte: »This sapling love … That you by chance have planted … In me, unwanted … Shall never wander or remove«, ein inzwischen nicht mehr neues, immer aber wunderbares Spiel zwischen ihnen, Zeilen von Valentine Ackland, auf die Kathrin erwiderte: »Though outcast I and banned … This once I have spoke true … and many would envy you … What's in this happy hand«, als ihre Finger Mauras Handinnenfläche streichelten. Das waren Zeilen von Sylvia Townsend Warner, Valentine Acklands Liebster.
So konnten Maura und Kathrin einander immer erinnern, wie es wirklich war, denn Sylvia und Valentine hatten zusammengelebt.
So sollte es sein, so war es.

»Man muss«, sagte Kathrin, als beide sich wieder aufrichteten, »das öfter machen: Mit den Händen den Boden abtasten. Sonst vergessen wir, wo wir herumgehen. Mit unseren verlogenen Sohlen.«
Sie meinte die Biomodifikation, die alle Nervenenden in den Füßen unempfindlich machte gegen die kleinen Schmerzreize beim Barfußgehen in diesem Dschungel, eine Versiegelung der Haut besonders an den Zehen und auf den Sohlen.

Die Liebenden spazierten weiter, bis neben ihnen ein Padur aus dem Gebüsch fiel, als wollte er sich vor sie auf die Erde werfen, um gekrault zu werden.
Dann stellte er sich auf die Hinterläufe und sagte: »Hamwer euch endlich gefunden! Nabend, die Damen. Oder Morgen … oder so.«

»Du siehst total dreckig aus. Hast du nach Pilzen gewühlt?«, fragte Maura. Der zottige Padur, der Clive hieß, neigte den Kopf in gekonnter Imitation menschlicher Demut.

»Die Zainab schickt mich.« Er spitzte die braunen Lippen und pfiff, woraufhin es nicht weit entfernt laut raschelte.

Dann sagte Clive: »Sie sucht euch schon die ganze Nacht. Gibt Neuigkeiten. Es ist Kunst gefunden worden, senye-abwärts.«

Zainab Sgriacci trat auf die Lichtung, in einen wilden Flickenumhang aus Pelzen selbsterlegter Geschöpfe des Urwalds gekleidet. Die Verwegene pustete sich eine Locke aus der Stirn und sagte.

»Da sind sie ja, die ewig Verknallten, prima. Wisst ihr, wie lang ich im Kreis gelaufen bin, dauernd gekreuzt von Lasses Reptilien, bis ich euch hatte?«

»Ich war bei den Säulen«, erwiderte Kathrin.

»Was du da immer willst«, mäkelte Zainab und hob die Hand, als ihr etwas in den Sinn gecoift wurde, das Maura und Kathrin, deren Links schliefen, nicht hören noch sehen konnten. Zainab deutete mit der Hand nach oben, auf die Kuppel des Himmels: »Die Scheißsatelliten wieder. Neu ausgerichtet, in Erwartung des Arrheniusdurchgangs in zwei Wochen. Was zwar im Positiven heißt, dass sie uns die ganze Regenzeit über tatsächlich nicht gesehen haben können, weil sie fixiert waren auf die Blickwinkel, die Conlon sicher täuschen kann, was aber umgekehrt bedeutet, dass sie einen Haufen Arschlöcher schicken werden, um kreuz und quer durch unsere Jagdgründe zu laufen, Signalfeuer anzuzünden und die Effektivität der neu ausgerichteten Stalliten zu testen, weshalb …«

»Weshalb Conlon«, riet Kathrin korrekt, »sich jetzt sehr schnell dranmachen muss, unsere eigenen Kameradrohnen wieder in den Himmel zu schicken, damit die diese Feuer früh genug bemerken, so dass er sie in seinen falschen Feeds für die Satelliten passgenau simulieren kann.«

»Und deshalb«, sagte Zainab, »sollten wir nicht mehr allzu wild und beliebig durchs Holz stolpern, weil das Conlons Drohnen nämlich durcheinanderbringt, Ladies.«

»Bin nicht wild. War bei meinen Säulen.« Kathrin zog einen Flunsch, weil es ihr gefiel, Zainab gegenüber damit zu spielen, dass die Padurführerin sie immer noch wie das Mädchen auf Flammenjagd behandelte, das sie einst gewesen war, obwohl Kathrin inzwischen die oberste Autorität der kleinen Menschengesellschaft darstellte, der sich die vormalige Einzelgängerin Zainab angeschlossen hatte.

Mit durchdringendem Zweifingerpfiff befahl Zainab zwei weitere Padurn zu sich, die Kathrin und Maura gut kannten.
Der dunkle hieß Lemmy, der scheckige Ashmedi. Die klugen Freunde wühlten sich vor den beiden Frauen in die Blätter. Clive hatte schon die Beine gebeugt, so dass Zainab auf seinen Rücken klettern konnte. Maura tat ihr das bei Ashmedi nach, und die beiden Padurn richteten sich auf, während sie die Beine der Frauen, die nun auf ihren Rücken saßen, unter die starken Arme nahmen, Huckepack. Die schwangere Kathrin setzte sich seitwärts, in einer Haltung, die Zainab mit einem archaischen Ausdruck als *Damensitz* zu bezeichnen pflegte, auf Lemmy. Dann trotteten die Zotteligen los, durch Glühwürmchenwolken – biolumineszente Geschöpfe der Prodniki von Dedication, kleine lebende Hinweisschilder, deren Flugformationen den Unerfahrenen aus dem Camp, also vor allem Conlons singenden Kindergruppen, dabei helfen sollten, sich zu orientieren.

»Ich weiß nicht, warum ich euch zwei Tussen andauernd die Lotsin mache«, murrte Zainab, eine sowohl Kathrin wie Maura wohlvertraute Sprechmusik, die gut zu den Rhythmen der ins feuchte Blattwerk und auf knacksende Ästchen tretenden Padurtatzen passte.
»Im Ernst, ich war mal Kundschafterin für die erste nichtmenschliche Integralleitung. Der schweigende Uhaha. Ich hab Mordfälle geklärt – sogar den berühmten Fall der zweigeschlechtlichen schwangeren Leiche. Den muss ich dir erzählen, Kathrin, dann weißt du erst, wie leicht du es hast, und wirst dir das mit der soge-

nannten natürlichen Geburt und der Arpla-Ablehnung nochmal überlegen. …«

»Erzähl uns lieber nochmal ein paar von den Kriegsgeschichten«, meinte Maura fröhlich.

Kathrin dachte, so bezaubert wie besorgt: Sie weiß noch nicht, was das hier wirklich für eine Gefahr ist. Wenn sie dabei gewesen wäre, damals am Strand im Ammarnorden, oder bei den Unruhen, die uns aus den Urbeen vertrieben haben, den wilden Streiks der Prodniki, den ersten Wochen des Ausnahmezustands in Laischa, als die meisten Tafeln konfisziert und gelöscht wurden, die privaten Clubs von der Polizei geräumt …

»Was willst du hören?«, fragte Zainab geschmeichelt. »Vielleicht wie jede von uns eine Hand abgeben musste, bei dem Feldzug zur Flurbereinigung vor dem Projekt Lärz, und gegen eine Glashand eintauschen, links oder rechts? So eine künstliche Hand, in der fast eine ganze planetare Noos voller Prototafeln gespeichert war, so dass jede von uns praktisch eine Zivilisation mit sich herumtrug, für den Fall, dass wir irgendwo stranden würden, ohne Nachschub an Personal, und die Menschheit neu würden gründen müssen. Oder was von der Ausbildung in der Augenmaschine, bei der dreißig Prozent der Rekrutinnen verrückt geworden sind? Von den Inselrennen auf der Polizeischule und dem Materialverschleiß dabei, den die Admins seit Jahrhunderten aus ihren offiziellen Rechenschaftsberichten herauskalkulieren, spurlos, was man uns sogar gezeigt hat, damit wir bei der Gelegenheit außer Inselsteuern und Kriegführen auch gleich Bilanzfälschen lernen? Vom Todesvogel? Vom Teufel in Onyx, den unsere Vorhut in Omega Centauri gefunden hat, dem übelsten Kugelsternhaufen überhaupt? Von der mathematischen Division, in die ich wollte und die mich nicht aufgenommen hat, weil die verfickten Storarier und Rengi in den Rektoraten sich so strenge Prüfungen ausgedacht hatten, dass es nicht reichte, den ganzen Scheiß von Randsimplicia, gepunkteten Bögen, erzeugenden Mengen, n-Kategorien, Verschlingungen, Diskriminanten und Arschlecken zu begreifen, sondern man außerdem auch noch mit nichtmenschlichen Hirnen, in nichtmenschlichen Begriffen denken können muss …«

Maura rief begeistert: »Ah, Cec ist in Reke und Reke und Cec sind in Cerrem und Kreb durchdringt Kreb und Kren ist ein Beispiel für Kreb in Cerrem und vollzieht sich als Kar, was als Semta aber schon in Cerrem enthalten ist …«

»Wenn ich das schon höre«, warf Kathrin ein, »wird mir Katarumpelpumpel und Boing.«

»Und das ist nicht mal die Hälfte«, sagte Zainab und klang dabei zugleich mürrisch und ein bisschen eitel, weil sie das alles sehr wohl wusste und verstand und jederzeit die entsprechenden Prüfungen hätte bestanden haben können, wenn es ihr im Geringsten wirklich um die Aufnahme ins mathematische Korps gegangen wäre, »das ist bloß der storarische Kram, das Denken der Storema, wie sie sagen, während die Rengi zwar behaupten, keine Begriffe zu haben, die sich nicht übersetzen lassen, dafür aber so bescheuert mit Ausdrücken wie ›Wahrheit‹ oder ›Beobachtung‹ umgehen, dass man denkt, die hat ein anderes Universum in unseres gespuckt.«

Zainab kraulte mit der rechten Hand den Padur, der sie trug, hinterm Ohr, weil der an einer Aufstiegsstelle durch dunkles Wurzelwerk ein bisschen leise vor sich hin fluchte – bleib ruhig, sollte das sagen, keine Hast, wir kommen früh genug in Dedication an.

Aus sachter Nachteuphorie plauderten die Frauen noch ein Weilchen, nicht nur über Zainabs Erinnerungen, sondern auch übers Campleben, den Klatsch, den es hergab, neue Affären, Conlons ewigen Ärger mit halsstarrigen Untergebenen, die so erfinderisch sein wollten wie er selbst und ihm damit die Sorte Konzepte durcheinanderbrachten, mit denen er in seiner Urbeumszeit die Geschäfte der Auswertung teils bereichert, teils erschwert hatte. Nach einer halben Stunde verstummte das Gespräch.

Zainab war die erste, die ihre Kühlflasche aus dem Hüftholster nahm und sich erfrischte, dann fing Maura an, Honigriegel zu mampfen, und schließlich holte Kathrin ein paar gewürzte und getrocknete Blätter aus ihrem Brustbeutel, um sich selbst und das Kind, das sie erwartete, ein bisschen zu stärken. Man hatte sich jetzt, auf dem Weg nach Südwesten, in Mondgeschwisterrichtung bis ans Senye-Ufer herangearbeitet, musste damit aber auch teilweise um Seen herumgehen, die jetzt, in der auf die Fluten folgenden Niedrigwasserzeit, von der Sprengung des Bettes durch gigantische Wassermengen, auf einer Breite von vierzig bis hundert Kilometern übriggeblieben waren.

Aus dem Hauptstrom ragten im Doppelmondlicht grauweiße Sandbänke, auf denen Uraltlacs seltsamen Fischereipraktiken nachgingen, Reusen ins Wasser senkten oder Boote für nächtliche Fahrten klarmachten.
Das waren Angehörige tribalistischer Gesellschaften von je sechs bis acht Familien, die, da sie den Planeten für das nahmen, was er war, und ihn sich nicht durch Selbstmodifikation oder Veränderung seiner Ökologien bequemer machten, echten Anspruch darauf hatten, als eine Art Ureinwohner von Feldeváye zu gelten, obwohl sie teilweise später eingetroffen waren als die Städterinnen und Städter. Anders als jene hatten diese Lacs ihre Lebensweise seit Jahrhunderten nicht verändert. Zwar verhielten sie sich nicht so unverständlich wie ihre Cousinen und Cousins auf den Atollen, aber bis zur Zivilisationsstufe der Urbeen, oder auch nur bis zu der des Thomasstreifens, wollten sie keinesfalls gelangen. Halbe Leute sozusagen, überlegte Kathrin, Leute mithin, die ganz gut auf den Äquator passten, um den herum sie sich ihr Leben einrichteten.

Diese Lacs ließen Kathrins Leute in Ruhe, und Kathrins Leute erwiderten die Höflichkeit, schon aufgrund der Gemeinsamkeit, dass beide ihrerseits wussten, sie würden sich immer wieder gegen Stadtleute verschiedenen politischen Selbstverständnisses verteidigen oder vor denen verstecken müssen.
Die auf den Sandbänken, sah Kathrin, trugen weiße oder blaue

grobe Hemden und schwarze kurze Hosen bis an die Knie. Sie waren nicht nackt wie die auf den Atollen, aber auch noch nicht ausgezogen wie die an den Stränden.
Halbfertige, dachte Kathrin erneut.

Sie wusste, dass die Lacs nicht nur Fische fingen, sondern auch, ja: vor allem eine bestimmte seltsame Sorte hochtelligenter Amphibien mit sechs bis acht Beinen, die, so erzählten Sensationsmacher im Camp, über niedrigstufige telepathische Fähigkeiten verfügten, an denen die Lacs teilhaben wollten, indem sie mit selbstgebastelten Schnittrohren und Saugspritzen die Rückenmarksflüssigkeit der Kreaturen entnahmen und sie sich selbst injizierten – ganz sicher wahr schien die Geschichte nicht, vielleicht handelte es sich auch um Gräuelmärchen, vielleicht war's nur die entstellte Version irgendeines tatsächlichen Vorgangs, den allerdings nie jemand schlüssig dokumentiert hatte und von dem selbst die Gerüchteerzähler nicht behaupteten, ihn selbst gesehen zu haben.

Dass Lacs und andere Primitive auf Feldeváye, also etwa die Bewohnerinnen und Bewohner von Städten, die keine Urbeen waren, abjekte Formen des Zusammenlebens mit der hiesigen (und zum Teil selbst schon von der Kolonialgeschichte modifizierten) Natur pflegten, war ohnehin klar – Heilkunde, Initiationsriten, Ernährungsweise.
Aber so ganz verschieden von unsereinem, wusste Kathrin, sind sie nun auch wieder nicht. Viele Lacs kannten sogar das Buch, lasen es, besaßen es, wenn auch wohl in anderen Versionen als den beiden, die Kathrin zuerst kennengelernt hatte, damals in Wilentz, und die sich dann in Laischa als einfach unterschiedlich edierte, sortierte, teils korrumpierte Fassungen eines gemeinsamen Urtextes herausgestellt hatten, um den man sich bei den Gelehrten seit siebenhundert Jahren stritt: Was gehört dazu, was ist apokryph …

Nur die ominöse Seite mit der Überschrift »Silber« war in allen Ausgaben gleich, selbst Druckbild, Spaltenanordnung und so fort änderten daran nichts, was Kathrin manchmal wirklich beschäftigte: Städtemenschen können mit dem, was auf dieser Seite steht, ja vielleicht was anfangen, und auch die Hohen Frauen im Thomasstreifen haben sich damals ihren Reim drauf gemacht, wenn auch einen vermutlich sehr unpassenden, aber was fingen diese Sandbankrobben hier damit an, was sagte einem Menschen, der sich auf Feldeváye als die einzige Ressource seines oder ihres Überlebens eingelassen hatte, ein Abschnitt wie –

Lemmy blieb stehen, Ashmedi auch.

Beide folgten darin Clive, dem Zainab zugezischt hatte, er solle innehalten. Die Padurführerin hob die Hand. »Gleich isses so weit. Gleich können wir's hören. Neuausrichtung.«

»Ah!«, machten Maura und Kathrin in physisch kitzliger Vorfreude.

Zainab Sgriacci hatte als Einzige unter allen, die in Dedication lebten, immer die Zeit im Sichtfeld. Ziffern leuchteten für sie, ob sie die Augen offen oder geschlossen hatte, und daher wusste sie, dass Conlons Schirme und die Kinder zwischen ihnen gleich so weit waren, die schönste (und, fand Kathrin, sprach aber nie darüber, unheimlichste) Musik zu machen, die es in diesen langen Urwaldnächten zu hören gab.

Die Glühwürmchen erloschen.

Die Fischerlacs setzten sich in den Sand.

Äffchen verharrten auf Zweigen und Ästen.

Vögel setzten sich dazu.

Wesen mit höheren Hirnfunktionen würden von dem, was gleich geschehen musste, für ein paar Augenblicke stärker irritiert werden als vom ärgsten Drogenrausch.

Ob es ein Wink war, den sie Ashmadi unbewusst gab, ein anderer, den er von Maura empfing, oder ob der Padur, klug wie alle von Zainab ausgebildeten, von selbst darauf gekommen war, konnte Kathrin nicht entscheiden – jedenfalls näherte sich der Träger ihrer Freundin rasch, im letzten Augenblick, bevor das kontrollierte, absichtlich verursachte Wunder einsetzte, mit zwei Schritten seinem Bruder Lemmy.

Maura streckte den Arm aus und griff Kathrins Hand, Finger schlossen sich um Finger.

Es begann sehr leise, kupfern hornissig, aus Basstiefen, die nach warmem Blut schmeckten, salzig und gut, aus dem Boden her, aus fürsorglich gelockerter Tiefe, minzigem Pflanzengeruch. Blätterspitzen zirpten rein, lakritziges Notenregnen, schwarz eingepackt in simple Akkorde, mollig, wohlig, bis sich, in Streifen, die Kinderstimmen flechtwerkartig daruntermischten.

Die Frauen, die Padurn, die Lacs hatten das Gefühl, als öffne sich in ihren Ohren jeweils ein zweites Gehör und darin ein drittes und viertes, in verschachteltem, intimem Regress, wie man bei Druckveränderungen plötzlich anders hört, trüber oder klarer – nur dass das, was da spürbar wurde, sich weder klar noch trüb anfühlte, weder stumpf noch spitz, weder scharf noch mild, sondern gleichsam orthogonal abstand von allen diesen Möglichkeiten, wie etwas, das nicht zu hell oder zu dunkel war, um gesehen zu werden, sondern einfach: zu groß.

Ein Berg, der weint, eine Höhle, in der gelacht wird.

Nicht einfach der Ton, die Töne, die Harmonie oder Disharmonie waren anders als alles, was man sonst mit dem Gehör erfuhr, sondern: Der Raum, in dem sie sich entfalteten, differierte von dem, was man als Raum kannte.

Als die Vibrationen anschwollen, einander kreuzten, einfingen, sich aneinanderhefteten wie Argumente einer unausweichlichen Schlusskette, als sie über endlose Minuten des sich Emporschraubens der ineinandergeschobenen Momente von Erwartung und Erfüllung die größtmögliche liturgische Massivität erreicht hatte, zerfiel wie bei einer Pusteblume, deren Sporen der Wind auseinandertreibt, das musikalische Gebirge zwischen Blättern, Ranken, Stämmen, Gräsern, Büschen, Tieren, Blumen, Nüssen, Früchten in Halb- und Ganztöne, von überallher nach überallhin.

Horntröten stürzten in Phasendifferenzen von gestrichenen Glanzflächen, Menschenstimmen, die sich wie Flötentöne aus innen mit Blech ausgeschlagenen Holzflöten anhörten, wurden von Tieftonwölbungen verschluckt, wie eine sich explosionsbereit blähende Sonne ihre nächsten Planeten in sich aufnimmt.
Wirbel kamen auf in den Melismen, Resonanzen stürzten in die Vibrationsschnappmäuler unvorhersehbarer Sinuswellen, Dreiklänge schoben sich seitwärts, wie Filmbilder, an den Skalen der weit geöffneten Geräuschspektren vorbei und nahmen ganze Tonleitern mit.
Alle, die bewusst lauschten, dachten, dass das hier noch nie geschehen war und nie wieder geschehen würde, obwohl die meisten von ihnen wussten, dass sie genau diesen Eindruck jedes Mal hatten, wenn Conlon seine Projektoren neu ausrichtete.

Die Verwandlung saugte sich selbst aus der Welt, räumte sich auf, bis man nur noch einige wenige Kinder hörte, deren vereinzelte, wie Bienen auf dem Rückzug von einem Bienenkrieg summende und sirrende Kehlkopfübungen zu spotten schienen: Wir lassen euch jetzt wieder mit der Illusion allein, die ihr Wirklichkeit nennt, ihr habt es nicht besser verdient, wir sind gleich wieder stumm.
Dann waren sie's tatsächlich.
Wie jedes Mal, wenn Kathrin außerhalb der einzigen davon unbetroffenen Zone, dem Halbkreis um Conlons Kontrollpunkt am Nordrand von Dedication, Zeugin eines dieser Ereignisse wurde, hatte sich etwas verändert, ohne dass sie mitbekommen hätte, wie das zugegangen war: Sie sah nach oben auf die Sterne, auf ihre Konstellationen – den spitzen Pilz, die Jägerin, die kleine und die große Tür ins Draußen, den lauernden Kraken – und fand sich auf dem Rücken wieder, gehalten, getragen von Maura, die ihren Oberkörper festhielt, mit einer Hand unter Kathrins Rücken, der anderen unter ihrer rechten Schulter, und Zainab, die Kathrins Beine trug.
Beide sahen freundlich auf sie herab, als Kathrin den Kopf schüt-

telte und wie entschuldigend sagte: »Bin ich ...vom Padur gestiegen? Umgefallen?«
»Nein, ich glaube«, sagte Maura leicht verlegen, »wir sind von unsern runter und haben dich dann so ... von deinem gezogen, und aufgefangen, weil es irgendwie ...«
»Ich scheine gedacht zu haben«, sagte Zainab und half Maura dabei, Kathrin wieder aufzurichten, »dass es für das Kind ähm ... besser wäre, wenn du dem Zinnober nicht aufrecht lauschst. Wegen der Wirbelsäule und so.«
Wenn das stimmte, dann war diese Information in der Musik selbst enthalten gewesen, von der Conlon gewohnheitsmäßig sagte: »Am schönsten daran ist, dass sie nicht nur anders gehört werden muss als alles, was man sonst hört, sondern uns sogar erklärt, wie genau. Ich meine wirklich: uns. Nicht nur euch, auch mir, der sie, na ja, schreibt.«

Schreiben: Warum habe ich noch nicht versucht, zu formulieren, wie das ist, dachte Kathrin, als sie, in die Vertikale zurückgekehrt, wieder einmal keine Worte hatte dafür, wie sie sich fühlte. Orientierungsschwäche war es ja eben nicht: Das hieße, man weiß nicht, wo man in der Raumzeit steckt, aber hier zweifelt man eher daran, dass man ... ja: die ist, die man ist.
Die Glühwürmchen kehrten zurück, erst in leicht ausgefranster, dann in zunehmend triftigerer Formation. Zainab lud die Freundinnen mit knappen Gesten zum erneuten Aufsitzen ein, ab hier würde man wieder waldeinwärts streben.
Kathrin warf einen kurzen Blick zurück, über die Schulter, auf die Sandbänke.
Die kleine Gruppe – ein halbes Dutzend, mehr Männer als Frauen, mehr Erwachsene als Kinder – kehrte zu ihrer Arbeit zurück. Die Menschen wirkten ruhiger, die Bewegungen schienen fließender.
War das ein Irrtum?

Die ersten Campgeräusche – hauptsächlich Roboterlärm, Kugellager, Kranhydraulik, Generatoren, Stampfen, Reparaturen, Zeltausbesserungen, Küche, Menschenstimmen.

Die sparsamen, in gedämpften Farben leuchtenden Lampen des Lagers durchbrachen hier und da dichte, feuchte Vegetation.

»Die feiern schon wieder«, bemerkte Maura, anziehend rätselhaft – war das Tadel oder Lob?

»Die feiern doch immer«, erwiderte Ashmedi. Die Menschen lachten: Der Padur hatte recht.

Im Näherkommen aber stellte sich heraus, dass da kein Fest war, sondern organisierte, gedrillte Unruhe: Die Hydraulik gehörte zu schwerem Geschütz, die Rufe der Menschen – »Wer ist am Radar?« »Conlon, komm zurück, ruf sie rein, ruf sie in den Limit, alle!« – klangen besorgt.

Zainab trieb die Padurn an: »Schneller, ihr Säcke!«

Auf der ersten Biege der breiten Lehmbahn für Roboter, die vom Aussichtshügel im Nordwesten des Camps auf dessen Hauptstraße führte, begegneten sie einer Gruppe Kinder, die sie nicht beachtete. Die Mädchen hielten Maschinenpistolen fest, die Jungs kommunizierten mit klobigen Fernsprechgeräten, die Conlon für solche Fälle auszugeben pflegte: Man sprach in kurzen Sätzen »Sheila ist zu den Nusswänden« »Machen wir halbe-halbe, du und die Lönnerkinder geht denen nach« »Wir zwei holen Alfred und Huan!«. Kathrins Padur setzte sich, ganz ohne dass er dazu hätte angewiesen werden müssen, in gestrecktem Lauf an die Spitze und hielt erst an, als man Conlons Zelt erreicht hatte.

Die breite Türplane war weit zurückgeschlagen.

Der Prodnik trug Kopfhörer und ging zwischen fünf seiner fähigsten Helferinnen und Helfer herum, die an für Kathrin völlig unverständlichen Geräten hockten, ab und zu flüsterten, die Augen schlossen und einander blind zu verstehen schienen, wenn sie ihr Tun mit kleinsten Gesten oder mimischen Signalen koordinierten. Conlon redete rasend schnell, während er auf drei Bildschirme aufgeklappter Flachrechner schaute, die in sauberer Reihe auf einem Haufen Gerümpel standen. Er winkte Kathrin aufgeregt herein, die relativ graziös von Lemmy stieg. Dabei unterbrach Conlon seinen Monolog nicht länger als für die Pausen der offenbar ebenso frenetischen Gegenrede, die er empfing: »Nee, sag' ich ja, is keine Patrouille und kann keine sein. Das Bild zeigt etwa zwei Dutzend Leute, lateral zum oberen Nebenarm, den wir noch nich ... nein, der, hör mir zu, Lasse, Blödsinn, die suchen nicht uns, die jagen was, das is viel zu ...ja dann schau dir halt die Formation an, blöder Eisbär, die würden ganz anders ausschwärmen, wenn es 'ne Erkundungs ... eben ... nein, wir schließen hinter ihnen, ich habe ... nein, nicht nur Kinder, drei von unsern eigenen haben ... haste das gesehen? Hast-du-das-gesehen?« Er deutete auf den größten Schirm, wo eine Art topographischer Karte des Geländes rund um Dedication zu sehen war, auf der viele blaue Punkte in kleinen Schwärmen wimmelten – das sind unsere Kinder und Erwachsenen, dachte Kathrin, diejenigen, die singen, und diejenigen, die andere Aufgaben rund ums Lager erfüllen, von der Jagd bis zur biologischen Verhaltensforschung an nachtaktiven Wesen –, aber auch eine Menge roter Punkte, die enger beieinander leuchteten, in Kolonnenform, gerade, diszipliniert. Das waren dann wohl Eindringlinge, die Conlons Sicherheitssonden aus irgendeinem Grund nicht bemerkt hatten, bevor sie gefährlich nah – an einigen Stellen bis auf zwanzig, ja achtzehn Kilometer – ans Camp geraten waren.

»In Gleitern, sag' ich doch, ja, die Bewegung war ... nee, dann sind se ausgestiegen. Lasse, hör mal, das Mädchen ist da. Ja, lebt noch. Alle Arme und Beine dran, hör auf zu heulen. Die jagen was, sind hinter was her, das bis eben auch sehr schnell war. Vielleicht isses geflogen wie sone Rakete, ein ballistisches ... was sehr Schnelles. Ich geh alle Logs durch, es muss aber klein sein, kein Gleiter, kein Roboter, schon gar keine ...pfaah, Quatsch ... Lasse, fang nicht wieder mit deiner abgestürzten Insel an, das hätten wir gesehen, mit bloßen Augen. Nich alles, was irgendwo runterknallt, is 'ne abgestürzte Insel ...«
Dann machte Conlon scharf »Sschhhh!«, ein gebieterisches Ge-

räusch, das Lasse am andern Ende der Verbindung, aber auch die flüsternde Assistenz schlagartig zum Schweigen brachte. Mit ruckartigen Arm- und Handbewegungen deutete er noch einmal, sehr viel dringlicher, auf diesen Schirm, wo man im Zentrum eines Zirkels, entlang dessen Umfang die Kolonnen der roten Figuren sich aufeinander zubewegten, einen Konvergenzpunkt sah, der hellgrün aufleuchtete und dann blau flackerte, jetzt rot wurde, dann sich in Bewegung setzte, um einiges schneller als die roten Kolonnen.

»Er wechselt die Farbe, das heißt, er versucht … er versucht unsere Sonden zu erkennen und mit ihnen zu reden, wenn er … ah, wieder grün, wieder rot … wenn er grün ist, sendet er gerade einen Kenncode … Nein, eben nicht«, Lasse schien eine Zwischenfrage gestellt zu haben, »den kann er nicht gehackt haben. Den rät er. Komm schon, ich weiß auch nich, wie, halt die Klappe … rät er, sag' ich … oder sie, oder … wenn es, hör mal, wenn's ein Roboter is, dann ein verdammt guter … was? Nein. Nein, zu schnell.«
Einige der blauen Punkte – blau, weil sie nicht nur die Kenncodes sandten, sondern weil diese Codes von Conlons Überwachungsnetz auch angenommen worden waren – hatten sich jetzt seitwärts und von hinten den roten Kolonnen genähert.
Conlon deutete mit der rechten Hand die Geste des Abzugziehens an.
Kathrin nickte: Sie wusste, dass es zu einem Angriff auf die Eindringlinge keine Alternative gab. Sie mussten abgefangen, entweder alle getötet oder gefangen genommen werden.

Für die Gefangenschaftsidee gab's Präzedenzen: Zum Camp Dedication gehörten inzwischen sechs Leute, die aus den Urbeen geschickt worden waren und sich gut eingelebt hatten, niemand von denen wollte zurück, vier hatten hier eigene Familien, das, dachte die Schwangere ironisch, war einer der Vorteile des Kriegsrechts: Auch SB sehnten sich nach einem schöneren sozialen Le-

ben, als es in den Urbeen zu haben war, und Kathrin, immerhin, konnte es ihnen bieten.
Die Feuergefechte begannen.

Bewegung kam in die Kolonnen, die blauen Punkte hatten sie eingekreist.
»Is schnell gemacht. Lasse is dabei«, sagte Conlon zu Kathrin, Zainab und Maura, die jetzt alle in seinem Zelt standen und versuchten, nicht über Stapel von Apparaten oder die Menschen, die Conlon halfen, zu fallen. Die Padurn draußen, dachte Kathrin, interessierte sowas nicht, sie waren wahrscheinlich schon unterwegs, sich Nahrung und Wasser zu besorgen, weil es gewiss eine lange Nacht werden würde.

»Sie trennen sich! Lasse, hast du … ja!«, rief Conlon erregt, Schweiß lief ihm jetzt in eiligen Bächen von den Schläfen in den Kragen.
Tatsächlich hatten sich trotz Beschuss zwei der roten Kolonnen aufgespalten – die Mehrzahl der Invasoren verteidigte sich nach hinten und zu den Flanken, so gut sie konnte, aber eine Spitze lief dem davoneilenden Punkt hinterher, der jetzt nicht mehr rot, nur noch grün mit erstaunlichen blauen Unterbrechungen (wie hat er nur so schnell unsere Codes geknackt?) glomm. Grüner Punkt, grüner Fremder.
Kathrin dachte wie im Traum: Biest am Grund des Gartens, oder Elfe, die Hilfe braucht.
Conlon wandte sich Kathrin zu und erklärte: »Das Ding, der … er, wie ich sage … der is so schnell, dass ihn nicht mal die Schlangen erwischt haben. Dein Vater lässt se ja in Kreuzrastern durch den Wald zischen, normalerweise is das ein absolut dichter Schutz. Aber der da … der muss mit drei, vierhundert Stundenkilometern oder mehr … jetzt, siehste«, Conlon zeigte mit dem Finger drauf, »jetzt ist er nur noch so schnell wie ein Mensch, der rennt. Immerhin.« Noch während der Prodnik das sagte, wurde der mysteriöse Punkt langsamer, schien hin und her zu hüpfen, als wüsste er nicht, wohin er als Nächstes fliehen sollte, probierte Norden, Nordwesten,

Südwesten, dann einfach Westen, kam also auf Dedication zu – und da leuchteten vor ihm hell fünfzehn blaue Punkte auf.
»Lasse!«, rief Conlon freudig. »Habter ihn? Siehste ihn?«
Biest am Grund des Gartens.
Kathrins Vater schien nichts zu antworten, und Conlon machte wieder sein Zeichen für Schießen. Kathrin sah oben auf den Schirm. Weit zurückgefallen hinter den geheimnisvollen Punkt wurden die roten Restkolonnen von blauen Punkten in die Zange genommen und überrannt. Viele rote erloschen, wenige blaue, schließlich waren nur zwei rote übrig, die von blauen umringt wurden.
Der Prodnik rief heiser: »Lasse? Was is jetzt?«
Die blauen Punkte strömten bis auf drei rechts und links des grünblauen auf die letzten roten an der Spitze zu, auf Bahnen, die runde Beckengrenzen respektierten, richtig, da gab es doch so eine Mulde, ein kleines Tal. Dort also, in der Mitte, war der Grünblaue zur Ruhe gekommen. Elfe, die Hilfe braucht?
Es begann dasselbe ernste, schlimme Spiel zwischen blauen und roten Leuten, das weiter nördlich bereits mit einem Sieg der blauen geendigt hatte.
»Lasse?«, fragte Conlon noch einmal, und sah sehr erleichtert aus, als jemand laut genug aus seinen Kopfhörern brüllte, dass selbst Kathrin und die andern im Zelt einzelne Worte verstehen konnten: »... Junge! ... völlig von Kopf bis Fuß eine fiese ... keine ... noch nie gesehen ... Junge! Hörst du mich, du alter Garagentölpel?«
Der letzte Satz galt Conlon, der antwortete: »Lasse?«
Leiser sprach Kathrins Vater. Conlon wiederholte für alle, die sich gespannt in seine Richtung streckten: »Er sagt, es ist ein Junge. Es sieht aus wie ein Junge. Mit irgendwelchen ... er sagt, da wären so Klingen aus ... langsamer, Lasse ...ja, gut.«
Resigniert klang das – Conlon nahm die Kopfhörer ab, reichte sie Kathrin, die sie ohne Frage oder Umstände annahm und aufsetzte: »Papa? Seid ihr ...?«
»Ja, hör mal, Kathrin, ich glaube ... der Junge hier, der ist verletzt. Wir bringen ihn rüber, macht bitte schnell einen OP klar. Der hat ...

das sind so metallische …ganz dünne …wie Flügel, in den Seiten und … und auf dem Rücken und außen an den Beinen. Wahnsinn.«

Es schien dem Alten schwerzufallen, überhaupt zu sprechen. Vereinzelt knatterten im Hintergrund auch Schüsse. Hauptsächlich war Lasse Ristau wohl damit beschäftigt, jemanden mit Unterstützung anderer zu tragen, zu schleifen, schließlich abzulegen, auf einem Grasbett, wie einige seiner Satzfetzen nahelegten, oder bemoostem Holz, dann damit, jemanden abzutasten, zu untersuchen – Kathrin hörte bedrängte Wortwechsel: »Aufgeschürft … nicht tief, zwei Stück, hier noch ein Schnitt«.

Dann sagte Lasse: »Meine Güte, den haben sie wirklich … Scheiße.«

Die Schüsse hörten auf.

Ein Seitenblick auf den Schirm verriet Kathrin, dass auch die unmittelbaren Verfolger des grünblauen Punkts – nein, den gab es nicht mehr, der war jetzt blau, rein blau, Conlons Sonden und Kontrolltürme hatten ihn endgültig akzeptiert – besiegt waren.

»Das Irrste … ist«, keuchte Lasse Ristau, »dass ich den kenne. Und du kennst ihn auch. Kathrin? Du kennst ihn auch. Wirst sehen.«

Kathrin wollte eine Frage stellen.

Aber Lasse war schneller: »Wir kappen … jetzt mal das Gequatsche hier. Der muss unters Messer, der braucht Hilfe.«

Elfe. Nicht Biest.

»Und wenn wir weiterfunken, wer weiß, wer uns noch hört, und ob's da noch eine Nachhut gibt.« Damit erstarb Lasses Signal. Kathrin nahm den Kopfhörer ab und fand, wie so oft, alle Blicke im Raum auf sich gerichtet: Was machen wir? hieß das – eine Gruppenstimmung, mit der sie leben gelernt hatte.

»Wir machen, was mein Vater gesagt hat: OP-Vorbereitung. Holt Jeanne und Marcia und alle unsere besten Mediziner.«

»Wie viele?«, fragte Zainab, die schon halb zum Zelt hinausgelaufen war.

»So viele, wie du finden kannst. Ich hab keine Ahnung, wie kompliziert das wird, oder …«

»… was das überhaupt für ein Patient ist, klar«, beendete Zainab den Satz und war verschwunden.

Man wartete drei Stunden, in denen sich die kriegerische Unruhe, trotzig und aufbrausend, die bei Kathrins Ankunft Dedication beherrscht hatte, allmählich in eine eher neugierige, mühsam zurückgehalten tatendurstige verwandelte.
Zwischen zwei Padurn hatte Lasse Ristau, der selbst auf Seamus, einem der stärksten, ins Lager ritt, eine improvisierte Bahre gespannt.
Da lag der Fremde.
Mehr, als dass er bleich war, schlank, lange Arme und Beine hatte, dass seine Rippen zu sehen waren und seine Augen geschlossen, dass er helle Haut hatte und helles Haar, konnte man nicht erkennen, wenn man sich nicht direkt über ihn beugte, was zunächst niemand tat.
Die Menge hielt respektvoll Abstand.
Kathrin, die auf Lemmy zu ihrem Vater getragen wurde und sich von dort, nach einem liebenden Blick, der beide beruhigte, wortlos in ruhigem Trott zum medizinischen Zelt fortbewegte, war wieder einmal froh darüber, dass die Menschen hier viel auf Tugenden wie Sorgfalt, Geduld und Umsicht gaben.
Wir sind nicht bei der Auswertung, wir sind bei uns.

An der dank Conlons Stadtkontakten mit Geräten und Pharmaka auf dem allerneuesten Stand ausgerichteten Krankenstation angelangt, lösten zwei aus Lasses kleiner Gruppe die Trage vom Geschirr der Padurn und beförderten den Verletzten nach innen, durch zwei Schleusen, in einen aus sicherer Lamontik gefertigten transparenten Operationssaal.
Kathrin folgte Lasse ins Innere. Sie standen außerhalb des sterilen Würfels, in dem das von Kathrin herbeorderte Team der besten Mediziner von Dedication sich des Neuankömmlings annahm.
Dann gingen Vater und Tochter um den Würfel herum, bis sie am Kopfende des Operationstisches standen, etwa einen Meter von dem Jungen entfernt, der dort lag.

Kathrin betrachtete ihn schweigend und lange.
Sie studierte seine Züge, überlegte, dachte sich den Mund entspannter, in dem ein Atemschlauch steckte, versuchte, sich die Augen geöffnet vorzustellen.
»Schlimm«, sagte sie schließlich, ein bisschen gequält, und legte den rechten Arm um Lasses Hüfte. Der lächelte erschöpft und streckte selbst seinen andern Arm, den rechten, aus, als Maura sich zu ihnen gesellte: der große Mann dazwischen, die beiden Frauen, die ihm Töchter waren, rechts und links.
Ohne zu wissen, was sie da sahen, betrachteten die drei Menschen die schnittscharfen Spitzen der Metallflughäute über den Schultern des Verwundeten, und die kleinen Kanten aus demselben Material, die in seine Fußfesseln gekerbt waren – diese Augmentationen hätten ihn gefährlicher, kriegerischer aussehen lassen müssen, aber auf unbestimmbare Art wirkte er ihretwegen nur noch zerbrechlicher, und Kathrin Ristau, in Ikonographie belesen wie wenige Menschen je, dachte an Engel, verwundete und gefallene, aber auch starke und böse – den Engel des Gerichts und den Engel der Geschichte, den, der gekommen ist, um ein Geschenk zu bringen, und den anderen, der nicht gibt, sondern nimmt.

»Schlimm«, wiederholte Kathrin, obwohl das klang, als hätte sie etwas an Sicherheit gewonnen – worüber, wusste Maura nicht, und fragte deshalb: »Kennt ihr ihn?«, während sie den Blick nicht von der Gestalt wenden konnte, deren Leben die Spezialistinnen und Spezialisten zu retten versuchten.
»Vielleicht«, sagte Kathrin vage.
Die Stirn. Die Wangen. Er war jünger, als er in der Klinik ausgesehen hatte.
»Was sie meint«, erklärte Lasse mit tiefer Stimme, »ist, dass wir jemanden sicher kennen, der ihn kennt, und ihn … kennt Kathrin nur schlafend. Den andern können wir nicht fragen, denn wo der ist, das wissen wir leider nicht. Aber wenn der, der da liegt, wirklich vor vielen Jahren in einer Insel auf diesen Planeten gestürzt ist, und dabei das Bewusstsein verloren hat, und sich seither sehr

lange in einer Welt aufgehalten hat, die niemand von uns versteht, außer vielleicht Conlon, dann weiß ich welche, die ihn erkennen werden, auch wenn sie nicht die sind, die sie waren, als er sie im Stich gelassen hat.«

Kathrin verstand nicht: »Wer ... wen meinst du?«

»Seine Schlangen«, sagte Lasse Ristau.

Kathrin lächelte: »Deine Schlangen.«

»Meine Schlangen sind nur die Kinder seiner Schlangen. Sie haben mir nie gehört. Ich hab nur auf sie aufgepasst, bis er wiederkommt.«

Es war Maura, der dazu das einzig Richtige einfiel: »Dann freuen sie sich jetzt vielleicht, dass sie auf ihn aufpassen können, wie du auf sie aufgepasst hast.«

Lasse Ristau brummte zustimmend, und Kathrin dachte: Meine Frau.

Was wären wir ohne sie?

2: Eine Verabredung

Wähnst du, dass der Frommen
Haus dich aufgenommen?
August Graf von Platen

Tarik Jaivedh erwachte von Kopfschmerzen.
Das war sehr ungewöhnlich: Normalerweise machte Druck im Ohr und dumpfe Schwere im Hinterkopf ihn ja eher müde.
Ein ganz neues Stadium des Alkoholismus also, kontinuierliche Blutreinigung hin oder her? Begannen jetzt Erscheinungen, wie es sie vor der Femtomedikation gegeben hatte, zu Wiegenzeiten, als noch keine Maschinen in den Kapillaren der Menschen schwammen, die Angström für Angström Unerwünschtes aufspürten, vom gesunden Gewebe lösten, zerstörten oder ausschieden? Tarik befühlte die Kopfschmerzen von innen, mit den unsicheren virtuellen Fingern seines sich aus eiskalten Traumgrotten mühsam herausgrabenden Sinns für sich selbst. Er fand eine Art Reue, staubig und zerknittert.
Irgendwo nahebei tropfte etwas stetig, das war wohl die neue Schäbigkeit: Laischa, verkommen genug, dass selbst die Wasserhähne nicht mehr funktionierten. Oder hatte das Gebäude Stellen, die sich bereits zersetzten? Vielleicht weinte die Lamontik.
Schwitzen konnte sie nicht, der Winter draußen war zu eisig – man sparte an der Klimaregulation ebenso eifrig wie an den Öffnungszeiten des Omphalos, man sparte auf Auseinandersetzungen hin, die ohnehin längst entschieden waren, dachte Tarik.
All dies geschah zur höheren Ehre dieses Affen Arvis Mikolat, der in Wahrheit gar keine Ehre hatte. Sonst wäre er längst mal hier unten erschienen, oder auf einer der anderen besetzten, gesperrten Welten im Korridor. Dieses schwächliche Blockieren kaum genutzter Straßen sollte die Prodisten in die Knie zwingen? Dar-

über lachten wohl selbst die Lapithen, deren Neutralität sie dazu bewogen hatte, jedes Jahr seit Beginn der wechselseitigen Belauerung weitere Verkürzerports, kleine und große, aus dem Betrieb zu nehmen.

Infrastruktur als Waffe: Da hatte Mikolat genau die falsche Tür geöffnet; denn die wichtigsten menschlichen Verkehrswege gehörten weder Admins noch Prodisten, sondern den Menneskern, die dazu schwiegen, wie stets.
Tarik drehte sich im Kissengewurstel nach rechts und öffnete die Augen. Der kleine kalte Raum war schmutzig beige, wie benutztes Kaffeefilterpapier sah alles aus (stimmt, Durst habe ich, und einen Kaffee will ich trinken). Cosima, neben ihm, atmete gleichmäßig, schlief also. Schön ist sie nur noch, wenn sie nicht bei Bewusstsein ist, dachte Tarik säuerlich.
Sein Handgelenk juckte, wo er ihr Synesarmband trug, das er gestern nach dem wütenden, lieblosen Sex an sich genommen hatte, um sich noch ein wenig in den Vorführungen umzusehen, die sie jetzt täglich für ihn präparierte, damit er die ganze Tragweite der Lage verstand, oder was sie sich sonst so ausdachte.
Tarik gähnte, es tat im linken Ohr weh.

Tatsächlich befand er sich zur Hälfte noch an den Orten, die sie im Armband gespeichert hatte. Drehte er den Kopf nach rechts, waren dort Schuttberge, rostige Metallgeräte. Die Pfütze glänzte, der Hund lief durch sie hindurch, alles Dinge, die es nicht gab, die aber trotzdem nicht zur Flucht in ihre Unwirklichkeiten einluden, weil sie noch trostloser waren als der reale Raum, in dem Tarik und Cosima auf dem zu großen Bett mit albernem, schmiedeeisernem Girlandenschmuck am Fußende und einem harten Brett am Kopfende herumlagen und auf nichts Bestimmtes harrten.
Wirklicher Raum?
Der bebte jetzt. Das Wasserglas auf dem Nachttisch klirrte, verschob sich wie von unsichtbaren Kräften angezogen zur Mitte der kleinen Abstellfläche hin, während das Wackeln, das Grollen, Ru-

moren von der Straße her und aus der Luft das ganze Zimmer, die Wohnung, das Haus breit ins Zittern warf, als wäre dieses Haus selbst Alkoholiker und im Delir.

Panzer, Flugzeuge: eine Parade der Besatzer, Mikolats tägliche Show, früh am Morgen, und noch immer, dachte Tarik voll Abscheu, gab es Menschen, die sich auf Balkonen, auf Dächern, öffentlichen Plätzen einfanden, dick in Winterkleidung eingemummelt, um der waffenstarrenden Macht zuzuwinken.

Viele taten das zwar inzwischen nur noch, weil sie dachten, sie würden gefilmt, registriert, man würde sie irgendwo verbuchen, als loyale Bürger von Laischa. Aber da seit Jahren nichts mehr geschehen war, das die Präsenz derartiger Kriegsmaschinen erfordert hätte, keine Schießerei, kein Ein- oder Ausbruch, keine Sabotage der Coms, keine Versuche subversiver Prodisten, geldvermittelte Schwarzmärkte für knappe Güter zu installieren, ekelte Tarik die Verschwendung an, die diese Einschüchterei bedeutete.

Er schlug die schwere Decke zur Seite, stand auf, in etwas wie leichtem Schwindel und unter schwachen Störungen des Gleichgewichtssinns. Er sah an sich hinunter, wenig entzückt.

Vom Saum des dicken, seit einer Woche nicht gewechselten Pullovers abwärts war er nackt. Muss komisch aussehen, oben so gut gepolstert, unten die dürren Beinchen, und der müde traurige Zipfel, der dazwischen hängt, ein Witz, wie die Admins. Der Staat im Wind.

Tarik fand seine Hose mit dem rechten Fuß, sie lag halb unterm Bett. Er angelte sie dort hervor, hob sie auf, stieg hinein. Übel war ihm, und jetzt, da er ganz zu sich gekommen war, wusste er, dass diese Übelkeit den ganzen restlichen Tag lang anhalten würde, was immer er dagegen unternehmen mochte.

Auf dem Fußboden lagen zwei große schwarze Schraubenmuttern, in die weiße Taschentücher geknotet waren: Klunker mit Taubenschwänzen. Einen Augenblick lang war Tarik in Versuchung, sich zu bücken, nach ihnen zu greifen, aber er wusste ja: Es gab sie nicht. Mit denen hatten die drei Männer geworfen, in den

Zonen, in der Synesdarbietung, eine primitive Sondierungstechnik: Falls mit einer der Muttern was passiert, geht man in die Richtung nicht weiter, in die man sie geworfen hat.

Tarik fragte sich flüchtig, ob das damals wirklich so gewesen war, oder die Geschichte mit den Schraubenmuttern, genauso wie das ganze Holz, das in der Synesdokumentation herumlag – er konnte es riechen, o ja, er war noch halb in jener Welt –, eine allegorische Anspielung darauf meinte, dass schon damals die Storema ihre Finger, na ja, oder Nevina, oder wie immer das Zeug hieß, mit im Spiel gehabt hatte.
Menschen und Storarier, bei alledem vereint, und seine alten Arbeitskollegen vom Mond, der eine Sonne war, die Rengi, gleich mit … warum hatten nicht einfach alle Spezies, die denken konnten, auf irgendeinem Parlamentskopulationskongress eine Riesenorgie, und gut war's? Was wollten die Admins eigentlich? Oder die Prodisten?
Sollen sich doch alle ficken, dachte Tarik.

Sex, oh bitte: Nicht mal mehr mechanische Stöße waren das gewesen gestern, zwischen ihm und Cosima, eher der Versuch, sich von ihr wegzustemmen, von dieser traurig bitteren Braut, abzuheben wie eine Insel. Aber die Schwerkraft blieb zu groß, und so fiel er immer wieder auf sie hinunter, schlug auf, und jetzt taten beiden die Beckenknochen weh.
Dies, leider, war das Gegenteil von Liebe, ein täglicher zäher Kampf, der ausbrechen musste, sobald beide wach waren.
Aber Cosima schlief.

Ich hatte mal eine Familie, dachte Tarik, und dann: Weh mir, wenn ich nicht bald aufhöre, mich an sie zu erinnern. Hoch aufgestiegen bin ich, in den ersten Jahren hier, als der Einzige, dem die Auswertung den Zugang zum Schlafenden aus der abgestürzten Insel erlaubte. Tief gefallen bin ich, seit der Schlafende davongelaufen ist. Tarik betrachtete das Bild überm Bett, es war schon hell

genug dazu. Sonnenlicht fiel durch die riesige Fensterfront – es ist acht Uhr morgens, wusste er, der das in den Nerven spürte wie viele aus der besseren urbeischen Gesellschaft: In der Uhrzeit leben, auf die Unzeit hoffen, da man endlich stirbt.
Der Mann am Pflug auf dem Bild, im Vordergrund, mit seinem schürzenartigen Gewand über den Strümpfen, wusste wohl auch, wie spät es war, und brauchte dafür keine Biomodifikationen. Hinter ihm weitete sich der Blick auf ein seltsam abgetupftes, gerundetes, wie starrpoliertes Meer, in das sich eine Stadt keilte, um die Berge standen.
Alpen, hatte Cosima erklärt, wobei die nicht am Meer lagen: Der Maler hatte sie nur hingeträumt. Räumlich irritierend, eigenartig verbogene Winkelmaße, seltsame Proportionen, und dabei alles ganz klar, vielleicht lag das, was daran so unwirklich drohte, gerade an dieser Klarheit, Helligkeit, den zeichnerisch scharfen und doch sämig gemalten Konturen, der Tatsache, dass jede Einzelheit stimmte und das Ganze ebenso, aber nicht das Verhältnis der Einzelheiten zueinander. Die Beine des Ertrinkenden, lustig strampelnd, Tritte wider die Luft, aus der er gestürzt war, der eben noch Fliegende.
Tarik fuhr sich übers stoppelkurze Haar und unterdrückte erfolgreich einen Husten.
Cosima regte sich nicht.
Er sah zu ihr und ahnte an der Art, wie ihr Kopf dalag, und am Atemgeräusch, dass sie wach sein musste. Sie wandte sich ihm nicht zu, er wusste daher nicht, ob ihre Augen geöffnet waren.
Tarik floh in die unaufgeräumte Küche. Schöne Möbel standen überall, nicht sinnvoll Wohn-, Ess- oder Schlafbereichen zugeordnet: Gebrauchskunst, das war das neue Motto der Auswertung, die den Menschen in den Urbeen beweisen wollte, dass die Contramuralen falsch lagen. Der Glaube, der verlangt wurde, besagte: Es gibt kein Geheimnis, es gibt keine eigenen Orte, die den Künsten zustehen, die die Künste um sich öffnen. Mit Kunst verschönert man, wenn es denn sein muss, das Leben, weiter nichts.
Die Botschaft der Lapithen, erklärte Cosima mit der entspannten

Bosheit, zu der unter allen Admins, die Tarik kannte, nur sie fähig war, war all die Jahre falsch verstanden worden, sie hieß schlicht: Macht euch locker, Menschen. Künste braucht ihr, damit nicht alles Arbeit ist, nicht jedes Tun mühselige Entdeckung, Aneignung, Verwandlung der Welt. Künste braucht ihr, um auf die wirkliche Welt auch mal zu verzichten, dem Schein zugunsten, der euch regeneriert. »Banal ist das«, sagte sie, »und diese Banalität wird Feldeváye erlösen.«

*

Man gab jetzt viele Werke für private Haushalte frei, in lamontischen Kopien – die Rede dazu, simultan über die Noos ausgesandt, hatte Cosima halten dürfen, mit vielen giftigen Stellen gegen Kathrin Ristau: »Die arme verwirrte Frau, und ich darf das sagen, ich kenne sie gut – nun, sie hat im Grund etwas Wertvolles getan. Sie hat auf die Spitze getrieben, woran die ganze Auswertung vor dem Kriegsrecht krankte: das Kramen nach Bedeutung, die Mystifizierung, das Aura-Getue. Das alles reißen wir jetzt ein – es ist eine große Ironie: Wir, im Schutz der Mauern unserer Urbeen, sind die freieren, die liberaleren Menschen. Die wahre Enge, die Einfalt, die Unterdrückung sind da draußen, in diesen Wäldern und Wüsten und auf den Gebirgspässen, wo man sich selbst kasteit – wo diese Sektenguerilla herumkriecht, in etwas viel Schlechterem als den Künsten: in einer Religion, einer Dummheit, einem Mythos.«
So schön wie hier, in Tariks und Cosimas edlem Müll, sah es deshalb in allen Wohnungen aus, in denen Leute lebten, die mit dem Regime einverstanden waren.

Draußen am Flügelfenster wartete, Kufen in Schienen, ein fliegender Schlittenbock auf Tarik. Wenn er irgendwohin wollte, konnte er damit durch die Gegend sausen. Außerdem gab es, der Wohnung raumbeugend beigeordnet, eine Turnhalle für Squash, Tennis, kleine Mannschaftsspiele von Teams zu je sechs Leuten hinter dem Raum, den Cosima unbedingt »Wohnzimmer« nennen und auch so benutzen wollte – obwohl sie öfters nicht wusste, was das bedeutete: Empfing man da Gäste oder in der Küche, oder im Schlafzimmer?

Möbel? Müll?

Ein Nussbaumsekretär, hart in die Ecke gezwängt, auf dem Mozartnotenreproduktionen (Handschriftfaksimile, lamontisch reproduziert) lagen, ein Ruhebett, länger als der längste Mensch, den Tarik kannte, über das er auf dem Flur steigen musste, ein portugiesischer Prunktisch in der Küche, auf dem ein Brotbrettchen und viele Krümel sagten: Wir leben wie bei den Bauern vor der Hidschra in der Wiege, wenn sich diese Bauern Palisanderware mit Messingbeschlägen hätten leisten können.

Hier lag auch eine der Schraubenmuttern.

Die virtuelle Welt konnte nicht weniger verkehrt sein als die wirkliche, das war ihr innerstes Verhängnis.

Wie geht diese Welt? Tarik dachte bitter: Ein abgestürzter Ikarus fällt in eine Räuberhöhle und wird dort von reißzahnbewehrten Liegestühlen und Beistelltischchen zerfetzt. Alles falsch, auch der Ohrwurm im Kopf: Japanisches Gezupfe, Shintotempelmusik, gestern Abend im Schwimmbad, wo sie nicht hingehörte, und natürlich hatte Kathrin Ristau recht, aber für diese Coms würde Tarik sich auch nicht prügeln lassen, er war bereits anderweitig als Doppelagent unterwegs.

Ich hatte eine Familie, wann war das, wer war ich? Zemelo. Arrhenius. Bumm. Böse Pläne.

Der Kaffee schmeckte abscheulich.

Tarik nahm zwei Whiskyflaschen vom Bord – Wilentzwasser mochte man in Laischa nicht mehr, es ging archaischer zu in den Privatbars der Snobs von der Auswertung, die Etiketten stimmten alle, achthundert Jahre altes Zeug. Er goss einen medizinalen, einen milden und einen rauchigen zusammen, was man auf keinen Fall tun sollte.

Runter damit, Handkantenschlag in die Kehle.

»Wieso hast du mein Synesarmband geklaut? Na-ha-ha? Meck, meck, meck!«
Sie stand keckernd in der Tür, trug nichts als sein Herrenhemd, den Kopf vorwurfsvoll zur Seite geneigt. Er stellte sich vor den Spiegel und putzte sich die Zähne, weil er wusste, dass sie es hasste, wenn er das in der Küche tat, wo er just zu diesem Zweck gestern Abend noch Zahnbürste und Zahnpasta hingelegt hatte, als stillen Protestakt gegen ihren Fimmel, leben zu wollen wie die Ahnen. Spiegel, wenigstens, gab's überall. Er spuckte weißgrüne Brühe aus. Sie trat hinter ihn, musterte ihn, erst den Rücken, dann das, was man im Spiegel sah, dann ebendort sich selbst.
Kratzig sagte sie: »Ich sehe so alt aus, deinetwegen.«
Sie schimpfte noch etwas, eigentlich lustlos, aber er hörte sie nicht, als er sich mit einem Wattebausch Salbe in den wunden Mund strich (die Biomods funktionierten kaum mehr gut, dauernd war man irgendwo entzündet, wenn man nur mal einen Tag nackt schwimmen ging, in diesem scheußlichen Winter).
Als sie eine Zeterpause machte, hörte er wieder das Tropfen, dann Metall auf Metall schlagen. Pochen und Knacksen. Es kam vom Armband. Er sah an Cosima vorbei in den hinteren Bereich des Zimmers, der sich jetzt in eine Landschaft voller verfallender Fabrikhallen, morscher, fauliger Bretter, wuchernden Unkrauts, umgekippter Ölfässer öffnete: Richtig, die historische Virtualität. Ich hänge also immer noch ein bisschen drin, will nicht, darf nicht raus. Will nicht hier sein, bei mir, bei ihr, in der Wirklichkeit.
Auf einer motorisierten Draisine machten sich weit hinter Cosima drei Männer zu schaffen: Ah, die Pioniere, die in die Gebiete aufgebrochen waren, wo die Lapithen die ersten Kunstwerke nach Feldeváye geschickt hatten, toll.
Das heißt, es war eine Vergröberung: Die dort waren nicht die Ersten, kurz nach dem Abschluss der ersten Industriephase auf Feldeváye. Damals waren die Prodisten noch auf jeder Kolonie nach der Phasendoktrin vorgegangen: erste Industrialisierung, zweite Industrialisierung und Automatisierung, Informationszeitalter, Biozeitalter, Freiheit. Nach der ersten Phase hier waren die Ur-

been noch normale Megalopolen gewesen, ungesund und übervölkert wie überall in der Galaxis nach der Urbarmachung. Dann hatten die Lapithen ihre Geschenke deponiert. Zunächst waren Soldaten der Prodisten in die Gebiete geschickt worden, wo man die mit den frühen lapithischen Kunstmanifestationen verbundenen elektromagnetischen und anderweitigen Anomalien verzeichnet hatte.

Die Soldaten waren nicht zurückgekehrt, also hatte man Sperrzonen eingerichtet.

In die wagten sich zunächst nur Desperados, die Vorgänger der späteren Auswerter – wie jene drei Männer, denen er dank Cosimas Programmierarbeit gestern Abend nach dem Schwimmen und vor der lieblosen Liebe hatte folgen können.

»Was gaffst du? Ist es das Armband?«

Er nickte.

»Siehst du? Das ist die Abenteuerwelt, in die die Coms zurückwollen. Gefährlich, dreckig.«

»Hier ist es auch nicht mehr sauber, unter deinen Admins. Und gefährlich war's damals – und ist es heute – wegen der Leute, die auf die frühen Auswerter seinerzeit und auf die Contramuralen heute schießen mussten und müssen.«

»Du nimmst den Actionteil zu ernst«, sagte sie, und schob sich unsanft an ihm vorbei, um an den miesen Kaffee zu gelangen.

Wieder das Rumpeln draußen. Noch eine stachlige Division.

»Sie wussten nicht mal«, überlegte er laut, und zog endlich den muffigen Pullover aus, um erneut ans Waschbecken zu treten und sich, so gut das ohne Seifen und Parfüms ging, zu waschen, »was es war: Eine Erschütterung war registriert worden, und Teilchendetektoren hatten auf der Cygnus zugewandten Seite von Feldeváye eigenartig zusammengesetzte Schauer wahrgenommen, die an die Arrheniusstrahlung erinnerten. Aber man hielt es zunächst für einen Meteoriten.«

»Hast du das aus der Noos? Im Synesenvironment, mit dem ich gebaut habe, kam das nicht vor.«

»Doch, der eine von den drei Männern hat's am Anfang gesagt. Der Gelehrte. Der eigentliche Streit ging dann ja nicht um die Herkunft der Sachen, sondern, da sich die Lapithen zunächst fünfzig Jahre nicht, wie soll man sagen, persönlich ... also: ansprechbar ... auf Feldeváye zeigten und nur einige wenige Menschen sich trauten, die Theorie vorzuschlagen, es könnte mit den damals vierunddreißig anderen Lapithenbesuchen zu tun haben ...«

»Na ja, man dachte, vielleicht ist das irgendeine Sauerei der Storema. Oder eine noch unbekannte Spezies greift an. Invasionsvorspiel.«

»Die Prodisten haben ihr Militär die Zonen sichern lassen. Aber als abgesperrte waren die dann erst recht Herde für ... Geschichten.« Er sah träumerisch aus dem Fenster.

»Pfftha. Märchen, wie es sie heute auch gibt.« Cosima spuckte den letzten Schluck Kaffee an ihm vorbei ins Waschbecken, schniefte und sagte: »Märchen, wie sie dich jeden Tag in den bescheuerten Park treiben. Du hoffst, das Kunstwerk zu finden, richtig? Das übersehene Tabernakel.«

Sie lachte nicht, sie spotzte. Es war sehr hässlich. Er reagierte nicht, deshalb fuhr sie fort: »Direkt unter der Nase der Auswertung, mitten in Laischa, unweit des Omphalos – aber uns unbekannt, im Naherholungsgebiet versteckt, nur die Coms wissen, wo, und die Aistheten, soweit es noch welche gibt, und die alten Weiblein und die besoffenen Lacs und die Toten und die Raben.«

Sie hatte es geschafft. Er fuhr sie zornig an: »Red' nicht über Sachen, die du nicht begreifst.«

Jetzt konnte sie das dünnlippige Lächeln aufsetzen, den Rest der Maske, die den Tag über feierlich fest sitzen würde.

Cosima ging zum Esstisch, nahm eine der Muttern in die Hand, die es nicht gab, drehte dran, hob sie auf, ließ sie fallen, so dass sie hätte zu Boden poltern müssen, wäre sie wirklich vorhanden gewesen. Stattdessen blitzte sie auf und lag dann wieder, wo Cosima sie weggenommen hatte. Elende Beschränktheit des Synesprogramms.

Hätte Tarik ihr sagen sollen, dass das Kunstwerk im Park kein Märchen war, keine Legende, dass er es kannte, gesehen hatte, dass nicht die Coms, sondern ganz andere Leute den Ort als Treffpunkt nutzten?
Er überlegte kurz, es war ein Impuls wie der, durch die geschlossene Scheibe aus dem Fenster zu springen.
Tarik ließ es bleiben.

»Kommst du wenigstens heute Abend zum Gastmahl bei Rufus?«
Rufus Bhunek, entsetzlich.
Der war einer der aufgeblasensten Neu-Admins. Diese Kaste hatte man aus Prodisten rekrutiert, Wendehälse also, und natürlich benahmen sie sich in allem, auch in ihren Gastgebersitten und bei der Dekoration ihres Wohnumfelds mit unverstandener Kunst aus den Omphaloi, administrativer als die verknöchertsten Admins.
»Wieso sollte ich?«, gab er kalt zurück, und ließ sich von der Wand ein graues Sweatshirt schenken, dann eine weiße Winterjacke mit Kapuze – nur Schatten der dandyhaften Kostümierung, in der er sich auf Arrhenius, Zemelo und in den ersten Jahren als Wächter am Bett des Schlangenträumers Rukeyser gefallen hatte.
»Immerhin ist Prominenz da. Dieser Oberleutnant der SB aus Barbizek, dem sie eine große politische Karriere vorhersagen.«
»Sie? Wer? Die letzten paar Prodniki bei euch im Omphalos?«, aber das war nun wirklich keine Erwiderung von Cosima wert.
»Sie«, das waren, wussten beide, einfach alle – der Herr Leutnant der SB, ein gewisser Fajid Toril, gehörte zu den wenigen Persönlichkeiten, deren Anblick, Äußerungen und Erlebnissen man nicht einmal dann entgehen konnte, wenn man nur über die allermagersten Coiflettransceiver verfügte und sich am Rand der Noos herumdrückte wie die neuen Unterprivilegierten in den Urbeen, die es seit Verhängung des Kriegsrechts in wachsender Zahl gab – Leute, die in keinem Produl, keiner Verwaltungsstelle beschäftigt waren und sich an den Wahlen der Admins nur mehr beteiligten, wenn es um ihre Rationen ging.

Die Musik in Tariks Kopf veränderte sich, die ersten Takte der Tannhäuserouvertüre ging darin auf wie Mürbeteig im Heißluftofen.
Er dachte: Das muss ich mir auch irgendwoher unabsichtlich aus der Noos geladen haben, dieses Programm, das mich mit romantischem Schrott beruhigen will, wenn die Halsschlagader zu stark pocht.
Es kostete ihn Willensanstrengung, aber die brachte er auf, dann war der Wagnerkleister abgestellt und stattdessen trieben ihn biedere, nicht zu laute Trommeln zu Taten an, die er sich ohnehin vorgenommen hatte. Tarik öffnete die Schnalle des Synesarmbands und machte ein tapfer unbeteiligtes Gesicht, als die Welt um ihn kurz taumelte und sich gegen sich selbst verschob, während er das Armband abnahm. Immerhin waren die postindustriellen Verfallslandschaften jetzt weg, und die Schraubenmuttern mit den weißen Taschentüchern auch. Aber Cosima sah so sauertöpfisch und zugleich arrogant drein wie eben schon.
Keine Erholung, keine Pause, wenn man sich selbst hasst und also böse ist.
Er hielt ihr das Armband entgegen: »Hier, bitte. War interessant.«
»Was? Ach so«, schnitt sie ihm die Antwort ab, »jaja. Interessant. Dabei sind wir nicht mal bis zum philosophischen Teil gekommen. Wir beide.« Wie fürchterlich: Sie zwinkerte. Gestern Abend, erinnerte er sich, war sie es gewesen, die das Armband getragen hatte, er war nur per CLP dabei gewesen.

Er fragte nicht nach, was sie mit dem philosophischen Teil meinte, aber natürlich erzählte sie's ihm trotzdem: »Ja, später stellen sie das erste Mal die Frage. Was wollen die Lapithen uns damit sagen? Das war noch echtes Staunen, nicht wie dieser dekadente contramurale Scheißdreck. Es gab da einen hübschen Vergleich …« Sie ließ den Satz halbfertig hängen; Tarik fiel natürlich darauf herein und verachtete sich dafür: »Vergleich womit?«
Sie gähnte provokant, dann sagte sie: »Wenn Menschen irgendwo

ein Picknick machen, dann bleiben Essensreste zurück und Müll, bei dem vielleicht auch was Gefährliches dabei ist. Und wenn die Ameisen darin herumkrabbeln … na ja, vielleicht, dachten sie, ist das, was in den Zonen zu finden ist, gar keine bewusste Mitteilung der Lapithen, sondern eben der Rest eines solchen Picknicks …«

Er gab ein unwilliges Prusten von sich: »Die Lapithen haben aber was hinterlassen, das die Vorfahren der Ameisen gemacht haben.«

»Schon recht«, sagte Cosima gelangweilt und orderte bei der Esstischlamontik ein ordentliches Frühstück.

»Ich hau' ab«, bemerkte Tarik fast kleinlaut.

Cosima sah sich nicht nach ihm um, rief nur abfällig hinterher: »Spiel schön im Park mit deinen Lacs oder wem. Aber schlepp mir nicht wieder Krankheiten an, die ich mir stundenlang aus dem Körper waschen lassen muss.«

Er war so verärgert, und zugleich so müde, als wäre er nicht vor ein paar Minuten, sondern vor Tagen aufgestanden und hätte sich seither ununterbrochen mit ihr gestritten. Fenster aufklappen und auf den Schlitten klettern waren eins.

Ein Gedanke machte sich wichtig: Warum trifft mich das immer noch?

Es ist ja nichts Schlimmeres passiert als das, was immer und bei allen passiert: Erst ändern sich beide, um aufeinander zuzugehen, dann hört einer von beiden plötzlich damit auf, und von diesem Moment an ist derjenige, der sich noch Mühe gibt, um den andern dazu zu bringen, sich endlich auch wieder Mühe zu geben, der Depp, und fühlt sich darin zwar nicht wohl, aber zuhause, was so lange gut geht, bis … Er dachte das nicht zu Ende, sondern ließ in halsbrecherischer Anfahrt plötzlich das Höhenruder los, so dass er in die Tiefe fiel, mitten in den Wind aus kühlen wässrigen Strichen und nassen Flocken.

Es kam ihm vor, als ob die Stadt selbst ihn ohrfeigte, auf seinen eigenen Wunsch, und die Trommeln halfen, so gut sie konnten – es waren nicht mehr drei, wie anfangs, sondern zehn, dann zwan-

zig. Das Blut schoss ihm in die Wangen und die Nase kribbelte unterm Gesichtsschutz.
Das Herz tat synkopierte Sprünge, und endlich, endlich war er wirklich wach.

Selbstverständlich wusste der fallende Ikaride, dass er nicht bis auf die Straße, zwischen die Menschen stürzen konnte, dass das Höhenruder vom denkenden Teil des Schlittens ergriffen und nach oben gerissen werden würde, bevor das geschah. Aber hätte er diesen Moment abgewartet, wäre er sich abermals gedemütigt vorgekommen. So griff er selbst nach dem Tastfeld und riss die Maschine zwischen seinen Beinen gute hundert Meter vor der Gefahr wieder hoch, dass sich sein Flug augenblicklich stabilisierte. Die ehemalige Flaniermeile, jetzt Ort ärmlichen Gedränges, war verstopft bis an die Tore der Gebäude.
Tariks Vogelschwarmbeobachtersensorik – noch sowas, wovon ich nicht weiß, wann ich es mir zugelegt habe, dachte er – zählte gut fünfzigtausend Menschen, die das Stadtkerngebiet gestürmt hatten, hoffentlich nicht nur, um die zweiteilige Parade zu bestaunen.
Beim Kramen fand Tarik eine Meldung in der Noos, aha, Ausgabe neuer Spielsachen, Drogen, Möbel aus echtem Holz, Kunst natürlich, Schnickschnack, lauter Zeug, das man sich nicht einfach auf die Heimlamontik spielen konnte, administrativer Beschränkungen wegen, programmiert von unappetitlichen Idioten wie diesem Rufus Bhunek.
Sie wollten es alle.
Daher der Auflauf.
Vor über tausend Jahren, in der Wiege, hätte man wohl »Shopping« gesagt. Quetschungen gehörten dazu, erkannte Tarik, den es bei dem Gedanken gruselte, Teil des Auftriebs sein zu müssen. Der bitterste Engpass schien sich vor dem großen Kindertrichter zusammenzukrampfen, wo an der Fassade gewaltige animierte Tiere aus lebendem Glas, gefüllt mit leuchtenden Pseudophyllaschwärmen, schwerfällig auf- und abkletterten, Bären, Hasen, Padurn,

Reptilien – ein riesiger Bau aus Stahl und Plastik stand vor dem Eingang, davor gab es ein paar Sitzplätze zum Ausruhen, von denen in diesem Schneewahnsinn natürlich niemand Gebrauch machte, und qualmende (Atemdampf? Rauchen?) Menschenmassen.
Eher beiläufig fragte Tarik die Noos nach dem Sinn der Konstruktion vor weißer Querwand. Eine Sprecherin vom Amt für Straßenbau und Erschließung erschien links in seinem Gesichtsfeld und erläuterte nasal: »Letzte Woche gingen hier Schneebretter ab, deswegen haben die Südstadtadmins dieses Ding bauen lassen«, Danke, Tarik grunzte, die Frau verschwand.
Er ging auf größere Höhe.
Weiter oben störte ihn wieder anderes: die gigantischen Billboards zwischen den Comicpanel-Fensterreihen, den Bienenwaben, den interpunktionslosen Glasfronten der Luxuswohn- und Verwaltungsgebäude, große, rechteckige Flächen mit nichts als Kunst, Kunst, gleich noch mehr Kunst: Auf dem Vorfirst der Hafenbehörde stand etwa siebzigmal der Moses des Michelangelo und griff sich eher hilflos als patriarchalisch in den blöden Bart.
Das Botschaftsgebäude der Rengi war auf der mittleren Stockwerkhöhe verkleidet von einer auf monströses Göttermaß hochgerechneten Version einer Zeichnung in farbiger Tusche auf Seide, die ein Frühlingsfest an einem altchinesischen Flussufer zeigte: feinädrige Baumkronen, grobes Vieh, Menschen, die noch keine Personen waren wie zur höchsten Zeit der Wiegenkünste, aber nicht Masse wie unten in den Straßen Laischas, und ein Gebäude (was ist das denn, sie bilden eine Gebäude auf einem Gebäude ab, wollen sie sich selbst in Anführungszeichen setzen?), das imperiale Macht oder religiöse Autorität symbolisierte und dennoch wohnlicher aussah als jedes Privatquartier, das Tarik je betreten hatte.
Links warf sich ein zwölf Meter langer Mann in schimmernden Farben unter ein vierzehn Meter langes Pferd und rollte vor ihm auf dem Boden herum, rechts küsste am Sockel einer Observationspyramide, deren Insassen zweifellos in täglichem Kontakt

mit Meister Mikolat standen, ein zartrosiger Amor eine bleiche Venus – die Zunge, schlangenschlau, schien bereit zum Lispeln von Sätzen, an denen das ganze Urbeensystem hätte zerbrechen müssen.

Im härtesten Wind stand ein Schneebild von Trümmern aus Gold und Lapislazuli, abstrakt und doch konkreter als das wirkliche urbane Leben. Das Amt für Demographie war von oben bis unten verkleidet mit Bildern, die Tarik wenigstens wirklich mochte: die unvermeidliche Lächelnde in ihrem Mokkabronzefeld, die Collage der nackten Frauenleiber, die auf- und ineinander zu schwimmen schienen, als wären sie einander Meer wie Fischlein, der breite Streifen mit der geflügelten sechsbeinigen Drachenkreatur, vor der die Jäger und Anbeter tanzten, darüber der Textstreifen: »marduk caught tiamat in his net and drove the winds which he had / was thus distended he thrust ...«, das blasse »e« bei »distended«, wie oft war Tarik daran schon vorbeigeflogen – der alte Buchstabe war ein Freund, wie die beiden großen »E« im orangenen Header »EXPLICITEXPLANATION«- hätte es die nur gegeben, diese explizite Erklärung, wäre nur alles nicht so flüchtig und zugleich einschüchternd aufgebaut und hergerichtet in dieser großzügigen hyperstädtischen Hölle.

Am beleidigendsten fand er ja, dass freischwebend zwischen diesen Wänden weitere Billboards auf sich aufmerksam machten, die zum Baden aufforderten, zum Updaten der CLPs, zum verantwortungsvollen Umgang mit Energie (Tarik schmunzelte böse), zum Verzehr neuer Pflanzen aus den Labors der mit Mikolats Zielen »solidarischen« Prodisten von Pachetum und Kaderum (dem berühmten »Zucht-Eck« auf Ammar), zum Saufen dieses neuen Apfelfusels, von dem das Schild versprach, er passe wie kaum etwas anderes wunderbar zum Winter (auch da sagte Tarik nicht nein, ja, er kippte eher mehr von dem Zeug in sich hinein als etwa die dem Regime erheblich enger verbundene Cosima, aber aufgefordert werden wollte er eben deshalb dazu nicht auch noch).

Kathrin Ristau, fiel ihm frivolerweise ein, hätte ihm vermutlich erklären können, warum ihn das so kränkte, dieses Parolen- und Suggestionsgedonner zwischen den unsterblichen Dekorationen der Vergangenheit. Er wollte es gar nicht wissen, es würgte und schüttelte ihn, er wollte nur noch zum Park.

Das Wetter tat ihm nicht den Gefallen, wenigstens auf dem erreichten garstigen Niveau zu verharren – der Schneewust ging in bitterkalten Regen über, bevor Tarik auch nur die Hälfte seines Weges zurückgelegt hatte. Er sah nach unten, wo es keine Taxiroboter gab und keine Fähren, wo die fünfzig-, eher siebzigtausend Leute noch näher aneinanderrückten, in instinkthafter Furcht vor der Sturzflut vom Himmel, von wegen »ausgezeichnetes Nahverkehrssystem«. Das System, wusste Tarik, bricht eben immer dann zusammen, wenn man es wirklich mal braucht, auf Wiedersehen, hübsche neue Kleidung, die Schuhe sind auch im Eimer, der Ramsch, den ihr euch eben erst zuteilen habt lassen da unten, ihr Ameisen, ist aufgeweicht, in vielen Fällen bereits ruiniert, ah, Pappkartons zur Verpackung, sie reißen eilends, und tut es eigentlich den Drogen gut, wenn sie nass werden?

Plastikbeutelchen, prima.

Andererseits, wer war schon Tarik Jaivedh, was gab ihm eigentlich das Recht, sich über die Leute beim Viehabtrieb zu mokieren, nur weil er sich bei den Drogen etwas zurückhielt, was sein exzessiver Alkoholkonsum ja mehr als wettmachte, nicht nur vom medizinischen, sondern auch vom moralischen Standpunkt aus. Tarik Jaivedh, Vater ohne Kinder …

Unerbeten meldete sich die Erinnerung, wie das gewesen war, bei den wenigen Besuchen auf Zemelo, mit dem Wasserbike auf dem Stausee, quer zu den induzierten Wellen, Richtung Horizont, Ryad hinter sich, die Kinderarme fest um den Vater geschlungen.

Der Junge hatte so laut, kreischend und übermütig seine Freude rausgeschrien, dass selbst das Röhren des Motors ihn nicht übertönen konnte.

Andere Arten Lärm, damals, und eine ganz andere Art Frieden.

Vor weniger als einer Woche war Tarik zu seiner großen Beschämung weinend aus dem Schlaf aufgeschreckt: In ein Maisfeld hatte er sich geträumt, in einen Rechnergarten, mit Beatriz. Richtig, der erste große Streit und die darauf folgende, süße, erste Versöhnung: Er hatte sich den Ring, mit dem sie einander versprochen hatten, zusammenzubleiben, vom Finger gezogen und unter Gebrüll mitten ins Feld geworfen, und dann hatte sie ihn angesehen, nicht blubbernd, nicht am Rand von Tränentheatralik, sondern selbstbewusst und bedauernd: Gut, wenn du kindisch sein willst, sei kindisch, ich liebe dich trotzdem, aber ich kann dich nicht zwingen, aus dieser Liebe was zu machen.
Das hatte ihn, wie jedes Mal, zurückgeholt.
Sie hatten einander umarmt und geküsst, waren ins butterwarm duftende Feld gefallen, lieb und bissig. Dann hatten sie den Ring gesucht, bis das Arrheniuslicht hinter den Silos zu sinken begann, auf Händen und Knien, lachend über so viel Dummheit, denn natürlich hätte die Lamontik zuhause einen in jeder Hinsicht identischen Ring anfertigen können, aber Tarik wollte im Stroh und im Gras und im Dreck kriechen für Beatriz, in seiner Reue, im heißen Staub, und sie wollte mitmachen, weil sie das so putzig fand. Den Ring entdeckten sie nicht, aber einander, neu.

Worum war es in dem Streit gegangen? Seine Karrierepläne? Ihre Ungeduld mit ihm? Ihre Eifersucht wegen Orna, der begabtesten Assistentin, die er in der Linse je gehabt hatte und mit der er dann nie etwas anfing, weder seinerzeit noch später?
Von Orna hatte er sich nicht verabschiedet, als er überstürzt von Arrhenius geflohen war, im ersten Jahr von Carlas langer Krankheit.
Alle gestorben: die Tochter, die Ehe, er selbst.
Am nördlichen Ausgang der Südstadt, markiert durch zwei obszön vergrößerte Vigelandsäulen am Ende der breiten Avenue, auf der die raffgierigen Menschen sich hilflos ineinanderschoben, lenkte Tarik Jaivedh seinen wackelnden Bock nach Osten, glitt über schmalere Straßen hin, zwischen nicht mehr so offensicht-

lich herausgeputzten, gleichsam angenehm schweigenden Gebäuden, und hatte bald die Kanäle erreicht, breite Schlagadern der Versorgung Laischas mit Gütern von woandersher.
Darauf dümpelten Kähne, auch lange Schiffe, barrakudaschlank, rostrot im scharfen Regen, zu dem der Schnee hier draußen wurde.
Die Musik in seinem Kopf änderte sich abermals, diesmal nach bewusster Wahl.
Er hörte Bach, die sauber abgezirkelten, präzis verfugten Orgelläufe beruhigten ihn.
Er sank in eine Art aschgrauer Entrücktheit, Girlanden der Reue wanden sich um nutzlose Überlegungen – was er alles hätte anders gemacht haben können, ach ja: Nicht von Zemelo nach Arrhenius gehen, häufiger nachhause kommen, nicht so lange ohne fremde Hilfe an Carla herumdoktern, Beatriz zum Bleiben auffordern, sich nicht von Cosima nach Feldeváye locken lassen, aufmerksamer an Severin Rukeyser herumdoktern, den Gast nicht vorlassen, der sich als Spezialist auswies, mit sauberen Kennungen, und den erst Cosima, als er schon damit beschäftigt war, seine seltsamen Schätze aus dem Füllhorn eines durch und durch mit Kunstiden und anderen subzellularen Arkana vollgestopften Körpers in die Anschlüsse des Kompatienten auszugießen, als den verschwundenen Klemens Erikson erkannte …
Was noch?
Cosima in den Arm fallen, als sie Erikson angriff? Die Roboter zurückpfeifen, die ihr zu Hilfe kamen? Das ganze Blutbad verhindern, bei dem Klemens getötet, die Leitungen zerschnitten und die ohnehin fragilen Gleichgewichte, in die Tarik den Schlafenden während so vieler Jahre Eingriff um Eingriff versetzt hatte, irreparabel gestört wurden?
Und wenn er denn all das schon so falsch hatte machen müssen, wie er es gemacht hatte, wäre es dann zu viel verlangt gewesen, wenigstens nach der Katastrophe Wachen am Bett des Komatösen aufstellen zu lassen, lebendige oder robotische, die hätten verhindern können, dass er aufstand und floh?

Sofort, immerhin, hatte Tarik damals, als man ihn in die SB-Arbeit mit einbezogen hatte, der Fahndung halber, zugegeben, dass er nicht wusste, womit sie es jetzt zu tun hatten, und auf die Frage, was für Mittel seiner Ansicht nach geeignet wären, den Entwischten wieder einzufangen, hatte er erklärt: »Ich habe mir die Aufnahmen angeschaut. Er hat alles kaputtgehauen, und die Geschwindigkeit, mit der er dabei unterwegs war, macht mir wahrlich Angst. Ich glaube nicht, dass es in diesem Fall so etwas gibt wie, um ein altes Mahnwort zu gebrauchen, Overkill – der Mann ist kein Mensch mehr, und was er ist, werden wir nicht herauskriegen, wenn wir ihn mit Samthandschuhen anfassen.«

Cosima, natürlich, hatte der markige Auftritt gefallen.

Tarik selbst bereute ihn nicht: Wenigstens habe ich gesagt, was wirklich in mir vorging, und meine Wut und Furcht zugegeben.

Der Schlitten hatte die Region erreicht, wo immer warmer Herbst war.

Tarik sah unter sich den Rand des Parks. Vielleicht war selbst der markige Auftritt ganz, ganz falsch gewesen – vielleicht hätte ich damals nicht helfen sollen, die Hatz zu organisieren, sondern mich abmelden müssen, aussteigen, Lebewohl sagen jeder Gemeinschaft mit Cosima und ihren Leuten, und mich zu den Aistheten schlagen oder zu den Coms.

Er landete. Stellte den Bock quer. Zog die Kapuze vom Kopf, streifte die Jacke ab, legte sie sauber zusammengefaltet auf den Sitz: Niemand würde sie stehlen, hier draußen.

Die neuen Formen der Verrohung, die man in der Stadt kannte, Raub, Notzucht, erreichten diese Gegend nicht. Tarik ekelte sich beim Gedanken, dass die Neu-Admins auch dieses antisoziale Verhalten den Contramuralen in die Schuhe zu schieben versuchten – wie neulich Bhunek: »Sie halten das wahrscheinlich auch noch für eine Art Kunst, jedenfalls wollen sie ja alle sozialen Bedingungen zurückhaben, die herrschten, als die Kunst gemacht wurde, also auch die Kriminalität, also auch Diebstahl, Vergewaltigung.«

Was dabei nicht erwähnt wurde, war, dass auch die SB verrohte: Tarik hatte, von Leuten, die alles andere als hysterisch waren, Gerüchte gehört über Haft, über Verhöre, auch Folter.
Er betrat den Park.
Steine standen im Moos, als wäre es Wasser.
In verschiedene Richtungen wie Tänzer gebogene Bäume säumten den Trittsteinweg auf die breiten Kiesstraßen, Tarik sah nur wenige Menschen dort. Rot- und Mädchenkiefer wurzelten in leicht saurem Boden, Palmfarne regten sich kaum merklich, wenn er vorüberging, Bächlein gluckten, schmale Brücken wollten, dass er seinen Gang verlangsamte, was er tat. Das Labyrinth war vor langer Zeit von Admins angelegt worden, aber Tarik hatte herausgefunden, dass die Verwaltung selbst nicht wusste, wer für das anhaltend linde Wetter hier verantwortlich war und wie es bewerkstelligt wurde.
Manche redeten von einer »Logistisch als Stiftung von Klimamaschinen arrangierten Selbstfeier eines verstorbenen Auswerters«, der wohl wirklich gelebt und viel Zeit hier verbracht hatte. Die SB ging hartnäckig Spuren zu (teils fiktiven, nur in der SB-Einbildung existierenden) Comzellen nach, und zu Restaistheten, die angeblich Hilfe von Prodisten und Prodniki erhielten.

Die Hälfte der wenigen Menschen, die hier tagsüber spazieren gingen, waren daher Spitzel oder Beamte der Admins, aber das schadete nichts, denn sie kannten die Wege nicht, die Tarik kannte. Er schlug sich nach einer genau bemessenen Anzahl Schritte rechts in den Wald. Dort ging er eine Stunde lang herum, es schien ziellos.
Er wollte gefunden werden, von einem menschlichen Leuchtfeuer.
Der erste Kontakt mit den Leuten, die ihn bald, so ahnte er, vollends kooptieren würden, hatte im Traum stattgefunden, vor sechs Monaten.
Oft, dachte Tarik mit schwermütigem Bedauern, werden sie mich nicht mehr empfangen, oft werden sie mich das Werk nicht mehr betrachten lassen.

Bald wird der, der sie lenkt und der sich vor drei Wochen erstmals zu erkennen gegeben hat, von mir etwas verlangen, was er sich schon lange wünscht.

Ein rotes Jäckchen, eine blaue Hose, gelbe Gummistiefel: rechts neben einem Rosenbusch, jetzt um die Ecke verschwunden – das Leuchtfeuer. Einer der Heger, der Wächter des Geheimnisses im verschwiegenen Zentrum des Parks.
Sie trugen Geräte bei sich, die verhinderten, dass der Raum leicht abzusuchen war; krude, aber wirkungsvolle Kopien der Maschinen, die Conlon Nancarrow für die Coms geschaffen hatte.
Ein leises Klingeln zerstäubte die letzten Ausläufer des Bachkonzerts in Tariks Kopf; die Gestalt im roten Jäckchen trug es im Zickzack vor ihm her, er brauchte bloß zu folgen.

Er fand den Ort.
Unbetreten schien hier alles.
Das Gras wirkte wildwüchsig, kleine violette Blumen, deren Namen Tarik nicht kannte und in der Noos nirgends finden würde, neigten einander Köpfchen zu; Tarik ging hindurch, ohne sie zu zerstören. Dann stand er plötzlich vor mannshohen Sträuchern, die er kannte. Er wusste, er brauchte nur die Augen zu schließen und konnte hindurchgehen.
Da war die Tür mit der Klinke links, dem Schiebegriff rechts und der aufgeprägten Zahl »403«. Die öffnete er nach innen, dort zeigte sich die zweite: Holzbretter, vernagelt, in Ziegeleinfassung, und die Köpfe der Nägel, der Schrauben, regelmäßig eingeschlagen, vielleicht eingedreht, zwangen ihn, an die Muttern mit den Taschentüchern zu denken, ans Kreuz Christi auch, an alles Mögliche, woran er gar nicht denken wollte, aber es war gut, nicht schlecht.
Tarik sammelte sich kurz, dann beugte er sich vor, auf die Balance achtend, das Gewicht in den vorderen Teil der Füße verlagernd, dass die Stiefel knirschten.
Er stand ganz nah bei den Gucklöchern.
Er sah das Herz des Parks, von dem der Traum vor sechs Monaten

gesagt hatte: »Dies war hier, bevor Laischa hier war, das erste Urbeum, gebaut um einen Kunstfund, eben diesen, aber sie fanden ihn nicht wieder in ihrem Park, als die Stadt fertig war.«
Er sah den Bruch in der Mauer dahinter, den Wasserfall, die nackte Frau mit der Öllampe in der Linken, das Versprechen, die Landschaft, weiter weg als auf dem Ikarusbild zuhause überm Bett und doch näher.
Die Musik in seinem Kopf war verstummt.
Er schaute lange, suchte nichts, erkannte alles.
Ryad weg, Beatriz, Carla.
Tarik bei sich, sonst niemand.
Es ist gerecht, ich darf's nur sehen, nicht hingehen, wie Moses – ein anderer als der, dessen Kopien sich in die steinernen Bärte griffen.
Nicht Milch und Honig, Erinnerung und Wahrheit sollten es sein, ein bisschen Spott vielleicht, weil Tarik sich immerzu so anstellte. Er konnte nicht aus seiner Haut, er konnte nicht in ihre. Er hatte das Gefühl, dass er die Frau, die da lag, weich gebettet in den trockenen Gräsern, nicht kannte, nicht kennen musste, es war nicht nötig, denn sie kannte ihn, das musste reichen, das war das Richtige, weil das Gegebene.
Satt sehen können würde er sich an diesem Anblick nie.
Diejenigen, die ihm den Zutritt eröffnet hatten, den Ausblick geschenkt, schienen ihn besser zu kennen als er sich selbst, denn gerade, als die Wirkung nachlassen wollte und die ersten anderen Gedanken und Erinnerungen sich meldeten, schob sich vor die freigeschlagene Lücke im Mauerwerk, also auch vor die nackte Frau, vor das Gras, die Lampe und den Wasserfall ein Mensch, ein strenger Herr in eng anliegender blauer Uniform, mit freundlichem, sehr selbstbewusstem Lächeln – sein Gastgeber.

Tarik hatte ihn mehrfach öffentlich und zweimal, nun, sollte man sagen: privat gesehen, gesprochen. Wenn er keine Ausrede mehr erfinden konnte, würde er ihn noch heute Abend ausgerechnet umringt von Cosimas Idiotinnen und Idioten wiedersehen.

Der Mann nickte ihm zu.
Tarik sagte: »Fajid.«
Der Mann erwiderte ebenso formell, aber mit einer Spur von Ironie in der Begrüßung: »Tarik.«
Nach einer winzigen Pause sagte er: »Ich habe mir das Material angesehen. Wir sollten uns besprechen. Dreh dich um, geh durch den Busch, lass die Augen geschlossen. Zwanzig normalgroße Schritte. Dort wird eine Bank sein. Auf der werde ich sitzen.«
Er wandte sich ab, wartete nicht, ob Tarik reagierte.
Der tat, wie ihm geheißen.

Die Bank sah schlicht aus, schwarz lackiert. Sie war aus Eisen.
Tarik setzte sich zum SB-Leutnant.
»Eine schöne Uniform ist das. Neu?« Der Witz war schwach, aber irgendetwas zwickte den Mathematiker, dass er diesem strengen und hochüberlegenen Menschen gegenüber wenigstens etwas Boden gewinnen wollte.
»Es ist meine wirkliche«, erwiderte Fajid Toril. »Die der SB trage ich nur, bis Loyalitätsbekundungen für die Admins nicht länger nötig sein werden.«
»Also eine eigene Organisation. Eine … ein Putsch? In Zusammenarbeit mit …«, Tarik durfte nicht ausreden. Toril hob abweisend die Hand und zischte: »Tss!«, wie man ein unartiges Kind ermahnt. Dann legte er die Hand wieder auf den Oberschenkel. Tarik schwieg, und Toril, der nicht brüsk sein musste, weil seine Macht hier außer Frage stand, erklärte sich: »Eine eigene Organisation. Die Polizei, nicht wahr, sie ist vorhanden, um die Admins zu stützen, und das Militär, seien wir ehrlich, es war schon immer nur dazu da, sich darauf vorzubereiten, die Admins eines Tages zu stürzen. Wir aber, ich und meine Freunde, wir haben Wichtigeres vor. Wir bewahren Güter, an die dieses ganze Pack dabei nicht denkt.«
»Die Letzten Künste«, sagte Tarik, bevor ihm recht bewusst wurde, dass er es laut aussprach. Fajid Toril schmunzelte und sagte: »Nein, nein. Wir beschirmen nicht, was die Lapithen schicken.

Wir beschirmen, was wir den Lapithen voraushaben. Wir beschirmen eine … ganz besondere Beziehung zu den Menneskern. Das wissen oder ahnen Sie längst, es ist ja der einzige Grund, warum Sie uns helfen. Waren die Mennesker nicht stets Ihr Hauptinteresse, viel wichtiger als Arrhenius selbst?«

Tarik musste nicht einmal nicken, es war körperlich spürbar, wie sehr er zustimmte, und wie erleichtert er war, dass die in der Tat vorhandenen Ahnungen darüber, was Fajid Toril trieb – es waren einfach zu viele Storarier um ihn, als dass er ein Speichellecker der Admins sein konnte –, von diesem nun bestätigt war.
»Den Geflohenen …« setzte Tarik an.
Aber Fajid Toril zeigte, was er selten zeigte, Missbilligung, und sagte: »Wir hatten ihn fast. In irgend so einem verdammten Urwald zwischen Senye und Lenye. Ristau wuselt dort rum und versteckt Sachen, die keiner finden will. Jetzt allerdings, fürchte ich, versteckt sie Ihren ehemaligen Schützling, und das heißt leider wohl, ich muss anfangen, sie ernster zu nehmen. Denn den brauchen wir.«
»Wofür?«
»Um die Omphaloi und die Auswertung zu knacken.«
»So, wie Sie mich brauchen, um Arrhenius zu … knacken.«
Der Offizier lachte leise. »Ich habe mir das alles angeschaut. Ein Lebenswerk, Jaivedh. Beeindruckend, und vielen Dank. Der Ansatz selbst ist uralt – fast hätte ich gesagt: ehrwürdig. Eichfelder, Materie, alles wie in der kruden Theorie, die man in der Wiege das Standardmodell nannte, und nur die Gravitation zwingt es in höhere Dimensionen. Nun, wir haben unsere kleinen Heimwerkerversuche gemacht. Beschleuniger. Thyone! Ihr eigener Einfall! Ein Mond, sehr schön. Die kosmologischen Beobachtungen … Abkühlungsraten von Supernovae, klare Bestätigungen. Man kann die Sache so zusammenfalten – vorausgesetzt, man schaltet eine Reihe Verkürzerports auf genau die richtige Art hintereinander. Ich glaube, die Lapithen ahnen, dass wir kurz davor stehen. Deshalb die Verknappung. Aber ganz ohne Ports können sie uns nicht

lassen. Ich wüsste gern, wie viel von dieser ganzen Politik tatsächlich auf die Mennesker zurückgeht.«
Tarik war erschrocken: »Aber Sie werden es nicht wirklich tun, oder? Sie werden nur damit drohen, wenn die Zeit gekommen ist.«
Toril nickte verbindlich: »Freilich. Würden wir Arrhenius zünden wie eine Bombe, dann ginge ja gewiss alles zu Bruch, was wir beschirmen wollen.«
»Beschirmen mit durchaus … kriegerischen Methoden«, sagte Tarik.
»Beschirmen, mit kriegerischen Methoden«, wiederholte Fajid, dem das gefiel. »Da haben Sie uns, in wenigen Worten. Das sind wir, die Schirmkrieger.«
Tarik sah zu Boden. Würmer waren da beschäftigt, die man nicht sehen konnte. Zu tief unten, zu tief drin.

Fajid Toril klang beinah traurig, als er sagte: »Sie möchten zurück? Noch einmal durch die Türe sehen? Tun Sie's nur. Stehen Sie auf, hier, stellen Sie sich rechts neben die Bank, drehen Sie sich um, zwanzig Schritte mit geschlossenen Augen. Ich gönn' es Ihnen, glauben Sie nie, dass ich Ihnen nichts gönnen kann. Viel Zeit bleibt nicht, um solche …kontemplativen Momente zu genießen, in diesem Hain des Friedens. Wir werden natürlich Sorge tragen, dass seine Ruhe nicht gestört wird, aber vielleicht kommt eine Zeit, da man ihn nicht länger betreten kann. Damit nichts wegkommt. Nichts kaputtgetrampelt wird.«
»Ich danke Ihnen«, sagte Tarik vorsichtig, stand tatsächlich auf und wollte schon die Augen schließen, da sagte der Herr der Schirmkrieger leise, nebenbei: »Obwohl es natürlich eine enorme Untat der äußersten Ironie wäre.«
»Wie? Was meinen …«
»Wenn wir zünden würden. Wenn es so weit käme. Sehen Sie, es wäre ja ein neuer Typus Supernova – sicher, der Stern im Kern, wir würden ihn zusammenschrumpfen lassen auf Neutronensterngröße, Arrhenius gäbe ja im Fall der Fälle gar keinen üblen

Pulsar ab – aber man hätte im Ergebnis etwas sehr Seltenes. So nahe an Feldeváye«, sagte der beherrschte Mann, »man könnte wohl sagen: ein Kunstwerk.«

Liber Severini 5

Die meisten wollen immer alles wie daheim, weil es da schlimm war und sie denken, sie hätten nichts Besseres verdient. Wenn man nett genug ist, darf man auch sehr böse sein. Im Wald hört die Stadt auf. Zwei Mütter sind nicht genug für mich, ich will mindestens vier. Leider gibt es keine Brille für den Verstand. Wenn alle Lehrer sein wollen, ist die Dummheit komplett. Schnitzel kann man auch aus Nudeln machen. Wer keine Tiere isst, darf auch keine Menschen essen, denn das sind die ärmsten Tiere. Klar kannst du immer alles, was ich sage, so verstehen, wie du willst, aber nur, wenn du gar nicht mit mir reden möchtest. Man kann alles lernen, auch das Vergessen. Wenn eine selber schon denkt, sie wäre doof, die ist gefährlich, die traut sich alles.
Ein Esel und ein Zebra machen die schönsten Kinder, die heißen dann Zesel. Wenn du mir nix gibst, fehlt dir was. Man kann mit Messer und Gabel essen, aber man sollte es nicht mit Schraubenzieher und Schere: Geschichte gut und schön, aber es gibt Grenzen.
Ich will nicht dauernd verbrennen. Andere Kinder sind fast unsichtbar, aber auf mich werfen sie mit Dreck. Kleine Zwerge passen auf, dass den Leuten keine zusätzlichen Finger wachsen. Ich kann bis heute nicht richtig rauchen, aber das wird schon noch. Alles Wasser auf der Welt ist verkleidetes Blut. Geld kriegt Kopfweh, wenn es zu lange nicht ausgegeben wird. Katzen sind eingebildete Hunde. Wir wollen Gemüse zum Werfen. Der Teufel lacht rückwärts, weil ihm langweilig ist. Brot macht blau. Der elektrische Strom will mit Licht eigentlich nichts zu tun haben. Käse geht sogar als Heizung. Ich bin Ferien mit Strafe. Die besten Schwimmbäder sind mitten im Meer. Bonbons aus Papier muss niemand verpacken. Ich kann nur Bücher lesen, die ich mir ausgedacht habe. Auf der Straße wohnen immer nur Kinder, Erwachsene wohnen in Häusern und Tote im Himmel. Wenn man alles erzählt, was man weiß, ist man bescheuert. Im Win-

ter gibt es mehr Zahnweh, weil der Schnee aussieht wie Zucker. Wenn ich malen müsste, würde ich Farbe malen statt Sachen. Ich kann nur lügen, wenn ich fest dran glaube, dass das alles stimmt, was ich sage. Auf dem Kopf stehen macht alt. Mädchen sind viel schneller als Jungs und brauchen trotzdem dauernd ewig für alles. Wenn mir jemand erzählt, wie gut es ihm geht, will er mich nur ärgern. Richtig gutes Gift schmeckt auch wie Gift, da ist alles fair. Meistens ist im Versteck irgendwas, was sowieso keiner haben will. Wer sich mit Absicht blöd stellt, ist tatsächlich blöd. Der Unterschied zwischen einem Märchen und der Wirklichkeit ist, dass das Märchen alle glauben wollen. Man kann auch auf dem Tisch schlafen und im Bett essen, aber was macht man dann im Badezimmer? Wenn ich tot bin, kann ich nichts machen, aber alle wollen dann trotzdem, dass ich noch weniger machen kann. Du musst mehr schlafen, dann kriegst du auch mehr mit.

*

Crede Ristau, ja.
Aber auch: *Vincit qui se vincit.*

*

Etwas geht dich und mich an, etwas geht gut.
Wir haben diesen Wind genug, der Reflex ist närrisch, wir müssen vergeben und damit aufhören, uns die Schuld an dieser Liebe zu geben. Die schwarzen Midrai der Vergangenheit, sie kommen. In allen Höllen und auf allen Welten ist die Zeit gekommen. Erlöst von ihren Augen, ich lasse es hinter mir, Geschenk der Schuld. Wir zogen ein virtuelles Gitter von achtzehn Quadraten über das Bildnis des Pharao auf der Holzschnitzerei, und wir setzten seinen Raum zusammen, sahen die virtuelle Zusatzdimension als Koordinatenebene, perpendikular zur Oberfläche des Formats, und rechneten hoch auf Cec, und drehten in Reke, und zogen das Gewonnene auf Cerrem ab, und fanden Semta nicht.

»So geht's nie«, Conlon schüttelte den Kopf, »uns fehlen eben die Dinger, die Nevina. Wir ham das nich, und wir irren uns immer, wenn wir glauben, wir könnten so tun, als ob.« Lasse war übellaunig: »Du tust so, als wäre das wirklich unübersetzbar, dieses Storemazeug. Aber sie leben in ... Reke ... so, wie wir in unserer gewohnten Raumzeit leben; gebunden an den Nomos, aus dem kommt man nicht raus.«

Ich dachte, und behielt's für mich: Ist nicht der ganze Sinn der Künste, dass man Cec, Reke, Cerrem und den Nomos, der sie aufeinander bezieht, mit ihrer Hilfe anschauen kann, als täte man's von außen? Ohne Hoffnung auf Erfolg bei dem, was man so vorhat, und ohne Angst vor dem Scheitern? Man lernt, wenn man rechnet, wie wir damals gerechnet haben, immer nur dasselbe, etwas anderes hat Cerrem ja nicht anzubieten, man lernt:

Die Zeit ist gekommen.

Öffne die Tür des Glücks und schließe die Tür des Schadens.

*

Tückischerweise kann man eben nie vorher wissen, wann es etwas zu lernen gibt und ob man dafür schon reif, ob man dazu schon bereit sein wird. Ich saß auf der Holzplattform, gegenüber dem abgestürzten großen Kriegsroboter, im Sonnenglanz der Mittagsstunde, und dachte an eine meiner Eskapaden, an eine zwar nicht ein Jahr, aber doch drei Monate lange Abwesenheit von Dedication, es muss die dritte oder vierte dieser Art gewesen sein, und eine Liebe, die mir da glücklich zugefallen war in ausgerechnet Barbizek, und einen Morgen, als ich mit diesem Menschen auf einer Terrasse saß, völlig zufrieden, auch betrunken, wir hatten schon gleich nach dem Frühstück angefangen, uns mit härtesten Alkoholika ganz langsam und methodisch zu besaufen, da sah ich hinunter auf den Festplatz und das Vorgebäude des Omphalos und die wellige, kühne Brücke, und war tatsächlich vollständig zufrieden, mit genügend Leuchten verbrannter Sehnsüchte überall im Körper, einfach sexuell befriedigt und mit einer sehr entspannten Hoffnung auf ein vielleicht doch nicht ganz so einsames Leben im ganzen Leib, und viel später, auf der Plattform, fragte ich mich also, wieso ich das wieder losgelassen habe, diesen Zustand, wieso ich diesen Menschen nicht länger gekannt habe, näher an mich herangelassen, und ob wir, dem folgend, was man uns allen angetan hat, uns nicht vielleicht irren mit unserer geistigen Liebe und unseren Tiefen und dieser seelischen Ebene und Selbstfindung und dem ganzen Schwachsinn, ob das nicht alles Spuren der Gewalt sind, die man uns angetan hat, und wir uns einreden, Abwarten und Nichterfüllung und leises Zittern und all das wäre wertvoll und was Besseres, weil wir zur unmittelbaren Freude, zur richtigen Handlung, zum Kuss gar nicht mehr richtig fähig sind, nach alledem.

*

»Das Allerschlimmste, was uns passieren kann«, sagte Maura, als wir auf einer unserer wenigen gemeinsamen Dienstreisen unterwegs waren, nicht weit von deiner alten Heimat, hoch im Norden, an der Küste des Thomasstreifens, »wäre, wenn unsere Unterstützerinnen und Unterstützer, bei denen es ja jede Menge ziemlich snobistisches Pack auch gibt, da dürfen wir uns gar nichts vormachen, so Leute also, die hoch in der Adminhierarchie stehen, aber einen gewissen Kitzel dabei verspüren, contramurale Aktivitäten auf irgendeine Art logistisch oder materiell zu unterstützen ...«, sie holte tief Luft und atmete ein dichtes weißes Wölkchen aus, und sah mir ins Gesicht, ob ich auch wirklich aufmerksam zuhörte, was tatsächlich der Fall war, also fuhr sie fort: »Das Allerschlimmste wäre, wenn sie mitkriegen würden, diese Leute, die auf eine für sie relativ schmerzfreie, unriskante, günstige Art das Gefühl erwerben wollen, sie seien subversive Elemente ... das Schlimmste also wäre, wenn sie erführen, dass es durchaus Arbeitsfelder gibt, auf denen wir mit den SB und, wenn auch vermittelt über sieben Ecken und zwielichtige Unterhändlerinnen oder Unterhändler, sogar mit den Schirmkriegern kooperieren.«

Ich wusste, wovon sie redete: »Die zweite Kulturwelle.« So hattest du das getauft: Leute, die, angeregt durch ein paar wildere Aktionen der Aisthetik und übertriebene Auslegungen einiger Ristauscher Schriften, zu der Überzeugung gelangt waren, man würde nie hinter das Geheimnis der Künste kommen, wenn man nicht eine viel umfangreichere Rekonstruktion des Lebens der Menschen vor der Hidschra in Angriff nahm, als sie bislang irgendwer hatte ins Auge fassen wollen – also die alten Arbeitsverhältnisse, die alte Politik und, vielleicht das Wichtigste und Gefährlichste, wovon deshalb auch Maura jetzt zu sprechen anfing: »Die Religionen.«

»Du meinst, weil bei den Frauen hier oben ...«

Aber sie schüttelte den Kopf: »Nein, das Buch ist ganz harmlos. Das sind abgesunkene Reste von ... nein, die eigentliche Gefahr ist, dass man's den Aistheten nachmacht und neue Religionen in die Welt setzt und damit ... wenn sich das über die Künste legt, wenn das die Auswertung überflutet, wenn daraus ... ich denke, wenn wir uns ansehen, was die Mennesker sammeln und von den Lapithen herbringen lassen, dann sieht man: Sie passen sehr auf, dass es keine Sachen sind, bei denen der sakrale Gebrauchswert den Kunstaspekt überlagert, da sind sie skrupulös, es gibt Untersuchungen.«

»Ja, ich weiß«, sagte ich, »hab's gelesen: Nur wo die Kulte ganz versunken sind oder die Ablösung der Kunst vom Kultischen schon weit genug fortgeschritten war, dass man wirklich von Kunstwerken sprechen kann statt von Hilfsmitteln für den Gottesdienst oder ...«

»Richtig. Und was wir fürchten, ist, die machen jetzt neue Religionen, und es gibt schon Zirkel, im Untergrund, und wenn wir davon erfahren ...«

»Liefert ihr sie«, ich meine Mauras und Conlons Geheimdienst, »wenn es anders nicht geht, wenn ihr sie anders nicht aufgelöst kriegt, diese Grüppchen, sogar Toril aus. Warum?«

»Wegen der Mennesker. Weil die das ärgern könnte. Es gibt Anzeichen dafür, ganz alte Geschichten ... einmal hat ein Chefkurator in Deyra aus dem Omphalos fast eine Art Tempel gemacht, vor etwa achtzig Jahren, und plötzlich erschien ein Lapith bei den örtlichen Admins und verlangte ... also, verlangen heißt, es wurde natürlich alles wie immer auf diese umständliche, kaum begreifliche Art kommuniziert, aber missverstehen konnte man es trotzdem nicht: Die Lapithen, also in Wirklichkeit die Mennesker, wollten, dass dieser Typ abgesetzt wird, und dass der Tempelunsinn abgestellt wird – für jeden anderen Fall drohten sie mit der Absetzung, und ein besonderer Satz hat Kathrin dabei zu denken gegeben – sie hat es aus den Quellen der ... na, egal. Der Satz lautete: ›Meine Menschen können die vielen Götter und Göttinnen nicht jonglieren, so werden sie zusammenstürzen in eine Gottheit, und der Gedanke ist gefangen.‹ Kathrin legt das radikal aus: Polytheismus würden sie noch dulden, die Mennesker, wenn auch mit Unbehagen, aber beim Monotheismus hört der Spaß dann auf. Und weil sie den immer am Horizont sehen, wo wir religiös werden ...«, Maura ließ den Satz unvollendet los, der Wind nahm ihn mit. Ich dachte ein Weilchen nach, dann sagte ich, was ich auch heute noch glaube: »Ich glaube, sie haben einfach Respekt vor dem Göttlichen, und denken sich, womit sie ja historisch nicht ganz falsch liegen: Der Monotheismus, das ist schon der erste große Schritt zum Atheismus. Denn die Göttinnen und Götter, die haben noch Geschichten und mischen sich ein und sind sinnliche Wirklichkeiten des Alltags, aber der eine Gott, für alle Phänomene zugleich zuständig, vom Wetter bis zum Weltschmerz, der legt das Gesetz fest, fixiert es, und tritt in der Theologie, wenn die Priesterschaft sich nur geschickt genug anstellt, gleichsam hinter es zurück – er gibt Rechtssicherheit, denn selbst wenn er Launen hat, sind es weniger, als mehrere Gottheiten hätten, und sein Gegenüber sind nur noch wir, nicht anderes Göttliches. Es ist eine gefährliche Reduktion.«

Ich weiß noch, wie sie da gelächelt hat – introvertiert, aber mir war, als wäre das eine Art Anerkennung, eine Andeutung von Flirt, wenn schon nicht mit mir, dann mit der Idee, die ich gehabt hatte und von der ich wohl nie mehr werde lassen können, schon gar nicht jetzt, im Zeitalter der widersprüchlichen Wunder.

VI. UNSERE FLÜGEL

If you want to make it human,
make it whole.

Greg Egan

1: Die Lehrerin Waveele

Die Schlangen verrieten es zunächst nur einander, dass sie inzwischen schneller und zungenfertiger sprechen konnten als die Menschen; vom Denken zu schweigen.
Andere Wesen erfuhren erst später davon.

Wo auf Feldeváye waren die Schlangen aus dem gewöhnlichen sprachlichen Diesseits ins nächste Licht geraten?
Severins Schlangen, Lasses Schlangen: im Schnee um die Insel, im Urwald zwischen Senye und Lenye, in den Mohnzonen von Travers, die das Leuchtmoor umschlossen, das die Brombeerländer schützte, nördlich von Deyra, südlich von Ellemi?
Die Schlangen selbst wollten sich nicht erinnern und verwischten ihre Spuren.
Sensible Tiere: Wer einmal hat kriechen müssen, weiß, wie Spuren stören.

Die ersten, die sich von ihnen etwas erzählen ließen, waren die Vögel, die man Midrai nannte.
Das lag daran, dass die Schlangen sich, seit sie so schnell geworden waren, bevorzugt in Bäumen aufhielten, oft nah den Nestern der Midrai.
Sie stahlen ihnen indes keine Eier. Ihr Herumsausen verhinderte vielmehr, dass Räuber etwas aus den Nestern raubten: Es war eine Freundschaft aus Gelegenheit.
Als die Schlangen lernten, wie man fliegt, betrachteten die Midrai, die noch nicht denken konnten, sie aus Instinkt bereits als etwas wie Verwandte.
Vertrautheit führte ins Vertrauen.
Die Schlangen mochten die großen, schlanken Vögel mit den weißen Leibern, den schwarzen Hälsen, den dunklen Federzeichnun-

gen, den roten, rätselhaften Masken im Gesicht und den kohleglimmend-dunkelblauen Augen.
Die angestammte Heimat der Midrai waren die alten Kontinente Toveyn und Travers. So gut wie niemals fand man sie nördlich von Laischa, und selten nah genug an den Vulkanatollen, als dass es authentisch südansässige Midrai-Familien gegeben hätte. Die meisten Schwärme lebten in ausgedehnten Savannenstreifen zwischen Tumak und Barbizek, wo es viele Menschensiedlungen, auch richtige Städte, aber recht wenige Urbeen gab, etwa wie im Thomasstreifen.
Die Midrai wurden von den Menschen dort in Ruhe gelassen, denn das waren Leute, die ihre Freiheit liebten und mit der Auswertung, den SB, den Admins und Prodisten möglichst wenig zu tun haben wollten. Regiert wurden sie dennoch, und dem Kriegsrecht mussten sie gehorchen wie ganz Feldeváye.
Um ihre Lebensart nicht zu verderben, fütterten die Menschen die Midrai nur gelegentlich, auch wenn sie die schönen Tiere vielerorts ins Leben um Haus und Hof integrierten. Die Vögel hielten dafür das Menschenleben frei von verschiedenen Insekten, Spinnen und kleinen Reptilien. Die Schlangen, die für Nützliches viel übrig hatten, beschlossen, die Midrai aufzuklären. Ein paar freundliche Bisse, schon schwammen im Blut der Vögel bildende Viren voll Schlangenseele.
Bald verstanden die Midrai eine erste, einfache Sprache.

»Louise hat sich geirrt«, sagten die Schlangen.
»Sie dachte, die Menschen würden bald fliegen lernen. Wenn die Entwicklung eine gerade Linie wäre, hätte sie recht gehabt. Aber was Louise getan hat, kreuzt das, was Maya getan hat, und was Maya getan hat, kreuzt das, was Conlon getan hat, und alle kreuzen mit dem, was sie getan haben und tun, ständig das, was sie eines Tages werden getan haben können.«
Die Vögel putzten ihr Gefieder. Zeitgrammatik, fiel ihnen auf, war voller heikler Knoten.
Die Schlangen flüsterten: »Es ist bereits ein Menschenschlag ent-

standen, der gegebenenfalls wird fliegen können. Nein, seien wir vorsichtiger, sagen wir: so ein bisschen schweben.«
»Wiiieep? Wiieepüü püüwa?«, wollten die Vögel wissen.
Noch drückten sie sich nämlich etwas ungeschickt aus.
Die Schlangen setzten neu an: »Wo gesprochen wird, kann gelogen werden. Wo gerechnet wird, kann gekürzt werden. Aber wo gedrängelt wird, gibt es Stauungen. Weil nichts niemand nirgends nie eine gerade Linie ist, muss man ringeln und schlängeln, und man muss sausen lernen, bevor man fliegen darf. Man muss Umwege lernen, die in Wahrheit Abkürzungen sind.«
Die Midrai hatten Schwierigkeiten, das zu verarbeiten.
Wer waren Louise, Maya, Conlon? Musste man die kennen?
Es handelte sich, so viel war ihnen verständlich, um Menschen.
Menschen, das kannten die Midrai: Man kriegte bei denen Körnlein und Insekten, Spinnen, auch Reptilien.
Die Schlangen wiederholten, was sie zu sagen hatten, mehrmals, über Monate.
Schließlich versuchten sich die Midrai an einer Antwort.
Aus vielen Schnäbeln sprachen sie von sich und ihrer Welt.
Die Schlangen lernten, dass die Vorfahren dieser Vögel nicht, wie die der fliegenden Tiere auf der Wiege der Menschen, Reptilieneiern entschlüpft waren.
Midrai stammten zuallererst von Säugern. Das Eierlegen wie das Schnabeltragen war ihnen von Menschen angetan worden, als angebliche Verbesserung, während der Terraformingphase.
Federn – die hier aber aus Fell entstanden waren, nicht aus Schuppen – und Flügel hatten auch die Proto-Midrai gehabt; es handelte sich um gute Lösungen für bestimmte Probleme.

Die Vögel erzählten den Schlangen von den Küsten und den Schlammpfannen ihres frühen Lebens, vom Zugvogeldasein, von den Zwischenstationen entlang der Reiseroute, die einmal alle zwei Jahre der Arrheniusbahn folgte, vom Zusammenfluss verschiedener Nebenströme des Senye nahe Pachetum, wo die Midrai anders sangen als überall sonst – stärker trompetende, weni-

ger krähende Lieder –, von der klaren Bergluft und den silbergrauen Himmeln an der südlichsten Ammarspitze.
Dunkel erinnerten sich einige, ihre Ahnen seien einmal überwiegend Bergbewohnerinnen gewesen, zuhause im den Midrai heute verwehrten Norden, nah dem Pol, von wo sie jedoch aufrecht gehende Gestalten in silbergrünem Fell vertrieben hätten.
Die Schlangen merkten auf: »Lapithen?«
Die Midrai wussten nicht, was das war.

Die Schlangen beratschlagten sich.
Waren die Midrai zu unreif?
Eine trübe Quelle?
Eine kleine Schlangenfraktion, die lange mit Kathrin und Lasse Ristau in den Regenwäldern zwischen den größten Flüssen des Planeten umhergezogen war, schlug in einer Sprache der Menschen, in der man sich üben wollte, vor, sich der Padurn anzunehmen, die seien gelehriger.
»Das sieht nur so aus«, wandte eine der Klügsten ein. »Sie sind nicht gelehrig, sie sind nur anhänglich. Auf die Menschen ausgerichtet, wollen sie ihnen gefallen, haben noch keine wirkliche Vernunft, spielen Vernunft nur, zum Plaisir von Herrchen und Frauchen.«
Man versuchte es dennoch mit den Padurn.

Sie hatten nicht viel zu sagen und redeten, wie auch die Midrai, viel zu viel von »wir« und »uns«: »Wir dachten, ihr Schlangen seid unheimlich und ekelhaft. Wir mögen es nicht, dass ihr keine Lider habt. Wir mögen es nicht, dass eure Kleinen aus Eiern schlüpfen. Wir mögen es nicht, dass einige von euch Nasensekret absondern, mit dem sie sich die Schuppen polieren.« Es stimmte, dieses Öl wurde durch eine besondere Öffnung neben der Nasenspalte ausgeschieden, dann polierten die betreffenden Schlangen mit dem Kopf in Zickzackbewegungen den Körper.
Die Padurn hatten noch mehr zu beanstanden: »Wir mögen es nicht, dass ihr keine Harnblase habt wie Padurn oder Menschen,

und dass eure Nieren an einem seltsamen Ort sitzen. Wir mögen es nicht, dass ihr, so scheint es, Sinne für die Zukunft habt, die wir nicht verstehen, und überhaupt Organe, die zusammen mit euren eigenartigen Nervensystemen lauter unbegreifliche Dinge leisten. Wir mögen die Absurditäten nicht, die sich bei euch unter Schuppengrübchen und Höckern abspielen, wir mögen eure Sprachen nicht, die über unsere hinausreichen, und eure Arroganz, wir verabscheuen eure Fortbewegungsart, diese Katafriktion, die nicht einmal Conlon Nancarrow erklären kann, den wir übrigens lieben. Uns stört auch sehr, dass ihr jetzt fliegen könnt. Am meisten stört uns, dass ihr mit uns redet, als hätten wir von euch etwas zu lernen.«

Selbst die eifrigste Fürsprecherin einer Allianz zwischen den Padurn und den Schlangen verlegte ihr Zuhause schließlich aus der Flussbettgegend von Lenye, wo die Coms und ihre Padurn einträchtig lebten, in die Savanne, wo die Midrai den Menschen die Höfe, Dächer und Schwellen ihrer Hütten sauber hielten.
Diese von den Padurn enttäuschte Schlange hieß Waveele.
Sie ging ein Weilchen in sich.
Während sie nachdachte, beobachtete sie die Midrai beim Fliegen.
Ihr fiel auf: Die wussten, wie man fliegt, aber sie wussten nicht, dass und wie sie das wussten, und hätten es niemandem beibringen können.
Als ihr das aufgefallen war, setzte sich Waveele, den geringelten Hinterleib gespannt wie eine Stahlfeder, auf ein Strohdach in einem der Dörfer neben eine hübsche Midra.
Die Midra hatte den ganzen langen Nachmittag einem Dutzend Menschenkinder dabei zugesehen, wie sie ein uraltes Ballspiel mit zwei Teams und zwei Toren spielten: Laufen, Treten, Zuspiel, Torschuss.
Laufen, Abwehr, Torschuss, Treten.

Waveele, Viper aus dem Geschlecht der Kupferkopfottern, war den Menschen mittlerweile unsichtbar – sie hatte gelernt, ihre Katafriktion in eine Sorte Vibration zu übersetzen, die ihre Umrisse nur denen erkennbar hielt, welche, wie die Midrai, feinste orientierende Sinne hatten.
Die Schlange beobachtete aufmerksam, wie die Midra den Kindern zusah.
Schließlich gab sie sachte Andeutungen darüber von sich, wie ihr der Spielverlauf gefiel, welchem Team sie den Sieg zutraute, wie sie einzelne Spieler beurteilte.
Der Vogel reagierte: Köpfchensenken, leise Laute, ab und zu ein Wort wie »richtig«, »nee« oder »ja«. Die Vögel, verstand Waveele, hatten gute Fortschritte gemacht seit der Infektion mit den klugen Viren.
Es gab, wie sich herausstellte, für die Midrai mittlerweile eine voll ausgebildete Objektsprache. Mit der Metasprache haperte es noch, aber die analytische Individuation beobachteter Personen und das Beschreiben von Abläufen mittels Zeitwörtern (»kickt«, »fängt«) funktionierten bereits gut.

Abenddämmer zog herauf.
Der rote Staub, den die Kinder aufgewirbelt hatten, sank in weichen Wolken auf die Erde. Das Spiel wurde langsamer, träger, weniger konzentriert.
Dann riefen die Eltern die Spielerinnen und Spieler zum Essen.
Zurück blieb der Ball.
Die Midra klapperte mit dem Schnabel.
Das sollte heißen: Es war unterhaltsam, aber was machen wir jetzt?

»Dies«, sagte die Schlange Waveele und deutete mit dem Kopf auf das Spielfeld, »ist der Ball. Ein Ding in Raum und Zeit. Und dies«, eine Kopfbewegung zurück, »bist du – ein Bündel Fähigkeiten, in Raum und Zeit zu handeln, Ursachen und Wirkungen zu erkennen, Dinge zu wissen, die nicht mehr sind, Dinge zu ahnen und zu

denken, die noch nicht sind. Dies«, die Schlange holte aus ihrer eigenen Zukunft Pfadintegrale, summierte deren Weltlinien und sprach, so deutlich sie konnte, im harmonischen Kanon mit verschiedenen möglichen Versionen ihrer selbst, »sind wir sind ich mit dir im Gespräch übers Ding in Raum und Zeit.«
Der Vogel zweifelte: »Ihr ich mit mir? Überm Ding?«
Die Schlange wiederhole die Erläuterung.
Viermal.

Der Vogel besaß nicht viel Verstand. Was ihm fehlte, machte er indes durch Geduld und Anstelligkeit wett.
Er schlug mit den Flügeln.
»Ja, du kannst fliegen«, sagte Waveele und nickte dann erneut in Richtung des einsamen, weißledernen, mit rotem Staub besprenkelten Balls.
Der Vogel verstand: »Ding kann auch fliegen, falls Kinder treten.«
Er flatterte, hob ein wenig ab vom Dach und ließ sich wieder fallen.
Waveele sagte: »Wir mit dir wissen vorher, dass du fliegst, wenn du fliegen willst. Ursachen sind vor Wirkungen. Sind wir vorher, kann unser Vorherwissen Ursache für Nachherpassieren sein.«
Wieder sah die Schlange zum Ball, mit einer Miene, die sie für eine Aufforderung hielt.
Der Ball lag unbewegt da. Deshalb sagte der Vogel: »Liegt da.«
Waveele antwortete: »Lag vorhin nicht da. Weil Kinder getreten haben, liegt da. Kann später nicht da liegen, sondern fliegen, wenn Kinder wieder treten.«
Dem Vogel dämmerte etwas: »Wenn du wir … mit … mir vorher weißt, dass Kinder treten oder Ding fliegt …«, aber er kam nicht weiter.
Waveele beschloss, dass Theorie allein nicht genügte.

»Dann wollen wir mal«, sagte sie, und meinte sich selbst.
Logisch orthogonal zur Subjekt-Objekt-Beziehung, die zwischen

ihr selbst einerseits und dem Ball als Gegenstand ihrer Erinnerung wie ihrer Voraussicht im Hier und Jetzt bestand, verschob sie einen negativen Betrag ihrer katafriktionalen kinetischen Energie entlang zeitförmiger Vektoren, bis sie selbst, anstatt sich zu bewegen, zur relativen Ruhe neben dem Vogel gekommen war. Der Ball, auf den sie sich als den Gegenstand bezog, den sie in einer möglichen Zukunft, aus der sie die entsprechenden Informationen holte, mit einem Schwanzpeitschenschlag würde in die Luft befördern können, schwebte erst zwei, dann fünf, dann zehn, dann fünfzehn Zentimeter überm Boden, weil sich das Universum um ihn her, dessen Informationsgradienten Waveele manipulierte, aufgrund dieser Manipulation nicht mehr sicher war, wohin er gehörte.

Bis die Rechnung fertig war, ließ das Universum als eine Art Abwartelösung den Ball eine Position einnehmen, die er vor sechsunddreißig Minuten – das exakte symmetrische Äquivalent der negativen Vibration der Schlange – eingenommen hatte, als der Vogel den Ball das letzte Mal präzise hatte fixieren können und die Schlange jenseits der Bewusstseinsschwelle des Vogels und unterhalb seiner Beobachtungsaufmerksamkeit ihren Zustand mit seinem verschränkt hatte.

»Fliegt nicht aber liegt nicht. Das kannst du«, staunte die Midra.

Waveele ließ von der Verschiebung ab.

Sie fiel zurück ins gewöhnliche Kontinuum.

Der Ball sank erneut zu Boden. Die Schlange wiederholte, jetzt, da augenfällig geworden war, was sie gemeint hatte, geduldig ihre Lektion: »Wir mit dir wissen vorher, dass der Ball fliegt, wenn er getreten wird, dass er fliegen kann, wenn er getreten werden kann. Ursachen sind vor Wirkungen. Sind wir selbst vorher, kann unser Vorherwissen Ursache für Nachherpassieren sein.«

»Verstehe Schlange nicht«, klagte der Vogel, und schien kaum zu ahnen, dass dies der erste Satz in der Skizze einer für diese Art Unterhaltungen nötigen Metasprache war, den er je gesagt hatte, damit aber auch der Durchgang, den er hatte passieren müssen, um verstehen zu können, was Waveele ihn lehren wollte.

Die Schlange wiederholte die Demonstration.
Und die Erklärung.
Und die Demonstration.

Es vergingen Stunden darüber.
Drei Monde zeigten sich – alle außer Arrhenius, der anderweitig unterwegs war.
Immer leuchtete der Ball, ob er lag, ob er schwebte, im gespenstischen Licht dieser Monde.
Kurz nach Mitternacht gelang es der Midra, ihrer Freundin, der Schlange, zu zeigen, dass sie endlich verstanden hatte – es gelang ihr, bevor sie es sagen konnte.
Midrai waren nämlich praktisch veranlagte Wesen, keine grüblerischen.

So ging der Vogel auf dem Boden herum, die Schlange saß auf dem Dach, und sie spielten einander den Ball zu, in hohen, eleganten Bögen, ohne ihn jemals zu berühren.

Die Kinder fanden am nächsten Morgen in der Mitte des mit Stöcken abgesteckten Spielfelds ihren Ball nicht mehr.
Stattdessen lag da ein Tauschgeschenk der Schlange, die, wie viele ihrer Art, inzwischen über ausgezeichnete Beziehungen sowohl zu Kathrins Coms wie zu allerlei dissidierenden Personenkreisen in den Urbeen verfügte.
Es handelte sich bei der Gabe um eine bräunliche Tintenzeichnung von Nicolas Poussin, mit Steinen beschwert und sorgfältig glattgestrichen – keine lamontische Kopie, sondern ein Original, das heißt, ein durch winzigste Ersetzungen in gerader Linie aus dem echten Stück hervorgegangenes Artefakt – die Kopie war das, was im Omphalos von Deyra hing, aber das wussten nur einige wenige Schlangen und ein Prodnik namens Latif Lemieux –: eine Schlange im präzisen Kreis, scheinbar unordentlich auf sich selbst gelegt, deren Kopf, am Ende eines in stilisierter Herzform ausgelegten oberen Körperdrittels, in eine Biege des eigenen Schwanzes biss.

Die Kinder brachten das Bildnis zur Ortsvorsteherin, die, weil man hier keinen Begriff von Kunst, wohl aber einen gar nicht so anspruchslosen von Fetischen und Symbolen hatte, einen Schrein dafür zimmern ließ und einen Aberglauben daran heftete, der das Dorfleben auf Generationen hinaus bestimmen sollte.
Der Aberglaube handelte davon, dass höhere Wesen diesem Dorf hatten mitteilen lassen, es solle sich hier niemand nach der Weltanschauung der Leute in den Urbeen strecken, denn das, was daran allenfalls der allgemeinen Wohlfahrt günstig sei, werde von ganz alleine hierher kommen, und alles, was den Weg nicht selbst zurücklegte, war es nicht wert, dass man sich darüber Gedanken machte.
Die Pointe an dem Aberglauben war: Er stimmte.

Die Midrai vertilgten die Insekten und Reptilien, vor allem aber die Spinnen bald nicht mehr mit derselben Lust wie zuvor.
Stattdessen kamen sie mit ihnen ins Gespräch, und unterrichteten sie.
Die Insekten fingen mit den Viren Streit an.
Die Reptilien ergriffen die Flucht.
Die unscheinbaren Spinnen aber, die sich oft über ihre viel zu kurzen Beine ärgern mussten und in selbstgegrabenen oder von Mäusen und ähnlich wolligem Zeug übernommenen Höhlen wohnten, nahmen die neuen Botschaften mit Freuden an.
Sie interessierten sich besonders fürs Fliegen.
Bald schwebten sie, und lernten das Gleiten.
In Wipfeln und auf Dächern richteten sie sich Wohnungen ein.
Jetzt bereuten die Insekten, dass sie den Vögeln nicht hatten zuhören wollen.
Die Midrai spielten Ball.
Sie vertrieben sich die Zeit und wussten: Es wird nicht bleiben, wie es war, als wir noch nicht sprechen konnten.
Wir sind, Dank dir, Waveele, gut darauf vorbereitet, dass alles anders werden muss.

2: Auf dem Blätterteller

Dawson, if you remember one thing
let it be this: if you don't get
whipped cream all over your face
you're not doing it right.
Jennifer Lindley

Maura hatte Kathrin das schönste Haus gebaut, in dem sie je hatte wohnen dürfen.
»Das ist kein Haus«, fand die siebenjährige Lana, »das ist eine Frucht. Im Baum oben ist sie gewachsen, zum drin wohnen!«
In einem Baum saß dieses Haus tatsächlich, ganz oben – es sah aus, als stünde es auf einem Teller aus Zweigen und Blättern, auf dem blauen Grund des Himmels, angelacht von Nemezal, der Sonne – der Name bedeutete im Dialekt der Lacs von den Atollen »Die Freundliche«.
Lacsprachen waren unter den Coms nicht unüblich.
So erklärte das Kind Lana der Mutter Kathrin: »Die Freundliche scheint für die andern nicht so nah wie für dich! Du wohnst nämlich im Himmel!«
Fast niemand nannte das Kind Lana.
Es wollte lieber Luzi heißen, und man gab nach.
Der Großvater, Lasse Ristau, machte daraus »Luzifera, die Teufelin«.
Die Eltern, Maura und Kathrin, fanden das übertrieben.

Der Baum, in dem Kathrin wohnte, wurzelte am Rand der Mohnzone von Travers.
Früher war es hier im Herbst nasskalt gewesen. Jetzt blieb es lange Sommer, und die Luft atmete mittags singende Glut in der mächtigen Sonne.

Wo die Ebene aufhörte, begannen die leuchtende Sümpfe. Sie umschlossen die Brombeerländer wie eine dunkle Fassung ihren Diamanten.

Kathrin liebte den Ort, und sie liebte das Haus.
Maura und ein paar Roboter hatten es in dreißig Metern Höhe in die Krone des gigantischen Feigenbaums gekantet, mit einem Palmstrohdach gegen alle zu erwartenden Wetter abgedichtet und dann einen Rohrgerüstaufzug montiert – einen simplen Holzkäfig, dessen Gegengewicht ein Wasserkübel und manchmal auch Sandsäcke abgaben.
Der Weg nach oben oder unten war lang; man hatte Zeit, über Himmel und Erde nachzudenken, und wenn es windete, dachte man vielleicht auch über Knochenbrüche nach, oder über die Sterblichkeit.

Nichts konnte dem Haus von unten gefährlich werden, niemand konnte zum Fenster hereinsehen, nicht einmal die langbeinigen Sencassa, die mit ihren spitzen Zähnen frühmorgens dunkelgrüne Blätter aus den höchsten Bäumen rupften, auf denen sie dann den ganzen Tag über gemächlich herumkauten.
Urig, gar rückständig war Kathrins Behausung nicht. Die Wasserversorgung stellten flugfähige, sogar ein bisschen intelligente Tankroboter sicher. Die Senderschirme, die Conlon an der Außenwand angebracht hatte, waren seine besten. Die Lamontik in der Küche hätte manches Kochprodul in den Urbeen im direkten Wettbewerb spielend deklassiert.

Bei weit offenen Fenstern saß Kathrin, während draußen die Sencassa ihre Blättchen rupften und knabberten, geküsst von früher Morgenkühle, im Lotussitz in ihrem größten Zimmer, mit geschlossenen Augen, und kommunizierte per CLP mit aller Welt: den Coms und ihren vielen Freundinnen und Freunden in den Urbeen, den Provinzen, selbst auf Zemelo und Thyone.

Maura schweifte lieber frei umher, als diese Sorte Verbindungen zu halten – nicht nur in der Mohnzone selbst, auch auf weiteren Reisen, bis zu den Atollen nach Süden, bis in die Gegend um Laischa nordwärts.
Luzi wiederum trieb sich am liebsten in den Kinderhäusern herum, lernte Spurenlesen auf Lernpfaden mit den Älteren und Ältesten, bastelte in Conlons Werkstätten an kleinen Wundern oder wachte mit dem Comschutz abends bis zum Einbruch der Dunkelheit auf den hohen Wachttürmen, an denen die Projektoren mit den Raumverwirrern hingen.
Manchmal wandelte sie auch mit Severin Rukeyser auf seinen rätselhaften Pfaden, dem Einzelgänger, der im Dschungel aus dem Nirgends gefallen war.
Das Mädchen mochte Severin, der sich viel Zeit ließ, den Coms zu verraten, was er wusste und erlebte hatte, wer und was er war.
Luzi wusste: Wie lange es auch dauerte, sie würde alles erfahren.

Hatten ihre Eltern, Conlon, Severin, Lasse und andere Erwachsene oder die Kinder in den Kinderhäusern einmal keine Zeit für sie, fand man Luzi da, wo sie gelebt hatte, seit sie laufen konnte: in den Zeltsiedlungen der immer zahlreicher werdenden Contramuralen, die hier konzentrisch angeordnet waren, etwas abseits von Kathrins Baumhaus.
Sie glaubten sich in Sicherheit, geschützter als selbst im Dschungel, wo Torils SB ihnen zuletzt schließlich doch immer häufiger gefährlich nahe gekommen waren.

Ständig bei Kathrin zu sitzen, wäre Luzi nie eingefallen.
Sie brauchte kein Haus.
Kathrin gestand sich dagegen ein: Sie brauchte eins.
Genau dieses, Mauras Geschenk.
Nicht, dass sie es nur als ihr eigenes erlebt hätte. Es war mehr: der erste Ort, der Maura und ihr wirklich gemeinsam gehörte, nicht nur, weil Maura ihn gebaut hatte, sondern auch, weil sich unterm

Palmblätterdach so viele Sehnsüchte beider ganz selbstverständlich erfüllt hatten, auf deren Erfüllung sie so lange hatten warten müssen – zweite Flitterwochen, erste ganz und gar erwachsene Liebe, Geborgenheit und dabei Außersichsein, im auch nachts hellen Zimmer.

Zuvor hatte es in Kathrins Leben Liebe ohne Sex gegeben – die schweren Stunden in Wilentz, als sie vor hilfloser Begierde nach Messame fast an ihrem heißen Atem erstickt wäre, auf dem einsamen Lager, im Haus ihres Vaters – und Sex ohne Liebe – die ersten Jahre in Laischa, mit anderen in der Auswertung, mit Prodniki oder Leuten aus den großen Gärten, immer in Furcht, Cosima könnte eine dieser Affären mitbekommen und aus komplizierten Städterinnengründen ablehnen, verbieten, auslachen – ich bin, dachte Kathrin jetzt oft an die Worte einer Dichterin, ein Kolibri, und Mauras Hand ist die, auf der ich landen kann.
Ich trinke ihren Wein. Es gibt ihn in Fingerhüten.

In den ersten zwei, drei Jahren nach Luzis Geburt war Kathrins Lust zunächst ganz in sie zurückgekrochen.
Aus der tiefen Zuneigung zwischen ihr und Maura war nur sehr gelegentlich noch ein verwegener Abend geworden – anders als während der Schwangerschaft, da hatten sie miteinander viele unerprobte Dinge versucht. Einmal, als Kathrins empfindliche Brüste wehgetan hatten, war Maura eingefallen, sie mit sehr sanftem kreisenden Druck zu massieren, ihren Blick tief in den Kathrins zu senken, sie zwischen den Beinen mit vorsichtigen Fingern eher sanft zu kraulen als zu necken.
Dann hatte sie die Lippen um Kathrins rechten Brustwarzenhof geschlossen und getrunken.
Es hatte ein winziges bisschen wehgetan – aber schön, nah, neu.

Jetzt, im Baumhaus, kam Maura zu ihr wie Mondlicht.
Kathrin, noch halb woanders, in der Noos etwa oder in Musik von Conlon, ließ sich dann von ihr bei den Händen nehmen und zu

den weichen Decken- und Kissenhöhlen führen. Jeder Raum hier war damit ausgekleidet, Kammern zum Denken, Reden, geborgene Ideen.
Maura, nackt aus dem Aufzug gestiegen, streifte Kathrin das weite, lange, leichte Hemd übern Kopf und schmiegte sich noch im Stehen oder Knien an sie, süßer Schock, Bauch an Bauch, die Hände auf den Hüften oder Schultern. Die ersten Küsse, die Finger im Haar am Kopf und im Haar am Schoß. Zungenspitze im Ohr, Knabberzähnchenkanten am Ohrläppchen.
Erst seufzten sie fast nachdenklich, bis sie stattdessen wieder lachen mussten.
Dann flüsterten sie »na du« und »ach je« und »meins, meine du«.

Sie sagten einander die Liebe. Zurückfallenlassen ins Weichste, leichteste Reibung, gewebte Luft: Kissen.
Atemanhalten, dass sich die Schenkel öffnen konnten, dass man die Mitte mochte, Lippen oder Blüten, empfindliches Glänzen, das man trotzdem ruhig mal kneifen durfte oder vorsichtig kratzen.
Dann fester zudrücken mit den Schenkeln, ich halte dich du hältst mich sehr, mahlende, heißer kreisende Innigkeit, liebe Eheleute, ungefesselte Freundinnen, immer größeres Wollen.
Eine legte sich alleine hin und fiel vor Glück fast auseinander, so schwach und unfleißig, so angenehm müßig hingen die Glieder am Leib.
Der Kopf nickte nur noch, weil unten Mauras Gesicht so ernst war.
Der Blick hoch: »He, lach mich nicht aus!«, ach was, auslachen, komm mal hoch, ich küsse nämlich deine Nasenspitze, wo was nach mir schmeckt, wie das ja sein soll.
Ich drück dich press dich enger an mich, enger als ich in mir selber sein könnte.

Dann lasse ich dich los, damit du wieder an mir runterkletterst, Katze, die im knisternden Baum herumstreunt. Dass du mit deiner Stimme, deiner Zunge alles warm machst, hoch in die Winde wie aus Öfen, in denen Salz mit Zucker kocht, mit Öl von Rosen, Fichten, Moos und Farnhauch, im Vollen, Reichen.

Kathrin schwamm wie vor Zeiten im Meer, bei den Korallen, schwamm mit den Armen oder mit den Beinen, und ihre Hüften holten sich die Schönste näher, tanzten an ihr, bis alles blau klar Feuer fing und sprühte. Es war so hell in ihr, dass Kathrin schrie und lachte, lachte, schrie und immer lachte, ohne Zorn wütete, ohne Hass kämpfte, durch diesen Punkt hindurch, der sie war, dann kippte, wie eine Welle rollte, über sie durch sie hindurch, aus ihr hervor, bis sie zurückgesaugt wurde köstlich in die Haut, dass Maura eine Antwort war auf ihre Frage: Wer wird geliebt hier, wer empfängt hier alles?
Sie rutschte runter, zu Maura.
Jetzt musste sie die Spenderin von so viel Tau und Strömen, schönen kleinen Muskelspielen, die ihr Wellen und Zittern geschenkt hatte überall innen und außen, erst einmal lange küssen, dringendst sehr viel anfassen, lange halten, drehen, ihren Hals ablecken und ihre Pobacken greifen, einen Ringkampf erfinden, der keineswegs wehtat, sondern freundlich war, zur Freundlichkeit so entschlossen wie das Wasser dazu, nass zu sein.
Maura sprach leise: »Kathrin.«

Das sagte sie mehrmals, bald lauter, als etwas, das weitläufigere Bedeutungen berühren und streicheln wollte als nur die: Das ist dein Name.
Jetzt drehte Kathrin sich, wie ein Fisch im Fluss die Richtung wechselt, jetzt forschte sie, was das für ein Nabel war bei der Geliebten, was das für Hände waren, jetzt küsste und saugte sie Brüste, da waren die schwer, und die Haut schmeckte jung, aber nicht sterblich. In Maura wühlte sie sich hinein, an Mauras Kleinigkeiten, die sehr wichtig waren, spielte sie mit Fingerscheu,

dann mutiger, noch mutiger, dann wie eine Räuberin, und Maura maunzte schon und tat ihr den Gefallen, dass sie um etwas leise dringend flehte, was sie längst bekam, weil dieses Bitten, Betteln eine tolle Art war, sich zu bedanken für das, was geschah, das, was gleich kommen sollte, und dann kam, außer Atem, über Grenzen.

Beben klein und größer, Verschleudern von Schätzen aus singenden Nerven, etwas, das immer noch kam, nicht mehr wegging, nicht aufhörte, doch, nein, doch nicht, langsamer, doch, aber so zufrieden, so lecker.

So mächtig. Deine Zehen. Deine Lippen.

Hier bist du eng, und da bist du eine Umarmung, und immer riechst du nach wacher Betäubung für mich, nach Aufwachen in Gischt und Freude an deiner Lust, deinem schamlosen Lachen.

Und Tuscheln, und Flüstern, fast Beißen.

Minuten mit mehr, Stunden voller Einfälle der so vertrauten Leiber, Klettern und Fangen und Suchen und Finden. Dazwischen hastige Mahlzeiten, eilig gekipptes Wasser, auch Schnäpse, Suff, etwas Musik, erster Kaffee, Kerzen.

Und Gespräche: »Ich war als Teenager so blöd.«

»Bestimmt nicht blöder als ich. Ist unmöglich.«

»Erzähl mal.«

»Ich hatte einen Jungen, der wollte für mich ein Mädchen sein. Oder für sich, ich weiß es ja eigentlich nicht.« Plötzlich erzählte Kathrin die ganze Geschichte, bis zur Entscheidung: Fortgehen aus dem Thomasstreifen, dann von der ersten Zeit in Laischa und der Verwirrung dort, samt großen Herausforderungen und Chancen, »meine erste Freundin im Urbeum, oh je: wie verrückt einen Hügel runtergerollt an einem der Dämme, im Gras, Aufschrei, lebensgefährlich! Aber eben auch so lustig, so frei …«

Schwerer fiel es ihr, von Nastja zu reden, aber Maura zeigte keine Eifersucht, sondern nahm gern die Gelegenheit wahr, Kathrin in den Arm zu nehmen. Man wiegte einander ein wenig. Hin und her. Und hin. Und her.

Nicht ganz artig, man spielte.
Dann redete Maura – von ihren zwei Freunden, von ihrer älteren Schwester, von der ersten Frau, einer Prodistin in Barbizek: »Ich habe nie mehr so viel geraucht später, lauter Zigaretten mit Kräftigmachern, ich wollte sportlich sein für sie. Es ist unglaublich, was man alles macht, aus Liebe.«
Kathrin strich ihr mit der Hand dabei durch die Haare wie mit einem Kamm und dachte: Sex ohne Liebe hatte ich und Liebe ohne Sex, und zum Glück auch immer mal wieder beides, in unterschiedlichsten Mischungsverhältnissen, aber erst hier, jetzt, mit Mitte Vierzig, in dieser reifen Baumwipfelfrucht, habe ich einen Zustand erreicht, in dem ich nicht mehr weiß und auch gar nicht wissen muss, ist die Lust jetzt gerade Sex oder ist sie Liebe, ist das Aufeinanderaufpassen jetzt gerade Liebe oder schon wieder sexueller Appetit.
Das erst ist, was ich für unerreichbar und lebensnotwendig zugleich gehalten habe, als ich dachte, Messame Dassy ist unerreichbar und lebensnotwendig zugleich.

Aus riesigen, milchig süffigen Nüssen tranken Kathrin und Maura zusammen Nektar; wischten sich – und einander – danach grinsend die Schnuten.
Dann guckte Maura, wie sie selten guckte, doppeldeutig nämlich, und sagte: »Hab Sencassa gesehen auf dem Weg zu dir. Eine Gruppe von fünfen. Luzi ist mitten zwischen sie gesprungen und hat sie eifrig ganz verrückt gemacht. Das Kind wird eine Gefahr, für sich und alle: klettert in jeden Baum. Hat sich sogar an einem Sencasbein festgehalten, dass ich dachte, jetzt klettert sie da wirklich hoch, erst am Bein, dann am Bauch, dann am Hals, und gibt ihm zum Schluss bestimmt einen Schmatz, dem Tier.«
Kathrin lächelte, strich Maura übers kurze Haar und zog sie zu sich, an ihre Halsgrube, und spürte den warmen Atem.
Flüstern: »Ich muss dir mal Bilder zeigen, von der Erde, von den Tieren, aus denen sie hier die Sencassa gemacht haben. Da gab es Pferde, das waren etwas größere Padurn, und Giraffen, die hatten

Höhe und Hals der Sencassa, und Wölfe und Füchse, die hatten ähnliche Köpfe.«
»Woher weißt du, dass die Sencassa Ergebnisse von solchen Züchtungen sind? Vielleicht gab's sie schon vor uns, hier, auf Feldeváye.«
»Manchmal weiß ich nicht«, erwiderte Kathrin, mit einem Unterton, der nicht mehr ganz so verspielt war wie eben noch jeder Satz, »ob es vor uns überhaupt was auf Feldeváye gab. Ob es Feldeváye vor uns gab. Ob's den Planeten ohne uns geben kann. Ohne uns Menschen.«
Maura hatte sich abgewöhnt, auf die kryptischeren Bemerkungen der Liebsten antworten zu wollen. Am besten, man ließ so etwas eine Weile nachflackern wie eine Kerze, die nichts sagen oder fragen wollte, nur seltsame Schatten an Wände werfen.
Nicht unzufrieden schlummerten sie aneinander ein.

Dann wusste Maura, ungehetzt erwachend, plötzlich, dass es Zeit war, eine alte Wahrheit zu verraten, und sagte, als sie an Atem und Herzschlag, kleinen Bewegungen und winzigen Lauten der Liebsten erkannte, dass die auch wieder wach war: »Weißt du eigentlich, wie ich dich gefunden habe?«
Kathrin gab ein leises Geräusch der Behaglichkeit von sich, dann miepste sie wollig: »Mmmnhee wie, gefunden? Wir ham … uns doch … auf Travers kennengelernt? In der Bucht von Deyra, bei der Hebung von griechischen Statuen … diese Praxiteles … geschichte?«
»Nein, he, warte«, Maura lachte fast verlegen, »ich war da … hör mal, ich war da gar nicht zufällig. Das dachtest du bloß.«
»Ach?«, machte Kathrin, wenig überzeugend – die Kraft der Erschöpften, Beglückten reichte noch nicht wieder, die bei ihr sonst übliche Neugier zu wecken.
»Na ja«, sagte Maura, »ich hatte ja erst … war ja schon länger … also … zuerst in dein Bild in der Noos verliebt, in die Aufnahmen … ich hatte drei, vier Jahre vorher die Übertragung gesehen, wie du diese Intervention eingelesen hast: Was bedeutet Aktuali-

tät in unserem Umgang mit den Letzten Künsten, wie kann die Auswertung etwas rausholen, das der ganzen feldevâyschen …«

»Das war … das haben die extrapoliert. Ich hatte das gar nicht … ich hab das nur schriftlich eingereicht mit Fußnoten, Querbelegen. Da gab es dann eine gerechnete Fassung, die andere Aufnahmen von mir genommen hat und als Maske über den Text gelegt, für Leute, die zu faul waren, diesen Text …«

Maura entwand sich ihr, lachte.

Schüttelte den Kopf, stand auf.

Sie ging zur Kochnische und goss einen schnellen Tee auf, arrangierte einen eiligen Imbiss mit Früchten und Kandis, zündete sich und der Liebsten ein Pfeifchen dazu an und erklärte währenddessen ruhig: »Nee, klar, das wusste ich doch, denkst du, ich war ganz dumm, nur weil wir in Mitteltravers keine so ausgepichten Auswerterinnen hatten wie … komm, hör auf!«, sie brachte die Stärkungen auf einem Tablett zu Kathrin, die sich bequem hingesetzt hatte, hellwach war und aus wissbegierigen Augen Maura anblitzte.

Die nahm sich jetzt Zeit dabei, sich hinzusetzen, und genoss die Aufmerksamkeit, mit der jede ihrer Bewegungen beobachtet, jedes ihrer sorgfältig erwogenen Worte gehört wurde: »Also … ich hab eben geschwärmt. Für diese mutige Frau, für deine … das Gesicht. In der Noos. Du warst ja berühmt. Dieses Gesicht … diese Augenbrauen, wenn du so guckst …«

»Mein Padurblick.« Kathrin setzte die Miene auf, die gemeint war.

Maura zog eine Schnute: »Unfair. Du verarschst mich.«

»Nö. Mach ich nicht. Versuche mir nur vorzustellen, wie du dir das angeguckt hast, mein vorlautes Gequatsche. Ich wusste nicht, in welche Schwierigkeiten ich mich damit bringen würde. Von Fajid Toril und dem neuen Regiment hat damals keiner was geahnt, von der Blockade des Korridors durch Mikolat auch nicht. Vom starren Krieg. Das waren vollständig unschuldige Zeiten, damals, und ich hatte, wie gesagt, einfach eine enorm große Klappe.«

»Die Klappe hat aber die Wahrheit gesagt. Das war erstmal ziemlich sexy. Ich will jetzt überhaupt nicht, dass du da bescheiden widersprichst oder die Kathrin Ristau runterputzt, die du warst. Du hast so viele Menschen ... und wahrscheinlich nicht nur Menschen ... aufgeweckt damit. Du hast ...«

»Mindestens ein Storarier hat ziemlich verschnupft reagiert.«

»Ja, klar. Torils Kumpel. Ist mir doch egal! War's mir damals! Bleibt's mir! Aber lässt du mich jetzt mal ausreden oder nicht?« – immer noch gutgelaunt, aber darunter spürte Kathrin etwas die Muskeln spannen, das sich unter Mauras Herz geduckt hatte – hier wollte wirklich etwas sprechen, das Kathrin noch nicht wusste.

Maura nahm einen Schluck vom heißen Tee, schloss die Augen, stellte die Tasse wieder aufs Tablett. Sammelte sich.

Dachte nach.

Öffnete die Augen, dass die beiden Frauen einander ansehen konnten wie an dem Tag, als sie beschlossen hatten, ihr Leben miteinander zu verbringen.

Sanft, nicht traurig, sagte Maura: »Ich dachte, vielleicht weißt du es längst. Du tust immer so dickköpfig und eisern und ... na, wie eine Chefin eben, weil wir ja nun leider eine zu brauchen scheinen. Weil wir dir alle vertrauen und weil du weißt, dass wir unsere Selbstsicherheit als Gruppe, als Flüchtlinge und Leute, die Toril und die Admins über ihm herausfordern, verlieren würden, wenn du Schwäche zeigen würdest. Aber in Wirklichkeit bist du vorsichtig und musst dich überwinden, wenn du nach innen, das heißt: deinen Freundinnen und Freunden und deiner Familie gegenüber, Härte zeigen sollst. Deshalb dachte ich: Du weißt es längst, oder Zainab, die jede und jeden überprüft mit ihren Spionageverbindungen bis tief in die Omphaloi, hat es rausgekriegt und dir erzählt.«

Leise, liebevoll: »Was?«

»Ich habe mir immer vorgestellt, sie hat es dir erzählt, vielleicht vor Jahren schon ... aber dann dachte ich: Das kann nicht sein, so beherrscht und taktvoll du auch bist, das hättest du nicht für dich behalten, das hättest du angesprochen, wenn du es ... wenn's dir bekannt gewesen wäre.«

Die Pause danach war lang genug, dass Kathrin, der nicht restlos wohl war dabei, schließlich noch einmal nachfragte: »Was meinst du? Wovon redest du, Süße? Hast du was angestellt?«

»Nichts, wozu du mich nicht anstiften würdest, seit wir uns kennen.« Der Blick dabei war entwaffnend, aber Kathrin war die Nebenbedeutung nicht entgangen: »Also nichts Schlimmes, seit wir uns kennen – aber vorher?«

»Maura Ferón kann nichts angestellt haben, bevor du sie kennengelernt hast, weil … die gab es vorher nicht.«

»Die gab … was heißt das?«

Maura, die das erste Mal von sich in der dritten Person geredet hatte, gab nicht sofort Antwort.

Um sie nicht unter Druck zu setzen, nahm sich Kathrin ihre Tasse, die genug abgekühlt schien, dass sie wenigstens ein vorsichtiges Nippen riskieren konnte.

Maura senkte den Blick, wurde auch ganz leicht rot, seerosenrosa, am Hals und auf den Wangen, was Kathrin so gut gefiel, dass sich schon wieder Hunger regte in ihr, auf die Küsse, auf das Schönste. Aber dann sagte Maura: »Nur, dass ich diesen Namen erfunden und mir in der Noos drei, vier passende Plattformen zugelegt habe. Das war … zwei Tage bevor ich zum Team in dieser Bucht gestoßen bin. Mich beworben habe …«

»Du warst die Beste, die ich je an den Freilegerobotern gesehen habe – wie du mit den Greifarmen …«

»Keine Komplimente jetzt, Kathrin. Auch nicht für mein Hydrauliktalent. Ich hab … was im Hals, und wenn ich es nicht ausspucke …«

»Also der Name.«

»Ja. Ich hieß … ich war ein Huhn. Ich hatte von nichts die geringste Ahnung, hab dich und deine Leute für Aistheten gehalten, von denen ich damals reichlich eingenommen war, hab selber Mobiles gebaut und transgene Viecher gezüchtet, die im Dunkeln … ich wollte, liebe Güte … Künstlerin sein. Ich hieß … ach, das ist so uralt, so langvergessen …«

»Wie?«, sanft, durchaus bezaubert.

»Carina Peshkowa.«

»Und die hat niemand vermisst, diese Carina Peshkowa?«

»Meine Eltern waren doof. Meine Liebesgeschichten alle gescheitert … nein. Nein, ich habe das nie bereut. Mir hat sie nie gefehlt. Ich bin in der Bucht von Deyra geboren. Für dich.«

»Und Maura Ferón? Der Name? Woher kam der?«

»Ferón, das ist klar …«

»Ja, ich weiß, so hieß einer aus der ersten Gruppe, die Letzte Künste aus den Zonen geborgen haben, wo die Lapithen am Anfang …«

»Der Pfadfinder. Barras Ferón.«

»Ehrlich gesagt, ich dachte sogar, vielleicht stammst du von dem ab.«

Maura machte ein obszönes Lippengeräusch. Kathrin zog die Brauen hoch, zuckte mit den Schultern, als wollte sie sagen: Was soll man machen, ich bin leichtgläubig und einfältig. Dann fragte sie: »Und der Vorname? Maura?«

»Das ist das Peinlichste.«

»Wieso?«

»Na, als wir heute Abend … heute Nacht über unsere … über die Verflossenen und die …«

»Die erotische Biographie.«

»Toll, wie gebildet du immer bist«, zog Maura sie auf.

Kathrin tat, als griffe sie nach einem Kissen, um Maura damit zu ermorden. Ließ das aber bleiben, und hörte zu, als Maura, gleichermaßen amüsiert und verlegen, gestand: »Und als du vom Thomasstreifen erzählt hast, von Wilentz … weißt du, dass du darüber noch nie geredet hast? Dass es immer nur Lasse war, der was verraten hat davon, wie es gewesen ist? Mit den Brennereien, den Hohen Frauen, der Flammenjagd?«

Kathrin war das nie aufgefallen, deshalb nickte sie langsam und machte ein vage zustimmendes, aber auch ein wenig zweifelndes Geräusch. Maura fuhr fort: »Ich fand's sehr schön, dass du … so offen warst zu mir heute. Aber ganz unbekannt sind mir die Geschichten eben auch nicht. Ich hatte dich … recherchiert, bevor ich damals runtergeklettert bin in die Bucht. Es gab so ein paar …

wenn man gut ist im Datamining, wenn man sich in der Noos auskennt … Ich war ja eine versponnene Tante, die den ganzen Tag in den Netzen hing, den Künsten auf der Spur, hinter der tollen Kathrin Ristau her. Ich hatte rausgekriegt, wie die Mädchen hießen, in eurem Dorf, und Bilder und Filmchen gesehen … und ich wusste: Du musstest dich verlieben in die. Sie muss die erste gewesen sein, die … da wollte ich so heißen, oder sehr ähnlich, und …« Ihre Rede stockte.

Kathrin hatte verstanden: ein kleiner spitzer Schock, nicht schmerzhaft, nur erstaunlich, so dass sie die Augen aufriss und ihr tatsächlich der Mund offenstand, als hätte ihr Maura eben verraten, dass sie von den Menneskern geschickt war.

Maura schwieg, kratzte sich mit der linken Hand am rechten Oberarm, lächelte, teils verschmitzt, teils befangen.

Dann sagte Kathrin tonlos: »Meori. Meori Dassy. Heiliger … Du dachtest …«, und laut herausplatzend, Stoßgebet der Verblüffung: »MEORI DASSY! Diese elende Mistsau! Du wolltest Maura heißen, weil … Maura, Meori … Irrsinn! Alles falsch, alles!«, und sie streckte die Arme aus, nahm das Gesicht ihrer Frau in beide Hände, zog sie zu sich, küsste sie heftig, ließ sie los.

Die beiden schauten sich an, als wäre die Welt unter ihnen geschmolzen.

Dann sagte Maura: »Ich dachte halt. Na ja. Und als du mir dann heute Abend … als du mir vorhin erzählt hast, dass es die andere war … Messame … da dachte ich: lustig, die ist doch … die fand ich nach den Fotos einfach … irgendwie zu brav für dich!«

»Zu brav! Für mich!«, wiederholte Kathrin fassungslos. »Das ganze Dorf wollte die heiraten! Alle. Frauen, Jungs, Nodos, Padurn. Alle. Und weißt du was?«

Ein bisschen verletzlich, weil Kathrins Enthusiasmus nicht ihr, sondern den alten Geschichten zu gelten schien, erwiderte Maura: »Was denn?«

Kathrin strahlte sie an, ansteckend glücklich: »Ich habe heute das erste Mal seit … ah … seit tausend Jahren an die beiden Schwestern gedacht, vorhin. Und dass ich so … so verzweifelt war damals, und gedacht hatte, ich würde nie irgendwo sein, wo ich dieses Ziehen nicht mehr spüre, diesen Wunsch, dass sich alles ändern muss. Diese Verzweiflung, dass ich mich falsch fühle, weil ich Messame nicht rumkriege, weil ich mich von Meori runterputzen lasse. Verstehst du, warum ich daran heute Nacht denken musste, das erste Mal seit Ewigkeiten?«

Leise, hoffnungsvoll: »Nein ...wieso?«

»Weil ich das, was ich mir damals so gewünscht habe – eine für mich, und ein ... ein Zuhause ... das hab ich jetzt. Das hast du mir gebaut, Maura. Oder ... besser ...«, fieses Funkeln im Blick, »... Carina.«

»Hey!«, rief die Geliebte.

Kathrin stand auf, ging zum Fenster.

Drehte sich um, stützte sich rückwärts an den Fensterrahmen.

Maura stand auch auf, kam auf sie zu.

Kathrin schloss die Augen und sagte, mehr geiles Stöhnen als Sprechen: »Carina! Ahhh .... Carina ... Carina Peshkowa ... nimm mich! Nimm mich, Carina, und mach mich fertig, du leiden ... schaftliche ....«

»Dir geb' ich gleich 'ne Carina!«, fauchte Maura.

Sie ließen sich mehr Zeit als vorher.

Erst nach einer Dreiviertelstunde wurden sie lauter, böser, Brandung, es kostete Kraft, aber das Schönste war: Es schuf selbst die Kraft, die es kostete. Und mehr.

Als Kathrin, rücklings der Länge nach hingestreckt, aufsah zu den Dachbalken und den trockenen Wedeln des Dachunterbaus, konnte sie alles erkennen, jede Faser. Was ins Zimmer flutete, durch große Fenster, war schon neues Tageslicht.

Nebenan, im Bad, hörte sie was plätschern, und musste grinsen: Das war Maura beim Pinkeln und gehörte zum Leben, man war ja verheiratet.

Wenig Geheimnisse, wenig Scham, sie hätte rübergehen können und sich mit der Schönen unterhalten, und nichts wäre seltsam gewesen, verklemmt, unbeholfen.

Das Geräusch sagte: Wir leben hier zusammen, auch wenn sie oft unterwegs ist, in verschiedenen Wildnissen und Urbeen.

Zainab hatte für das, was die SB »Wühltätigkeit« nannte, ein System ausgekniffelt, über das Fajid Toril hätte verzweifeln müssen, wenn er auch nur die äußere Einzelheitenschicht hätte kennenlernen können.
Doppelagentinnen, Helfer in der SB, Gürtel um Gürtel, wie das Mohnland hier die Sümpfe und der Sumpf die Brombeerwelt umschlossen.

Maura wusch sich.
Kathrin griff nach der Pfeife, die aber nicht mehr brodelte, sondern erloschen war.
Na gut. Sie wollte sowieso lieber Zigaretten, und danach dann vielleicht ein Frühstück.

Rauchend stand sie am Fenster und sah einen kleineren Midraischwarm von der eben aufgegangenen Sonne hinüber zu den Monden kreuzen.
Unten, in der Ebene, liefen Sencassa zu einer Art Rudel zusammen. An ein paar Felsen, nah den eifersüchtig bewachten, den Sümpfen vorgelagerten drei Wasserstellen, regten sich die großen Raubkatzen.

Als Maura, ein Handtuch um die Hüfte geschlungen, zu ihr kam, sagte Kathrin: »Kann es eigentlich sein, dass wir was falsch machen mit Lana? Dass ich sie zu wenig im Auge habe, ich meine: Ist das wirklich gut für sie, mit dem ... Mann, der vom Himmel gestürzt ist ... dass sie mit dem so viel Zeit verbringt? Sie kriegt eine Sicht auf die Dinge, die doch sehr verschieden ist von dem, was wir andern in dem bisschen Gesellschaft so denken, dem Zuhause, das wir hier immerhin haben. Am Ende wird sie eingebildet. Oder eigenbrötlerisch.«
»Oder einfach überlegen, wie du«, sagte Maura und kniff sie,

dass Kathrin, kitzlig, wie sie war, zusammenzuckte. Maura küsste die rechte Schläfe ihrer Frau: »Lass sie nur. Die macht das richtig. Ernsthaft: Bis sie sechs war, hab ich mir andere Sorgen gemacht. Erstmal hing sie dir dauernd vor der Brust in diesem Sack ...«

Kathrin protestierte laut, musste aber grinsen dabei: »Hey, den Beutel hat Claudia extra ...«

»Ja, ja, schon gut. Jedenfalls hast du sie bis letztes Jahr – und es ist typisch, dass du das vergisst – überhaupt nie lang aus den Augen gelassen. Du weißt, was Zainab sagt: Sobald sie fünf sind, sollten sie viel Zeit mit den andern Jüngsten verbringen, in den Kinderhäusern oder ... weißt du? Und scheinbar hast du mitgespielt, also ihren Stundenplan hatte die Kleine, ist ja nicht wie bei den Lacs, wo man erst nach der Pubertät ernst genommen wird und das Hirn nicht früher stimuliert werden darf, als bis es schon fast zu spät ... Nee, du hast sie schon immer hingebracht und abgeholt, aber mir haben ... also, geh jetzt nicht an die Decke, mehr Geruckel verträgt die kleine Hütte gar nicht ... aber ... mir haben mehrere Mütter und Väter gesagt, das war schon einschüchternd, wie du die Kinder und die Betreuer und die Padurn dann immer ausgefragt hast.«

»Wie, ausgefragt?«

»Na, ob alles o.k. ist, wie es mit dem Essen und Schlafen ausschaut, ob die Aufgaben so ausgesucht sind, dass die Kinder auch genug Erfolgserlebnisse ...«

»Ich habe Claudia und Szándor nur ... ich wollte wissen, wie das Konzept aussieht, mich interessiert das. Vom Kognitiven und Soziologischen her, das sind so Wissenschaften, die ich ...«

Maura stibitzte ihr die Zigarette aus dem Mundwinkel, winkte heftig ab, sog Rauch ein, blies ihn durch die Nase.

Dann gab sie Kathrin die Zigarette zurück und sagte. »Eine Glucke warst du. Sonst nix. Die Luzi ...«, Kathrin blickte theatralisch gepeinigt, also setzte Maura neu an: »Unsere kleine Lana, das Augäpfelchen von jeder und jedem im Camp, konnte lange keinen Schritt tun in die Nähe der Gefahren, die's in unserm Leben nun mal gibt. Du erinnerst dich vielleicht, als sie das erste Mal hier rauf durfte, im Aufzugkäfig. Bist erst runtergefahren, hast sie bei der Hand genommen, dann mit ihr hoch, alles gezeigt, wieder bei der Hand genommen, runter mitgefahren, wieder hoch. Hätte sie alleine können. Wirklich, ich bin eher froh, dass die Beschützerei mal aufhört. Und ich glaube, es tut sowohl ihr wie Severin wie unserm Laden hier gut, dass sie mit dem Jungen Freundschaft schließt. Der macht dann auch mal was Nützliches, wenn er ihr die Welt zeigt. Woher auch immer er sie so gut kennt, diese Welt. Ist ja schon komisch.«

»Mmmhh«, machte Kathrin.

Sie war kniffligen Gedanken auf der Spur, die sie noch nicht mitteilen wollte.

Die Sonne vertrieb die meisten, ein Kuss verbrannte den Rest.

3: Auftrag und Visite

»Ich will einen Lapithen sehen. Nicht nächstes Jahr. Nicht nächste Woche. Nicht aus wissenschaftlicher Neugier. Sondern gleich, und weil ich anders meine Arbeit nicht vernünftig machen kann. Bringt mir einen. Was, das ist schwierig? Kriegt ihr das nicht hin? Schöne Schirmkrieger. Der Schirm hat ein Loch. Es regnet, es hagelt, es ist eine Schweinerei.«

Fajid Toril fletschte die Zähne, hob die rechte Hand zum Mund und bohrte mit dem Zeigefingernagel ostentativ unhöflich an seinem Zahnfleisch herum. Sehr weit zurückgelehnt saß der oberste Schirmkrieger an seinem prunkvollen Schreibtisch mit Marketerien aus Zwetschgen- und Myrtenholz, der auf geschnitzten und vergoldeten Beinen den Parkettboden zerkratzte, weil Toril, der seine Beine und gestiefelten Füße auf diesem Schreibtisch gekreuzt hatte, mit seinem Birkensessel, dessen häkchenförmige Rückenlehnensprossen, Rahmen und Stege knirschten, unablässig kippelte, so dass der Schreibtisch immer wieder ein paar Milli-, auf Dauer wohl gar Zentimeter vor- und zurückgeschoben wurde.

Das Möbelensemble prunkte, zusammen mit ein paar leeren Glasregalen, die nichts Besonderes bedeuteten, zu noch weniger gut waren und die der SB-Chef absichtlich verstauben ließ, in einem der höchsten Stockwerke eines recht hohen kegelförmigen Gebäudes vor sich hin.

Dies war der »Alarmturm«, so wusste es der Volksmund, weil von dort in Krisenzeiten Gleiter voller Polizei ausschwärmten. Er befand sich unweit des Omphalos der Stadt Ellemi, über der die Sonne und Arrhenius um die Wette glühten. Ellemi hatte Toril sich zum Hauptsitz seiner Ordnungsstifterapparats gewählt, weil ihm in Barbizek nicht mehr wohl gewesen war, »dieser Omphalos, diese Spuren der Zerstörung, dieses Mahnmal für die Aistheten

und ihr Talent, uns auf der Nase herumzutanzen … nein, das sind nicht die Aussichten, die ich vor meinem Fenster haben will.«
Die meiste Zeit über war es in Ellemi jetzt sehr heiß und längst nicht so gemütlich wie in der Epoche vor der Korridorsperre, als die Leute dieses Urbeums noch dafür bekannt gewesen waren, vor den Lehmpueblos der Trabantenstädte oder auf den großen Plätzen des Omphalosringes in den Tag hinein zu leben, gegrillte Waschbären mit Mais zu essen und schrille, schnatternde Gespräche im lokalen Dialekt zu führen.

In sicherer Distanz zu Farjid Toril saßen drei seiner treuesten Schirmkrieger.
Er brüllte sie an.
Dann gähnte er.
Dann brüllte er wieder.
Sie hielten es aus.
Reza Fruchtman und Tatjana Cortés waren Menschen, Smelmle (u) Thik war eine Renga, die von Tatjana Cortés eine Handbreit unter Brusthöhe getragen wurde und vor verhaltener Erregung über die Tatsache der wichtigen Audienz leise blubberte.

»Hier wird regiert. Hier wird geforscht«, rief Fajid Toril ungehalten. »Trifft das zu? Und einen Bürgerkrieg bekommen wir auch bald. Wird schon. Alles zu seiner Zeit. Was heißt Regieren, was heißt Forschen, und was heißt Krieg? Das heißt: Wir holen so viel Informationen ein, wie wir kriegen können, und verhalten uns danach. Man liegt mir in den Ohren: Die Lapithen, heißt es, wüssten alles. Sie wissen jedenfalls mehr als wir, denn sie wissen: Warum Künste? Warum Feldeváye? Was ist mit den Menneskern? Das alles, stimmt schon, wissen die Lapithen. Und wir fragen sie nicht danach. SB? Quatsch. Oder irre ich mich? Wieso bedrängen die Admins diese Leute nicht? Wieso suchen die Prodisten nicht ihre Hilfe? Wieso lässt man sie in Ruhe, wo sie doch uns Menschen nicht in Ruhe lassen, sondern in unserer Vergangenheit herumkramen, diese … Künste zutage fördern und dann hierherbrin-

gen? Ich will keine Antwort in artigen Sätzen von euch. Ich will eine Antwort in Taten.«
Er hob die rechte Hand, spreizte die Finger – das war eine Geste, die seine Untergebenen schon kannten: Was anderswo ohne Theatralik geschah, die Coifletüberspielung von Ordern, etwa Marschbefehlen, und von Daten, die nötig waren, wollte man diese Order befolgen, begleitete er gern mit Gesten.
Die Muschel, die Tatjana Cortés trug, summte empfangsbereit, während die beiden Menschen ihre Köpfe neigten.

So erfuhr das Trio in gedrängten Bildern und langen Zahlenkolonnen, was für ungeheure Probleme dieser Mann gleichzeitig jonglierte.

Die Admins, die formell über ihm standen, taugten alle nichts: Iain Cesmatos im Omphalos von Tumak war ein präseniler hundertzwanzigjähriger Alkoholiker, Malik Tuak-Jin in Barbizek ein mit vierzig immer noch pubertierender Lüstling außer Kontrolle, der nur für Orgien und Drogen lebte, und Teresa Sanchez, die von sich glaubte, sie regiere sowohl Pachetum wie Kaderum, war eine verwirrte Marionette an überkreuz laufenden Fäden, die Arvis Mikolat, der sie befördert hatte, längst nicht mehr tanzen lassen wollte, weil sie zu konfus war, sich von ihm oder irgendwem sonst steuern zu lassen, die er aber nicht los wurde, weil sie infolge einer Verkettung intimer Freundschaften mit außerfeldeváyschen Würdenträgerinnen und Würdenträgern ein bisschen zu viel über einige seiner Intrigen gegen den unter Hausarrest stehenden Integralleiter wusste.
Alle drei Nieten erteilten den prominentesten Waffengewaltigen des Planeten, Zoe Svenson-Xuan vom Rumpfmilitär der adminloyalen Prodisten und Fajid Toril selbst sowie der SB-Außenstelle Arrhenius unter Nicola Greiff, täglich hunderte einander blockierender und obendrein in sich widersprüchlicher Befehle. So sollten etwa weitere Kunstwerke, die nach wie vor auf Feldeváye eintrafen, im Sinne der Amtshilfe für die allmählich völlig des-

organisierte Auswertung gefunden, sichergestellt und in die Omphaloi verbracht werden; oder man wurde aufgefordert, die Verkürzerport-Verluste, Ergebnis fast täglicher neuer Schließungen durch die Lapithen, durch Gleiterbereitstellung besonders für die Wege zwischen Arrhenius, den anderen Monden und Ammar sowie Toveyn zu kompensieren, meist unter der Aufsicht von Svenson-Xuans Divisionen; oder man sollte unzufriedene Prodniki und Prodisten in Barbizek, Tumak, Deyra und Stipay »hart rannehmen« (so Teresa Sanchez während eines ihrer übergeschnappten Wutanfälle). Auch die Energieversorgung der Innenstädte von Laischa und Ellemi wollte »in Ordnung gebracht« (Cesmatos) werden, ohne dass auch nur geklärt worden wäre, ob die sich häufenden Lamontikausfälle und Blackouts in diesen Zentren wirklich von contramuraler und prodniksubersiver Sabotage rührten oder nicht eher von den Sonderschichten, die in den Werften gefahren wurden, weil Arvis Mikolat als Entlohnung für den sogenannten Schutz, den er Feldeváye in Gestalt der Korridorblockade gewährte, eine emsige Beteiligung der lamontischen und klassischen Industrie der Welt der Letzten Künste an seinen Kriegsvorbereitungen forderte.

Das berühmte zivilisatorische Patchwork, mit dem der Planet in der kurzen Zeit des admingeförderten Tourismus an seinen Stränden, auf seinen Bergen, in seinen Wäldern und seinen Urbeen noch vor etwa hundertfünfzig Jahren geworben hatte, zerbrach über alledem: Es war den Zug- und Druckkräften nicht gewachsen, die in den verschiedenen Sozietäten der großen Kontinente die Spannungen täglich verschärften zwischen jenen, die nach wie vor sehr gut lebten, und denen, die nur noch gut lebten, und allmählich bildete sich sogar ein Bodensatz, der schlecht lebte: Seit Monaten wurden Lacs aus ihren angestammten Siedlungsräumen direkt um die Urbeen aufs flache Land verdrängt, schon früher bekam die SB Schwierigkeiten mit Gemeinwesen wie den Matriarchaten des Thomasstreifens, den Bacchanten der südwestlichen Ammarspitze, den Wilden zwischen Senye und Lenye und den

Erstsiedlern auf den Atollen Bemrek und Resad, die unterm persönlichen Schutz des stets volltrunkenen Iain Cesmatos standen, der über sie zu lallen pflegte: »Das sind nicht irgendwelche Hinterwäldler, das sind die Leute, die uns die älteste feldeváyische menschliche Kultur geschenkt und uns die Strata der Altsprache gegeben haben. Wie wir reden, bitte, das stammt ja nicht von den Lacs!«

Die Nomaden nordwestlich von Tumak, die Asketen in sechzehn Dörfern, die sich vor achthundert Jahren geweigert hatten, sich von Barbizek eingemeinden zu lassen, die Waldleute im Norden: Sie alle gruben sich in ihre gewohnheitsmäßigen Verschrobenheiten wie Dachse in Tunnels, wurden immer schlechter kontrollierbar und damit verdächtig, sich immer besser zu eignen, Contramurale zu verstecken.

In Absprache mit Svenson-Xuan sandte Fajid Toril regelmäßig »Ordnungshilfen« von bis zu zweitausend Frauen und Männern Truppenstärke in diese unsicheren Territorien.

Manche dieser Hilfsfahrten nahmen inzwischen ganz offen den Charakter von Strafexpeditionen an – wenn etwa Industrie- und Lamontikhilfe für Mikolat aus den betreffenden Gegenden ausblieben. Man zerschlug, wo es nicht anders ging, lokale Hierarchien komplett und baute, soweit das möglich war, neue auf, die im Sinne der Admins arbeiteten.

»Im Sinne der Admins«, das war zu einer durchaus dehnbaren Bestimmung geworden – *de facto*, wurde seinen drei besten Leuten soeben bewusst, handelte Fajid Toril nicht nur beim Befehligen dieser akuten Schocktruppen bereits als Hauptverwalter eines mehrere Kontinente abdeckenden Ausnahmezustands, als Diktator mindestens von Toveyn, Ammar und Travers. Demnächst würde er, wenn dies so weiterging, wohl nur noch Mikolat verantwortlich sein, der ihn nicht mochte, aber brauchte.

*

Ein Alleinherrscher von Feldeváye, ausgenommen einige tausend Quadratkilometer in Äquatornähe, die beiden Polarregionen und den unübersichtlichen Mikrokosmos der Atolle: War das möglich?

Reza Fruchtman, Tatjana Cortés und Smelmle (u) Thik hielten es, als die Überspielung nach wenigen Sekunden vollendet war, für sehr wahrscheinlich: Alle Organigramme, Protokolle und Flow-Charts deuteten auf ein solches Ergebnis hin.
Was er von ihnen wollte, war ihnen nun auch klarer.
Sie sollten einen Lapithen finden, das hatte er offen ausgesprochen.
Nebenbei aber sollten sie, wie steganographisch in den Haupt-CLP-Strom eingebettete Subcoiflets sie informiert hatten, erstens herausfinden, an welchen Orten in der Noos und bei welchen Personen man am effektivsten eine Drohung deponierte, mittels deren man sich strategische Positionen verschaffen konnte, die als Ausgangsstellungen für den allgemeinen Staatsstreich gegen die Admins von Nutzen waren.
Zweitens war ihnen aufgegeben, einige unzufriedene Prodisten aus dem Flechtwerk ihrer Kabalen herauszulösen und zu Agenten für Toril umzufunktionieren. Drittens sollten sie Zoe Svenson-Xuan töten oder töten lassen, und zwar so, dass ihren Tod niemand für einen Unfall halten konnte, die Spuren aber auf die Hand der ohnehin unbeliebten Kriegstreiberin Teresa Sanchez deuteten. Viertens sollten sie die städtischen Regimes von Cesmatos und Tual-Jin destabilisieren, zur Not auf dem nach Torils Ansicht zwar unappetitlichen, aber opportunen Weg der Entfesselung von Lacrebellionen. Fünftens sollten sie auf den Reisen, die beim Ausführen der übrigen Ordres unvermeidlich sein würden, nach Kathrin Ristau sowie einigen anderen führenden Contramuralen fahnden, wenn möglich unter Berücksichtigung der unlängst den Torilschen SB zugegangenen Information, Ristau habe inzwischen so etwas wie einen eigenen Hausstand gegründet und sei also von früheren nomadischen Neigungen abgerückt. Sechstens sollte das Trio herausfinden, ob Quellen trüb oder klar waren,

von denen die Auskunft stammte, Severin Rukeyser sei keineswegs auf der Flucht vor den SB seinen Verletzungen erlegen, sondern zu den Contramuralen gelangt, wo er sich seit Jahren bester Gesundheit erfreute und sein Blut für Forschungen hinsichtlich der Eriksonschen Kunstide den Leuten um Conlon Nancarrow zur Verfügung stellte.
Die siebte und letzte Anweisung war die merkwürdigste.

Ausgerechnet im Thomasstreifen, einem der unscheinbarsten Landstriche des Planeten, sollten die drei, falls ihr Weg sie dorthin führen, eine Liste lokaler Politikerinnen und Polizistinnen abarbeiten – Meuchelmord um Meuchelmord.
Konnte von einer so zurückgebliebenen Gegend wirklich eine Gefahr für die Schirmkrieger ausgehen?
Die Einzelvermerke zu den markierten Personen waren nicht weniger kurios als dieser Gedanke: Über eine der Frauen hieß es beispielsweise, ihr sei »keine Gelegenheit für ihre üblichen Selbstrechtfertigungen einzuräumen«, über eine andere, sie müsse »daran gehindert werden, sich weiterhin ihrer Verantwortung zu entziehen«.

Der Mann, der das Abzeichen selbst entworfen hatte, das seine Leute trugen (einen antiken Regenschirm, umgeben von Blitzen – der debile Cesmatos pflegte etwas von »Magritte« und Surrealismus zu faseln, niemand sonst hatte eine plausible Deutung des Symbols), eröffnete aus Konzilianz eine dreiminütige nonverbale Nachfrageperiode.
Die Eingaben, die ihm daraufhin überspielt wurden, ließ er allerdings von nichtdenkenden Subroutinen seiner Noosplattformen klären, entkräften, berücksichtigen oder abweisen.
Danach räusperte sich Toril – ein charakteristisch theatralischer Zug – und sagte: »Wir sind klar miteinander? Ihr fallt mir nicht mehr auf die Nerven, bevor nicht alles erledigt ist und ein Lapith mir sein spitzes grünes Ohr leiht?«
Die drei gaben respektvolle Zeichen der Zustimmung von sich.

Fajid Toril nickte befriedigt, kippelte auf seinem Stuhl noch einmal vor, einmal zurück. Dann sprang er abrupt auf und machte mit beiden Armen kreisende Bewegungen, als wollte er das Trio mit physischer Gewalt aus dem Raum schaufeln: »Na dann los, ich habe Arbeit vor mir. Ich muss in meinen Kerker, nach dem Rechten sehen.«

Die drei begaben sich unter mehr oder weniger deutlichen Danksagungen, die im Umgang mit Toril längst zur Formelhaftigkeit erstarrt waren, in eine Transportsphäre auf der entsprechenden Zwischenbüroplattform. Rasch fielen sie aus Torils Gesichtsfeld in die Tiefe, als hätte jemand ein Seil zerschnitten, an dem sie hingen.

Sein letzter Scherz war keiner gewesen.

Der robuste Aufzug, den er betrat, als er in sein Büro zurückgekehrt war und per Zuruf eines der Glasregale dazu gebracht hatte, sich zu zerlegen und den Weg zur Aufzugschiebetür freizugeben, schoss ihn tatsächlich zu einem Kerker.

Der war allerdings nicht, wie früher derartige Verliese, in einem tiefen Keller, sondern in der Spitze des Alarmturms untergebracht, überwölbt von einer kleinen Kuppel, durch die das harte bleiche Licht des nahen kleinen wie das des ferneren und größeren Sterns den Eingesperrten auf die Haut brannte, soweit sie welche hatten.

Unkundige hätten den Ort vielleicht für eine Krankenstation gehalten. Alles hier war weiß oder spiegelnd, porenlos glatt, aus Lamontplastik, Glas oder Metall, sämtlich selbstreinigend, das künstliche Licht, soweit nötig, von eher dezentem Gelb, die Atmosphäre antiseptisch.

Außer Fajid Toril selbst, der diesen Kerker öfter als einmal die Woche zu besuchen pflegte, bewegten sich nur Roboter hier frei: schlanke, gelenkige, auf Kugel- und Eiform basierende, mit vielen wuselnden Extremitäten, einer ausgezeichneten Sensorik und ungemein schnellen Bewegungserzeugern ausgestattete Apparate, denen nichts und niemand je würde entkommen können.

Fajid Toril hatte Lehrgeld bezahlen müssen: Klemens Erikson war ihm entwischt, weil der SB-Chef auf menschliche Wachposten gesetzt, und Severin Rukeyser, weil er ihn für tot gehalten hatte. Solche Fehler sollten ihm nicht mehr unterlaufen.
Der Kerker in der Spitze des Alarmturms hatte zehn Insassen, neun davon menschlich.

Acht der Menschen wurden jeweils neun bis zwölf Stunden am Tag, beginnend kurz vor Sonnenaufgang, medizinischen Verfahren ausgesetzt, die ihnen gewisse Informationen entlocken sollten.
Diese ruhten angenommenermaßen teils im Bewusstsein, teils, oft ohne ihre Kenntnis, in ihren Körpern.

Von den Robotern wurden sie auf in etwa dreißig Grad Neigung zum Boden in stabiler Aufhängung angebrachten Liegen fixiert. Man beschoss sie mit Brechungslicht, das ihre CLP-Transceiver knacken und eventuelle Zusatzspeicher sowohl entdecken wie öffnen sollte. Was ihre Köpfe in dieser Lage sendeten, wurde abgehört. In Armen, Beinen, Nacken steckten Zugänge, durch die harte Virenwäschen in die Leiber geleitet wurden. Sollte etwas in den Gefäßen herumschwimmen, würde es auf diese Weise unfehlbar sicher entdeckt werden.
Oft war der einzige Weg, intelligente, physisch unschädliche Krankheiten von der Art, wie die Contramuralen sie als Erben der Schätze des verstorbenen Klemens Erikson und seines vermutlich noch lebenden Geliebten Severin Rukeyser verwendeten, in diesen Leuten aufzuspüren und sie zu besiegen, die Infektion der Gefangenen mit Konterkrankheiten, darunter ernsten, sehr schädlichen.
Dic resultierenden Symptome, von Lungenentzündungen über Herz- und Kreislaufzusammenbrüche, inneren Blutungen, Krämpfen, Koliken und Muskelatrophien bis hin zu Tumoren der Haut, der Leber, Lungen oder Nieren, waren Fajid Toril durchaus peinlich. Eine Wahl allerdings hatte er nicht: Die Kampfmethoden gab

nun mal der Gegner vor. Wenn sich auch auf diesen Wegen nichts erreichen ließ, tat Toril das in seinen Augen Vernünftige und ließ die Leute töten.

Heute Morgen war es im Gefängnis ruhig; Schreie und outriertes Verhalten blieben aus. Kaum hörte man über die Kontrolllautsprecher auf dem Gang so etwas wie ein Wimmern oder Winseln. Darüber war Fajid Toril erleichtert; die angriffslustige Laune, die er seinen Untergebenen vorhin demonstriert hatte, war nicht wahr, seine Arbeit, seine Rolle im großen Spiel, das auf Feldeváye ausgetragen wurde, gefielen ihm in letzter Zeit überhaupt nicht.

Das mochte an der Lauerstellung liegen, zu der er augenblicklich verdammt war: Die Arrheniusdrohung würde erst in den nächsten Tagen und Wochen lanciert werden.

Mit ihr erst begann, wusste der Ehrgeizige, sein entscheidender Angriff auf die morsche Ordnung der Admins.

Bis dahin hieß es Ruhe bewahren, nicht auffallen, Dienst nach Vorschrift – nur dass die Vorschriften der drei Kretins einander eben leider ständig widersprachen.

In die ersten acht Zellen entlang des schmalen Gangs konnte Toril, da die Türen transparent waren, hineinsehen. Er tat es nur flüchtig.

Drinnen bewegte sich wenig, alle Häftlinge waren erschöpft.

Der Besucher ging mit festem, raschem Schritt geradeaus. Zwischen den einander direkt gegenüberliegenden letzten Türen blieb er stehen. Beide waren aus dickem Stahl, nichts Lamontisches, wirkliche Erzprodukte, antike Servomotoren.

Toril wandte sich nach Westen und ließ die Sensoren vor, neben, unter und über der Tür ihn abtasten, anfunken und eine Blutprobe aus der rechten Zeigefingerspitze entnehmen.

Dann sandte und sprach er gleichzeitig den Code, der ihm die Türe öffnen sollte.

Schließlich klinkte das Hindernis mit schwerem Schienenkrachen aus, wich nach links und ließ ihn eintreten. Hier war der Grund für einen möglichen Krieg zwischen der Storema und allen Menschen: ein gefangener storarischer Diplomat von hohem Rang, einst Fajid Torils wichtigster Verbündeter, Förderer und Lehrer.

Terzutac-Mohenims Grundschablone war an sieben Stellen gebrochen und in achsenwidrige Rundsperren gespannt. Seine Längskanten hatte man brutal stumpf geschliffen, seine herkömmlichen Sinnesorgane ausgebohrt und schwarzgebrannt, seine Leisten zersplittert, seine Senkköpfe mit schwarzen Plastikkappen versiegelt und zugeschmolzen, das ganze Gefüge bis kurz vor dem Auseinanderbersten gegen einen Metallbogen gedrückt, der ihm ein ständiges, nicht unerträglich intensives, aber auf Dauer sicher eine Art Wahnsinn induzierendes Nervensingen zufügte.
Seine Nevina wurden mit Laserlicht gestört, mit dumpfen Hammerschlägen eines eigens nur dafür aufgestellten Roboters alle paar Minuten aus der Frequenz gestoßen und auf jede erdenkliche sonstige Weise daran gehindert, Vorgänge in Cec oder Reke wahrzunehmen. Irgendeine Art von Semta aus der Situation zu entwickeln, war unter diesen Umständen ganz unmöglich. Die gesamte höhere Stelis des Gemarterten litt so, wenn auch keine schrille Qual, so doch fortwährende Blind- und Taubheit.
Wie zum Spott hatte Fajid Toril zwei Kameras, primitive Kunstaugen, an der obersten Kante anbringen und mit albernen Glasfaserkabeln an Terzutacs Hirn anschließen lassen, außerdem eine Sprachsynthesizerbox, wie sie eine begabte Fünfjährige hätte aus einer trägen Lamontik hervorlocken können.
Mikrofone im zerstörten Rahmen, ebenfalls ans storarische Hirn geschlossen, vervollständigten die böse Karikatur: Die falschen Augen waren dazu da, dass der Storarier seinen Peiniger erkennen konnte, wenn dieser den Raum betrat, die Mikrofone sollten Ohren sein, die Terzutac-Mohenim zwangen, zu hören, was man ihm sagte, und die Synthesizerbox gewährte ihm eine Gelegenheit zum Antworten.
Früher, vor sehr langer Zeit, war Fajid Toril einmal von der Frage

fasziniert gewesen, wie es wohl sein mochte, einen Körper zu bewohnen, der seinem eignen in wichtigen Punkten nicht glich.

Das war lange her.

Soweit er sich daran erinnerte, kam es ihm immer seltsamer vor, dass er seine Zeit jemals mit so etwas hatte verschwenden können.

Man ist, dachte er heute, der man ist.

Was man braucht, um sich nicht bedrängen, übervorteilen oder vernichten zu lassen, ist keine Metamorphose, sondern Macht.

»Du bist der Schwierigste«, sagte Fajid Toril, als er das Verließ betrat.

Der Storarier antwortete nicht.

Toril setzte neu an: »Der Schwierigste von allen meinen Gefangenen. Selbst wenn wir was fänden, wir könnten es vielleicht gar nicht entschlüsseln. Was davon ist Bewusstsein, was sind eingebettete, steganographische Addenda? Ähnliche Krypselei hatten wir schon bei Klemens Erikson, wenn du dich erinnerst. Damals hast du mir noch geholfen. Die Fernverhörzelle, in der er … ja, das war dein Design.« Er sagte das fast trotzig, als wollte er seinem Opfer auch mitteilen: Beschwer dich nicht, ich stelle mit dir nichts Schlimmeres an, als wir beide mit unserem gemeinsamen Häftling schon vor Jahren angestellt haben.

»Erikson musste ich noch an einen Ort schaffen, von dem die Admins nichts wussten. Aufgegebene Stadt, Jocelyn … hörst du zu?«

»Ich höre zu«, sagte eine kraftlose, wie in Salzlösung ausgebleichte Stimme.

»Der Schwierigste«, wiederholte Fajid Toril. »Nicht wegen Unübersetzbarkeiten – die gibt es nicht. Es gibt ja nur eine Welt, also ist alles übersetzbar, was von irgendwem irgendwo gedacht wird. Das hast nicht zuletzt du mir beigebracht, auch wenn ich manchmal denke, dass ich ohnehin schon mein ganzes Leben lang auf dem Weg zu dieser Erkenntnis war, lange bevor ich dich kannte. In meinen eigenen Kerkern sozusagen. In meiner eigenen Demütigung.«

Er schien den Faden verloren zu haben.
Langsam ging er um die Installation der Qual herum, dann nahm er seinen Gedanken ohne Mühe wieder auf: »Der Schwierigste bist du auch nicht deshalb, weil ich nicht weiß, wie sich das von innen anfühlt. In dieses Ding gespannt zu sein, diese … offenen Stellen zu haben und … ich habe keine Vergleichsmöglichkeit. Das hätte mich … früher … fast philosophisch beschäftigt, aber heute habe ich nur ein Problem: Ich verstehe dein Motiv nicht. Ich verstehe nicht, warum du dich weigerst, zu tun, was ich will. Es ist doch ein simples Spiel mit zwei Gewinnern, wenn du tust, was ich verlange. Und eins mit zwei Verlierern, wenn du dich weigerst. Was soll das? Ich kann's mir nur so erklären, dass du nicht weißt, was ich will. Dass du es nicht verstehst, dass ich mich unklar ausgedrückt habe. Tu mir also den Gefallen«, er strich mit der Hand über ein Kontrollpanel, das ihm erlauben würde, die Leiden seines Gefangenen zu verschärfen, falls er das wollte, »und wiederhole, worum ich dich gebeten habe, und erklär mir dann, warum du dieser Bitte nicht nachkommen willst.«
»Du möchtest Kontakt«, sagte die ausdruckslose Stimme.
»Kontakt zu wem?«, fragte Toril, jetzt hörbar ungeduldig.
»Zu denen, die deiner Ansicht nach die Storema regieren. Du möchtest …«
»Ansicht? Unfug. Das ist gutes Material, das sind völlig sichere Kundschafterfunde. Alles beglaubigt, bestätigt. Oder willst du lügen, dass es ihn nicht gibt, diesen Ter Helinac, und willst du behaupten, dass er nicht …«
»Du siehst«, fiel sein Gefangener ihm überraschend ins Wort, »weiter als andere Menschen, das wussten wir immer. Aber du siehst nicht weit genug. Deine Perspektive …dir ist aufgefallen, was geschieht. Mikolat zwingt Feldeváye in ein Autarkiebemühen, das keinen Erfolg haben kann. Die Biomasse, die energetische Situation, das alles steht nicht dafür. Schon gibt es in euren Urbeen echte Armut, von den Prodniki abwärts, nicht nur bei den Lacs, denen ihr unterstellt, sie wären selbst schuld daran, dass sie zu bestimmten Annehmlichkeiten des Lebens mit Lamontik und

Nomotechnik keinen Zugang haben. Ihr überfischt die Meere am Thomasstreifen. Ihr lasst Böden verdorren, in Deyra und Ammar. Die Demographie entgleitet den Admins. Arrhenius flackert. Du sitzt in der Falle. Du willst König werden, und wenn du Pech hast, wirst du König der Falle. So suchst du Hilfe von außen. Aber deine Vorstellung davon, was das ist, Außen, hat sich eingetrübt. Lapithen. Storema. Rengi.«

»Auf die Muscheln ist geschissen«, sagte Toril im Tonfall gezierter Liebenswürdigkeit.

Er lächelte versonnen.

Der Häftling fuhr unbeirrt fort: »Sie alle, Storema, Lapithen, Rengi gehören zum Problem, das du hast, sie alle sind kein Außen. Sie sind vielmehr so sehr Teil dessen, was hier deiner Kontrolle entschlüpft ist, wie dieser Tarik Jaivedh, der dir aus Arrhenius eine Bombe machen soll.«

»Ach, hör doch auf.« Der Schirmkriegerhäuptling winkte ab, ließ das Panel los und stellte sich direkt vor die Folterinstallation. »Dass du weiterhin auf irgendeine Art von draußen Informationen bekommst, dass du mich überwachst oder überwachen lässt, dass du vermutlich sogar ausbrechen könntest, wenn du wolltest, das weiß ich alles. Es beeindruckt mich nicht. Ich will dich hier haben, bis du deine Meinung änderst. Und hier, siehst du, habe ich dich.«

»Ich habe meine Meinung nicht geändert. Ich ändere sie nicht. Ich werde sie nicht ändern«, erwiderte Terzutac-Mohenim.

»Ja, ja. In Cek nicht und in Reke nicht und nicht in Cerrem. Schon klar.« Fajid Toril wusste, dass er den Storarier damit beleidigte und provozierte; der Zugang zu diesen Ordnungskategorien seiner Welt war dem Gefolterten aufgrund von Torils gezielten Grausamkeiten ja versperrt.

»Ich bleibe hier, weil ich dann auch dich genau hier habe, wo ich dich haben will«, sagte der Storarier. Fajid Toril wandte sich ab und lachte.

Es klang sehr zufrieden.

Der Diktator in Wartestellung verließ den Raum, dessen Türe mit lautem Krachen wieder in ihren Rahmen fiel.
Toril zündete sich in Ruhe eine Zigarette an und rauchte, während er den Blick über die Dächer, Türme, Brücken, Plätze, Bögen der Stadt schweifen ließ.
Er hätte sie längst zum Zentrum der feldeváyschen Politik machen können, wären ihm solche symbolischen Kindereien nicht ganz gleichgültig gewesen. Er hat ja recht, dachte Toril, und freute sich an den Schäfchenwolken, die nah genug waren, dass er glauben konnte, es wäre möglich, sich von hier aus mitten in sie hineinzuwerfen.
Recht hat er, aber wie die meisten, die gegen mich recht haben, sieht er nur einen Teil des Bildes, auf das ich schaue. Die Storema, die verdammten Rengi, ein halbes Dutzend anderer Spezies, manche davon Abstammungserben der Menschheit, können das Problem nicht lösen, das ist wahr.
Denn sie sind von hier, wie man so sagt.
Aber er versteht mich tatsächlich falsch. Ich will gar nicht, dass sie's mir lösen, mein Problem. Ich tu nur, was ich, in die Enge getrieben, stets getan habe: Gewicht verlagern, bis ein Ausbruch gelingt. Ein Ausbruch, oder besser: ein Übergreifen auf die nächsthöhere Ebene. Auf etwas, das nicht hier ist. Er unterschätzt mich, dieser Storarier. Das ist der Fehler, und den machen sie alle, immer schon. Der Fehler arbeitet für mich und wird mir weiter nützen. Er sieht nicht, dass ich weiß: Nichts in den besiedelten Galaxien kann das Problem lösen – aber wer sagt, dass diese Galaxien schon alles sind? Ich denke größer. Wer sagt, dass da, wo die Mensker sind, nicht etwas zu erobern wäre? Wer sagt, dass mir nicht die Lapithen helfen können, dorthin zu gelangen?
Da könnte Macht sein, wie sie keiner kennt unter denen, die mir hier helfen oder die mich hier bekämpfen. Keiner … na, vielleicht Severin Rukeyser.

Um das herauszufinden, müssten er und ich uns mal ein bisschen unterhalten, zu meinen Bedingungen. Nicht jetzt. Aber auch nicht nie. Ich habe Geduld, und ich habe Leute, und Waffen. Das hat immer gereicht.

Die kräftigende, gesunde Zigarette – eigentlich rauchte Toril nicht gern, aber die Supplemente mussten sein, er lebte gefährlich und strapaziös – war jetzt bis auf einen fingernagellangen Rest aufgeraucht. Er ließ sie aus dem Mund auf den Boden fallen, trat mit dem Stiefel drauf. Der kluge Boden begann sofort, das bisschen heißen Rest zu absorbieren.

Die zweite Tür öffnete sich ganz wie die andere, als Fajid Toril sein Recht auf Zutritt das zweite Mal hatte überprüfen lassen. Die Szene, die ihn hier empfing, war weniger bizarr als bei Terzutac. Hinter einer dicken transparenten Scheibe saß eine kahlgeschorene Frau, nicht mager, nicht dick, in langem, grobem Leinenkleid auf einem schmalen Bett, bei einem Waschbecken, einem metallischen WC und einem Spiegel. Ihr Gesicht war blass, die Augen blickten stumpf, sie wirkte teilnahmslos.
Ihr Alter war nicht leicht zu schätzen: längst kein Mädchen mehr, noch lange keine Greisin, eine Bewohnerin biologischer Zwischenreiche ohne Karte, ohne Namen oder Ausweg.
Der Mann, der eine seiner besten Agentinnen ausgesandt hatte, diese Frau zu finden und zu ihm zu bringen, und der paranoid genug gewesen war, diese Agentin daraufhin von zwei anderen seiner Schirmkrieger töten zu lassen, so dass das Wissen über diese Gefangene nur noch er und die Frau auf dem Bett selbst teilten, sah die Alterslose fragend an, als hoffte er, sie könnte ihm die Entscheidung darüber abnehmen, welche Begrüßung angemessen wäre.

Es klang bedauernd, als Meori Dassy sagte: »Sie wird nicht kommen. Nicht meinetwegen. So neugierig ist sie nicht. Wäre ich meine tote Schwester, käme sie her. Du müsstest ihr wahrscheinlich Garantien geben, freies Geleit. Das wäre gelogen, und das wüsste sie, aber …«

»Aber ohne diese Garantien«, Fajid Toril lächelte, »könnte sie es nicht verantworten – vor ihren Leuten, für die sie verantwortlich ist. Vor ihrer Familie.«

»Sie hat eine Familie?«

»Frau und Kind.«

Meori Dassy hatte dazu nichts zu sagen.

Fajid Toril schüttelte den Kopf: »Heute versteht mich niemand. Meine drei Besten denken, ich hätte ihnen ein Dutzend grundverschiedener Aufträge erteilt, weil sie nicht verstehen, dass die zusammengehören. Ein Storarier – sozusagen dein Nachbar –, der mir bloß eine ganz kleine, ganz einfach Gefälligkeit erweisen müsste, um sich seine Freiheit zu verdienen – hält mich für unglaublich beschränkt. Es ist kränkend. Und du … du denkst, ich will sie mit dir herlocken. Nichts liegt mir ferner.«

Die Frau betastete mit ihrer rechten Hand den verschorften Schädel, suchte nach Stoppeln, vermisste ihr Haar, machte ein unverbindliches Geräusch.

»So einfach ist das nämlich alles nicht, mit den Geiseln«, sagte Toril, »dazu gehört ein ausgeklügeltes System. Ich will sie, und ich will Rukeyser. Fange ich ihn zuerst, wird sie ihn holen wollen. Fange ich sie, nun, dann werden wir sehen. Aber du? Du bist kein Lockvogel.«

Der Blick, den sie ihm jetzt schenkte, strafte den ersten Eindruck Lügen, den er beim Betreten der Zelle von ihr gewonnen hatte: Da war so viel Rachedurst und ungebrochener Freiheitswille, da war die ganze alte hochmütige, stolze, hochintelligente Meori aus Wilentz, dass es ihm paradox wohltat, als sie zischte: »Warum hast du mich dann überhaupt gefangen? Was willst du von mir?«

Erneut, wie beim Verlassen von Terezutac-Mohenims Zelle, hatte Fajid Toril einen Grund zum Lachen gefunden.

Als er fertig war und sie ihn immer noch direkt anstarrte, trat er einen Schritt näher ans Glas.

Aus arglosen Augen sah er sie an und sagte: »Von dir will ich nichts, außer dass du mein Werkzeug bist, wenn die Stunde kommt. Mein Werkzeug der Revanche. Kathrin Ristau zu brechen, das wird nicht leicht. Breche ich dich vorher, so kannst du mir dabei nicht helfen.«

»Wie, glaubst du denn, kann ausgerechnet ich dir helfen? Sie hat mich immer gehasst.«

»Das mag sein. Aber niemand sonst kann ihr glaubwürdig erzählen, wie – und warum – deine Schwester gestorben ist. Und nichts, was ich an Mitteln besitze, sie zu brechen – Geräte, Gifte, Viren, Brachialgewalt –, kommt der Waffe gleich, die ich in Händen halte, solange du hier bist und diese Geschichte erzählen kannst.«

Meori Dassy stand auf.

Sie ging auf Toril zu, bis nur noch je eine Handbreit Abstand zwischen den beiden und ihrer jeweiligen Seite der Scheibe war. Dann sagte sie: »Welche Waffe?«

Fajid Toril zwinkerte ihr zu: »Die Wahrheit, was sonst?«

4: Der schnelle Mensch

Zu viel Erinnerung und zu wenig.
Wenn der Wind eine bronzene Hitze über der Steppe in Vorhänge teilte, stieg der Wiedergeborene, der zwei Leute gewesen war, vielleicht auch drei oder mehr, mit diesem Wind auf, schnell und angstfrei.
Die großen gefährlichen Katzen hoben ihre Köpfe. Wenn einem ein starkes Biest nachschaut, während man sacht abhebt und dann in der Luft schwebt wie ein dünnes Tuch, dann ist der Gesichtsausdruck dieses Ungeheuers, entdeckte der Wiedergeborene, vor allem komisch. Vögel schienen stets zu wissen, wann der schnelle Mensch in ihrer Nähe wohnen wollte, sich zum Schlafen ins hohe Gras legte oder das Fliegen übte: Sie hielten sich von diesen Orten dann fern, er sah sie nur von weitem.
Bäume, deren Wipfel er aufsuchte, ob kletternd, ob schwebend, mieden sie auch, bis er weg war.
Alle wissen mehr als ich, dachte er, und wusste, dass das verkehrt herum gedacht war: Er wusste mehr als alle, aber er kam nicht ran an das, was er wusste. Es war nicht klar, wer dieser »er« war. Daran hing alles, und wollte tanzen.
Gehörten die dünnen, glänzend grünmetallischen Membranen zwischen den Fingern zu ihm? Wenn er sie nicht wollte, waren sie weg.
Aber man konnte, wenn sie da waren, die Arme heben, die Hände in Richtung der Zelte und Häuser der Freundinnen drehen und dann hören, was da geredet wurde, ja sogar, was einige nicht sagten, nur dachten. Das war oft überraschend.
Andererseits lebte der Wiedergeborene in einem Kosmos, der aus nichts als Überraschungen zu bestehen schien. Manchmal überraschten ihn morgens beim Aufwachen schon gleich die Haare auf seinem Kopf: Wirklich, Haare? War ich nicht eben noch kahl?

Zuzuhören, was die andern redeten und dachten, ging am besten etwa zehn Kilometer weit weg vom Camp. Kam man näher oder entfernte man sich weiter, verstummten die Stimmen.
Erhob man sich in die Luft, wo die Midrai offenbar schon wieder gewusst hatten, dass man kommen würde, weshalb sie nicht mehr da waren (wirklich, nicht mehr da? Waren da nicht eben noch Schwärme gewesen?), dann variierte diese optimale Entfernung: Je weiter weg, desto höher musste man aufsteigen, um die Leute zu hören.

Aufsteigen: Er brauchte dazu die silbernen, ganz leichten Schienen oder Stäbe (Gräten? Federn?), die aus den Schultern und den Waden stießen, wenn er sich auf die richtige Weise vorstellte, sie sollten das tun. Wie Schirme aufspannen, dreieckig oder trapezoid, am vom Knochen weitestabstehenden Punkt etwa zwanzig Zentimeter – Häutchen aus knisternder Energie zeigten sich so. Er konnte sich auf den Rücken legen, dann war es, wenn er aufstieg, ein bisschen so, wie wenn man im Wasser trieb, etwa im Fluss Lenye, in der Dschungelzeit, kurz nach seiner Genesung. Überhaupt hatte das Fliegen viel vom Tauchen, nur dass es sozusagen die exakt umgekehrte Einstellung verlangte, wobei der Wiedergeborene auch auf genaue Nachfrage nicht sagen konnte, was das hieß, die »umgekehrte Einstellung«.
Er machte, wenn Kathrin Ristau ihn derlei fragte, hilflose Handzeichen: »Beim Tauchen ist es so«, Hände zusammenführen, nach unten zeigen mit den Fingerspitzen, dann Hände nach rechts oder links zur Seite und vorwärts kippen lassen, »und beim Fliegen eher so«, Hände gegeneinander versetzt an den Handballen einander berühren lassen, Ellenbogen anwinkeln, Hände nach oben führen, langsam, am Gesicht vorbei.

Die Freundinnen und Freunde lachten gutmütig und verwirrt. Sie verstanden es nicht. Er verstand es und konnte es doch nicht sagen, und glaubte deshalb, dass er sich vielleicht nur einbildete, es zu verstehen.

Aber wie konnte er es dann ganz wirklich tun und erleben, wenn er es nicht verstand? Anfangs, nach seiner ersten Genesung, als man ihn das erste Mal aus dem Zelt gelassen hatte, in dem er die vielen schlimmen Operationen hatte erdulden müssen, hatte er eine lähmende, würgende Angst davor gehabt, dass er die Freundinnen und Freunde verlieren würde, wenn er ihnen nicht nützlicher wäre, wenn er ihnen nicht erklären konnte, wie er war, was er war, wie das alles an und in ihm funktionierte: diese Sinne, die er hatte und die andern nicht, diese Geschwindigkeit, mit der er handeln konnte und die anderen nicht.

*

Writers are not meant to belong.
We can't.

Nicola Griffith

*

Einmal, im schwülen dichten Urwald, war er mitten im Gespräch mit Zainab Sgriacci zur Seite gekippt – so beschrieb er es später – und mit Wurzeln und Früchten zurückgekehrt, als Geschenk für die Frau, die so nett mit ihm redete und ihm eine dampfende warme Suppe in einer gebrannten Tonschale und einen Edelstahllöffel gegeben hatte, damit er sich beim Gespräch stärken konnte.

»Scheiße«, erzählte Zainab noch heute in gutmütigem Erstaunen beim Zurückdenken daran, »ehrlich, Kinder. Ich rede mit dem, der sitzt da und löffelt, und schwupps, ist er verschwunden, und ich blinzle und will mir die Augen reiben, aber zack, ist er wieder da, von Kopf bis Fuß verschmiert, verdreckt. Erde, Blätter, Schlamm und Lehm. Beide Arme bepackt mit diesen Trauben und Birnen und Rallichs und Spengsna und Bananen und was nicht alles. Das Gewurstel dieser Wurzeln! Herrlich. Drei, vier, na, lasst es fünf Sekunden sein. Legt er das so vor mich hin, beugt sich vor, legt es hin, sagt: Danke für die Suppe, willst du auch was essen? Und setzt sich wieder hin, und löffelt brav weiter.«

Kathrin Ristau hatte dem Wiedergeborenen bald erklärt, dass er sehr aufpassen musste, was dieses schnelle Wegkippen, dieses schnelle Verschwinden und Wiederkommen anging. Das wurde nämlich nicht als normal empfunden, von den anderen.

Inzwischen hatte er sein Kippen leidlich unter Kontrolle. Noch immer gab es Momente, in denen er plötzlich in einem Urbeum an einem Dach hing, kopfunter wie eine Fledermaus, und nicht ahnte, wie er hingekommen war, oder Augenblicke, in denen er auf hoher See über einer kleinen Flotte von Schiffen, die Menschen zu den Atollen brachte, am Himmel kreuzte wie eine Möwe, oder in einer Höhle stand, in den Erkmenbergen, und auf die seit Jahren ungenutzten Seilbahnen hinuntersah, die er Conlon damals in den Urwald setzen geholfen hatte, weil niemand sonst die Kabel so schnell und sicher zwischen den klangverkleideten Stahltürmen hätte aufspannen können – »Jedenfalls nicht«, hatte Conlon entschieden, »so schwierich zu entdecken, von den Schweinen. Severin is praktisch masselos, wisster, wir müssten sonst Kräne, Gleiter und sowas einsetzen, wasse leicht orten können, die Mistsäue. Aber der is wie 'ne Nadel, an der so'n Faden hängt, wenn wir ihm die Kabel über die Schulter spannen. Zisch. Ratsch. Alles fertich.«

Der Dschungel war Severins erste Heimat gewesen nach seinem Wiedererwachen; was es dort an Gefahren gab, ängstigte ihn nie, weil man mit seiner Schnelligkeit gut gegen sie geschützt war.
Die trockene, manchmal rotgolden staubige, oft eintönig graue Steppe aber gefiel ihm noch besser. Die Regelmäßigkeit ihrer Wegmarken – dort ein wenig Gras, da ein Baum, weiter hinten ein Wasserloch, am äußeren Rand Schotter und Abhänge, innen der Weg zu den Sümpfen – beruhigte seinen unruhigen Ortssinn, der oft wie ein Kreisel in ihm rotierte, sang, pfiff und ruckelte.

Fern hielt er sich meist von den großen Steinen, wo die Schlangen lebten.
Sie und er waren kurz nach der Errichtung des Camps einig geworden miteinander: Er wusste – was sie verblüffte – über alle Pläne Bescheid, die sie hegten und die man mit Worten nicht aussprechen konnte, sie verstanden ihn besser als die Menschen. Er spürte Nutzen und Weisheit in ihren Plänen. Er und sie sahen einander in die Augen, dann war geklärt, was sich überhaupt klären ließ.
Die Schlangen störten die Coms nicht.
Einige ihrer weniger weit entwickelten Cousinen und Cousins lebten noch bei Lasse Ristau, die aber wollten wiederum von ihren freien Verwandten nichts wissen – wohl auch deshalb, weil, wer nichts weiß, nichts verraten kann.
Auch dieses Arrangement funktionierte.

Lasses Schlangen taten sich oft zusammen, mal als Paar, mal auch zu viert, um Exoleiber zu besetzen, die sie mit Conlon entworfen und in verbesserten Lamontiken angefertigt hatten. Das Ergebnis waren hünenhafte, bis zu drei Meter hohe Humanoide, die zwar Köpfe hatten (voller Sensorik, voller subtiler Fernaktuatorik), aber keine Gesichter, und deren Handeln nicht in diesen Köpfen, sondern in Armen und Beinen koordiniert wurde, denn da lagen die Schlangen, ihre Pilotinnen, eng an Technik geschmiegt.
In der Mitte der Zeltstadt, also weit weg von den Kinderhäusern, gab es einen Kreis von Rechnergärten, und wiederum in deren Mitte ein System von Gewächshauszelten, um das sich die Schlangenriesen kümmerten.
Viel mehr als dies schien sie nicht zu interessieren.
»Es ist unser Motto geworden«, erklärte eine von ihnen, die in einem rechten Arm wohnte, bei einer der politischen Versammlungen der mobilen Stadt, »und es hat ja eine lange Geschichte bei euch Menschen: Man muss seinen Garten bestellen«.
»Wer's glaubt«, hatte Lasse gehustet, und es war gelacht worden.
Er selbst verhielt sich mittlerweile, wenn er nicht gerade auf die

Jagd ging, wie eine Ehrenschlange – so nannte das Zainab: »Er krautet und jätet mit den Giganten.«
»Was willst du?«, hatte Kathrins Vater erwidert. »Ich bin älter als achtzig und, sagen wir, jünger als zweihundert. Für einen Menschen meiner Generation sind das die besten Jahre, danach kommen vielleicht nochmal neunzig, in denen dauernd was kaputtgeht, man ständig Nachsorge braucht, sich klügere Maschinen für die verdummten alten injizieren muss und so fort. Am Ende wird man's müde, legt sich hin und endet als Dünger. Na, und da will ich mich mit dem Boden, und mit den Pflanzungen, doch gleich mal anfreunden.«

Severin bat die Schlangen bei den Steinen flüsternd um eins: »Warnt mich, wenn es so weit ist. Wenn ihr mich nicht findet, weil ich nicht da bin oder weil es mich dann nicht mehr gibt, dann warnt die Menschen im Camp. Warnt Kathrin Ristau.«
Die Schlangen antworteten schweigend, mit langen blauen Fadenblitzen in seinem Augenhintergrund, die gut leserlich waren: Nichts anderes, sagten sie, hatten sie vor, und weil das, wie er wusste, zu ihren sonstigen Vorhaben gut passte, gab Severin sich damit zufrieden.
Gern hätte er sie manchmal allerdings gefragt, wie das mit ihm war: den zwei Männern im Kopf, und der dritten Stimme, die manchmal die andern beiden in ihm verwirrte.
Ich hatte einen kleinen Bruder und eine Mutter und einen Vater.
Das ist alles zerbrochen, dann brauchte ich Künste.

Vor den Künsten hatte Severin einen Respekt, bei dem ihm stets leicht schwindlig war: »Ich kann das nicht. Das bremst mich alles, und ich muss … schnell bleiben, verstehst du?«
Damit bat er Kathrin um Nachsicht, als sie einmal die Idee an ihn herantrug, er könne doch beim Erleben der Künste mit seinen besonderen Sinnen vielleicht Dinge entdecken, die ihr und den andern verschlossen blieben.
»Nein, Kathrin, bitte nicht. Nicht dazu zwingen, es ist zu heftig.

Ich schau mir die Bilder an, und es wird zu laut für mich, ich höre die Musik und werde ganz schmal, ganz zusammengedrückt, als ob kein Platz ist für mich.«
Was er ihr nicht sagte, aber dachte, war: Die Künste wecken die dritte Person, die kein Junge, kein Mann ist, meinem Körper fremd, noch fremder als der komische Streit der beiden andern, die ich sonst sein soll. Wenn sie mitredet, ist das etwas, das mich ganz spaltet, auseinanderdreht, aufzulösen droht wie eine Hand, die an einem Teppich zieht, den zuckenden Faden, der lebt, zwischen den Fingern, einen Faden, der, wenn er aus dem Webwerk entfernt wird, den ganzen Teppich zerstören muss.

Ich hatte einen Bruder und einen Vater und eine Mutter.
Eltern: Weder Klemens noch der erste Severin hatten derlei gehabt. Auf dem Schattenspiegel war es seit Jahrhunderten unüblich, im Familienmuster zu leben, auch wenn die beiden vor ihrer Reise nach Feldeváye überlegt hatten, ein Kind bei sich aufzunehmen, eins machen zu lassen, es mit ihren genetischen Mustern zu prägen. Der erste Severin, und Klemens Erikson, waren aus Arplas in Produln gekommen und wären auch in Produln gestorben.
Die dritte Stimme, der dritte Blick: Die beiden wussten von einer Schaukel, von kühlem Eistee auf einer Veranda über Rechnergärten, wussten von Malerei und Mosaiken. Waren gefährlich. Der jetzige Severin wünschte sie in den Hintergrund, und die dritte Person gehorchte widerstrebend und blieb dort.

Nahe bei den großen Katzen lebte er und bei den nach Vulkanen riechenden Relos, also bei Ungeheuern, die auf ganz Feldeváye bekannt waren und vor denen sich Menschen so sehr fürchteten, dass sie die Wesen überall sonst als in dieser Steppe ausgerottet hatten, obwohl sie selbst dafür verantwortlich waren, dass es sie auf Feldeváye überhaupt gab: Sie hatten die Katzen von der Wiege mitgebracht und die Relos von einer ihrer ersten Kolonien namens Mars.

Nun fürchteten die Katzen auch die Menschen und hielten sich mit Absicht in der Nähe der Sümpfe auf, von denen nur wenige Leute, darunter Severin, wussten, dass das eigentlich keine Sümpfe waren. Die Löwen und Relos fürchteten ihn, den Wiedergeborenen, nicht.
Er mochte sie auch nicht fürchten, war ihm doch immer gut verständlich, was in ihnen vorging: Dass sie ihn spüren konnten, dass sie wussten, sie hätten ihn nicht ohne große Gefahr für sich selbst angreifen können. Sie ließen zu, dass er in ihrer Nähe schlief.
Sie schliefen selbst, am hohen Mittag, wenn es unerträglich heiß war, nah bei ihm.

Nicht nur die meisten Vögel aber, von den Kranichen bis zu den Midrai, auch die Sencassa mieden ihn. Warum, erkannte er nur undeutlich, denn ihre Hirne funktionierten anders als die der Katzen – vielleicht, riet Severin, lag's daran, dass da, wo er war, auch die Raubtiere gern waren, und die Sencassa den Raubtieren mit Recht nicht trauten.

In den alten Bäumen lauschte er auf alles.
Die standen einsam und doch immer in Sichtweite, von einem aus sah man die Zeltstadt. So könnte menschliche Gesellschaft überall sein, dachte Severin, dem es nach jeweils drei Tagen Alleinsein, an alle möglichen Orte Flitzen, in sich Herumkramen nach einem klareren Ich, jedes Mal zu viel wurde, der dann die Zeltstadt aufsuchte und es dort nach abermals drei Tagen mit dem Lärm und der Nähe so vieler Stimmen, sowohl lauter wie nur im Kopf vernehmbarer, nicht mehr aushielt.
In den Bäumen sprach er mit den Blättern, mit deren feinen Adern, die er mit seinen Erinnerungen und Vorahnungen verglich.
Was ihm die Kronen sagten, hielt er neben das Wurzelwissen der Mangroven, die im Sumpfgebiet endlose Kilometer weit nach allen Richtungen die Teiche und Seen säumten – der Sumpf, das war wie die Zeltstadt, die Baumkrone, das war wie Severins Innerstes. Zwischen Außen und Innen zu unterscheiden war oft schwer.

Manchmal stürzten sogar Vorher und Nachher ineinander.

Einmal legte er sich quer in die Zeit, oben auf einem der Bäume, und sah beschleunigt, wie der Stamm an Umfang zunahm, wie die Borke in Plättchen zersprengt wurde, wie die Ringe von weiteren Ringen nach außen gedrückt wurden.
Da duckte er sich, besorgt, jede Gegenwart zu verlieren, unter diesem Zeitsprung weg, drehte sich zurück ins Jetzt und wäre dabei fast vom Ast gefallen.
Midrai sahen ihn und schrien, eine Warnung.
Nein, ein Jubel: Sie flogen mit etwas, das hätte fallen wollen wie er und nicht fiel. Er erkannte es nicht. Es war rund, ein Blinzelblick verriet ihm das, dann fassten seine Hände über ihm den Ast, von dem er abgeglitten war, und etwas, ach, er war es selbst, zog ihn hoch, drückte ihn an den Stamm, holte tief Luft.
Als er sich umsah, waren die Midrai verschwunden.

Er lernte das Wohnen: Gar nicht einfach.
Wespennester waren seine Blumenkästen oben, Schmetterlinge seine Zimmerlichter.
In Beugen machte er sich klein und kauerte wie tot über der Steppe.
Die Leute, mit denen er eigentlich lebte, hörten jetzt tagelang nicht von ihm.

Irgendwann ging einmal wieder die Sonne so auf, dass er sie auf den Härchen spürte im Nacken und an den Armen, dass er die Augen auftat, hinunterschaute und dachte: Meine Gegend. Alles ist gut.
Hohes Gras, manches davon blau, das meiste grün, war seine Gegend, flache Seen und andere Wasserstellen, vereinzelte, aber gigantisch große Bäume, waren seine Gegend.
Ein Glück.
Was war Glück? Ein anderer kannte sich damit aus, einer, den er auch schon vergessen hatte, und der jetzt irgendwo in ihm in eine

Kammer eingesperrt war, oder auch von einem Ast hing, nur konnte der nicht fliegen. Und sollte er fallen, würde er sich dann das Genick brechen, das Kreuz?

Jahrelang war er – ein Teil von ihm – auf Feldeváye herumgereist, teils auf der Flucht, teils auf der Suche, vor und nach einer Festnahme, an deren nähere Umstände er sich manchmal entsinnen konnte und manchmal nicht.

Nein, falsch: Niemals zuvor hatte er (sie?) Feldeváye betreten, nur in Vorfreude darauf gelebt, und dann war er von einem müde geträumten Lager aufgebrochen, durch zwei Urbeen geflohen, in einen Wald gestürzt, dort aufgeschlagen, dort angenommen worden von seinen Leuten – denen, zu denen er jetzt gehören wollte und sollte.

Welche Geschichte stimmte?

Beide stimmten.

Und immer eine mehr.

Mit den meisten Dingen, die ihm vor seiner Ankunft in dieser heißen Steppe widerfahren waren, ging es ihm wie einem Lied, das man vielleicht als Kind der Coms, denn die kannten so viele Lieder, gehört hatte, und dessen Text in einer Sprache gesungen worden war, die man damals nicht hatte verstehen können.

Dann war das Lied vergessen worden, noch später aber die Sprache erlernt, und jetzt hörte man das Lied plötzlich wieder, und dachte: Ich weiß jetzt, was die Worte bedeuten, aber wenn ich sie höre oder selbst singe oder spreche, weiß ich gleichzeitig noch genau, wie sie mir vorgekommen sind, was ich über sie und ihre möglichen Bedeutungen gedacht und gemutmaßt habe, als ich noch nicht wusste, was sie bedeuten.

Severin Rukeyser war als der Wiedergeborene seinen wenigen Freundinnen und Freunden der beste Freund, der er ihnen sein konnte.

Zwei liebte er, und die liebten ihn auch, wenngleich die eine dieser beiden etwas länger brauchte als die andere, sich das genauer anzusehen und daraus etwas Schönes zu gewinnen.

Luzi vergötterte den schnellen Menschen.
Das war ihm manchmal peinlich, oft genug freute er sich aber.
»Du kannst überallhin und ich kann überall mit, Jan.«
»Nicht überall«, sagte Severin, den sie »Jan« nannte, wie sie selbst »Luzi« genannt wurde, obwohl sie Lana hieß – Spitznamen, sagte das, waren nach Luzis Meinung nur für ganz besondere Leute da.
»Was heißt, nicht überall?« Luzi zog ein Gesicht, das süß war statt bitter, weil sie beim besten Willen nicht bitter aussehen konnte – die Nase war zu hübsch.
»Das heißt, ich kann dich in den Arm nehmen und mit dir laufen oder fliegen, wie du's magst, aber nur in der Nähe des Lagers.«
»Aber wir waren schon bei den großen Steinen! Und zweimal in den Städten und zweimal in den Sümpfen!«, schmollte Luzi.
Da legte er ihr sanft den Zeigefinger auf die Lippen, beugte sich nah zu ihr und sagte: »Das weiß aber keiner. Außer vielleicht Zainab, und warum?«
»Weil die alles weiß.«
»Weil die alles weiß, genau. Und es aus ihren eigenen Gründen meistens für sich behält. Und das soll auch keiner wissen, und das machen wir auch nicht mehr.«

Luzis Mütter hatten ihr Misstrauen gegen den Rätselhaften nicht leicht überwunden.
Maura sagte: »Du zeigst ihr was, das ist gut. Aber du sollst wegbleiben von den Sümpfen, wenn du mit ihr unterwegs bist. Da gehen nur Conlon und seine Leute rein. Na gut, du auch, ich kann dich nicht aufhalten. Aber was du da machst, weißt du hinterher oft selber nicht. Und sowas will ich nicht für mein Mädchen.«

Was man da macht, weiß man hinterher nie ganz genau, wollte Severin sagen, das eben war das besondere an den Sümpfen, die keine Sümpfe waren, sondern eine kleine Seenplatte, in die vor siebenhundert Jahren ein Arrheniusfragment gefallen war, als die Rengi und einige Storarier noch alleine verantwortlich gewesen waren für die Regulierung des Feuers auf dem Mond, der ein Stern war.

Das Fragment schuf damals eine Tasche, eine topologisch bis auf drei Zugänge versiegelte Region der Raumzeit. Wer zwischen den Seen, die einen ganz besonderen, nicht giftigen, aber sehr ungewöhnlichen Nebel ausdünsteten, auf den paar Streifen festen Landes umherging, ohne entweder einen Orientierungssinn oder ein Zeitgefühl zu besitzen, die sich in der gewöhnlichen Vierdimensionalität der menschenüblichen Sinne nicht erschöpften, ohne Geräte auch, wie Conlon sie entwickelt hatte, fand höchstens in Richtung der Brombeerländer, nie aber in die der Steppe wieder heraus.

Seine Schülerin Luzi hatte der schnelle Severin in diese Tasche nur zweimal mitgenommen, nicht sehr tief in die unheimliche Marsch – er hatte einen Tag abgewartet, an dem viele Lücken die Nebel auflockerten, dann war er mit ihr auf eine Torfbank gegangen und hatte sie aufgefordert, ihm die Arme fest um den Hals zu schlingen. So waren sie aufgestiegen, hoch, höher, und durch die seltenen Schneisen der Klarheit im weißroten Wabern hatte Luzi einen Blick auf die gigantischen weiten Blätterteppiche, die mutierten Königspflanzen und deren Schmuck, die Myriaden von Brombeeren, werfen können – »Oh! So schön ist das!«

Kathrin hatte sie davon erzählt, Maura nicht,
Maura mahnte ihn häufiger und strenger, was Severin wunderte.
Nur einmal sagte auch Kathrin etwas zu ihm, am Rande eines kleinen Festes, als zwischen dem Rand der Moorgegend und den Steinen der Schlangen auf dem völlig flachen, trockenen Land, hundertsiebzig Kilometer vom Camp entfernt, mit Severins Hilfe zwei schöne Kunstwerke gefunden worden waren: »Ich lasse ihr ein bisschen mehr Leine als Maura. Das war nicht immer so. Und das heißt nicht, dass ich sie nicht im Auge behalte. Zeig ihr ein paar Wunder. Zeig ihr was zum Staunen, aber hör mir zu, wenn ich dir sage, was ich für sie möchte und was nicht.«

Er nickte.
Sie sah nicht hin, sondern ins Feuer, wo die Leute Würstchen und Steaks grillten, wo die Funken flogen.
Schatten spielten auf ihrem Gesicht. Severin wusste, er konnte herausfinden, was sie dachte, wenn er die Augen schloss und danach tastete. Er tat es nicht.
Denn sie vertraute ihm, auch wenn sie ihn streng aufforderte, auf Luzi gut achtzugeben.
Dass sie ihm vertraute, das war ihm etwas sehr Wertvolles.
Das Hochgefühl, das diese kurze Unterhaltung in ihm wachrief, gab ihm den Wunsch ein, auch Maura für sich zu gewinnen – als wäre es eine Instinktregung, keine bewusste Überlegung, trat er, wie er diese Bewegung bei sich nannte und empfand, durch Falten in den Weltflächen von einerseits Hierjetzt und andererseits Dortdann ans Meer, viele tausend Kilometer weit entfernt. Tief atmete er durch in der kräftigen Salzbrise, auf einem Kreidefelsen, im klarsten Arrheniuslicht.
Dann sah er hinab, auf die Fische.

Er blinzelte, dann schwamm er mitten unter ihnen, griff zu. Erwischte zwei sehr schlanke. Winkelte die Beine an, legte sich in Bündel von Wegen. Fasste rechts, im Dschungel, wo man ihn gefunden hatte, beherzt zu, riss drei große Blätter von den Bäumen, direkt oberhalb der gekappten Säulen, wo Kathrin so gern gewesen war. Jetzt trat er zurück ans Feuer in der Steppe, wo man seine Abwesenheit nicht bemerkt hatte.
Hinter Stapeln von Ästen und Reisig kam er zu sich, ging, noch ein bisschen schwach auf den Beinen, rechts herum. Da saß Maura am Fuß eines Schemels, auf dem Lasse Ristau hockte und an einem Krummstab schnitzte, flankiert, rechts und links, von zwei Schlangengiganten. Freundlich lächelnd näherte sich Severin der andern Mutter seiner Schülerin und besten Freundin Luzi, und streckte ihr die Fische entgegen, eingeschlagen in die Blätter, die von Salzwasser tropften.
Irritiert sah Maura zu ihm auf, runzelte die Stirn, und sagte: »Was ist das für …? Wo hast du die her?«

»Jetzt lass doch den Jungen mal«, grollte Lasse gutmütig.
Mauras Züge entspannten sich, und sie streckte Severin die Arme entgegen: »Nee, Entschuldige, stimmt. Hey. Danke. Wir …wir gehen die gleich grillen, ja?«
Severins leicht verstörter Blick wurde von einem seltsam demütigen, wie um Verzeihung bittenden der Frau erwidert und einem festen des grauhaarigen Mannes: Die beiden wissen was, was ich nicht weiß und, deute ich das hier richtig, auch nicht wissen soll.
Je länger ich bleibe, je mehr ich mich aufdränge, desto schlimmer wird das, was ich hier falsch verstehe.
Daher verbeugte er sich nur noch einmal vor Maura, die er unbedingt davon überzeugen wollte, dass es möglich war, ihm zu vertrauen, und zog sich dann, ohne Geste, Mimik, irgendein Zeichen der Antwort abzuwarten, in die Tiefe seiner Steppe zurück.
In die Nacht, in die Baumwipfel.

*

»Now wake«, said the angel, »and go your way.«
Sylvia Townsend Warner

*

Gegen Ende der Jahreszeit mit den längsten Schatten sah er Kathrin und Luzi zu den Steinen gehen, wo die Schlangen lebten.
Die Schlangen waren nicht da.
Severin versteckte sich zwischen den grauen Brocken, weil er wissen wollte, was Kathrin hier draußen mit Luzi vorhatte.
Die Mutter bat die Tochter, sich in den Schatten zu setzen. Dann trank sie mit ihr einen kalten Tee, der wichtige Informationen enthielt, die Kathrin, wie ihre Stimmung Severin auf eine Art verriet, die man nicht in Worte fassen konnte, ganz alleine, ohne Hilfe und Wissen Conlons, synthetisiert hatte.
Danach brachte sie Luzi ein Brettspiel bei.

Beide, in der Hocke, legten Steinchen, weiße (Kathrin) und schwarze (Luzi) auf quadratische Felder. Das sah Severin nicht, sondern er hörte und spürte es. Es ging darum, die eigenen Steine zu kleinen Gesellschaften zusammenzufassen und dabei die der anderen Spielerin voneinander zu isolieren. Es ging darum, sich zu beherrschen.

»Zwing dich nicht dem Spiel auf«, sagte Kathrin.

Luzi verstand es schnell. Sie spielte geschickt, gern und erfolgreich.

Nach einer Stunde wurde das Mädchen jedoch unruhig und sagte: »Ich will in den Sumpf. Ich will zu den Beeren. Und du musst mit!«

Severin erschrak. Das Herz schlug ihm laut im Hals, der Puls begann zu rasen. Er schloss die Augen ganz und zwang seinen Atem und seinen Körpertakt, sich nicht so zu beeilen.

Kathrin erwiderte etwas anderes, als er erwartet hatte: »Warum soll ich mit?«

»Damit du mir's erlaubst. In Zukunft. Damit du siehst, dass ich da gern bin und dass man da gern ist. Dann willst du vielleicht auch öfter hin.«

»Du willst, dass ich mit Severin und dir ...«

»Ja, mit uns. Ich weiß da Sachen!«

»Was für Sachen ...weißt du da?«

»Dass da andere Blumen sind. Das erzählt Conlon nicht, und Maura tut so, als ob es nicht stimmt. Aber Mama, es stimmt, ich weiß da ganz wilde Blumen, die sind so bunt, da willst du deine Kunst nicht mehr. Und ich weiß da Wolken und Luft und so, das ist auch anders als sogar bei dir, wenn man aus dem Haus guckt!«

»Wildblumen. So.«

»Ja. So viele!«

»Aber die brauch ich nicht«, sagte die Mutter, »ich hab die wildeste.«

Severin hörte, wie Kathrin Luzi fest drückte, und fand das schön.

Was er spürte, überforderte ihn plötzlich. Er fiel zur Seite und stand auf dem größten Platz von Laischa, vor einem Stand mit Melonen. Er ließ sich eine geben, vergrub sein Gesicht darin, schmatzte, aß gierig.

Er ging so durch die Stadt, dass ihn die Kameras nicht sahen.
Dann ließ er sich nach oben fallen und hockte auf dem Dachfirst der Südseite des Omphalos von Laischa. Millionen Menschen wimmelten unten.
Er dachte: Ich weiß Leute, Luzi weiß Blumen, aber Kathrin weiß Luzi.
Die eigenartige Formulierung fühlte sich völlig richtig an.
Kathrin weiß immer diejenigen, die direkt bei ihr sind, viel besser als das Erstaunliche, was ich bin und weiß und Luzi zeigte.
Er schämte sich ein bisschen, aber es war angenehm, es kribbelte.
Ich bin wohl noch weniger erwachsen als das komische Kind, dachte er, und leckte sich Melonensaft von der Oberlippe. Wie soll das weitergehen?
Ich sollte, dachte er, vielleicht einem Esel Wein und Feigen füttern, und dann vor Lachen sterben, wenn ich sehe, was geschieht.
Was für ein Einfall war das? Erinnerung, Vorahnung, Zitat, Traum?
Luzi und Kathrin, wurde ihm klar in dieser Höhe, verstanden ihn gewiss besser als die zwei (nein: drei) Personen, die in ihm lebten, einander je würden verstehen können.

Bald war Frühjahr.
Severin fand heraus, wie man sich Lasse mit Funden von den Mohnflecken in der Sumpfregion nützlich machte, wo viele exotische Pflanzen blühten, vereinzelt, verschwiegen, und bizarre Früchte trieben, die der Alte gemeinsam mit den Schlangenriesen chemisch analysierte, mit überraschenden Befunden.
Lasse war dankbar, und Severin spürte, dass er auf diese Weise auch Maura endlich etwas näher kam, die jetzt viel Zeit mit Lasse verbrachte.
Der Alte erklärte ihr, wie Kundschafter vorgingen, das konnte sie bei ihren Ausflügen in die Urbeen gut gebrauchen.

Manchmal, wenn Severin im Garten stand, erinnerte sich die dritte Stimme in ihm an andere Gärten, an silbernes und rotes Glitzern, Ährengelb und wogende Felder, auf einem Mond, den weder Severin noch Klemens je betreten hatten.

Oft hatte der schnelle Mensch im nieselgrauen Steppenwinter über die Begegnung auf dem Fest der Hochzeit von Steven und Clark und die halb verunglückte Fischübergabe nachgedacht. Weshalb die Verlegenheit damals?
Er hatte sich gleichsam eine innere Hand auf das dritte Ohr gelegt, als er an Maura herangetreten war, um nicht zu hören, was sie von ihm dachte, weil er wusste, dass zu viel Doppelhören Begegnungen belastete, wegen der dabei unvermeidlichen Dissonanzen zwischen Ausgesprochenem und Gedachtem.
Im Hintergrund dieser Erinnerung nagte etwas an ihm. Habe ich nicht doch heimlich nach Mauras Empfindungen und Vorstellungen über mich getastet? Und war es nicht eher so, dass die dann auf eine Mauer stießen, auf etwas Glattes, Poliertes, Versiegeltes?
Habe ich dann nicht halb bewusst versucht, wenigstens nach Lasse Ristaus Gedanken zu greifen, und waren die nicht genauso glatt, und ist es nicht das gewesen, was mich am allermeisten irritiert hat? Weiter kam er damit nicht und spürte auch, es lag da etwas schief, dem er besser nicht nachging.

Eines Morgens brachte er in einem dünnen Handtuch kurz nach Sonnenaufgang Hagebutten und Zitronen zum Lager und kam dabei an Kathrins Baum vorbei.
Sie klopfte und schraubte gerade an ihrem Aufzugkäfig herum.
Der stand auf dem Boden, war aus seinen Seilen gehängt. Sie rief, als Severin ihr im Vorbeigehen zunickte: »Ich mach das Ding sicherer. Luzi ruckelt immer so. Ich sag' ihr, sie soll nicht, aber sie macht's. Dann muss ich halt zwei Reifen mehr drumlegen.«
»Brauchst du Hilfe?«, fragte Severin.
»Klar, und beim Frühstücken dann auch gleich«, lachte Kathrin,

weil die besorgte Melodie seiner Frage so lustig gewesen war: als ob er eher selbst damit um Hilfe bat, aber nicht aufdringlich, nur eifrig.
Süß.

In Wirklichkeit hatte Kathrin ihn ein bisschen abgepasst: Sie kannte seine Tagesabläufe und hatte gehofft, ihn genau zu diesem Zeitpunkt auf sich und ihre Arbeit am Käfig aufmerksam machen zu können. Er war stark genug, das Metall zu biegen, und sensibel genug für Formen, dass er das Gesteck nicht verkehrt zusammenzwingen würde.
Die meiste Vorarbeit hatte sie schon geleistet. Er warf sich sofort in seinen üblichen Fleiß; hier und da musste sie ihn ein bisschen bremsen: »Nicht noch 'ne Trittstufe dranfalten. Es geht schon.«
Mit Brot und Früchten und kleinen Witzen hin und her weckte sie ihn so weit auf, dass er anfing, Geschichten zu erzählen, aus mehrerlei Erinnerungen, deren er nicht mächtig war, wie man sonst über Erinnerungen verfügt, sondern in denen er sich suchte, was sie sehr mochte.
»Ich denke, also … ich meine …« sie musste sich ein freundliches Lachen verbeißen: Er wusste es wohl nicht, aber diese Wendung gebrauchte er oft, um seine Geschichten einzuleiten, »… es war, als ich mit … als ich Severin und Klemens war … und wir mit der Insel nach Feldeváye gereist sind. Vom Schattenspiegel her. Alle paar dutzend Lichtjahre hat uns die Insel geweckt, und einmal … das war … ein Kontakt. Im Delta-Orionis-Haufen, nach einem Drittel der Strecke. Ein Kontakt, der wohl schon Monate vorher seitens der beiden Inseln …«
»Ihr seid einer anderen Insel begegnet?« Kathrin war beeindruckt.
Die Wahrscheinlichkeit für so ein Ereignis war verschwindend gering, wenn man nicht eine der häufiger befahrenen, navigationsunterstützten Admin- oder Prodistenrouten bereiste.
»Ja. Aber …« Severin zögerte, dachte nach.
»Als Insel«, sagte er schließlich, »hat es angefangen, aber dann

haben sie eine Art Station draus gemacht. Ein konstantes Habitat. Es gab eine Reihe von Sternen mit besiedelten Begleitern dort, mit denen haben sie sich eingelassen. Da waren Verkürzerports. Sie haben sich einen auf der Insel anbringen lassen. Ein Lapith hat sie mal besucht.«

»Und sind selber im Leerraum geblieben? Aufgehängt an nichts?«, staunte Kathrin.

»Nicht direkt. Sie waren im Orbit um … es muss eine Art fehlgeschlagener brauner Zwerg gewesen sein, den hatten sie ursprünglich wohl als Quelle für Treibstoff nutzen wollen. Weißt du was, mir fällt sogar der Katalogname wieder ein von dem kleinen Beinahe-Stern: S Ori 52. Was man sich alles merkt … pff …«

Er rollte mit den Augen.

»Hätte es einen richtigen Stern in hinreichender Nähe gegeben, wäre das arme Ding vielleicht in eine Umlaufbahn um den geholt worden. Aber so … eine Gaswolke, Foto-Erosion, und dann dieses … verkrüppelte Ergebnis. Und in der Insel lebte nun also eine Familie. Vier Leute anfangs, dann sechs, dann wieder fünf … Als wir kamen, waren es … nur noch …«

Wieder machte Severin eine Pause, versank in sich.

Kathrin drängte ihn zu nichts.

Nemezal stand jetzt in voller Kraft überm Baum; der Stern hatte die Farbe von brennendem Löwenfell.

»Nette Leute«, sagte Severin schließlich, »ein Ehepaar von zusammen fünfhundert Jahren, eine Tochter von hundertfünfzig, ein Sohn von sechzig. Die Tochter ließ sich in einer primitiven Anlage – so was wie eure Arplas hier, aber robuster und gleichzeitig schablonenartiger – klonen, um mehr Gesellschaft zu haben. Aber beim Überspielen wichtiger Bewusstseinsinhalte – sie wollte kein Kind, sondern gleich einen ausgewachsenen Bruder, physisch und mental so alt wie sie selbst – ging was schief, ein Feedbackeffekt hat ihr das Zentralnervensystem zu fünfundvierzig Prozent zerstört und das Templat war ein … die Eltern waren nie mehr dieselben. Die Tochter lag im Koma, wie ich hier auf Feldeváye. Länger.

Jahrzehntelang. Ihr Sohn, Klon, Bruder … saß in seiner Konsole und kommunizierte und lebte nur für den Kontakt mit, wie er sagte, ›draußen‹. Ist dann schließlich mit einem Prodistenfrachter abgehauen, der kreuzte die Station kurz vor unserer Ankunft – meiner und Severins, oder meiner und Klemens' …. Er wollte raus. Sein, na ja, Bruder oder Onkel meinte: Ich kann ihn sogar verstehen. Was will er hier, mir drei, die Wachen, erinnern ihn nur immer an seine Schwester oder … Mutter. Wir haben nichts gegen ihn, aber diese Stimmung …«

Kathrin nickte, es war eine schlimme Geschichte.

Severin fuhr fort: »Als wir dann ankamen, war der Vater schwer krank. Es stellte sich heraus, dass die beiden Eltern seit fünfzig Jahren ihre Telomerasebehandlungen versäumt hatten, und dass ihre Nanoniken und Blutauffrischer und Reparaturmaschinchen … dass das alles verwahrlost war. Sie wollten einfach sterben. Schon vor der Klonsache, danach erst recht.«

»Und dann?«

»Ist der Vater tatsächlich gestorben. Die Mutter und der Sohn haben uns verabschiedet, er sandte uns danach dann noch ein paar FTL-Botschaften, wir ihm auch, wobei – das waren nicht immer wir, das war manchmal auch die Maske, die Insel. Halbautomatisch … erst kurz vor der verkrachten Landung auf Feldeváye erreichte uns seine letzte Mitteilung: Die Mutter war nun auch tot. Da saß er, im Orbit um einen gescheiterten braunen Zwerg, in diesem … Grab. Wenn du mich fragst: Was ist Tapferkeit? … dann … denke ich an diesen Mann.«

»Ja«, sagte Kathrin als Antwort auf etwas, das Severin nicht ausgesprochen, aber mitgemeint hatte. »Wir haben es gut hier.«

Sie schauten einander an, schweigend.

Die Arbeit war so gut wie getan.

Man setzte sich. Sie aßen, dann tranken sie Saft, der so kalt war, dass er im Hals wehtat, und Severin spürte: Das machte ihn glücklich.

(Eine Erinnerung? Einmal war ich eine, die nur ganz kalte Getränke mochte, aber der Bruder war feige und wartete immer, bis die Morgensonne die Karaffe genügend gewärmt hatte, bevor er trank).

Schließlich sagte Kathrin: »Ich sehe dich manchmal. Ihn. In dir. In deinem Blick. Klemens.«
»Ja«, nickte Severin vorsichtig. »Er … ich … sehe dich auch.«
Sie streckte die Hand aus, berührte seine Wange. Streichelte zwei Leute gleichzeitig.
Sie wusste, wie schwer es sein würde, so zu leben.
Sie zeigte ihm, ihnen, dass sie es wollte, das war der erste Schritt.
Kathrin und der schnelle Mensch räumten das Geschirr zusammen, wuschen es gemeinsam an der Handpumpe unterm Baum ab, stellten es in den Korb, warfen die Essensreste auf den Komposthaufen und verabschiedeten sich plaudernd: »Vielleicht willst du ja wirklich mal mitkommen, die Blumen ansehen«, schlug Severin vor, und Kathrin sagte. »Riechen vor allem. Und rausfinden, ob das wirklich stärker ist als jedes Syneserlebnis.«
»Sagt Luzi das?«
Kathrin lachte. »Die Expertin sagt das, und die weiß das.«
Er sagte: »Ja, so sagt sie's. ›Ich weiß Blumen‹, richtig?«
»Genau. Ein Sprachschnitzer, der aus einer der Wiegensprachen kommt, die wir dauernd reden.«
»She knows flowers.«
»Kein Spiel ist ohne Absicht«, sagte Kathrin beiläufig, geheimnisvoll, selbst spielerisch.
Severin ging weiter zur Zeltstadt, fröhlicher als sonst.
Das Gefühl hielt vor bis in die Nacht. Es erinnerte ihn an bestimmte Flugtage, besonders auf offener See, an trockene Winde und klare Himmel.
Als es dunkel wurde und die Sterne blitzten, saß er auf einem seiner Bäume, und wollte sich eben in eine Astgabel kauern, als seine Handballen anfingen, zu leuchten.
Das war ein Licht, das niemand außer ihm selbst sehen konnte, und das ihm nur selten geschah: ein Gerufenwerden, ein Erwachen.

Er hob die Arme in die Höhe und hörte zwei Stimmen.
»Kann es sein, dass wir was falsch machen mit Lana?«, das war Kathrin, und er verstand nicht jedes Wort, nur Fetzen, die er bei sich ergänzte oder zu deuten suchte: »im Auge«, »der Mann, der vom Himmel gestürzt ist«, »so viel Zeit«. Es ging um ihn, und Maura antwortete beschwichtigend: »Lass … hing sie dir dauernd vor der Brust in diesem Sack …«
Da protestierte Kathrin, bis eine freundliche Balgerei draus wurde.
Severin schloss die Hände.
Das ging ihn nichts an, das wollte er nicht hören. Halbwach machte er den Schritt vom Baum, fiel in ein Knistern, stand auf einer Straße, unter sehr künstlichen Lichtern, schlank und rosa und neongelb, auf nassem Asphalt, der nicht kalt war, barfuß.
Er sah sich um.
Über ihm verdeckte eine große Brücke, auf der altmodische Frachtzüge ratterten, den Himmel. Vor ihm, eingeklemmt zwischen Wohnblöcke, war ein winziges Lokal, dessen Fenster, mit allerlei Kraut und Blumen vollgestellt, einladend warmgelb leuchteten.
Habe ich hier oft gegessen? Ist das ein Stammlokal, in das ich, einer oder eine von mir, diesen dreien, die ich bin, mich gern gesetzt habe, wann war das, wer war ich?
Nichts davon musste beantwortet werden, begriff Severin, als er den Duft schnupperte, der vor der niedrigen Tür auf- und abebbte, aus ihr emanierte, dort wohnte.
Das roch so gut, dass es nichts zu erinnern und nichts zu entscheiden gab.
Severin ging zur mattblauen Tür, öffnete sie und trat ein.
Der Raum war ein tobendes, aber stummes weißes Feuer.
Im großen Speisesaal saßen an niedrigen Tischen Leute, die Severin aber nicht sehen konnte, weil es hier so glutheiß war – ihre Gesichtseigenheiten lösten sich fortlaufend von ihnen, zerflossen ins radiative Rauschen.
Sie alle befanden sich, wie er, tief in dem Mond, der eine Sonne

war. Ein einziger Gast, weit hinten, sah von seinem Teller auf und blickte Severin einladend an. Das Gesicht war deutlich erkennbar: nicht älter als Mitte dreißig, prononcierte Wangenknochen, nicht sehr volle, aber schön gezeichnete Lippen, die Augen kühl wie die schneeweißen, struppigen Haare – eine Frau, ein wenig männlich, ein bisschen müde.

»Komm ruhig her. Komm. Setz dich kurz zu mir, bevor ich dich rausschmeißen muss. Siehst du?« – er kam, und setzte sich ihr gegenüber. »Ein Teller, für dich. Und Besteck. Nimm dir vom Fisch.«

Das Weiße, das so gut roch und noch besser schmeckte, war ganz leicht vom Skelett zu lösen und auf der Messerspitze zum Mund zu führen. Der Fisch lag zwischen Schalotten und Thymian. Severin schmeckte süße Sultaninen, Salz und Pfeffer. Als er nicht mehr hungrig war, aber noch aß, fragte er die Frau: »Wo sind wir denn? Wie geht das, wer … bist du? Ist das wirklich im Mond, im … im Stern?«

»Es ist in Laischa. Aber es ist auch im Stern«, sagte die Frau und trank Wasser aus einem Schälchen. Dann wischte sie sich den Mund und fuhr fort: »Es ist nicht schwieriger zu verstehen als die Beobachtungslinse. Schwarzes Glas, das allereinfachste in der Physik der Mennesker, und eine Tür, und ein Restaurant mit Wänden, die negative Energiedichte haben. Lustige Materie. Ich bin, weil du auch das gefragt hast – euch fallen nie die wichtigen Fragen ein –, eine Frau, die einen Männernamen trägt, nach dem man auch den Mond, der ein Stern ist, getauft hat, allerdings unter Weglassung des Vornamens. Für die, die mich auf Feldeváye kennen, bin ich Svante Arrhenius. Anderswo heiße ich anders.«

»Anderswo?« Severin tupfte sich den Mund mit der Serviette und blinzelte.

»Sehr alte oder noch ganz ungeschriebene Geschichten. Nein, von meinem Wasser geb' ich dir nicht auch noch ab, guck nicht so. Du hast von meinem Fisch gekriegt, das reicht. Svante Arrhenius, so hieß lange vor mir ein Wissenschaftler. Physikalischer Chemiker.

Nobelpreis – sagt dir nichts, ich weiß. Von ihm stammt ein Einfall, den die Menschen in ihrer Wiege, wo er unter ihnen lebte, noch gar nicht gebrauchen konnten und der zu deiner Zeit vergessen ist, unerfreulicherweise. Er fand, es sei sehr leicht, sich vorzustellen, dass die Erde zwar die Wiege des Lebens war, wie er es kannte, aber nicht der Ort seiner Empfängnis, gar Zeugung. Das Leben, fand Arrhenius, musste aus dem All gekommen sein, in Form von Mikroorganismen, die auf kosmischem Staub herumreisten, gefesselt auf der langen Reise an feinste Splitter von Zerstörtem. Es war zu jung, das Leben, gemessen daran, wie alt das All schon war, das fanden außer ihm auch andere. Zugvögel, Severin. Zugvögel wie du. Die sind nicht unwichtig.«

Severin hatte jetzt großen Durst und wollte das sagen, aber etwas anderes kam über seine Lippen, das ihn selbst überraschte: »Bist du auch eine von denen, die ich bin?«

Die Frau zeigte kurz die Zähne, es war nicht zu entscheiden, ob das ein freundliches oder ein drohendes Blitzen war. Dann hob sie ihr Glas und reichte es ihm: Da, sollst nicht leben wie ein Hund.

»Nein, ich bin nicht Teil von dir. Aber du wirst einer von denen sein, aus denen ich gemacht werde. Aus denen ich mich mache, in der Zukunft einer Vergangenheit, die lange vergessen sein wird, bevor es dich geben kann.«

Er schaute sie ratlos an.

Sie lächelte: »Zeit, damit spielen nur die Erwachsenen. Und jetzt husch«, er hatte eben erst das Glas abgesetzt und auf die brennende Tischdecke gestellt, »steh auf, geh zur Tür hinaus, zurück auf deinen Baum. Schlaf dich aus. Du hast wilde Wochen vor dir. Und wenn du nicht mehr wissen wirst, wohin, dann geh zu den Atollen. Den Tipp wollte ich loswerden, und außerdem … na ja, man trifft ja immer gern bedeutende Gestalten der Geschichte. Los jetzt, oder du verpasst deine schlimmste Aufklärung. Deine schönste Liebesgeschichte. Das alles.«

Die grünen Augen blitzten listig. Severin tat, was die Frau ihm geraten hatte.

Sechs Stunden später, als er zwischen Wurzeln am Fuß des Baumes erwachte, auf dem er hatte schlafen wollen, fragte er sich, ob ihm das erste Mal seit seinem Koma widerfahren war, was Menschen einen Traum nannten.

Die nächsten Tage verbrachte er vor allem mit Lasse und einem seiner Schlangenriesen, der von zweien der Tiere bewohnt wurde, die Waveele und Loxea hießen.
Man richtete zusammen im neuesten Rechnergarten ein Fenchelbeet ein, das sich vor allem mit Problemen allgemeiner computationaler Äquivalenz, mit Komplexitätssätzen und der Konfiguration von Universalmaschinen beschäftigte.
Man grub dafür tief in die Erde.
Die Arme, in denen die Schlangen den Riesen steuerten, endeten in breiten Baggerschaufeln; nicht einmal Severin konnte so schnell schippen wie das Monster.
Hinterher, abends, saß man stets ganz erledigt beim Rauchen zusammen.
Einmal versuchte Severin, kurz in Lasses Kopf zu gucken, weil er wissen wollte, ob ihm die Zigarette schmeckte, die aus einem Tabak gedreht war, den Severin im Süden von Travers gegen ein bisschen Schinken eingetauscht hatte, von einem selbsterjagten Wildschwein (die Tauschwirtschaft kam außerhalb der Urbeen mit Macht in Mode, die Blockadezeit zeugte Mangel allenthalben).
In Lasses Erinnerung stolperte er über ein Bild, das ihn verblüffte: Mauras Kopf auf Lasses Brust, sie küsste graue Kräuselhaare, er hatte seine Hand in ihrem Schopf und brummte.
Der Blick des Alten, der ihn traf, als er, so schnell er konnte, rückwärts aus dessen Gedanken sprang, war fest und ernst, aber nicht allzu böse.
Lasse sagte sehr ruhig: »Ich spüre das. Wir Kundschafter sind ausgebildet, Abtasterei merken wir. Es ist, wie wenn eine Maschine mich über Coiflets beschnüffelt. Ein bisschen anders, gut. Aber ich merke es.«
Der Schlangenriese, der reglos dabeigesessen war, stand unter lau-

tem Ächzen seiner mechanischen Gelenke auf und entfernte sich mit schweren Tritten: ein diskretes Ungeheuer. Das Leben rings im Lager benahm sich wie immer.
Kinder spielten.
Leute stritten sich, arbeiteten zusammen, hatten sich gern.
Severin wusste nicht, wie er atmen sollte.
Lasse hatte Rumgerede nicht nötig: »Wir schlafen miteinander. Und lieben uns übrigens auch. Kathrin weiß es nicht. Was machst du damit? Nichts, das wissen wir beide. Gar nichts wirst du damit machen.«
Der Alte stand auf und legte Severin kurz die Rechte auf die linke Schulter, fast, als wollte er ihn trösten: Mach dir nichts draus, deine Verwirrung ist nicht größer als unsere.
Dann ließ er ihn sitzen, bis es dunkel wurde.

Severin hatte gewusst, dass es in der Zeltstadt solche Geschichten gab.
Er kannte sie auch aus Urbeen und anderen Siedlungen, sogar auf den Atollen, wo nicht ein Mensch nur einem Menschen am allernächsten war, sondern, mal nach gewissen Konventionen, mal in schwieriger Arbeit an den Herzen selbst, man anders zu leben versuchte, als Severin das aus der Zeit auf dem Schattenspiegel kannte, mit den Verträgen, den Ansprüchen, Konventionen.
Maura und Kathrin waren ihm immer vorgekommen wie das beste Paar, das er je erlebt hatte. Waren sie's nicht mehr? So, wie sie's gehalten hatten miteinander, schien es sicher und frei und sehr stark. Hielten sie's anders?
Wie sollte er dazu stehen?

Am nächsten Tag führte Maura einen Deserteur aus der Adminwelt ins Lager.
Sie hatte ihn in Barbizek gefunden, auf der Flucht vor seinem Gönner Farjid Toril. Die Aufregung unter den Coms darüber war sehr groß.
Der Mann hatte versprochen, im Tausch gegen Asyl den Contra-

muralen viele Geheimnisse des Gefürchteten zu verraten und zu erklären.
Er hieß Tarik Jaivedh.

Als Severin ihn das erste Mal sah, auf dem Platz der Wäscher, nah beim langen hölzernen Stall, den Zainab Sgriacci mit ihren Padurn bewohnte, befiel ihn eine Starre, die nichts glich, was er kannte.
Der Mann, der da, leicht in sich zusammengesunken, auf einem Plastikstuhl saß, mit wirrem, lichtblondem Haar, im zerknitterten eierschalenfarbenen Anzug, und sich begrüßen und befragen ließ – Conlon war da, und Zainab, auch Lasse und David und Anna und Torben und Kathrin und Sinja und Gesche und Bridget und Carol und Mia und Jin-To –, sah Severin aus den Augenwinkeln. Da war ein Erkennen, das niemand außer Severin und Kathrin mitbekam. Kathrin zog die Stirne kraus.
Severin sprang hinter die Steine der Schlangen.

Aber bei diesen Steinen waren keine Schlangen mehr.
Severin stürzte zu Boden.
Er kauerte in Embryonalhaltung, zitterte.
Er weinte vor Wut und wusste nicht einmal, worüber. Laut hörte er sich schimpfen: »Soll mich in Ruhe lassen! Hier … her gehört er nicht! Hier ist meins!«
Dann knirschte er mit den Zähnen und den Knochen und dem Metall im Leib.
Der schnelle Mensch schwitzte kalt, krampfte und wand sich und schlug mit den Fäusten, die glühten, gegen die verlassenen Felsen. Was er so hasste, dass es ihn schüttelte und unter ihm den Boden, über ihm die Sonne und die beiden nicht selbst leuchtenden Monde, die man um diese Zeit hier sah, und alle Sterne, war, dass er nicht selbst bestimmen konnte, wer sich in ihm an wen erinnerte.
Was wollte der Mensch da von ihm, und umgekehrt?
Liebte er ihn? Wieso sollte er? Woher konnte das kommen?

Viel später, Stunden oder Tage danach, spürte er, dass Kathrin ihn vorsichtig rief.

Das einzige Gefühl, dessen er tatsächlich sicher war, gehörte zu ihr.

Sie rief ihn zu ihrem Baum, zum Aufzug, den sie gemeinsam umgebaut hatten.

Die Anführerin der Coms hatte nie weniger ausgesehen wie eine Befehlshaberin als in diesem Abenddämmer.

Sie umarmte ihn. Er hatte Schwierigkeiten, sich auf den Beinen zu halten. Sie hielt ihn fest. Er roch ihren Atem und barg seinen Kopf an ihrer Brust, spürte die weichen festen Brüste unterm grauen Kleid. Er hörte das Haus über ihnen beiden denken. Was das Haus wirklich war, wusste er schon lange, aber er wollte es Kathrin auch heute nicht sagen. Maura wusste es auch, das hatte Severin vor Monaten erraten. Maura hatte viele Geheimnisse.

Es war nicht wichtig.

Er hörte Kathrins Herzschlag nah bei seiner Schläfe.

Langsam ließ er sie los. Leicht verschämt sagte er: »Bin weggesprungen. Wegen dem Mann.«

»Ich weiß. Und er weiß es. Er weiß sogar, warum. Anders als du, nehme ich an. Er weiß allerdings nicht, ob du weißt, warum. Deshalb sitzt er oben, in meinem Haus. Nein, warte. Lauf nicht weg.«

Er schüttelte stumm den Kopf.

Nie wäre er weggelaufen, egal, wie viel Angst er vor Tarik Jaivedh hatte. Wegzulaufen, das hätte bedeutet, Kathrin stehenzulassen, die ihm Gutes tun wollte.

»Ich gehe hoch«, sagte er einfach.

Den Käfigaufzug brauchte er nicht, sondern schwebte am Stamm empor.

Kathrin und die andern Coms hatten ihn nicht oft fliegen gesehen, aber hier draußen gab es keinen Grund zur Scheu davor.

Der Mann saß auf einem von Kathrins smaragdgrünen Kissen, an einem niedrigen Tisch. Als Severin ihn sah, wich er zurück und sagte tonlos: »Nein. Nein, ich kann nicht.«

Der Mann hob die Hand: »Bleib bitte da. Bleib ruhig … im Halbdunkel.«
Severin blieb stehen. Die Hand des Mannes sank auf die schwarze Tischplatte.
Tarik begann langsam und leise zu reden: »Maura Féron hat nichts erzählt. Nichts gesagt, von dir. Dass du hier bist.«
»Was willst du?« Severins Hals war trocken.
Tarik sagte: »Ich muss dir etwas erklären.«
»Ich weiß längst, was du getan hast. Ich wollte es nur nicht … wie sagt man? Wahrhaben.«
Tarik fiel keine Antwort ein.

Severin erklärte sich: »Du hattest einen Einfall. Als Cosima Riedler dich nach Feldeváye geholt hat, wusstest du, warum: weil niemand mehr als du über Seelen wusste, die sich zwischen Kunstiden verlaufen haben. Wegen mir. Wegen Carla. Und du wusstest, dass die Tafelfragmente deiner Tochter, wenn sie auch zerbrochen waren, wenn ihnen auch Teile fehlten, beinahe genügten … einen … ganzen Menschen zu machen. Beinahe. Sie … die algorithmische Information und die nonalgorithmische, das Gesamt der übriggebliebenen Fragmente vor meinem … vor Carlas Tod war sogar größer als die … als das, was bei Severin Rukeyser verloren gegangen war. Bei dem schauten nur ein paar Spitzen aus dem Schutt einer kollabierten musikalischen Synesstadt. Andeutungen des Menschen, der er gewesen war. Du hattest …«

»Hände und Füße«, flüsterte Tarik.
Es war ein guter Vergleich, der schnelle Mensch übernahm ihn: »Hände und Füße und einen Teil des Gesichts von Carla Jaivedh, und ein Herz und Muskeln und Ohren und Augen von Severin Rukeyser, und du wolltest …ja, du wolltest sie nicht einmal selbst zusammennähen, deine Schimäre. Der Plan war, diese beiden nicht ganz kompletten Menschenfetzen aufeinander loszulassen, in der Hoffnung, dass die Programme, die sie waren, sich selbständig zusammensetzen würden zu etwas, das wach war, seiner selbst

bewusst, ein Charakter, eine Person. Du dachtest: Die Programme werden halten. Sie werden denken: Wir sind fertig.«
»Und davon erfuhr Klemens Erikson. Auf Wegen, die ich nicht kenne«, sagte Tarik.
»Es war ein Lapith, der es ihm sagte. Auf Jocelyn. Deine Idee war genial, und sie hätte theoretisch funktionieren können. Praktisch aber ging es nicht, weil zwei Bewusstlose nicht aneinander bewusst werden können. Es braucht einen Wachen, der sie weckt.«
»Klemens Erikson.«
»Ja. Der musste sich auf die andern beiden spielen, wie auf eine Tafel. Und ihnen Einlass verschaffen bei sich, ihnen gestatten, ihn zu überfluten mit ihren Schlaufen und Schleifen und … mit der ganzen vielfachen Helix ihrer …mit der ganzen Rechnung. Mit dem Trick, der erlaubte, zu entscheiden, ob die Gleichungen, die diese beiden waren, jeweils unendlich viele Lösungen hatten, oder genau eine, die ein Mensch sein konnte. Die dann ich war. Die ich wurde.«
Tarik rang um Fassung: »Ich konnte nicht … ich wusste nicht … wir haben den Mann … Klemens …. bewusstlos, fast tot … er wäre nie wieder aufgewacht, sein ZNS war so verwüstet …«
»Das bin jetzt ich, und du bist längst nicht mehr mein Vater.«
Sich abzuwenden und durch dieselbe Bodenlücke zu verschwinden, durch die er ins Haus gestiegen war, kostete Severin die letzte Kraft.
Er fand Kathrin am Brunnen.
Sie fragte: »Was wirst du jetzt machen?«
»Weggehen. Mit mir … mit mir einig werden.«
»Kommst du wieder?«
»Ich weiß nicht.« Eine Pause.
Dann fiel ihm etwas ein, eine Frage: »Soll ich denn wiederkommen?«
Kathrin sagte: »Das darfst du nicht. Mich das fragen. Das musst du …«
»Ich hab dich sehr lieb«, sagten Klemens, Severin und Carla gemeinsam.

»Ich dich auch. Euch. Dich«, erwiderte Kathrin. »Und … erzähl mir nicht von Maura und Lasse. Ich weiß das. Ich liebe Maura, wie immer, wie … sie mich liebt.« Ein scheues Lächeln, im Licht von Monden und Sternen und dem Honigschimmer aus der Luke.

»Ich versteh dich«, sagte er, und fügte nicht hinzu, dass er sich endlich sogar selbst verstand, aber trotzdem nicht wusste, was er tun sollte.

»Das hoffe ich«, sagte sie, »denn wenn du mich wirklich verstehst, planst du nicht und fragst du nicht. Gib uns den Moment, leb drin, arrangier die Menschen nicht nach Geschichten, nur weil du schneller bist als sie. Der Moment ist das, worum es geht.«

Er nickte.

Ohne eine zweite Umarmung, ohne ein Wort ging er einige Schritte ins Dunkel, zehn, zwanzig, erst dann fiel er fort, weit nach Süden, an einen der hellsten Strände auf dem schönsten der Atolle.

Mit geschlossenen Augen warf Severin sich ins blaue Wasser und schwamm los, um sein Leben.

Fast ein ganzes Jahr lebte er in Rufweite der Atollmenschen.

Sie sahen ihn, er sah sie.

Sie stellten ihm manchmal etwas hin – Nahrung, Kleidung, am Ende ein Boot, weil auch er ihnen Geschenke machte, die er an den Randbezirken ihrer Dörfer, mit Häusern auf Pfählen, zurückließ und immer selbst gefangen, gepflückt oder angefertigt hatte. Nicht ein einziges Mal fiel er in dieser Zeit zur Seite, besuchte kein Urbeum, keine Wüste, keinen Dschungel, nie die Zeltstadt oder den Sumpf, horchte nicht in der Noos oder nach menschlichen Stimmen, gesprochenen oder gedachten.

Er schwamm und tauchte, wie Kathrin einst mit Nastja geschwommen und getaucht war, allein zu dritt, und machte mit sich aus, wer er sein wollte, wer sie sein konnten.

Als nichts mehr neu schmeckte und ihn die schönste Gegend des Planeten nicht mehr ablenken konnte vom Heimweh, sah er bei den Felsen nach.

Die Schlangen waren nicht zurückgekehrt.
Er ging wieder zu den Atollen.
Verabschiedete sich von seinen Palmen, seiner Höhle, seinem Wasserfall.

Als er das zweite Mal bei den Felsen erschien, wartete Kathrin auf ihn, mit Brot und Wein.
Sie umarmten sich, redeten wenig, sagten einander ihre Namen:
»Severin.«
»Kathrin.«
Der Wein war rot und trocken, das Brot schmeckte etwas nach Kuchen, aber nicht zu süß. Sie hatte weder Marmelade noch Honig, noch Wurst oder Käse dabei.
Als alles aufgegessen und ausgetrunken war, sagte sie. »Oft wäre ich nicht mehr hergekommen. Wir überlegen, ob wir die ganze Stadt … das ganze Lager wieder auf Wanderschaft schicken sollen.«
»Wir«, sagte Severin, um traurig anzuerkennen, dass er da nicht mitgemeint war.
Sie schaute ihn fragend, auch ein bisschen verärgert an: »Ich bin hier, weil ich Luzi beweisen wollte, dass es nicht ›bescheuert‹ ist, wie sie sagt, zu glauben, dass du wiederkommst. Aber wenn du gleich wieder anfängst …«
Er schüttelte den Kopf, sie fiel ihm ins noch nicht mal ausgesprochene Wort: »Nein, weißt du, wegen dem ›wir‹ – du willst es, glaube ich, so haben, dass bestimmte Leute bestimmten Leuten gehören, weil es dich sonst noch mehr durcheinanderbringt. Du denkst, dass es so sein muss und dass man da nichts machen kann, dass alles Schicksal ist und keine Freiheit. Maura und ich, wir gehören aber in Freiheit zusammen. Nicht als Besitz. Lasse ist dabei. Und Luzi. Und … du weißt ja nicht mal …« jetzt war sie wirklich wütend, und der schöne Mund war ganz klein, als wollte sie nicht, dass man ihn sah, aber natürlich leuchteten die Augen trotzdem, flammten auf, als sie im Zorn weitersprach: »Du weißt nicht, was hier alles passiert ist. Hier, und wahrscheinlich weißt

du auch nicht, was in den Urbeen los war. Niemand hat dich irgendwo gesehen. Niemand. Ich hab dich suchen lassen.«
»Ja. Ich war … richtig weg.«

»Das heißt, du hast die Aufstände nicht gesehen, in Pachetum und Laischa. Die Streiks in den Großlamontiken von Ammar, in den Werften. Die Krawalle, die Aufmärsche und Strafexpeditionen bis an die Grenzen unserer Steppe. Die Umsiedlungen der Unzufriedenen in Wüsten, die vielen Toten und Verletzten, den kurzen Bürgerkrieg zwischen den Resten der alten SB und Torils Schirmkriegern. Die Wellen und Wellen von Flüchtlingen, aus denen wir … auswählen müssen, wer zu uns passt. Wir müssen Leuten vertrauen, begreifst du das? Wir können nicht von allen annehmen, dass sie zu uns wollen, weil unsere Gemeinschaft wenigstens noch funktioniert, nicht zerfällt wie die Urbeen und die … Maura hat eine Frau mitgebracht, aus einer der … neuen schlechten Zonen. Tatjana Cortés. Wir dachten: Die ist mutig, die hat … sie war eine junge, aber schon führende Admin, und wir haben … es stellte sich raus, sie ist eine Mörderin. Eine Agentin von Toril.«
»Wie habt ihr das …«
Ein verärgertes kleines Schnauben, eine Handbewegung, die seine Nachfrage wegwischte: »Na, wie merkt man, dass jemand eine Mörderin ist? Sie hat Tarik Jaivedh umgebracht. Nachts.«
»Oh«, ein Hauch nur.
»Ja. Oh. Scheiße. Und sie hat Lasse vergiftet. Er kämpft, aber es ist in seinem Blut und er sieht … er sieht nicht gut aus, braucht einen Stock zum Laufen, hat die Rechnergärten fast schon aufgegeben … Zainab hat die Cortés erwischt, als sie sich aus dem Lager davonmachen wollte, und erschossen. Jetzt misstrauen alle allen. So ist das geworden, und du, du … Du warst ein Jahr weg, du Arsch! Ein Jahr!«
»Ich musste … für mein, ich wollte mit, mit mir …«, begann Severin zaghaft, aber Kathrin sah nicht mehr wütend aus, auch nicht traurig, sondern plötzlich wieder wie die, mit der er den Aufzug

verbessert hatte, mehr: wie die, die bei Klemens gesessen war, als ihre Arbeit in die Noos gespeist wurde.

Kathrin sagte: »Ich weiß es doch. Ist doch richtig. War ja gut, dass du dich drum gekümmert hast, um dein Eigenes. Ich dachte nur …«

»Ich hätte da sein sollen. Ich hätte mich nicht immer so anstellen sollen, und die Künste …«

»Vergiss mal einen Moment die Künste. Ich habe mir das anders gedacht hier, das ist der Punkt. Als die ersten zu mir kamen, habe ich mir vorgestellt, wir könnten es verändern. Ein neues Feldeváye schaffen, einen andern Planeten. Keine Trennung mehr zwischen Menschen, Padurn, später überhaupt Tieren und Pflanzen, alle können kommunizieren, durcheinanderreden. Die Blüten schwimmen auf einem niedrigen glasklaren Meer, und in wenigen Metern Tiefe sieht man knallbunte Vögel unter Wasser, die ganze Welt ist im Wasser. Die Welt der Trümmerzonen ist nur von einigen Urviechern, komischen Relikten von Schirmkriegern bewohnbar, wir können aber fliegen, fühlen uns immer ganz leicht, gegessen wird nur, wenn man Lust hat. Gemalt wird mit dünnen Farben im Wasser …«

Er stand auf, nahm ihre Hand, half ihr, auch aufzustehen.

»Ich will jetzt hin. Zu den Beeren«, sagte Kathrin.

Das genügte, er nahm sie mit.

Die Lichter in den Sümpfen, rote und blaue Juwelenaugen, machten ihr keine Angst. Sie dachte: Die sind für uns da, damit wir uns orientieren. Das stimmte: safranrot, ultramarin, Lichtkapillarenwegweiser.

Luzi hatte ihr nie gesagt, dass die kleinen Seen und Teiche türkis flimmerten und kükengelb, dass die lehmbraune Erde manchmal plötzlich kräuselnd wolfsgrau wurde, da wuchsen dann minz- und mistelgrüne Gräser.

Am Rand der Brombeergegend träumten die großen Blüten. Auf eine stieg er mit ihr.

Sanft schwingend lag sie da.
Er ließ sie für sich sein, ging aus dem Weg, ging seitwärts durch die Raumzeit fort zum Strand, wo er ein Jahr gewesen war, nur kurz, weil er wusste, die Blüte gehörte Kathrin alleine.

Oben auf der Blütenschwinge die Beeren waren gut, schmeckten leicht zitronig.
Über Kathrin atmete der weinrote Himmel, mit leichten weißen William-Turner-Schlieren, gleichzeitig Erwartung und Entspannung.
Weil es warm war, zog sie sich aus und rollte auf dem gigantischen dunklen Blatt hin und her, ließ die Härchen der Pflanze den Bauch kitzeln, Hüften und Po.
Versuchsweise strampelte sie mit den Beinen.
Dann lachte sie vor Staunen.
Die Kleider überm Arm gefaltet, stieg sie vorsichtig herunter.
Da hatte er gewartet.
Sie umarmten einander, er fand, sie roch besser als alles, und küsste sie hinterm Ohr. Sie grub die Rechte in sein Haar, strubbelte drin herum.
Dann nahm er sie mit, zurück zu den Steinen.
Das Fliegen war leichter beim zweiten Mal, aber er war zu beschäftigt damit, dass er sie wiedergefunden hatte, um zu merken, dass das daher kam, dass sie mit ihm flog.

Einige Leute in der Zeltstadt konnten es inzwischen, aber man wusste noch nicht, was man damit anfangen sollte, und welche Gesetze der Natur es brach, und ob es etwas mit den Kriegen zu tun hatte, die jetzt überall begonnen hatten.
Ob es eine Waffe war.
Er wollte ihr helfen beim Anziehen, aber sie ließ ihn nicht recht, sondern küsste ihn knabbernd und fragend, in einer ganz anderen Heiterkeit als eben, allein für sich, glücklich im Brombeerfeld.
Im goldenen Staub bei der wollenen Decke, auf der sie gesessen hatten und das Brot geteilt, fand er heraus, wie sie schmeckte.

Sie kam zweimal zu ihm und er einmal zu ihr an diesem langen Nachmittag, mit allen Händen überall und schönen Nerven, in ihm, in ihr mit nasser Haut. Einmal rangen sie wie die Padurn, das nahm den Atem und öffnete ganz die Herzen.
Kathrin wollte ihn aber ansehen, darum ging das, auch wenn es tief war und süß als bewegliche Schwere, nicht lange.
Schöner noch war es mit ihr über ihm oder ihm über ihr. In den Augen sah er sich, matt und lächelnd, in den Augen wollte er bleiben. Dazwischen lagen sie lang.
Mikrofein perlender Schweiß war ihnen Tau, sie selbst echte Blüten unter echten Gräsern, und sie merkten, wie sehr sie einander längst liebten, schon so lange, egal, ob er dabei Klemens geheißen hatte oder unter anderem Namen durch den Dschungel gestolpert war, sie abgeholt hatte von ihren Säulen, sie jetzt abholte aus dem Fasteingeschlafensein mit kleinsten Küssen.
Immer wollte er sie trinken.
Oft noch ließ sie ihn, bevor es Nacht wurde.

»Jetzt«, flüsterte sie mit großem Respekt vor der Liebe, »muss ich aber wieder zurück. In mein Haus. Und du, du gehst Lasse besuchen. Weil er sich freut.«
»Ja, klar, da geh ich hin.«
»Da ist Maura.«
Er nickte.
»Aber sie wohnt dort nicht. Sie ist nur bei ihm. Wenn jetzt aber du kommst …«
»Freut er sich«, sagte er.
Und dann: »Es ist richtig, wenn du sagst, man muss nicht Leuten gehören, die Liebe geht nur in Freiheit. Aber vielleicht ist das … dass ich dich so sehr mag und brauche, dass du so gut bist für mich, auch wenn es manchmal … es ist nicht immer leicht, wir sind ja ziemlich verschieden und können nicht … nur in unseren besonderen Zeiten, an unseren besonderen Orten einander was … zeigen und geben. Obwohl es also manchmal wehtut, und jetzt vielleicht noch mehr, ist es so, dass es noch um was anderes geht

als Liebe und Freiheit für mich. Wir drei, Klemens, Severin, Carla, wir können nur eine Person sein, wenn wir dir gehören. Nimm es an. Das bitten dich die drei.«
Sie küsste seine Stirn und ging, auch wenn es ein weiter Weg war, zu Fuß von den Felsen weg nach Hause.
Er war mit einem Schritt bei Lasse.
Maura brach gerade auf.
Sie begrüßten einander.
Es gab kein Missverstehen.

Liber Severini 6

Wie gegen eine unnachgiebige Wand aus besten Absichten, Neugier voran, prallte einer meiner Sendboten, ein verkleidetes Ich, gegen einen Suchfilter, der aus der Noos bis tief in die Solitona reichte, vier Sommer nach unserer hastigen Flucht mit der storarischen Freundin – die Erbauer der Wand waren »Ehemalige« wie sie sich nannten, das heißt Leute, die sich in kleinste Städte oder in die Wüste oder in die Erkmenberge zurückgezogen hatten und jetzt vorschlugen, man solle sich doch mal treffen, »im Gedenken an alles, was wir möglich gemacht, an die Opfer, die wir gebracht haben, und an Kathrin« – es musste natürlich der Vorname sein, und ich dachte nur, mehr vergrätzt als schockiert, während ich die Spinnweben dieses Fangnetzes von meinen Partialen schnitt und jeden Anschein vermied, auch nur im Geringsten zu irgendeiner Antwort aufgelegt zu sein, wie eklig du das immer fandst, diese Versuche der Auswertung und der Admins, ihr bisschen Weiterkommen für echte Fortschritte zu halten und dauernd diese Erinnerungsveranstaltungen, dieses »zwanzig Jahre Omphalos von sowieso« und »fünfzig Jahre seit dem letzten Fund in da und da« zu begehen, und dass du dich auch immer dagegen verwahrt hast, dass dir jemals ein Denkmal errichtet werden würde, denn Denkmäler, das zieht nur die dümmeren Vögel an, fandst du, diejenigen, die sich von den Midrai nichts erklären lassen wollten – und als ich so weit gekommen war, mit meinen eigenen Erinnerungen, die sich einfach von niemandem vorschreiben lassen wollten, wann sie sich an wen und wie erinnern sollten, da habe ich dich ärger vermisst als je vorher.

*

Kleinroboter. Gefesselt. Klappe. Bett. »Drogen. Wir haben sie gewarnt.«

Conlon mochte Filme. Den hier hat er mir gezeigt, weil Maya ihn ihm gezeigt hat.

Wenn man etwas sehr Unangenehmes genauer anschauen will, muss man herausfinden, welcher Abstand der beste ist, um die Beobachtung zwar zu gestatten, nicht aber in ihren schlimmen Gegenstand stürzen zu lassen.

In »Kinatay« – das Wort heißt »schlachten« – will der Regisseur wissen, was für ein Mann zusieht und mithilft, wenn eine Frau erst gefangen, dann vom Menschen zum Tier, dann vom Tier zum Ding zugerichtet und schließlich getötet wird. Der Film will diesen Mann ... »verstehen« ist zu viel gesagt, und ein zu nettes Wort, aber er will ihn doch genau genug darstellen, dass man sich bei der Betrachtung aus der notwendigen Verurteilung sowohl dieses Mannes wie der Verhältnisse, von denen er hervorgebracht wurde und die er unterstützt, nicht mehr ins Fragen und Zweifeln und Grübeln flüchten kann. Kino, hat Maya ihrem Freund Conlon immer wieder erklärt, liefert Offensichtliches, es muss nicht moralisch sein, aber es verbietet Klügelei, dazu ist es zu deutlich, und da kommen bestimmte schlimme Gegenstände gerade recht. Der richtige Abstand aber ist lebensnotwendig: »Kinatay« verbietet sich, seinen Polizeischüler Peping zur widersprüchlichen Seelenlandschaft zu stilisieren, indem etwa Großaufnahmen herbeigezwungen würden, die ihm in jede schwitzende Pore kriechen. Wir, Conlon, Maya, ich, alle denkbaren Leute in jedem denkbaren Publikum, lernen ihn erst kennen, nachdem wir die städtische Armutsgesellschaft schon einmal durchquert haben, in der er lebt und arbeitet – der Film fängt damit an, dass Leute Basketball spielen, Hähne schlachten, Handys verkaufen, und während wir die bunten Straßenszenen sehen, klärt uns viel Schrift darüber auf, dass auch dieser Film aus einander überkreuzenden und schneidenden Gesellschaftlichkeiten entstanden ist, wer alles mitgespielt und wer die Kamera bedient hat, wer produzieren durfte und Regie führen. Das Ganze hat die diffuse (und für Feldeváyerinnen und Feldeváyer vage beklemmende) Fröhlichkeit, die der von Conlon manchmal geschätzte Komponist John Cage meinte, als er sagte, Besuche in der sogenannten Dritten Welt, bei denen, die auf der Erde vor der Hidschra unseren Lacs glichen, weckten in ihm immer »die Freude darüber, eine übervölkerte Welt zu bewohnen«. Aus dieser Sorte drangvoll-aktiver Allgemeinheit springt der Film in die Keimzelle des damaligen Sozialen, ein Liebespaar mit Kind, auf dem Weg zur Hochzeit. Peping ist ein fürsorglicher Vater, er nimmt das Baby an die Brust, um ihm zu sagen, dass ihm nichts Böses widerfahren kann – auch das wird nicht zu nah gezeigt, aber insistent genug, dass wir wissen, es ist wichtig, und es nicht vergessen, wenn wir später sehen, wie dieser Mann große Grausamkeiten begeht und duldet, die er vermutlich selbst kaum fassen kann). Ein Selbstmörder steht auf einem Billboardgerüst, unten winken viele, auch das Fernsehen ist da, und eine Straßenecke weiter singen Kinder eine vaterländische Popschnulze, dann werden wir Zeuge undurchsichtiger sentimentaler Rituale an einem Ort, der aussieht wie die Südstadt von Laischa, und vor dem Standesbeamten stehen weiße Gartenstühle aus Plastik. All dies wäre, um mal zwei Wörter aufzuschreiben, die einem auf der Hirnhaut sterben, wenn man an den weiteren Verlauf des Films denkt, »aufschlussreich« und »interessant«, aber dann taucht der Mann, der den Film gemacht hat, Brillante Mendoza, seine Geschichte in stickige Nacht, in Blut, das wie uraltes Münzgeld schmeckt, nämlich kupfern, und lässt Schutzgelderpresser, Bandenleute, also die Grenzposten der sozialen Territorien, in die so ein urbaner Riesenzirkus unterteilt ist, eine weibliche Geisel nehmen, die alles explizit erleiden muss, was den Hierarchien, Abhängigkeiten, Herrschafts- und Tauschabläufen, die wir zuvor von ihrer putzigen und exotischen Weite her betrachten durften, die ganze Zeit schon implizit war. Semta, böse. Mendoza beschnüffelt diesen Schrecken nicht mit exhibitionistischer Insistenz, aber er wendet sich auch nicht schamhaft-genierlich davon ab, sondern hält, während allmählich jede Hoffnung auf eine gute Wendung systematisch von der Säure, die im Bildhintergrund zu brodeln scheint, zerfressen wird, eisern den mittleren, den richtigen, den unangenehmen, den zwingenden Abstand.

Man muss ihm dabei gehorchen, man bleibt dabei. Denn er weiß etwas, das man nicht ausplaudern, nur aushalten kann – etwas über

Komplizenschaft, und etwas Leises, Zerbrechliches, über Erbarmen.

*

Es handelte sich aber doch oft um Zitate, allerdings nicht in ihrer scharfumrissenen, zugespitzten, ausgerissenen Form, sondern als eine Art Summen oder Pfeifen, wie am Ende des Krito bei Plato, wenn Sokrates die Flöte hört, bei Gaddis, bei allen guten Geistern.

*

Schnee essen, nicht aus Hunger, sondern wirklich aus Durst: So bekommt man Antworten, und falls man nicht stirbt, kann man sie weitersagen. Luftsee. Keine Milchprodukte, kein Fleisch, keine zu langen Gedichte, auf dem Geld sind Billighelden in Kupfer gestochen, bienchenpräzise, wir brauchen Angelzeug und müssen dieses Geld also anfassen.
Alles dreht sich um Lukas, ist das gut?
Hauptsache, man ist überzeugt von dem, was man verkaufen will.
Leckt euch schon mal die Zähne sauber, wir wollen nicht von unreinen Leuten gegessen werden. Eine entschlossene Partei kann sich auf ausreichend großen Kundgebungen noch ihre besten Forderungen selbst wegbegeistern.
»Hör mal«, sagte Maura, »die Männer in Toveyn sind alle ein bisschen kleiner, also wunder dich nicht, die Pissbecken hängen da niedriger. Nur dass du keinen Fehler machst, bei der Hängung, wegen Duchamp.«

*

... throws out the memory of sin ...

*

Weißt du, was mein schönster Tag in Dedication war? Ich glaube, das rätst du nicht: ganz am Anfang, als ich immer krank war, weil mein Körper noch nicht klar kam mit Carla und Klemens und den Neuronachbeben ihrer Introjektion, als die Kunstide mit den Nanoniken im Dauerzwist lagen, wie heute bei den Leuten im Süden und an den Senye-Bett-Abschnitten, wo Toril seine Feralkunstide in die Luft hat diffundieren lassen.
Da hatte ich eine schwere Harnwegentzündung. Frag mal Lukas, vielleicht kann er's dir so beschreiben, dass du es verstehst, als Brücke zwischen uns, weil er ja wirklich mal ein Mädchen war, während Carla in mir nur ein Abdruck ist, ein Negativum: Es ist wirklich die Hölle, man muss dauernd pinkeln, ein harscher Harndrang weit übers Maß der Flüssigkeit hinaus, die man etwa zu sich genommen hat – aber wenn man dem nachgibt, ist es, als ob man Rasierklingen pinkelt, und danach tut es eine halbe Stunde weh, dann lässt es nach, und sobald es nachlässt, kommt der Harndrang wieder, repeat chorus. Aber in dieser Zeit fand mein schönster Tag statt. Abend, um genau zu sein.
Einer von Conlons Prodniki wurde hundert. Maura war nicht da, irgendwo in Ammar am Kundschaftern, und Luzi wohnte zu der Zeit bei Turan Ercec, erinnerst du dich? Wegen der Freundschaft mit den Ercec-Kindern, weil das jede Minute ausfüllte. Du hast mich eingeladen, weil dir gefallen hat, wie ich das Gedicht von Valéry vervollständigen half, das Waveele auf der Lichtung mit den abgesägten Säulen gefunden hatte, und weil du die Idee hattest, ich sollte ein Gedicht machen, auf den Hundertjährigen, und wir würden es auf dem Fest zusammen vortragen. Da waren die Aistheten gerade erst in die große Literaturzeit eingetreten, Wiedergeburt der echten Dichtung und was nicht alles.
Ich habe das Gedicht gemacht, fand gleich die Wahrheit über den Hundertjährigen, über die Prodniki, einfach beim Nachdenken darüber, was würde denn gut klingen, wenn du und ich es zusammen vortragen, wer war das, die Prodniki-Idee, sie zog die Welt auf ihren Pfaden nach sich her, und ich kam dich besuchen in deinem Zelt, und du hattest eine Blume für mich und dein Anzug war so schön,

schmal geschnitten, in der Art männlich, wie ein junger Prinz männlich ist in einem alten Märchen.
Ich musste auf die Toilette, und innen an der Türplane klebte noch ein Bild von dir und Nastja, und überall in deinem Zelt lebten andere Bilder, von Maura allein, von Maura mit dir, von Luzi mit Euch beiden, von Lasse und den Schlangen.
Wir gingen zum Fest, zu Conlons Zelt, wir sagten das Gedicht auf.
Selena Ercec hat uns gefilmt, ich habe den Film noch im Fach, in der Solitona. Der Film ist mein ganzes Fach, mehr bewahre ich dort nicht auf.
Denn alle.
Alle in Dedication.
Alle konnten uns sehen.
Unsere Sünden sind lange vorbei.
Du hast meinen Handballen berührt beim Abschied, denn du wolltest noch länger dort feiern, und ich war selig und hatte ganz vergessen, dass mir mein ganzer Unterleib brannte.
Ich ging nach Hause und schlief und wachte auf und war gesund.

*

Nachts geweckt werden, weil ein Delphin was zu sagen hat oder ein roter Pelzwal.
Kupfern der Fluss, und manchmal fischt man eine Soldatin oder einen Soldaten raus.
Sie leben noch. Die kleine Stadt ist mir inzwischen fast zu groß, ich gehe nur noch kurz vor Sonnenaufgang hin, manchmal, wenn ich davor schon im Dunkeln auf den Planken war, und warte dann nicht lange drauf, wie's wird, wenn die Freundliche kommt.
Ein bisschen Joggen, wo die Asphaltstraßen sich sehr wellen, wo der große Höhenunterschied ist, unweit der Brücke mit dem Hebeteil in der Mitte.
Graue Eichhörnchen und glimmende Augen der Olche.

*

Conlon, Provokateur wie immer: »Aber vielleicht isses auch anders. Vielleicht wollnse auch nur nich, dass wir dem Monotheismus zu nahe kommen, weil da einige Wahrheiten drinstecken, von denen sie sich wünschen, dass wir sie nicht wissen sollen. Im Islam zum Beispiel: Redet der nich von den Menneskern, wenn er ›Dschinn‹ sagt?«
Kein Zwinkern, jedenfalls kein sichtbares.

*

Ich hab sie nochmal wiedergetroffen, in einem kleinen Freilicht-Theater am Kap Hatteras, diese Frau, Navaline Edalati, die ehemalige Auswerterin, nach dem Sturz der Schirmkrieger, nach der ganzen Ära Fajid Toril. Sie sagte: »Es ist dann in was noch Dümmeres umgeschlagen, leider. Erst wollten sie alle nicht sie selber sein: die Prodniki, die Prodisten, die Admins, die Auswertung, die Aistheten, die Coms. Und dann plötzlich, als die Krise kam und den Planeten geschüttelt hat und alles neu sortiert, kippte das um in so ein ganz unangenehmes, neues Selbstbespiegeln und Selbstdarstellen, und bei allen Prodisten und Admins hieß es nur noch ›Wir Prodisten‹ und ›Ohne uns würde alles zusammenbrechen‹ oder ›Wir Admins‹ und die schlimmere Variante ›Wir werden untergehen, aber damit wird dann tatsächlich alles zusammenbrechen‹, so eine Mischung aus Größenwahn und quengeligem Selbstmitleid. Mit was anderem – mit irgendeiner Sache, irgendwas Inhaltlichem, irgendeinem Verweis auf was anderes als diese ewige Nabelschau – durfte man sich gar nicht mehr hervorwagen. Das einzig Gute daran: Sehr viele Leute sahen plötzlich ein, dass man in dem Spiel keine, wie soll ich sagen, richtige Seite finden kann, keine Gruppe oder Klasse, der man sich zugesellen muss, um auf der besseren Seite zu stehen, sondern dass das ganze Spiel eben scheiße und zum Kollaps hin organisiert ist, dass es mit dem gemeinsamen Untergang der Kämpfenden enden wird. Ist ja dann auch ein bisschen passiert.«

Ich fand das Zwinkern nett, in diesem »ein bisschen«, ließ sie aber trotzdem nicht einfach durchkommen mit dieser ziemlich gewagten Behauptung, sondern bestand vergleichsweise humorlos darauf, dass es doch auch nach dem, was sie Untergang nennt, Admins gab und gibt, Prodisten, die ganze Architektur. Sie lächelte und bot mir von ihrem Wein an, in einem straffen Schlauch, und sagte: »Die Namen haben überlebt, das stimmt. Neue Namen kommen immer erst nach einer Weile, neue Tatbestände sind viel schneller. Die Aistheten dachten umgekehrt, auch daran sind sie kaputtgegangen.«

*

Wir haben die Arbeit dann zusammen getan, Maura und ich. Stolz darauf bin ich nicht besonders. Aber wir versuchten, den SB zuvorzukommen. In Wilentz nicht, aber in einigen anderen Siedlungen hatte sich eine Sekte zusammengefunden, die von den Hohen Frauen unterstützt wurde – man glaubte an Shojos, Geister des Alkohols, die stammten aus Legenden von der Erde, Japan, eine Gegend von ähnlicher Geographie wie die Atolle. Man taufte Schwerter mit Schnaps, und weil zu dieser Zeit wegen Mikolats Blockade die zivilisatorische Einheitlichkeit der feldeváyschen Gesellschaften im Begriff war zu zerbröseln, war dieser Kult bereits eine Art Polizeisystem einer neuen Sorte Parallelgesellschaft geworden – es gab Fememorde mit diesen schnapsgetauften Schwertern. Wir schlugen uns mit einigen der, wie soll man sagen, Kriegerinnen, Richterinnen. Ich glaube auch – lach mich nur nicht aus deswegen –, dass ich einmal so ein Wesen, Shojo, gesehen habe, auf einem Schornstein. Es hockte da und sah mich böse an, in der Gestalt eines Mädchens, im langen weißen Leinenhemd, mit kohlrabenschwarzen Haaren, kalkigem Gesicht und dunklen, großen Augen von der Farbe purpurner Blutergüsse. Es bewegte sich schnell, war schon weg, als ich meinen Blick eben erst daran hatte gewöhnen können, du kannst es auch Halluzination nennen, wenn du's nicht stattdessen bevorzugst, wie Maura, als ich ihr's erzählte, davon auszugehen, dass das »eine aus dem Dorf war, eine verwahrloste Jugend, der Anfang vom Ende des zivilen Zusammenlebens im Streifen.«

Am Ende konfrontierten wir eine der Hohen Frauen, eine Siva Drechez, mit unseren Funden – Maura war ziemlich überzeugend: »Entweder, ihr räumt das jetzt auf, oder Toril kommt und lässt euch büßen, mit Unterstützung der Admins, die um die Ordnung fürchten, um die Gesellschaft als Ganzes. Richtet es so ein, wie es war.«

»Wann war?«, fragte die Frau, ein bisschen patzig, aber sichtlich eingeschüchtert.

»Als Kathrin hier gelebt hat«, sagte Maura schlicht, und die Anrufung deines Namens machte klar, dass sie keinen Widerspruch mehr duldete.

Wir verließen das zugige Gemäuer, in dem die Alte residierte, und gingen wie zwei Samurai, die einen besonders unangenehmen, blutigen Aufstand niedergeschlagen hatten, den Kiesweg zum kleinen Hafen runter, im Morgennebel.

»Sollen Sie doch ihre alten Bräuche haben, dagegen gibt's nix zu sagen – die Frauen- und Mädchenzirkel, falls dir ein Wort wie ›Thiasos‹ was sagt, Junge vom Schattenspiegel, diese ganze Lebensart, die sich so schön auf einige der Menneskergeschenke reimt ...«

»So oft, nach jährlichen Berechnungen«, fing ich verschmitzt an, ein wenig ungezogen, »die Königin, was ihr der Tod entrafft / Dem Staat ersetzen will, ruft sie die blühendsten / der Fraun, von allen Enden ihres Reichs, / Nach Themiscyra hin, und fleht, im Tempel ...«, und ich war gar nicht allzu überrascht, als Maura fortsetzen konnte: »... der Artemis, auf ihre jungen Schöße / Den Segen keuscher Marsbefruchtung nieder, badamm badamm et cetera und so. Ja, meinetwegen, all das, und sollen sie auch wieder an ihr Buch glauben, das hat ihnen doch die letzten paar hundert Jahre auch gereicht«, murrte deine Frau.

Ein kleiner Dämon zwickte mich noch einmal, so dass ich sagte: »Hast du's gelesen?«

»Nein«, brummte sie, »aber das ist nur fair.«

»Wieso?«

»Weil's mich auch nie gelesen hat, Severin.«

VII. RIESENDISTELN

Of course the only problem
With this inspiring project
Is that it turned out to be impossible!

Gregory Chaitin

1: Diplomatie

Reza Fruchtman hatte genug Land verbrannt.
Wenn man umstrittene Gegenden nicht bloß im projizierten Schlachtenraum durchmaß und für strategische Operationen markierte, sondern sie schwelen sah mit eigenen Augen, allenfalls geschützt von einem Sichtgerät, war man es bald leid.
Fruchtman hatte genügend Rauchsäulen betrachtet, die giftiger brauner Wind in die Schräge legte oder auflöste; genügend Einschusskrater links und rechts der Bahn des Fahrzeugs erlebt, in dem er saß und das nicht immer ein Panzer war; genügend Männer und Frauen in Lazaretten besucht und mit bedeutungslosen Auszeichnungen beleidigt; genügend Schuttberge erblickt, aus denen krumme, abgewinkelte Gliedmaßen guckten, mit frisch rotem oder schwarz verkrustetem Blut, im Sonnenlicht und dem der Monde, bei Regen, Schnee, Hagel, in Dürre- und Blütezeiten.
Fruchtman war über splitternde Knochen gefahren und hatte auf Tastfelder gedrückt, damit Raketen abgefeuert wurden, hatte Truppen mit mobilen Spritzvorrichtungen in Marsch gesetzt, Gas oder ätzende Flüssigkeiten oder biotischen Waffendampf in die Atmosphäre von Feldeváye gejagt, seine Arbeit getan, die scheußlichste.

Er wünschte sich nur noch, dass Toril ihm endlich eine Stadt zuwies, als feste Operationsbasis, irgendein Urbeum im Norden von Toveyn, Tumak vielleicht oder Barbizek, etwas Befriedetes, Beherrschbares. Im dritten Jahr des Feldzugs, auf den Fruchtman sich nur begeben hatte, weil ihm Untergrundarbeit und Infiltration nach dem spurlosen Verschwinden der umsichtigen und fähigen Tatjana Cortés zu riskant geworden waren, hatte er weder in Ellemi noch in Deyra irgendeine Ordnung aufrichten können. Ellemi war Ehrensache: Hier stand Torils Alarmturm. Der war gesichert, unstürmbar, aber ringsum tobte Aufruhr.

Erst vorgestern früh hatten Fruchtmans Schirmverbände ihre Operationen aus Anlass des Besuchs einer von Arvis Miklolat persönlich nach Feldeváye entsandten Beobachterdelegation eingestellt.

Die Panzer hatten die Straßen der Städte verlassen und waren in militärische Einrichtungen zurückgezogen, die für die Beobachter nicht zugänglich sein sollten.
Die Delegation unter Führung einer Frau namens Constantina Galgadas hatte in Deyra zunächst mit Fruchtmans Leuten, danach mit ein paar oppositionellen Prodisten, die allerdings nichts mit den Contramuralen oder den rebellischen Lacs im Sinn hatten, eingehende Gespräche geführt.

Galgadas und ihre Entourage nahmen die Stadtteile Collectis und Vegin in Augenschein, die besonders stark von der harten Abstrafung der jüngsten Insurrektion betroffen waren. Als sie sich unangemeldet einem Ort mit Opfern der Gewalt hatten nähern wollen, waren sie durch einen Schusswechsel an einer Straßenkontrolle auf dem sechsten Verkehrslevel daran gehindert worden.
Die Beobachter bewegten sich ansonsten ohne Begleiter aus allgemeinen SB oder der Schirmkriegerarmee in der Stadt, hätten sich jedoch nicht in oder auf den wirklich wichtigen Straßen und Plätzen oder gar dem Omphalos gezeigt, beschwerte sich die Opposition in der Noos.

Dort verbreitete Aufnahmen zeigten tatsächlich Einwohnerinnen und Einwohner von Collectis, die erfolglos versuchten, die Beobachter in ihre Straßen mitzunehmen, etwa um ihnen Heckenschützen aus Fruchtmans Abteilungen auf den Dächern zu zeigen. Einige dieser Menschen erklärten außerdem, Fruchtmans Leute hätten sie daran gehindert, mit den Beobachtern zu sprechen. Das üble Szenario, wonach diese Diversantenpropaganda aus der planetaren Noos über Router auf Zemelo in den Korridor oder gar über ihn hinaus in die Galaxis geschickt wurde, konnten Fruchtmans Techniker nicht ohne Restzweifel ausschließen.

Er selbst ließ seine Nachrichtendienste und Noosleute der Öffentlichkeit berichten, die Delegation habe sich jedenfalls ein Bild von den Schäden gemacht, die von Terroristen, also Prodniki und Lacs, »in Kollusion mit Contramuralen«. angerichtet worden seien.
In Collectis, so meldeten diese offiziellen Kanäle, habe Galgadas Gespräche mit den Familien mehrerer Menschen geführt, die von Contramuralen in irgendwelche abgelegenen Einöden verschleppt worden seien, weil sie besondere nomophysikalische Talente besaßen oder sich mit Aistheten eingelassen hatten. Auch ließ Fruchtman bekanntgeben, am vergangenen Dienstag hätten die Coms in Ellemi einen Sabotageakt gegen eine lamontische Pseudophylleitung verübt, die auch in Deyra ein Kraftwerk mit Energie belieferte (in Wirklichkeit steckte eine Mischung aus Adminversagen und Prodniki-Überarbeitung hinter dem betreffenden Unfall).
Während des Besuchs der Galgadas-Abordnung fanden in Ellemi Demonstrationen für und gegen die Schirmkrieger statt; Forderungen nach Ausweitung oder Einschränkung ihrer Handlungsspielräume wurden erhoben.
Nachdem die Delegation ihrer Arbeit beendet hatte und nach Laischa weitergereist war, seien, so legten widersprüchliche Berichte in der Noos nahe, Fruchtmans SB mit scharfer Munition und Tränengas gegen ihre Gegner vorgegangen.

Begleitet von zwei mehrfach tapferkeitshalber belobigten Kämpferinnen einer Schirmkriegereinheit ohne offizielle Kennung, von deren Existenz nur er selbst, Fajid Toril und die auf sie Vereidigten wussten, fuhr Reza Fruchtman jetzt in der schwülen, klebrigen Mittagshitze eines besonders unangenehmen tropischen Tages an einem stinkenden Fluss entlang, der keine fünfzig Kilometer südlich von diesem Ort ins Meer mündete, durch einen der südlichen Außenbezirke von Deyra.
Auf einem Hügel zwischen dichter, breitblättriger Vegetation, in stehender Luft, die den Blick trübte, als sähe man durch schmelzendes Glas, stand ein sehr schönes Haus.
Hier wohnten Torils Gäste.

Der hahnenkammrote Bau bot atemberaubende Aussicht auf die nicht allzu ferne Bucht, geschützt vor zudringlichen Blicken durch den wuchernden Urwald, zusammengesetzt aus zwei einander in stumpfem Winkel treffenden Hauptfassaden, von denen die stadtzugewandte, auf die Fruchtman jetzt zufuhr, mit lichtabsorbierender Glattlamontik verkleidet war. Das sah, dachte Reza, der versuchte, dabei nicht an Blut zu denken, aus wie eine Fensterfront aus Rotwein.

Der betreffende Gebäudeflügel endete an einer Terrasse, die sich in die leicht gebogene Achse eines Esszimmers einfügte, von dem aus man einen sechstausend Meter hohen, aktiven, aber ungefährlichen Vulkan namens Spethimaten bewundern konnte, der den gesamten Horizont beherrschte. Auf der Terrasse stand ein bewaffneter Leibwächter der Person, die Fruchtman hier zu besuchen beauftragt war. Fast ganz Feldeváye glaubte, sie hätte den Planeten längst verlassen.

Reza befahl: »Halt, das reicht, sonst beschießt sie uns. Ich soll alleine hin.«

Kurze Kopfbewegungen, winzige mimische Signale seiner kleinen Garde.

Man half ihm, auszusteigen.

Er kletterte durchs Kraut. Affenartiges und blitzzackige Insekten gaben Laute von sich. Sehr lästig war ihm das alles, und einmal, als ihn etwas rechts am Hals erwischte, ein Pieksen oder Kratzen, dachte er: Ich könnte alles hier verbrennen lassen. Nur hätte ich dann sicher wieder Schuldgefühle.

Gebüsch, gewundenes Wurzelholz, Steine, die Stolperfallen waren: Eine halbe Stunde dauerte der Aufstieg.

Der Leibwächter der Frau, die ihn erwartete, zog ihn wie einen Findling aus dem Naturgefussel.

Er führte ihn auf die Terrasse, klopfte ihn dort sogar ein bisschen ab, was Reza elend peinlich war. Der große Mann geleitete den Offizier ins kühle, weitläufige Innere der Villa.

Das Foyer war aufgeräumt, minimalistisch eingerichtet: ein Brunnenbecken, auf dessen Grund glatte grüne Steine lagen, bekränzt von steinern umtopften, schlanken Stummelpalmen.

»Stühle oder Sessel habt ihr keine? Sitzkissen wenigstens?«, fragte Reza betont ruppig; aggressives Auftreten war viel wert in solchen Momenten.
Constantina Galgadas applaudierte lachend, als sie aus einem Loch im Boden, das Reza, dessen Augen sich dem Halbdunkel zu langsam anpassten, zunächst übersehen hatte, eine schmale Treppe hinaufstieg.
»Recht so. Nur nicht einschüchtern lassen.«
Sie bedeutete ihrem Bewaffneten wortlos, er solle sich trollen.
Reza seufzte, zog ein Tüchlein aus der Uniformbrusttasche, tupfte sich die Stirn und sagte: »Ich bin bloß andere Umgebungen gewohnt, für solche Treffen.«
Galgadas, im langen, schulterfreien weißen Kleid und barfuß, sah damenhaft und dabei gar nicht ungefährlich aus: Um die Hüfte war ein breiter weinroter Gürtel gebunden, an dem rechts ein Holster hing, in dem eine Handfeuerwaffe verstaut war, eine kühne Kombination, die bei einer weniger stattlichen Erscheinung wohl eher lächerlich als furchteinflößend gewirkt hätte. Die schlanke Frau näherte sich dem unbequem Uniformierten mit langen Schritten, stand schließlich dicht vor ihm, musterte ihn, schob das Kinn ein wenig vor, schien nachzudenken. Nahm das Kinn dann zurück und sprach: »Ist sicher nicht leicht, für Toril zu arbeiten.«
»Bestimmt nicht schwieriger als für Arvis Mikolat«, erwiderte Reza unterkühlt.

Sie lächelte süß: »Für den arbeite ich gar nicht. Ich unterstehe dem immer noch legitimen Integralleiter Ahmed Ben Han. Der allerdings im Augenblick indisponiert ist. Der Untersuchung wegen.«
Reza senkte den Blick und murmelte, an der Grenze der Hörbarkeit: »Man lauert, ja. Die Han-Loyalisten warten auf die angebliche formelle Amtsenthebung und den angeblichen Prozess und tun erst mal, was Mikolat sagt. Ist ja Krieg, oder wird bald Krieg sein, zwischen den Prodisten und den Admins. Stürzt Ben Han – aus der Haft – über die Geschichte mit dem Projekt Lärz und die

anderen Konflikte mit der Storema und aller Welt – stürzt er, bevor die Prodisten siegen –, dann werden Sie nach seinem Posten greifen, gegen Mikolat.«

»Ach?«, sie klang, als fände sie die Idee so entlegen wie faszinierend.

Er sah sie direkt an: »Ja. Sobald mehr als, na sagen wir, achtzig Prozent der verbleibenden Admins in den von all diesen Kriegen strapazierten Regionen Ihnen die Loyalität aussprechen – und das kann passieren, Mikolat ist äußerst unbeliebt –, werden Sie den Prodisten ein großzügiges Waffenstillstandsangebot machen, vielleicht sogar einen Friedensvertrag andienen. Stürzt Ben Han nicht, warten Sie ab, bis der Krieg vorbei ist und die Admins besiegt sind, um Ahmed Ben Han dann auszuliefern und den Prodisten treue Dienste zu schwören. Wahrscheinlich Seite an Seite mit Mikolat. Der einzige Zweck, den Mikolat selbst mit der Zweideutigkeit verfolgt, den Mann, dessen Amt er usurpiert hat, formell noch in diesem Amt zu belassen, ist der, einen Sündenbock präsentieren zu können, falls die Prodisten die Oberhand gewinnen.«

»Wer hat das alles rausgekriegt?«, sagte Constantina, wandte sich ab und ging ein paar Schritte. Sie streichelte die Blätter einer kleinen Palme und gähnte.

»Fajid Toril«, gab Reza zu.

»Aha«, sagte Constantina, »so denkt er also. Das verrät mehr über ihn als darüber, was bei uns Admins … draußen … wirklich los ist.« Sie blieb stehen, wandte sich Reza wieder zu. Die Augen und das Lächeln sagten etwas anderes als der Mund, Toril lag offenbar ganz richtig. Der spöttische Zug: Was will er tun, auf diesem Provinzfelsen?

Reza räusperte sich: »Wir sind alle sehr beschäftigt. Warum bin ich hier?«

Constantina machte ein unverbindliches Geräusch, dann sagte sie: »Also kein Cocktail und auch keine Kirsche, gut.« Sie ließ den Blick schweifen, freute sich an der Rauchsäule auf der Kegelspitze des Vulkans, und Reza dachte ans menschenfressende Feuer, sein Handwerk.

Ohne ihn anzusehen, sagte sie: »Warum sind Sie hier, tja. Ich will Ihnen was zeigen, das Sie Toril berichten sollen. Per Coiflet wirkt so was nicht. Er selbst hat meine Einladung ausgeschlagen. Und wen schickt er mir? Einen … na gut.«
»Dann zeigen Sie's.« Reza ließ sich nicht provozieren.
Constantina sah ihn freundlich an: »Wissen Sie was? Ich mag Sie. Er hat ein Händchen für gute Leute. Folgen Sie mir.«
Der Abstieg ins felsumschlossene Untergeschoss war gar nicht so ein schwerer Kälteschock, wie Reza zunächst befürchtete.

Ein wenig Schweiß stand ihm freilich im Kragen und glänzte auf seinen Schläfen, als er die elegante Dame plaudern hörte: »Mikolat weiß, womit Toril den Admins droht, und den restlichen SB, und dem bisschen Militär hier. Dem Säufer Cesmatos, dem Wichser Tuak-Jin, der irren Sanchez, der armen Svenson-Xuan und der Frau, die auf Arrhenius die Sicherheit leitet, wie heißt sie?«
»Nicola Greiff.«
»Ja. Greiff. Wir haben schließlich Leute hier. Und hätten wir keine, so würden uns doch Messungen verraten, was los ist: die Fluktuationen in den Teilchenschauern von Arrhenius, das sind alles kleine Testflämmchen, nicht? Die Heliosphäre …«
»Ich bin kein Nomophysiker«, versuchte Reza, Unwissen vorzutäuschen.
Sie gähnte gutmütig: »Aaaooahh … ach ja, die reinen Lämmchen seid ihr alle. Was, Magnetschutz, ein Feld, das euch davor bewahrt, zu verbrennen, und das man manipulieren kann? Nie gehört.«
»Doch, natürlich, aber …«
»Flares, Prominenzen, Protuberanzen. Der kleine Mond spielt verrückt, weil Toril drin rumstochern lässt. Flecken, photosphärische Faculae, wahrscheinlich tiefgreifend veränderte radiative Transfervorgänge in der Chromosphäre, aberrante Supergranulation … die Linse, nicht? Torils Leute dort. Von Tarik Jaivedh rekrutiert. Orna Sowieso. Wenn Sie's wirklich nicht wissen, fragen Sie Toril. So, wir sind da.«

Die Wände der Halle leuchteten matt in biolumineszentem Orange.
Die Grundfläche entsprach der des Foyers oben, die Einrichtung war noch spärlicher: Da stand ein einziges Objekt, ein großes X aus ledergepolstertem Metall, mitten im Raum. Aus Boden und Decke hingen und wuselten robotische Tentakel, die sich mit dem einzigen anderen Lebewesen außer Fruchtman und Galgadas im Raum befassten. Es war ans X fixiert und versuchte nicht, sich zu entwinden.
Der Kopf der Frau hatte es nicht leicht, sich auf dem Hals gerade zu halten, die Augen waren die müdesten, die Reza je gesehen hatte.
An Armen, Oberschenkeln, Flanken war die nackte Gestalt aufgeschnitten und wie eine Orange geschält. Muskeln und Sehnen, auch Nerven lagen frei. Der Soldat ging davon aus, dass die Elende unter schwerer Betäubung stand.
»Die Demonstration«, sagte Reza ruhig.

Constantina Galgadas ging zu der Festgeschnallten, hob mit der Rechten ihr Kinn etwas an, vorsichtig, nicht gewaltsam, sah ihr in die Augen, die sie kaum offenhalten konnte, und sagte: »Es geht um Symmetrie, wissen Sie. Ich will, dass er weiß, mit wem er es zu tun hat. Dass ich jeden Schritt mitgehe, den er geht.«
Reza schnaubte schwach: »Er foltert, Sie foltern. Mehr nicht? Armselig.«
»Wissen Sie, wer das ist?«, sie ließ das Kinn los, ehe ein dünner Speichelfaden ihre Hand berühren konnte, der, etwas blutig, am Kinn der Gequälten auf ihre Hand zugeronnen war.
Reza betrachtete das Gesicht, rief ein paar Overlays aus der Noos.
In zwei Sekunden hatte er's: »Cosima Riedler. Die ehemalige Freundin von Tarik Jaivedh, und die ehemalige Vorgesetzte von Kathrin Ristau. Eine der Augenzeuginnen des Absturzes der Insel von Severin Rukeyser und Klemens Erikson. Sie war dreimal zur rechten Zeit am rechten Ort.«

»Mehr als das.« Der melodische Tonfall in Constantinas Stimme war jetzt einer geschmeidigen Härte gewichen. »Sie ist keine Zufallszeugin. Sie arbeitet für … nun, sie pflegte … für einen ehemaligen Vorgesetzten von mir zu arbeiten, bis ich dessen Job … geerbt habe.«
»Geerbt.« Reza zog die rechte Augenbraue hoch.
»Ja, nachdem ich ihn leider hatte umbringen müssen. Armer Quaymet.«
Reza sah in seinen Archiven nach und sagte dann: »Ah. Informationsabteilung, Wissensarchäologie … Ein Knotenpunkt.«
»Richtig. Und dieses arme alte Mädchen hier, tatsächlicher Name Fatme Ejin, hat sich von ihm herschicken und von mir steuern lassen und dabei sehr viel mehr mitbekommen, als selbst die aufmerksamste Zufallszeugin je mitbekommen hätte. Tatsächlich ist ihr Kopf dermaßen gefüllt mit augmentierten Protokollen, die autonom beobachten, notieren, verwalten und kreuzkorrelieren, dass sie niemals wissen kann, was sie alles weiß.«
»Wie eine Storarierin«, sagte Reza kühl. Die Gefangene reagierte mit einem so kratzigen Meckern, dass es den Soldaten schauderte.

Um dem Geräusch zu entkommen, setzte Reza neu an: »Also, ich soll die Auskunft mitnehmen, Sie haben hier jemanden … Sie kriegen hier Dinge raus, die wir Schirmkrieger nicht wissen. Irgendwas über die Insel vielleicht, über Ristau … so was.«
Constantina Galgadas nickte ernst und legte ihre Hand auf die Waffe am Holster, dessen Lasche, weil es die Hand erkannte, zurück ins Futter glitt wie die Zunge eines Lebewesens, das an etwas geleckt hat, das ihm überhaupt nicht schmeckt.

»Sicher, das auch. Aber was ich eigentlich zeigen will, ich wiederhol's, ist: Ich gehe jeden Schritt mit. Und dann gehe ich weiter. Weiter als er.«
Reza wurde plötzlich bewusst, dass er unbewaffnet war.
»Was sie … meint …« flüsterte die Arme an den gekreuzten Balken

gerade laut genug, dass man sie eben noch hören konnte, ».. ist … dass ich mich weigere … sie … zu sein, obwohl ich … nur dazu … geboren …«

Reza begriff, wovon die Rede war.

Erschrocken wehrte er ab: »Nein. Aber nein, sowas … diese Tafelexperimente sind nie übers erste Stadium von … das gibt es nicht.«

»Oh doch«, sagte Constanina Galgadas, und es klang beinahe schwermütig. »Wir hatten Erfolg, und warum auch nicht? Schließlich hatten ihn Erikson und Jaivedh ja auch, mit ihren Persönlichkeitsfragmentspielen. Es ist wirklich so etwas wie ein neuer Severin Rukeyser dabei herausgekommen. Vorstufen zu dergleichen gibt es seit Jahrhunderten. Wir kommen aus einer Zivilisation, die mit der menschlichen Physiologie erstaunliche Spiele gespielt hat und damit nie zufrieden war – Äußerlichkeiten. Also rein ins Hirn, ins vegetative Nervensystem auch, in den Wahrnehmungsapparat. Seit der Hidschra läuft ein Wettstreit zwischen Admins und Prodisten: Wer knackt das alles zuerst. Sehr spät hat man erkannt, wie wichtig Feldeváye ist: Was immer die Lapithen hier tun, es scheint die wichtigste komplementäre Ergänzung zum Nomos-Geschenk zu sein. Neue Leute, neue Hirne, neue Wahrnehmung, neue Auffassung, neue Alloplastik. Sie wollten uns immer behilflich sein, diese Lapithen. Ihre Herren wollen es, die Mennesker. Erziehung im großen Stil, induzierte Evolution. Das weiß Toril, das weiß Mikolat, das weiß ich, das macht Rukeyser interessant, und Ristau. Rukeyser ist ein Prototyp, durch eine Verkettung von Unfällen – seine Arbeit in der Synes zum Zeitpunkt des Unfalls, die Kunstide in seinem Blut, dann der Absturz und die Energiepulse, das Überschwemmtwerden mit Mehrdimensionalitäten in der kollabierenden musikalischen Architektur … und dann das glückliche Zusammentreffen zweier Genies, Jaivedh und Erikson, und eines Versuchskaninchens, Carla Jaivedh. Es war alles sehr erfolgreich, und deshalb wird die Tafeltechnik jetzt überall aufgegeben. Die Menschheit erschrickt ja immer mal wieder über das, was sie weiß und kann. Das war schon mit der Atomenergie so: zweihundert Jahre schwere Verwirrung, nachdem das Prinzip erkannt war.«

»Geheimgeschichte.« Reza zog die Mundwinkel nach unten, schön war das alles nicht.

»Gewusst haben es die Dienste, die höheren SB, die Kundschafter an den Fronten.

Technisch waren die immer ein bisschen weiter als die politischen Abteilungen, denen sie dienten. Der wahre Wettlauf handelt davon: Wir verstehen bis heute den Nomos nicht, und wir wollen das unbedingt. Wir arbeiten damit, wir nutzen ihn, aber woher kommt er, wie funktioniert er, wie ist seine innere logische Geographie? Generationen von Admins und Prodisten haben daran gearbeitet, ganze Abteilungen beider, zum Beispiel die von Quaymet Munoz-Perou, in der ich aufgestiegen bin, durchkämmen das komplette wissenschaftliche Erbe der Menschheit nach Hinweisen auf Brücken, nach ... wenn der Nomos richtig ist, dann müssen ja doch Ansätze dazu, ihn zu finden, in den richtigen Einsichten der Menschen ... es muss doch etwas im Menschenerbe geben, das uns zu besonders geeigneten Empfängern dieses Geschenks macht. Ich meine, die Mennesker haben es ja nicht der Storema oder den Maschinenzivilisationen Richtung Zentrum oder ... oder ... sicher, sie alle haben davon genascht, sie alle haben wir eingeladen, mit uns ... aber die reichste Ausbeute, und konsequenterweise die schnellste Expansion ... irgendwas ist das, mit uns Menschen. Irgendwas haben wir an uns.«

»Vielleicht«, riet Reza launig, »sind wir einfach die Skrupellosesten.«

Constantina konnte damit nichts anfangen: »Pfff, Moral. Nein: Mensch plus Nomos, das hat eindeutig zu einem besseren Menschen geführt, und dieser bessere Mensch will jetzt einen besseren Nomos bauen, weil das bei uns immer so war, weil aller Fortschritt ... aber der bessere Mensch scheint nicht gut genug. Wir brauchen einen noch besseren. Also experimentieren wir. Das da«, sie nickte in Richtung ihres Opfers, »ist ein gescheiterter Severin Rukeyser.«

»Interessant«, sagte Reza und wog derweil rasch verschiedene Möglichkeiten des Angriffs, der Verteidigung und der Flucht mit Hilfe detaillierter Bewegungskalkulationen gegeneinander ab.
»Nein«, Galgadas ärgerte sich leise, »so geht das nicht. Du hörst nicht zu.«
Schneller, als das Auge folgen konnte, riss sie die Waffe aus dem Holster und zerschoss Reza Fruchtman die rechte Kniescheibe.
Zwar strömten sofort Opiate aus den Depotkapseln an seinen wichtigsten Gelenkstellen in seinen Körper, aber er fluchte dennoch: »Scheiße! Was? Fotze! Was soll das? Hölle, tut das weh ...«
Er hielt sich das Bein, stöhnte, kauerte am Boden und widmete dann dem, was sie, sehr leise, mit auf sein Herz im rasch atmenden Brustkorb gerichtetem Lauf, jetzt zu ihm sagte, seine ungeteilte Aufmerksamkeit. »Die Lacs ... und die Vorfahren der Lacs ... sie dachten, Hybride sind die Lösung. Wenn man ein Fisch ist, ein Vogel, ein Wolf. Wir sind weiter. Es geht ums Ineinanderwirken von Personen und Personenkreisen, um ... na ja, wie der alte Arrhenius noch auf der Venus und dem Mars lehrte und seine Leute andere Leute lehren ließ: Menschen sind aus anderen Menschen zusammengesetzt. Klonen? Das sind bloß Zellhaufen. Ein Zwilling erweitert meinen Handlungs- und Erkenntnisradius ja auch nicht. Aber Tafeln!«, sie wurde lauter, enthusiastischer, »Tafeln, das ... na, Vollständigkeit ging nicht. Zu viele Parameter der Verkörperung, der Erinnerung, Handungsfeedback ... Und dann der Einfall: Partiale, Tafelscherben sozusagen, in fertige Hirne schieben – denn jede Tafel ist sogleich zerbrochen, wenn wir sie beschrieben haben, das war ja das Problem, vollständig abgespeicherte Menschen wollten uns nicht gelingen. Die da ...« – sie bewegte den Blick eine Millisekunde in Richtung Cosima, eine Selbstablenkung, die er hätte nutzen können, wenn er dazu noch aufgelegt gewesen wäre, aber er hatte sich in sein Schicksal ergeben, »... die ist zu sechzig Prozent ich, und deshalb kann sie gar nicht anders, als so zu handeln, so zu denken, ihre Geheimnisse in sich so abzuspeichern, dass ich sie finden kann.«
»Ich bin ... nicht ... du ...« presste die Gefesselte hervor.

»Leider nicht, stimmt. Aber für meine Zwecke hat's gereicht«, sagte Constantina Galgadas und schoss der Sterbenden zweimal direkt ins Gesicht, das dem ihren überhaupt nicht ähnlich gewesen war.

Von der Treppe her trat ihr Leibwächter in den Raum.
Er trug lamontisches Verbandszeug und andere Pharmaka bei sich, ging rasch zu Reza und half dem, so gut er konnte.
»Mach ihn reisefertig. Er hat einen weiten Weg vor sich«, sagte die Admin, die beide zurückließ und auf der Treppe nach oben ging. »Wenn er ankommt, wo er hin soll, muss er viel erzählen.«

2: Nomos und Liebe

Luzi Ristaus vierzehntes Lebensjahr war ihr bis dahin schönstes.
»Vielleicht«, sagte sie zu ihrer Mutter Maura eines Abends beim Gerben von Fellen, ganz in der Nähe des Hauses ihrer anderen Mutter Kathrin, »sollte ich jetzt sterben. Schöner wird's wahrscheinlich nicht.«
»Wart mal noch den Sex ab. Und die Liebe« sagte Maura mit der liebevollen Strenge, die Luzi so sehr mochte. Selbstverständlich reagierte die Tochter mit der größtmöglichen Nöligkeit: »Ooch, muss nicht sein. Ich weiß genug. Und kenn auch schon einiges.«
Maura lächelte verstohlen: Es hatte eine Weile gedauert, bis Luzi die Unterscheidung rausgehabt hatte, zwischen Wissen und Können.
»Was weißt und kennst du denn? Vorsicht, schneid dir nicht wieder in den Handballen.«
Luzi tat die richtigen Griffe, dann antwortete sie: »Rashid ist nett. Und Moshe auch. Mit Mädchen hab' ich's weniger. Bin vielleicht einfach anders als du und Kathrin. Es gibt sicher noch was auszuprobieren. Nein, sag' nix: Bitte, also das Theater, das du und Lasse und Kathrin und Severin … vorletztes Jahr, oh je. Wie das alles laufen soll. Alle irgendwie durcheinander. Grauenhaft.«
Maura hob abwehrend die Hand und zog eine schmerzliche Grimasse, keine üble Fortsetzung und Selbstparodie des »Theaters«, das Luzi meinte, und sagte: »Danke, reicht. Mistkind. Und red' nicht vom Sterben. Du weißt wirklich nicht, was das ist.«

Der Satz war sowohl trivial wie unwahr: Wer, der noch lebte, wusste schon, was Sterben ist? Und andererseits: Für ein vierzehnjähriges Mädchen wusste Luzi genug, fast zu viel übers Sterben. Immer wieder kamen Leute nicht zurück, aus den Urbeen. Verhaftet. Getötet.

»Kathrins Theorie is ja recht«, pflegte Conlon zu murren, »Leute mögen das, wennse uns verstecken können in so'ner Stadt, und sich bisschen wie Widerstand fühlen. Deine Mutter is bloß 'n Tick zu gescheit«, dabei sah er dann Luzi fast mitleidig an, »wennse immer sagt: Menschen, die mal was für andere getan haben, werden dadurch mutiger und freier. Die Storema hat so'n Spruch: Das Stützende braucht das, was es stützt. Bloß, inner wirklichen Welt isses so: Nich immer gewinnen da beide was bei. Erfahrungstheorien, ne ... als die Menschen noch Physik gemacht ham ohne Nomos, da hamse sich das immer irgendwie zurechtgeschoben, was der Maßstab is, was die Quelle is für Erkenntnis, wie se das validier'n und alles. Also, da kommt dann ein Spinner und findet, is doch ganz einfach, man guckt halt in die Welt, und kriegt Zusammenhänge mit, nich, sogenannte Induktion. Die Ereignisse, hatter gedacht, zwingen uns die Erkenntnisse praktisch auf. Das denkt auch die Kathrin: Den Hungerleidern und Unterdrückten und Verarschten in den Urbeen, denen zwingen wir jetzt mal schön ein paar politische Einsichten auf. Super, aber damals vor der Hidschra ... siehste, erst haste das mit der Induktion, und dann kam aber ein anderer Spinner ... und der sagt nu: Beobachtung, da kannste dich auch bös täuschen. Wer rumprahlt, er hätte irgendwelche Erkenntnisse dank Beobachtungen, bitte, der soll das mal rechtfertigen, wieso diese Beobachtungen so was liefern und nich alle Irrtümer sind. Außerdem kann man sich auch einfach was ausdenken, raten, klappt ja auch. Is wie mit dem Geld.«
Von Geld wusste Luzi nicht genug: In den Urbeen gab's das jetzt wieder vermehrt als Verrechnungseinheit für Produktivität, für Arbeitsaufwand, als Lamontikeichgröße in Produln, aus dem Comleben kannte sie nur die in der Solitona fixierten Mikrokredite, morgen kriegst du dies und das, wenn ich heute jenes kriege.
»Geld?«, fragte sie daher vorsichtig.

»Na ja«, grummelte Conlon, »das Bild war halt … also, der zweite Spinner hat den ersten Spinner damit geärgert, dass er so ein Geldbild gemacht hat: Wer sagt, Beobachtung schafft Erkenntnisse, und nicht sagen kann, wie man das macht, also zum Beispiel auf eine Regel kommt, auf ein Gesetz – von was Beobachtetem auf was schließen, das man noch nicht beobachtet hat –, der is wie einer, der einen Haufen Geld hat und dem Steuerkontrolleur nicht erklären kann, wo es herkommt.«

»Steuer …«

»Sowas wie Mikolat. Abgaben.«

»Für Krieg?«

»Und ähnliche Scheiße, ja.«

»Und was hat das mit den Leuten zu tun, die uns verstecken, wenn wir in den Urbeen unterwegs sind?«

»Is doch sonnenklar«, sagte Conlon, der immer fand, alles sei sonnenklar, was ihn zu einem ungeschickten Lehrer machte. »Wenn der Spinner, der sagt: Beweis mir die mal, deine Induktion, immer bessere Argumente hat, dann wird das, womit … na ja, der Induktionsgegner sagt: Du darfst nicht sagen, den Satz ›Morgens wird es hell‹ haste aus der Beobachtung, denn vielleicht is es ja nur bis jetzt immer morgens hell geworden und morgen bleibt's aber mal dunkel und danach wird's vielleicht blau oder laut morgens. Selbst wennde das tausendmal gesehen hast – du darfst nich einfach sagen: Alle Schlangen sind schlau, nur weil alle Schlangen schlau waren, die du bis jetzt getroffen hast. Verstehste? So war das vor dem Nomos. Sie hatten diese primitive Wissenschaftslehre, nach der eigentlich alles, was sie hatten, eine Sammlung von Beobachtungen war und ein bisschen Formelkleister. Ein Haufen unbegründbarer Glaubensgrundsätze, im Prinzip. Was der zweite Spinner eigentlich gemeint hat, war ja: dass die Welt einheitlich ist, dass das alles eins ist, das kann man nicht beobachten. Das musste halt auf der Stufe einfach glauben. Man kriegt ja immer nur Ausschnitte, einzelne Sachverhalte zu sehen. Ist doch egal, dachten die meisten, man hat ja genug Erfolge erzielt mit dieser Induktion, Dampfmaschinen und Scheißcomputer und alles. Geglaubt hatten sie ja vorher noch ganz andere Sachen, zum Beispiel, dass ein auferstandener Toter, der sein eigener Vater war, ihnen telepathisch Schuld vergeben konnte, die sie alle nur mit sich rumgetragen haben, weil 'ne Frau, von der sie abstammten, sich vonner Schlange hatte überreden lassen, 'ne Frucht vonnem verbotenen Baum …«

»Wer hört denn auf Schlangen? Die reden doch nur Wirrwarr«, schimpfte Luzi über Lasses Freunde, obwohl sie denen so dankbar war wie der Großvater selbst, dass sie ihm schließlich geholfen hatten, alle Vergiftungen zu überstehen und zu besiegen, die ihm von der Agentin Torils angetan worden waren.

Conlon überging das Schlangenthema: »Also, da ham sich dann welche abgestrampelt, die Induktion zu … befestigen, könnte man sagen, von irgendwelchen Grundlagen her, die man halt noch finden musste.«

»So, wie das einige Prodisten heute noch mit dem Nomos probieren.«

»Exakt. Aber zu der Zeit gab's dann so richtige Krisen in den Wissenschaften selber, und die Leute hatten noch keine … das war noch nicht organisiert, dass man die Risiken irgendwie…«

»Es gab keine Admins.«

»Genau. Große Panik, und einige nahmen das Maul voll: Kinder, die Welt wird schon einheitlich sein, sonst würde ja die Induktion nicht funktionieren, aber das tut sie, wie alle sehen – funktioniert halt nur, solange die unausgesprochene Überzeugung stark is, Erfolg sei was Rationales. Sobald das wackelt, is jede neue Entdeckung oder auch nur Behauptung irgendeiner Voraussetzung für die Gültigkeit der Induktion was, das die Induktion immer noch unsicherer aussehen lässt. Und das, siehste, das isses, was deine Mutter Kathrin nicht sieht: Flüchtlingen und Subversiven dein Haus zur Verfügung zu stellen, scheint zunächst mal diese Flüchtlinge in Sicherheit zu bringen – solange die verfolgende Macht schwach is. Wenn se aber stark is, werden nich die Versteckten in deinem Haus sicherer, sondern dein Haus wird durch sie unsicherer.«

Luzi war kein Kind mehr.
Sie hatte Leute verloren, die sie persönlich gekannt hatte oder mit denen sie in der Solitona, Conlons genial konstruierter Anti-Noos, in CLP-Kontakt gestanden war.
Auf allen Kontinenten gab es wandernde Gemeinschaften, die sich in Acht nehmen mussten. Sie lebten längst nicht mehr nur im Außerhalb und im Dazwischen.
Der ganze Planet war, schimpfte Mikolat neuerdings in der Noos, »durchlöchert«.
Man konnte es auch umgekehrt sehen: Alle Coms und ihre Freundinnen und Freunde waren umzingelt, immer und überall.

Trotzdem war Luzis vierzehntes Lebensjahr ihr schönstes.
Sie liebte, wenn schon nicht mit der Sorte Leidenschaft, die Maura meinte, wenn sie sagte, das Mädchen sollte die Liebe noch abwarten, viele und vieles: Rashid und Moshe und Wang, Ausflüge in die westliche Wüste und ins Brombeerland, die neuen Felshäuser am Kupferkrater, in die immer mehr Leute aus der alten Zeltstadt umzogen, die wunderbaren Behausungen dort, gegraben, aus dem Stein gesprengt und zurechtgeschnitten von Conlons Killdozern.
Sie liebte den rostfarbenen Salzsee und die schattenlose Ebene, das gelbe Gras, das Baumhaus, mal mit Kathrin allein, mal mit Kathrin und Maura.
Sie liebte auch Severin, den schnellen Menschen.
Dass sie es am liebsten gehabt hätte, wenn alles ewig so weitergegangen wäre, war ihr Hinweis genug darauf, dass es nicht ewig so weitergehen würde.

»So ist es richtig. Nicht dir selber in die Hände schneiden«, lobte Maura, und setzte hinzu: »Ich kann es gar nicht fassen, wie lang deine Finger sind. Wie schnell das jetzt alles wächst.«
Damit fühlte sich Luzi selbst, für ihr Alter ungewöhnlich, sogar wohl.
Sie war nicht so breit an den Hüften wie ihre Mutter Kathrin, aber

breit genug, fraulich, hatte Brüste, die noch wuchsen, derzeit aber kleiner waren als Mauras. Sie sah, fanden viele im Lager, gut aus, wenn auch nicht auffällig hübsch, und ihr Ausdruck war meist ernst, wenn auch nicht verschlossen. Lächeln und Lachen, in jüngeren Jahren Selbstverständlichkeiten, waren seltener geworden, aber wenn sie strahlte, war man hingerissen.

Ihr Haar, hellbraun und glatt, trug sie lang und stellte nicht viel damit an. Sie hatte Kathrins klare blaugrüne Augen geerbt, hielt wenig von Kosmetik, trug aber fast immer Kleidung – einfache zwar, und eher Hosen als Röcke, aber nackt lief sie nur alleine oder in Gesellschaft von Leuten herum, denen sie absolut vertraute – die Liste war kurz, nicht einmal Conlon, mit dem sie sehr viel Zeit verbrachte, gehörte dazu.

Unsinnigerweise kam Maura schließlich auf den beunruhigenden, für Luzi sogar leicht unappetitlichen Einfall, zwischen Conlon und Luzi habe sich eine erotische Affäre entwickelt.

»Siehst du Conlon heute Abend wieder? Wart ihr eigentlich mit den Chailly-Mädchen schwimmen neulich, am See?« – diese Art Fragen von ihrer Mutter gingen Luzi schließlich so auf den Geist, dass sie damit zu ihrer anderen Mutter lief und die bat, das abzustellen: »Ich will das nicht mehr hören. Jedes Mal, wenn sie merkt, dass ich das nicht hören will, denkt sie deswegen dann natürlich erst recht, es wäre was dran. Ich meine, das ist doch geschmacklos.«

»Was? Junges Mädchen, älterer Mann? Findet sie wahrscheinlich nicht.« Ein böses Zwinkern, oh je, die Geschichte mit Lasse, richtig. »Und welche Rolle Conlon in deinem Leben eigentlich spielt, das hab ich mich, ehrlich gesagt, auch schon gefragt.«

»Er ist ein Drittel meiner … wie sagt man? Schule«, erwiderte die Tochter schlicht.

Kathrin lachte und sagte: »Ah, klar. Severin, Zainab, Conlon. Deine Schule. Richtig? Und warum die, und warum drei, nicht mehr?«

»Severin weiß, was in Leuten innen los ist, weil er so hart arbeiten musste, bis er wusste, was innen in ihm los ist. Zainab weiß, was auf Feldeváye los ist, weil sie noch weiter rumgekommen ist auf dem Planeten als Maura und du.«

»Und Conlon?«

»Der weiß, was überhaupt los ist.«

»Unser Mann am Nomos.«

»Nicht nur deswegen. Er hat beides im … er kümmert sich um beides, den Nomos und die Künste. Er ist die einzige Person, die ich sehe, bei der man sagen kann … er hat die beiden …«

Kathrin fiel ein Vergleich ein: »Er hat sie kurzgeschlossen.«

Luzi maunzte Zustimmung.

»Er war allerdings nicht der Erste, da irrst du dich«, sagte Kathrin, und dachte an Menschen, die teuer bezahlt hatten fürs Pioniersein. Leise rauschte etwas Schmetterlingswind in den Blättern des Baums, den sie bewohnte. Sencassa pfiffen leichte Melodien.

Luzi sagte: »Oh, Louise. Stimmt. Und Maya.«

»Wer ist dir denn am liebsten? Von den dreien, die deine Schule sind?«, wollte Kathrin wissen.

»Das kann man nicht vergleichen«, flunkerte Luzi.

In Wirklichkeit tat sie bei sich nichts anderes so oft, wie diesen Vergleich anzustellen. Die Ergebnisse waren ständig im Fluss und außerdem kompliziert.

Einerseits war ihr Severin der Liebste, weil sie ihn als Menschen am meisten mochte und weil es schöner war, Fliegen zu lernen, als Musikmachen oder Spurenlesen.

Aber Zainab war ihr größtes Vorbild: So wie die wollte sie sein, unerschrocken, eigenständig, immer sie selbst und doch in der Gemeinschaft gerade deshalb unersetzlich, anerkannt, sogar geliebt. Und Conlon? Wichtigeres als das, was er wusste und konnte, gab es wahrscheinlich nirgends.

Einmal versuchte sie ihm, der, ganz im Gegensatz zu Mauras unsauberen Theorien, immer einen gewissen Abstand von ihr wahrte, weil er mit einer bestimmten Sorte Herzlichkeit nicht viel anfangen konnte und für Musik ein wesentlich feiner entwickel-

tes Gespür hatte als für Gefühle, knapp genug zu erklären, was seine Lehren ihr bedeuteten: »Wenn ich weiß, was du weißt, weiß ich eigentlich schon alles.«
Da waren sie am Klavier gesessen und hatten vierhändig gespielt.
Kaum hatte sie das ausgesprochen, schon teilte eine tiefe senkrechte Furche Conlons Stirn, die Brauen zog er zusammen, und das Tastenfeld klappte er so schnell und heftig zu, dass es Luzi fast nicht mehr gelungen wäre, die Hände zurückzuziehen: Fast wären die Finger ab gewesen. Der Mann mit dem lustigen Spitzbart spuckte neben seinen Schemel auf den staubigen Boden und rief: »Blödsinn! Schwachsinn! Alles wissen! Quatsch. Was weiß ich denn? Hm?«
»Alles übern Nomos.«
»Unsinn, alles. Was ich weiß, hab ich dir längst beigebracht. Und wennde nich gemerkt hast, dass das nicht alles ist, dann hab ich echt schlecht gearbeitet.«
Darauf schwieg sie, bis er ächzte, sich mit beiden Händen ins unordentliche Kopfhaar griff, darin herumfuhr, als suchte er Schätze, sich die Kopfhaut massierte und die Vierzehnjährige schließlich entnervt ansah, als er sagte: »Na schön, fass mal zusammen. Was is der Nomos, und wie funktionierter?«
Um ihn zu triezen, wählte Luzi als Form ihrer Antwort vorsätzlich Wendungen, die nach auswendig gelernten Lehrsätzen klangen.
Die Zwischenfragen und Ergänzungen, die ihm dazu einfielen, spielten ihr Spiel dann allerdings mit – sozial ungeschickt oder nicht, raffiniert genug für derartiges Geplänkel war Conlon Nancarrow allemal.
»Der Nomos«, fing Luzi an, »ist die Gesamtheit von dyadischen Relationen zwischen notwendigen und wahrscheinlichen Abfolgen von Rechenschritten eines ziemlich komplexen Programms, das uns die Lapithen geschenkt haben, um uns damit erstens zu erlauben, Berechnungen auf mehrdimensionalen Lamontiken anzustellen, und zweitens, als Erweiterung davon, diverse alloplastische Wissenschaften zu treiben.«

»Also der Nomos is nich das Programm selber?«

»Nein, das Programm ist der explizite Rahmen. Das Programm … seine Commands sind die Stützen, sozusagen, die … Voraussetzungen. Wie bei deiner doofen alten Induktion die Annahme, dass die Welt einheitlich ist. Die Rechenschritte sind das Sichtbare, die dyadischen Folgerelationen zwischen ihnen sind der Nomos.«

»Die Schritte ham aber auch 'n Namen, oder?«

»Ja«, sagte das Mädchen mit demütigem Augenaufschlag; »Wir nennen sie Universalien.«

Er hustete indigniert. Sie kannte das schon: »Es ist ein Witz, nicht? Der Name ist ein Witz, aus der Vor-Hidschra-Geschichte geholt. Ich hab ihn allerdings nie kapiert. Vielleicht kannst du ihn mir mal erklären.«

»Nö. Nö, weißte, Kind, wenn ich ihn erkläre, isser nich mehr witzig.«

»Ach, komm.«

»Wennstes wissen musst, schön. Bitte: Universalien, das issen Wortspiel, das der vierte Integralleiter erfunden hat, dieser Mermu … Mrume.. egal. Er hat's genommen, um zwei Bedeutungen gleichzeitig … Nu ja, es gab vorher das Prinzip des Computers, einer Maschine, die alles rechnen kann, und man nannte dieses Prinzip ›die universale Turingmaschine‹, nach dem Herrn Turing, der hat's erfunden. Und dann gab es, in der Philosophie, schon länger das Wort ›Universalien‹ für jeden Begriff, der so abstrakt und allgemein war, dass man sich drüber streiten konnte, ob er überhaupt was Vorhandenes …«

»Sachen wie ›Freiheit‹ und ›Materie‹«, riet Luzi.

»Siehste. Eben. Da ham sich dann die Realisten, die der Meinung waren, das Zeugs gibt es alles, mit den Nominalisten gestritten, die der Meinung waren, tja, das sind halt so Konventionen, nich. Zwei Spinnerschulen von unendlich vielen. Oh, die hatten Spaß, vor der Hidschra.«

»Und dieser Integralleiter Mermelmurmel wollte sagen: die Zeilen im Programm, das den Nomos negativ ausdrückt, als sein … Abdruck in den Lamontiken und der restlichen erfahrbaren Welt …«

»Hey! Wie nennste das richtig, dieses ›negativ ausdrücken‹?« – Conlon wollte nicht dulden, dass seine Schülerin die alten metaphysischen Liedchen zwitscherte.
»Schon recht. Instantiieren.«
»Eben.«
»Schön, der Integralleiter wollte sagen: Die Programmzeilen sind einerseits solche Universalien im Sinne dieses alten Streits, und andererseits universal im Sinne der Turingmaschine, die halt alles rechnen kann.«
»Ungefähr so, ja.« Conlon sah leicht vergrätzt drein. »Der Nomos, das is 'ne Menge dyadischer Abfolgerelationen zwischen Universalien, nich. Was weißte über diese Relationen selber?«
»Sind Sachverhalte höherer Ordnung. Sachverhalte, die als Universalien geschrieben … tschuldigung: programmiert werden können, so dass die Explikation, das Ausschreiben der Universalien in Abstimmung mit den Daten, die wir im Nomos finden und nur aus Menschentradition noch mit Experimenten vergleichen, seit dem Nomosgeschenk durch die Lapithen das einzige wirklich wissenschaftliche Arbeiten ist, das wir, zum Beispiel im Synes und …«
Er winkte ab, steckte sich eine Zigarette an.
Paffte.
Und sagte mit großer Bestimmtheit: »Wir erfinden keine neuen Programme mehr, wir pfriemeln bloß die Implikationen des einen Programms auseinander. Die Instantiierung der Universalien im Codeschreiben oder bei der Alloplastik, bei der Handhabung der Lamontik und … also, was immer das jeweils is, die ganze nomosabhängige Technik … das erzeugt die unter den jeweiligen Nomosabschnitt fallenden Instanzen. Wobei die Drecksprodisten halt andauernd drüber streiten, ob …«
»Ob jeder einzelne Sachverhalt erster Ordnung einen weiteren Sachverhalt erster Ordnung notwendig zur Folge hat, wenn auch nicht kraft der an diesem Sachverhalt beteiligten Universalien, oder eben nicht. In einer Nomoseinheit jedenfalls verbindet dieselbe Beziehung der Folgenotwendigkeit jeweils ganze Arten von Sachverhalten, eben Universalien.«

»Unvermeidlich?« Der alte Fuchs zwinkerte kaum merklich.
»Logisch nicht, sie hätten anders sein können, sie sind ... kontingent. Sobald eine Art von Sachverhalten eine andere notwendig zur Folge hat, folgt daraus bei Abwesenheit anderer Störfaktoren, die immer zumindest logisch möglich sind, dass die erste Art von Sachverhalten fest mit der zweiten verbunden ist.«
»Sind alle echten Nomoseinheiten instantiierte Nomoseinheiten?«, jetzt tat Conlon, was er am liebsten tat, wenn er lehrte: Er wurde spitzfindig und lud sie dazu ein, ebenso spitzfindig, wenn nicht noch spitzfindiger zu werden.
Luzi hielt lässig mit: »Ja. Man kann zwar von uninstantiierten Nomoseinheiten reden. Aber das sind dann hypothetische Aussagen darüber, welche Einheiten gelten würden, wenn bestimmte Bedingungen zuträfen. Das ist wieder wie bei der Induktion: Wenn die Welt nicht einheitlich wäre, könnte es morgen früh auch dunkel bleiben oder laut werden ... und so weiter.«
Conlon rollte mit den Augen: Den Satz mit »und so weiter«, sagte das, sollte mal einer zu Ende denken, dann wäre der Ärger groß.
»Ob sowas wahr is, hängt ja wohl von Nomoseinheiten höherer Ordnung ab.«
»Wird schon einen Nomos des Nomos geben«, sagte Luzi frech.
»Lägen solche Einheiten höherer Ordnung und die tatsächlich nicht zutreffenden Bedingen vor, dann könnte daraus die uninstantiierte Nomoseinheit abgeleitet werden.«
»Fehlt nich noch was?«
Sie zog eine Schnute.
Er blieb hartnäckig: »Fehlt nich: Wahrscheinlichkeit?«
Es klang, als habe er den Zeigefinger gehoben.
Luzi antwortete wurstig: »Böh. Dings. Wie war das? Irreduzible Wahrscheinlichkeitsgesetze sind halt auch Beziehungen zwischen Universalien. Diese Beziehungen erzeugen selbst, oder auch, also ... zugleich andersrum: werden erzeugt durch eine bestimmte objektive Wahrscheinlichkeit, derzufolge individuelle Instantiierungen vorangehender Universalien notwendig die Instantiierung der Folge-Universalie zur Folge haben werden. Sie beinhalten die

Wahrscheinlichkeit einer notwendigen Folge im einzelnen Fall. Wie alle Nomoseinheiten müssen sie zu irgendeinem Zeitpunkt instantiiert sein. Irgendwie, irgendwo, irgendwann.«

»Und sind aber das Gegenteil von deterministischen Nomoseinheiten?«

»Nö. Gegenteil nicht. Deterministische Nomoseinheiten sind einfach Grenzfälle von Wahrscheinlichkeitsnomoseinheiten, solche mit Wahrscheinlichkeit Eins. Genau Eins.«

»Siehste. Da hamwer schon fast die Leistung deiner Mutter Kathrin. Musste ich nur noch übersetzen, in Nomosformalismen.«

Luzi schwieg.

Conlon ließ nicht locker: »Komm, sag. Was hatse geahnt, schon mit ihrem ersten Noosbeitrag damals, und was formalisier ich ihr seither? Was is die Überzeugung der Coms? Was is das, was schon bei den Aistheten dringesteckt hat, bei Louise und Maya? Was schreibt deine Mutter Kathrin gerade aus, als Theorie?«

Luzi, mit absichtlicher Grabesstimme, ironisch priesterlich: »Die Künste, jedenfalls die meiste historische Zeit über, sind Übungen der Instantiierung der Wahrscheinlichkeitsnomoseinheit, die bestimmt, dass es eine Spezies gibt, die den Nomos in ihr informationelles und energetisches Evolutionsgeschehen zurückbiegt, als Beziehung zwischen Zwecken und Mitteln oder Subjekten und Objekten, unter Absehung vom tatsächlichen Energie- und Informationsaustausch mit der nichtmenschlichen Natur. Feldeváye ist ein Rechner, auf dem eine Nomoseinheit instantiiert wird, die einen Sachverhalt höherer Ordnung meint, der zwischen dem Geschenk der Mennesker insgesamt und uns, die wir es empfangen haben, besteht. Und den wir noch nicht kennen.«

»Aha. Siehste. Passt doch alles«, sagte Conlon hochzufrieden.

»Es sei denn, Mamas Theorie ist Käse«, sagte Luzi und klappte das Klavier wieder auf. »Dann sind wir alle im Eimer, genau wie die Induktionsleute. Wenn die Welt gar nicht eine ist, sondern viele.«

Bevor der Lehrer darauf etwas sagen konnte, begann die Schülerin zu spielen, sehr sicher, sehr elegisch, sehr genau.

*

Things change, but
are there such things as changes?
Donald Davidson

*

Luzi schied schließlich aus ihrer Schule aus.
Ein paar Wochen lang ging sie nach der langen Unterhaltung mit Conlon weder zu ihm noch zu Zainab oder Severin.
Stattdessen schloss sie eine neue Freundschaft.
Terry war eher Frau als Mann.
Sie gehörte zu den jüngsten Coms, arbeitete aber schon in Conlons Stab.
Die Generation, der Terry angehörte, ging manchmal in Musik, Literatur und Tanz, aber auch beim Arbeiten an sich selbst und beim Gebrauch der Lüste ein bisschen weiter, als Kathrin und die ihren überblicken konnten.

Die Jungen fanden überdies, dass man auch mit Lacs und anderen Siedlerinnen und Siedlern Feldeváyes Umgang pflegen musste, um zu lernen, was es mit dem Planeten über die Künste hinaus auf sich hatte.
Terry war Nomoneurochemikerin und synthetisierte unter Conlons Leitung verbesserte Kunstide. Sie fand, wie sie Luzi in einer großartig überspannten, nah am Kontrollverlust drogenberauschten Nacht in tausend Zungen erklärte, dass man »nicht glauben soll, man dürfe, wenn man die Künste und die Menschen wieder zueinanderbringen will – auf höherer Stufe, wie deine Mutter Kathrin immer sagt –, davon absehen, dass das auch bedeutet, darüber nachzudenken, was Menschen sind. Auf höherer Stufe.«

Maura fand's einen Kategorienfehler, und sagte das, ungefragt, ihrer Tochter: »Terry meint es gut. Aber sie und ihre Freunde … die machen sich zu Tierhybriden, indem sie die alten Hormonbalancen wiederherstellen oder neu justieren, und das ist kaum besser, als würden sie Severin imitieren.«
»Ich streichle ihr aber gern das Rückenfell. Und Klemens, schau in die Archive, hatte auch mal ein Katzengesicht.«
»Das war was anderes.«
»Kannst du nicht wissen. Warst nicht dabei.«
Ende der Auseinandersetzung: Mehr hörte sich Luzi dazu nicht an.

Terry fand den Gedanken, dem schnellen Menschen nachzueifern, nicht völlig verkehrt. »Aber es geht nicht. Severins Hirn ist anders. Nicht nur die Kunstide sind mutiert in ihm. Multisensorische Integration, wie sie im Synes extern hergestellt wird, passiert bei ihm wie bei Padurn oder Luchsen oder Wölfen. Und sein ventraler prämotorischer Kortex gleicht wiederum eher Befunden bei gewissen Vögeln. Sein oder … ihr … Geschlechterhirn, sein neurales Geschlecht, ist modular, wie bei denen von uns, die kippeln.«

»Kippeln« war ein Modewort für Leute, die eine Weile Männer, zu anderer Zeit dann Frauen waren. »Ja das is so'n Prozess, find ich gut, aber« fand Conlon, der selbst nicht dazugehörte, »das is alles noch zu schwerfällig. Es dauert, alles in allem und kleinere Eingriffe mitgerechnet, immer noch Wochen, bis so ein Mann eine Frau ist oder so ein Mädchen ein Junge. Das verschlingt mir zu viel Lebenszeit, auch wenn ich weiß, dass die Bio-Archäologie und die Befragung der Lacs ja nu ergeben hat, dasses Zeiten gab, in denen die Menschen sowas gemacht haben, obwohl es sogar Monate gedauert hat und selten mehr als einmal im Leben verändert worden is. Himmel!«
Luzi fand das alles unaufrichtig; sie wusste, dass der wahre Grund, warum selbst die Fortschrittlichsten unter den Älteren, darunter ihre beiden Mütter, Conlon, Zainab und Lasse, sich auf so etwas

nicht einlassen wollten, der war, dass hier eine neue Welt entstand; zwar mit ihrer Hilfe, aber eben eine, in der sie nicht geboren, nicht erwachsen geworden waren und sich deshalb schwerer zurechtfinden würden als in der gewohnten.

*

Refuse Regress!
Refuse Regress!
Refuse Regress!
Omission

*

Als Terry einmal eine Niederlage erlitten hatte bei einer Ressourcenallokationssitzung – »wir können nicht auch noch Arbeitszeit von der Solitonaverbesserung abziehen, für eure Biospiele«, hatte Conlon entschieden –, tröstete Luzi sie: »Geht ja auch immer darum, was man sonst um die Ohren hat. Mach dir nix draus. Wart's ab. Ich werde frühestens in zehn Jahren mal 'n Junge, oder 'n Mann, aber sehr viele meiner Freunde kippeln. Darunter sogar Zaunkönige.«

»Zaunkönige« hatte Maura diejenigen getauft, deren Körperbauplan und Neurogeschlecht sich die meiste Zeit über in einem Zwischenzustand befand – zum Beispiel Terry selbst, die zwar einen Penis, aber auch Brüste hatte, und nur ab und zu eins von beidem eine Weile verschwinden ließ oder gegen das austauschte, was einen im alten Sinn vollständige Angleichung ans männliche oder weibliche Geschlecht bedeutete.
Luzi fand, mit Terry zu schlafen war lehrreich, und oft sehr schön. Außerdem kannte sie niemanden, der dabei liebevoller mit ihr umging – sie hatte allerdings den Verdacht, das mochte mit den Kunstiden zu tun haben, mit der optimierten Empathie.

Beim geübten Korbflechten mit Maura, fast auf den Tag genau ein Jahr nach dem letzten Gespräch bei derselben Gelegenheit, zum nämlichen Thema, bei dem die Mutter ihr geraten hatte, lieber noch nicht zu sterben, sagte Luzi: »Es geht eben nicht nur um Schwanz und Muschi. Es geht auch darum, was an der temporoparietalen Kreuzung im Kopf passiert. Und wenn Terry küsst, wie nur Terry küssen kann, dann gehen bei mir alle Lichter an.«

»Das freut mich«, sagte Maura, und ein bisschen peinlich war ihr doch, dass es sie nicht nur freute, sondern auch wunderte.

3: Alle Mayas, allerwege

Wie geht das Gegenteil vom Blindensturz?
Ein wenig fürchtete sich Maya doch, als sie absichtlich in der Zeit woanders hinging als da, wohin die Zeit mit ihr wollte.
Kwame van der Pijl hatte sie einfach zurückgelassen, nein: einfach vorangelassen, auf der gewöhnlichen Bahn, von der Vergangenheit ohne Umweg in die Zukunft.

Ein paar Momente lang hatte sie daher Angst, in etwas zu fallen, das es nicht gab, auch wenn sie wusste: Zeit ist nicht einfach eine Linie, sie kreuzt sich, falls sie das tut, jedenfalls nicht in banalen kausallogischen Kurzschlüssen, und ein Paradoxon wird mir also schon nicht zustoßen. Auch Hunger würde sie nicht leiden, war ihr klar, da half ihr ihre helle Rüstung – es waren dort Spiralen tätig, bei deren Bau Maya sich auf die Anleitung ihrer entschiedensten, aber geheimen Förderin, der Frau namens Arrhenius, hatte verlassen können. Diese Spiralen holten Energie, also Masse, mithilfe von ungemein verfeinerten Lamontiken (die aus dieser Energie Nahrung gewannen) aus kleinsten Singularitäten in der Raumzeit, deren andernfalls für die meisten Lebensformen ganz verlorenen Schätze niemand vermissen würde – oder, zeit- und modalgrammatisch richtiger: vermisst haben können würde.
»Du verminderst damit«, hatte Svante Arrhenius mit reizendem Augenaufschlag versichert, »sogar die für vielleicht zufällig in der Nähe tätige Lebensformen sehr lästige Wahrscheinlichkeit, dass eins von den Dingern, die sowohl ihre Existenz wie ihre Strahlung der Tatsache verdanken, dass die gute alte Unbestimmtheitsrelation eben doch stimmt, der mehr oder weniger mathematisch irreduzibel zufälligen Entstehung von Elektron-Positron-Pärchen also, am Ende in gewaltigen Explosionen von Gamma- und Rönt-

gendreck kaputtgehen. Dass du nicht verhungerst, rettet womöglich andere vor dem Verbrennen. Geht's schöner?«

Eingebettet in diese metabolischen Helfer waren in den Spiralen außerdem gewebeschützende und -reinigende Apparätchen – Rejuvenation, Telomermanager, Blutwäscher, lauter Kleinigkeiten, um Maya auf Jahrhunderte arbeitsam verbrachter Eigenzeit – denn so groß angelegt war ihr Plan – bei der Sache und bei Laune zu halten.

Geglaubt hatte sie der Sponsorin anfangs nicht, dass das alles mehr sein konnte als eine ins Gigantische ausgesponnene eskapistische Fantasie.

Dann aber hatte Frau Arrhenius ihr gezeigt, was andere schon taten: Conlon Nancarrows raumzeitliche Brechungsschienen und Twistorspiegel, Louises Puppen, aus denen Frau Arrhenius viele Bauteile für Mayas weiße Rüstung entwendet hatte …

»Du musst nur bei Van der Pijl dafür sorgen, dass die Puppen im Vorlauf der Eröffnung deiner Filmschau im Omphalos sind. Ein paar Einfuhrdeklarationen fälschen, Altersnachweise lamontisch ändern – die Auswertung ist dermaßen ungesichert gegen Fälschungen auf dieser Ebene, dass in den meisten Omphaloi bereits bis zu zwanzig Prozent gefälschte Sachen herumstehen. Ich sag' das ohne Schadenfreude. Fälschungen, Maya, das heißt: Sachen, die von Aisthetikerinnen und Aisthetikern stammen statt aus der Vergangenheit, Objekte, die nicht von den Lapithen aus den entlegensten Winkeln des undsoweiter herbeigeschafft wurden. Vergiss nicht, Maya, du gehörst zur allerersten Aisthetengeneration, die offen eingeladen wird, einen Omphalos mit Artefakten zu bestücken.

Das ist ein wichtiger Moment – es handelt sich um eine leider kurzlebige Annäherung, die durch unvermeidliche, tragische Ereignisse bald wieder zum Ende kommen wird. Der Transfer läuft freilich schon seit Jahren: Bislang – und nach dem Ende des Tauwetters wird's wieder so sein, wenn auch unter dann verschärften Kontrollbedingungen –, bislang, sag' ich, werden die neuen, die feldeváyschen Stücke halt eingeschmuggelt, nicht eingeweiht. Aber sie sind da, und besonders in und an denen von Louise steckt so einiges, das du wirst brauchen können. Das Einzige, was noch fehlt, ist dein Mut, und eine kleine verschworene Gruppe von Assistentinnen und Assistenten, die du in einem Keller in der Nordstadt finden wirst. Da machen die mit Farben rum wie Louise mit Körpern, wie du mit Filmen, Conlon mit Tönen, und weißt du, weshalb?«

»Weil sie sich«, hatte Maya so naiv geraten, dass sie sich mittlerweile dafür nur noch schämte, »von den Aistheten haben anregen lassen, herauszufinden, ob man mit den alten Künsten mehr machen kann als sie anzustaunen und zu untersuchen und zu deuten? Weil sie sich fragen, ob man die Künste nicht als, ähm, Anregung verstehen kann, sich und das, was man von der Welt denkt, wie soll ich sagen … auszudrücken? Zu kommunizieren?«

Die Sponsorin hatte gelacht und mit dem Kopf geschüttelt, der Gesichtsausdruck teilte mit: Ach, du armes Kind.

Dann war sie ernster geworden (wie ging das eigentlich, ernst aussehen, mit diesen koboldhaften Augenbrauen, diesem wirren weißen Haarschopf, dieser unnatürlich glatten Stirn?) und hatte wiederholt: »Mut und Assistenz. Besorg dir beides. Dann geht es los.«

Den Mut hatte Maya aufgetrieben, als sie in den Wochen vor ihrer Eröffnung beobachtet hatte, wie gleichgültig der Auswertung, auch dem ihr zugeneigtesten Admin Van der Pijl, ihre Gedanken, ihre Absichten waren, wie unbehelligt, aber eben auch ungewürdigt man sie wursteln ließ.

Wenn das die Auswertung war, dann konnte man von der nichts mehr erwarten, dann musste man tatsächlich alles selber tun.

So fing sie an, die Puppen und anderen Objekte im Omphalos zu lokalisieren, von denen Svante Arrhenius ihr verraten hatte, dass sie sich fürs Projekt – das ehrgeizige, das weitreichende, das aufs Äußerste zielende – würden ausschlachten lassen.

Als dieser Katalog in ihrem Kopf gesichert war, ging sie in die Nordstadt.

Da standen sehr hohe Häuser, in denen unangenehm viele Menschen auf engem Raum beieinander wohnen mussten. Das waren Prodniki, Lacs und ähnliche Verlierer.
Rebellisches Potenzial vermuteten hier nur Sentimentale.
Wenn es überhaupt Aufruhr gab, dann dergestalt, dass die Verlierer aneinandergerieten. Denn weil sie einander fortgesetzt mit Lärm und anderen Lebensäußerungen behelligten, musste man, wenn man besser leben wollte, Raum erobern, Freiheit rauben, nicht von Unterdrückern, sondern von Nachbarn (Toril war noch nicht in Erscheinung getreten. Als er es später tat, befriedete er die Gegend schnell und gründlich).
Die Luft war schlechter hier, die Abwärme gewaltiger Lamontiken drang als Dampf aus Gittern im Boden zwischen den Häusern oder Schacht-Trichtern auf den Dächern, und an vielen Wänden, über Kneipen und Outlets für Dinge des täglichen Bedarfs, leuchteten unvollständige Lichtreklamen, hingen halb eingerissene, vom hier allgegenwärtigen Vandalismus beschädigte Plakate der Admins, die das schöne Leben auf Feldeváye lobten, oder liefen virtuelle, über links in den Haus-Außenwänden in Betrieb gehaltene Arbeitskoordinationsanzeigen der Prodisten: Wo wurde wer gebraucht, was sollten die Leute wie schnell und eifrig leisten?

Die Prodnikgruppe, die Maya besuchte, recht junge Leute zwischen zwanzig und dreißig Jahren, zwei Mädchen, zwei Jungs, erwartete Maya schon.
Sie sah, als sie den Keller betrat, Leinwände mit farbintensiven Streifen drauf, teils geometrisch streng, teils von sichtlich kräftigen Armen an erkennbar erregten Körpern quer übers Material gezogen; auf dem Boden Krepp, der jeden Zentimeter des kalten Steins bedeckte, auch er voller Farbexperimente; und an der Decke eine lamontische Sauglampe, die den Raum mit einem flutend grellen Licht erfüllte, von dem Maya dachte: So fühlt man sich vielleicht in der Linse, oben auf dem Mond Arrhenius, getaucht ins tödliche Gleißen.
Sie musste ihre Pupillen anpassen lassen, die natürliche Veren-

gung reichte nicht. Erst nach zusätzlicher künstlicher Trübung konnte sie sehen, was die Vier, die den Kern ihrer Assistenz bilden würden, ihr zeigen wollten.

»Also, ihr malt. Ihr seid Maler, ja?«, fragte sie Stella, die Älteste. Die stand in einem groben weißen Oberhemd und weiten, dicken schwarzen Hosen barfuß vor ihr, die Zehen in zehn verschiedenen Grüntönen lackiert, grinste breit und sagte. »Nix.«
»Wieso nicht?«, Maya ließ sich nicht einschüchtern.
»Weil Malen ein Spiel ist für euch Aistheten, und weil Malen die Anwendung – bewusst oder unbewusst – von Kompositionsgesetzen ist, die sich für euch gut anfühlen, und weil Malen das Einfrieren der Bewegung ist, weil Malen die Abbildung oder Deutung oder Aneignung oder Bestreitung oder Präsentation von Objekten ist, weil Malen ein Sprungbrett für die Vorstellungskraft ist, weil Malen Rechtfertigung ist, weil Malen einem Zweck dient, weil Malen bedeutet, wenn wir die Künste in den Omphaloi richtig sehen, dass die großen Bilder, die breiten und hohen und schweren Bilder den Vorrang haben vor kleinen, schmalen, niedrigen und leichten, weil«, sie holte tief Luft, grinste noch breiter und fuhr fort: »weil also Malen heißt, den Blumen, den Frauen, der Erotik, dem täglichen Umfeld, der Kunst, ihren Richtungen, der Psychologie und irgendwelchem Politscheißdreck wie etwa dem Krieg zwischen den Admins und den Prodisten einen Wert beizumessen, aus allen diesen schönen Gründen …«, und es war der Jüngste in der Gruppe, ein Junge namens Milovan, der, in einer Ecke mit dem Reinigen von dicken Bürsten in einer farbzersetzenden Tinktur beschäftigt, den Satz zu Ende brachte: »… sind wir alles, nur keine Maler.«

Was sie stattdessen waren, fand Maya noch am selben Abend heraus, nach einem vorzüglichen Gruppenessen, das Stella und ihre Freundin Jasbir aus gänzlich a-lamontischen, aus den Flüssen um die Stadt aufwendig zusammengefischten Zutaten bereitet hatten.

Diese Prodniki hier waren Leute, von denen erwartet worden war, dass sie die Omphaloi intakt hielten, die Künste dort vor dem Vergehen der Zeit schützten – Leute, die diese Tätigkeit zunächst gar nicht hatten infrage stellen wollen, aber darauf, dass sie das alles ordentlich und wirksam erledigten, so stolz gewesen waren, dass sie sich irgendwann eigene Gedanken gemacht hatten, darüber, wie man die Pflicht besser erfüllen konnte.

Eben das hatte diese Pflichterfüllung schließlich über sich selbst hinausgetrieben.

»Es ist wie mit dem Restaurieren«, hatte Jasbir erklärt. »Man ersetzt die verfallenden Sachen durch neue, aber wenn man das lange genug tut, hat man was gänzlich Neues, es ist nichts mehr das Alte, außer den Relationen zwischen den ganzen neuen Bestandteilen, und wenn man dann anfängt, zu überlegen, ob man nicht auch an diesen Relationen zupfen sollte, um den Austausch von Elementen, die sich nicht so gut halten, in Zukunft vielleicht zu erleichtern … na, dann ist man aus lauter Konserviererei versehentlich auf einmal schöpferisch geworden. Wir haben als das Gegenteil der Aistheten angefangen.«

Gerade das, dachte Maya, macht euch zu idealen Helferinnen und Helfern bei dem, was ich vorhabe. Ihre eigene Motivation, fiel ihr beim Umtrunk auf, lag nicht so weit von derjenigen dieser Leute – es war im Grunde nicht Svante Arrhenius gewesen, die ihr da etwa Flausen in den Kopf gesetzt hätte, sondern die mehrdeutige Sponsorin war nur als eine Art Hebamme in ihr Leben getreten.

Der Wunsch – wie hatte Jasbir gesagt? –: an den Relationen etwas zu verändern, war schon lange in Maya lebendig gewesen.

Stella fragte die Besucherin: »Alles in Ordnung? Deine Augen, du siehst so … du schaust … wie sagt man?«

»Entrückt?«, schlug Milovan vor, und man lachte.

Maya hatte verstanden, wie selbstverständlich es hier in der Nordstadt war, das, was in den Köpfen geschah, über Noos miteinander zu teilen, deshalb sagte sie: »Entschuldigung, wenn es komisch aussieht. Würde ich ja schon auch gern mal sehen! Filmt mich doch. Meinen Blick. Und spielt ihn mir rüber, per Coiflet.«

»Hab's schon gefilmt«, gab Jasbir zu. »Wir führen hier ziemlich genaue Logs, obwohl es keine Tafeln mehr gibt, seit dem Verbot. Anregung von Frau Arrhenius, du kennst sie.«
Kann ich mir denken, dachte Maya, kein bisschen unangenehm berührt, und dann empfing sie auch schon den Clip, der zeigte, wie sie ausgesehen hatte, während der Erklärungen der vier: So leuchten die Augen eines schlecht behandelten und unterdrückten Kindes in Momenten, da es, plötzlich verstehend, sich verstanden fühlt und daraus Hoffnung schöpft.

»Wie weiter?«, fragte sie beflügelt.
»Was meinst du?«, Stella verstand die Frage nicht – sollte das heißen, was tun wir als Nächstes?
»Na«, Maya machte ein vage Handbewegung, »Wie seid ihr vom Verbessern eurer Wartungstätigkeiten denn jetzt konkret weitergekommen zu … Raumerkundungen, oder? Das ist es, was ihr macht, mit diesen … Bildnissen hier, richtig?«
»Nicht ganz.« Jasbir neigte sich nach vorn. Man saß in der Hocke auf dem Boden um die Schüsseln und Teller, es raschelte, als sich alle Jasbir zuneigten und die fortfuhr: »Du denkst, nehme ich an, das alles viel zu sehr von dir aus. Raum- und Zeiterkundungen, das ist deins, das machen deine Filme, richtig?«
Maya gab einen zustimmenden Laut von sich.
»Wir machen was … zugleich Abstrakteres und Konkreteres«, sagte Alejandro, der bis jetzt still gewesen war. »Wir arbeiten mit dem Omphalos nicht als Gebäude in Raum und Zeit, sondern wir öffnen ihn, mit dieser Arbeit hier und mit anderen, subtileren, die wir heimlich an den Künsten … mit …. mit den Künsten im Omphalos treiben, als … wir öffnen die Institution. Leute, die das Zeug im Omphalos sehen, erfahren, dass das, was hier ist, dazugehört, dann kommen sie her und … wir arbeiten mit dem Omphalos als … etwas, das die Admins gemacht haben, etwas, das nicht nur aus Wänden und der Dauer bestimmter Arrangements zwischen diesen Wänden besteht, wie das Conlon Nancarrow macht, dieser … andere Prodnik, mit dem wir über ein paar inzwischen

ziemlich volle Ablagen in der Noos korrespondieren, sondern auch aus bestimmten Regeln des …«

»Des sozialen Umgangs. Der Flussdichte von Besucherinnen zum Beispiel«, erklärte Stella.

Maya versuchte, zu raten, worum es ging: »Ihr meint, dass kaum je Lacs kommen und so etwas?«

Jasbir lachte, nicht ungrimmig, und Alejandro sagte: »Euch ist das wirklich nicht klar, euch Aistheten. Conlon versteht es. Aber selbst Louise hat es nicht verstanden.«

»Na dann erklärt es mir«, sagte Maya, zugleich zickig und defensiv.

»Du hast tolle Haare«, bemerkte Jasbir, einfach so, und es stimmte: feinste Kräusellocken, zu einer unbezähmbaren Mähne ausgewachsen.

Maya ließ sich nicht irritieren: »Im Ernst. Sagt doch mal«, sagte sie, und Milovan übernahm die verlangte Erklärung: »Der Omphalos, das ist in jedem Urbeum ein privilegierter Ort mit drei Funktionen. Wir nennen Sie, ohne damit den …Respekt vor euch … den Aistheten … zu verletzen: erstens aisthetisch, zweitens arbeitswirtschaftlich, drittens, na ja, mystisch. Also erstens. Der Omphalos ist der Rahmen und die effektive Stütze, auf den hin die Künste, wenn sie irgendwo als Flammen oder Wüstensterne oder Tiefenlichter auftauchen, sofort markiert werden, auf den hin sie, wenn jetzt Sachen von Aistheten zugelassen werden, auch schon … komponiert sind. Der Mittelpunkt, der Nabel, wo die Sache stattfindet, der einzige topographische und kulturelle Aussichtspunkt auch, von dem her man die Künste hier auf Feldeváye … überblicken soll. Darf. Kann. Dann arbeitswirtschaftlich: Es ist auf Feldeváye so, als ob der Mangel eben doch noch da wäre. Die Welt, wie sie vor der Hidschra war. Es passiert alles relativ zu einem ausgedachten Mangel nämlich, oder einem Mangel, der einmal wirklich wieder kommen mag – Kriege, zum Beispiel, zeichnen sich ab, und nichts kriegt den Mangel schneller wieder her als große Zerstörungen –, und relativ dazu also verleiht ein Omphalos dem Zeug, das da zu sehen ist, einen Wert, es geht ja um Aufwand, Arbeit wird reingesteckt, während Mangel herrscht, während Mikolat Tribut fordert, Arbeit geht ins Herbeischaffen wie Herstellen, in die Bewahrung und ins Ausstellen. Privilegierte Sachen, ein Spiegel, ein ... eine Dingwerdung von privilegierten Beziehungen zwischen privilegierten Leuten.«

»Die Auswertung«, sagte Maya.

»Nicht nur«, erwiderte Alejandro, »auch die Admins insgesamt, und sogar die Aistheten, und schließlich Prodisten, auch bloße Prodniki, die sich bereiterklären, an der Sache mitzuwirken.«

»Prodniki«, wiederholte Maya spitz.

Milovan stimmte zu: »Klar. Drittens: mystisch. Es verwandelt Sachen, weißt du – manches, was da ausgestellt ist, gab es auch als Gebrauchsgegenstand, in der Zeit der Künste. Als Dekoration ebenfalls. Aber wenn es im Omphalos aufgerichtet wird ...«

»Verstehe schon«, sagte Maya und nahm die bisher größte Faust von rotbraunem Reis, hielt aber inne damit vor dem Mund und flüsterte: »Nicht malen. Markieren. Neu.«

Alejandro lachte: »Genau.«

Maya aß, kaute, schluckte, sagte bedächtig: »Ihr wollt mit ... grellen Farben sichtbar machen, was da passiert. Ihr nutzt euren Zugang zu den Künsten – ihr seid diejenigen, die sie warten, bewahren ... nutzt ihn, um sie zu verändern, indem ihr explizit macht, was eher heimlich, eher verschämt ... na, das Mystische vor allem. Das übertreibt ihr, mit ... sprachlosen Sachen, als wärt ihr die Mennesker, die sich mitten im Omphalos jetzt doch mal ... ich will nicht sagen: zu Wort melden, aber ... äußern.«

Stolz darauf, dass sie jetzt verstanden hatte, wer diese Leute waren, stopfte sie sich einen weiteren Batzen Reis in den Mund, als wäre sie wirklich das Kind, an das sie ihr gefilmter Blick vorhin erinnert hatte.

»Klingt, als würden wir uns was Ungeheuerliches rausnehmen ...« wunderte sich Stella. Maya kaute, schluckte, kaute nochmal, schluckte wieder und erklärte: »Nee, das meine ich gar nicht. Nur dass das sehr radikal ist, was ihr probiert.«

»Radikal, verglichen mit was?«, fragte Stella.

»Mit Klemens Erikson zum Beispiel, der angeregt hat, dass Leute wie Louise ... ich weiß nicht, ob euch das bekannt ist, aber einige Aistheten stellen sich in ihre Arbeitsräume, die ja oft private sind, also nicht zu den Omphaloi oder zur Auswertung gehören, jetzt auch Arbeiten von anderen Aistheten, und dadurch sind solche ...«
»Gegenomphaloi. Kleine Gegenomphaloi«, schlug Jasbir vor.
»Man nennt es Galerien«, sagte Stella, die viel gelesen hatte und die einschlägigen Fächer der Auswertung in der gesamten Noos mit einem Teil ihres Bewusstseins ununterbrochen studierte.
»Aber das ... das verdoppelt nur ... das Problem«, fand Alejandro. »Und das sagen nicht allein wir.«
Maya nickte. »Ich weiß, auch Kathrin Ristau ist da anderer Meinung als Erikson. Der sieht in den Galerien eine Chance, die .... Autonomie der Künste gegenüber dem, was die Admins mit ihnen machen ...«
»Autonomie«, schnauzte Jasbir, »das sind so typische Ideen von Leuten, die Feldeváye noch touristisch sehen. Kulinarisch. Der kommt halt vom Schattenspiegel. Man merkt's.«
Alejandro überging die Streitlust der Freundin und sagte: »Eine der grundlegenden technischen Funktionen des Omphalos, und übrigens auch der Galerien, wenn es sie denn gibt, ist die Erhaltung der Sachen selbst, richtig? Ich meine, man kann natürlich einen Unterschied finden, wenn man will, an dieser Stelle: Der Omphalos lässt sich die Künste kommen, um sie zu bewahren, zu sammeln und auszustellen, die Galerie ist eher so ein Tauschplatz, ein Umschlagsort, die Sachen wandern ja wohl von einem Aistheten zum andern. Jedenfalls aber unterstützt diese Bewahrungsfunktion, denken wir, das, was wir das Mystische nennen ...«
»Und was man auch, weniger höflich, Verblödung und Täuschung nennen könnte«, ätzte Jasbir betont freundlich. Alejandro fuhr ungerührt fort. »Denn was dahintersteht, ist die Ansicht, die Kunst könnte ... ewig sein. Ich meine, diese gemalten Sachen zum Beispiel. Das meiste davon thematisiert Haltungen, Gesten, Erinnerungen, Kopien, Imitationen, Gegenüberstellungen, Träume, Symbole ... in fast beliebiger Weise auf irgendeine Leinwand oder

so etwas gebannt, für eine unbestimmte Zeit – also, diese Unbestimmtheit, diese auf die … Illusion der Ewigkeit angelegte Sache, das ist es, was, wenn der Mangel zurückkommt, komplementäre, tröstliche Täuschung ist, an der entlang man dann ganz harte Taktung von Zeit wird durchsetzen können. Es ist doch heute schon so: Prodniki arbeiten mehr und länger, pro Tag, als Prodisten, und die wieder mehr und länger als Admins, und Lacs arbeiten gar nicht, stehen aber nicht über den Admins, sondern unter ihnen, weil sie ganz rausgefallen sind aus diesem System, in dem man höher steigt, je verdünnter …«

»Ihr wollt ein Zeitmanagement, das klar ist, nicht illusionär, damit man … damit es von den Beteiligten auch bewusst … damit es gerecht zugeht« riet Maya.

»Fair«, sagte Jasbir.

Maya lächelte melancholisch: »Schön. Ich will was Ähnliches. Ich will, dass nicht die Auswertung, die Admins, die Prodisten oder auch die Prodniki unsere Geschichte schreiben … die Geschichte davon bestimmen, was im Laufe der Sammlung, Konzentration, Inszenierung und Auswertung der Künste auf Feldeváye passiert. Sondern alle, die hier wohnen. Die Frauen im Thomasstreifen, die Atollmenschen, die Lacs, was weiß ich, die Tiere, die … Ich will das öffnen. Und dazu müssen wir Leuten wie Van der Pijl, so lustig sie sind …«

»Die Zeit wegnehmen«, fasste Stella zusammen, was die kleine Gruppe von Svante Arrhenius über die Tachyonenfilmversuche der Aisthetin erfahren hatte.

Man brauchte keinen Vertrag.

An diesem Abend erst, in diesem Keller, begann Mayas Werk.

*

We can imagine and work
for other ontologies, other disclosures.

Susan Heikman

*

»Dass du nicht verhungerst, rettet andere vor dem Verbrennen – geht's schöner?«
An diese mehrdeutige Frage musste Maya denken, als sie, beim seitlichen Geradeausgehen in der Zeit, versuchte, den Omphalos mit ihrem Raumempfinden zu erfassen, der sich dadurch, dass sie sich anders in ihm bewegte, als sich jemals irgendwer in ihm bewegt hatte – anders, als sich jemals wer in ihm bewegt haben würde, na gut –, ärger verändert hatte, als die kleine Kellergruppe sich das je hätte vorstellen können.

Angelegt war das, worin ihr Tachyonenfilm zusammen mit einem ausgeklügelten Bewegungsplan und den von ihren Helferinnen und Helfern in die Wandung geschmuggelten Verkürzerfeldern genügend zeitförmige Unendlichkeiten zu einem Knoten geschürzt worden war, dessen Garben im geschlossenen, aber nicht endlichen Raum, den der Film aufgespannt hatte, wieder freigelassen wurden, als elfstöckiger Turm, durch den zunächst eine kontinuierliche, spiralförmige Rampe lief.
Die ging Maya, als sie aus der gewöhnlichen Raumzeit gekippt war, zunächst einmal gleichzeitig auf und ab.
Zu ihrer Rechten wie Linken erhob sich ein historischer Komplex, der einst das ganze Urbeum gewesen war, bevor die Einteilung in Stadtbezirke einerseits und Omphalos andererseits nötig geworden war, weil viel mehr Künste hatten beherbergt werden müssen, als von den Admins zunächst angenommen worden war.

Wie ummantelt von einer unsichtbaren Eierschale aus leerer Dauer ging Maya den Spuren nach, die sie selbst und ihre Leute gelegt hatten.
Sie suchte nach den lokal zeitenthobenen Puppen Louises, in denen weitere Bauteile des ersten Schlittens zur äußeren Öffnung der Zeitmaschine – und zur Verankerung weiterer Zeitmaschinen in ihrem Innern, nach einem Bootstrap-Prinzip, dessen innerste Mannigfaltigkeiten in twistorieller Involution die äußersten einfassten – deponiert waren.

Nur in diesen ersten Momenten war sie hier drinnen alleine, während sie die Aufgabe erledigte, etwa drei Tage lang sorgfältig Inventur zu machen.
Ein einzelner Mensch mit normaler Eigenzeit hätte Jahrhunderte gebraucht, sämtliche Bauteile aus ihren Puppen zu befreien, sie zusammenzusetzen und mit der dann doch recht bescheidenen Leistung der Spiralen in Mayas Rüstung hinreichend energetisch aufzuladen, dass sie ihrer Zeitöffnungs- und Transportschlittenfunktion hätten gerecht werden können. Zweihundert Roboter, unter Anleitung der Assistenz, hatten die Bauteile in monatelanger Kleinarbeit umsichtig und raffiniert versteckt.

Maya ging, solange sie konnte, ins teilweise rotverschobene oder blaumatte Licht der versetzten Zeitlichkeiten gebadet, hoch und runter im Omphalos, auf und ab.
Sie fand die Drahtkäfige mit den Chiffon-Hasenhäuten, in die man kleine Massekonverter genäht hatte. Sie fand den bauchigen Torso mit den blassen Brüsten, der auf einer Unterlage aus Edelstahl lag und in den man drei Röhren mit suspendierter exotischer Materie zum Auskleiden mikroskopisch feiner Einstein-Rosen-Brücken in den Omphalos geschmuggelt hatte. Sie fand das wie Säcke am Haken hängende Paar Kopfloser, in dessen schwarzen Sockenfüßen Sensoren und Aktuatoren für die Kanten der Schlitten saßen.
Sie fand massive Spinnen, deren Beingelenke gekapselte Minipulsare enthielten, und mit Nadeln gespickte schlafende Gesichter – die Nadeln waren Kraftwerke, und zerknüllte Laken, getränkt in spezielle Lösungen zur Lichtablenkung, man musste die Tücher nur erhitzen, dann konnte man sie in Tellern, die dafür in einem Schrank, der auch ein Kunstwerk war, bereitstanden, auffangen und sammeln.

Maya entdeckte das alles, merkte es sich, fotografierte es mit ihren verbesserten Augen, speicherte es in den Lageplänen ihres mit zahlreichen Zusatzfestplatten im Nacken und im Rückgrat verlinkten Gehirns.

Das tat sie stunden-, sogar tagelang, bis sie ermüdete, und legte sich dann einfach auf den Wandelgang oder an die Schwelle einer der Hallen, in denen die Werke ruhten. So schlief sie ein paar Stunden, erwachte erfrischt, weil der Anzug Muskeln und Gelenke sanft wiederhergestellt hatte, und ging erneut an die Arbeit.

Noch nach Wochen war sie nicht darüber beunruhigt, dass der Kontakt, den Svante Arrhenius ihr in Aussicht gestellt hatte, bislang ausblieb: »Deine Wanderschaften werden sich kreuzen, und du wirst im Kopf dann rückblickend ausrechnen können, an welchen Bahnen das lag, und gemeinsam werdet ihr weitergehen und euch bald noch einmal treffen. Dann spätestens werdet ihr es herausgekriegt haben, und so wirst du eine Armee von Mayas im Omphalos, wo sich die Pfade der Zeit verzweigen, rekrutieren können – die Armee, die du brauchst für deine eigentliche Aufgabe: die Geschehnisse, die den Planeten schütteln, in Ordnung zu bringen. Die Künste, die aus den Fugen sind, wieder einzurichten. So, wie es sich gehört.«

Die Kontinuitäten der Rampen- und Spiralenkonstruktion erfüllten Maya auf ihren Wegen mit großer Ruhe.

Nicht Pfosten und Balken, sondern entspanntes Auf und Ab bestimmten ihre Umgebung, und die Atmosphäre war daher die einer stillen, ungebrochenen Welle. Nie traf das Auge, wenn sie's einmal schweifen ließ, auf abrupte Rhythmuswechsel, alles blieb im Fluss, Zeit war ganz anschaulich nicht länger linear, eher flächig, mehr von allem, war selber Raum in allen Richtungen geworden.

Fast nichts vermisste sie in dieser Zeit der Erkundungen aus ihrem alten Leben. Nur manchmal, als ganz leichten Stich, die Gesellschaft ihrer Freundinnen und Freunde, Jasbirs spöttisches Wesen, das so sanft werden konnte – sie hat mein Haar bestaunt, gelobt, gemocht, dachte Maya –, und Milovans Entschlossenheit, seinen kritischen Kopf, in den sie verliebt gewesen war. Milovan hatte sogar eine Weile mit ihr zusammengewohnt. Er würde sich,

das wusste sie, zu helfen wissen, jetzt, wo sie nicht mehr da war (schönes »jetzt« – es wird mir ganz schwindlig, wenn ich drüber nachdenke).
Vielleicht war ihm der schwere Schlag, den Maya und ihre kleine Gruppe der Auswertung versetzt hatten, wichtiger als die kleine Liebe. Sein Eifer, ohne Wut, war ihr eine wichtige Kraftquelle gewesen. Nie hatte er sich in der Abneigung gegen die Offiziellen verlaufen, auch die Aistheten kritisierte er, wenn sie das seiner Ansicht nach verdienten.

Vor einem großen hölzernen Relief, das er gemocht hatte, einem Mann mit Werkzeug in den Händen, viele tausend Jahre alt, hunderte Male aufgefrischt, einem Handwerker – einem »altägyptischen Prodnik«, wie er gesagt hatte –, stand sie lange, bewunderte die virtuelle Verlängerung der Grundlinie, auf welcher der Mann stand: Koordinatenebene, perpendikular zur Oberfläche des Formats, und dachte an einen von Milovans Monologen: »Immer Mystik, immer Ideenwelt, und dass sich dann noch welche streiten – Kathrin Ristau mit der Auswertung, vielleicht beide mit den Aistheten –, das bekräftigt, das stärkt ständig die grundsätzliche Trennung der zwei Welten. Der einen, in der wir leben, von der andern, in der gedacht und geurteilt und das Schöne angeschaut wird. Es ist eine Religion, sonst nichts. Ristaus erste Arbeit in der Noos war ein gewaltiger Fortschritt, keine Frage. Aber sie hat auch die Durchsetzung dieser schrecklichen Religion immens gefördert, hat vielen viele Ausreden geliefert, sich noch weniger für das, was alle angeht, zu interessieren, als eh schon. Sicher, zuvor hatte es sie lang schon gegeben, diese Religion, aber nur bei sehr wenigen innerhalb der Auswertung. Diese … diese Religion der Kunst«, und wie es, so beherrscht er redete, in seinen Schläfen pochte – wie dringend er das alles ändern wollte, wie gut es Maya gefiel, dabei zuzusehen –, als er fortfuhr: »Seit es Leute gibt, die gegen die bisherige Praxis der … Einkerkerung der Künste in den Urbeen sind, wurde eigentlich nichts besser, sondern sogar alles immer schlimmer. Vielleicht müssen wir das wollen. Vielleicht ist

das notwendig. Früher waren es die Priester und Zauberer, die posierten und sich selbst verherrlichten, jetzt sind es die … Kunstsinnigen. Welcher Bereich des Lebens auf Feldeváye ist nicht im Bann dieser Religion? Erziehung läuft, in der Noos, über die Kunst, Geographie läuft auch darüber – wo die Flammen oder die Unterwassersphären oder die Wüstenkegel oder die anderen Kunstpflanzungen entdeckt werden, setzen wir die Marken. Die Medizin ist durch die Drogencocktails der Aistheten revolutioniert, die Städte haben sich verändert, der ganze Begriff der planetaren Zivilisation auf Feldeváye, und seine Verwaltungswirklichkeit, ist, wie soll man sagen … kunstartig geworden. Es ist ein Wunder, dass es wenigstens noch robotischen Ackerbau, Verkehrsunfälle, gebrochene Herzen auf der Welt gibt, die nicht zum Fall für die Kunst, die Auswertung, das ganze Getue erklärt werden. Die Wissenschaftler, die Nomophysiker haben sich längst ergeben, die Nomobiologen auch. Egal, was für ketzerische Ansichten sie sonst äußern, der heiligen Kunst gegenüber sind sie alle … ich weiß auch nicht, so eingeschüchtert, so unbeweglich im Denken und Handeln, so festgelegt auf das, was alle empfinden und denken sollen dabei …so …«, er suchte ein Wort. Maya küsste ihn auf den ausrasierten Haaransatz im Nacken und hauchte das Wort: »Fromm.«
»Genau. Das ist es. Und das ist ein Scheißdreck!«, hatte er gerufen.

Jetzt – wann immer »jetzt« war, draußen, bei denen, die Maya nicht auf ihre Bahn durchs Asynchrone hatte mitnehmen können – würde diese Frömmigkeit auf eine Probe gestellt werden, an der sie hoffentlich zerbrechen musste.
Etwas hatte sich gewendet, mit ihr, Maya, und zuvor schon mit Louise, und später – was immer, von da aus, wo sie jetzt ging, »später« war – auch Conlon. Sie alle hatten einen Großangriff auf alle Erwartungen, Gewissheiten, Gewohnheiten im feldeváyschen Umgang mit den Künsten begonnen, der den Planeten verwandeln würde, verwandeln musste.
Warum sonst sollte man sich die Mühe gemacht haben?

»Hallo? Bist du … bin ich da?«

Sie war' s tatsächlich selbst, die da, auf einem höheren Stockwerk, eine Windung weiter, hinterm Geländer stand und nach ihr rief, ihr sogar winkte. Maya erschrak nicht sehr.

Es war ja auch ein Wiedersehen, wenngleich zum allerersten Mal.

Sie winkte zurück und rief, was seltsam klang, sehr deutlich, ganz ohne Echo: »Kommst du runter oder komm ich hoch?«

»Beides. Wir gehen uns … einander entgegen«, schlug sie vor, und Maya dachte: Stimmt, das wäre eigentlich mein Vorschlag gewesen. Vielleicht ist die ja ein bisschen mehr ich als ich?

Bevor sie auf diesem Wahnsinn ausrutschen konnte, standen die beiden, die sie war, einander bereits gegenüber, und weil es sowieso keine Form der Begrüßung gab, die dem Widersinn der Situation gerecht werden konnte, umarmten sie einander – die Rüstung ist gar nicht so klobig, dachten beide, sitzt eigentlich recht fest. Außerdem werden wir sie jetzt bald ausziehen können – wenn wir die ersten zehn von uns beisammen haben, wird es Zeit, dass mindestens fünf davon an die Arbeit gehen, und das sollten die Ersten sein, aus den niedrigsten Iterationen.

»Und? Wie war's in deinem Universum?«

»Wie in deinem, nehme ich an«, sagte die Neue, die für sich selbst freilich die Erste war. »Sie haben sich ganz simpel übern Tisch ziehen lassen. Svante Arrhenius hatte recht.«

»Es war nicht ihre Idee, sondern unsere, oder? Nicht die Idee von Arrhenius.«

»Stimmt. Aber sie hat sie für uns geglaubt, wir haben sie nur … gedacht. Der andere Teil, das macht mir immer noch … meinst du, sie lügt?«

»Habe ich mich auch gefragt. Vielleicht, um uns zu motivieren.«

Svante Arrhenius hatte nämlich behauptet, es sei eine der Mayas aus dem geöffneten Zeitknoten gewesen, die sie besucht hatte, lange bevor sie selbst wiederum zu Maya gegangen war – und jene Maya, die mit der Idee, habe ihr, Arrhenius, aufgetragen, mit dieser Idee zu Maya zu gehen, »so dass, als letzte Absicherung des

Knotens, als stabilisierende Kausalschleife, die ganze Sache, so offen sie, ausgehend von den schlittengebrochenen Türen im Omphalosknoten selbst, später … früher oder später sein wird, auf einer anderen Ebene doch festgezurrt bleibt.«

Eigentlich war das glaubhaft, soweit es in dieser Sache überhaupt etwas Glaubhaftes gab. Aber Maya hatte damals, als Arrhenius es ihr dargelegt hatte, dennoch darauf gewartet, dass die Sponsorin zwinkern würde, oder wiehernd loslachen.

Jetzt stand Maya sich selbst gegenüber und fragte: »Wie wollen wir einander nennen? Wer ist … Maya Eins, und wer Maya Zwei? Wir müssen einander ja auseinanderhalten können, und die andern, die wir noch aufsammeln wollen, müssen das erst recht, wenn wir wirklich arbeitsteilig …«

»Ist doch einfach. Du hast gefragt, also bist du die erste. Ich bin die zweite, das geht in Ordnung. So nummerieren wir durch: Die nächsten, die wir treffen, sind ja auch schon zwei, die übernächsten vier, wenn ich die Progressionsverschachtelung der Iterationen in der ersten Spiralkurve richtig verstehe. Die werden es schon besprochen haben – also, bei den andern beiden gibt es schon eine Eins und eine Zwei, bei der nächsten Gruppe Eins bis Vier.

Wir machen das einfach – zählen von dir an, ich gebe nach, und weiß schon deswegen, dass bei jeder weiteren Begegnung einzelne und ganze Gruppen auch …«

»Was, wenn welche gleichzeitig reden? Oder wenn die Frage anders gestellt wird – was wäre denn gewesen, wenn ich jetzt gar nicht gefragt hätte, wie wir …«

Maya Zwei zuckte mit den Schultern. »Gut, ich nehme an, es gibt auch ein paar Universen, in denen die ersten beiden sich länger nicht einigen, und als extreme Randbedingungsfälle auch welche, wo sie einander deswegen umbringen und dergleichen. Aber denen begegnen wir ja eben nicht – Extreme der Glockenkurvenverteilung müssen wir vernachlässigen –, da gehören ja auch welche

dazu, in denen einzelne Mayas ewig alleine herumlaufen, oder blind und taub werden, oder die Anzüge funktionieren nicht und sie verhungern, oder sie verlaufen sich …«
Maya Zwei ließ die grausigen Ahnungen, die man an diese Aufzählung fügen konnte, freundlicherweise unausgesprochen.

»Gut. Was machen wir als Nächstes?« – Maya lernte rasch, sich mit der Sache anzufreunden. Selbstgespräche? Mache ich doch sowieso andauernd, wenn ich zum Beispiel drüber nachdenke, was ich machen soll, alleine, und dabei komme ich schließlich auch zu Entschlüssen.
»Wir gehen hier weiter, wo du gerade langspaziert bist. In diese Halle da«, sagte die andere Maya, und so geschah es.
Dies war ein Saal, der gänzlich dominiert wurde von einem oben und unten zerbrochenen, auf einer Pyramide aufsitzenden schwarzen Stahlobelisken in der Mitte eines dunkelgrauen quadratischen Teichs. Die beiden Frauen gingen langsam, in eher belanglos plaudernder Unterhaltung, um diesen Teich.
»Spielst du mir mal die Orte rüber von den Louisesachen, die du bist jetzt kartiert hast? Meine Kennung ist deine, du musst dann halt die Kopie löschen, die bei dir ankommt. Danach können wir unsere Kennungen ja unterteilen, mit Suffixen.«
»Gern. Dann sollten wir eine Matrize machen, oder einen ersten Arbeitsplan, wie wir zunächst die Werkzeuge rausbrechen und dann den Rest der Arbeit …«
»Da seid ihr ja endlich!«, sagte eine der nächsten beiden, die eben durchs hohe Tor traten, das dem Eingang zur Rampenspirale direkt gegenüberlag.

Ganz wie die zweite Maya gemutmaßt hatte, ließen sich alle Mayas, die ihnen in den folgenden drei Stunden begegneten, zu den Nummerierungen überreden, um der ersten Konstruktionstruppstärke von zweiunddreißig Personen willen. Man formatierte den neuen Index in den Köpfen mit den von Maya Zwei vorgeschlagenen Kennungserweiterungen. Die Pfade und Bewegungsprofile und jeweils eigenen Lokationscodes, die in diesen Erweiterungen encodiert waren, sorgten dafür, dass jede Maya jeweils wusste, welche Maya sie gerade vor sich hatte, mit welchen Mayas sie außerdem per direktem, nooslosem CLP redete oder Bilder, Filme, Schemata und Programme tauschte.

Unter einer roten Sandsteinbildsäule, die den Gott Vishnu und seine Avatare zeigte, konstituierte sich aus rund sechzig Mayas eine erste Vollversammlung zur Arbeitskoordination – es waren inzwischen insgesamt dreiundsiebzig zusammengekommen, aber dreizehn von diesen hatte man auf Erkundungsmissionen geschickt, als klargeworden war, dass manche von Geräten und deren Verstecken wussten, die andere nicht kannten.
»Das ganze Ding, die Gesamtkonfiguration der Zeitmaschine samt allen darin einzuarbeitenden Unterzeitmaschinen, optimiert sich selbst, lernt aus seinen Sackgassen und Verschlingungen, es werden zusehends Korrektive angezapft aus anderen Universen, eine Art monströser Quantencomputer«, mutmaßte Maya Zwölf, und diese Auffassung setzte sich durch.
Das anfänglich zellteilungsartig, über Verdopplung sich vollziehende Wachstum der Mayagesellschaft setzte sich nach weniger deutlichen Parametern ununterbrochen fort; eine Unbestimmtheit höherer Ordnung, nicht ganz die von Maya Zwei vermutete saubere und überschaubare Glockenkurvenverteilung allerdings, hatte dabei fortwährend die unsichtbare Hand im Spiel.
Einige Mayas waren bereits damit beschäftigt, die Sache auszurechnen und zu modellieren.

Am Shivatreffpunkt verteilte man die Aufgaben der Entdeckung und dann auch der Montage erster Bauteile.
»Das ganze Gebäude ist uns einfach etwas wie ein Storarier, wobei wir der biologische Teil sind und die Apparate, die wir zusammensetzen, das Holz«, fasste Maya Sechsundvierzig die Lage in einem hübschen Bild zusammen.

Nach anderthalb Monaten, in denen man so miteinander lebte, wie noch nie Leute miteinander gelebt hatten – ohne Temperamentsgefälle, aber auch nicht telepathisch über jeden Gedanken der anderen unterrichtet, ohne Geheimnisse voreinander, aber auch ohne wirklichen Einblick »von innen« über die coifletgeteilten Informationen hinaus –, waren die ersten sechs Schlitten gebaut, scharfe Brecher für Biege-und-Bruch, Lemmata der großen Rechnung, die diese Zeitmaschine, zugleich ein universaler Computer nach Nomosvorgaben, durchzuführen bestimmt war.

Die Mayas begriffen die Schlitten als Klingen für das Herausschneiden von Kontraktionen der Zeitbahnen aus Extremfällen der unbestimmten Verteilung von Situationen in den verschiedenen Universen, als Vorrichtungen für kohomologe Ausbruchsbahnen also, auf denen sechs Mayas aus der Maschine heraustreten und an verschiedenen Stellen in verschiedene Kausalitäten eingreifen würden, deren *sum-over-histories* (wie ein antiker Ausdruck für den Rahmen des Unternehmens lautete), dann eine triftige Erzählung ergeben sollte. Drei der sechs Mayas hatten sich bereits genauere, erzählbare Vorstellungen gemacht von ihren Aufträgen.
Maya Eins inspizierte die Entwürfe.
Als sie fertig war, fragte sie nach: »Habt ihr's beisammen, könnt ihr's, wenn ihr rauskommt, aufschreiben und wisst, wie man's verbreitet? Je nachdem, in was für Gesellschaften ihr rauskommt?«
»Natürlich. Dreimal das Buch, dreimal sehr ähnlich, dreimal verschieden«, sagte Maya Neun, Anführerin der drei, und fügte hinzu: »Ich trag's zu den Lacs, Maya Einundzwanzig hier bringt's den frühesten Hohen Frauen im Thomasstreifen, und Maya Elf …«
Diese selbst beendete den Satz: »Ich erstelle die Version, die dann die drei Jungs finden werden, die auf ihrer Draisine … ihrem Schienenwägelchen in eine der damals noch verbotenen und unheimlichen Kunstfundzonen …«
»Ist klar«, unterbrach Maya Achtundvierzig, die zur zweiten Dreiergruppe gehörte. »Können wir unsere Mission auch nochmal kurz durchgehen?«

Maya Drei, eine der Koordinatorinnen, die aus freier und nichtgeheimer Wahl hervorgegangen waren, holte tief Luft und sagte: »Von mir aus. Uns aus.« Ein paar lachten, die meisten nicht.
Maya Eins räusperte sich und erklärte: »Maya … Achtundvierzig, du gehst Terzutac-Mohenim besuchen, bevor er jemals dran denkt, sich einen menschlichen Unterstützer zu fangen. Bevor er Fajid Toril kennenlernt.
Klärst ihn auf. Lässt ihn ein paar Nachrichten an die Storema durchgeben, vor allem an den Krenmeister Ter Helinac, damit diese Leute aufhören, uns Menschen zu unterschätzen, und begreifen …«
»Dass zumindest eine von uns sich inzwischen auch in Cerrem bewegen gelernt hat. Dass wir jetzt Kar auflösen können und Kreb erzeugen, dass wir auf Kren setzen, indem wir, als sehr viele Mayas …«
»… Cec erkunden und verändern, genau. Dann kannst du es ihnen überlassen, ob sie unsere Guerillamöbelidee gut finden oder nicht. Und wenn sie damit einverstanden sind, haben wir immerhin eine Brandmauer mehr gegen Torils Irrwitz«, beendete Maya Drei den Gedanken.

Dann wandte sie sich an die beiden weiteren Mayas der zweiten Dreiergruppe aus dem Sechserkommando: »Maya Sechsundsechzig, du rekrutierst in Travers das Mädchen, die … die Leibwächterin für Kathrin Ristau. Sag' ihr, sie soll sich einen neuen Namen zulegen, irgendwas, das … das ein bisschen wie Meori klingt. Erzähl ihr die Geschichte aus dem Thomasstreifen, die Svante Arrhenius uns erzählt hat. Und bilde sie ein bisschen aus, du weißt schon.«

Die Angeredete legt die flache Hand an die Stirn, pantomimische Imitation eines uralten militärischen Grußes.
»Maya Siebzig« wandte sich Maya Drei nun an diese, die am Rahmen des Schlittenkeils lehnte, der für sie das Multiversum perforieren sollte.

»Du gehst zu den Schlangen. Das heißt, du gehst …«

»Zu Waveele. Und setze sie auf die Vögel an, und auf wen immer sonst, der oder die zuhören will. Tiere, Pflanzen, nichtmenschlich Lebendiges außer Lapithen, Storema … und die Rengi lasse ich auch in Ruhe.«

»Die sind erst in der vierten Sechsergruppe dran. Wir müssen, so wenig es zeitlich Vorgängiges oder Nachläufiges hier gibt, inhaltliche Prioritäten setzen«, ermahnte Maya Eins die vielen, die sie war.

Kein Murren.

Die Entsendung der ersten Sechs war eine rein praktische Angelegenheit; die Mayas hielten sich mit spektakulären Gefühlsäußerungen gegenüber sich selbst zurück.

Was an den Spitzen der Käfigschlitten geschah, als die Pforten aufgeschnitten wurden, ging so sehr gegen jede Sehgewohnheit, dass die Blendung aller Anwesenden, als die Dimensionsfaltungen ineinander kollabierten, ein großes Staunen, Aufschreie, Erschütterungen auslösten – man fühlte sich, Maya für Maya, aus sich selbst gerissen und als das Licht, in dem man die Dinge sah, ins Bewusstsein zurückgeschüttet, eine neue Art Drehschwindel, nicht angenehm, aber sensationell.

Als die Türen schließlich ganz offen standen, verschwanden die sechs in ihnen.

Geräuschlos schlossen sich die Risse.

Die folgenden Wochen und Monate war Maya Eins fleißiger als je zuvor.

Die zweite Gruppe zur »Infiltration der normalen Pfadintegrale«, wie Maya Sieben sagte, wurde schon neun Tage nach der ersten ausgesandt, die dritte und vierte folgten zwei Tage später, die fünfte und sechste am nächsten Tag.

Dann begannen vierzig Mayas, Wälle einzuziehen, die Iterationen trennen sollten: »Mehr als sechshundert Mayas brauchen wir nicht, und wenn das heißt, dass sich der Omphalos in sich unkontrolliert vervielfachen wird, weil wir ihm durch die neuen Trennungen keine andere Wahl lassen, und dass die Mayas, die auseinandergetrieben werden, immer weitere akkumulieren, dann ist das eben so, aber halt auch nicht beobachtbar, also nicht relevant – keine Wechselwirkung!« Maya Vier formulierte, was alle beruhigte.

Nach einer Weile wurde der Gemeinschaft um Maya Eins in Gesprächen während der Arbeit deutlich, dass viele wohl für immer hier bleiben würden, oder doch so lange, bis Quanteneffekte ihre Rüstungsspiralen verstopften und Entropie ihr Schicksal besiegeln würde.
»Diejenigen, die rausgehen, in die Zeitströme selber, und die Kausalitäten verknüpfen, sind die Einzigen, die von diesem Verwitterungsschicksal ausgenommen sind«, sagte Maya Hundertneun zu Maya Eins, »aber obwohl uns allen das langsam klar wird, gibt es immer noch keine Kämpfe um die verbleibenden paar Missionen. Kein Gerangel von Freiwilligenmeldungen oder Ähnliches.«

Maya Eins behielt für sich, was sie sich dabei dachte und was vermutlich auch alle andern mindestens ahnten: Die Missionen, die jetzt noch blieben, waren die verantwortungsvollsten, vor allem die vorletzte, von der sie sich allmählich zu fragen begann, ob wirklich alle die Gewissheit teilten, dass nur sie selbst, Maya Eins, dafür infrage kam.
Drei Tage kalibrierte man die Schlitten.

In einer der seltenen Arbeitspausen, in denen nicht einfach geschlafen wurde, standen Maya Eins und Maya Hundertneun unter der Shivastatue.
Während sie sich unterhielten, sahen sie einen Film über ein Paar in Handschellen auf einem Sofa, das sie genauso aufmerksam zu beobachten schien wie sie es.
»Nachgestellt«, sagte Maya Hundertneun, »Auf dem Mars. Das

Original fand in der Wiege statt. Eine von den Singularitäten – ich denke, ich bin die Einzige, die den Film kennt, hab jedenfalls noch keine andere aus irgendeiner Iteration getroffen, die sich dran erinnern kann oder ihn in ihren Zusatzspeichern findet.«

»Sieht gut aus. Vage beunruhigend«, sagte Maya Eins.

Das leise Summen der Körperpflege und Nahrungshilfe der beiden Rüstungen ersetzte einige Minuten das Gespräch.

Dann sprach Maya Eins aus, was beide beschäftigte: »Ich mach's, nehme ich an. Ich meine, ich denke dauernd: Es ist der richtige Auftrag für eine, von der wir irgendwie alle übereingekommen sind, dass sie die erste ist. Der vorletzte Job. Der Auftrag, bei dem uns wohl allen, als Svante Arrhenius uns davon erzählt hat, kurz die Kinnlade runtergeklappt ist, richtig? Der Job, der uns …«

Maya Hundertneun beendete den Satz: »… der uns klargemacht hat, was das wirklich heißt, in die Kausalitätsketten eingreifen, in die Zeit grätschen. Dinge ändern oder eben auch erst ermöglichen, die wir für selbstverständlich gehalten hatten.«

Jede Maya, mit der Maya Eins bis jetzt gesprochen hatte, erinnerte sich an dieselbe Unterredung mit der Sponsorin, und wenn Maya Eins auch nicht mit jeder Maya im Omphalos genügend Worte gewechselt hatte, um sich sicher sein zu können, dass das Gespräch in allen Iterationen genau gleich verlaufen war, stand für sie doch fest, dass alle wussten, was Frau Arrhenius dabei enthüllt hatte: »Du bist zu mir gekommen, Maya, und hast mir vom Zeitknoten im Omphalos erzählt, und hast mir verraten, dass diese Maya, die mir da gegenübersaß, die Letzte war, die losgeschickt wurde – losgeschickt, um mir zu verraten, dass die Vorletzte etwas getan hatte, das ich würde überprüfen können. Sie hielt mich nämlich für eine Skeptikerin – großer Irrtum, aber so was passiert schon mal … Also, du sagtest mir: Geh und besorg dir ein Blutsample, eine Gewebeprobe, und vergleich es mit dem Tropfen Blut, den ich jetzt vor deinen Augen mit einem Nädelchen aus meiner Zeigefingerkuppe hole. Dann hast du das gemacht. Und es versiegelt, in einem Pröbchenbehälter, und es mir überreicht.

War gar nicht einfach, das Vergleichssample zu organisieren. Denn obwohl damals noch nicht so schwer an die Leute ranzukommen war, die sich schließlich als Contramurale organisieren sollten, war die, der ich was stehlen sollte, doch damals schon die Bestgeschützte.
Ich hab's geschafft, dennoch, und mich dann gar nicht mal so sehr gewundert, als ich die Bestätigung hatte: bitte sehr, Verwandtschaft ersten Grades. Deine Tochter, Maya Derens Tochter.«

Maya Eins sah Maya Neun direkt ins Gesicht, als sie sagte: »Ihr andern habt drüber geredet?«
»Haben wir. Du sollst es machen. Wir wollen's. Du willst es.«
»Ich weiß nicht, ob ich's will. Ich muss euch alle zurücklassen, das will ich eigentlich nicht. Viele ... ungezählt viele ... von euch werden den Rest ihrer Tage, und das kann heißen: Jahrtausende, hier im Knoten zubringen, während ich selbst nur weiß, dass ich bei einem dummen Unfall sterben werde, irgendeine Gletscherspalte, bei einer Flammenjagd in einer Gegend, die ich, als ich noch in meiner alten, gewöhnlichen Eigenzeit gelebt habe, nie hätte aufsuchen wollen. Wer will da hin? Packeis, ein Gebirge, das den Horizont begräbt, dumme Nodos, freche Padurn, herrschsüchtige Weiber, die fast so dumm sind wie herrschsüchtige Kerle. Fast. Kleine Dorfgemeinschaften, sehr viel Suff ... Schlimm.«
»Aber du wirst ihn sehr lieben. So viel sagen die Archive.«
»Irgendwie glaub' ich das, seit ich weiß, dass ich ihn heiraten werde, weißt du das?«
»So schnell wird's ja auch nicht gehen. Erst mal muss das alles arrangiert werden: deine angebliche Heimkehr von Pachetum her, als verlorene Tochter einer Familie, in der nur noch eine Einbeinige übrig war, die dir alles hinterlassen hat. Und du, eine Heimgekehrte, die Reue zeigt, also doch keine Auswerterin wird, sondern die Brennerei übernimmt, genau zwei Jahre bevor Zainab Sgriacci bei einem Waldlauf den verwundeten Agenten findet, nach Wilentz bringt, in dein Haus packt, wo du ihn gesundpflegen wirst und dich verlieben ...«

»Kann man sich verlieben, wenn man's vorher weiß?«
»Du kannst alles. Ich meine: die Mutter von Kathrin Ristau! Das ist doch was!«
»Warum macht ihr's dann nicht, wenn's so geil ist?«
»Weil's deins ist«, sagte Maya Hundertneun.
»Meins«, gab Maya Eins ihr recht, zugleich verschnupft, zweifelnd und zustimmend.
Maya Hundertneun sagte: »Immerhin wird deine Reise nicht so weit wie die der armen Maya Achtundsiebzig, die zum Schattenspiegel reisen muss und sich dort als Nomophysikerin etablieren, damit sich Klemens und Severin, ihrem Rat gemäß, auch die richtige Sorte Insel aussuchen, weil sonst der ganze schöne Unfall und Absturz nicht klappt. Und später den Kleinen ausbilden muss, diesen Syneskranken da ...«
»Manchmal«, erwiderte Maya Eins, »habe ich das Gefühl, meine Reise in den Thomasstreifen wird viel weiter als dieses Herumfliegen im All. Weißt du, es ist ja ...«
»Abstände zwischen gesellschaftlichen Räumen können größer sein als der ganze Kosmos, klar«, sagte Maya Hundertneun, die auf solche Gedanken so oft kam wie die andere, da sie eben auch eine Maya war. Die beiden schwiegen, schauten den Film an.
Dann, als der vorüber war und sogleich neu begann, sagte Maya Hundertneun: »Trink, wenn du dort bist, einen auf uns alle. Einen von diesen Schnäpsen. Ich hab nie einen probiert, weißt du das?«
»Jetzt, wo du's sagst, fällt's mir erst auf«, sagte Maya Eins, und fing an, sich auf die Reise zu freuen. »Ich auch nicht.«

Liber Severini 7

Das schöne weiche Wasser, errötend, die Spirale aus Erde, da wohnten wir nahebei. Da waren Fels und Gebirg, Bänke und Massen, natürliche und künstliche Höhlen, da hatte ich meinen ersten eigenen Bau, wie ein Weyremach oder ein Dachs.
Tore und Gatter verschlossen, alles roh und derb.
Die schwarzen Midrai der Vergangenheit auf der Mauer des Brunnens.
Flächen, Hügel, Büsche und Haine.
Das schöne rote Wasser, und die Hand in der Hand, ganz vorsichtig.
Dein Duft, das Haar. In allen Höllen aller Welten vergibt man uns.
Die Zeit ist gekommen.
Du warst müde, von der Arbeit, vom Lernen, Wissen, Weitersagen, vom heimlichen Regieren der Zukunft (wer sonst hätte es tun sollen? Nur dich wollte die Zukunft anerkennen).
Du kamst in meinen Bau, und du hast die Tür hinter dir geschlossen, dich auf den Boden gesetzt, auf den blauen Teppich, und dich von innen an die Tür gelehnt und die Augen geschlossen und gesagt: »Es ist, als ob mir schwarze Midrai im Kopf herumflattern. Und ihre Augen, aua«, aber du hast gelächelt. Und ich legte mich auf den blauen Teppich, meine Füße nah an deinen, und sagte: »In allen Höllen in allen Welten ist nichts, was dich töten kann. Du wirst alles finden, alles erreichen, alles sehen, alles verstehen, erlöst von ihren Augen.«
Was hast du gemacht?
Du hast gezwinkert.

*

Lapithen. Ganz alter Name.
Wie Prometheus, Epimetheus, Phileros, Elpore, Epimeleia.
Wie Pandora.
Öffne die Tür des Glücks und schließe die Tür des Schadens.

*

Fajid Torils größter Fehler? Man könnte ihn militärisch nennen, aber dann wüchse diesem Wort ein Sinn zu, der es auch denkbar macht, von militärischen Gedichten, militärischen Melodien (warum nicht? Es gibt ja auch militärische Rhythmen), militärischem Farbauftrag (so was wie: Geheimauftrag?) zu sprechen. Der Fehler war: Der Mann mit der versteckten Stimme, zu der er sich selbst nicht mehr bekennen konnte, wollte den Willen der Mennesker erraten – und dabei ist es ganz egal, ob seine Absicht dabei gewesen ist, sich diesem Willen letztlich zu fügen oder in den Weg zu stellen. Denn die Vorstellung von etwas wie »Willen« hat nur dann einen Sinn, wenn es einen Abstand gibt, sagen wir: einen zeitlichen, zwischen diesem Willen und einem Tun, wenn also ein Subjekt existiert, das etwas will und es dann tut, oder etwas getan hat und sich später, in einem Willensakt, zu dieser Tat bekennt. Aber die Mennesker sind ihre Taten, es gibt da keinen Unterschied, es gibt sozusagen kein Innen, zu dem man vordringen könnte, nur ein Polyptychon, das für nichts anderes steht als sich selbst – auch wenn ich Leute getroffen habe, die aus der Auswertung zu uns gestoßen sind und eine gewisse Freude dran hatten, die Mennesker gleichsam als Künstler zu behandeln – es gab dann ja, du wirst dich erinnern, eine Kathrin-Ristau-Schrift, die den verborgenen Masterplan, das Gesamtmuster also der Menneskertaten mit einem ganz guten Namen, einer recht triftigen Benennung markierte (»recht triftig« etwa so, wie Salbei zu Saltimbocca passt): *concetto*, Konzept, wie das die italienische Malerei noch bis in die Mitte des 18. Jahrhunderts nannte.

Eine Frau Ngwethu, aus der Auswertung in Deyra und dann, nach der Jaivedh-Geschichte, eine besonders radikale Contramurale, saß mal mit mir auf der Mauer des alten Friedhofs von Deyra, da aßen wir Fisch zusammen, und sie sagte: »Wissen Sie, Severin, warum Sie den Auswerterinnen und Auswertern, die mit den Coms sympathisieren oder zu ihnen überlaufen, so unheimlich sind?«
Ich tat unschuldig, zuckte die Schultern.
»Weil wir alle ahnen, dass Sie sich nur aus einem einzigen Grund immer raushalten, wenn wir diskutieren, was wohl das *concetto* der Mennesker ist, wenn wir darüber streiten ... Sie wissen es. Und weil Sie es wissen, wissen Sie auch, dass man's nicht sagen kann, weil's keine Sprache verträgt, keine hat. Und was uns, die wir so ganz aus Sprache gemacht sind, die größte Angst einjagt, ist natürlich, dass es überhaupt was geben kann, das keine Sprache verträgt.«
Ich sagte dazu nichts, und das passte uns beiden gut, denn es war das, was sie von mir erwartet hatte.

*

... esempio sacro alla bellezza eterna ...

*

»Das Schlimmste, siehste«, ächzte Conlon, »sind die ganz Frischen. Kommen hierher aus den Urbeen und denken, Contramurale, das sind die, bei denen alles geht, die alles dürfen – in den Urbeen muss man sich um die eigenen Abfälle kümmern, also darf man hier alles hinschmeißen, wo man will, und das eigene Zelt verkommen lassen, in den Urbeen muss man seine Noosfächer in Ordnung halten, also darf man sie in der Solitona verwildern lassen, wie's einem einfällt, in den Urbeen wird das Leben von tausend Regeln und Absprachen regiert, also gibt's hier keine Regeln und Absprachen, und hui, Hierarchien und Autoritäten sowieso nicht, ich bin Frischling, mir sagt keiner was. Falsch. Das verstehen sie nicht, und dann geraten wir aneinander, weil sie sich ihre Arbeitskreise selber aussuchen wollen, je nachdem, wofür sie ein Talent zu haben glauben, und das sind dann manchmal ganz rührende, öfter aber extrem ärgerliche Fälle von Selbstverkennung.« Mit eiserner Entschlossenheit mampfte er seine Nudeln mit Nüssen, verdrehte die Augen, räusperte sich, trank einen tiefen Schluck kaltes Wasser aus seinem schlichten Glas, wischte sich mit dem Handrücken den Mund und erklärte: »Da bin ich dann sofort der Böse, der ihnen sagen muss, tut mir ja leid, aber das geht nich, wir haben hier ein aufgeräumtes Schiff, und wenn ich was sage, dann is das so. Dann wird das so gemacht. Dann sagense zu mir, wennse ehrlich sind, in der zweiten oder dritten Woche, wennse wegen dieser Sachen ins Motivationsloch fallen: Scheiße, wieso bin ich dann überhaupt hergekommen, wenn ich hier auch nich machen kann, was ich will, und nich nur noch nach Lust und Kunstgeschmack leben? Hätt ich da nich genauso gut in der Auswertung oder im Produl oder sonstwo bleiben können, wo ich mich vorher rumgeärgert hab? Da sage ich: Liebe Leute, ihr glaubt ja alle, der Unterschied zwischen den Bekloppten dort und uns hier ist was rein Formales, aber damit schneidet ihr euch, und wenn ihr das nicht lernen wollt, dann haut lieber wieder ab, da mache ich mir dann nicht mal Sorgen, dass ihr denen viel von uns hier erzählt, denn wer nur auf die Formen guckt, bitte, der kriegt nich genug mit, als dass es uns gefährlich werden könnte, wenn's weitererzählt wird. Is so. Da machen sie große Augen, und die Besten sagen: Aber müssen die Formen nich doch auch anders sein, wenn man 'ne andere Gesellschaft, ein anderes Feldeváye will? Das sind die, die immerhin was kapieren, Severin, ich mein, da hamse natürlich n Punkt, aber dann sind se ganz entsetzt, wenn ich sage: Klar, wenn wir siegen, wird es freier und dann wird die ganze Adminscheiße absterben und die ganze Prodistenscheiße ins Gesellschaftliche resorbiert, nur, bis dahin sind unsere Formen auf 'ne ganz andre Art anders, als ihr meint, nämlich nicht lockerer und tralala, sondern höchstens strenger. Wie, sagen sie, was heißt denn das, strenger? Da erzähle ich denen dann immer 'ne Geschichte, die mir Kathrin erzählt hat, aus der Auswertung in Laischa: Da gab es einen Dienstplan, im Omphalos, wer von den Gescheiten jeweils zuständig war, mit den Prodniki die Lamontiken durchzugehen, das würde wöchentlich gemacht, die Raumaufteilung, wöchentlich geändert, den Stücken angepasst und den Flussdiagrammen der Besucher und so, also das, was ich als Prodnik früher gemacht hab, da gab es ja dann auch immer 'ne Liaison im jeweiligen Omphalos, und weil das niemand für lange machen wollte, die hatten ja schließlich zu philosophieren und durch die Gegend zu fahren und zu forschen, haben sie es wöchentlich zugeteilt – in Laischa, hat mir Kathrin erzählt, sind das etwa dreißig Auswerterinnen und Auswerter gewesen, turnusmäßig, und ihre Chefin, die Cosima Riedler, hat drauf geachtet, anfangs, dass es gerecht verteilt ist, dass alle turnusmäßig immer mal dran kamen – aber dann stellte sich schnell raus, nicht alle machen es gleich gut, nicht alle machen es gleich sorgfältig, das war zum Teil 'ne Sache der Einstellung, da waren sich welche zu gut für, und zum Teil auch schlichtes Unvermögen, weil sie nicht gut in Räumen denken konnten oder sich das nicht vorstellen konnten, wie so ein Agencement, so eine Assemblage, wie das als Ganzes funktioniert, Begehbarkeit, Rhythmus, wobei man dieses Defizit natürlich durch Training, durch Noos-Tutoriale, durch Augmentationen und vor allem durch Routine ausgeglichen gekriegt hätte. Aber nein! Das war nich der Weg der Auswertung, nä. Die haben es anders gemacht: Die Riedler hat gesagt, zu viele Wochen sind zu schlapp, die Arrangements sind uninspiriert, die Hallen wirken platt, die Ausstellungen zusammengewürfelt – wir nehmen jetzt vier Leute, von denen wir uns versprechen, dass sie das gut machen, aus diesem Pool der etwa dreißig heraus und lassen die das regeln, dann machen die vier das eben sechzehnmal im Jahr – auf der Erde wäre es zwölfmal gewesen, aber wir haben hier ja andere Monate, nich, das war dann noch der gebildete Witz von der Frau Riedler. Super. Und wenn mich dann die Frischlinge so angucken, und ich ihnen diese Geschichte erzähle, dann sage ich zum Schluss jedes Mal: Und wisst ihr, warum sowas bei uns nicht passiert, warum ich das nicht zulassen werde bei den Coms? Weil es die vier bestraft, von denen man denkt, sie hätten was drauf, und die fünfundzwanzig belohnt, dafür, dass sie ihre Arbeit nicht können oder nicht machen wollen. Denkt mal drüber nach, Kinder.«

VIII. BIEST AM GRUND DES GARTENS

1: Ein Lapith für Fajid Toril

Er war überzeugt, dass Talent
in der Fähigkeit bestünde,
lange konzentriert einen Gegenstand
zu bedenken.

Irmtraud Morgner

Die Abgesandten des Schreckenskarrieristen verhedderten sich rasch in seinen Plänen.
Reza Fruchtman brachte es nur zum Zerstörer.
Tatjana Cortés begegnete auf ihrer Suche dem Tod.
Smelmle (u) Thik aber erreichte, was der Schirmherr gewollt hatte: Die Renga traf einen Lapithen, der sich bereitfand, mit Fajid Toril zu reden.
Der Weg dahin war jedoch weit.
In den Urbeen entdeckte sie keine Spur der Pelzleute.
Die Auswertung stand schon seit Jahren nicht mehr im Kontakt mit ihnen – »Wir kriegen sie eigentlich nur noch zu Gesicht, wenn sie bei uns einen Verkürzerport einrichten oder, was in letzter Zeit häufiger vorkam, wenn sie einen schließen«, gestand der Renga ein barbizekischer Kurator namens Kwame van der Pijl.

Im Dschungel gab's zwar Spuren der Menneskerboten. Entweder umherschweifende Coms oder die scheuen Lapithen selbst verwischten diese Spuren jedoch stets, bevor sie Torils Agentin zum Ziel führen konnten.

Nomadische Lacs im Süden von Ammar ließen zu, dass die Renga, die noch vor zwei Jahren ein Rengo gewesen, jetzt aber in den schwangeren Abschnitt ihres siebenhundertjährigen Reproduktionszyklus eingetreten war, sich ihnen eine Weile anschloss. Man

hatte gehört, die Wege dieser Umherschweifenden würden hin und wieder von den Lapithen gekreuzt.
Auch hier jedoch blieb der Erfolg aus.
Die Renga focht das nicht an.
Schließlich gehörte sie ja zu einer ebenso eigensinnigen wie introvertierten Spezies. Man hatte Zeit. Selbst die Roboter der Rengi arbeiteten langsam und mittels vergleichsweise kruder Technik. Nomophysik spielte in der Metazivilisation der Rengi, obwohl sie, wie die menschliche, eine galaktische und inzwischen gar transgalaktische war, eine vergleichsweise kleine Rolle. Das größte Geschenk der Lapithen, das über die Menschen auf sie gekommen war, setzten sie sparsam ein und beteiligten sich stets nur in Wartungs- oder Beobachtungsfunktionen an den gigantischen Ingenieursunternehmungen der Menschheit und der Storema.

Einmal in Habitaten oder auf Planeten angelangt, waren sie sowohl als Einzelgeschöpfe wie als Gemeinschaft alles andere als mobil.
Ihre Inseln, zumeist ausgehöhlte Asteroiden oder anderweitig reisefähig gemachte Großhöhlen, glichen »Kühl- oder Speiseschränken«, wie der frühe Integralleiter Yüan Vanderbuyst beim Erstkontakt zwischen Menschen und Rengi in einem bei antispeziesistisch Gesinnten inzwischen berüchtigten Bonmot bemerkt hatte.

Der unverächtliche Beitrag zum Fortschritt der anderen denkenden und sternenfahrenden Arten, den die Rengi ihrer vermeintlichen Rückständigkeit zum Trotz dennoch leisteten, verdankte sich allein ihrer außergewöhnlichen Geschicklichkeit – nicht: Schnelligkeit – bei der Datenverarbeitung.
Schon untereinander befanden sie sich ständig in Dialogen, in deren breit strömendem Fluss lokalen Wirbeln gleich die komplexesten Rechnungen kleinerer und größerer Art mitgetragen wurden. Rechnungen aller Art konnten auch von außen, seitens beliebiger Kommunikanden, eingespeist werden. Sobald die betreffen-

den Programme zu einem Output gelangt waren, ließen sie sich aus den Dauergesprächen der Rengikollektive ziehen wie Fische mit Netzen oder Reusen aus schäumend über kühle Steine dahinstürzenden Wassern.

Selbst wenn ein Rengo oder eine Renga dauerhaft isoliert leben musste, vollzog sich das Denken dieses Individuums in dialogischen, in Frage-Antwort-Strukturen.

Einzelwesen in diesem Sinne gab es freilich erst in größerer Zahl, seit die Spezies sich, ein wenig wohl gegen ihren allerdings stets schwer lesbaren Willen, in transgalaktischen Politika involviert fand.

»Rengi sind«, dozierte Fajid Toril einmal, der das laute Nachdenken über dergleichen liebte, einmal vor ausgewählten Personen aus seinem innersten Kreis, »allesamt willige Opfer eines Zustands, neben dem das, was man vor der Hidschra bei Menschen als *multiple personality disorder* oder Spaltungsirresein kannte, wie ein Muster der Ausgeglichenheit wirkt.«

Die Rengi-Einzelnen befanden sich stets entweder außerhalb (»männlich«) oder innerhalb (»weiblich«) der langen Teilungsphase; die Geschlechterzuordnung war indes ein Menschenkonstrukt und wurde von den Rengi selbst nur zurückhaltend und mit großen Einschränkungen akzeptiert.

Schwangere Rengi teilten sich nach etwa zweihundert Jahren Schwangerschaft in meist zwei, manchmal mehr neue Körper.

Die Genetik dahinter wirkte auf DNA-geprägte Kohlenstoffgeschöpfe geradezu abwegig, ihr Verständnis in etwa menschlichen Begrifflichkeiten stand nach Jahrhunderten des Umgangs der beiden Arten miteinander immer noch am Anfang.

Ob aber männlich oder weiblich, in Teilung begriffen oder nicht: Allen Rengi war gemeinsam, dass sich nach einer Weile, wenn keine anderen Rengi nahe genug siedelten, lebten und arbeiteten, in ihren Denkorganen – eigentlich raschleitenden Filmen in der zweitäußersten Muschelschale – über Partitionen bis zu zwanzig Fiktivrengi ausdifferenzierten, die dann kollektiv daran gingen, das jeweilige Leben zu denken, zu empfinden und zu steuern. Prodisten sprachen noch zur Zeit der Jugend Kathrin Ristaus davon, jene Teilidentitäten seien »Simulationen«. Allmählich begann sich freilich die Einsicht durchzusetzen, dass man diese Spezies mit allzu vielen aus der Menschenerfahrung gewonnen Vergleichen, etwa solchen aus der alten Computersphäre, erstens beleidigte und zweitens falsch verstand.

Die Storema schätzte die Rengi insgeheim höher als die Menschen – in von Storariern dominierten Zivilisationen (reine, einer einzigen Spezies gemäße Welten gab es ohnehin kaum mehr) wurde ihnen die größte Achtung entgegengebracht.

So war ihre jüngste goldene Epoche die kurze Amtszeit der storarischen Integralleiterin Semitac-Sinhumen gewesen, die abrupt mit dem Verschwinden der Gönnerin beendet worden war. Semitac-Sinhumens Meinung über diese Alliierten hatte die Integralleiterin in klaren Worten dargelegt: »Rengi sind ökologische Vorbilder für alle, die unsere Sternenozeane befahren. Sie sind langlebig, aber ihre Vermehrungsrate ist vergleichsweise niedrig. Sie verbrauchen nicht viel Energie. Ihre Arbeit mit Informationen ist anmutig und diszipliniert, sie neigen zum Kontemplativen stärker als zum Imperialen.«

Dies letztere Lob bezog sich auf die Gewohnheit der Rengi, kollektiv wie als Individuen, sich häufig für längere Zeit aus allem Politischen auszuklinken, selbst aus Prozessen, in denen über ihre eigene Wohlfahrt entschieden wurde, und stattdessen komplizierten Ritualen zu folgen, die in unbeholfener menschlicher Übersetzung den Sammelnamen »Überlegen« trugen. Das nahm nicht selten Jahrzehnte, gelegentlich Jahrhunderte in Anspruch, in denen dann etwa große Inseln schweigend durch den Leerraum reisten. Bei Menschen wie Storariern waren Gerüchte im Umlauf, wonach es in der Andromedagalaxis hunderte Inseln der Rengi gäbe, die schon seit Jahrtausenden an für Nichtrengi gänzlich unverständlichen Problemen herumdächten und lieber in Sonnen stürzten,

als sich mit irgendeiner Art von Coiflet ansprechen und vor solchen Navigationsfehlern bewahren zu lassen.
»Ihre Liebe zu euch seltsamen Leuten, und dass sie davon so viel Aufhebens machen musste«, hatte Fajid Toril einmal seiner loyalen Gehilfin Smelmle (u) Thik eine düstere private Meinung verraten, »hat das … Verschwinden der lieben Semitac-Sinhumen möglicherweise entscheidend mit … begünstigt, wenn du weißt, was ich meine.«

Smelmle suchte den Lapithen, den ihr Auftraggeber sprechen wollte, nach Art ihrer Spezies also langsam und methodisch, und bezog auf diesem Weg schließlich eine Wohnstatt in einer der von der großen Politik, damit aber sowohl von hohen Admins und Prodisten wie von subversiven Coms gewöhnlich gemiedenen feldeváyschen Städte, die keine Urbeen waren.
Es gab auf dem ganzen Planeten hunderte, manchmal, je nach historischem Stand, tausende solcher Orte in einigermaßen metropolitaner Größe.
Für gewöhnlich entstanden sie aus vergänglichen Arbeitszusammenhängen, etwa dem Abbau von Bodenschätzen oder der Einrichtung neuer Verkehrsknotenpunkte, und hielten sich selten länger als siebzig bis hundert Jahre, bevor die Leute, die sie bewohnt hatten, sich wieder aufs Land verteilten oder in die Urbeen weiterzogen.

Die Stadt, in der Smelmle sich niederließ, hieß Racksem und war ein paar hundert Kilometer nördlich der Steppe um die Sümpfe und die Brombeerländer zu finden, von der die durch Conlon manipulierten und getäuschten Karten behaupteten, es gäbe dort nichts als ungewaschene, halbzivilisierte Lacs.
Dass Kathrin Ristau sich dort aufhalten könnte, schien den SB unter Einschluss der Schirmkrieger ganz unvorstellbar.
Die zuvor spärliche Adminpräsenz war, als Smelmle eintraf, gerade in auffälligem Wachstum begriffen – Mikolats verdeckte Kriegswirtschaft zwang seine Leute, sich auch für ökonomische

Bereiche zu interessieren, die bislang vernachlässigt worden waren, und sich dort wacker zu engagieren. Einigen erfahrenen Admins aus Laischa und Barbizek sprangen aus dem lokalen Pool der Gutausgebildeten zahlreiche Leute bei, die kooptiert wurden, darunter auch Nichtmenschen.

Smelmle, die sich vor allem mit Energiefragen auskannte, machte sich in diesem Rahmen nützlich. Als eine Art natürlicher Außenseiterin hatte sie sich in ihren Arbeitsgemeinschaften bald das Vertrauen einiger im Ruch der Subversion stehender Menschen erarbeitet, darunter ehemalige, möglicherweise aber nie ganz von ihrer Sache abgefallene Aistheten und einige Prodisten, die etwas weniger xenophob waren als ihr Stand sonst.

Die Muschel erzählte in diesen beiden ersten Jahren ihres Lebens in Racksem sehr häufig eine Geschichte, die sich mehr oder weniger so anhörte: »Wir Rengi sind auf Adminseite, das ist wahr, und halten uns sogar an Mikolat, solange die Alternative eine Zivilisation ist, die von den Prodisten gelenkt wird. Aber Mikolat betreibt eine Eskalation, die nicht in unserem Sinne sein kann, und Satrapen wie Toril spitzen die Dinge sogar noch schlimmer zu. Sie planen militärisch statt gesellschaftlich, und diese militärische Planung macht aus der Administration allmählich ein soziales Ingenieurswesen, das sich prodistischer geriert als die ärgsten Prodisten. Wir Rengi werden also Bündnisse eingehen müssen, die uns davor retten können, dem Regime, das da heraufzieht, ausgeliefert zu sein. Es wird alles immer politischer, und unsere Abneigung gegen Politik zwingt uns zu einer Politik gegen diese Politik.«

Monatelange geduldige Sympathiewerbung führte Smelmle schließlich den Besuch zu, auf den sie hoffte. Die Renga lebte zu dieser Zeit in einer warmen, nassen Kaverne in einem unbenutzten Nebenflügel einer der sieben gigantischen geothermalen Turbinen, die Racksem mit einem Großteil der von dieser Stadt verbrauchten Energie versorgten.

Der Besucher hieß Raul Singh und war ein alter Prodist.

Schon zu Zeiten, als niemand die Hegemonie der Auswertung auf Feldeváye hätte bestreiten wollten, hatte Singh als Heißsporn gegolten. Amüsante Geschichten, die erst im Rückblick eine dunklere Färbung annahmen, rankten sich um seine Schwierigkeiten mit den »Verrückten«, wie er die Admins pauschal nannte, um Requisitionsantragsprozesse vor menschlichen wie automatischen Noos-Gerichten, um seine querulatorischen Aktivitäten in Pachetum, Barbizek, Laischa, sein unstetes Leben, seine Bekanntschaft mit dem von noch mehr Legenden umrankten Conlon Nancarrow.

Singh betrat Smelmles Quartier schweigend, zog ein dickes Frotteehandtuch aus einer dunklen, grobledernen Umhängetasche, legte es auf einen der nassen heißen Steine, deren Vibrationen Smelmle ernährten, setzte sich darauf und sah die Muschel lange an.

Als feststand, dass die Renga die Unterhaltung nicht eröffnen würde, sagte der Alte: »Na gut. Ich will dir mal verraten, was ich über dich denke: Ich nehme das ernst, was du redest. Ich glaube, es stimmt. Ihr versucht es mit Schaukelpolitik.«

Der Mann war kahlköpfig und auch sonst kaum behaart, sein langes, gütiges, zerknittertes Greisengesicht legte sich bei jedem Wort in neue, für die Sichtsensoren der Renga hochinteressante Falten. Raul Singh ging, nach allem, was man wusste – seine Fächer in der Noos waren einigermaßen gut geschützt, viel Privates fand man da nicht –, auf die dreihundert Jahre zu, für einen Menschen seines Standes und seiner Lebensführung ein respektables Alter. Wenige, die ihm glichen, wurden älter als vierhundert.

Smelmle fiepte schwach und brummte leise.

Dann sagte sie – das heißt, sie sandte ihm Worte per Coiflet, auch wenn sie einen guten Sprachsynthesizer besaß, dessen Funktionieren aber von den vibrierenden Steinen oft gestört wurde: »Ich höre. Und ich spreche.«

»Toll«, knurrte der Alte, räusperte sich grollend und fuhr fort: »Ich denke, es ist ziemlich offensichtlich, dass du nicht einfach ziellos durch die Welt wanderst und zufällig in Racksem hängengeblieben bist. Ich hab so ein bisschen gegraben, man hat Quellen. Lacs, Nomaden. Bist schon eine ganze Weile unterwegs, auf Feldeváye. Vor etwa dreißig Monaten dann … also, die Spur verliert sich. Neu angekommen? Ich weiß es nicht. Alleinreisend? Scheinbar. In Wirklichkeit wohl im Auftrag von … irgendwem. Eine Spionin. Also frage ich mich – ich rede nur mit mir selbst, musst nicht klickern und schnalzen –, für wen, und was ist der Auftrag? Mikolat, Toril? Kann sein. Aber die Geschichte mit der Schaukelpolitik haut selbst dann noch hin und öffnet interessante Möglichkeiten. Ein Szenario: Ihr schickt jemanden, sagen wir: dich, zu Mikolat oder Toril, als Liaison. Diese Liaison ist aber zugleich angewiesen, alles, was sie dabei über die Verrückten und ihre Feinde rauskriegt, an die entsprechenden Rengistellen weiterzugeben. An sehr geduldige, sehr vernünftige Leute, wenn ich euch richtig sehe. Tu ich das?«

»Das tust du«, antwortete Smelmle.

Raul lächelte: »Jetzt versetz ich mich also mal in die Gedankengänge der Verrückten. Bessere Kundschafter als euch gibt's ja gar nicht: Alle denken, die sind harmlos, träge, lieb, ihr habt keine nennenswerte Gewaltgeschichte. Was macht ihr den ganzen Tag? Grübeln. Rechnen. Reden.«

Kleine heiße Tropfen im Leib der menschengemachten Höhle gaben ihm überall recht, mit zischenden Echos: Blips. Blips. Zwschh.

Smelmle schwieg.

Er ließ sie, wie um etwas zu beweisen, eine Weile schweigen.

Dann winkte er ab: »Schon recht. Gut. Was will jetzt ich? Deinem Doppelagentinnenleben noch ein Angebot auf Tripelagentinnentreiben anhängen.«

»Wie lautet dein Vorschlag?« Die Stimme, die der Mensch in seinem Kopf vernahm, klang neutral und geschlechtslos, sehr ruhig, aber doch auch neugierig und befremdet – eine geschickte Modulation, musste Singh anerkennen.

Er kratzte sich nachdenklich die rechte Wange, dann sagte er ruhig: »Das Konkrete müssen wir erst noch sehen. Ausknobeln. Verhandeln. Aber man soll nicht zu niedrig zielen, also: Ich will dich für die Revolution gewinnen, die hier gerade passiert. Du könntest auf einem veränderten Planeten Botschafterin der Rengi sein. Du könntest die erste deiner Spezies sein, die das Vertrauen der Leute genießt, die hier …«

»Über kurz oder lang eine neue Regierung bilden werden.«

»Ich weiß nicht«, sagte der Alte mit rätselhaftem Lächeln, »ob's das dann überhaupt noch braucht, eine Regierung. Wir werden hier leben, weniger gehetzt, weniger verstrickt in den großen Unsinn, ohne Verrückte, mit den Künsten.«

»Das hört sich sehr nach Kathrin Ristau an.«

»Ja«, gab der Mensch zu, »so denkt man in ihrem … Umfeld. Aber bei denen ist das abstrakt: Philosophie, Politik. Ich rede von Arbeit und Alltag. Ich rede davon, wie's sich von innen anfühlen wird. Wie mein alter Baseballtrainer immer gesagt hat: Der Schmerz ist in der Hand, nicht im Handschuh.«

»Du kannst mich also mit ihr zusammenbringen. Ristau. Oder mit ihren Leuten«, sagte Smelmle.

»Könnte ich. Aber zunächst … Ich hab dir was erzählt, jetzt bist du dran. Sag' mir nicht, für wen du alles arbeitest, sowas ist in Zeiten wie diesen fast egal, es kann sich leicht ändern. Sag' mir, was du tust und tun sollst.«

»Ich soll Kathrin Ristau fangen – das ist der kleinere Teil – und einen Lapithen finden, das ist der größere.«

Raul sah aufrichtig verblüfft aus, und Smelmle wusste zunächst nicht, was dieses Erstaunen ausgelöst hatte: die beiden Aufträge als solche, oder dass die Renga sie auf Nachfrage tatsächlich einfach ausplauderte. Wie ihre Spezies die Geheimdienstarbeit auffasste, das war ihm neu.

Das Gespräch blieb an dieser Neuheit zunächst hängen; der sonst durchaus redegewandte Mann kramte in seiner Tasche. Smelmle fand schließlich einen neuen Ansatz: »Du sprichst von einer Revolution, für die du mich gewinnen willst. Was darf ich mir darunter vorstellen?«

Immerhin: Raul Singh lachte, lang und kräftig.

Dann schüttelte er den Kopf und sagte: »Ein Riesendurcheinander. Alle sind unzufrieden, und zusammenhalten werden die Verrückten ihren Laden auf keinen Fall mehr lang. Da entsteht dann ein Gebrodel, und in dem sehe ich, als Wahrsager, der ich nun mal bin, wie's kommen muss. Die Alten Handwerker, Leute wie ich, erkennen die Chance, das Verwaltungsgewürge zu sprengen, das hier seit Mikolat jede Verbesserung verhindert – wann hatte das letzte Mal jemand eine neue Idee, was man mit den Lamontiken anstellen, wie man die Biologie umbauen, wie man die Künste als Hinweis auf ein anderes Leben nutzen kann? Jemand außer den Coms, meine ich? Und die ganz schlauen von denen … Leute wie Ristau oder … na, wie heißt das Mädchen? In Laischa? Miwon Kwon.«

Smelmle (u) Thik kannte den Namen natürlich: »Vor einem Jahr war sie noch bei der Auswertung. Inzwischen hat man sie gehen lassen – das war nach Kwons Intervention in der Noos, wo sie sagt: Man muss Ristau in dem Punkt recht geben, dass die Kunstwerke nicht in die Urbeen gebracht werden müssen, aber die contramurale Politik folgt daraus nicht zwingend. Es geht ihr um einen Ausgleich, nicht?«

Singh zog die Stirn in Falten, lehnte sich vor und sagte. »Ich glaube, Kwon ist in Wirklichkeit radikaler als Ristau. Und deshalb vielleicht dann auch im Unrecht. Man muss das alles genau anschauen – aber mir geht's um was Einfacheres.«

Raul wedelte mit der rechten Hand, als wäre die ein Fächer, ein wenig vor seinem Gesicht, dann zog er sich den Kragen zurecht und lüftete sein Leibchen, es war doch recht dampfig hier drin. »Was ist das? Wir haben uns auf Feldeváye festgesaugt, und machen nichts mehr damit. Wir sind … Pächter. Und jetzt? Blockade. Verarmung. Niederschwellige, köchelnde Bürgerkriege. Also entweder völlige Dekadenz, oder Revolution.«

»Wieder dieses Wort. Was wäre sein Inhalt?«
Blips. Blips. Blips Blips Blips.

Der Mann holte sich mit aufreizender Langsamkeit ein Stück rotes Kauzeug aus der Hemdbrusttasche, steckte es in den Mund und begann zu mampfen. Er redete nicht mehr, sondern schickte das Folgende per Coiflet: »Ich habe mich darüber oft mit Conlon unterhalten, als der noch erreichbar war. Wir sind alte Säcke, wir ändern uns nicht mehr, wir puzzeln einfach gern. Uns ist immer klar gewesen: Das ist alles leere Geschäftigkeit, diese Sache mit den Künsten. Da kommt ein dickes Ende. Prodisten, Admins, Auswertung: Wir haben hier auf Feldeváye unsern Erfolg daran gemessen, wie oft wir zwischen den Omphaloi hin und her flitzen, die tollsten durften sogar mal nach Arrhenius und dort, oder in irgendeiner Einöde hier, einen Lapithen streicheln. Die sind jetzt fast verschwunden, und ihre Verkürzerports haben sie mitgenommen, und niemand sieht das Vorzeichen. Nomadische Lacs? Wir waren alle Nomaden. Niemand kam zur Ruhe, hier, und gleichzeitig hat man nichts erreicht. Ein Ameisenhaufen, aber ohne Ameisenfunktionalitäten. Wir waren alle schlechte Karikaturen von diesem ... schnellen Menschen, den Ristau hat.«
»Rukeyser.«
»Das war er früher. Jetzt? Wer weiß. Und für den mag es angehen, dieses ... Rumwischen überall. Aber was die ... wie hast du es genannt? Die Regierung auf Feldeváye so entstellt hat, war eine ständige, seltsame soziale und ... psychische Instabilität durch dieses ortlose, dauernd beschäftigte Sammeln und Auswerten ... wir sind nie wirklich hier gewesen, auf Feldeváye.«
»Spatiotemporale Entdifferenzierung. Das Leben hier ist auf schlechte Art allgemein.«
Der Blick des Alten leuchtete hell auf: »Das ist es. Schlecht allgemein. Wir waren niemand, wir sind niemand Bestimmtes.«
»Und dagegen setzt diese Revolution, von der du redest, jetzt die Inbesitznahme, die Lokalisierung, die Verankerung, den Aufbau einer Gesellschaft, die wirklich hier ist. Und die Parteinahme von

Leuten wie Kwon oder Ristau für Künste in situ ist dazu der kulturelle Mythos. Die Partei-Aisthetik, sozusagen.«
»Halt, halt, halt«, der Alte hob abwehrend die Hände und redete nun wieder mit lauter Stimme: »Was dabei rauskommt, das weiß noch keiner. Darum geht's mir gar nicht. Ich meine mit Revolution einfach: Das, was wir haben, ist keine Ordnung mehr, und das, was kommt, das wird eine – gut oder schlecht –, und ich mache mit, damit's eben keine schlechte wird. Ich meine, klar, ich kenne die Leute, die Ristau genau so verstehen, wie du das jetzt erklärt hast – ›kritische Regionalisten‹, nicht?«
Smelmle schaltete, wohl aus Höflichkeit, ihren Sprachsynthesizer ein: »In Barbizek vor allem.«
Raul stimmte zu: »Ja, aber selbst unter denen, die auf Ristau setzen, ist das längst nicht die einzige Linie. Es gibt andere, die sagen, das waren alles nur Wachstumsschmerzen, diese Sache mit den Omphaloi, der Auswertung … wir lernen eben alle erst, so zu sein wie … der schnelle Mensch. Deren Ziel ist es dann, dass … alle wirklich werden wie Severin Rukeyser. Das sagen ja auch die Schlangen, Waveele und ihre Clique.«
Wieder wusste die Muschel Bescheid: »Eine translokale Zivilisation. Bedeutung, Erinnerung, Geschichte sollen ganz anders aussehen als in der klassischen Menschenwelt. Sie sagen, ihr habt eure wahre Hidschra noch vor euch.«
Der Alte spuckte sein Kauzeug in eine Pfütze, Manieren waren seine Stärke nicht. Dann sagte er: »Vielleicht stimmt's ja. Dass wir hier erstmal im Künstlerkindergarten erwachsen werden müssen, reif für die Sterne. Mit den ganzen Ungleichzeitigkeiten leben lernen, gestern, heute, morgen … schau dir nur mal an, wie mies wir die Lacs behandeln, weil sie später angekommen sind. Und die Schlangen machen's uns vor: Die bauen eine Zivilisation über Speziesgrenzen weg, arbeiten mit Vögeln und Spinnen und … im Dschungel, höre ich, sogar mit Pflanzen.«
»Das ist dann die Transzendentalvariante dessen«, sagte die Muschel, nun wieder im Kopf des Menschen, »was Miwon Kwon vertritt.«

Raul schmatzte, das sollte Zweifel ausdrücken.
Er überlegte kurz, dann hatte er's: »Nee, vertritt – sie fasst es eben zusammen, und da sind ohnehin einige junge Leute unterwegs, die gezielte Aktionen in den Urbeen machen, und Kwon ist sozusagen deren inoffizielle Stimme. Sie verweisen innerhalb der Urbeen aufs Außen: scheinbare Verkürzerports, die dann aber nicht funktionieren, oder nur so weit, wie die dahintersteckenden Klangprojektoren von Conlon die jeweiligen Räume …«
»Synes-Sabotagen«, fiel Smelmle ein weiteres Tätigkeitsfeld der Kwonleute ein. Raul machte ein zustimmendes Geräusch und fuhr fort: »Außerdem Manipulationen an internen Uhren von zentralen Rechnern der Admins und … alles eben, was die Admins an den sensiblen Punkten angreift. Und wenn du dir diese Punkte anschaust und davon ein Muster abstrahierst, dann hast du sozusagen schon mal eine der inhaltlichen Bestimmungen der Revolution, nach denen du mich gerade gefragt hast.«
Smelmles Synthesizer rauschte, knackste.
Dann sagte sie: »Ich verstehe das so: Sie wollen die Aufmerksamkeit darauf lenken, dass der Unterschied zwischen den Omphaloi und den Orten draußen, wo Kathrin Ristau jetzt den Schutz der Kunstwerke organisiert, die … versteckt bleiben sollen …«
»Von Conlons Schirmen den Blicken der Auswertung entzogen, ja. Aber sie stellen viel in die Noos.«
Die Muschel ignorierte ihn: »… dass dieser Unterschied eine politische Einrichtung ist, ein Symbol auch: für Ausschluss insgesamt. Dass das Problem die Nichtzulassung der Lacs zum wirklichen sozialen Leben ist, und die hierarchische Arbeitsteilung sowohl bei den Admins wie den Prodisten wie zwischen den beiden, darum geht's.«
»Ich bin mir nich sicher«, die Kopfbewegung des Alten deutete etwas vom Abwägen, vom bedachtsamen Unterscheiden an, »ob sie diese Arbeitsteilungen wirklich abschaffen wollen, die Kwonleute, oder nicht doch eher auf einer höheren, interessanteren Stufe reproduzieren. Sie wollen die Orte der Kunstwerke als Gelegenheiten neuer sozialer Beziehungen …«

»Als intertextuell koordinierte, multipel verortbare, diskursive Operationsfelder.«
»Wenn man es so ausdrückt, macht es Kopfweh.«
Der Alte schluckte den Rest seines Kaubatzens einfach herunter, wischte sich den Mund und sagte laut und entschieden: »Gut, das also sind die Sachen, die passieren. Und dagegen spielen Mikolat und Toril und die andern Verrückten, aber auch Barrington Wringer, Yusuf Talaad und meine sonstigen Chefs, immer nur die alten Spiele. Auf diese Leute willst du nicht setzen – so wenig ich Lust habe, den Propheten zu machen, aber dass die den Wandel, der kommen muss, nicht überleben werden, das kann ich dir versichern.«
Blips. Wfffff. Blips blips.
Der Alte, nicht in Eile, hörte der Muschel beim Schweigen zu.
Es dauerte zwanzig Minuten, bis sie sich äußerte.
Als sie wusste, was sie denken und sagen wollte, hörte Raul in seinem Kopf ein leises Klicken, wie wenn etwas einrastet, das dazu keine Gewalt braucht.
Nun sprach eine neue, eine andere Stimme, und Raul wusste, dass das nun nicht mehr die Agentin irgendwelcher Admins, die Spionin und kooptierte Schirmkriegerin war, sondern etwas, das mehr dem glich, was Rengi wirklich waren.

»Hör genau zu. Sprich nur auf diesem … sagen wir, Kanal. Im Kopf. Ich habe dich jetzt abgesichert, man hört dich nicht mehr. Und ich habe die Zeit genutzt, ein falsches Gespräch zu erfinden, das die, die uns belauschen, stattdessen hören werden..«
»Du meinst, so gut ist …«, setzte er zu einer Frage an, im Kopf, wie angewiesen, aber die Muschel unterbrach ihn: »Ja, so gut ist Torils Technik. Er überwacht das alles selbst, in tausend Partialen. Auf offener Fläche, zwischen den Siedlungen, zwischen den nichturbeischen Städten, ist man teilweise noch unsichtbar. Die Contramuralen haben eigene Satelliten, die sich sehr erratisch bewegen und zum Teil die ionisierten Bugwellen von Arrhenius bei seinen Durchgängen als Tarnungsbögen nutzen. Was die dann an Stör-

mustern auf den Planeten zurückwerfen, deckt große Gebiete ab, wo vielleicht umherschweifende Coms leben oder nicht. Die Muster sind so groß, so umfangreich, dass es Jahre dauern würde, die Territorien, die sie abdecken, mit Bodentruppen durchsuchen oder gar besetzen zu lassen. Aber die Städte, die Urbeen und sowas wie das hier, die hat er im Griff, da stehen versiegelte neue Noosserver, da wirken ...du weißt, dass Toril auch subzellulare Biospionage einsetzt?«

»Lasse Ristaus Schlangen sind besser.«

»Das stimmt. Aber in der Nahrungskette, in der Luft, im Wasser, überall schwirren und schwimmen Torils Viecher, tasten und suchen nach den modifizierten Kunstiden.«

»Die wiederum Lasse Ristau mit immer besseren Abwehrteams aus Sekundärviren umgibt und bis in die Städte – alle Städte, nicht nur die Urbeen – ausgestreut hat. Der hat es weit gebracht, vom einfachen Schnapspanscher, der er mal gewesen ist. Mein Körper ist voll davon, ich bin bis zu den Haarwurzeln in verbesserte Kunstide getaucht, die Saat von Severin Rukeysers Blut.«

»Auch das weiß ich. Mir sagen die Spionagetierchen von Toril alles. Das, was wir jetzt besprechen müssen, sollen sie aber nicht hören. Vergessen wir für einen Moment die große Revolution. Vergessen wir vor allem, dass sie dir gefällt, weil sie so groß aussieht und apokalyptisch. Sie ist nicht größer als die Pläne von Toril. Die sind sehr, sehr groß.«

»Und fürchterlich, wie?«

»Das sind sie. Aber eure sind wirr. Immerhin, es steckt etwas drin. Ihr wollt euch verbessern, euch selbst, nicht nur herrschen oder beherrscht werden. Bei Toril denke ich manchmal: Er ist gar kein Tyrann. Er wäre auch bereit, sich den Menneskern anzudienen, wenn das ginge. Geht es nicht, will er sie ... es fällt mir schwer, seine alberne Logik zu artikulieren, aber ich denke, er will so etwas wie sie absetzen, wenn er sie nicht zu seinen Herren machen kann.«

»Und du ... du willst uns Affen eine Chance geben?«

»Das liegt nicht bei mir. Das liegt bei denen, zu denen ich gehöre.

Und für die kann ich auf der Basis des schmalen Datenmaterials, das du mir bisher zugänglich gemacht hast, nichts Endgültiges entscheiden, das etwa eine Allianz beträfe. Wir gehen langsamer vor. Geschickter auch.«

Drips. Drips. Bips. Swschh. Raul schwitzte jetzt.

»Nicht nur Toril«, erklärte Smelmle (u) Thik »will mit Lapithen reden. Du weißt, wo die größte Rengipräsenz in der ganzen von Mikolats Flotte blockierten Region ist.«

»Arrhenius. In der Linse. Wo Jaivedh gearbeitet hat, wo Nicola Greiff immer noch sitzt, wenn auch beschädigt.«

»Dort macht man sich Sorgen, wie sich die Rengi überall sonst sorgen: Die Lapithen halten sich auffällig abseits. Das grüne Leuchten, die grünen Türen: Es gibt nur eben gerade noch so viele, dass Arrhenius und Feldeváye nicht von den großen Zivilisationen abgeschnitten sind. Aber anteilig hat man hier mehr Verkürzerports geschlossen als irgendwo sonst in den besiedelten Galaxien. Es scheint, als wollten die Lapithen uns isolieren. Wieso? Sie reden mit niemandem, hier. Es gibt nur noch …«

»Sichtungen. Wie bei Naturphänomenen.«

»Und auf Arrhenius nicht einmal die.«

»Vielleicht wollen sie einfach nicht verbrennen. Toril hat ja bei euch, und bei uns Menschen, Fachkräfte rekrutiert, die ihm helfen sollen, den Mond zu zünden wie eine Bombe.«

»Mag sein. Aber wir Rengi sind gut mit Daten. Gut beim Lauschen. Ich weiß ein paar Dinge, die Toril nicht weiß. Ich weiß: Da, wo Ristau ihre Künste findet, die sie dann in Ruhe lässt, da sind Lapithen gesehen worden. Meine Lacnomaden wissen es von Lacs an einem Staudamm. Du weißt, wovon ich rede.«

»Ja. Und ich weiß jetzt auch, was du von mir willst. Ich soll dich an einen Ort bringen, wo die Wahrscheinlichkeit hoch ist, dass du einen Lapithen … ja, wie ist das mit euren Sinnen? Seht ihr?«

»Wir kriegen mit, was … zu sehen wäre.«

»Und wenn du einen siehst, sprichst du ihn dann als Renga an, oder für Toril?«

»Das ist kein Entweder-Oder.«

Raul Singh nickte, seufzte. »Immerhin bist du ehrlich. Ja, ich weiß, wo sowas ist. Die Coms um Kathrin waren da, und sind weitergezogen, aber einige konnten sich erst spät von ihren … Behausungen trennen, und die … die haben einen gesehen, und sogar mit ihm geredet. Ich nehme an, du hattest schon viele Gespräche wie das hier, mit Oppositionellen. Es war nur eine Frage der Zeit, nicht?«

»Wahrscheinlichkeiten.«

»Dann sieh es so: Wir … wir Umstürzler, wir sagen: Hier sitzt Raul Singh, der bin ich, und im Namen der unübersichtlichsten Revolution aller Zeiten strecke ich dir die Hand entgegen, die du nicht schütteln kannst.«

Das war die Einigung.

Raul stand auf, als ihm bedeutet wurde, dass auch das gefälschte Gespräch vorüber war.

Man wartete zwei Wochen.

Bis dahin hatte Smelmle einen Vorwand gefunden, den sie Toril übermitteln konnte: Sie wollte mit einer Prospektionstruppe um Raul Singh, die in relativ geringer Entfernung von der Steppe um die Brombeergegenden nach angeblichen Erzlagern in uralten Meteoriteneinschlagskratern fahnden wollte, ein paar hundert Kilometer in von Torils Satelliten schlecht erfasstes Gebiet eindringen, und teilte Toril mit, sie folge damit contramuralen Spuren und beabsichtige, sich nach Ablauf von drei weiteren Wochen wieder bei ihm zu melden, wenn die Prospektoren nach Racksem zurückkehren würden.

Die Tarnungsidee war hochplausibel: Die Rohstoffsuche gehörte zu den florierenden Branchen auf der Nordhalbkugel von Feldeváye, seit die Adminautoritäten, also vor allem Jain Cosmatos und Teresa Sanchez, beschlossen hatten, sich auf eine längere, vielleicht Jahrzehnte, womöglich Jahrhunderte dauernde Blockade einzurichten.

»Wir müssen«, so Sanchez auf allen verfügbaren Plattformen, »etwas wie Autarkie anstreben – das heißt nicht unbedingt planetari-

sche, aber doch systemweite Unabhängigkeit von äußerer Hilfe. Feldeváye, die bewohnbaren Monde, ein paar Nachbarn: Es ist, so meine ich, sogar an der Zeit, zu prüfen, ob man Arrhenius zur Energieversorgung des Planeten nutzen kann.«
So suchten denn die loyalen Prodisten, weil sie derlei verwegene Ideen mit schleichender Panik erfüllten, auf Feldeváye selbst nach Ressourcen, ja gruben und förderten bereits, in Gegenden, die man früher in Ruhe gelassen hatte.

Die Singh-Gruppe fuhr in einem langen Raupenroboter vier Tage lang nach Osten.
Dann setzten sich der Alte und die Muschel in einem kleinen Gleiter ab, der sie rasch weiter östlich ins Unbeobachtbare brachte.

Vor wenigen Monaten hatten hier noch Ristauleute gelebt.
Die Salzseegegend war von schroffer Schönheit: flaches, warmes, dank Lasse Ristaus avancierter Agrochemie stellenweise sogar fruchtbares Land, das dennoch ein bisschen kalt, abweisend, kristallin aussah.
Die Renga ließ sich von Raul zu dem Kunstwerk tragen, an das die Contramuralen ihre Siedlung geschmiegt hatten – in respektvollem Abstand von etwa zwanzig Kilometern allerdings.
Smelmle ruhte dabei auf einer Art Lebenserhaltungssäule, die sich der hilfreiche Mensch auf den Rücken geschnallt hatte.
Dass sie nicht einfach auf den rengitypischen Feldkissen neben ihm her schwebte, war ein Zeichen des Vertrauens.

»Im Sommer ist das Wasser hier blau«, sagte Raul, der den Platz gut kannte. Er war auf einen großen, runden Felsen geklettert, von dem aus man das Gebilde, das sie besuchen wollten, inmitten des flachen Wassers deutlich sehen konnte, das jetzt nicht blau war, sondern die Farbe von Tomatensuppe hatte.
»Dieses Rot«, summte der Sprachsynthesizer der Renga, »das liegt an Mikrobakterien, richtig? Ristauschen Züchtungen. Kunstidenträgern.«

»Ja. Einige davon konservieren das … Ding. Diese Erdstraße.«
Er betrachtete das gewundene Pier aus Matsch, Schlamm und Gestein, und spürte auf eine Weise, die sich nicht in Worte fassen ließ, dass die Renga es ebenfalls studierte.
Der linde Wind bewegte seine dünnen, langen Haare, die körperliche Anstrengung hatte ihm gutgetan, die Wölkchen am Horizont, ein bisschen zerrupft, waren hübsch: Raul Singh spürte tiefe Zufriedenheit.
Die Renga sagte: »Es ist ein neuer Schritt für die Lapithen. Bis jetzt waren die Werke alle aus Material, das ein paar tausend Jahre regelmäßiger Ersetzung, nanotischer Restauration, lamontischer Wartung hinter sich hatte – molekulare Replikate kontinuierlich aufgefrischter Originale, Iterationen. Dies hier aber verarbeitet Materie von Feldeváye: Schlamm, Salzkristalle, Felsen, Wasser. Die Lapithen verhalten sich damit fast wie eure Aistheten. Neue Kunst. Man kann den Umstand, dass dieser Schlammweg eine Spirale ist, ja sogar als Anspielung auf die Tachyonentechnik der Maya Deren lesen: So sahen die kleinen Vakuumsauger aus, auf ihrem Anzug, in Kupferplatten eingelegt.«

Raul zögerte mit der Antwort; dann sagte er gedehnt: »Naaa … könnte überinterpretiert sein.
Ist ja keine wirklich neue Kreation wie so vieles, was die Aistheten gemacht haben. Das Ding gab's auf der Wiege in genau dieser Gestalt, in einem Salzsee auch, es hieß ›Spiral Jetty‹, der Urheber war ein Robert Smithson – gehörte zu einer ganzen Richtung, Gattung, wie immer man es nennen will – Site Specific Art, Earthworks, Land Art, Erdkunst, Landschaftsskulptur.«
Die Renga pfiff Zustimmung.
Über den Kopf des Mannes hinweg nahm sie ein paar Messungen vor, stellte Beobachtungen an, filmte, bildete in sich ab, verschickte auch Datenpakete. Es dauerte vierzig Minuten, während Raul in aller Ruhe ein Käsebrot aß und eine klebrige, leicht alkoholisierte Limonade trank, die in Barbizek hergestellt wurde und auf Feldeváye seit der Blockade das beliebteste Getränk geworden war.

Schließlich kündigte er der Renga den Aufbruch an: »Ich bring dich jetzt zur Siedlung.«
»Danke, Raul. Und … würde es dir etwas ausmachen, mich dort dann einfach abzusetzen und, ich weiß nicht, ein paar Tage allein zu lassen?«
»Ich hatte mich schon gefragt, wann das Gegrübel losgehen würde. Diese … Meditationen, die ihr da habt. Ich muss nicht dabei sein, und vielleicht zeigen sich die Lapithen ja wirklich eher euch als uns. Darum geht's doch, oder?«
»Auch«, gab Smelmle zu, »und außerdem eben wirklich ums … Meditieren.«

Die aufgegebene Siedlung war in einem alten, von den Schlangen und ihren Robotern erweiterten und vertieften Einschlagskrater untergebracht.
Es gab zwei bis vor kurzem bewohnte Abhänge: die Seite der jungen Leute, die nichts anderes kannten als das contramurale Leben – Dschungel, Wüsten, Tundra, Küsten, jetzt die Steppe –, und außer in der Solitona nie eine Stadt, nie ein Urbeum gesehen hatten. Das waren Menschen, die ihre Geschlechter fungibel gemacht und ihre Geschichte selbst geschrieben hatten. Die andere Seite hatte den Älteren gehört, denen, die es zuerst gewagt hatten, gegen das Gewohnte aufzubegehren, die Produln, Adminbüros, Omphaloi und Urbeen zu verlassen, die Kunst ins Leben zu holen und das Leben den Künsten zu widmen.

Auf der Seite der Jungen, wo Raul aus dem Krater geklettert war, nachdem er Smemle auf der Seite der Alten abgesetzt hatte, war alles Fels und Gebirge, aus dessen mächtigen Bänken und Massen natürliche und künstliche Höhlen neben- und übereinander gebildet waren, mit mannigfaltigen Pfaden und Steigen, die sie miteinander verbanden. Einige dieser Höhlen waren mit Felsstücken zugesetzt, andere mit Toren und Gattern verschlossen, alles roh und derb – die Jüngeren mochten solche Späße, war doch Technik sonst überall: in der Luft um sie, in ihren Leibern.

Hier und da sah man etwas regelmäßig Gemauertes, meist von Robotern geschaffen, vor allem Unterstützung und künstliche Verbindung der Massen bezweckend, auch bequemere Wohnungen andeutend, aber ohne alle Symmetrie. Rankengewächse hingen herab; einzelne Büsche zeigten sich auf den Absätzen, höher hinauf verdichtete sich das Gesträuch, bis das Ganze in einem waldigen Gipfel endete.

Gegenüber lag Smelmle auf ihrem Sockel, vor einem ernsten Holzgebäude nach ältester Art und Konstruktion, mit Säulen aus Baumstämmen und kaum gekannten Gebälken und Gesimsen – Conlons verlassener letzter Werkstatt.

In der Vorhalle erkannte die Renga, wenn sie hinter sich spürte, eine Ruhestätte mit Fellen und Teppichen. Neben dem Gebäude, gegen den Hintergrund, in Richtung schon des Salzsees mit dem Kunstwerk, waren kleinere ähnliche Wohnungen mit vielfachen Anstalten von trockenen Mauern, Planken und Hecken, die sich der Befriedung verschiedener Besitztümer von Menschen und Schlangen, auch ein, zwei Nestern von inzwischen in die Gemeinschaft integrierten Vögeln und Höhlen für Padurn verdankten, dahinter die Gipfel von Fruchtbäumen, Zeichen wohlbestellter Gärten.

Im Hintergrund diverse Flächen, Hügel, Büsche und Haine, dann eine Art Bach, der aus dem Fels sprang und mit kleinen Fällen und Krümmungen offenbar zum Salzsee floss, so süß das Wasser selbst wohl war – ein Trick, ein Bewässerungsexperiment Conlons wohl.

Es gab in diesem milden Winter des Verlassenen keine Nacht.

Arrheniuslicht verlieh dem Krater einen verwunschen reinlichen, leuchtglatten Schimmer, als der Lapith aus Conlons Höhle trat und leise schnurrend sagte: »Feldeváye selbst, das haben meine Rengi lange schon vermutet, ist sicher Moment von Künsten. Die Mennesker haben es sich so ausgedacht. Ausführende Hände nennen andere Lapithen, meinen mich. Menschen, Rengi, Storema, Roboter …«

»Zugleich Publikum und wesentlicher Bestandteil des Werks«, riet die Renga, weil die Pause, die der Fremde machte, zu lang war, um noch darauf hoffen zu lassen, er werde den Satz selbst zu Ende führen.
Der Lapith widersprach nicht.
Smelmle gab ihr Bestes, ihre Verunsicherung zu verbergen: Es war kein Blitz ins Kontinuum gefallen wie sonst, wenn jemand durch einen Verkürzerport trat, aber die feinen Taster der Muschel hatten bis vor zwei Minuten kein Zeichen des Eintreffens oder der Anwesenheit des Lapithen bemerkt, keine Temperaturveränderung, kein Geräusch, nichts Elektromagnetisches, keine Gravitationserscheinungen, die das Eintreffen einer neuen oder die Bewegung einer vorhandenen Masse am Ort verraten hätten.
»Publikum und Bestandteil des Werkes – Meine Smelmle ist zwischen Ungenauigkeiten eingeklemmt, das sind leider ihre Wörter«, tadelte der Lapith sanft, und seine Barthaare bebten dabei.

»Ich habe sie von den Menschen«, erwiderte Smelmle ruhig, »und dazu ein gewisses Recht. Ihr Lapithen seht ihnen doch sehr ähnlich. Und wir Rengi, wie auch die Storarier, haben natürlich unsere eigenen Vermutungen darüber, woran diese Ähnlichkeit liegt. Oder genauer: liegen wird.« Es war ein gefährlicher Weg, den Smelmle da betreten hatte. Lapithen und Menschen – die Spitzen der feinsten Härchen im Pelz des metallgrünen Wesens glommen sternhell, als wären sie Antennen, die etwas empfingen, was vielleicht von Arrhenius, der in derselben Weise leuchtete, ausgesandt wurde; als sollte dieses Glühen jede Ähnlichkeit zwischen dem groben Fleisch der Menschen und den feinen, zu gleichen Teilen aus Zotteln und masseloser Helligkeit gewebten, schlanken Leibern der Lapithen widerlegen.
»Menschenworte, gut. Ich könnte auch ein anderes benutzen: Spiel.«
»Eins mit Gewinnern und Verlierern?«
»Vielleicht. Wir haben das Spiel aufgestellt, wird man sagen. Und wir haben erste Züge gemacht, und einige Menschen, scheint es,

spielen mit. Kommunikation, darum handelt es sich. Kathrin Ristau, Conlon Nancarrow, Louise Bourgeois, Maya Deren, Miwon Kwon.«

»Aber nicht Fajid Toril.«

Der Lapith tat etwas, das Smemle erschreckte. Er zeigte Zähne: ein spitzes, scharfes, reißbereites Grinsen. Dann leckte er sich über seine schwarzen dünnen Lippen und sagte sehr leise: »Er will die Figuren, er will das Brett, aber er möchte ein anderes Spiel darauf spielen. Nicht Kommunikation. Er möchte schon, dass das, was er tut, von anderen ausgelegt wird. Aber er will nicht auslegen, was andere tun – er will den Informationsfluss in eine Richtung, wie einen Befehl, er will etwas zeigen, aber nichts sehen, er will etwas lehren, aber nichts lernen, er spricht von sich, wenn er davon spricht, in welchen Beziehungen er steht. Er will, im Grunde, von Kathrin Ristau geliebt werden, was natürlich recht traurig ist, auf diese Art. Und wenn er von sich selbst denkt, denkt er: Ich bin Messame, weil das der Name ist, den sie ihm gab. Aber so oft er im Geiste seine Taten mit diesem Namen unterschreibt, desto weniger spricht er Kathrin Ristau damit wirklich an, desto weniger erwidert er auf das, was sie sagt, desto weniger gibt er ihr, was sie brauchen könnte, von ihm. Also keine Kommunikation.«

»Ihr wisst also, was sie sagt? Wir rätseln nämlich noch. Ist es wirklich so einfach wie das, was wir Renga da hören: Raus aus den Urbeen?«

»Sie sagt viel mehr. Mehr sogar, als sie weiß.«

»Wenn sie's nicht weiß, was sie sagt, wer weiß es dann?«, Smemle gab sich tapfer Mühe, mitzuhalten, und eine Frage zu finden, auf die das wunderliche Wesen nicht sofort eine ganz und gar rätselhafte Antwort hatte.

Aber auch diesmal war der Lapith nicht aus der Ruhe zu bringen: »Carla, die Severin ist, die Klemens ist, weiß, was Kathrin will, was sie sich wünscht, wohin sie geht. Aber das wiederum sieht Kathrin nicht. Die Unordnung ist größer, als die Mennesker ahnen konnten. Menschen reden viel zu laut aneinander vorbei, und wer unter ihnen sich die größte Mühe gibt, einem andern verständlich

zu sein, endet oft als einer, der jenem nachlaufen muss bis an den Rand des Grabes. Alle rennen vor dem Glück davon, das der einfache Austausch von Wahrheiten wäre.«
»Und die Mennesker wollen das ändern?«
»Nicht direkt. Es wäre nur ein erwünschter Nebeneffekt.«
»Was wollen sie wirklich?«
Jetzt endlich schwieg der Lapith.

Das also war sie, die eine Frage, auf die er nicht mit neuen Unverständlichkeiten antworten wollte oder konnte – vielleicht, dachte Smemle, weil man mit Sprache eben nicht sagen konnte, was Wesen wollen, die selbst nicht kommunizieren, aber dennoch Kunst und Spiele haben.

Es war der grüne Ozelotmensch, der den Faden der Unterhaltung wieder aufnahm, mit einer Aufforderung, die Smelmle nicht erwartet hatte: »Meine Smelmle soll ihn herbringen. Fajid Toril soll hierherkommen. Ich will ihm dann sagen, wie er Kathrin Ristau fangen und die Contramuralen schlagen kann.«
»Ist sein Sieg im Sinne der Mennesker?«
»Er wird in jedem Fall verlieren – was er will, kriegt er nicht, die Frage ist nur, wie er verliert. Das kannst du steuern helfen. Solange jedoch dieses Patt zwischen den Coms und den Schirmkriegern herrscht, gibt es keine Aussicht darauf, dass geschieht, was, wie meine Smlemle es ausdrückt, die Mennesker wollen.«
»Kannst du mir nicht doch zu verraten versuchen, was das ist?«
»Es würde meine Smlemle schlimmer verwirren als die dunkelste Unwissenheit. Andeutungen wollen sie, die Rengi, damit sie daraus Wissen spinnen können, aber ich richte großen Schaden an, wenn ich von der Tür rede und von der anderen Seite, von der Verbindung und von der Rekursion.«
Die Muschel war nicht schwer von Begriff, sie folgerte richtig: »Du redest von dem, wovon du nicht reden sollst, und zugleich davon, dass du nicht davon reden darfst. Lass mich also raten, denn das willst du: Wenn Toril die Coms besiegt, öffnet er damit eine Tür,

und wenn sie geöffnet ist, hat er auch schon verloren, denn dann verliert sein Spiel den Sinn. Der Preis ist hoch, und es scheint Uneinigkeit darüber zu geben, ob man ihn bezahlen soll – zwischen Lapithen und Menneskern, oder Lapithen und Lapithen, oder Menneskern und Menneskern.«

Der Lapith schwieg, die Muschel setzte hinzu: »Vielleicht sind alle drei Möglichkeiten wahr. Der Preis für die Öffnung jener Tür scheint jedenfalls die Gefangennahme oder Tötung von Kathrin Ristau zu sein. Wir Renga, falls es das ist, was du wissen willst, und falls es mir erlaubt ist, für uns alle zu sprechen, sähen sie ungern vernichtet. Sie ähnelt uns ein wenig.«

»Zu sehr vielleicht«, schnurrte der Lapith. »Fajid Toril, er wird den Preis selbst zu hoch finden, wenn er entrichtet ist. Aber es liegt auch bei ihr, ob es dazu kommt. Wenn sie handelt, wenn sie anführt, wenn sie sich entscheidet, mag sich das vermeiden lassen. Wir aber werden Toril vor eine Wahl stellen: Er wird die Mittel haben, die Contramuralen niederzuwerfen, aber er wird auch Gelegenheit erhalten, die Waffen abzulegen, sich Kathrin Ristau zu ergeben. Dann wird sie es sein, die den Menneskern gefällt, weil sie die Tür öffnet.«

»Glaubst du, er würde das tun?«, fragte Smelmle.

»Wichtiger ist: Glaubt es meine Smelmle?«, erwiderte der Lapith.

Die Renga schwieg.

Der Lapith schnaubte leise, schnupperte dann und ließ die Nase zweimal zucken, als habe er niesen wollen, es aber nicht vermocht. Dann sagte er: »Smelmle (u) Thik soll ihn rufen. Ich werde hier sein.«

Ich, nicht wir.

Eine schlichte und würdige Geste: Ein Lapith übernahm Verantwortung.

Andere aber, auch Angeredete, gab es auch für ihn nur in der dritten Person.

Ein geheimnisvoller Wortgebrauch, eine verwickelte Art Beziehung zu Leuten.

Die Muschel war in Versuchung, darüber nachzudenken. Sie tat es nicht. Sie rief Fajid Toril.

2: Fin de Partie

Constantina Galgadas trat vor Arvis Mikolat im sicheren Gefühl, aus der stärksten Verhandlungsposition reden zu können, in der sich diesem Mann gegenüber jemals jemand befunden hatte.

Der De-facto-Integralleiter sah aus wie seine eigene Bildsäule: Die Rüstung, nicht mehr weiß wie vor Jahren bei Quaymet Munoz-Perou, sondern chitinschwarz wie die unendliche Unbestimmtheit zwischen den Sternen, glich einem Raumfahrzeug – und war tatsächlich vakuumtauglich. Sie vergrößerte das Körpervolumen des Mannes, der in ihr steckte, um den Faktor vier, füllte sein Kernhabitat, das Constantina bei sich »Thronsaal« nannte, zu einem guten Drittel aus und glich der Form nach einem paläohistorischen Faustkeil: unten spitz, oben, wo der Kopf unter einer seifenblasig schillernden Kuppel hervorlugte, stumpf gebogen. Das Ganze war erheblich beweglicher, als es aussah, konnte Greifarme und Tentakel aus verstärkten Kohlefiberbündeln extrahieren und wieder einziehen, und summte von den CLP-Nachrichten tausender Noos, die Mikolat, das bleiche, irgendwie mitleiderregend wässrige Gesicht dieses monströsen Wesens, mit seinem augmentierten Gehirn alle gleichzeitig empfing, bewertete und beantwortete.
Ihr Spiel, wusste Constantina, war verloren.
Sie nahm die Strafe an und entschied sich dafür, es zu Ende zu spielen.

Der Machtmensch sprach bedächtig: »Ich bin nicht jähzornig. Und ich bin nicht rachsüchtig. Aber ich möchte dir zeigen, was auf meinen Befehl geschieht, weil ich sehen möchte, wie dein auftrumpfender Blick bricht, wenn du es siehst.«

Eine Projektion zeigte beiden einen Schlachtenraum. Rengi, in schlanken Flundern, silberweiß, ganz neuen Formen von Gleitern, die diesen sonst so in sich gekehrten Geschöpfen niemand zugetraut hätte, griffen die Zentrale des wehrlosen, weil völlig überraschten Yusuf Talaad an.

Sie verheerten Blaydenbrook, verstümmelten die Pyramidenstadt mit Laserklingen, zündeten den Fluss an, zerbrachen Türme, dass Splitter von Glas wie dichte Regenschauer über den Straßenschluchten der neuen Prodistenhochburg niedergingen, wo die verkohlten Leichen tanzten, während sie zu schwarzem Staub zerfielen.

Mikolats Stimme, raspelig rau und uralt, wie aus dem trockenen Tod hervorraunend, kommentierte das Geschehen ohne Leidenschaft: »Und so ist die Stadt wieder unser, und der Kontinent. Ich war es nicht. Es waren die Friedfertigsten. Das war möglich, weil ich verstehe, was es bedeutet, in Galaxien Politik zu machen, die von mehreren denkenden Arten bevölkert sind. Auch Fajid Toril versteht es, auf seine Weise, obwohl er ein Provinzler ist. Er wusste, dass die Rengi sich schnell gewinnen lassen für neue Arten, Krieg zu führen – er hat welche, die für ihn in der Linse sitzen und den Mond Arrhenius waffenfähig machen. Sie fürchten aber den Zorn der Mennesker, und deshalb helfen sie jetzt mir, weil sie wissen, dass ich der Einzige bin, der Toril aufhalten kann, und weil sie außerdem wissen, dass ich eine stabile Ordnung wünsche, in der auch Kathrin Ristau und ihre Contramuralen eine nützliche Funktion haben werden – nach dem Krieg. Den ich deshalb gewinnen muss.«

Constantina nahm einen Schluck vom scharlachroten Cocktail, den Mikolat ihr angeboten hatte, wischte sich den schönen, strengen Mund mit dem Handrücken und sagte: »Du und ich, wir wissen, seine Drohung, aus Arrhenius eine Bombe zu machen, ist ein leerer Bluff.«

Mikolat meckerte kaum hörbar; es war das fahlste Lachen, das Constantina je vernommen hatte. Dann sagte er: »Du liest ihn falsch. Du denkst, er will herrschen. Nein, er will zerstören.«

Der Raum, fiel Constantina ein, in dem sie sich befanden, hatte innen Stachel, die spiegelten: Wo gab es das sonst, und was bedeutete es? Ohne Frechheit, nur als blanke Wahrheit, fragte und sagte sie: »Und du? Du benutzt ihn, um den Rengi Angst einzujagen, stellst seinen Irrsinn nicht ab, was du leicht könntest, damit sie dir Talaad verbrennen?«

»Sie schulden mir weit mehr für weit mehr. Dieser Krieg hat so viele Spielfelder, so viele Schauplätze …« – er ließ den Satz sich verflüchtigen, zerstäubt von den glitzernden, stachligen, tödlichen Informationsschwärmen, die ihn umschwirrten und durchdrangen.

Constantina Galgadas erwog einen Augenblick lang, sich völlig in Mikolats Hände zu geben. Dieser grotesk aufgeblasene Leib aus harter Materie, schwarzen Schaltkreisen, Obsidianhermetik, flüchtigstem Wissen und völlig unflexiblem Willen war das, was von der Menschheit übrigblieb im Überlebenskampf gegen Akteure, die man nicht verstehen konnte, die weitaus intelligenter, schneller, mächtiger waren als das Tier, das sich homo sapiens nannte, und von denen man nur einen mit Namen kannte, Mennesker, während es über diesen vielleicht noch Schlimmere gab, und was hieß eigentlich »über«?

Mikolat war die lebende Zusammenfassung all dessen, was die Admins waren: reine Verwaltung, ohne einen Ehrgeiz, der darüber hinausgereicht hätte, das bisschen für Menschen verständliche Lichtung im tobenden, proteischen Gesamt aus Immanenz und Transzendenz, Nomos und Wirklichkeit, Sagbarem und Unsagbarem zu bewahren, ohne Illusionen darüber, dass sich das auf irgendeine nennenswerte Dauer würde leisten lassen.

Sie spielte mit dem Gedanken der Unterwerfung. Überwand ihn.

Dann sagte sie: »Wie lange willst du diese Sorte Kriegskoalitionspolitik betreiben?«

Er antwortete gutmütig: »Bis es keine Prodisten mehr gibt. Bis sie, heißt das, unter neuen, bescheideneren, funktionaleren, vielfältigeren Namen ihren rechtmäßigen Platz einnehmen: als Hilfskräfte der Admins, wie die Prodniki heute ihre Hilfskräfte sind.«

»Und dann?«

»Dann trete ich ab, als Friedensbringer, und überlasse anderen die Katastrophe, die ich geschaffen habe.«

Er sagte das ohne Heiterkeit, ohne Ironie oder Irrsinn.

Sogar ein paar Bässe mehr waren in den Ton gemischt, er wollte seinen Gast nicht länger mit brüchigen Worten beleidigen.

»Du bist wirklich der Einzige«,, sagte Constantina, sich verneigend, »der weiß, was überhaupt los ist.«

»Das heißt«, erkannte er gleichmütig, »du wirst nicht aufhören, dich mir zu widersetzen. Denn was du willst, ist ja: nicht anerkennen, was los ist.«

Sie sah keinen Sinn darin, ihm zu widersprechen.

Waren das Waffen, fragte sie sich stattdessen, diese Kegel auf seinen Schultern, oder etwas Interessanteres?

3: Andere Arbeit, andere Liebe

Ich bin wie Leib dem Geist, wie Geist dem Leibe dir
Ich bin wie Weib dem Mann, wie Mann dem Weibe dir.

August Graf von Platen

Kathrin hatte mehr erreicht, als sie je zu hoffen gewagt hätte.
Der Streit in den Städten, sogar in den Urbeen, handelte nur noch von den Differenzen zwischen verschiedenen Denkschulen, die sich alle auf sie beriefen.
Selbst zu persönlichen Begegnungen mit denen, die von Kathrin Denken gelernt hatten, kam es: Mauras geschickte Finger fanden immer wieder brüchige Stellen in den hohen Mauern, ertasteten geheime Tore, durch die man Kathrin in die Städte und wieder hinauslotsen konnte.
Alles war in steter Bewegung, als nähme die Welt einen großen Anlauf zu einem ungeheuren Sprung über den Graben zwischen Gestern und Morgen.
Auch die Camps der Coms zogen im Uhrzeigersinn um die Brombeerländer, über die Steppe, über das Gras, von niemandem verfolgt, von Freunden – Waveele etwa, und ihren Vögeln – oft besucht.
Lasse Ristau ging ganz in seiner Gartenarbeit auf. Während die Getreuen seiner Tochter in der künstlerischen Vergangenheit der Menschen nach Verbindungen, Bedeutungen, Schönheit und Wahrheit wühlten, setzte er aus versunkenem Wissen, Prä-Nomophysik, Archivresten der eigenen Spezies und Funden der Storema, versteinerten Gleichungen und halbverwitterten Algorithmen, aus Nachrichten von überallher, Erinnerungen Severins an seine Reise vom Schattenspiegel hierher und eigenen Gedankenblitzen neue Wissenschaften zusammen, als erster Postnomochemiker, Postnomobiotiker der Geschichte.

Waveele, öfter zu Besuch bei Lasse, brachte Vögel mit.
Im längsten Sommer, den er je erlebt hatte, erfand Kathrins Vater eine Saatgutbeize als schützenden Film, etwa ein Zehntel so dünn wie ein menschliches Haar, der sich um Samenkörner legte und mittels raffinierter Polymere fest daran haftete, die allgegenwärtigen Kunstide jedoch passieren ließ, so dass das Brot, das man in den contramuralen Siedlungen aß, mit sinnesverfeinernden Neurogeschenken an die Aufmerksamkeit gesättigt war. Weil man so tief im Landesinnern auf Meeresfische und Algen verzichten musste, die notwendige und wertvolle Omega-3-Fettsäuren enthielten, entwickelte Lasse als Nächstes eine Rapspflanze, die solche Fettsäuren selbst bildete.
Dann bekämpfte er unerwünschte Sorten Kraut, schädliche Mutationen, die in seinen Rechnergärten wuchern wollten, indem er einen Stoff aussäte, der ein Schlüsselenzym der Chlorophyllbiosynthese in diesen Pflanzen blockierte, so dass die lästigen Wucherungen nicht wachsen konnten.
»Ich war Schnapsbrenner und habe klugen Schnaps gebrannt, der trotzdem dümmer war als ich«, erklärte er dazu. »Jetzt bin ich Gärtner und habe einen Garten, der nicht nur mich, sondern auch meine Freunde hier« – er klopfte freundschaftlich mit den Fingerknöcheln der Rechten gegen den Brustpanzer des Roboters, in dessen rechtem Arm zurzeit Waveele residierte –, »in allen Fragen der praktischen Intelligenz übertrifft. So kann's kommen.«
Dabei sahen seine Augen, von Fältchen umgeben, fröhlicher aus, als seine Tochter ihn je zuvor gesehen hatte.

Lange Tage, warme Nächte, ein Leben miteinander und füreinander, das man mit keiner Gesellschaftslehre hätte vorformulieren können und das sich doch nicht einfach so ergeben hatte: Es war gewollt und gefunden, und es gab hier nicht weniger Trennungsschmerz oder Euphorie als zuvor, aber bessere, klarere, selbstbewusstere Formen, dies alles, was Menschen waren, zu erleben.

Etwas, das fast war wie die Künste, nur näher an den Leuten, und in ihnen.

*

Nothing matters but the quality of the affection.
Ezra Pound

*

Kathrin fand Severin schlafend oben im Baumhaus.
Es wurde gerade, wässrig adernblau und rosa, Morgen draußen.
Sie war die ganze Nacht bei Lasse gewesen und hatte mit ihm, Conlon, Waveele und drei andern Schlangen beratschlagt, wie man Mauras inzwischen auf vier Kontinenten etablierten Geheimdienst besser nutzen konnte. Maura selbst war in Spionageangelegenheiten auf ihrem Heimatkontinent unterwegs.
Severin wohnte bei Kathrin, bis sie zurückkehren würde. Solche Zeiten, solche Arrangements ergaben sich seit Jahren, und nur Severin selbst, der sich am deutlichsten geborgen wusste darin, freundlicher angenommen als sogar von sich selbst, fürchtete sich noch davor, sie könnten schiefgehen.
Wie eine Raupe im Kokon lag der schnelle Mensch schlummernd zwischen Decken und dem Duft der Frau, die darin sonst schlief.
Er wirkte friedlich, aber nicht angehalten oder gebremst, sondern so, als vibriere das, was an ihm schnell war, ganz sachte, in sich gekehrt, bereit, beim Aufwachen sofort zu sprechen.

Kathrin lächelte, wie sie ihn da so liegen sah: Er passt hierher.
Mit Heißhunger machte sie sich über den Feldsalat her, den er ihr nachts zubereitet und dann kaltgestellt hatte, mit Birnenspalten, Walnüssen, etwas Zitrone und den hellroten Kona-Beeren vom Rand der Sümpfe. Während sie hastig gabelte, dann aber doch langsam und genießerisch kaute, kniete sie sich zu dem Schlafenden und betrachtete seine geschlossenen Augen, die glatte Stirn,

den regelmäßigen, aber nicht allzu ruhigen Atem. Er sah jetzt viel mehr danach aus, wie Kathrin sich Carla vorstellte, die Tochter Tarik Jaivedhs: kindlich erschöpft vom vielen Fragen, Wissenmüssen, Rauskriegen, aber noch in Traumtiefen bereit, den Antworten der geliebten Menschen zu vertrauen, immer auf der Suche danach, sich von Bedeutungen, abstrakten wie sinnlichen, verwandeln zu lassen.

Wie er die Decke festhielt, mit Fingern, die nicht krampften. Sie dachte: Er sieht aus, als will er sie nicht hergeben, weil sie nach mir riecht.

Wenn es immer so wäre, das wär schön. Aber wahrscheinlich sind unsere sichersten und glücklichsten Momente die, in denen ich ihm beim Ruhen zusehe, oder er mir.

Severin hatte ihr einmal gestanden: »Als du die schlimme Grippe hattest und alle sehr besorgt waren, weil's Grippe wegen der Immunostützen von Lasse hier gar nicht mehr geben dürfte … und wir alle dachten, das muss ein Angriff von Toril sein, irgendwas maßgeschneidert Böses, das dich umbringen wird … Du hattest dich hier verbarrikadiert, wolltest niemanden vorlassen … Maura war bei den Atollen, um diese komischen Wedel zu holen. Die blauen Palmen, die Lasse brauchte. Wir haben uns alle nicht getraut, ihr Bescheid zu sagen. Lach nicht, ich weiß, wie sie uns zusammengestaucht hat dafür. Fuderweise hat sie die Palmen mitgebracht, und hätte Lasse fast drangebunden und damit verbrannt. Und Luzi, ja, die hat nur geschmollt, von wegen: Lasst mich in Ruhe, wenn Mama Kathrin stirbt, soll sie doch sterben, das wäre typisch, die ist eh so ein Arsch zu mir – die grauenhafte Endphase der Pubertät, ganz recht. Und natürlich wussten alle, auch Zainab und Lasse, die sonst den besten Kontakt zu Luzi haben, selbst Terry, mit der sie, glaube ich, schon zusammengezogen war damals, dass diese Gehabe von Luzi … ja, entschuldige, dass ich noch Luzi sage. Ich weiß, Lukas heißt er jetzt, und will, dass wir alle so tun, als wäre das schon immer so gewesen, seit je dein Sohn, nicht deine Tochter, nie Lana, Luzi … Jedenfalls, da habe ich … weißt du das noch? Da hab ich mich so lange auf dein knallgelbes Strohdach gesetzt und nach dir gerufen, wie eine kleine Midra im Nest, die Würmer will und Spinnen ... hab nach dir gejammert und gekrächzt, bis du endlich, mit ganz schwacher und verrotzter Stimme, auch ärgerlich, sauer auf mich ...«

»Ich bin nie sauer«, hatte sie eingewandt, »ich kenne das gar nicht.«

Er hatte abgewunken: »Klar. Wie auch immer: Ich durfte schließlich reinklettern, durchs Fenster, und dir wenigstens einen Tee aus Ricoseywurzeln kochen. Da hab ich dich vollgesülzt damit, wie groß die Sorgen sind, die wir uns um dich machen. Und davon ... ja? Du weißt es noch? Davon bist du sofort so müde geworden, dass du noch beim Teetrinken nach vorn gekippt bist und eingeschlafen. Der erste heilsame, richtige, lange Schlaf, nach Tagen des Herumstolperns in den Irrgärten deiner Krankheit, Tagen der dickköpfigen, sturen Weigerung, wenigstens wirklich geschafft zu sein und kaputt und am Ende. Du hast ja immer versucht, deine Krankheiten an die Wand zu drücken, mit deinem Willen. Es waren natürlich nicht viele, aber wenn es dich doch mal erwischt hat, durfte sich nie wer zwischen dich und die Krankheit stellen, bis du sie erwürgt hast ... Damals, mit diesem Tee, Dank diesem Geschwätz von mir, da bist du weggeschnurpselt. Und dann lagst du da, auf deinem Ledersofa, mit dieser Decke aus tausend bunten Flecken, mit der ich dich zugedeckt hatte. Und ich hab gesehen, wie du langsam ... im Weggetreteten ... du hast durchgeatmet und dich gefunden, und ich sah, jetzt wird sie gesund, jetzt schafft sie es. Da war ich so glücklich und stolz. Weil du so schön warst in deinem kleinen zähen Kampf, und ich hatte mitgeholfen.«

Es stimmte, überlegte Kathrin: Waren sie wach, so hielten sie einander gern im Arm, rochen und schmeckten Atem und Leben des und der andern, und dann war das wahr und gut, aber sie kamen nie so eng zusammen wie dann, wenn er ihr beim Schlafen zusah oder sie ihm – eines der beiden immer so hellwachen Köpfchen musste ausgeknipst sein, damit sie einander erkennen konnten,

im klaren Zustand waren sie zu elektrisch, zu energetisch, stießen einander mit fast derselben Kraft ab, mit der sie einander anzogen.
Kathrin sang lautlos für ihn: Wach nicht auf, Schöner, Schöne, ich will dich noch ein bisschen für mich haben.
Severins Züge träumten Carlas Träume, und Kathrin fragte sich: Weiß sie, dass ich sie sehe? Ist sie wach? Schläft sie? Hoffentlich weiß sie, was sie für mich ist.
Sagen darf man das nicht, wenn man damit den verwirrt, der sie ist, das macht es schwierig.
Sie beugte sich vor und küsste den schnellen Menschen ganz leicht auf die Stirn.

Dann stand sie auf, ging zum Fenster, gähnte wie die Herrscherin aller Welten und streckte die Arme aus, ganz Feldeváye zu umfassen.
Sie wusste, dass er wusste, was sie ihm nicht sagen würde, bis es unübersehbar war: dass er Vater und Mutter und Vater werden würde; dass sie ein zweites Kind erwartete, von Carla oder Klemens oder Severin oder, am allerrichtigsten, ihnen allen. Sie hätte das nicht zugelassen, wenn sie nicht gewusst hätte, dass Maura auch dieses Kind würde lieben können.
Die beiden Ehefrauen hatten vor vielen Jahren mit Arplahilfe ihre Genome ineinanderflechten lassen, auf vertracktere Art, als es bereits seit Jahrhunderten im Thomasstreifen möglich gewesen war, und Lukas, Luzi, Lana war daraus geworden.
Conlon, der sowas aus seinem Urbeum nicht kannte, hatte sich einmal danach erkundigt. Kathrin war nicht verlegen gewesen: »Zwei Frauen können seit Jahrhunderten problemlos Kinder miteinander haben, ohne eine einzige männliche Zutat, es war eine Art Synthese aus zweifacher Klonierung.«
Warum, hatte Conlon wissen wollen, gab's dann im Streifen überhaupt noch Männer, warum hießen Frauen ohne Mann dort, wenn das, was Lasse ihm berichtet hatte, stimmte, einbeinige Frauen?

Kathrin hatte den Kopf geschüttelt, lachend: »Wie aller soziale Schwachsinn fast überall: eine Statussache. Nur etwa zwanzig Prozent der Frauen kriegten Kinder von Männern, und das waren die höherstehenden – es bedeutete einfach, sie konnten jemanden ernähren, der ihr Genom mit etwas Exotischem auffrischte, und sich sogar Söhne leisten – es hieß: In diesem Haushalt, auf diesem Hof, in dieser Brennerei gibt es nicht nur arbeitende, produktive Menschen, also Frauen, sondern auch unnütze, aber hübsche Esser.«

»Also die Männer«, fasste Conlon zusammen, »die war'n sowas wie die Nodos.«

»Ja, und die Frauen sowas wie die Padurn«, erwiderte Kathrin mit liebreizender Dreistigkeit.

Conlon versuchte, das letzte Wort zu haben: »Das heißt, so weit weg vom bei euch damals Erlaubten isse gar nich, die Zainab.«

Kathrins gespieltes Entsetzen: »Pffrrch! Bäh, du alter Molch!«

Die Morgenkühle hier am Fenster war lieb zur neuen Herrscherin des Weltalls.

Liebe auf der Haut, und in allen Nerven, im Körper, das war für die Jüngeren bei den Coms inzwischen ja das Übliche, nicht mehr versteckte oder behinderte oder in kleinen Portionen nach Köderprinzipien dosierte Liebe.

Kathrin fiel ein, dass sie Lukas eigentlich beneiden sollte, wenn der erzählte, wieviel sexuelle Freundlichkeit, Nähe, spielerisches Einandergutsein unter denen zu finden war, die so spät geboren waren wie er.

Die jungen Mädchen, das stimmte, das hatte Kathrin oft gesehen, lagen, wenn es nichts zu tun gab, ganze Tage beieinander, spielten mit sich und einander, hörten sich lachen und seufzen dabei, auf Lagern in Zelten, zu dritt, zu viert, probierten sich aus wie die jungen Männer in den Saunen, am Ufer der Flüsse – die Jungs maßen ihre Kräfte aneinander, machten einander weicher und verständiger und neugieriger, als Männer in jeder Stadt, jedem Urbeum, jeder alten Gesellschaft gewesen waren, die Kathrin gekannt hatte, aber auch wacher, stolzer, freier als die menschlichen Zierfischburschen im Thomasstreifen.

Lukas erzählte Dinge wie: »Wir sind nie alleine, körperlich, wir kennen das nicht und müssen uns auch nicht manchmal zurückziehen wie ihr, um uns zu sortieren. Wir halten einfach nicht Haus mit uns. Wenn zwei von uns miteinander schlafen, müssen sie dazu andere nicht aussperren aus ihren Gedanken, ihren telepathischen Verbindungen, ihren Coiflets. Ihr macht das, ich weiß, und Mama Maura zum Beispiel mag oft nicht mal davon hören, dass es heute anders ist, als es bei euch war und bei den meisten von euch bleibt.«

Aber Kathrin wollte es hören.

Sie war von Lukas fasziniert und hatte sich einmal auch von ihm zu einem Kuss einladen, verführen lassen, der die Grenze missachtete, an die sie sich selbst immer halten würde, engste Verwandtschaft. Es war aber schön gewesen, und hatte nicht nach einem verklemmten, verbotenen Hunger geschmeckt, der etwa verlangt hätte, das machen wir jetzt öfter, oder: Da gehen wir jetzt weiter. Ein kleiner Rausch, ein unscheinbares Geschenk der Mutter an den, der jetzt Sohn war und vielleicht wieder Tochter sein würde, und ein kleines Gegengeschenk dieses Sohnes an die darüber angenehm Verblüffte.

Nein, dachte Kathrin, und barg ihr Geheimnis bei sich, sacht ins Herz gedrückt wie eine Daunenfeder in heißes Wachs, ich brauche keine Abwechslung, nichts Wildes oder Neues. Severin konnte kaum ahnen, wie zufrieden Kathrin mit ihm war, und mit Maura, und vor allem mit sich.

Er dachte immer noch, sie mochte ihn nur aus geschwisterlicher Zuneigung mitunter ganz nah bei sich, köstlich für sich haben, und er würde wohl, dachte sie jetzt, ein weiteres Weilchen Zeit brauchen, bis er verstand, dass es in Ordnung war, dass er nicht nur als Severin und Klemens manchmal ganz bei ihr war, sondern sie, mit Fingerkuppen, mit Zungenspitzen, mit Küssen auch ganz bei ihm war, der heimlich gern öfter Carla gewesen wäre. Kathrin und Severin, sie in ihm, er in ihr: das Richtige, das Zeit brauchte.

Die Jungen haben es leichter, wusste Kathrin und war mit diesem Wissen gut befreundet, nicht entzweit – sie konnten einander vorschlagen, Severin, willst du nicht eine Weile Carla sein, und ich, die Kathrin, bin dann meinetwegen ein anderer Klemens, oder jemand noch Unbekanntes, dann können wir tun, was wir sowieso spüren.
Mantel, aufnehmende Liebe, Flamme, gefräßige Liebe, Samt, Liebe, auf die man sich bettet.

Manchmal geschah das Richtige ja schon, in anderen Gegenden als der unmittelbaren, und Kathrin hatte den Verdacht, dass nicht nur in Synesordnungen gehörte Musikarchitektur, sondern auch das Hormonelle, das Zärtliche, die vage Wollust sehr tiefer Freundschaft zusätzliche Raumzeitdimensionen erschließen, auseinanderfalten, entdecken konnten. Einmal hatten Severin und sie einander stundenlang fast schon verzweifelt langsam geliebt, weil die Formen, die Berührungen, die Bewegungsweisen zu wenige waren, um die ganze Fülle auszudrücken, auf etwas hin, das man nicht sagen konnte, in dieser langen Nacht, die sich streckte wie ein großes warmes Tier mit nassglänzendem Rücken, bis dann auf einmal die Sonne aufgegangen war, ein ungeheures Licht zwischen und auf sie gefallen war, und dann hatten sie einen anderen Sex erlebt, genossen, getrunken, geatmet, mit diesem Licht als etwas Drittem, das ihre Körper füreinander aufgelöst, ineinandergeblendet hatte, so dass sie, als sie kam, auch langsam, sehr hell, unglaublich warm, ein paar Minuten keuchend auf ihm liegengeblieben war, japsend, dann lachend, und als er sie rührend tapsig gefragt hatte, ob »alles in Ordnung« sei, weil sie so atemlos lachte, so heftig zitterte dabei, hatte sie sich auf die Ellenbogen gestützt, und ihn von oben angeguckt, seine staunenden Augen, seine besorgte Liebe zu ihr, und gesagt: »Sex mit der Sonne. Der Freundlichen. Nemezal. Das war anders.«
Da lachte er auch: Stimmt, war's.
Anders.

Geschlechter: Ja, wenn das alles wäre, aber es war erst der Anfang.
Kathrin war selbst überrascht, ein wenig überwältigt auch, darüber, wie viel inzwischen möglich war an selbstbestimmter Veränderung, aber auch an Treue, an Leben, wie es sie nie zuvor gegeben hatte – sie dachte an die Zelte und geodätischen Dome der Padurn, daran, dass die inzwischen nicht mehr nur Lasten trugen und halfen, sondern Aufnahme in die Arbeitsgruppen gefunden hatten und die gleichen Rechte leben konnten wie die Menschen hier. Auch sie, von Lasse Ristau und den Schlangen beraten, veränderten sich, man experimentierte mit Geschlechtern, gar mit einer stufenweisen Abschaffung der Arten selbst.
Im Moment waren Leopardengene in Mode, selbst Zainab hatte sich schöne Fleckenzeichnungen im Gesicht, an Armen und Beinen verschafft – »Ich bin inzwischen mehr Padur, als die mutigsten Padurn Menschen sind.«

Waveeles Leute befassten sich parallel zu diesen Entwicklungen vor allem mit Künsten und Zeugnissen aus einer der schlechtest erforschten Zeiten der älteren Menschengeschichte, der Epoche, in denen die legendären »Gente« gelebt hatten: »Ein paar hundert Jahre«, hatten Waveeles Archäoteams ermittelt, »waren die Menschen eigentlich keine Menschen gewesen, sondern alle möglichen Varianten von Säugern, Reptilien, Fischen und Vögeln, mit lediglich ein paar aparten Menschenresten, und natürlich effektiveren Gehirnen als ihre Templatformen, vor allem dank biokybernetischer Schnittstellentechniken, die man damals einrichtete. Die Wiege war eine Zeitlang zu fast dreißig Prozent ihrer Gesamtbiomasse von diesen Hybriden besiedelt« – dazu übermittelte Waveele tonnenweise semantisches Material, das etwa den Namen jener Wesen aus uralten Begriffen verschütteter Sprachen wie »Gentechnik« und »Intelligenz« herleitete.
»Dass wir heute wieder Menschen sind«, wollte Kathrin, als sie das alles aufgenommen hatte, von der Schlange wissen, »woran liegt das, wie kam das?«

»Nicht wie, wo musst du fragen«, erklärte Waveele. »Die zweite und dritte Menschheit sind nicht auf der Wiege entstanden, aber vor der Hidschra, auf Welten im System der Wiege – Mars und Venus. Von diesen beiden Genpools stammen die allermeisten heute in den besiedelten Galaxien lebenden Menschen ab.«

Was Lasse zu dem Einfall brachte: »Ich denke, wenn man das alles so überblickt, sieht man, wir leben heute eigentlich in einer vergleichsweise statischen Epoche. Die sind gar nicht so häufig – man könnte auch, weniger freundlich, Stagnation dazu sagen. Wenn ich kühn bin, stelle ich mir vor, es könnte ja von hier und jetzt, von Feldeváye her, eine weitere Menschheit ausgehen – eine, die weder so ist wie jene Gente, noch so wie die beiden Menschheiten, die von diesen beiden Welten … wie hießen sie noch?«

»Mars und Venus.« Lukas grinste, weil er wusste, dass das tote Gottheiten waren, die nur noch in den Künsten Macht hatten, da aber nicht gerade wenig.

Lasse bekannte sich zu seiner Hoffnung: »Eine Menschheit, die mehr kann, mehr wünscht und mehr träumt als alle vorher«.

Kathrin, die sich an diesen schönen Abend in den Rechnergärten erinnerte, staunte still: Mehr können, mehr wünschen, mehr träumen, das sind viel größere, aber auch bessere Ziele, als ich sie damals hatte, als ich meine erste Arbeit in die Noos gestellt habe – und trotzdem nicht unschärfer, nicht verwaschen.

Mir ging's ja seinerzeit nur um rein Negatives: Freiheit von den Fehlern der Auswertung, den Wänden und Fesseln und Vorschriften und Dummheiten.

Dass Freiheit nur ein Mittel ist und zu was führt, das schöner ist als sie selbst, nämlich Reichtum an Beziehungen zu Leuten, wusste ich nicht. Jetzt weiß ich es.

Severin legte seine Arme von hinten um sie und küsste ihr rechtes Ohrläppchen, und sagte leis': »Schön, dass du mich geweckt hast.«

»Ich muss heute wieder aufbrechen«, sagte sie, ein bisschen boshaft, weil sie hören wollte, dass er das bedauerte; und gleich summte er, in diesem Singsang, den er hatte, und der sein Liedchen nur für sie war: »Ich weiß, Schönste. Ich weiß.«

Er half ihr, das Haar zu verändern, und die Augen, mehr Verkleidung wollte sie nicht. Dann brach sie auf, begleitet von Beschützerinnen und Beschützern, die Maura ausgebildet hatte. Die Solitona meldete die Route, man würde bei Prodniki übernachten und bei »Städtischen Coms« – »ein Widerspruch in sich« fand Maura immer, aber Kathrin hatte längst beschlossen, alle als ihre Leute anzuerkennen, die den wirklichen Reichtum an Chancen für die Bewegung mehrten; die ganze Gegengesellschaft.

*

Zuerst fuhr sie nach Tumak.
Den Vorsitz der Begegnung führte dort eine große, muskulöse, noch im Herbst bewusst nackte Frau in tiefschwarzer, schimmernd schöner Haut. Zur Begrüßung sagte sie, die hier die Coms anleitete und koordinierte, ein paar Worte, die Kathrin sowohl rührten wie verblüfften, zitierten sie doch etwas, das sie lange nicht gehört hatte und das Erinnerungen an Kindheit und Jugend in Wilentz wachrief: »Eine Frau, die mehr von den Künsten will und weiß als die Auswertung, mehr vom Schöpferischen als die Prodisten, mehr von der gerechten Selbstregierung der Menschen als die Admins, sollte so sein, wie der Vers im Buch sagt über die ›Frau von Tugend und Weisheit‹: Sie sollte wissen, wie man Windeln wechselt, eine militärische Invasion plant, ein Schwein schlachtet, ein Schiff steuert und eine Insel, ein Gebäude entwirft, sowohl physisch wie in Synesräumen, ein Sonett schreibt, eine Ökonomie kalkuliert, eine Wand hochzieht, einen gebrochenen Knochen richtet, Sterbende tröstet, Befehle annimmt und Befehle erteilt, zusammenarbeitet, alleine handelt, Gleichungen löst, ein neues Problem analysiert, Mist mit der Mistgabel umgräbt, einen

Rechner auf beliebigem Substrat programmiert, ein leckeres Essen zubereitet, effektiv kämpft und mit Würde stirbt.«

Es entstand eine nicht unangenehme Pause, dann lächelte sie breit, was sehr anziehend und ein bisschen unheimlich aussah, und sagte: »Nun ja, die Sache mit dem Sterben, da soll man den Beweis nicht zu flink antreten. Alles andere finden wir bei Kathrin Ristau. Ich bin also besonders froh, dass unsere nun schon Monate andauernden, sicher sehr fruchtbaren und nützlichen Auseinandersetzungen über Programm, Strategie, Taktik heute von ihrer Anwesenheit profitieren werden. Was werden die, für die das Wort ›contramural‹ längst zu klein ist, in Zukunft tun? Was werden sie wollen?«
Es fühlte sich für Kathrin an, als wäre sie belauscht worden, vorgestern früh, am Baumhausfenster. Sie sagte, sie fühle sich geehrt, und erzählte ein bisschen von ihren Hoffnungen, Vermutungen, Ahnungen – die vier andern auf dem Podium, zwei davon Coms aus den wandernden Siedlungen wie Kathrin selbst, stellten hier und da freundlich interessierte Zwischenfragen, während immer noch weitere Gäste den schlauchförmigen weißen Raum betraten, der sinnigerweise eine ungenutzte ehemalige Galerie aus der ersten Aisthetenzeit war, von der die Admins glaubten, Prodisten lagerten dort ungenutztes Gerät, während die Prodisten, die tatsächlich laut Plan die Besitztitelhalter waren, ihrerseits in der Annahme lebten, die Admins betrieben dort geheime Militärforschung, zu der sie sich offiziell nicht bekennen wollten.

Als das gegenseitige Beschnuppern zu Ende war, zeigte ein junger Radikaler einen Film – »Das Medium«, erklärte der Feuerkopf, der mit seinen schmalen Lippen, seiner blassen Stirn, den trüben Augen und dem starren Blick Kathrin vom ersten Moment an stechend unsympathisch war, »habe ich gewählt, weil ich mit dieser Form die wirklich große Maya Deren ehren will« – wirklich groß: Kathrin wollte kein Vorurteil in sich zulassen, aber es schien ihr unmissverständlich, dass das ein Seitenhieb gegen sie war, die demnach wohl nicht wirklich Große.

Der Heißsporn schob das kantige Kinn vor und erklärte: »Sie hat keinerlei Kompromiss gemacht, niemals und unter gar keinen Umständen.« Der Seitenblick, den er dazu blitzen ließ, galt aber nicht Kathrin, sondern der Schwarzen, und es lag eine Kathrin sehr unangenehme Wut, eine Verachtung darin, die zum Fürchten war.

Es gab bei diesen Stadtcoms von Tumak offenbar Gräben und Zwistigkeiten, von denen sie nichts geahnt hatte – warum, dachte sie mit mühsam unterdrückter Gereiztheit, hat man mir nichts gesagt, warum fand sich nichts dazu in der Solitona, hätte nicht wenigstens Maura das hier recherchieren können?

Der Junge redete lange, Kathrin war abgedriftet, als sie wieder einstieg, hatte er's immer noch mit Maya Deren: »... dass sie sich eben nicht nur geweigert hat, mit Admins, Prodisten, Prodniki, all diesen Institutionalisierten, all diesen Arschlöchern mit ihrem immergleichen Unsinn zusammenzuarbeiten, sondern überhaupt ihre ganze Realität, ihre ganze Raumzeit infrage stellte, indem sie aus ihnen verschwand, und nur Spuren zurückließ, Spuren des Kampfes, die man nicht übersehen kann.«

Herausfordernd ließ er den Blick im Raum schweifen, kaum jemand hielt ihm stand, man sah woanders hin, die zwei, drei, deren Gesichter sich angesprochen fühlten, schauten bewundernd zurück, mit einem Ausdruck, der Kathrin die unheimliche Assoziation eingab: So schauen die Schirmkrieger, wenn Toril sie lobt.

Der Radikale war vor allem einsam, das war die Aura, die ihn umgab, er war nicht hier, um Freundschaften zu schließen oder ein anderes Zusammenleben zu fordern als das in den Produln, der Verwaltung oder der Auswertung zugelassene, sondern er wollte, dass man ihm zustimmte, wenn er seine Einsamkeit als etwas inszenierte, das Stärke war, Intransigenz, Erwähltheit.

Ein trauriges und schlimmes Schauspiel.

Auch der Film war schrecklich; er zeigte animierte Morde, Sabotageaktionen großen Stils, ohne Skrupel, Aktionen, für die der Mann plädierte, bis hin zum Einsatz biotischer Waffen mitten im Omphalos von Tumak. Terror, für einen ganz unbeweglichen, ganz aus Rache geborenen Begriff davon, was contramurale Politik war.

Als die Vorführung zu Ende war, richteten sich alle Blicke auf Kathrin.

Ihr war unbehaglich, weil sie wusste, was von ihr gefordert war, aber sie tat, obwohl es ihr nicht gefiel, was sie als ihre Pflicht empfand: »Ich erkenne nichts von dem wieder, was wir wollen. Falls ihr dasselbe wollt wie ich.«

Die Diskussion, die sich an diese nüchterne Feststellung anschloss, war heftig, wild, mitunter tumultuarisch, aber doch glücklicherweise zumindest sehr lehrreich für Kathrin.

Sie hatte nicht einmal geahnt, dass die zunehmende Not, die wachsende Unwirtlichkeit der Urbeen scheußlichste Ideen hervorgerufen hatte bei denen, die von dem Gerücht gehört hatten, Feldeváye könnte ein Ort sein, der kriegswichtiger war, als Mikolat zunächst hatte einsehen wollen.

Ein merkwürdiges Fieber hatte Menschen befallen, die zuvor verängstigt einer ungewissen Zukunft entgegengelebt hatten, und Kathrin fiel Lasses dunkle Bemerkung ein, einmal, bei einer Besprechung mit Conlon: »Ich glaube, manche, die sich von uns inspirieren lassen werden, wären besser uninspiriert geblieben.«

»Du weißt nicht, was hier los ist. Du lebst im Traum, bist nicht erwachsen!«, rief auf dem Höhepunkt der Streitigkeiten eine erhitzte Verehrerin des Hetzers Kathrin zu. Die Wütende wirkte, als sei sie vor Empörung über etwas Unnennbares den Tränen nahe.

Kathrin, die sich noch immer gut in der Gewalt hatte, sagte ruhig: »Dann erzählt es mir. Was hier los ist.«

So erfuhr sie Neues, sehr Ernstes von der Repression, die nicht nur Toril, sondern auch den verbliebenen regulären SB eingefallen war, um der Radikalisierung mancher urbaner Coms zu begegnen, und die wiederum viel dazu beitrug, dass diese Radikalisierung weiter eskalierte.

Von Überwachung erfuhr sie, von Ausschlüssen aus Produln und sogar reduzierten Bezugsberechtigungen für Gebrauchsgüter, Noosnutzung – »das nächste«, sagte der Fanatiker mit fast amüsierter Kälte, »werden Lebensmittel sein«, und Kathrin schauderte –, von Herabstufungen in Hierarchien der Admins und anderen Demütigungen, schließlich Verhaftungen, Verhören.

Zwei Leute, die dem Kreis angehörten, der Kathrin eingeladen hatte, galten als verschwunden, »vielleicht sind sie wirklich weggezogen und haben ihre Namen geändert, weil sie die Repression nicht mehr ausgehalten haben«, schlug eine Frau vor.

Der Fanatiker lächelte vielsagend.

Wer verhört worden war – es handelte sich um ein halbes Dutzend –, war geschlagen worden, auch Formen von Folter hatte man erlebt.

Radikale gegen Vernünftige: Das war die Landschaft, und sie ging mitten durch die Art von menschlichen Beziehungen, auf die Kathrin so stolz sein wollte.

Der Lebensgefährte der zu den Vernünftigen zählenden Schwarzen etwa war ein Radikaler: der verbohrte Filmemacher selbst. Während der Debatte saß dieser Lebensgefährte neben Kathrin, äußerte sich scharf, wie aus einer tiefen Gekränktheit, und schreckte auch nicht davor zurück, die Gastgeberin, die er doch liebte, persönlich anzugreifen: »Was willst du denn, was soll denn das Abwiegeln? Die ganze Betulichkeit, das muss aufhören, das bringt nichts, wenn die Kathrin solche Sprüche von uns ins Paradies mitnimmt. Ich sage ja nicht, wir gehen jetzt in die Offensive und entfesseln einen Bürgerkrieg. Aber das, was ihr gesehen habt im Film, ist tatsächlich der Horizont, und wir sollten darauf vorbereitet sein, die ärgsten Mittel anzuwenden. Toril ist darauf vorbereitet, und wir sollten uns nicht einreden, dass er diese Mittel nicht bereits einsetzt. Die Hinweise reichen, meinst du nicht?«

Das war eine rhetorische Frage, und sie erreichte ihren Zweck: Es gab keine Antwort.
Die Radikalen wateten bald in ausgedachten Blutlachen, der Ton, der Kathrin eine Migräne bescherte, klang gequetscht erregt, als freuten sich diese Menschen, die doch ihre Leute waren, auf das Töten und Sterben.
Einmal lehnte sich beim Hetzen der, der neben ihr saß, so nah an sie, und redete so unangenehm lautstark an ihr vorbei auf seine Freundin ein, dass Kathrin spürte, wie sie eine scheußliche Lust ankam, ihm eine zu langen.
So ist das also hier. So riecht das Pulverfass.
Am Morgen danach erfuhr sie von einigen der Vernünftigen, dass die Radikalen darauf drängten, eine zweite Konferenz dieser Art baldmöglichst zu veranstalten, aber ohne sie, »die redet nur von Blümchen und Vögelchen, die hat den Moment verpasst und weiß gar nicht mehr, wie spät es ist.«
Ein bisschen bestürzt, vor allem aber müde, saß sie den Rest ihrer Tumakzeit in der Wohnung einer fleißigen, heimlich den Coms zuarbeitenden Studentin der lokalen Auswertungsakademie ab, wo immerhin viele Besucherinnen und Besucher, nicht nur gemäßigte, ihre Nähe suchten – am zweiten Abend trank und redete man dort bis zum Morgengrauen, und sie holte sich per Solitona bei Lasse und Conlon ein paar technische Einfälle, die der Überwachung und Repression wehren konnten und von den Ratsuchenden dankbar angenommen wurden.

Ein bisschen hilflos und mit Tränen in den Augen, die sie selbst hasste, verabschiedete sie sich am Ende mit einer Umarmung bei Bastet Rethel, der schwarzen Frau, die, so meinte Kathrin gelernt zu haben, von den Vernünftigen vor Ort noch mehr verehrt wurde als sie selbst – zu Recht, dachte Kathrin, ich hätte diese Geduld in dieser Lage längst nicht mehr, diese Frau hat wirklich Anführerinnenzüge, und viel mehr Kraft als ich.

*

As I have already indicated,
One of the biggest problems
In the discussion around
socially engaged art is its
disavowed relationship
to the aesthetic.

Claire Bishop

*

In Deyra fand Kathrin eine weniger zerrissene, aber kaum beruhigendere Situation vor.
Auch hier hatte es Richtungsstreitigkeiten gegeben, die nicht selten Rangkämpfe verdeckten. Die »inkonsequenten Elemente« – so der hiesige Diskussionsleiter, der sich Walter Schaverak nannte – waren vor Einberufung dieser Veranstaltung »ausgeschieden«.
Kathrin ließ zwei ihrer Leibwächterinnen ein bisschen in der Solitona graben und fand so heraus, dass dieses »Ausscheiden« mittels Desinformation und Hinausekeln regelrecht organisiert worden war. Der »Rädelsführer« der Inkonsequenten war ein ehemaliger Prodist namens Sean Seidel, den Schaverak den »gefährlichsten Feind der echten Coms« nannte und der in Wirklichkeit seit Jahren zu den ernsthaftesten und klügsten Korrespondenten Conlons in den Urbeen gehörte.

Die Veranstaltung kam Kathrin unwirklich vor, auf unbestimmbare Art fast unangenehmer als der Diskussionsabend in Tumak: Alles verlief verstörend harmonisch, als störungsfreie Abfolge artig beklatschter Diskussionsbeiträge einer kleinen Gruppe von Chefs und Chefinnen. Es ging durchweg um etwas, an das der Chef all dieser Chefs und Chefinnen mit Inbrunst zu glauben schien und das er »die Ristauthesen« nannte.
Kathrin bat höflich um eine Erläuterung: »Entschuldigung, darf ich sie nochmal hören? In Thesenform kannte ich das nicht, was ich vertrete.«

Gutmütig lachte Schaverak, ein Mann mit breitem Mund und kleinen Äuglein, dann sagte er: »Nicht so bescheiden, Kathrin. Wir alle wissen, worum es geht. Es muss endlich ein Ende sein mit dem ewigen Historisieren hier auf Feldeváye, wir müssen die Künste produktiv machen, wir müssen eine freie Art des gemeinsamen Wirtschaftens finden, anstelle der Plandiktate der Admins. Das hat dein visionäres Auge als Erstes erblickt, und das setzen wir hier ins Werk!«

Kathrin ließ ihn reden, fragte unter der Hand aber per Coiflet bei ihren Dataminern nach. In Deyra, stellte sich heraus, waren wie in vielen anderen von den jüngsten Energie- und Informationspannen der Administration betroffenen Städten neue klandestine Titel- und Arbeitsökonomien samt Kreditierung und Zinswirtschaft aufgekommen – man tauschte Posten, man verrechnete Produktivitäten, gesteuert von Expertinnen und Experten in Produln, in die das überforderte Adminregime einen Teil seines Zeitmanagements und der nötigen Ressourcenallokation ausgelagert hatte. Zu diesen hatte noch vor einem Jahr auch Schaveraks und Seidels Produl gehört, offiziell eine Takteinheit im distributiven Sektor mehrerer großer Noosserver im Verwaltungsgürtel um den hiesigen Omphalos.

Dann aber hatte Schaverak, der sich als der orthodoxeste aller Vorkämpfer der ominösen Ristauthesen gebärdete, ein paar Kompromisse mit ausgewählten Admins geschlossen, die ihm auf die Schliche gekommen waren und sich nun ihrerseits ein Stück vom Schwarzmarktkuchen abschneiden wollten, im Austausch für Protektion und Ablenkhilfe gegen SB und Schirmkrieger.

Diese Manöver Schaveraks hatte der geschickte Mann vor seiner Anhängerschaft weitgehend verschleiert, Seidel aber schien ihm – die Spuren in der Solitona waren naturgemäß vage – draufgekommen zu sein und hatte einen Bruch betrieben, auf dessen unvorteilhafterer Splitterseite er sich nun wiederfand.

Als Kathrin all das wusste, ließ sie die nicht enden wollenden Elogen der Sykophantinnen und Sykophanten gefasst über sich ergehen, zog sich diesmal aber nicht, wie noch in Tumak, verstört und deprimiert aus dem Urbeum zurück, sondern blieb zwei volle Wochen und setzte all ihr Geschick sowie das Wissen, das ihr die erfahrene Spionin Maura nebst Liebesgrüßen und Trost per Solitona zuspielte, zum Spinnen einer fabelhaften kleinen Intrige ein, die auf dem raschestmöglichen Weg dazu führte, dass Schaverak seine leitende Rolle in den Umtrieben der deyraschen Coms wieder einbüßte, Seidel umgehend an seine Stelle trat, die Felonie der mit Schaverak kooperierenden Admins ruchbar wurde und die gesamte Omphaloshierarchie darüber in eine schwere Krise schlidderte.

Schaverak, eben noch Umstürzler, verriet Kathrin, die aber nicht gefasst wurde – zitternd, den Tränen nah, aber entschlossen, saß sie in dem Gleiter, der sie in Sicherheit brachte, und Severin, der quer durch die Raumzeit an ihre Seite geeilt war, hielt ihre Hand – einmal musste er sich nach vorne beugen und von der Pilotin ein paar Auskünfte einholen, ganz unbewusst ließ er dabei Kathrin los, aber als er sich wieder zurücklehnte, hielt sie, die aus dem Fenster sah und sich mit Atemübungen gegen die herandrängende Niedergeschlagenheit wehrte, ihm die Hand hin, das sagte: Du hilfst, und ich nehme es gern in Anspruch.
Da war er glücklich, griff die Hand, hielt sie.

Man verließ das Urbeum zusammen, dann schickte Kathrin den schnellen Menschen noch einmal zurück, dass er denen für sie dankte, die ihre Flucht ermöglicht hatten.
Er blieb drei Stunden und berichtete von Säuberungen, Verhaftungen, Schirmschrecken.
»Willst du, dass ich nochmal reingehe? Hast du irgendwelche, ich weiß nicht, Ratschläge oder …«
Sie schüttelte den Kopf: »Lass mal. Seidel schafft das. Geh nach Hause. Ich danke dir.«
Er ging, als sie per Link erfuhr, dass auch Seidel entkommen war.

Im Süden wollte er eine neue wandernde Stadt gründen, es gab genügend Aufnahmewillige vom ganzen Kontinent.

*

In Laischa traf sie endlich Miwon Kwon.
Hier gab es keinen schmierigen Festakt und keinen klandestinen Klub der Gerechten. Man hatte ein Teehaus für die geschlossene Gesellschaft ausgesucht. Kwon und Kathrin setzten sich an einen Tisch, der ziemlich in der Mitte stand. Interessierte saßen rings verteilt, teils auf Stühlen, aus Bast geflochten, teils auf Kissen, teils auch einfach auf dem Boden.
Die beiden Frauen sollten, das war der einzige Tagungsordnungspunkt, ein Zwiegespräch führen, in das sich einschalten konnte, wer wollte.
Kwon war eine sehr gutaussehende, der Haltung nach bescheidene, aber hintergründige Person. Als man am runden Tisch Platz genommen hatte und die Begrüßungsformalitäten erledigt waren, kam die Dissidentin aus der Spitze der Auswertung sofort auf das zu sprechen, was Kathrin am allermeisten interessierte: »Wir kämpfen um Orte, nicht nur als abstrakte Freiräume, sondern auch, damit die Künste ihren Platz haben, damit wir unsere Plätze haben. Wir kämpfen um etwas anderes als eine neue Raumaufteilung dabei – es geht darum, wie wir unser Leben miteinander als etwas organisieren können, das nicht immer nur den einen Platz wegnimmt, um die Geltung der anderen zu erhöhen. Diese Richtung, denke ich, hat der Kampf angenommen, weil die Lapithen uns mit den letzten Werken etwas Neues erzählen. Sie sind weiter verstreut, und sie behaupten Orte. Sie gehören nach Feldeváye, anders als frühere. Nehmt dazu die deterritorialisierenden Effekte der Nancarrow-Schilde, der Labyrinthe von Flucht und Migration, und es sieht tatsächlich so aus, als wäre die dezentrale Zentralmacht ›Omphalos‹ in vielen Regionen bereits gebrochen, zumindest aber beschädigt. Man hat die eigene Identität in einen beweglicheren Zustand überführt – die Angst davor, dass das

gelingen kann, bestimmt jedenfalls einen Großteil der Propaganda gegen die Contramuralen. Aber ist das ein Aufstand? Ist das eine friedliche Transformation, die nur hier und da Geburtswehen erlebt, so dass beispielsweise die Schirmkrieger nur eine vorübergehende Störung des evolutionären Hinüberwachsens der bisherigen Ordnung in etwas Neues sind? Rebellion findet statt: Lacs wehren sich, die Frauen im Thomasgürtel wehren sich, die Küstenmenschen von Ammar wehren sich, die Leute auf den Atollen, in den Dschungeln, den Steppen, den nichturbeischen Städten. Sie wollen aber nicht einfach das Verstreute gegen das Zentralisierte setzen. Der Prozess ist komplizierter. Leute erstreiten und verteidigen Lebensmittelpunkte. Fixe und bewegliche. Wie gehört das zusammen, all diese verschiedenen Kämpfe? Gehören sie überhaupt zusammen? Gibt es eine Führung? Soll es eine geben? Wer hat sie inne? Wir? Kathrin? Ich weiß es nicht. Aber indem wir weitermachen, tun wir natürlich auch jeden Tag ein bisschen so, als wüssten wir es.«

Es war sehr still im Raum, als diese Worte gesprochen wurden, aber die Stille lauerte nicht, sondern war eine der Sammlung. Auch Kathrin sammelte sich, schloss die Augen. Dann sagte sie: »Ich weiß von den Kämpfen. Einige sind defensiv, andere offensiv. Es gibt auch auf der Seite, der wir zugehören, wenn es denn alles derselbe Kampf ist, Fraktionen. In dem Camp, zu dem ich gehöre, zum Beispiel, gibt es die Alten und die Jungen. Die Alten kommen aus den Urbeen – fast niemand aus nichturbeischen Städten –, die Jungen sind auf der Reise geboren, sozusagen. Die Jungen ... sie wollen zum Beispiel nichts zu tun haben mit Lacs, oder mit denen, die ... mit den Atollen. Sie hassen oder verachten diese andern nicht, aber sie sagen etwas wie ...«, Kathrin versuchte, den Ton zu treffen, den sie von Lukas kannte: »Die sind noch älter als Kathrin Ristau, und ihre Gefechte sind alle Rückzugsgefechte.«

Ein paar lachten leise, man verstand, was sie meinte.

Kathrin fuhr fort, nun wieder als sie selbst: »Die traditionellen Lebensweisen, die hier und da gegen Mikolats und Torils Zugriff verteidigt werden, sind oft alles andere als freiheitlich. Manchmal

auch nicht sehr ansprechend …«, noch ein paar freundliche Lacher.
Kwon ergänzte: »Ja, da gibt es Sexismen, Rassismen, Speziesismen, Atavismen aller Art. Es gibt die Ablehnung von Augmentationen, es gibt Rückständigkeit in allen Belangen. Sind aber die Feinde unserer Feinde nicht unsere Freunde? Ist das, was diese Leute machen, nicht allemal Widerstand? Gegen die Kriegswirtschaft, gegen die Pläne der Aufrüster von Produktivität bis Demographie? Du hast von den Umsiedlungen gehört, nehme ich an, von den Produlquoten …«
»Ja, habe ich. Aber da merke ich eben auch …. Es sieht so aus, als hätten diese multiplen, flüssigen Identitäten, auf die wir uns so viel einbilden, ihre Gegenstücke bei Toril und seinen Schirmleuten, zu denen ja sogar Rengi und Storarier gehören. Es gibt ja keine contramuralen Rengi, keine contramurale Storema. Es gab mal Ansätze, Besuche, Gespräche. Aber so heterogen und bunt, wie wir uns fühlen, sind wir nicht. Admin-Mittelbau, Prodisten-Mittelbau: Daher stammen wir. Kleine Bürgerlein, wohin ich auch komme. Was es gibt, leider, ist ein Zusammenhang zwischen Freiheit und Macht, nicht nur zwischen Freiheitsstreben und Ohnmacht. Unsere Feinde, wie du sie nennst, sind oft freier und großzüger als unsere Freunde, oder jedenfalls die andern Feinde unserer Feinde. Ich glaube aber auch, wir müssen uns gar nicht entscheiden zwischen den Ortsverteidigern und den falsch, den … schlecht Mobilen, die Toril repräsentiert, zu denen er uns alle machen will, mit der Kooperation der Auswertung. Ich glaube, es müsste darum gehen, diese ganzen Differenzen, bei denen jeweils beide Seiten falsch sind, zu zerstören. Die Mitte ist oben.«

Jetzt war es Kwon, die lachte, übers Bonmot, aber vielleicht auch noch über etwas anderes. Dann sagte sie: »Also, wir wollen was, das uns weder ruhigstellt, stillstellt in einer Tradition, noch kriegerisch mobilisiert.«
Kathrin dachte, und unterdrückte das sofort: Wäre ich jünger, ich müsste mich verlieben.

Das Wichtigste war damit gesagt; nun tastete man sich, entlang Fragen aus der Gemeinschaft, darunter auch solchen per Solitona – nicht alle, die wollten und in Laischa lebten, hatten hergekonnt, es war eben, dachte Kathrin in Erinnerung an ihre eigene Zeit hier, immer noch die größte, reichste, lebendigste Stadt auf Feldeváye –, bis zu konkreten Absprachen vor: gegenseitige Unterstützung verschiedener contramuraler Gemeinschaften bei der praktischen Verbreitung verbesserter Kunstide, Aneignung und Umfunktionierung von Technik der Admins und Prodisten mittels Nancarrowscher und Kwonscher Tricks, politische Überzeugungsarbeit von den Atollen bis zu den Lacvierteln am Rand der Urbeen.

Im Verlauf der vier Tage, die Kathrin in ihrer alten Heimatstadt blieb, empfing sie hunderte guter Ideen, lernte großartige, mutige, wache Leute kennen und stellte sich ein paar Mal, verstohlen, sogar vor, wie das sein könnte, mit Maura, Severin, Lukas, Terry und anderen in so einer Stadt, nein: in dieser Stadt zu wohnen, wenn alles vorüber wäre.

Über der smaragdenen Kuppel des Omphalos, im Dämmerlicht, sah sie, als sie im Gleiter die Stadt verließ, Vögel fliegen, keine Midrai, sondern, im selben Schwarm, Raben, Tauben, Sthegri und Liwei, und die hatten etwas bei sich, das sie von Midrai kannte, etwas, das zwischen ihnen hin und her ging wie eine aufregende Nachricht: einen Ball.

4: Weicher Staatsstreich

Die Genralfeldmarschallin der adminloyal-prodistischen 7. Armee auf Ammar, Zoe Svenson-Xuan, wurde unter Hausarrest gestellt, als Torils Leute herausgefunden hatten, dass sie sowohl mit contramuralen Diversanten wie mit verschiedenen Fraktionen in den Diadochenkämpfen um Yusuf Talaads Erbe in Verbindung stand.
Man lieferte sie schließlich, auf Vermittlung von Rengi, die Mikolat ergeben waren, und nachdem man sie von Feldeváye fortgebracht hatte, auf Thyone einer Delegation von Prodisten aus, die mit jenen anderen Prodisten im Bruderkrieg lebten, auf die Svenson-Xuan gesetzt hatte, und erhielt dafür drei wertvolle Admin-Spione aus der Gegend um Antares zurück.

Jain Cosmatos fiel während einer Militärparade im Vollrausch vom Dach des Omphalos von Tumak und geriet dort unter ein Kettenfahrzeug. Seine Reste waren auch bei Aufwendung aller ärztlichen Kunst nicht wiederzubeleben.

Teresa Sanchez scheiterte bei Wahlen.
Ein Strohmann Torils errang mühelos ihren Sitz im Adminbeirat von Pachetum, den Leuten war die Patriotin längst nicht mehr geheuer. Am Abend nach ihrer Niederlage wurde sie von den Schirmkriegern verhaftet, als die von Toril auf »hinreichende Verdachtsmomente« bei Mikolat beantragte und genehmigte Noosüberwachung der ehemaligen Spitzenadmin ergeben hatte, dass sie seit längerem in Vorbereitungen verstrickt war, eine Allianz zwischen ihrer Organisation (die sie den »feldeváyschen Weg« nannte) und todesmutigen tumakischen Coms unter der Führung jenes Filmemachers und Krakeelers Francis Yerka zu schmieden, der Kathrin in Tumak so übel aufgefallen war.

Sie verschwand in Torils Kerkern im Alarmturm von Ellemi und tauchte nie wieder auf.

Nicola Greiff erhielt einen Privatbesuch des obersten Schirmkriegers auf Arrhenius und ließ sich von ihm erklären, dass ihre SB-Divisionen in der Linse sich entweder zu einem besonders schlagkräftigen Arm der Torilschen Kohorten umgruppieren lassen konnten oder demnächst als verbrecherische Zelle »einer völlig neuen Verschwörung, nennen wir sie Mondcoms« (Toril), entlarvt werden würden. Greiff widersetzte sich und erlitt einen tragischen Unfall.

»Und was kommt jetzt?«, wollte Smelmle (u) Thik wissen, die Toril ohne jede Rücksprache mit Arvis Mikolat zur kommissarischen Leiterin der SB auf dem Mond, der eine Sonne war, ernannte.
»Jetzt«, sagte Toril, und es klang gar nicht vergnügt, sondern wie niedergedrückt von tausend leidigen Pflichten, »kommt das Hauptgericht. Appetit habe ich keinen mehr. Aber Hunger – das ist es schließlich«, fügte er, in philosophischer Stimmung, hinzu, »was ich bin, seit ich im Gefängnis umgebaut wurde. Hunger, *c'est moi.*«

5: Niederlage

»Es sind Verkürzerports.« Severin war sich ganz sicher.

Conlon spuckte einen Kaubatzen auf den Boden, schob die Unterlippe vor und grollte: »Nö. Das is was Neues – nich das metallgrüne Licht, und nich der alte Klang. Das is 'ne andere Art, mit der Information umzuspringen, die jedes Aas aus der Raumzeit geliefert kriegt, über die Sinne …«

»Gleichviel«, schnarrte Waveele ungeduldig und hob den Arm, der sie war, in die Höhe, um durch ihre gläserne Hand hindurch das schmale, folienartige Konstrukt von oben zu betrachten.

»Nich egal«, murrte Conlon gedämpft.

Waveele blieb bei ihrer Meinung: »Verkürzer oder nicht, das sind Wortklaubereien. Wir haben hier etwas, das jede und jeder mit sich herumtragen könnte, und das allen fast dieselbe Fähigkeit zum … seitlichen Heraustreten aus dem Hier und Jetzt verleihen müsste, zum Anwählen anderer Orte und Zeiten auch, die wir von Severin und Maya Deren kennen. Das ist ein wichtiger Schritt. Wichtiger als das Fliegen.«

Conlon und Severin wechselten einen verstohlenen Blick. Die Schlange wusste nicht – oder wusste sie's doch? –, dass Conlons Versuche viel weiter gediehen waren, als die Prototypen zeigten. Er hatte in den Brombeerländern, von Severin hingebracht, etwas Ehrgeiziges versteckt, das nur Kathrin, Maura und der schnelle Mensch kannten.

»Gleiter!«, das war Lasse, ein trockenes Bellen.

Der Alte stürzte keuchend ins Zelt, hustete rasselnd und sagte dann: »Waveele, weck die Schlangen. Sie kommen von Norden, fliegen tief und zügig, schicken keine Kennung. Terry und Lukas haben sie gesehen.«

Conlon hörte in sich hinein, las Aufstellungen, fragte Plattformen ab, verdrehte die Augen und erwiderte unwirsch: »Blödsinn, werden halt Vögel sein. Ich seh' nix da draußen.«
»Du meinst, deine Scheiß-Sonden sehen nix. Eben, und da scheiß ich drauf, und da scheißen die drauf«, polterte der Alte, an dem die massige Zweischlangenriesin bereits vorbeistampfte, um ihre flinken Geschwister zu alarmieren.
»Entschuldige, aber so solltest du mit Conlon nicht reden«, warf sich Severin unbeholfen in die Brust, aber Lasse hob die Rechte, als wollte er ihn ohrfeigen, schloss die Augen, horchte. Alle im Zelt starrten ihn an, dann sagte er: »Ich dachte, vielleicht ist es Kathrin. Soll ja heute zurückkommen, zwar auf dem Landweg, aber ihr kennt sie. Es sind … es sind Schirmleute, sagt Luz … Lukas.« Er hatte sich noch immer nicht ganz daran gewöhnt, dass seine Enkelin jetzt sein Enkel war.

»Wo, beim …. beim Reservoir, beim Bassin?« Severin wollte nicht mehr streiten, nur noch helfen. Conlon, dem man ansah, dass er zugleich vier bis sechs Gespräche in der Solitona führte, sagte laut, und klang zerfahren: »Ähm ja geh … geh mal und hol die … beiden raus, bring sie ins Camp. Sieht nach Belagerungsring aus, wir ham se jetzt erfasst, optische … ich muss zum Rechnergarten.«
Schon war er draußen, weg.

Severin sprang nicht zum Bassin – auf so kurze Distanzen hatte sich sein Talent als ärgerlich unzuverlässig erwiesen –, sondern lief zu Fuß aus dem Zelt, die staubige Hauptstraße der kleinen Stadt nordwärts, und riss dabei Holzkisten mit Brot, Obst und Gemüse um, rempelte Leute an, die nicht ahnten, dass sie sich in Gefahr befanden, sprang über Padurn, die auf allen vieren gingen und deren Ohren sich aufstellten – nahmen sie teil an Conlons Solitonakoordination? Waren sie verteidigungsbereit? –, und erreichte schließlich einen schmalen, scharfkantigen Einpersonenroboter mit Gleiterkufen.

Er warf den Motor an und verbrannte beim ruckartigen Start beinah ein Mädchen, das mit zwei Freundinnen an einem der Brunnen, die Lasse zuletzt hatte ausheben lassen, ein bisschen Schweben übte.
Etwa dreißig Leute hingen seit Wochen immer mal wieder wie eine Wolke aus Menschen überm Camp, das alles ging noch sehr langsam und gelang den Jungen besser als den Alten, aber man kam doch »allmählich endlich mal vom Boden weg«, wie Zainab, die es im Fliegen schon zu großer Geschicklichkeit gebracht hatte, gern sagte.
Severin dachte im rasenden Aufstieg: Dies alles kann fallen.
Dies alles können sie zerstören. Uns.
Er schoss zum Bassin wie eine abgefeuerte Geschützkugel.

Conlons Abwehrbatterien schwiegen, als die Gleiter der Schirmkrieger die Außenzonen der beweglichen Stadt erreichten und sie mit gebündelt glühender Gewalt unter Feuer nahmen.
Die Kanonen des Musikarchitekten waren vor Tagen bereits lahmgelegt worden, mittels gezielter Softwaresabotage in der längst geknackten Solitona.
Wie man hineinkam, hatte Toril ein ehemaliger städtischer Com und sehr guter Techniker namens Schaverak verraten: »Sie werden viele Zugänge abwandeln, damit ich und die andern Renegaten, die's jetzt gibt, nicht reinkommen. Aber ich habe mit ihnen gearbeitet, ich weiß, wie sie denken, und ich kenne Hintertüren, von denen Seidel nicht ahnt, dass ich sie kenne, ja nicht einmal, dass es sie gibt, denn eine meiner besten, besser als er, ist mit ihm gegangen, beim Exodus, und hält mich auf dem Laufenden.«
Das allein hätte nicht gereicht. Wo die Coms physisch zu finden waren, welche Satelliten sie nutzten, wo die Server standen, das wurde in der Solitona selbst nicht ausgeflaggt.
Ein Lapith hatte es Toril erzählt.

Die Schlangen hielten Fruchtmans Einsatzgruppen dennoch auf – drei volle Stunden hielten sie dagegen, in zähen, harten Gefechten.
Fruchtmans Bodentruppen mussten Straßenzug um Straßenzug, Zelt und Haus um Zelt und Haus vorrücken. Viele von Conlons Projekten wurden vernichtet, bevor die Eroberung der Siedlung gelungen war.
Am Rechnergarten hielt Lasse Ristau persönlich die Stellung, aber die Eindringlinge waren zu gut ausgerüstet, und sie waren zu viele.
Am Ende ging Reza Fruchtman mit seinen schweren Stiefeln durch die qualmenden, schwarz und weiß dampfenden Überreste von Lasses Lebenswerk.
Der Alte, entwaffnet, bei den Leichen Waveeles und dreier anderer Schlangen, auf den Knien, mit einer großen aufgeplatzten Stirnwunde, flankiert von zwei Schirmsoldaten, die ihre Gewehre auf seinen Kopf richteten, sah auf, Fruchtman direkt ins Gesicht, und sagte: »Ihr seid so dumm. Die Admins … ich schäme mich, dass ich mal Kundschafter war für euch. Das hier? Dieses Grillfest? Ihr besiegt niemanden. Ihr haltet nichts auf. Es ist zu spät für euch.«
»Für dich auch«, sagte der Schirmsoldat, zog seine Handfeuerwaffe aus dem Holster, schoss den Alten einmal in die Brust und zweimal in den Bauch und sah dann, zum beherrscht verheimlichten Entsetzen seiner Untergebenen, Kathrin Ristaus Vater minutenlang beim Sterben zu.

Dann ging er weg und sagte über die Schulter, als hätte er das beinahe vergessen, während er das zentrale Gewächshaus verließ: »Verbrennt es. Alles.«

Kathrins Konvoi, sechs Roboter im Ganzen, stieß auf die Blockade, als die Comstadt nur noch zwanzig Kilometer entfernt war. Die Sperre, aus acht Robotern errichtet, sollte sie abfangen. Als Kathrins Wagen um die Kieskurve fuhr und ihr Pilot die SB sah,

lauerten diese nicht abfangbereit, sondern mussten sich selbst gegen einen Angriff wehren: Zainab, Maura, mehrere Padurn und zwei Menschen aus Mauras Stab hatten sich vor Stunden aus der mobilen Stadt abgesetzt, um Kathrin entgegenzukommen und sie zu begrüßen.
Als sie den Schirmkriegern begegnet waren, hatte Zainab sofort das Feuer eröffnet.
Kathrin schnellte aus dem Sitz, ließ sich mit den Kameras auf dem Dach ihres Roboters verbinden und sah, wie Zainabs Gefährte von einem Hitzespieß getötet wurde.
Zainab stieg gerade durch die Dachluke eines Roboters, aus dessen Seitenspalt weißer Qualm quoll. Bodentruppen beschossen den Roboter, als Zainab darin verschwunden war. Maura rannte, den Kolben eines unablässig pulsenden Blocklichtgewehrs in den rechten Ellenbogen geklemmt, quer über das Schlachtfeld auf Kathrin zu.

Die stieg aus dem Roboter, zusammen mit drei Leibwächterinnen, rutschte an der Außenhaut ihres Wagens auf den Sand, schoss und rief Maura sinnlos zu: »Schnell, komm her!«.
Maura winkte und schrie: »Was machst du denn, du dumme Nuss? In den Wagen! Hau ab!«
Der vielfingrige Blitz von oben, der einen halben Meter vor Maura in den harten Boden schlug, riss ihr mit Geröll und scharfem Schlagstaub Brust, Bauch, Gesicht und Arme mit tausend haardünnen Schnitten auf.
Die Druckwelle warf sie zurück, sie blieb reglos liegen.
Kathrin riss ihr eigenes Kurzgewehr hoch, mit dem sie viel zu lange nicht geübt hatte, und schoss sinnlos auf die rechte Tragfläche des Gleiters, in dem Fajid Toril, unter der seifenblasenschimmernden Kuppel deutlich erkennbar, fröhlich grinste und winkte.
In allen Köpfen aller Coms auf der bebenden Fläche explodierte seine Stimme wie eine Nova: »LEGT DIE WAFFEN NIEDER, WENN IHR HIER NICHT STERBEN WOLLT!«

Zainab Sgriacci erwiderte den Befehl damit, dass sie den Steuerkopf des Roboters, in dem sie kauerte, nach Süden drehte und breite Pulsschüsse auf Torils Gleiter abgab. Einen Augenblick lang schwieg alles übrige Feuer, es war, als wäre die ganze Szene verblüfft über Zainabs Trotz und Rücksichtslosigkeit gegen sich selbst.

Dann wurde Zainabs Roboter in einem weißblauen Feuerball aus der Welt gebrannt. Der Knall sprengte noch hoch überm Boden Wolken auseinander.

Kathrins Ohren ertaubten augenblicklich.

Schlimmer war, dass auch ihr CLP-Schlüssel im Kopf etwas abgekriegt hatte und sie deshalb nur raten, nicht mehr wahrnehmen konnte, wie um sie her Befehle, Hilferufe, Kapitulation geschahen. Jemand lief, ein anderer fiel, eine fing Feuer.

Etwas schlug Kathrin brutal auf den Rücken, sie stürzte längelang nach vorn, verlor die Waffe, brach sich den linken Arm beim Aufprall. Blut und Dreck spuckend lag sie auf dem Bauch, drehte sich langsam nach links. Da tat der Arm furchtbar weh, also lieber auf den Rücken. Mit der Rechten griff sie sich an den Kopf, weil es da, links an der Stirn, so kalt war und irgendwie … elektrisch, salzig? Sie wühlte und tastete mit Fingern, was war das im Haar, Blut, Fetzen von Leuten, Asche?

Fajid Toril griff ihr unter die Arme, unterstützte sie beim Aufstehen.

Kathrin bewegte den Kopf ruckartig vor und zurück, atmete stoßweise. Die Systeme rekalibrierten sich. Etwas zischte, sie hörte einen Schrei: Gut, die Ohren sind online.

»Du siehst gar nicht so alt aus, wie ich dachte«, sagte der Mann, den sie schon so lange kannte und so lange nicht gesehen hatte. Der hatte sein Gesicht verändert, nicht seinen Blick, und natürlich bestätigte sich, als dieser Blick ihren fand, was sie nach den Hinweisen der Spione der Coms lange vermutet hatte: Er war es wirklich.

Ein alter Freund, wie traurig.

»Maura« war alles, was Kathrin erwidern konnte.
Toril lächelte fast entschuldigend, als er sie an zwei seiner Soldaten übergab, die ihr elektronische Fesseln anlegten, und sagte. »Alles in Ordnung. Sie lebt. Sie ist verhaftet, wie es sich gehört. Und deiner restlichen Familie tun wir auch nichts, wenn sie keinen Blödsinn macht, wie die arme Zainab.«
Blödsinn, dachte Kathrin verwirrt.
Was meint der Kerl, und bin ich dran schuld?

*

Terry, schöne Jugend, gebrochenes Versprechen, lag bereits im Sterben, als Severin eintraf. Der schnelle Mensch war unter den Lichtstriemen des Sperrfeuers hindurchgeflogen, als wäre das nur ein Spiel.
Oben auf der Mauer vor dem Wasserreservebecken war er dann am teilweise von Strahlenkontakt leuchtenden Geländer entlanggehastet, bis er das kleine Wachkabuff gefunden hatte, wo Lukas bei seiner Liebe kauerte.
Severin hob den Kopf im Eintreten, schoss wie geistesabwesend mit einer Pulswaffe aus dem Fenster – seine Reflexe, seine Treffsicherheit, die angstlose, unangestrengte Art seiner Gefechtsbewegungen irritierten das Dutzend Schirmkrieger draußen heftig.
Zwei hatte er noch im Absteigen vom Bock zusammengetreten und -geschlagen.
Wenn er schoss, traf er immer.
Sein Patenkind hatte vom Blut nasse Hände.
Lukas versuchte, sein T-Shirt, das er ausgezogen hatte, Terry auf die Brustwunde zu pressen. Das Gesicht des Jungen war verschmiert von Schmutz und wütenden Tränen, gepresst zischte er Severin an: »Toll, dass du kommst.«
Severin berührte Terrys Gedanken, tastete sich an denen entlang auf die geschädigten Nervenbahnen, von denen aus ins Gewebe. Er betrachtete die Verletzungen von innen und erkannte, dass die Nanoniken nicht reichen würden, Terrys Leben zu erhalten. Es

war zu wenig Zeit, die Sterbende irgendwohin zu bringen, wo man ihr hätte helfen können.

Jetzt erst kam Severin, der aus Körper und Geist des anderen Menschen fiel wie aus einer sich auflösenden Malerei, in der Wirklichkeit der Situation an.

Der Krieg war hier, er hatte sie alle gefunden. Severin sagte: »Wir müssen los. Es sind gleich weitere da.«

»Dann schießt du die ab. Ist mir gleich«, schnappte Lukas kindisch.

Severin sagte: »Gegen hundert, zweihundert, dreihundert kann ich nichts ausrichten. Komm«, er streckte Lukas die Hand entgegen. Terrys Lider flatterten, sie hechelte flach, ihr Blick sagte: Lass mich, geh mit, bring dich in Sicherheit.

»Ach? Von wegen! Scheiße!«, schimpfte Lukas, hob den Kopf der bleichen, leicht verschlafen blickenden Freundin auf seine Knie, berührte sanft ihre Stirn, strich ihr das Haar zurück.

Severin wusste, was das Richtige war, und harrte an der Tür aus, bis nur noch zwei Menschen in dem kleinen Häuschen atmeten.

»Ich kann sie nicht hier liegen lassen«, sagte Lukas, ließ sie aber los und stand auf.

Severin erwiderte: »Sie liegt hier nicht. Sie ist hier gar nicht mehr.«

Lukas, sonst aufbrausend, wenn man ihm widersprach, nickte schwach. Severin musste ihn nicht aus der Hütte zerren.

Draußen sah er sich nicht um, und ging so unaufmerksam aufrecht, dass er getroffen worden wäre, wenn sich die SB getraut hätten, auf etwas zu schießen, das bei Severin war.

Erst, als er hinter dem schnellen Menschen auf dem Keil saß, fragte der Junge: »Wohin willst du überhaupt? Wir sind komplett eingekreist.«

Wie zur Bestätigung kam von Osten her ein dunkles Brummen, und die ersten grauen Punkte nahender Gleiter waren überm Horizont schon auszumachen.

»Wir wollen nicht raus. Nicht die Umzingelung durchbrechen.

Wir wollen rein. Zum Baumhaus, und dann zu den Brombeeren«, sagte Severin, und ließ die Motoren des Schlittens aufheulen, bevor Lukas nachfragen konnte. Wie eine Klinge teilte der Schlitten die Winde, legte sich in Höhen und Tiefen, indem er Fernlenkraketen auswich, und erreichte den größten Baum der Gegend in weniger als fünf Minuten.

Das Haus war bereits aus der Krone geklettert und wartete ungeduldig.

Lukas staunte beim Absteigen.

Severin entschuldigte sich bei ihm: »Ich weiß es längst, und Maura auch, und deine Mutter hatte … einen Verdacht.« Roboter fuhren von der Siedlung her auf sie zu, schossen auch. Noch waren die Einschläge zu weit weg, aber dass die mobile Stadt eingenommen worden war, ließ sich nicht übersehen.

»Beeilt euch. Sie sind gleich da. Wir müssen durch ihre Linie, wenn wir nach Südwesten zu den Brombeeren wollen«, sagte das Haus, das jetzt, auf vier Beinen stehend und seine zwei Arme auskalibrierend, klar als sehr große Storarierin zu erkennen war. Severin half Lukas, durch eine bislang verborgene Fluchtklappe hineinzusteigen, und das Haus stellte sich dem Jungen vor: »Ich heiße Semitac-Sinhumen und mag deine Mütter.«

»Die siebte Integralleiterin?«, fragte der Junge und hielt sich wie Severin fest an Bohlen, die aus Trägerbalken guckten, während er die Füße fest gegen Holzschindeln zwischen Latten stemmte, die, wie er eben erst begriff, die Rippen eines Lebewesens waren.

»Integralleiterin … Ach, das ist lange her.«

Das Haus richtete sich auf und lief los, auf die Angreifer zu, um ihre Formation zu durchbrechen und die beiden letzten freien Menschen aus Kathrins Familie zu einem Tor zu bringen, durch das hindurch sie würden fliehen können.

6: Wiedersehen

Die Steinwand im Rücken war ein seltsamer Trost.
Kathrin taten alle Knochen weh, aber ihre Neugier war stärker: »Was ist mit dir passiert, Neschech? Ich kenne dich anders.«
Sie sah den Mann an, der sich Fajid Toril nannte, durch rotes Glas, das sie trennte.
»Stimmbruch«, sagte der Polizist mit einem Lächeln, das seine Augen nicht erreichte.
»Was willst du von mir? Mich töten?« Sie wollte es wirklich wissen.
»Nein. Und so wichtig, wie du meinst, bist du nicht. Es gibt größere Angelegenheiten, die jetzt meine sind. Politik. Nicht nur in diesem System. Mikolat … er versucht, Prodisten und Admins wieder zu einigen. Sieht das als menschheitlich orientierten … wie sagte Sanchez immer über ihren Quatsch? Patriotismus. Die Rengi haben mit ihm gebrochen. Sie setzen auf mich. Ich habe eine Fürsprecherin bei ihnen – die, die dich gefunden hat. Die Storema hat bei ihm angefragt, ob er ihr Feldeváye überlässt, kannst du dir das vorstellen? Dann will sie ihm gegen die Rengi beistehen. So kompliziert ist das, da draußen.«
Kathrin fragte heiser: »Was … was will die Storema mit Feldeváye?«
»Wer versteht sie schon? Sie sagen, diese Welt sei wie sie. Wahrscheinlich meinen sie das Zusammengezimmerte daran. Vielleicht ist die Kunst eine Stelis.«
»Und wird er ihnen den Planeten geben? Wird er die Menschen evakuieren? Mikolat?«
»Das soll er mal versuchen. Und er wird's. Er wird herkommen. Und ich werde ihm beibringen, wer Fajid Toril ist.«
»Wer ist das?«
»Niemand. Alle Toten. Alle Besiegten. Selbst deine Leute. Fajid

Toril, das ist die Rache von jemandem, den man vergessen wollte. Etwas, gegen das man nicht kämpfen kann, weil es stärker ist, weil es besser motiviert ist als ihr mit euren kleinen Umstürzen und Bewahrungssorgen und dem ganzen Tanztheater. Du wirst es auch noch sehen. Wenn ich zu dir zurückkomme. Aber bis dahin …«

Er schmunzelte, diesmal freute sich auch der Blick.

Sie war zu müde, nachzufragen, hob nur die rechte Braue. Er machte eine Geste, und eine der Stahlplatten in der rechten Wand begann, sich beiseite zu drücken, als Neschech sagte: »… freu dich über ein zweites Wiedersehen. Ihr habt einander viel zu erzählen – ich will da gar nicht stören.«

Er drehte sich um und ging an die Arbeit.

Liber Severini 8

Wann es zu weit ging?
Als sie in ihre Urbeen Häuser bauten, in denen niemand wohnen wollte, weil sie so scheußliche Fassaden hatten, und das damit begründeten, solche Fassaden müssen wir haben, damit wir wieder Graffiti kriegen, denn nur solche Fassaden fordern heraus, dass man sie entsprechend besprüht. Da ging es zu weit, und das, glaube ich, nicht die schlechte Behandlung sonst, war der Anfang des Unmuts der Lacs in den Urbeen.
Ich kann es nicht beweisen, aber ich glaube, die Menschen werden allgemein lieber getreten als ignoriert.

*

Ihr Blick schläft nie. Vor ein paar Monaten war sie noch eine ganz andere Sorte Mensch als jetzt. Nach der Erinnerung daran sucht sie im Spiegel, auf dem Bildschirm, im gemalten und geschriebenen Tagebuch an der Wand.
Dann fragt sie den vornehmen und beherrschten Irren, der sie geschaffen hat: »Hast du noch etwas, was du verbessern willst?« Er verneint. »Darf ich mich dann als fertig betrachten?« Er stimmt zu. »Wenn ich fertig bin, was machst du dann mit mir?«
Der Film gibt ihr darauf eine Antwort, die in die Frage zurückstürzt wie ein vom Himmel runtergeschossener Engel – und sie in etwas sehr viel Schlimmeres, Lustigeres und Mehrdeutigeres verwandelt, als die Akteure wissen wollen. Sie holen so viel heraus, wie sie dürfen. Sie berühren sich und die andern. Sie schießen aufeinander. Sie kaufen teure Gleitcreme und zerfetzen hübsche Kleidchen. Wer sind diese Leute eigentlich? Das Kabinett des Doktor Almodóvar, der hat Regie geführt: eine Menagerie von Schauspielerinnen und Schauspielern. Antonio Banderas, Arzt ohne Ehrfurcht vor dem Schicksal,

schnippelt, näht, pflanzt und züchtet sich einen Traum zurecht. Jan Cornet, Möchtegernvergewaltiger mit Bartflaum, zieht sein Opfer, das er nicht schänden kann, so vorsichtig wieder an, als wollte er sich entschuldigen. Marisa Paredes, ergraute Mutter, Hebamme und Verführerin, alt aber gelenkig, hetzt ihre Kinder aufeinander, um ihre unsühnbare Schuld loszuwerden. Roberto Álamo, Clown in Raubtiermaske, im Schritt ein Katzengesicht, fällt über eine Erinnerung her, weil er seine Libido mit seiner Ehre verwechselt. Elena Anaya, Spielzeug aus Fleisch und Blut, emanzipiert sich von der eigenen Verpackung, ohne sie abzustreifen.

Alle Leute in diesem Film sind Ungeheuer, und alle sind unschuldige Kinder. Almodóvar schmeißt ihnen eine Party und kitzelt sie dabei zum schmerzhaften Höhepunkt.

Manchmal klagen sie ihn an, das gefällt ihm –, dann reden sie, nur scheinbar an Mitspieler gewandt, direkt mit dem Schicksal: »Woher willst du wissen, wie ich empfinde, wenn ich es selbst nicht weiß?«, beschwert sich Banderas.

Ein Macho lernt sich entblößen und wird so zum Mann, weil der Part, den er geben soll, als einzigen anderen Ausweg die Transformation zur Witzfigur anbietet, der er um Haaresbreite entgeht: Zurr den Trenchcoatgürtel fester, böser Held, und halt die Pistole gerade. In den wenigen Szenen, die er mit seiner fragilen, gestörten Tochter teilt, sehen wir eine Fürsorglichkeit, die verrät: Aus Antonio Banderas hätte eine vorbildliche Mutter werden können, wäre das Kino nicht auf ihn reingefallen.

Vieles, das hier zum Lachen reizt, könnte man genauso gut beweinen, und respektiert es am Ende doch, als notwendiges Zittern bei kniffliger Kunst, die sich nicht entscheiden will zwischen Danse Macabre und Kindergeburtstag.

Ein Exerzitium in Kontrolle und Kontrollverlust also – »Könntest du bitte etwas ruhiger atmen?«, sagt der Horrormediziner. »Wenn es dich stört, dass ich atme, musst du mich töten«, erwidert sein Geschöpf.

Wörter und Sätze spinnen die Körper in Rollenkokons, um sie vor

den Fesselfällen des Fleisches zu schützen. Aber die Bilder, ineinanderfließende, atmende Tafeln aus Opulenz, Morbidezza, Gaunerlaune und Blutlust, öffnen diese sprachliche Verpuppung wie ein Lidschattenfalter, der mit den Flügelchen flattert. Er lebt. Er riecht gut.
Er weiß, dass er giftig ist, und freut sich darüber.

*

Dann fragte mich Navaline Edalati: »Es klingt vermutlich ganz abgeschmackt und voyeuristisch, aber ich frage mich: Wie war das, auf zwei Gleisen zu leben? Man erzählt sich ja alles Mögliche vom privaten Severin Rukeyser, es gibt Fächer in der Noos, klar ... eine Liebesgeschichte mit Kathrin Ristau sogar, nein, keine Angst, nicht antworten, so konkret will ich's gar nicht wissen ... es geht mir um was Abstrakteres. Ich wollte ja immer ... na ja, aufsteigen habe ich es mal genannt, aber vielleicht kann man es besser beschreiben als in diesem vertikalen Bild, es ist eher eine Sache von Rand und Mitte, Peripherie und Zentrum. Ich wollte immer mehr in die Mitte. Dahin, wo es um mehr geht. Und wenn ich so über das Leben von Severin Rukeyser nachdenke, dann fällt mir ein: Der war in der Mitte und draußen zugleich, der war nah an den Hauptereignissen auf Feldeváye in diesem Jahrhundert und wollte trotzdem sein eigenes Leben. Wie war das?«
Sie lachte dabei so entwaffnend, dass ich's ihr nicht abschlagen wollte, also versuchte ich eine Antwort: »Ich sehe es nicht so. Nicht räumlich, meine ich – weder als Geschichte von oben und unten, noch als eine von innen und außen, nah und fern. Für mich ist es eine ... ich sehe es als Zeitangelegenheit. Als Entwicklung, Weg ... das Besondere, das Untere, das Nahe, das Intime, das war der Anfang. Feldeváye hatte sich als Zufallsziel ergeben, für dieses Männerpaar, das weg wollte vom Schattenspiegel. Rein private Sache, und jetzt ... ich mag den Begriff ›Mündung‹. Ein Fluss, der ins Meer fließt – da bin ich jetzt: Diese privaten, persönlichen Belange lösen sich in etwas Historisches und Allgemeines auf, unten am Kap. Und

manchmal ... bei Flut ... schiebt sich das Meer in den Fluss, so dass der seine Strömungsrichtung ändert. Ich wohne jetzt im Norden einer Stadt, die nach einem Boot heißt, dass man an einem Stück aus einem Baumstamm gemacht hat, durch Aushöhlen. Vielleicht bin ich das: So ein Boot, auf dem Weg ins Meer, und im Augenblick dann doch wieder auf dem ... Rückzug, weil uns die Flut ins Private zurückgetrieben hat.«

Das fand sie hübsch und nahm es ohne Murren als wahre Auskunft entgegen, aber später, auf dem Heimweg vom Kap Hatteras, fiel mir ein, dass sich diese Antwort Severin und Carla gemeinsam ausgedacht hatten, während Klemens an was anderes dachte: Das Verhältnis zwischen dem Privaten und dem Allgemeinen ist weniger poetisch, weniger hübsch als in jenem Gleichnis gewesen für ihn, mich, Carla, uns – mehr so wie in dem kurzen halben Jahr, das Klemens in einer Wohnung unterm Dach in einem Altbau in Laischa verbracht hat, als ich im Koma lag, und er in der Nähe des Krankenhauses logieren wollte, um mich jeden Tag zu besuchen und sich Schuldquatsch einzureden, an meinem Krankenlager.

Das war eine Bruchbude, er wohnte im sechsten Stock, und in allen Etagen drunter wohnten Lacs und hörten unglaublich laute Musik, stampfend und pumpend, hirnlos aggressiv. Privat leben in dieser Epoche, die wir durchstehen müssen, würde Klemens sagen, das ist, wie wenn man in seinem schäbigen Apartment damals einen eigenen Gedanken denken wollte, und der Bass und der Beat der Musik unter seinen Füßen, die das nicht zulassen wollten, das ist die große Geschichte, das Allgemeine.

*

Eine storarische Stimme, Du kennst sie, wir vertrauen ihr, hat mich aufgeklärt: »Für uns, für die Storema, war es vor allem eine große Demütigung, als das alles begann. Geschenke aus Gedächtnisgrüften – dabei waren wir doch lange vorher mit Ausgrabungen in euren Altertümern beschäftigt, aber solchen, deren Wert viel offensichtlicher schien: Ohne uns wäre das alles vom Nomos verdeckt, unter ihm begraben gewesen, der Mengersche Schwamm, die Haltewahrscheinlichkeit Omega, die borromäischen Ringe, das Sieb des Erathostenes und die Galoissche Gruppentheorie, die Erbschaften von Abel und von Hilbert, Gödel, Chaitin, Grothendieck – aber was schleppen sie aus allen Richtungen der unendlichen Himmel auf diese kleine Murmel Feldeváye? Klecksbilder, Schauklötze, Dramen in Alexandrinern, Reggae, Kabuki, Documenta. Wir hätten uns am Kopf gekratzt, wenn wir Köpfe gehabt hätten.«

Immerhin eins haben sie also gelernt, was sie vorher nicht kannten: Ironie.

IX. SIEGEL IM FLUSS

Rather, it is the disappearance of what is
– potentially, at least –
a space of public interaction and communication
that I would regret.

Charlotte Klonk

1: Rotes Haus am Wasser

Der Bagger war ein Arbeitsplatz, als Zuhause nicht zwingend. Sie hätten auch in einem der viel zu großen Hotels der Stadt Einbaum wohnen können.
Das waren bis zu zwanzigstöckige, leer stehende Paläste mit Solarpaneelen auf den Dächern, vom goldenen Stern, Nemezal, der Freundlichen, ohne alle Wartung noch auf Jahrhunderte mit Energie versorgt.
Diese Hotels fand man, wenn man durch ein geborstenes Fenster oder eine zerstörte Tür eintrat, dieser Tage voller Olchnester, die ganze kleine Stadt fand das zum Lachen.
»Die Olche haben da drin«, hatte Clarence mal launig bemerkt, »ganze Zivilisationen errichtet«.
Lukas war sich nicht sicher, ob sein Liebster das nicht wörtlich meinte: Wie klug waren die Olche? Hatten ihre Züchterinnen und Züchter den bösen Funken Bewusstsein in sie eingesenkt, und sei's als Knospe? Ging die jetzt auf? Bauten sie Zivilisationen, Städte? – Städte für Olche im langsam heilenden Süden, weil niemand mehr aus den Städten der Menschen hierherkam.
Tourismus nämlich gab es kaum noch in diesem Weltwinkel, überhaupt auf ganz Feldeváye nur in bescheidenstem Ausmaß.
Wer die Urbeen heute noch in der Absicht des Umherschweifens verließ, fand Unterkunft bei dankbaren privaten Gastgebern für wenig D)s.
Hotels?
Die Olche kringelten sich.

Wolken wie geplatzte Kissen, Fäden von Arrheniuslicht, fein gesponnen zwischen Thyone und dem Schwestermond, der schon hinterm Horizont versunken war. Möwen, keine Midrai.
Die waren fast völlig verschwunden, im Schlachten und Sterben –

geflohen, gesegnet mit dem besseren Teil der Tapferkeit. Schimmernde Schnitte, Silbernarben auf dem Wasser, das sich ruhig zur Mündung wälzte.

Im Sommer saß Lukas früh, wenn die Wärme sich, noch trocken, langsam auf den Fluss legte, während Thyone, allmählich verblassend, drei Handbreit über der aufgehenden Sonne stand, rauchend und sinnend im freien vorderen Ausguck an der Nordreling des roten Wasserbaggers.

So sah er übers kupferrote Strömen hin, ans andere Ufer, wo der versiegelte Farbenwald lebte, den niemand betreten durfte.

Lukas fühlte sich dabei oft wie ein Olch auf einem Stein oder schmalen Blatt, eins dieser ungemein beweglichen, kleinen Tiere, weder Amphibien noch Echsen, mimikrybegabt – ein wimmelndes Geschenk der Schlangen, die Lukas aus der Zeit der Coms und ihrer Wanderschaft kannte, an die feldeváysche Ökosphäre.

Coms, Wanderschaft, bedrohte, aber stolze Freiheit: alles vorbei, wie der Hotelbetrieb. Dafür kannten die Olche ihren eigenen Tourismus: »Wie kommen sie eigentlich immer auf die Plattform?«, wunderte sich Clarence, und Lukas scherzte: »Sie haben halt keine Angst, zu schwimmen.«

»Aber was wollen sie hier?«, fragte sich Clarence.

Lukas konnte nur raten: »Dein honiggelbes Haar und deinen dichten Bart anpatschen. Vielleicht halten sie das für Flammen und wollen drin wohnen. Sie sollen ja von Salamandern stammen«.

Da Lukas und Clarence, wenn sie ihre täglichen kurzen Fahrten zu den Planken, damit zur Stadt hin und zurück unternahmen, stets darauf achteten, dass sie auf ihren beiden Booten nicht versehentlich etwas hin und her fuhren, das an seinem Platz bleiben sollte, vor allem nichts Lebendiges – vereinzelte, verwirrte Falter von drüben von der Plattform zu verscheuchen, war aufwendig genug, und was die für Feralseuchen übertragen konnten, wollte Lukas gar nicht wissen –, gab es tatsächlich ein kleines Rätsel: Wie überwanden die Olchtouristen die Strecke zwischen Planken und rotem Baggerkran?

Viele waren es nicht.

Manchmal fand Lukas einen oder zwei an der großen Seitenaufschrift des kleinen Häuschens aus rotem Stahl, in dem er mit Klemens lebte.

Oder sie hockten zwischen den Buchstaben, die erklärten, diese Konstruktion gehörte dem »Atollküstenprodul 3646 B/A/IV«, das längst nicht mehr existierte. Oder sie ringelten sich unter den beiden schwarzen Schloten, wo der weiße Dampf oben entwich, oder im Boot, oder auf der Terrasse, oder im anderen, hinteren Ausguck, oder auf den weißen Rahmen der nie geputzten Fenster, aus denen man an Regen- oder Sturmtagen hinausschauen konnte, oder unter der gelben offenen Kabine, mit der man sich vom Kran hochziehen lassen konnte bis an einen Punkt, von dem aus nach Südosten hin die ganze Stadt, nach Westen, Nord wie Süd, ein Großteil der versiegelten Küste sich ansehen ließ – der Blick reichte dann bis über Halle, Tares und die noch immer schwelenden und qualmenden Reste von Semeno. Schwaches Glitzern des Vulkanbergs, letztes Funkeln der gezackten, zerspaltenen Spitzen war zu erkennen.

Am Fuß dieses Berges hatte vor dem Kataklysmus das einzige Urbeum der Atolle, Messentu, vor Menschen gewimmelt. Die meisten waren gestorben, oder verwandelt worden, in neue Leute, von deren Eigenheiten man nur Gerüchte kannte. Sie lebten jetzt im Dickicht der Versiegelung, im Wildwuchs, den die Bomben zurückgelassen hatten, die aus Torils Gleitern in die Vulkane geworfen worden waren, um die Atolle zu vernichten.

Lukas Terryson, der als Lana Ristau geboren worden war, kannte den Zustand des diesseitigen Ufers und der ganzen Küstenlinie im Osten besser als die meisten, die hier lebten: von der Delabucht über die Delmarva-Halbinsel südlich zur Chesbucht, den äußeren Sandbänken überm Kap Hatteras und dem Schaukap bis hin zum »dritten Zacken«, zu dem die Stadt Einbaum gehörte, und weiter zur Flussmündung, an die sie sich schmiegte, wo das inzwischen reichlich ausgefranste Wiederaufbau-Produlsystem den roten Wasserkran positioniert hatte, zunächst als prodistische Soforthilfsmaßnahme, inzwischen als vernachlässigten Außenposten, weil es gar so viele Feralkunstide und andere Scheußlichkeiten im Wasser glücklicherweise nicht mehr gab.

Lukas hatte die makrohistorische Entwicklung der Strandlinie verfolgt, war sich des Gefälles zwischen dem letzten glazialen Maximum und der Küstenhöhe in der gegenwärtigen Zwischeneiszeit bewusst und malte sich manchmal aus, wie katastrophal die Folgen von Torils Kriegführung bei niedrigerer Küste gewesen wären.
Es gab Kolleginnen und Kollegen in dem, was vom Filter- und Baggernetzwerk übriggeblieben war, die nüchterner darüber dachten als er: Die natürliche Ausdünnung der Atolle wie der Landsprengsel im Fluss, die sich innerhalb von Jahrtausenden, manchmal auch schon Jahrhunderten ohnehin vollzog, das stete Ins-Meer-gewaschen-werden, war von einigen Untaten Torils einfach beschleunigt worden.
Nichts ist ewig.

So kühl konnte Lukas die Sache allerdings nicht sehen. Seine Erinnerungen ans Chaos kamen nicht aus der Noos, sondern aus dem Erleben.
Damals: Das war nicht weg, das saß im Körper.
Zwei Flüchtlinge hatte ein Brandwind – damals – mitten in die Hölle gestoßen, erinnerte sich Lukas, Flüchtlinge, die im beinah tödlichen Irrtum befangen gewesen waren, Torils Metzgerhand entkommen zu sein, die sie zuvor bis in die Brombeerfelder verfolgt hatte.
In die Sümpfe. Dann: der Sprung durch Conlons Tür, im Haus, das ein Freund war.
Unsanft waren sie aufgeschlagen am Stadtrand vor Messentu, unter einen Horizont der stürzenden Türme, brechenden Brückenbögen und Menschenfackeln. Der Berg hatte geleuchtet, Gleißen war aus ihm geschossen wie Blut aus vielen Wunden, die Toril ihm beigebracht hatte.

Der berühmte Anblick, Zerrbild seiner selbst: Touristen, die es – damals – trotz beginnender Mangelzeiten noch gegeben hatte, waren hergekommen, um das Kaleidoskop der Hänge und Schluchten des Vulkans zu bestaunen, die einschüchternde Schönheit verwirrender Spektren, von der Miwon Kwon, die dorther stammte, einmal gesagt hatte: »Das Naturschöne muss auf eine Art, die wir noch nicht verstehen, in den Plan der Mennesker hineinspielen – vielleicht führen sie uns mit all der neuen geographischen, lokationalen, geologischen, topographischen Kunst auch bloß langsam an die Ahnung heran, dass Feldeváye selbst ein Kunstwerk ist. Der Messentuvulkan ruft nach Malerei und nach Aistheten, die ihn deuten, ungeachtet der triftigen naturwissenschaftlichen Erklärungen für sein Leuchten, das, wie wir wissen, von einer seltenen Kombination besonderer Flechten, Pilze und sozusagen aus dem Meer gekletterter Algen rührt.«

Jetzt gehörte, was von diesem Berg übrig war, zu den Unbetretbarkeiten.
Zur versiegelten Küste.
Einst hatten da zu drei Vierteln Lacs und anderweitig Archaische gelebt. Jetzt war die Giftgegend die unwegsamste Zone des Planeten. Einzig Entrückte liefen durch Laub und Gestrüpp.

Lukas, am nördlichsten Rand von Einbaum, in Sichtweite der Olch-Hotels, umgeben vom verwunschen Schönen des allerfrühesten Morgens im Sommer, dachte ans Versteck der storarischen Freundin, die ihre Feinde für tot hielten. Die Blätterkuppeln drüben sangen von atemberaubendem Licht, Chartreuseknistern, breitblättrig, dazwischen rosa Moosvorhänge, nussbraune Stämme, bebende Pfirsich- und Orangenblüten aus unablässig widereinander raschelnden Rautenmembranen, Safrankapseln, schleierige Lavendelgräser, höher als selbst die rotlackierte Leiter, auf der Lukas in den Ausguck gestiegen war, und Abermilliarden weißer Perlen der noch schlafenden Instisaschmetterlinge, die mit leisem Plopp platzen würden, wenn die Wärme auf dem Fluss zu schwe-

ren Schichten feuchter Mittagshitze aufging, in deren Flimmern die Instisas tanzen konnten, auf ihren erratischen Wegen, von Rautenblüte zu Rautenblüte.
Lukas wusste, dass er die versiegelte Küste mit ein paar trägen Schwimmzügen in weniger als einer halben Stunde hätte erreichen können, wenn er sich in das Wasser gewagt hätte, aus dem Clarence und er mit der Zweifachschaufel am Kran des Wasserbaggers Tag für Tag die lockere Schlammerde holten, um sie nach Feralkunstiden zu durchsuchen.
Er wusste aber auch, dass er damit Risiken eingehen würde, für die ihn Clarence (wo nicht schon die Natur der Sache) teuer würde bezahlen lassen.

Immer noch nämlich führte der Strom Spuren der Unruhen mit sich, die Fruchtmans Putsch gefolgt waren. »Zerschlagen«: Das sagt man so, und das war, was Torils rechte Hand mit den Schirmkriegerverbänden getan hatte, die treu zu Toril gestanden waren. Aber dass man das Wort buchstäblich auffassen konnte, sah man nirgends so deutlich wie hier – Zerschlagung schafft Trümmer und Splitter: Roboter, Wrackteile, vor allem aber die Gifte und Agenzien, mit deren Filterung, Sicherung, Untersuchung und Neutralisierung Clarence und Lukas ihren Lebensunterhalt verdienten, der freilich mählich spärlicher wurde – man erhielt Provisionen, in diesen Produln, und weniger Gift hieß weniger DJs.

Das Unheimlichste und Bizarrste, was der Fluss transportierte, war den beiden persönlich bislang nur von Kolleginnen und Kollegen an anderen Kaps berichtet worden, sie hatten es nicht erlebt: Bis vor wenigen Jahren sollen von den versiegelten Schlachtenstätten her Menschen, das heißt Soldatinnen und Soldaten, von tiefen Unterströmungen des Kupferwassers Richtung offene See getragen worden sein. Am Kap Hatteras etwa hatte man in dem Jahr, als Lukas und Clarence ihr jetziger Posten zugeteilt worden war, eine noch lebende Schirmkriegerin aus dem Wasser gefischt

– Lukas fand die Geschichte ganz unglaublich, aber Clarence hatte angedeutet, ihm sei der biolamontische Mechanismus durchaus bekannt und verständlich, der so ein Überleben in kryoschlafartiger Stasis über drei Lustren hin erlaubte.
Mehr, Clarence behauptete, sogar zu wissen, woher Toril sich diese Technik beschafft hatte: »Es ist eine alte Idee von deinem Großvater. Der hat mit den Schlangen zusammen dran gearbeitet – eine lamontische Inversion bestimmter Katafriktionseigenheiten – Enthalpiebremse, stachlige Sachen. Toril hat es stehlen lassen und in diese Rüstungen eingemantelt, die dazu gedacht waren, seine Schirmkrieger-Bodentruppen unzerstörbar zu machen – schwer getroffen sind sie dann einfach erstarrt, totale Inertialsperre, eine Art None-Prinzip.«
»None? Wie in: kein, keine, keins? Nichts niemand nirgends nie?«, hatte Lukas nachgefragt.
»Nein, von Non-Newtonian Liquid. Nicht-newtonianische Flüssigkeit, und zwar …«
»Schon gut. Grusel. Lass mal«, hatte Lukas abgewunken.
Enthalpiebremsen.
Hotels für Olche.
None.
Warum auch nicht?

Das Farbenspiel der versiegelten Küste gegenüber konnte Lukas nicht lange über die Wahrheit hinwegtäuschen, dass dies ein Ort war, an dem nur Leute leben konnten, die es aufgegeben hatten, der Heimsuchung durch das Unverständliche entkommen zu wollen.
Man hatte sich eingerichtet. Morgen mochte wieder Krieg sein, oder eine andere Unverschämtheit der Geschichte.
Dicht besiedelt war die Gegend nicht.
In der kleinen Stadt, an deren nördlichster Grenze der rote Wasserbagger stand, lebten nur noch ein Viertel so viele Leute wie zu Beginn der Unruhen – »Nicht alle, die's hier nicht mehr gibt«, hatte Clarence gesagt, der abends jetzt, nach dem Ende der Jahre

intensiver Filterarbeit im Flussbett, oft Stunden in der Noos verbrachte, um sich, wie er sagte, ein Bild davon zu machen, was in der Welt geschah, »sind getötet worden oder in andere Regionen umgezogen. Viele haben die Welt auch ganz verlassen – den Planeten. Während der Evakuierung vor drei Jahren.«

Hunderte von Millionen Menschen hatten die auf Fruchtmans Wunsch von Mikolat gewährte angeblich letzte Gelegenheit genutzt, Abschied von Feldeváye zu nehmen.

Dies war die »zweite Räumung« gewesen, nach der kleineren ersten für Nichtmenschen, mit der sich der Usurpator der Macht des Integralleiters als jemand hatte zeigen wollen, der Fremdspezies respektierte.

Es gab inzwischen nur noch etwa sechstausend Storarier und, nach zwei weiteren Evakuierungswellen, die auf die angeblich letzte gefolgt waren, höchstens ein paar Hundert Rengi, gegenüber immerhin dreihundert Millionen verbliebenen Menschen, auf dem Planeten der Letzten Künste.

»Unser Gestirn kann aufatmen«, pflegte Clarence zu sagen, »mit mehr Raum für die Geschenke der Lapithen, für Experimente mit unterschiedlichen Arten der Aufbewahrung, Positionierung, Inszenierung dieser Geschenke auch. Wären wir nicht so übervölkert gewesen, hätte es den ganzen Terror, hier Auswertung, da Coms, all die Missverständnisse und Konflikte vielleicht überhaupt nie gegeben. Guck nicht so, ich glaube das wirklich – der Fehler war, die alten Arten der Zivilisation, die wir im Zuge der Hidschra auf alle bewohnbaren Welten mitgenommen haben: Städte versus ländliche Regionen, lebendige versus idyllische, abgelegene, aber eben auch oft von der Gesellschaft und ihrer Geschichte abgehängte Regionen, und die Populationsdynamik, die Demographie, die Infrastruktur, das alles – es war den Künsten unangemessen. Deshalb die große Scheiße. Wir mussten erst zu einer … sozialen Welt gelangen, die besser passt.«

Wenn er so dozierte, guckte Clarence dermaßen unbefangen drein, dass Lukas es nicht über sich brachte, ihm zu widersprechen – es war ja auch nicht ganz verkehrt: Machte Lukas sich erst klar, dass der Konflikt zwischen seiner Mutter und deren Leuten auf der einen, der Auswertung und den Admins auf der anderen Seite einer um die Legitimität der Urbeen und der Omphaloi gewesen war, und dass sich dieses Problem wie eine Art geisterhafter Nebenwiderspruch in Rauch aufgelöst hatte, nachdem Toril erst einmal gestürzt war, so sprach vieles für ein Modell der jüngeren feldeváyschen Historie, das irgendwie dem glich, an das Clarence glauben wollte.

Andererseits – und wann immer ihm dieser zweite Gedanke einfiel, spielte ein melancholisches Lächeln um seine Mundwinkel, und er blies beim Paffen etwas Rauch aus den Nüstern, als wäre er ein zwar noch junger, aber schon ziemlich zynischer Drache – waren die alten Konflikte zwischen Coms und der Auswertung in den vergangenen anderthalb Jahrzehnten auch nicht einfach zu Nichts zergangen. Sie hatten sich eher vervielfältigt, in den Verwerfungen zwischen Retro-Aistheten, den beiden Fraktionen der Sops – Rethels Gemäßigten und Yerkas Wahnsinnigen –, Fruchtmans neuen SB, den emanzipierten wie den verkommenen Lacs …

Ein Gewirr wie drüben im versiegelten Wald. Nur weniger magisch, weniger bestrickend.

Wenn Lukas in seinem *woolgathering* so weit gekommen war und die Aussicht dabei lange genug genossen hatte, schloss er die Augen, spuckte die Pflicht-Zigarette aus dem Fenster aufs schwarze Eisendeck, atmete tief durch und begann das zweite Morgenritual nach der Betrachtung der nördlichsten der versiegelten Küstenstreifen: das Horchen und das Schnuppern, die ihm in Erinnerung riefen, wie gut es Clarence und er getroffen hatten, wie viel Glück ihnen geschenkt worden war.

Denn sie lebten noch. Und sie hatten Arbeit. Und sie verdienten genügend D)s damit, und hatten einander, und waren gesund.

Die Zaseken zirpten, die Möwen krächzten, von stadtwärts her erwachten Maschinen und Menschen.
Es roch nach Kaffee, den Clarence gekocht hatte, es roch nach den hölzernen Dielen des vertrauten *River Walk*, der südlich der kleinen Bucht endete, in der Clarence und Lukas zusammen auf dem roten Wasserkran wohnten, es roch nach dem kupfernen Wasser und nach dem quecksilbernen Atem der Reptilien, die ab und zu vorübertrieben, harmlosen Pflanzenfressern, bis zu drei Meter lang, von den versiegelten Flecken zögerlich migriert, in den schönen, erwachsenen fünfzehn Jahren seit den Unruhen.
Es roch, alles in allem, nach einem geschützten Zuhause, nach dem Ort, an dem Clarence und Lukas einander ihren gemeinsamen Wunsch nach einer Tochter oder einem Sohn würden erfüllen können.
Mantel, aufnehmende Liebe.
Flamme, gefräßige Liebe.
Samt, Liebe, auf die man sich bettet.

Seit Monaten werkelte Clarence unter Deck an der ausgemusterten Arpla, einem Import aus Mutter Kathrins alter Heimat, dem Thomasstreifen, der wochenlang auf dem Seeweg unterwegs gewesen war, bevor er den Wasserbagger erreicht hatte, und sparte sich jede Augmentation, jedes Ersatzteil, jede Optimierung D) um D) vom Munde ab. Sogar den Kalorienverbrauch für Noos- und, verdeckt, deshalb aufwendig, Solitonanutzung hatte er tabelliert, in Korrelation zu den entsprechenden D)-Beträgen gesetzt und auf Papier eingetragen, ja, sich eine Nebenarbeit ausgedacht: ein Buch, an dem er schrieb und für das er einen Sop-Verlag in Laischa gefunden hatte, dessen Vorschuss bereits in der Arpla steckte.

Lukas gähnte.
Etwas war anders als sonst.
Heute roch es nicht nach Kaffee – es war aber kein Feiertag, an dem der Bagger nicht in Betrieb genommen werden durfte, und also schlief Clarence nicht aus, sondern war auf seinem Weg: dem

etwa ein- bis anderthalbstündigen Lauf, den er täglich, morgens und abends, auf den Planken der Flussroute unternahm, angeblich, um körperlich in guter Verfassung zu bleiben, in Wirklichkeit wohl, um die schiere Funktionslust zu genießen, die dieser Mann inzwischen am Gehen und Laufen empfand, dieser zottige, bronzene, schmale Löwe, der einmal hatte fliegen und von jedem beliebigen Ort auf Feldeváye an jeden beliebigen anderen gelangen können, »aber das war früher, in einem anderen Leben«, pflegte er zu sagen, und klang dabei amüsiert – nur dass Lukas die Warnung deutlich mithörte: Sprich nicht von dem, der ich war, als ich Severin hieß, denn jetzt bin ich der Name, den ich mir aus Carla und Klemens gebacken habe, Clarence.

Ich werde Severin nur dann – erst dann – wecken, wenn die Zeiten wieder das werden, was sie damals waren und hoffentlich nie wieder sind: lebensgefährlich.

Lukas kletterte aus der engen Kammer, stieg aber nicht die Leiter hinab, sondern sprang direkt aufs Deck, wo er einen kurzen Handstand riskiere, dann sich überschlug, dann kerzengerade stand, sich reckte, streckte, schüttelte, noch einmal gähnte.

Jetzt rief er die Weltlinie seines Liebsten über Solitona auf, obwohl der das Verschwendung gefunden hätte. Lukas wollte wissen, wo der Löwe steckte, der ein Fuchs gewesen war.

Der Coifleteinstieg war erstaunlich niederschwellig, Lukas hatte Glück.

Die Suchautomaten fanden hunderte von nodalen feldeváyschen und Satelliten-Spuren, die normalerweise von den Scouts in Clarences diversen Persönlichkeitssiegeln hätten verwischt worden sein müssen. Anscheinend wollte der Löwe heute gern gefunden werden, eine Art Brotkrümelchenspiel, bei dem er selbst der Fütterer, Lukas die Möwe oder der Olch war.

Clarence hatte den üblichen Weg genommen, übers Conlon Pier (ohne Bindestrich: Das schrieb er in seinen Aufzeichnungen fast

immer falsch), nordwestlich vom Stadtratsgebäude und dem Mini-Omphalos in Einbaum, in dem zwei vor vierzig und sechzig Jahren am Kap gefundene Kunstwerke ausgestellt waren.
Im Riedgras hatte er sein Boot vertäut, war dann auf die Planken unter den tagsüber schlafenden Stillampenlaternen geklettert und hatte sich bis zu den B-Docks am ersten der aufgegebenen Hotels auf seiner Strecke in lockerem Lauf vorwärtsbewegt.
Westlich vom Hotel war er auf ein erhöhtes Pier gestiegen, wie Lukas eben in seinen roten Ausguck, hatte die Dächer von Einbaum im Morgenlicht glühen gesehen wie sein Freund, auch die bunte versiegelte Küste und das von ihrem Blühen überwucherte alte Kriegsschiff der letzten regulären SB auf Feldeváye, das Torils Verbrecherbande so lange zugesetzt hatte, bis Admingleiter von Zemelo eingegriffen und die Torilkiller mit Beschuss aus der Luft vernichtet hatten.

Am Hotel vorbei war Clarence danach auf dem Weg aus Brettern, das Technikdock nicht achtend, wo er manchmal mit den Flusswarten der lokalen Admins Karten spielte, immer weiter nach Süden gegangen, zunehmend langsamer, gemächlicher, nicht mehr im Trab, sondern als Flaneur zwischen den Schilf- und Großgrasflecken, vorbei am zweiten, größeren, aus vanillefarbenen Steinen errichteten Hotel, wo in den beiden unteren Stockwerken vor allem arme Lacfamilien aus dem Norden, in den oberen fast nur Möwen und Olche lebten.

Auf dem Bauernmarkt – richtig, der hatte heute ja, wie zweimal jede Woche, geöffnet – war Clarence länger geblieben. Mit Leuten aus Pachetum war er ins Plaudern geraten und hatte schließlich, wie eine Transaktionsbilanz des Kontos zeigte, das er und Lukas gemeinsam besaßen, für wenige D)s zwei warme, duftende Brote erstanden, außerdem Bananen – das war, als Lukas im Liegen, da, wo der schwarze Lack des Baggerdecks bereits angenehm erhitzt war, auf die Information stieß, erst wenige Minuten her.
Leicht ließ sich raten, was der Liebste als Nächstes tun würde: Ent-

weder er setzte sich unter dem lustig gemeinten Kunstwerk namens »südliche Gastfreundschaft« (einer lebensechten, aber im Maßstab 3:1 vergrößerten skulpturalen Darstellung der häufigsten fleischfressenden Pflanze auf den versiegelten Atollen) zu den Landleuten auf die Holztreppe, oder er kletterte auf den Aussichtsboden mit Geländer, direkt gegenüber dem Schlachtschiff, wenn er nicht noch ein paar Dutzend Schritte weiter nach Süden schlenderte, ins kleine Handelsdörfchen Chandler's Wharf, wo man ihm in einem der Cafés wahrscheinlich erlauben würde, eine Banane zu verzehren oder eins der Brote anzuschneiden, wenn er dafür andere Frühstückszutaten billig kaufte, oder bis zu einem der beiden Restaurants, zu George's also oder Elijah's, die allerdings, wenn Lukas sich nicht irrte, um diese Tageszeit beide noch nicht geöffnet hatten.

Lukas wählte, weil er's genau wissen statt raten wollte, den Liebsten direkt an – und sah als Erstes, weil Clarence es liebte, auf Anrufe so zu reagieren, durch dessen Augen das Kriegsschiff.
Der Löwe stand also auf dem Aussichtsboden. Als Nächstes hörte Lukas Clarence lachen und sagen: »Kannst mich nicht mal in Ruhe bisschen rumlatschen lassen und Inspiration für meinen ähm Roman sammeln?«, Mit einem Trick, den er vor mehr als der halben Zeit, die Lukas überhaupt am Leben war, von Conlon Nancarrow gelernt hatte, schaltete er einen syneskompatiblen Solitonakanal frei, so dass Lukas, den dergleichen trotz einiger Erfahrung im Umgang mit dem schnellen Menschen immer noch überraschte und freute, die Banane im Mund schmecken konnte, die der andere aß.

Sofort gab Lukas eine eigene CLP-Stafette frei und hörte Clarence im nächsten Moment theatralisch übertrieben husten, als der den Rauch der zweiten Zigarette, die sich Lukas eben halbbewusst angesteckt hatte, auf der Zunge spürte. »Chahch ... ah! Schon wieder dieses Wachmacherkraut. Grässlich. Pass bloß auf, dass du's nicht am Ende auf natürlichem Weg gar nicht mehr schaffst, den Schlaf abzuschütteln.«

»Was willst du denn, natürlicher Weg – soll ich mir meinen Tag vielleicht erst jeden Morgen erwandern, wie du, oder dürfen das nur Schriftsteller?«

»Mach dich nicht lustig. Ich bin bald fertig, nur noch …«

»Hab's gelesen. Du sicherst ja das Fach nicht.«

»Nicht gegen dich. Wenn du das für ungesichert hältst, nur weil du die Hälfte der Passwörter raten kannst und dich die Coifletfresser erkennen und durchlassen …«

»Schon gut. Musst nicht ablenken. Ich finde es … interessant. Das Buch. Den Roman.«

Das war ein Lob, mit dem Clarence nicht gerechnet hatte – er wusste, dass Lukas, gegen die Künste aus biographischen Gründen immer ein bisschen miesepeterig, mit der jüngsten Mode, besonders der literarischen und schauspielerischen Zweige der aisthetischen Renaissance auf Feldeváye, nicht viel anfangen konnte und jedenfalls reserviert reagiert hatte, als ihm vor einem Jahr eröffnet worden war, dass Clarence dies ganz anders sah. Der nämlich mochte die Idee, dass man »hier, auf einer Welt, wo man so lange viele Bücher für ein einziges ausgegeben hat und sonst keine kennen wollte, jetzt, nach der schlimmsten Zeit, die diese Welt erlebt hat, aus der einen gemeinsamen Erfahrung des Bürgerkriegs und der Verwüstung viele neue Bücher machen will.«

Jetzt fragte Clarence, ohne Verstellung, Ironie oder anderen Selbstschutz: »Wirklich? Interessant? Soll das heißen, du magst es?«

»Na ja, mal sehen«, sagte Lukas und zog seine Antwort ein wenig in die Länge, mit übereinander in die Coiflets hineinsynthetisierten unbestimmten Geräuschen und Stummelwörtchen der Sorte »mmmhhh«, »ähhh« und »aaaalso«, bis kleine Knipslichter ihm damit drohten, Clarence werde umgehend die Verbindung unterbrechen, wenn nichts Gehaltvolleres folgte.

Lukas lenkte ein: »Gut, du hast eine lange Geschichte geschrieben, mit vielen Figuren, Handlungsorte im ganzen Universum verstreut – das heißt einem erfundenen Universum mit einer auf viele Welten ausgewanderten Menschheit, also schon wie der, die wir draußen tatsächlich haben ... das kommt natürlich dem Fernweh vieler Feldeváyer entgegen, wo wir doch schon so lange isoliert sind, blockiert, von der großen Politik abgeschnitten ... Spielball ... und aus der komplizierten Zivilisation, die es wirklich gibt, hast du ein Art Königreich gemacht, mit einer mysteriösen, eiskalten, lasziven und hochinteressanten Herrscherin, die natürlich ein bisschen nach Kathrin modelliert ist ...«

Das Sichtfeld mahnte und drohte in Orange, darüber wollte Clarence also nicht reden. Aber Lukas, einmal dazu aufgelegt, sich zusammenhängend und ausführlicher als sonst zu Clarences Arbeit zu äußern, ließ sich nicht davon abbringen: »Und der Held, der sie liebt und den sie – na, das lässt du offen, damit es spannend bleibt – möglicherweise auch liebt, ist ein Exilant, nach einem gescheiterten Aufstand – der hat Züge von Toril, klar, aber auch von dir, und vor allem: Züge von uns allen, denn dass man uns vertrieben hat aus der Mitte der Welt, das gilt ja wieder für alle Feldeváyer. Wir dachten früher ... na ja, es war immer schon eine ziemlich eitle Illusion, aber wir lebten alle in dem Gefühl, wir müssten wohl die wichtigsten Leute auf der wichtigsten Welt sein, warum sonst hatten uns die Lapithen als Kuratoren ausgesucht für ihre Geschenke – Lapithen, Diener der Mennesker und Vermittler zwischen allen Welten, mit dem grünen Leuchten, den Verkürzerports, die bei dir natürlich auch vorkommen, unter anderem Namen ... und die Moral, gut, am Ende sagst du wohl, das heißt: Darauf steuert's jedenfalls zu, wenn ich es richtig lese, am Ende ist eben doch das Exil nur ein scheinbares – während sich in der wirklichen Welt Kriege entwickelt haben, die so riesig sind, dass das bisschen strategische Bedeutung unseres skurrilen Planeten zu nichts zusammengeschmolzen ist und Mikolats Blockade nur noch formell besteht, weil der Mann längst anderes zu tun hat ... Prodisten gegen Prodisten, Admins gegen Admins und alle Intelligenzwesen, die wir kennen, an tausend Orten gegeneinander und gegen die Menschen, wo nicht schon offen gekämpft wird, wird zumindest konspiriert ...«

»Das sage ich? In dem Buch?«

»Du sagst ... einerseits, wir, also unser Leben, unsere Geschichte, das sind nur Schaumränder von gewaltigen Wellen, und andererseits ... es hängt, Exil hin, Verlust der Mitte her, doch alles mit allem zusammen, und darin scheint dann auch wieder sowas wie die Hoffnung auf, wir könnten aus der Peripherie fürchterlicher Vorgänge, die wir weder verstehen noch beeinflussen können, irgendwann doch nochmal wieder als Zentrum unserer eigenen Welt und Geschichte ...«

»Wie fandest du denn«, mischte sich Clarence ein, »die Idee, aus den Padurn ein sternenfahrendes Volk zu machen?«

»Ja, hab ich mir schon gedacht, dass deine ›Binturen‹ sowas sein sollen – ein spätes Geschenk an Zainab, nicht?«

»Und eine Verbeugung vor denen, die uns, als wir Coms waren, so oft und so treu geholfen haben.«

Das war nun ein zu ernster Satz, als dass sich weiter scherzen ließ.

Lukas dachte an die Brombeer- und Baumhauszeit vor Torils Angriff, an Terrys Tod, aber auch an die, ja, wirklich: glückliche Kindheit, von der er erst jetzt, als längst erwachsener Mann, der sich langsam ein eigenes Leben, eine eigene, wenn auch erst sehr kleine Familie schuf, zu ahnen begann, wie gesegnet, offen, frei, lustig und daher rar sie wirklich gewesen war.

»Lukas? Noch da?«

»Ja.«

Neckisch, zärtlich: »Wie findest du meine versteckten Welterklärungen?«

»Du meinst die physikalischen Metaphern für Menschengeschichten? Bisschen spenserianisch.«

Lukas hatte sehr viel gelesen, seit sie auf den Wasserkran gezogen waren, obwohl er die neuen Bücher nicht mochte. Die alten und die ganz alten liebte er – es steckte, fand Clarence, so etwas wie eine späte Opposition, Rebellion gegen Kathrin Ristau dahinter: Die Mutter war ganz vom Visuellen, vom *white cube* und der *site specificity* und solchen Sachen eingenommen gewesen, nun ent-

wickelte sich Lukas komplementär zum Wörtermenschen, Literarizisten.
»Spenser, das ist doch ein Kompliment«, fand Clarence, der, da er der schnelle Mensch war, noch mehr gelesen hatte als sein Freund. »Aber was will das Kompliment sagen?«
»Na ja, ich meine solche Benennungsfantasien – wie er das mit den Blumen gemacht hat, machst du es mit technischen Sachen –, dass die Lamontik bei dir ›Progma‹ heißt zum Beispiel, in antikem Englisch, *programmable matter* – da suchst du eine Ursprache, die, wo sie was benennt, auch gleich das erklärt, was sie tauft.«
Clarence freute sich: »Das hätte von Kathrin sein können. So hat sie das auch immer gemacht, beim Bewerten von Kunst: eine kleine, profilierte Definition raushauen, die als Tätigkeit beschreibt, was die andern, zum Beispiel in der Auswertung, immer nur vom Resultat her sehen konnten.«
Lukas setzte zu einer Antwort an, wurde aber vom strengen Schrillen der Schaufelsirene unterbrochen.
Im Gesprächsfeld beider Männer meldeten blaurandige Rauten ein »Objekt«.
»Hat er was gegriffen?«, fragte Clarence. »Der Bagger?«
Lukas sprang auf, spähte nach dem Kran, nach der Kette.
Lief zur Reling, sah ins Kupferne.
Die Strömung war jetzt zügiger als vorhin, aber Lukas schüttelte mit dem Kopf: »Ich kann nichts erkennen. Ich lasse heben, ja?«
»Wenn die Schaufel nicht sagt, dass es lebt oder ein Tiefenlicht oder sonstwie … gefährdet ist«, widersprach Clarence, der aufgestanden war und schon begonnen hatte, im Laufschritt nach Norden zurückzukehren, »dann lass das noch bleiben, bis ich komme, ja? Wir können es zusammen rausholen. Ist sicherer.«
»Stimmt. Aber das mittlere Deck räum ich frei.«
Als Clarence die Verbindung trennte, begann Lukas augenblicklich mit der Arbeit.

Seine erste Aufgabe überraschte ihn: Es galt, einen kleinen, flinken Olch von der Trittleiter zum Wohntrakt zu verscheuchen, mit

Händen, Rufen, angedeuteten Tritten, bis der endlich auf dem Fenster saß, weit genug weg von der im klaren Sonnenlicht inzwischen stark erhitzten Fläche, auf die der Greifer an der Polykette seine Beute ablegen sollte.
Lukas brachte die Beschäftigung auf Touren, und der Olch staunte, wie schnell der Mann danach eine Reihe von Schwierigkeiten meisterte, für deren Bewältigung das Regularium der Räum- und Reinigungsproduln eigentlich mindestens zwei, wo nicht drei Personen vorschrieb.

Als Clarence etwa fünfundzwanzig Minuten später über die Reling an Bord kletterte, war er nicht allzu überrascht, erkennen zu müssen, dass Lukas sich nicht an die Abmachung gehalten, sondern das über und über muschelbedeckte, kalkstachlige, algenumschlungene, schwarz tropfende Objekt bereits hatte heben und auf der Plattform ablegen lassen.
Es war eine menschliche Gestalt.
Die Umrisse ließen sich nicht verkennen – eine Schirmkriegergefechtsrüstung.
Instrumente allerdings, mit denen man hätte hineinhorchen- oder schauen können, etwa um festzustellen, ob die Person, die da so finster verplombt war, noch lebte, hatte Lukas nicht aus der Laborkabine geholt.
Er vertraut mir mehr als den Apparaten, dachte Clarence. Ohne ein Wort machte er sich daran, dieses Vertrauen zu rechtfertigen. Langsam und konzentriert ging er zweimal, spürend, mit allen sonst schlafenden besonderen Sinnen tastend, um die gefällte Figur herum, die wie eine verwitterte Bildsäule aus der Vorgeschichte der Menschheit aussah.
Dann nickte er.
Schloss die Augen.
Öffnete sie, horchte.

Selbst das Insektenzirpen hielt die Luft an, als Clarence, keine anderthalb Schritte vom Kopf des Fundes entfernt, langsam in die

Knie ging, beide Hände ausstreckte, die Handflächen nach unten, und wartete, sich dabei stimmte wie ein feines Instrument, sich Eindrücken öffnete, die man mit Menschenworten nicht beschreiben konnte.
Eine Art Licht, aber kaum sichtbar, wechselte zwischen seinem Gesicht und den größeren Flächen des Objekts ein paarmal den Ort. Als Clarence fertig war und wusste, was er wissen wollte, fiel ihm beim Aufstehen ein, dass es noch einen weiteren Grund gab, warum Lukas nicht die Messgeräte geholt und mit dem Scannen begonnen hatte, außer dem Wunsch, Clarence an der Entdeckung teilhaben zu lassen und dem Älteren damit das Vertrauen zu beweisen: Kathrins und Mauras Sohn wollte nicht gern in Berührung kommen mit einer Zeit, die ihm alles weggenommen hatte, was ihm als Mädchen, als Jungen, überhaupt als Kind lieb und wert gewesen war.

Lebendige Schirmkrieger sollte es am besten nicht geben, keine in die Kämpfe verwickelten Zeugen der damaligen Zeit außer ihm selbst und Clarence, die miteinander so selten wie möglich darüber redeten. Als Clarence diesen mit Mühe komprimierten und im Halbbewussten versteckten Gefühlshaufen bei Lukas erkannte, hätte er dem andern gern erspart, was es zu sagen gab.
Aber täuschen wollte er ihn genauso wenig. So erklärte er schlicht: »Sie lebt.«
»Sie?« Lukas sah skeptisch aus, aber Clarence wusste, es lag nicht am Unglauben, es lag am Unbehagen.
»Ja. Eine Frau. Schirmkriegerin, aber … irgendwie nicht ganz.«
»Wie, nicht ganz?«
»Sie lebt in … ich, es … ist nicht deutlich, aber da gibt es einen Konflikt.«
»Konflikt? Mit den Coms und Lacs?« Das klang jetzt sarkastisch, und dazu steckte sich Lukas mit übertriebener Lässigkeit die nächste Zigarette an. Er blies den Rauch aus dem Mund, mit einem Geräusch der Ungeduld.
Clarence riet zweifelnd: »Nein, mit sich selbst. Ihren … ich kann

ihren Namen nicht lesen, keine Kennung und ... der ... das Hirn ... na ja«, der Löwe zuckte wie entschuldigend mit den Schultern, »wenn du fast sechzehn Jahre bewegungslos, aber körperlich in guter Verfassung, auf deine Befreiung ... Erweckung ... gewartet hättest, träumend, schlafend, aber doch fähig, zu denken, wenn auch sehr langsam, und von Resten deines Wachzustandes umgetrieben ... wärst du wahrscheinlich auch ...«

»Verrückt. So, bewegungslos«, Lukas schnaufte, als strenge er sich körperlich sehr an, dann räusperte er sich und begann erneut, ruhiger jetzt: »Wie geht das eigentlich? Bewegungslos? Du hast mir's mal erklären wollen ...«

»Fit bleibt sie«, sagte Clarence, und ging, von Lukas begleitet, zum Wohnhäuschen, um ein paar Dinge zu holen, die er für das brauchte, was jetzt nötig war, »weil die Enthalpiebremse ... also, in ihrer Haut ist eine Lamontik, und das kleinste bisschen kinetische Energie oder Wärme oder was auch immer von draußen, was ihr zugefügt wird, wandelt diese Lamontik hocheffektiv in Energie um, hält den Metabolismus, wenn auch auf ... Sparflamme, am Leben, versorgt Muskeln und Sehnen mit Impulsen, die das Krampfen und die Atrophie verhindern, simuliert Bewegung, arrangiert Zellen neu, repariert und strafft und entspannt Gewebe, ölt die Reibeflächen und verteilt den Druck ... das alles im Nonefilm, der zwischen der Rüstung und dem Menschen als eine Art Gel ...« Er raffte hastig Sachen zusammen, Impulsgeber, Aktuatoren, Sonden, Schallsprenger, und Lukas, der ohne Kommandos oder Bitten wusste, welche Sorte Geräte gebraucht wurde, sammelte weitere ein und fiel dem Freund ins Wort: »None. Das ist diese Flüssigkeit, von der du erzählt hast, ja?«

In Eile, zerstreut, erwiderte Clarence, der plötzlich wirkte, als ob er etwas sehr Wichtiges nicht fände, das er dringend brauchte: »Einfach Ketchup in andersrum.«

Lukas zog die Stirne kraus: »Ketchup, wieso?«

»Na, im Gegensatz zu normalen newtonischen Flüssigkeiten ... wenn du normale Flüssigkeiten, Sachen wie Wasser, deren Verhalten Newton beschrieben hat, rührst, fließen lässt, dann variiert die Viskosität nicht – das bleibt immer gleich bereit, zu rinnen, zu spritzen, zu schwappen. Wenn du mit einem Stab drin rumrührst, hängt die Geschwindigkeit, mit der du das machen kannst, von der Kraft ab, die du aufwendest. Aber Ketchup zum Beispiel, wenn du das rührst – also, je mehr du es rührst, desto einfacher lässt es sich rühren. Es lockert sich, es wird dünner, wenn du es rührst.«

»Da gibt's noch andere Beispiele als Ketchup, oder?«, sagte Lukas, legte die Sachen, die er trug, auf einen Tisch und nahm, weil auch Clarence jetzt die eingesammelten Instrumente auf den Boden gelegt hatte und an einer Halterungswand mit zusammengekniffenen Augen nach einem Hammer, einer Zange oder ähnlichem suchte, eine der Bananen, die der andere mitgebracht hatte, vom Drehstuhl. Während er sie schälte, sagte Clarence: »Klar, Joghurt. Mayonnaise. Aber das Gegenteil gibt es eben auch – je stärker du drin rumrührst, desto fester wird es, und zwar schneller als linear. Treibsand. None-Rüstungen, Rüstungen mit nicht-newtonischem Gel drin, funktionieren so: Sie kriegen einen elektrischen Puls ab, wenn die Rüstung von außen so hart getroffen wird, dass die Person, sagen wir, heftig durch die Luft geschleudert wird, und das Zeug wird rigide, aber körperangepasst: ein harter Dämpfer.«

»Und bei den im Gewirr verlorenen Schirmkriegerinnen und Schirmkriegern«, setzte Lukas an, aber Clarence hatte nicht die Geduld, ihn ausreden zu lassen: »Ja, da ist das Zeug dann manchmal durchgebrannt, also fest geblieben, weil Gefechte eben doch immer was anderes sind als Simulationen, und wenn sie so im Dschungel drüben, in den versiegelten Zonen, aufgeschlagen sind, oder in die Lava gefallen, dann stehen oder liegen sie da immer noch, und wenn sie in den Fluss gefallen sind …«

»Trägt der sie langsam ins Meer, südlich von Einbaum« endigte Lukas den Gedanken, beeindruckt und befremdet zugleich.

Clarence nahm einen Schallschraubenzieher, den er offenbar gesucht hatte, aus seiner Klammer, hob dann das ganze abgelegte

Zeug auf und eilte an Lukas vorbei, der mit der Banane fertig war, zurück aufs Deck, wo er sich sofort daran machte, die Soldatin, wie er sagte »vorsichtig aufzutauen. Das geht jetzt vier bis sechs Stunden.«

»Du bist ziemlich wild drauf, sie aus der Schale zu bekommen, was?«, fragte Lukas, während er ohne besondere Hast hinterherkam, und die unausgesprochene Implikation war nicht zu überhören: Gibt es etwas, das diese Soldatin betrifft, das du mir nicht sagst, obwohl ich es besser erfahren sollte?

Clarence schwieg und arbeitete, nicht verbissen, aber ungewöhnlich sorgfältig.

Normalerweise hatte der schnelle Mensch eine fast frivole Freude am rasenden Freilegen von Funden aus dem Fluss, erledigte seine Arbeit mit Gebläse und Pinseln, Kratzwerkzeug und Wärmetrenner gleichsam aus den Handgelenken, pfiff manchmal ein Lied dabei.

Aber an diesem Morgen schwitzte er in dünnen Bächen, schob die Brauen über der Nasenwurzel zusammen, wenn ein Losschrauben von Panzerplatten, ein Auskratzen von fettigen Gelenkstellen, ein Wegblasen von körnigem Moder nicht so gelingen wollte, wie er's jeweils vor dem inneren Auge gesehen hatte, und bei alledem schwieg er, ließ sich auch von kleinen Bemerkungen des Freundes, der ihm geschickt, aber nicht ehrfürchtig zur Hand ging, in kein Gespräch ziehen und machte auf Lukas insgesamt einen Eindruck, bei dem er lange zurückdenken musste, um auf Bilder zu stoßen, die ihn an das erinnerten, was er hier sah.

So fragte Lukas schließlich, als die letzten Beinschienen abgenommen wurden und man die Hülle erreicht hatte, in der das Gel fixiert war, von dem Clarence ihm erzählt hatte: »Komm schon, ja? Irgendwas stimmt nicht mit der Frau, richtig? Irgendwas ist anders, als du mir erzählt hast. Der … Konflikt, hast du gesagt?«

»Schh«, machte Clarence, zumindest eine Spur gereizt – etwas, das Lukas an ihm gar nicht kannte. So ließ er den Älteren in Ruhe, als der mit langen Scheren, deren Schnittkanten glühten und auf deren Klingen die harte Mittagssonne blendend weiße Reflexe aufflammen ließ, das synthetische Gewebe aufschnitt.

Mit einem Pulstrockner versetzte er der bernsteinartigen Substanz zwei elektromagnetische Stöße. So lief sie schließlich blasenwerfend, blubbernd, schäumend ab.
Die Gestalt darunter war nackt.
Sie glänzte wie von Sonnenmilch und war im Gegensatz zu dem, was Clarence vor zweieinhalb Stunden behauptet hatte, zwar bis auf zwei dünne dunkle Augenbrauen vollständig haarlos, aber eindeutig männlich.
Lukas war nicht nach Einspruch oder Rechthaben – ehrlich verwundert rieb er sich den Hals, richtete sich auf, stemmte die Hände in die Hüften, streckte sich, schüttelte sich aus nach der harten Arbeit und sagte tonlos, fast kleinlaut: »Hm. Ein Kerl. Hätte ich nicht …«
Wieder fiel ihm Clarence ins Wort, jetzt aber nicht mehr ungeduldig und angespannt, sondern eher wie jemand, der völlig verwirrt ist und dabei um Hilfe bittet: »Kannst du ähm … Handtücher holen? Und einen Eimer Wasser aus dem Tank, oder einen Kanister?«
Lukas nickte.
An der Sache, nahm er an, war mehr, als man sah und Clarence vorläufig verraten wollte, der den etwa dreißigjährigen, athletischen, von auffälligen körperlichen Merkmalen freien Mann jetzt auf den Bauch gedreht hatte und ihm Rücken und Nacken massierte, während die Finger des aus dem Wasser Gezogenen sich wie bei einem träumenden Tier langsam im Spiel auf unsichtbaren Klavieren zu bewegen begannen.
Als Lukas mit dem Wasser und den Handtüchern zurückkam, saß der Mann leicht zitternd auf zwei alten Gummireifen, die Clarence vom Backbord-Abfallhaufen geholt hatte, ein wenig in sich zusammengesunken, mit gesenktem Kopf, und schien zu lachen oder zu weinen. Clarence stand, ihm nicht vollständig zugewandt, in etwa anderthalb Metern Entfernung, und fuhr sich, während er ihn betrachtete, ohne ihn anzustarren, mit der Hand durch den

Bart, eine Geste, die Lukas als Anzeichen dafür kannte, dass Clarence parallel dazu irgendetwas in der Noos überprüfte.
Als Lukas vorsichtig sagte: »Clarence? Brauchst du ...?«, sah der Mann auf – er hatte hellgrüne, intensive Augen, hohe Wangenknochen, ein Gesicht also, das doch etwas markanter war, als Lukas beim ersten flüchtigen Hinsehen gedacht hatte – und sagte: »Fünfzehn Jahre. Kinder. Fast sechzehn. Kann das ... stimmen?«
Lukas wusste nicht, was er darauf erwidern sollte, also ging er einfach auf den Mann zu und gab ihm den Kanister und die Handtücher. Die Tücher legte der Soldat hinter sich, dann hob er den Kanister mit doch recht kräftigen, überraschend sicheren Armen über seinen Kopf und stellte sich unter das aus der Öffnung stürzende Wasser wie unter eine Dusche.
Als nichts mehr im Kanister war, trocknete er sich ab und schüttelte sich.
»Ich hatte recht«, sagte Clarence, und sah Lukas das erste Mal seit dem Beginn der Arbeit an der Freilegung des Geretteten direkt an, liebevoll, aber unausdeutbar melancholisch.
Lukas, erstaunt, dazu allmählich leicht verärgert, erwiderte den Blick und sagte: »Womit?«
»Dass er eine Frau ist. War.«
»Wieso, äh ...«, begann Lukas, zu protestieren, aber der Mann fiel ihm ins Wort: »Ist ja nicht so ungewöhnlich. Du warst auch erst Ristaus Tochter.«
Bevor Lukas seiner Verstörtheit Ausdruck geben konnte, streckte ihm der Mann die Hand entgegen: »Tatjana Cortés, Doppelagentin.«
»Du ... du hast Tarik Jaivedh ... umgebracht.«
»Ja, und ich bin nicht stolz drauf. Aber dein Großvater hat mir eine zweite Chance gegeben. Ihr wart ja damals schon ganz gut, mit der Geschlechternummer. Ich wurde ein Mann – Fabrizio Daudet – und schnell wieder ein Schirmkrieger. Ich sollte Toril aushorchen. Und wenn der mich nicht hierhergeschickt hätte, um die Atolle zu verwüsten, hätte ich euch ... wenn ich ihn«, er nickte in Richtung Clarence »und das, was er mir gerade aus den letzten

fünfzehn Jahren in den rostigen Kopf überspielt hat, richtig deute, ziemlich nützlich sein können. Vielleicht nicht so nützlich wie all die Möbel, die in Wirklichkeit Storarier waren und Fruchtman dabei geholfen haben, Torils Reich zu zerschlagen, bevor er ernste Dummheiten machen konnte … Arrhenius, stimmt das, ist immer noch eine scharfgemachte Bombe, richtig? Sie sind nach wie vor am Entschärfen, die Fachleute?«

»Es war knapp«, bestätigte Clarence.

»Tja. So vieles, das ich noch nicht weiß«, sagte der Agent, nein: die Agentin kopfschüttelnd.

»Aber ich weiß genug, um euch sagen zu können: Das, was ihr in der ganzen Zeit seit dem Putsch und den Unruhen geglaubt habt, ist nicht vollständig wahr. Toril zum Beispiel. Der ist nicht tot.«

Clarence und Lukas wechselten einen Blick, den er nicht sollte deuten können. Er versuchte es gar nicht, sondern fuhr fort: »Gebt mir was zu essen, und ich erzähle euch mehr.«

»Worüber?«, fragte Lukas, mit offener Ablehnung in der Stimme.

Der Gerettete sah ihn entwaffnend an: »Deine Mutter. Eine deiner beiden Mütter jedenfalls. Kathrin Ristau. Sie ist seit fünfzehn Jahren verschwunden, richtig? Hat Clarence mir per Coiflet gezeigt. Die Unordnung ist riesig: Die Coms verstreut, die Aistheten wieder da, aber schwächer, diese neuen … Sops … unter den beiden Leutchen aus Tumak … Schismata überall, kein Land in Sicht, und die ordnende Hand der Prophetin fehlt.«

»Und?« Jetzt war es Clarence, den der Tonfall, leicht ironisch, reichlich selbstgewiss, zu irritieren anfing.

Fabrizio, der Tatjana gewesen war, sagte: »Ich glaube, ich weiß, wo Kathrin Ristau steckt.«

2: Gut wirtschaften, sich nicht erwischen lassen

Manchmal erhoben seine Opfer großes Geschrei und tobten; danach trat dann eine tiefe Stille ein, wie in einer Küche, in der eine Ente geschlachtet worden ist.

Honoré de Balzac

Seit der Geldreichtum auf Feldeváye Einzug gehalten hatte, waren wenige Menschen zu mehr davon gelangt als Yang Xianzhen.
Der schlaue Mann lebte bescheiden.
Er kleidete sich in schlichte dunkelblaue Overalls, trug antikisierend-römische Frisuren, feierte keine rauschenden Feste, leistete sich keine Skandale, lebte, so schien es, inzwischen ganz der Kontemplation, förderte Künste in einem Ausmaß, von dem vor den Unruhen so mancher Omphalos überfordert gewesen wäre, und bewohnte eines der schönsten Häuser in Tumak, einen Palast am Nordhang eines der Weinberge in den Außenzonen der Stadt – der Baugrund war an eben der Stelle erworben worden, an der man vor dreihundertfünfzig Jahren ursprünglich einmal den tumakischen Omphalos hatte errichten wollen; Abstand genommen hatte man von dieser Idee erst, als die Prodisten durchgerechnet hatten, wie aufwendig die Urbanisierung des Berges, die Freisprengung der Felsen und Errichtung eines Stadtkerns an dieser Stätte gewesen wäre. »Da man seinerzeit«, wie Yang seiner vertrauten Freundin Jiang Yingchao am Morgen vor dem Richtfest für seine Villa erklärte, »noch nicht durch die Kathrin-Ristau-Erfahrung gegangen war und also nicht wusste, dass ein Omphalos für die Einrichtung eines funktionierenden Zentrums der Auswertung ebenso wenig lebensnotwendig ist wie die Ballung eines Stadtkerns um so einen Omphalos, wenn man ihn denn baut,

haben sie sich geschlagen gegeben, den Ort in Ruhe gelassen. Für später. Für mich.«

»Ja, bis du gekommen bist und ihn in Besitz genommen hast«, sagte Jiang mit feinem Lächeln und vielsagendem Augenaufschlag, und er zog sie sanft an sich und drückte sie: Wir beide verstehen einander.

Die meisten Geschmacksentscheidungen, die das gemeinsame Heim zum stillen Fest des Reichtums und der uneitlen Vornehmheit machten, hatte Jiang getroffen: vom eingeebneten, buchenheckenumfassten Rasen vor der Terrasse über das dunkle Sockelgeschoss mit den drei schlichten Baukörpern darauf, den Freisitzen, dem Pool, die milden Schrägen der Dächer, den zierlichen Holzgiebeln und kurzen Schornsteinen bis hin zur Inneneinrichtung auf Eichendielen, hellen Birkenpaneelen, den großen Fenstern, durch die der Blick von der Landschaft, den Horizonten Tumaks angezogen wurde, war die ehemalige Comsympathisantin, die aus ihrer radikalen Zeit lediglich Kunstsinn, aber keinerlei politische Aspirationen bewahrt hatte, ihrem Vertragsgatten als sichere Gestalterin eines freundlichen, heiteren Lebens nützlich gewesen. Er dankte es ihr mit treuer Zuneigung, die allerdings für außenstehende Beobachter stets einen Zug des Förmlichen, Kühlen aufwies und, wie man sich besonders in Sop-Kreisen hinter vorgehaltener Hand erzählte, jedenfalls wenig echte Leidenschaft abstrahlte.

Darüber, wie Yang zu seinem Überfluss gekommen war, bestand, anders als über den Status seiner Ehe, weithin Einigkeit: Wie viele neue Reiche, die Millionen oder, wie er, hunderte von Millionen D)s besaßen, verdankte er das Ganze den Fruchtman-Perou-Gesetzen, der großen Privatisierungswelle, die sieben Jahre nach dem Putsch, der Zerschlagung der Schirmkrieger und den darauffolgenden Unruhen begonnen hatte.

Es handelte sich bei diesen Gesetzen um eine Admin-Initiative, bei der verdiente Prodisten für ihre Loyalität und, mehr noch, ihre

Produktivität unter dem feldeváyschen Adminregime belohnt wurden – einem Regime, das sich mehr und mehr den Anschein einer Admin-Prodisten-Kooperative zu geben verstand.
Hauptergebnis dieser Initiative waren Überschreibungen von Anteilen an den Produln, um die sich einzelne Prodisten verdient gemacht hatten, in deren Eigentum gewesen. Yang Xianzhen war zu jener Zeit als Prospektor im Regenwald der Erkmenberge unterwegs, unweit der Furt, wo der Lenye entsprang, hatte zuvor aber in Ellemi und Deyra mit anderen führenden Prodisten die lamontische Werkstofftechnik um einige originelle Verfahren insbesondere der Erzgewinnung bereichert. Da er für einen Prodisten ungewöhnlich bewandert in administrativer Politik war und stets einen guten Draht zur Auswertung gehabt hatte – die Omphaloi von Kaderum und Stipay wurden von Dächern gekrönt, deren Skelette fast ausschließlich aus Yangschen Stahlträgern bestanden –, übertrugen ihm, als die Privatisierungen begannen, die anderen Teilhaber und leitenden Prodisten der betreffenden Produln bald eine Menge politischer Aufgaben. Als dann einige dieser Leute, oft prodistentraditionshalber ohne Familie und sonstigen Anhang, in den Unruhen ums Leben kamen, fielen ihm auch formell ihre Besitztitelanteile zu.
Sobald die Produln profitabel wurden, was im Zuge der Deregulierung ihrer Finanzierung und Ressourcenausbeutung rasch geschah, fand sich Yang Xiazhen im Besitz ganzer feldeváyscher Schlüsselindustrien.

Die juristische und politische Abwicklung der Initiative erfolgte durch die geschickte Adminleiterin Ida Perou, die Fruchtman vom Verwaltungsknotenpunkt Blaydenbrook auf Paine, der sich Dank Mikolats Militärintervention soeben von schlimmen Prodistenexzessen erholte, hatte anfordern lassen, damit sie ihm seine Wirtschaft organisierte,
»Diese Frau, Tochter eines ermordeten Granden der Admins … das war einfach ein Schicksalsschlag«, verriet Yang seiner Gattin, »über den ich mich nie sonderlich gegrämt habe, auch wenn ich

damals eigentlich gerade aus der kräftezehrenden Lobby-Arbeit, dem ewigen Antichambrieren bei den Admins, hatte verabschieden wollen, weil mit dem ersten Auftreten der Sops hier in Tumak eine Entwicklung anfing, die mindestens so interessant war wie die von Kathrin Ristau losgetretene, vielleicht sogar wichtiger als das Aufkommen der Aistheten anderthalb Generationen früher. Die Torilkatastrophe hatten wir hinter uns, und ich, immerhin schon zweihundertfünfzig Jahre alt, hatte beschlossen, mich in Zukunft eher einer schöneren Art von Politik zu widmen – der kunstbezogenen, der langfristigen.«

»Und das hast du ja dann auch gemacht, mit deinem Geld«, lobte ihn Jiang.

Er sah auf die Rebenreihen unter seiner Terrasse herab und sagte: »Man kann sich's heute nicht mehr vorstellen, wie mutig … wie gegen alle Gewohnheit, alles Erwartete … dieser erste Schritt von Francis Yerka war. Sops … Alle, die seine radikalen Arbeiten kannten, seine Filme, seine Sabotageaktionen, die schließlich sogar zivile Todesopfer forderten, nicht nur … Toril achtete ja immer auf den Anschein der Rechtmäßigkeit. Deshalb wurde Yerka nie verhaftet, denn es ließ sich nicht nachweisen, was alle wussten: dass er hinter den Sachen steckte. Radikalere, militantere Coms als die, die diesem Herostraten folgten, gab es auf ganz Ammar, wahrscheinlich auf ganz Feldeváye nicht. Er hatte Ristau weit überboten an Mut zur Konfrontation mit Toril, mit den Admins, mit den loyalen Prodisten …«

»Aber er war mit Bastet Rethel liiert damals, nicht? Der großen Versöhnlerin, die selbst auf Ristau einen unauslöschlichen Eindruck gemacht haben soll, bei ihrem legendären Tumakbesuch, im … Jahr ihres Verschwindens …«

»Die Mildeste und der Wildeste, Bastet und Francis, richtig. Heute die beiden Flügel der Sozialen Praxis … ein Paar, das waren sie, es ist wahr.«

»Eine sehr schöne Frau«, fand Jiang, und wieder nickte der massige Mann, der so bequem auf dem kleinen Klappstuhl saß, dass

man sich wundern musste: Wieso zerbrach das sparsame Möbelstück nicht unter der Körperfülle des Multimillionärs?
Der fuhr, hörbar mit sich und der Welt zufrieden, fort: »Als die Putschgeschichte anfing, dachten alle, Francis wird zu den Waffen greifen. Er wird seine Coms von denen Rethels trennen, er wird in den Krieg ziehen«, Yang schmunzelte. »Aber was tat er?«
»Nach Meinung mancher«, sagte die Frau, die im Schneidersitz neben Yang auf dem Boden saß und ihre Hände in seine gelegt hatte, auf seinem Schoß, »das Gegenteil. Er wandte sich ganz unvermittelt wieder Dingen zu, die seit dem Niedergang der Aistheten, seit ihrer Absorption durch die Coms, als erledigt galten: neuen Werken der Kunst.«
»Ah!«, die Augen des Multimillionärs weiteten sich, als sähe er einem Feuerwerk oder einem Sonnenaufgang zu, so kostbar war ihm die Erinnerung. »Aber das eben würde er bestreiten – nicht Produktion! Praxis.«
»Kunstwerke jedenfalls«, wischte Jiang den Einwand beiseite.
»Aber was für welche!«, ließ sich Yang den Enthusiasmus nicht schmälern.
»Nun ja«, lenkte die Gattin ein, »sicher nicht solche, wie sie hier bei dir im Haus stehen.«
Yang war Sammler.
Dieser Beruf, wenn's einer war, besser wohl: dieser Stand, der kaum mehr dem glich, was Klemens Erikson noch darunter verstanden hätte, war in der Form, die man heute kannte, erst seit etwa fünf Jahren aufgekommen: Es handelte sich um Privatpersonen, die nicht allein, wie die einstigen Sponsoren der Aistheten, neue, sondern auch von Lapithen nach Feldeváye geschickte Kunst in ihren eigenen, keiner Öffentlichkeit zugänglichen, manchmal nicht einmal in der Noos einsehbaren Räumlichkeiten aufbewahrten, Werke, die sie den Urbeen abgekauft hatten, weil die Auswertung dringend Geld brauchte, um die vorhandenen Omphaloi-Sammlungen zu unterhalten, zu pflegen, zu katalogisieren und, nun ja, auszuwerten.
»Nein, solche nicht«, stimmte Yang zu. »Er hat die Noos geöffnet

für Aktionen, die … nie werde ich vergessen, wie verblüfft alle waren, als er sich auf das Dach gestellt hat und seinen Genossen Rashid aufforderte, ihm in den Arm zu schießen …«

»Ich erinnere mich an die Performance, wie nannte er sie? ›Wenn der Schirm zerreißt‹.«

Es schien, als kicherte der reiche Mann. Lachtränen standen in seinen Augen. Er flüsterte: »Ja, und eine … eine Woche später folgte ›Wenn die Auswertung zerbricht‹: diese zerschmetterten Vitrinengläser, und er kroch nackt durch die Scherben, und alles wurde in Echtzeit in die Noos gespeist, als Kunstwerk, samt Vitalzeichen, der komplette Monitor … das Blut auf seiner Stirn … großartig …«

»Und Toril..«

»Toril macht den Fehler, die dritte Aktion zu verbieten und Yerka endlich doch festnehmen zu lassen. Das, glaube ich heute, war der Anfang vom Ende für ihn. Nicht die Bombardierung der Atolle, nicht der grausame Schlag gegen Ristaus Coms, bei der einige der wertvollsten Leute der Coms, die uns so viel hätten geben können, unserem ganzen Gemeinwesen … leider ermordet wurden, und die Schlangen vertrieben, die erst zurückgekommen sind, von wer weiß woher, seit sie diese Forderungen haben, wegen der Mondsache … das alles, der ganze Irrwitz, fing damit an, dass Toril den Anfang der Sozialen Praxis, die ersten Schritte der Sops, bedrohlicher fand als die Anschläge, die Yerka vorher aus der Halbillegalität gesteuert hat. Die neue Bewegung hatte ihren Märtyrer, und weil alle die Bilder kannten, wirklich alle – den Schuss in den Arm, die Verletzungen von den Scherben –, während Kathrin Ristau und das Massaker an ihren Leuten … nun, während das nur Geschichten, Gerüchte waren, wurde Yerka zum Gesicht, zum Körper der Opposition. Und als Fruchtman ihn dann – genialer Schachzug – befreite, am Tag bevor er zum offenen militärischen Aufstand gegen Toril überging …«

»Kürte er sich selbst zur Lichtgestalt. Zum Retter.« Jiang hatte verstanden.

Yang Xianzhen nickte und bat die Vertraute, etwas verwaschen murmelnd, ihm eine Decke zu holen – es war, obschon sonnig, nicht warm im Aussichtszimmer, denn Yang verzichtete auf Klimaregulation wie auf manch andere Annehmlichkeit – nicht einmal sein durchaus gesunder Appetit war der eines Gourmets: Yang Xianzhen aß viel, aber nicht gut, verschmähte jedoch die biomedizinischen Hilfen, die seinen Stoffwechsel so optimiert hätten, dass er schlank und kräftig gewesen wäre. Einige der vielen, die ihn und seinen Weg beobachteten, sahen darin ein Zeichen für Snobismus – füllige Körper gab es kaum noch, weniger sogar als Menschen, die sich ausschließlich auf traditionellem Weg ernährten, seit Fajid Torils Präparate, mit denen er den Nahrungsbedarf der Schirmkrieger auf ein Minimum reduziert hatte, in allgemeinem Gebrauch und sogar bei Lacs weit verbreitet waren.
Anfangs hatte der neue oberste Gewährsmann für die Sicherheit der feldeváyschen Bürgerinnen und Bürger, Reza Fruchtman, die neuen Nanoniken sogar gezielt den ärmeren Bevölkerungskreisen zukommen lassen, unentgeltlich, unter dem Wahlspruch: »Wir führen die Geldwirtschaft wieder ein, um den Reichtum einzuführen, nicht die Armut«, wobei er mit Letzterer freilich nur den Hunger meinte, wie nicht nur die Sops aller Fraktionen kritisch genug bemerkten – Wohnungslose etwa gab es seit Beginn der Privatisierung der Immobilienmärkte in den Urbeen in erklecklichen Mengen, nur schliefen sie dann eben auf öffentlichen Plätzen oder in den Vorhöfen der zusehends heruntergekommenen klassischen Omphaloi, wurden aber, dank der Erfindungen, die in ihrem Blut und ihren Eingeweiden schwammen und dort für einen ausgeglichenen Energiehaushalt sorgten, weder von diesem rauen Leben entkräftet noch krank, wenn sie nicht doch herumschwirrenden Feralkunstid-Plagen zum Opfer fielen, die sie aber meist auch nicht töteten, sondern lediglich schlaf- und traumwandeln ließen, bei mal offenen, mal geschlossenen Augen, unwirklich weggetreten, von Technologie behütet, die ihre Körper regulierte, »per Nabelschnur mit uns allen verbunden«, wie Fruchtman psalmodierte, worauf der scharfe Regimegegner – »Gegner aller Regimes,

nicht nur des jetzigen« – Yerka auf einer seiner Veranstaltungen die Menge im Chor antworten ließ: »Nabelschnur, die Tote mit Toten verbindet, was für eine böse Geburt!«, und, als dieser Satz sich nicht so einfach vom Mob aufsagen ließ, kürzer: »Gesellschaft, die Mutter, ist leichenstarr!«, in rituellem Singsang, wie bei einem religiösen Hochamt, »Gesellschaft, die Mutter, ist leichenstarr!«
Yang schmunzelte in Erinnerung daran, er war dabei gewesen, auf dem ovalen Platz vor dem Omphalos von Tumak, bei der größten »Reveille«, wie Yerka diese Sorte Veranstaltungen seit der Geburt seiner Spielart der Sops zu nennen liebte.

Jiang machte sich auf den nicht ganz kurzen Weg zum Schlafzimmer, um ihrem Gatten die gewünschte Decke zu holen.
Der mächtige Mann schloss die Augen und schwelgte in Erinnerungen: Risiken und Happenings, Events, Reveillen, bunte Abende, Sensatiönchen und Skandale, aber leider, hier trübte sich seine Laune etwas, seit Ristaus Ausscheiden aus dem Spiel ohne jemanden, der begrifflich aufs Ganze ging wie sie damals, mit den Interventionen, die aus den Aistheten Coms gemacht hatten.

Nein, Kathrin Ristaus Fragen spielten, soweit Yang das Geschehen überschaute, keine Rolle mehr – dabei hatte niemand sie beantwortet, sie waren zersprungen zu zehntausend anderen, kleineren, an denen sich die Soziale Praxis jetzt abarbeitete. Beim ersten Treffen mit Yerka, unter den Blumenbögen der Vengerarkaden im Tumakschen Süden, zwischen den Brücken und heißen Plätzen, am glitzernden Wasser der Kanäle, die in diesem ersten Sommer nach Torils Niederlage stets nach Zimt dufteten, war Yerka recht deutlich geworden, hatte, wie das seine Leute nach einer von ihm selbst aufgebrachten neuen Redensart gern nannten, »mit den eigenen Knochen gerasselt«: »Die Ristauzeiten sind nicht nur rum, weil Ristau weg ist. Manifeste, Programme, Posaunen, Forschungen an der Kunst, die uns die Lapithen schicken, und das Anfertigen neuer Kunst, Polemik, Dichtung, Theater, Historienge-

mälde, Installationen, Konzepte, das ist alles vorbei, wir müssen anders arbeiten«, und die Menschen, so viel stimmte, sprachen darauf an.
So legendär war inzwischen der Ruf des aggressiven Mannes, der sich für ein Kunstwerk hatte in den Arm schießen lassen, dass ein Lac aus dem Publikum bei einer der ersten Reveillen in Tumak auf die Bühne gestiegen war, Yerka eine Pistole angeboten und ihn aufgefordert hatte: »Erschieß dich, Meister!«
Auch Yerkas Antwort war Legende: »Wie langweilig! Dir fällt nicht mehr ein als Toril, der wollte mich auch schon erschossen sehen.«

Die sechste Reveille, von Fruchtman zum Zeichen der Versöhnung mit einer Ordnertruppe beschenkt, die dafür sorgen sollte, dass die Verletzungen und sonstigen Unfälle im erträglichen Rahmen blieben, stellte ein *reenactment* der Niederwerfung Torils dar, mitten in Tumak, mit über achttausend Teilnehmenden und einem Publikum von einhunderttausend Leuten, drei Bühnen – zwei konventionellen, auf denen Uniformierte teils die Schirmkrieger, teils die letzten, vom Überläufer Fruchtman kommandierten regulären SB, die Rebellen also, darstellten, und einer mobilen, schwebenden dazwischen, die den ideellen »Gesamtomphalos« repräsentierte. Das Ganze war ein ungeheurer Hexensabbat: »Wir schaffen Deckerinnerungen!«, röhrte der Veranstalter des Irrsinns auf allen dafür freigeschalteten Kanälen der Noos. »Wir verbessern die Ereignisse, die wir nachspielen! Wir erheben ein revolutionäres Ereignis endlich auf die Höhe des fortgeschrittensten Kollektivbewusstseins dieses Planeten!«
Nun gut – aber zufrieden, dachte Yang jetzt, schien Yerka nicht, und so wurde die nächste Reveille auch der erste Fehlschlag: Aufgezogen in Laischa als großer Spott-Schauprozess gegen Arvis Mikolat, der im nächsten Monat persönlich auf Feldeváye erwartet wurde, spaltete das Ereignis die Sop-Bewegung: Zwar gelang es den Aufführenden, Mikolat, der durch einen ziellos im Saal herumfahrenden robotischen Popanz verkörpert war, in denkbar

schlechtem Licht erscheinen zu lassen – Leute, die ihm nicht schnell genug aus dem Weg hüpfen konnten, wurden bedroht, auch verletzt –, aber erstens beschwerte sich Fruchtman, dessen Ordner weder von Yerkas noch von Bastet Rethels Anhängerschaft mehr respektiert wurden, noch während der Veranstaltung, diese sei »eine wenig hilfreiche Provokation, die hergelaufene Malkontente, Lacs und kriminelle Elemente« mobilisiert habe und »den konstruktiven Absichten der Sozialen Praxis erheblichen Schaden« zufüge. Zweitens aber distanzierte sich Francis Yerka, kaum war der Abend zu Ende, in aller Öffentlichkeit höchstpersönlich davon: »Nein, das ist nicht die Soziale Praxis, die ich mir wünsche. Das ist eine Wiederholung des alten Ristautheaters, Shakespeare, Beckett oder so etwas. Bastet Rethel entwürdigt uns zu Schöngeistern. Aber wir, die Sops, wollen keine Verfahren eröffnen, wir wollen nicht urteilen, sondern verneinen, wir sind nicht, wie meine ehemalige Gefährtin Bastet, die mir jetzt schon zum zweiten Mal aus Koketterie und der Sucht, dem Pöbel zu gefallen, in den Rücken sticht, auf die Erarbeitung einer respektablen, neo-aisthetischen Position aus. Wir sind dazu da, dass es jemanden gibt, der alle vorhandenen Positionen verneint, angreift und vernichtet! Positionen, das ist das tote Leben, wir aber sind der lebendige Tod!«

Bastets Rethels wie üblich gewissenhafte, aber in der Juxtaposition mit Yerkas radikalem Geschrei offensichtlich kraftlose Selbstverteidigung brachte Yang, der wusste, auf welcher Klaviatur Yerka spielte und was er bezweckte, heute noch zum Lachen: »Francis hat unrecht. Und schlimmer: Der entfesselte, unkontrollierte, ziellose Subjektivismus und Individualismus, mit dem Francis sich großtut, vergisst tatsächlich völlig, wozu die Soziale Praxis gut ist, wofür sie erfunden wurde: Wir wollten und wollen den Griff der Eliten, der Auswertung, der Admins lockern, mit dem sich diese Leute in die Künste gekrallt haben, endlich und wirksam! Kathrin Ristau wollte dabei nur, dass die Prodniki, die Lacs, die Benachteiligten, die Stummen, die Leute aus entlegenen Wüsten oder dem Thomasgürtel endlich mitreden dürfen, ein bescheidenes Ziel. Wir aber sagen: Das ist keine Revolution, denn die erkennt man nicht daran, dass sich zum Dröhnen und Einschüchtern, zur Selbstherrlichkeit und Propaganda der herrschenden Stimmen ein paar neue, nicht einmal halb so laute mischen, sondern daran, dass diese herrschenden Stimmen endlich schweigen müssen, dass sie entmachtet, abgesetzt, ausgehebelt, und, ja, unterdrückt werden! Das aber erreichen wir auf keinem anderen Weg als auf dem, dass wir die Produktion der Beherrschten, Unterdrückten, neuerdings mit ökonomischen Mitteln Ausgebeuteten oder Ausgegrenzten anheizen, heftiger, wilder, stärker als Ristau sich das zu denken getraut hat, und über sich hinaustreiben, zur Macht, zum Gebrauch der Waffe, welche die Künste in Wahrheit sind, und die Herstellung neuer Künste eben nicht als Hobby von Aistheten der alten Sorte sehen, sondern integriert in die echte Produktion des wirklichen Lebens betreiben – neue Produln, stark, bewaffnet, mit eigenen Werkschutzverbänden, Räume ohne SB und neue Schirmkrieger unter irgendeinem Namen. Lasst uns ein anderes Leben, Kleidung, Keramik, Lamontisches, zum Gedenken an die von Toril ermordeten Storarier auch Möbel herstellen. Lasst uns solidarisch zusammenarbeiten bei der Schaffung autonomer Märkte, auf deren Geschäfte die neuen Reichen keinen Einfluss haben. Lasst uns von den Admins und den Prodisten fordern: Leistet Reparationen an der Bevölkerung! Wir werden Fragen lösen müssen wie: Wie wollen wir wohnen, was wollen wir essen, wer wollen wir sein? Gebt uns die Kasernen der Schirmkrieger und der von Toril pervertierten, aufgeblasenen SB, Zwingburgen, die man nicht mehr braucht, und wir werden auf die alte Musikarchitektur zurückgreifen, skulpturales, symphonisches Wohnen endlich auch für die Lacs erschließen, die ekelhaften Bidonvilles abreißen, in die man vor der Zerschlagung der Schirmkriegerei Prodniki und Lacs gepfercht hat, wir werden das Technische aus dem Aisthetischen holen, wir werden ein neues Feldeváye errichten.«

Yerkas kurzer Kommentar auf diese hinsichtlich ihrer Massenwirkung sehr schlecht berechnete, weil viel zu komplizierte Proklamation, mit Lichtgeschwindigkeit verbreitet, war ein schwerer Schlag: »Träum weiter, Schatz. Wir wecken lieber alle auf.«

Yang begriff damals entzückt: Wenn sie etwas sagt, das in der Sache stimmt, Yerka aber nicht in den Kram passt, dann macht er es erst mal lächerlich – nur um das, was an realer Sprengkraft dahintersteckt, kurz darauf selbst zu übernehmen und auf seine eigene, verzerrte, aber öffentlichkeitswirksame Art publik zu machen.

Wenn ich diesen Mann unterstütze und bezahle, brauche ich ihn gar nicht um Gegenleistungen bitten: Allein das Studium seiner Schliche, Tricks und Pfiffe ersetzt mir eine ganze Forschungsabteilung in Sachen Marketing, Produktentwicklung, Schmutzkonkurrenz.

Die erste Runde der direkten Konfrontation zwischen den Wilden um Yerka und den Milden um Rethel schien dennoch zunächst an Letztere zu gehen – Fruchtman, der froh war um den konstruktiven Ton, den Rethels hoch ernsthaftes Manifestchen angeschlagen hatte, ließ die Bidonvilles tatsächlich weitgehend auflösen (sie wurden ja, weil die meisten Lacs jetzt metabolisch autonom waren und klimaregulierte Körper hatten, als »Viehställe« für sie und die ebenfalls augmentierten Prodniki gar nicht länger benötigt). Zusammen mit einigen darüber erfreuten Lacs, freilich außerdem einigen unwilligen, wie Yerka bald verbreiten konnte, ließ er sie in die besagten Kasernen umsiedeln, wo Rethel und ihre Leute, darunter nicht wenige ehemalige Coms, besonders Nancarrowschülerinnen und -schüler, brav und emsig versuchten, künstliche Paradiese einzurichten, mit Wasserfällen, bunten Wiesen, warmem Wetter.

Diese Paradiese dienten dann zunächst subtilen, bald gröberen Witzattacken, die Yerka und seine Kobolde ausgeheckt hatten, als Ziele.

Skulpturen und modulare, zum Teil schwebende, über Stricklei-

tern verbundene Wohnzellen wurden in nächtlichen Störaktionen unbewohnbar gemacht, zwischen Baumhäusern, die Rethels Leute im Gedenken an Kathrin Ristau errichtet hatte, zogen die Yerka-Sops nancarrowsche Desorientierungsschilde ein, und bald verlief man sich in Rethels utopischen Wohnprojekten so häufig, dass die Bewohnerinnen und Bewohner nervlichen Zerrüttungen ausgesetzt waren, die zu großer Unzufriedenheit führten.
Yerka hatte, um seine Sabotage effektiver zu organisieren, eine Art Primitivsolitona konstruieren lassen, die er großspurig die »neue Noos des unitären Urbanismus« nannte.

Dort entwarf und publizierte er Schlachtpläne des schwarzen Humors, und war damit so erfolgreich, dass Mensch für Mensch, Familie für Familie, Grüppchen für Grüppchen die Rethelstädtchen verließen.
Als das gelungen war, stellte Yerka seine Sticheleien ein, gegen die, da sie keinen offenen Repressionscharakter hatten, sondern bloß »witzig« und »fantasievoll« waren, kein Kraut gewachsen war.
Dass Yang Xianzhen die großen finanziellen Verluste, die Rethel und ihren Getreuen bei ihrer danklosen philanthropischen Arbeit entstanden waren, durch großzügige Summen ausglich, die er dafür bezahlte, dass man ihm die Ruinen des Rethelschen Traums überschrieb, aus denen er schöne Einkaufszentren und kommerzielle Freizeitparks machte, brachte zumindest Miwon Kwon auf die richtige Spur, die, von den Sops beider großer Lager längst alleingelassen mit einem Häuflein Retro-Aistheten und Neo-Coms, nüchtern konstatierte: »Man wird es nicht hören wollen, aber das, was hier geschah, ist die betrübliche Wahrheit der sogenannten Sozialen Praxis: Leute wie Yang spielen ihre Fraktionen gegeneinander aus und machen Profit dabei, denn was die Sops tun, ist nichts als unentgeltliche Sozialarbeit für Admins, Prodisten und die neuen Reichen, die sich aus beider Reihen rekrutieren. Ist irgendjemandem aufgefallen, dass Mikolats Besuch bei Fruchtman und den derzeit auf Feldeváye regierenden Admins nach

dem sensationellen Schauprozess ganz ruhig und ungestört vonstattengehen konnte? Brot und Spiele – das Brot lässt euch Fruchtman spritzen, nach Torils Rezepten, die Spiele veranstalten Rethel und Yerka, wobei Rethel mehr die barmherzige Schwester, Yerka mehr den Clown macht, und beide von Abfällen leben, die Leute wie Yang Xianzhen vom Tisch fallen lassen.«

Kwon selbst indes hatte nichts anzubieten außer eben Kritik, Analysen, weder Brot noch Spiele, und war daher von Anfang an aus dem Rennen.

Yerka antwortete auf ihre Anwürfe gewohnt souverän: »Wir sind nicht gekauft von Yang. Im Gegenteil, wir ziehen ihm das Geld aus der Tasche. Und anstatt es an die Armen zu verteilen wie Rethel, verbrennen wir es, was ein viel konsequenterer Angriff aufs falsche Leben ist als das streberhafte Genörgel der Kwon und das beflissene Reförmchenbacken, in dem sich Bastet gefällt.«
Tatsächlich kaufte Francis Yerka, inzwischen selbst ein vermögender Mann, dem Multimillionär sogar einen der Freizeitparks ab, ließ ihn fast vollständig räumen und installierte dort, als Angriff auf die »ganze gutgemeinte Scheiße«, ein Kunstwerk, das vor allem Kwon beschämen sollte, »denn wir sind nicht nur bessere Freunde der Ausgegrenzten und Verarschten als die schwarze Madonna, sondern auch bessere *site specific artists* als Kwons Bettelverein. Wir können Kunst besser als die Künstlerfressen, wie wir Politik besser können als die Politiklangweiler, eben weil uns Kunst und Politik egal sind und wir einfach nur frei leben wollen. Das freie Leben gewinnt immer!«

Der Park war jetzt eine Wetterinstallation: Nebel, Regen, Wind, unwirtlich, unbewohnbar, aber eben daher wirklich von großer Schönheit, ein eleganter Ausdruck der wahren Meinungen des unbeugsamen Teufels Francis Yerka, der Menschen, Storema, Rengi, Lapithen, Mennesker und überhaupt alles, was sein Kraftausdruck »Leben« in Wirklichkeit umfasste, heimlich gleichermaßen hasste – der einzige, aber machtvolle Wahrheitsgehalt seines egalitären Gehabes, wie Yang wusste, der sich in ihm wiedererkannte.

Mit dem, was man so Identität nannte, in der Morgenröte der Zeit nach Kathrin Ristau, dem fragilen, von den Coms für viele auf Lebenszeit erschütterten Verhältnis zwischen Sichtbarkeit und Unsichtbarkeit, Öffentlichkeit und Privatheit, stand es bei Yang Xianzhen recht kompliziert.
Wer ihm übelwollte, nannte ihn seit Miwon Kwons Entlarvungen die unsichtbare Hand hinter den Sops, wobei man sich uneins war, ob er mehr Francis Yerkas Radikale, Bastet Rethels Gemäßigte oder beide unterstützte – viele gerieten schließlich zu der Überzeugung, die Kämpfe innerhalb der stärksten, einflussreichsten Bewegung seit Zerstreuung der ursprünglichen Contramuralen seien insgesamt von Yang organisiert, um das Aufmerksamkeitsmonopol auf Feldeváye zu erringen – »Indem er erreicht«, so Miwon Kwon, »dass alle Welt auf die Kabbeleien zwischen Yerkas und Rethels Leuten schaut, wird allmählich unvorstellbar, dass auch noch dritte Positionen existieren, dass man auch ganz anderer Meinung sein kann als die Sops, ganz andere Projekte verfolgen.«

Yang selbst nahm die Sops gar nicht allzu wichtig.
Allein aus Lust an der Zerstreuung, die sie gewährten, widmete er ihnen mehr Zeit als seinen mächtigeren Partnern in der Adminhierarchie und bei den Prodisten (die auf Feldeváye nicht mehr »die loyalen Prodisten« hießen: Das Gleichgewicht hatte sich verschoben, seit Mikolat angekündigt hatte, die Blockade demnächst aufzuheben, weil sich »für Feldeváye niemand mehr interessiert«, seit der Integralleiter Ben Han von seinem Hausarrestposten aus Verhandlungen mit den Rengi begonnen hatte, die den durchlöcherten Frieden laut Mikolat »wiederherstellen« würden. Ben Hans Position war gestärkt, und da Mikolat als Erzfeind der Prodisten galt, witterten diese ein Nachlassen des Drucks auf sie).

Yangs treuester Geschäftsfreund war Reza Fruchtman persönlich, dem er als erfahrener Prodist hunderttausende von Arbeitskräften aus Prodniki-Pools für die unangenehmsten und schlechtestbezahlten Arbeiten zuführte: Die »Yangbrigaden«, wie Fruchtman sie nannte.
Genügsam, fleißig, von Sops mit Spielen und von Fruchtman mit Brot versorgt, waren sie so etwa in Barbizek an der gesperrten Trümmerstelle, dem Zeitvortex der Maya Deren, mit Arbeiten beauftragt, die zur Verhandlungsmasse zwischen den Admins und den Lapithen gehörten.
Diese nämlich hatten in letzter Zeit merkwürdige Wünsche der Mennesker überbracht: Lasst diese und jene Arbeiten in Barbizek durchführen, und wir öffnen einige der gesperrten Verkürzerports wieder.
Einstweilen bewiesen die Yangbrigaden ihren Nutzen auch bei der Reinigung von Erdreich und Grundwasser an den Südkaps von Ammar, im Land des Schilfs und der Olche, sowie bei den nur sehr langsam voranschreitenden Aufräumarbeiten auf der Beobachtungslinse in der äußeren Strahlungssphäre von Arrhenius.

»Jiang? Herz, wo bleibst du?«, rief Yang Xianzhen, dem über seinen Erinnerungen und desultorischen Spielbrettanalysen die Kälte die Beine hoch in alle Knochen gekrochen war.
Die Gerufene war nicht allein, als sie, Decken auf den Armen, im hohen Durchgang neben der weißen Wand erschien, an der Yangs kostbarster Besitz hing: die Zeichnung eines Reiters, der von einem sich aufbäumenden Pferd aus einen Drachen bekämpfte, Jahrhunderte vor der Hidschra von einem Mann angefertigt, mit dem sich Yang in geheimen Stunden gern verglich, weil er so viel Kunstsinn wie Weltklugheit und prodistische Ingenieurstalente besessen hatte: Leonardo da Vinci.

Zwei Männer traten mit Jiang auf die Aussichtplattform, der eine hager, orangenblond, mit rötlichem Blick, in kurzem Pelzjäckchen, schwarzer Jeans und blauen Plastikstiefeln – er sah aus, als

wäre er eben von langer Krankheit genesen, und war Yang Xianzhen gänzlich unbekannt. Den anderen erkannte er sofort: braungebrannt, in schwarzem, engem Kunstleder mit den im Süden Ammars üblichen zahlreichen Verschlüssen, Schnallen, Taschen und sonstigen, meist metallbeschlagenen Applikaturen. Dieser zweite Mann hatte ein schönes, ebenmäßiges Gesicht, seelenvolle Augen, schulterlanges, braunes Haar mit einer wilden Strähne in der Stirn, und Yang begrüßte ihn heiter: »Lukas Ristau. Welche Ehre.«
Obwohl es ihn einige Kraft kostete, erhob er sich dazu sogar, und das schneller, als Jiang zu ihm eilen und ihm dabei helfen konnte. Mit etwas unsicheren Schritten näherte er sich den Besuchern, während Jiang die Decke auf den Hocker legte und dann zu ihrem Gatten ging, um ihn zu stützen, während der die große rechte Hand dem Sohn der Verschwundenen entgegenstreckte.
Lukas Ristau sah ihn herausfordernd, fast trotzig an und ließ die Hände am Gürtel, während sich der Unbekannte an den Millionär wandte: »Du kennst ihn nicht persönlich. Aber mich.«
»Ach?« Yang hob die Augenbrauen und schob sie zugleich zusammen, ein wertvoller mimischer Trick, der ihm bei Verhandlungen mit halsstarrigen Prodniki als nonverbale Drohung oft gut zustatten gekommen war.
»Ja, wir hatten ... wir haben im selben Namen getötet, gelogen und spioniert.«
»Im Namen des Schirms«, lächelte Yang liebenswürdig und bedeutete den Fremden mit einladender Geste, sie sollten doch auf seiner samtbespannten Sesselgarnitur Platz nehmen, was beider Blicke deutlich ablehnten, wozu der Fremde sagte: »Du kennst mich als Fabrizio Daudet, Sergeant der Schirmstaffel 35 Lehymun Süd, und ich kenne dich ... jedenfalls nicht als Yang Xianzhen. Aber der Name soll uns gut genug sein. Wir bleiben nicht lange.«
Jiang spielte Empörung: »Wie kommen Sie dazu ...«
»Lass nur. Sie sind nicht gefährlich«, winkte Yang ab, der volles Vertrauen zu seinen Sicherheitssystemen hatte, die diese beiden mit ihren Sonden, die sie beim Betreten des Gebäudes hatten einatmen müssen, und Sensoren an jeder Wand, auf jedem Boden,

jeder Decke, längst so gründlich durchleuchtet hatten, dass sie beim geringsten Verdacht auf Waffen, Toxine und Verwandtes vollautomatisch getötet worden wären.
Lukas schenkte Jiang einen mürrischen Blick, aber der Mann, der sich Daudet nannte, fasste ihn mahnend am Arm und lächelte sie an, während er sagte: »Als sie noch Miss Qi hießen, hatten Sie einen besseren Geschmack bei der Partnerwahl.«
Das entlockte Lukas das erste Wort seit seiner Ankunft, ein überraschtes: »Conlons ...«
Yang lachte trocken und sagte ruhig: »Schön. Wir alle, außer Herrn Ristau hier, sind nicht, wer wir zu sein scheinen. Was folgt daraus?«
»Nicht viel«, lenkte Daudet umgänglich ein. »Ich habe nur in der Noos, und ihren ... Nebenausläufern ... eine Weile nach jemandem gesucht, der wissen könnte, was mein Freund Lukas hier gerne wissen will. Und dabei stieß ich auf dich ...«
»Unwahrscheinlich. Ich bin jemand, der die volle Gewalt über alle Spuren hat, die zu ihm führen«, sagte Yang, und aus seinen Augen war jeder Humor verschwunden,
Er betrachtete den gemütlich Plaudernden jetzt mit der Aufmerksamkeit, die ein Jäger für ein besonders freches Wild haben mag, das vor ihm kesse Tänze veranstaltet, statt zu fliehen.
Daudet ließ sich davon nicht anfechten, sondern fuhr fort, als wäre er nie unterbrochen worden: »Da ich ja wusste, wonach ich suchen muss – Leute, die erst im großen Stil politisch oder wirtschaftlich aktiv werden, nachdem Toril schon verschwunden ist, und deren Vorgeschichte bis in die Zeit vor Mikolats Blockade nicht nur harmlos ist, sondern vor allem sehr gut dokumentiert – weißt du, ein paar Lücken hättest du lassen müssen, und deine wichtigsten Kooperationspartner damals, nun, sie haben dir ihre Rechte vererbt und man kann sie nicht mehr befragen ... es ist alles ein bisschen zu sauber.«
»Was wird das denn?«, fragte Yang in heiterem Singsang, während er die Hand der Frau, die ihn weiterhin stützte, fester drückte als bisher. »Eine Erpressung?«

»I wo«, lachte Daudet fröhlich, und Lukas setzte dunkel grollend hinzu: »Wir stellen unsere Frage, und wir stellen sie dir, weil Fabrizio sagt, du weißt ziemlich sicher die Antwort, auch wenn du gar nicht auf mich wirkst wie einer, der ... viel weiß. Dann beantwortest du sie, und wir hauen wieder ab.«
»Klingt wie ein gutes Geschäft, oder?«, Daudet schien nun gar in Laune, den unfreiwilligen Gastgeber anzuzwinkern, ließ es aber bleiben, sondern kam zum Punkt: »Kathrin Ristau. Das Gefängnis. Nur Leute, die sehr ... sehr, sehr nah an Toril gearbeitet haben, oder ihn so wie ich ausspionierten, wussten überhaupt, dass es existiert. Aber ich habe nie rausgekriegt, wo. War es im Alarmturm in Ellemi?«
»Ich soll das wissen?« Jetzt war es Yang, der schelmisch grinste, es gab seinem breiten Gesicht etwas spukhaft Kindliches, hübsch und unheimlich zugleich.
Daudet erwiderte: »Wollen wir wirklich vor Lukas darüber reden, was du alles weißt? Wie gesagt, ich habe dich gefunden, das heißt, ich weiß mehr über dich, als selbst deine ... Dame.«
Jiang sah ihn voll Verachtung an, es war leicht zu erkennen, dass sie in diesem Moment beschloss, kein weiteres Wort mit ihm zu wechseln.
»Pff«, machte Yang verächtlich und schüttelte den Kopf, »Was die Leute für Sorgen haben. Warum wollt ihr das überhaupt wissen, wo der Kerker war, wo die Ristau abgeblieben ist?«
Lukas wurde sehr laut: »Warum? Was? Weil wir sie befreien werden. Weil ich sie brauche, und weil dieser beschissene Planet sie braucht – nichts ist mehr richtig, nichts in Ordnung, seit Kathrin fehlt.«
Das Lachen, mit dem Yang darauf reagierte, war lang.
Es verunsicherte sogar den kecken Daudet ein wenig. Der Millionär hob schließlich die linke Hand zum Gesicht und wischte sich, als er mit Lachen fertig war, ein wenig Tränenflüssigkeit aus den Augenwinkeln. Dann sagte er, leise, beinah wispernd: »Ihr glaubt tatsächlich, das bisschen Knast hätte sie festhalten können? Sie war die Erste, die Fajid Toril erfolgreich widerstanden hat, lange

vor Fruchtman. Toril hat sie geliebt, sie hat ihn beeindruckt. Sie kam frei. Sie ist untergetaucht. Sie ist bewusst verschwunden, versteht ihr? Glotzt nur. Sie rettet euch nicht deshalb nicht, weil man sie hindert. Sie ist ausgestiegen, sie ist .... Sie arbeitet an Wichtigerem als an eurer blödsinnigen Politik, ihr ... Helden.«

»Du lügst!«, schrie Lukas.

Daudet musste ihn ergreifen und mit körperlichem Zwang daran hindern, den Mann anzufallen, der sich, mit Jiang Yingchaos Unterstützung, gemächlich abwandte.

Yang räusperte sich ostentativ, dann sagte er: »Schickt mir eure Kennungen, per CLP, und ich überspiele euch die Daten. Die Noosfächer. Die physische Adresse. Und tut ...«, er wiederholte das Räuspern, rasselnd, schleimig, ungesund, dann beendete er den Satz: »... mir den Gefallen, euer Wort zu halten. Haut ab. Ihr habt eure Antwort.«

3: Brechung in der Linse

Her final words:
Don't be afraid
of the green light.
Pete Steele

Er war willkommen.
Man ließ ihn arbeiten, wie er wollte.
Selbst die smaragdenen Silhouetten schienen ihn zu grüßen, wenn er vorüberging.
Ryad Sonka war mit knapp dreißig Eigenzeitjahren der jüngste Nomophysiker, der jemals in leitender Stellung in der Linse gearbeitet hatte.

Als Sohn des besten Chefs, an den man sich erinnerte, stand er vom Tag seiner Ankunft an, nach der dank lapithischen Passiervorrechten durch viele Verkürzerports erstaunlich kurzen Reise vom Schattenspiegel her, in hohem Ansehen, das ihm als Gesandter der Jasika Maelis freilich ohnehin zustand.
Seiner Lehrerin nämlich ging, wie ihren Helfershelferinnen und Famuli, inzwischen überall der Ruf einer außergewöhnlichen Nomotheoretikerin voraus – »Meine andere Maya«, wie der Lapith, der Ryad auf der Linse willkommen geheißen hatte, Frau Maelis nannte, »weiß, was sie sieht, denkt, wen sie schickt. Mein Ryad Jaivedh ist kein Rauch, kein Schaum, kein Siegel. Er ist ein guter Gedanke.«
Ein bisschen irritierte und grämte Ryad der Umstand noch immer, dass die Lapithen, die sich oft sechs bis acht Personen stark, also in wahrlich ungewöhnlichen Mengen, auf der Linse bewegten, hartnäckig davon absahen, ihn mit dem Nachnamen seiner Mutter anzureden, den er sich schon auf der Musikarchitekturakademie

nach erfolgreichem Abschluss der therapeutischen Arbeit mit Maelis' Gruppe zugelegt hatte, um nicht mehr wie der Vater heißen zu müssen, an den er sich kaum noch erinnerte.

Der genialische junge Mann mit der stets unordentlichen schwarzen Frisur und der antiken Brille, der sich so geschmackvoll kleidete wie seinerzeit der Vater, wunderte sich über die Referenz »meine andere Maya«: Trugen die Lapithen wirklich gar keine Sorge, man könnte ihr geheimes Wissen über Jasikas Identität mitanhören? Schließlich arbeiteten doch auch in der verwüsteten, instabilen, sektorenweise gar zur Leichenhalle verwandelten Linse noch gut hundertfünfzig Menschen, vor allem Yangbrigaden, außerdem ein Dutzend Storarier und rund achtzig Rengi, von den smaragdenen Silhouetten einmal abgesehen, die kamen und gingen, wie es ihnen gefiel, und noch schwieriger auseinanderzuhalten waren als die Lapithen.
Sie alle aber, auch die Silhouetten, die früher Schlangenriesen gewesen waren, sollten, da war sich Ryad sicher, möglichst nicht allzu viel wissen über Maya Derens zahlreiche Namen und Rollen – darunter Jasika Maelis und die Mutter von Kathrin Ristau –, die ihm seine Lehrerin offenbart hatte (auch wenn der junge Nomophysiker den Verdacht hegte, zumindest die Silhouetten wüssten ohnehin genug, vermutlich mehr als er selbst, mehr als sogar die Lapithen).

»Diese Silhouetten sind das Unheimlichste, was ich hier sehe, noch unheimlicher als die in zeitgefrorenes Plasma und wirre Trümmer festgebackenen Schirmkrieger auf jedem Deck, die Spuren der Kämpfe, die Fajid Toril verschuldet hat. Es passt immer noch nicht ganz in meinen Kopf, es ist zu schrecklich: Mein Vater wollte eine Bombe aus Arrhenius machen, für diesen Irren.« Das hatte er dem Storarier Terzutac-Mohenim gestanden, der seine eigenen Erfahrungen mit den Schrecken des Kriegsverbrechers Neschech Dremocci gemacht hatte.
Terzutac-Mohenim war den Silhouetten freilich gewogener als Ryad.

Er versuchte, ein leichtes Knarren in seinen Zentralträgern beim Reden zu unterdrücken, ohne Erfolg (was Ryad jedes Mal Schauder des Mitgefühls empfinden ließ, weil es sich um Folterschäden handelte), und erklärte: »Mich faszinieren sie. Wie kommt das zustande, diese Wahrnehmung oder Ahnung, die man spürt, wenn man sie sieht oder hört, dieses Gefühl, als seien sie gar nicht hier? Als ob ... das, was man von ihnen mitbekommt ... nur Spuren wären, Spuren oder Abdrücke ihres Daseins auf einer ... ganz anderen Ebene? Wie Ausrisse aus der Welt, die unsere Sinne wahrnehmen. Ich meine nicht nur die Sorte Sinne, die Menschen und Storema teilen, ich meine ausdrücklich die Nevina – ich bin sicher, dir ist aufgefallen, dass diese Farbe, die man höflich smaragden nennt, sehr an das grüne Leuchten der Verkürzerports ... außerdem aber ... ans Fell der Lapithen erinnert. Ich nehme an, dieses unwirkliche Hier-und-doch-nicht-Hiersein ist eine Art Weiterentwicklung der Katafriktion. Sie waren ja mal Schlangen, und danach Schlangenriesen, und ... ich weiß nicht ...«
Ryad erwiderte: »Du kannst ruhig in storarischen Begriffen mit mir reden.«
Der Storarier neigte zwei seiner Staken und sagte leise: »Ich vergesse es immer wieder – du und Jasika Maelis, ihr wart die Ersten, die den Nomos neu zu lesen versucht haben, nicht allein im Licht des menschlichen mathematischen Erbes ...«
»Das ja gerade ihr uns aus den Archiven geholt und geordnet habt. Ihr: die Storema«, lächelte Ryad freundlich und deutete dabei sogar etwas wie eine Verbeugung an, was im Sitzen, auf seinem schwebenden Arbeitsstuhl am Rand der Studienzentren der Rengi auf der Linse, ein akrobatisches Risiko bedeutete, weil der Stuhl es als Hinweis oder Aufforderung zum Sinken hätte missverstehen können.

Terzutac-Mohenim sagte: »Es freut mich, dass ihr die Leistungen meiner Artgenossen unter Munoz-Perou, besonders die Gruppe Egaluces Mim-Herru, nicht vergessen habt. Dennoch wart ihr es, Maelis und du, die sich als Erste dafür revanchierten ...«
»Wir sind halt draufgekommen«, tat Ryad das Kompliment ab,

»dass Menschen, wenn ihr doch unsere Antiquitäten so gut versteht, offenbar eine Art zu denken pflegen, die der euren nicht gar so fern liegt, wie diese ganzen Inkommensurabilitätstheorien behaupten. Deshalb haben wir versucht, in storarischen Begriffen zu arbeiten, in ihrem Licht den Nomos auszudeuten … und deshalb«, sein Kurzzeitgedächtnis war so hervorragend wie sein Langzeitgedächtnis, so konnte er sich geschmeidig weigern, sich vom Thema abbringen zu lassen, auch wenn bei der verbindlichen Art seiner Rede nicht zu raten war, ob er den Storarier im Verdacht hatte, absichtlich ablenken zu wollen, »kannst du mir auch ruhig sagen, was die Storema über das Hiersein-und-doch-nicht-ganz-Hiersein der Silhouetten denkt – ihr habt das ja nicht nur auf der Linse erlebt, man findet sie auch unten, auf ganz Feldeváye. Ich wiederhole: Sprich es aus.«

»Nun … soweit die Storema überhaupt eine … Meinung hat – vergiss nicht, was hier im System passiert, besitzt angesichts der großen Tragödien im galaktischen und intergalaktischen Raum nicht mehr die Bedeutung, die es hatte, als ich hergeschickt wurde …« Ryads Kopfhaltung verriet, dass er das nicht recht glauben wollte, aber der Storarier beachtete dieses Zeichen nicht, »… würde ich sagen: Was wir sehen, diese … Ausrisse, diese Silhouetten … das reicht aus Reke in Cec hinein. Vielleicht stehen die Silhouetten als Weiterentwicklung ihrer alten Schlangenseinsweise und deren Fortbewegungsart, dieser … Katafriktion … schon sozusagen mit einem Bein in Cerrem.«

Wie ketzerisch derartige Spekulationen im Rahmen des für Storarier Denkmöglichen waren, war Ryad klar, aber anstatt es bei dieser Kostprobe bewenden zu lassen und dem Kollegen die Peinlichkeit zu ersparen, länger beim sensiblen Punkt verweilen zu müssen, fragte er hartnäckig weiter: »Das wäre dann eine Angelegenheit von … es wäre Kren, nicht wahr? Die Katafriktion erschließt eine neue Seinsebene, wenn sie genügend gesteigert …«
»Nun, wir kennen Semta nie vollständig, und dabei wird es blei-

ben«, beendete der Storarier entschieden diesen Strang der Unterhaltung.

»Nein, das stimmt, das kennen wir nicht«, lächelte Ryad, der nicht daran zweifelte, dass man genau das immer sagen konnte, denn es bedeutete nicht mehr als die Verallgemeinerung des Satzes: Alles ist möglich, nur verschieden wahrscheinlich – die Welt, hieß das nur, bleibt selbst im Fall eines verborgenen echten Determinismus den Grenzen der Berechenbarkeit unterworfen, die bei den Menschen kurz vor der Hidschra zwei Proto-Nomomathematiker namens Gödel und Chaitin gefunden hatten.

Von Letzterem wüsste freilich heute kein Mensch ohne Egaluces Mim-Herru, dachte Ryad.

»Wir kennen Semta nie vollständig« war eine modale Tautologie: Das, was wir der Definition nach nie vollständig kennen können, das kennen wir dann eben auch nie vollständig.

Dass allerdings etwas, das immerhin doch in Teilen der Sinneserfahrung zugänglich war, wie die smaragdenen Silhouetten, von einem klugen und welterfahrenen Storarier wie Terzutac diesem Bereich »Semta« zugeschlagen wurde, der Möglichkeit, nicht der Wirklichkeit, gab Ryad zu denken – er tat auf der Linse ohnehin nicht viel anderes als denken, wurde aber gerade dafür geschätzt und gut behandelt, ja, er sollte sogar, wie ihn eine seltsame Nachricht der Adminelite von Feldeváye zwei Tage nach seiner Ankunft unterrichtet hatte, dafür »bezahlt« werden, wenn er seinen »wohlverdienten Urlaub nach den ersten drei Jahren auf der Linse« nähme – »auf Feldeváye, unserer wunderschönen Welt.«

Es hätte diese ihm schwer verständliche Art Anreiz gar nicht gebraucht.

Er war ohnehin neugierig genug für die Linse. Wirklich zuwider waren ihm dort nur die Trümmerteile, Schrapnellfetzen, nomotechnischen Bauelemente und abgerissenen Extremitäten von Lebewesen, die auf allen Gängen, in allen Hallen der Station fixiert schwebten, um die man herumgehen konnte und die sich, griff man danach, nicht fassen ließen – es war, als rutschten sie seitlich

weg, wenn man ihnen zu nahe kam, in eine Art orthogonaler oder potentieller Raumzeit, die schwere Desorientierung auslöste.
Sie alle waren Effekte und Rudimente der hier geschlagenen Schlachten, also Schäden, die laut Terzutac »in der Zeit suspendiert und in der Sorte Widerspruch eingekapselt« waren, »die wir Storarier ›Kar‹ nennen: unendlich massiv und zugleich masselos«.

Ihr Vorhandensein stellte sich als Ergebnis einer Notmaßnahme der Lapithen dar, einer »Improvisation« (Terzutac), die verhindern sollte, dass Splitter und Reste von Detonationen durch sensible Nomoaggregate schlugen oder mit den für ein so kleines Habitat äußerst zahlreichen Verkürzerports an Bord gefährlich wechselwirkten.
Von zwei Rengi, mit denen er zusammenarbeitete, mit den einschlägigen Daten versorgt, hatte Ryad schnell erkannt, dass diese in der Raumzeit suspendierten Ereignisse eigentlich nicht hätten stabil sein sollen – der Energieaufwandsgraph glich der Form nach der alten Ultraviolettkatastrophe, die man vor der Nomo- und sogar vor der primitiven menschlichen Quantenphysik befürchtet hatte.

Widrig verstört versuchte Ryad, das, was diese Einsicht bei ihm wecken wollte, abzuwehren, wie die Zudringlichkeit des letzten verbliebenen Adjutanten seines Vaters, Xao Alexandrow, der ihn zwar nicht direkt sexuell belästigte, ihm aber jeden Tag, wenn Ryad aus den Höhlen der Rengi kam, gleichsam auflauerte, ihn häufig auch erfolgreich beschwatzte, mit ihm in die Kantine zu gehen, und dort endlos erzählte von den »guten Zeiten, den neugierigen Zeiten, mit deinem Vater und Orna, sie ruhe in Frieden – Toril, das Schwein, hat sie verbrennen lassen von seinen Henkern … ach, dein Vater, der wie eine Fackel hier durch die Hallen fuhr, und diese hellen Anzüge immer, wunderbar.«

Wenn Ryad versuchte, über Nomophysik, über Arrhenius oder die Frage der Instabilität der Zeitverschlüsse für die Trümmer zu reden, stieß er bei dieser angeblichen Spitzenkraft wenig auf eine Mauer als vielmehr auf eine Art Schwamm, der alles aufsaugte und mit Anekdotenschleim einspeichelte – »Ultraviolettkatastrophe, da muss ich immer dran denken, wie dein Vater den Rengi den Schwarzkörper erklärt hat …«, und dann kam sofort ein endloser Schwall pointenfreier Geschichten.
Ryad ließ dennoch nicht locker. Je öfter er seine Kalkulationen überprüfte und Gegenproben erdachte, schließlich alles auf Simulatoren laufen ließ, drehte und wendete, desto sicherer war er, dass es diese Rudimente, Konserven, in sich verkapselten Momente eigentlich nicht länger geben konnte als ein paar Millionen Planckzeiten lang.

»Es stimmt. Es ist so. Und weißt du was«, erklärte Terzutac im Vertrauen, »das sehen sogar die Lapithen so. Einer hat's mir selbst erzählt. Aber es ist ihnen eben doch gelungen, diese Zeitfallen zu stabilisieren – mit Hilfe der Silhouetten, die ihrerseits behaupten, das sei nur eine Nutzanwendung der Studien, die sie mit dem Segen der örtlichen Admins am Omphalos von Barbizek auf Feldeváye unternommen haben. Maya Derens Erbe.«
Die Auskunft hatte zwei Implikationen, die Ryad unbehaglich waren: Erstens hieß dies, dass die Schlangen von Maya Deren Dinge lernten, die sie ihm als Jasika Maelis vorenthalten hatte, obwohl er sie mit nahezu gläubiger Ehrfurcht behandelte. In seiner Ausbildung war sie ihm stets als eine Person erschienen, deren Wissen und Können die äußersten Grenzen dessen berührte, was die Nomophysik zu wissen und zu tun gestattete, und vielleicht sogar, an einigen verschwiegenen Stellen, darüber hinausreichte.
Die zweite Implikation war, dass die Schlangen den Lapithen bei Dingen halfen, die Letztere nicht vollbringen konnten – und hieß das nicht, die Schlangen waren auf dem Weg, zumindest hier, auf Arrhenius, und vielleicht auf Feldeváye, mit den Menneskern zu

konkurrieren und die Lapithen zu regieren, einfach aufgrund des Wissensgefälles?
Waren sie den Sprachlosen bereits ebenbürtig, oder gab es noch graduelle Unterschiede?
Was bedeutete dies alles für die Menschen?
Solche Gedankengänge nagten nach einer Weile arg an Ryads Laune, unterstützt von den keineswegs fröhlichen Lichtverhältnissen auf der Linse – schummrig grünlich und blau war es hier jetzt, nicht klar und weiß wie damals, als sein Vater ihn ein-, zweimal zu für den Jungen damals ganz uninteressanten Führungen mitgenommen hatte.

Die funeste Farbe, vor der sich die dunklen Trümmer und die fahl leuchtenden Silhouetten der dazwischen herumgeisternden grünen Umrisswesen nicht eben vertraueneinflößend abhoben, erinnerte ihn an etwas, das seine große Schwester Carla ihm vor ihrer schweren Krankheit erzählt hatte: »Wusstest du, dass es in den Omphaloi auf Feldeváye, die du nur kennst, weil in Simulationen davon so viele von deinen Synesspielen stattfinden, nicht immer so taghell, so … flutlichtklar gewesen ist wie heute? Als sie die ersten gebaut haben, gingen sie von den frühesten Galerien und Museen auf der Erde aus. Sie hatten gelesen, was man darüber in den Archiven fand. Damals waren White Cubes und Dark Rooms, helle Kammern und dunkle Vorführräume, wie wir sie auf Feldeváye heute haben, noch lange nicht das Maß – man hatte grünliche und bläuliche Räume. Das war … man hatte gerade Stammes- und Geburtsvorrechte das erste Mal abgeschafft, in bestimmten Zonen der Erde, und alle waren völlig fiebrig vom wissenschaftlichen Denken und … sie haben sich ersten kruden, von Menschen mehr erratenen als erforschten Vorformen des Nomos geöffnet. Und da gab's dann wissenschaftlich, na ja, wahrnehmungsphysiologisch inspirierte Ideen darüber, dass man in diesem grünen und blauen Gemunkel visuelle, räumliche und flächige, Kunst besser wahrnehmen und würdigen kann als im Hellen. Verrückt.«

Genau dieses »Gemunkel« bestimmte nun die Innenwelt der Arrheniuslinse.
Geschlossene Kreise.
Mayas Bögen.
Zeit, Geschichte: eine Falle?

Wenn er sich gerade nicht den Aufgaben widmete, derentwegen ursprünglich Jasika Maelis hergerufen worden war, die aber ihn geschickt hatte – der Untersuchung der radiativ getriebenen thermischen Instabilitäten des Sternmondes und der Entwicklung von Vorschlägen, wie man diese beheben mochte, der Anpassung vorhandener coronaler Hitzemodelle an die neuen, aus dem Kampf mit den Schirmkriegern und ihren gefährlichen Manipulationen resultierenden Daten, der Untersuchung spatialer Strukturen harter Strahlung in der Arrheniuscorona, der inkohärenten Gyro-Emissionen und so fort –, vertiefte er sich über Nooslink, um seine Gedanken, Eindrücke und Assoziationen zu klären, aber auch um auf stark abgeleitete vermittelte, indirekte Weise seine verlorene Schwester zu ehren, in die Geschichte der Raum- und Zeitmaße der Omphaloi. Dabei stieß er schließlich auf zumindest einen Fall, der ihn tatsächlich mehr als nur allegorisch an das erinnerte, was er in der Linse täglich sah.

Schon vor der temporalen Katastrophe, die Maya Deren mit ihrer Filmuraufführung im Omphalos von Barbizek angerichtet hatte, war dort Conlon Nancarrow in Gängen und Hallen ähnlich verfahren wie die Silhouetten und Lapithen mit den Schlauchinvolutionen und sonstigen bizarren Topologica in der Binnenpartitionswelt der Linse. Kurz nach Kathrin Ristaus erstem Manifest in der Noos, rund fünf Jahre später, hatte Nancarrow, damals ein gefragter Prodnik, der persönlich und fernberatend verschiedenen Omphaloi beistand, in einigen davon mit nur zwei lamontischen Bauelementen, schwarz, weiß, wenigen roten Bindegliedern, von tragendem T- und liegendem L-Typ, unter Zuhilfenahme weniger bemalter Holzstellwände, die er von storarischen Experten hatte

anfertigen lassen, die Anmutung der Haupträume, in denen die permanenten Sammlungen untergebracht waren, kühnen Transformationen unterworfen. Das Ergebnis war eine berühmte Sorte Raum gewesen, der schimmerte, leise Musik machte und seine Tonalität veränderte, je nachdem, wie Besucherinnen und Besucher darin herumgingen.
Keine zwei Leute nahmen hier ein Ausstellungsstück auf genau dieselbe Weise wahr, und selbst jede einzelne Person veränderte ihre sinnliche Haltung zum Gebotenen zu unterschiedlichen Zeit- und an unterschiedlichen Aussichtspunkten. Kathrin Ristau, die Conlon damals noch nicht getroffen hatte, schrieb darüber: »Das Apriori von Nancarrows Hallendesign ist ein erweitertes Bewusstsein für jene überräumliche Dimension der universellen Präsenzerfahrung, deren sinnlichen Halbschatten wir als Zeit wahrnehmen« – eine recht treffende Umschreibung auch für das, was Ryad die Lapithen mit den Schlangen in der Linse hatte ins Werk setzen sehen, fand dieser nun.

Als Tarik Jaivedhs Sohn mit seinen privaten Forschungen so weit gelangt war, begann er, die gefundene Verbindung energetisch zu formalisieren, an Energie-Impuls-Tensoren zu basteln, in der richtigen Intuition, dass der Stoß in Abweichung von der gewöhnlichen Zeitpfeilrichtung, den Maya Deren sich selbst bei ihrem Tachyonenfilmexperiment versetzt hatte, und derjenige, den die Schlangen und die Lapithen den Trümmern der Schlacht um Arrhenius gegeben hatten, in eine freilich ganz andere Richtung, zueinander betragsweise im Verhältnis eines großen Ganzen zu einem Bruchteil stehen mussten, wobei sich der große Teil sogar realistisch schätzen ließ – ein bisschen mehr als die meisten wusste Ryad ja über die Reichweite der Barbizekischen Riesenzeitmaschine, von Jasika (und hegte mittlerweile den Verdacht, dass sie ihn das, was er wusste, absichtlich hatte wissen lassen, um ihn genau auf die Sorte Spekulation vorzubereiten, mit der er sich jetzt befasste).

Zugute kam ihm also, was er von Jasika gelernt und bislang für eine eher schöne als nützliche Idee gehalten hatte: dass man sich Formalismen aus storarischem, altmenschlichem und nomotheoretischem Gut zusammenbauen konnte und dabei nicht auf Reinheit achten musste, solange sich nur leidlich überraschende Ergebnisse dabei gewinnen ließen.
Die interessanteste Phase begann, als er in altmenschlichen Kategorien über harte Streuung, lineare Proportionalitäten, Sattelpunkte und Gaussche Fluktuationen nachsann.
Was er dabei entdeckte, wollte er nicht für sich behalten – es erregte, ja alarmierte ihn, und so wandte er sich an Terzutac: »Ich muss dich etwas fragen. Kann ich dir überspielen, was ich … herausgefunden und … tabelliert habe, damit du die Frage überhaupt verstehst?«
»Überspielen«, das Knarzen des Storariers klang skeptisch. »Also nicht auf einem Schirm zeigen. Hinter dem Rücken der Lapithen und Silhouetten, sagt ihr nicht so? Rücken? Im toten Winkel?«
Ryad winkte verärgert ab, Terzutac stellte seine Stimme höher, um zu signalisieren, dass es nur ein Scherz gewesen war: »Bitte, schick's.«
Das tat Ryad Sonka.

Terzutac wiegte die Nevina nachdenklich, ließ ein Gelenk tief im Innern der Stelis knacken und hörte ohne Unterbrechung zu, als Ryad, entgegen der Unterstellung, er sei ein Verschwörer, kaum verklausuliert erläuterte, was er geschickt hatte: »Ich habe mir angeschaut, wann die Silhouetten ihre Kegelproben in die Konvektionszone schicken. Wann sie Arrhenius besonders aufmerksam belauschen. Es geschieht, mit Duldung, manchmal sogar operativer Hilfe der Lapithen, immer dann, wenn Arrhenius sich in seiner Bahn dem Punkt direkt über Barbizek nähert … bis zu dem Moment, an dem er sich wieder zu entfernen beginnt. Ich habe mich umgehört … Von Fruchtman haben sie erreicht, dass er sie forschen lässt, an der Derenschen Barriere, richtig? Die Schlangen schicken angeblich Sonden in den Derenschen Vortex, die ja eigentlich nicht zurückkommen können. Da habe ich mir ... ich meine, welche Eigenschaften von Arrhenius werden eigentlich getestet, bei diesen angeblichen Stabilisierungen, die wir hier unternehmen, wenn wir das schwarze Eis reinschießen und so weiter? Welche Energiemuster werden lesbar, welche stehenden Wellen werden beobachtet? Könnte es nicht sein, dass das, was die Schlangen vorhaben, etwas ganz anderes als ...«

»Nun, sie wollen Arrhenius jedenfalls nicht sprengen, wie Toril«, sagte der Storiarier.

Ryad erwiderte düster: »Wer sagt denn, dass den Mond ... den Stern zu sprengen schon das Schlimmste ist, was man damit machen kann? Maya Derens Anschlag auf den Omphalos hat ihn auch nicht gesprengt, sondern transformiert, in eine Maschine, die ...«

Ein Rasseln und Zischen, das klang, als wäre Terzutac Mohenim von einem scharfangeschlossenen Kettenschmerz, dem storarischen Äquivalent eines menschlichen Herzanfalls, ereilt worden, ließ Ryad die letzten Worte verschlucken. Eine Minute lang schwiegen beide.

Dann sagte der Storarier raspelnd, leise: »Wie lange bist du schon hier?«

Ryad verstand die Frage nicht. »Weshalb?«

»Beantworte es einfach. Wie lange arbeitest du schon mit uns, und mit denen, die noch aus der Zeit deines Vaters dabei sind, weil sie Torils Angriff überlebt haben?«

»Zehn ... fast elf Monate«, sagte Ryad.

Terzutac seufzte: »Dann ... dann würde ich sagen, es ist an der Zeit, dass du den Urlaub auf Feldeváye, den dir Fruchtman und die Admins versprochen haben, jetzt antrittst. Und dabei, warum nicht, vielleicht mal Barbizek besuchst – immerhin eine Sehenswürdigkeit, dieser unbetretbare Omphalos ...«

Ryad verstand den Rat.

Er beantragte die Reise bei den Lapithen, die nach der Torilkatastrophe jeden Schritt durch einen Verkürzerport auf der Linse kontrollierten und jeweils mit mehr oder wenige kryptischen Begründungen genehmigten oder verwehrten.

»Mein Ryad soll kein Tourist sein«, war die Antwort, also eine Ablehnung.
Entmutigen ließ er sich davon nicht, sondern von Fruchtman eine Fähre schicken.
Sie traf rasch ein, und so saß Ryad genau ein Jahr nach seiner Ankunft im Nemezal-System hinter einer Aussichtsscheibe und betrachtete durch diese das Irisieren der oberen Atmosphärenschichten Feldeváyes im Arrheniusschimmer, während in der Ferne Thyone und Jocelyn blinkten.

Schwermütig überlegte Tarik Jaivedhs Sohn: Auf die Storema wenigstens kann man sich verlassen; sie wird wohl nicht erfreut sein, wenn die Lapithen und die Silhouetten hier wirklich bauen, was ich befürchte. Eine Maschine nach Mayas Bauart, aber gewaltig größer – so etwas sollte das mühsam errungene Gleichgewicht der Zivilisationen nicht bedrohen dürfen, wenn man dachte wie die Storema.
Jasika, so überdreht sie war, hatte also Recht gehabt – beim Abschiednehmen in ihrem Wohnzimmer, das ehemals Severin Rukeyser gehört hatte und noch immer voller Schlangenbaumwurzeln war, unter denen Beatriz Sonka, Ryad und Jasika gemeinsam zu Abend gegessen hatten, war Beatriz ja die Ermahnung eingefallen: »Mach deinem Vater wissenschaftlich keine Schande, aber lass dich auch nicht in die Politik ziehen«, und darauf hatte Jasika lachend erwidert: »Siehst du, Beatriz, deshalb hab ich dich so gern. Weil du vermutlich bis zum Ende deines Lebens nicht einsehen wirst, dass euch allen das auf Feldeváye nie freigestanden hat, dieses Sichraushalten, das du ihm empfiehlst. Nomos, Kunst – es ist da alles Politik, es ist auch alles kriegerisch, und nicht einmal die Fischer an der Ammarküste oder die Brennerinnen, unter denen Kathrin Ristau aufgewachsen ist, haben sich je auch nur für einen Augenblick entziehen können.«

Das Wichtigste bei Handlungen, die es darauf anlegten, Mächtigen und Starken ihre Kalküle zu verderben, war Geduld – so viel hatte

Ryad den Erzählungen Jasikas früh entnommen, und daran hielt er sich bei seinem Urlaub. Anstatt sofort den Ort aufzusuchen, den er widerwillig als Stätte der Entscheidung übers Schicksal der Menschen auf Feldeváye hatte erkennen müssen, ließ er sich von Betreuerinnen und Betreuern, die der Chef der integrierten SB- und -Militärorganisationen aller Urbeen ihm an die Fersen geheftet hatte, zunächst nach Laischa, dann nach Tumak bringen, suchte dort die Omphaloi auf, wohnte Veranstaltungen der verschiedenen Sops bei und riskierte, um zu diesen Veranstaltungsbesuchen Gelegenheit zu finden, auch begrenzte Konflikte mit Fruchtmans Leuten, so dass das Bild, das diese sich von ihm machten, schließlich das eines eigensinnigen, aber im Grunde harmlosen Wissenschaftlers war, der sich auch fürs Flussbett des Senye, die Lacs im Dschungel, die Sencassa und Großkatzen auf der Steppe interessierte, sich die Salzmarschen am Rand der von Toril zerschlagenen größten historischen Comsiedlung zeigen ließ, einen anderthalbwöchigen Abstecher in die Wälder südwestlich des Thomasstreifens unternahm, wo er Beeren und essbare Gräser genoss, und sich erst zum Schluss schließlich nach Barbizek begab – als von der Urlaubszeit, die ihm Fruchtman und die Admins zugestehen wollten, nur mehr anderthalb Monate übrig waren.

An einem warmen Abend im toveynschen Frühsommer betrat Ryad Sonka das erste Mal den Vorplatz des abgesperrten Omphaloskomplexes in Barbizek.

Er war seine Leibwächter, die er in den vergangenen Wochen peu à peu daran gewöhnt hatte, sich zurückzuhalten, wenn er die Urbeen erkundete, inzwischen die meiste Zeit über los. Sein Argument dafür, selbst von Fruchtman nicht leicht zu entkräften: »Wenn es denn wirklich jemanden gibt, radikale Sops, Neo-Coms, verbliebene Schirmkrieger im Untergrund, die mir an die Linsengeheimnisse oder ans Leben wollen, dann werden sie durch den Begleitschutz nur noch eher auf mich aufmerksam – aber die ganze bisherige Urlaubszeit hat gezeigt, es interessiert sich nie-

mand für mich auf Feldeváye. Die Leute haben andere Probleme.«
Inzwischen sah er auch nicht mehr so aus, wie ihn die Archive kannten – sein Haupthaar war bis auf neun Millimeter gestutzt (ein Wüstenausflug hatte ihm diese Idee aufgezwungen), sein Teint glich dem der Fischer von Südammar, sein Gang, jetzt, da allerlei Muskeln besser ausgebildet waren als vorher je, schien fester, aufrechter als das selbstvergessene Schlurfen des Gelehrten.

Der Platz war nicht eben üppig ausgeleuchtet.
Dreizehn Laternen an langen eisernen Stielen tauchten ihn in stimmungsvolles, einer künstlerischen Installation gemäßes Licht. Daher sah man darüber sogar ein paar Sterne, und rings um die quecksilberne Augentäuschung, die einst ein Omphalos gewesen war, erkannte man auf Gerüsten die smaragdenen Silhouetten der Schlangenhumanoiden, die das Unbegreifliche beobachteten, maßen und studierten.
Nur etwa zwei, drei Dutzend Menschen hielten sich in ihrer Nähe auf, wahrten sicheren Abstand, hörten Straßenmusikern mit archaischen Gitarren, Klavieren, Spinetten zu oder betrachteten Monologe und Performances von Sops, die alleine, zu zweit, im Trio oder Quartett auftraten.
Die meisten Bänke unter den kurzstämmigen Palmen blieben unbesetzt; verstreute Berauschte, auch ein paar Liebespaare lagen oder saßen auf den Rasenflächen, aßen und tranken.

Auf einem Mauerbruchstück, das der Zusammenbruch eines Teils der westlichen Fassade des Omphalos auf eine recht große Wiesenraute geworfen hatte, saß ein junger Mann in schwarzem Leder, zusammengekauert und elend. Es sah aus, als weinte er.
Was Ryad, der gekommen war, erste Eindrücke zu sammeln und sich einen Plan zu machen, wie er beim Ausforschen der Aktivitäten der Schlangen vorgehen wollte, letztlich bewog, den Mann, der erkennbar nicht auf Gesellschaft aus war, mit der ungeschickten Leerformel: »Alles in Ordnung?« anzusprechen, war ihm spä-

ter selbst nicht mehr klar, es schien einfach das Richtige, Gebotene – vielleicht rührte es daher, dass die ständige Verstellung, die aufgesetzte gute Laune, das gespielte touristische Interesse an den fadesten und desolatesten Lokalbesonderheiten, das Ryad seinen Helfern und Bewacherinnen während der letzten Wochen vorgespielt hatte, in ihm einen Hunger nach halbwegs aufrichtigen menschlichen Begegnungen geweckt hatte.
»Nein. Nichts in Ordnung«, sagte der Angesprochene.
»Kann ich Ihnen irgendwie … helfen?«, fragte Ryad unbeholfen.

»Mir kann man nicht helfen«, sagte der Fremde, dessen tränennasses Gesicht, als er es nun ins Mondlicht und den Laternenschein hob, nicht halb so zerfallen und hilflos aussah, wie Ryad erwartet hatte – eher herausfordernd, als wollte es dem Weltganzen widersprechen, mit einem Blick, der kein Selbstmitleid kannte – und vielleicht auch, ahnte Ryad halb bewusst und erschrak dabei ein wenig, nicht allzu viel Mitgefühl mit anderen.

Da kein weiterer Satz, etwa eine Aufforderung, ihn in Ruhe zu lassen und zu verschwinden, auf die traurige Feststellung folgte, näherte sich Ryad vorsichtig, da der andere seinen Blick wieder von dem Ryads löste und stattdessen weniger verloren als vielmehr offensichtlich wütend vor sich hin in die Nacht stierte, als lauerte da ein Feind, mit dem er es aufnehmen wollte, obwohl er wusste, dass der unbezwingbar war.
Ryad setzte sich neben den Fremden und sagte, was ihm eben in den Sinn kam: »Harte Zeiten.«
Der Fremde antwortete: »Die harten Zeiten sind mir gleich. Ich kenne keine andern. Wie ich es sehe, kommt es auf die Leute allein an. Die einem nahestehen. Denen man glaubt und vertraut. Wenn man das durchhält, kapiert man auch irgendwann: Es sind nicht harte Zeiten, es sind … verschmierte. Zerlaufene. Treibsand, nichtnewtonische Flüssigkeiten. Anti-Ketchup. Scheiße.«
Also doch ein intimes, ein privates Unglück – Ryad wusste nicht, weshalb, aber er hatte dem Mann irgendwie etwas Abstrakteres,

Politisches unterstellt. Das Private war freilich in einer Weise bündig zusammengefasst, die Ryad sofort Hochachtung abverlangte und ihn erleichterte, weil er aufgrund der langen Jahre, die er in Synesenvironments verbracht hatte, noch immer nicht besonders flexibel im Sozialen, geschweige Intimen war und deshalb mit gelegentlich aus Menschen hervorbrechenden aufgestauten Emotionalitäten meist nichts anfangen konnte. Ihm graute schon jetzt vor der Rückkehr auf die Linse, weil dort wieder das distanzlose Fraternisieren und Kramen in Erinnerungen auf ihn einprasseln würde, das Xao Alexandrow hieß.

Ryads Neugier auf den deprimierten Fremden wuchs – er fragte sich bereits, was er sagen sollte, damit jener nicht plötzlich aufstand und ihn allein ließ.

Der aber streckte ihm die Hand hin, dass Ryad sie schütteln konnte, und sagte: »Lukas Ristau. Hast du was zu rauchen?«

Ohne hinzusehen zog Ryad, der gar nicht besonders verblüfft war darüber, einen Verwandten – wenn nicht gar den Sohn – der berühmtesten Person auf Feldeváye getroffen zu haben, mit der Linken sein Edelstahlzigarettenetui aus der rechten inneren Jackentasche, nahm mit der Rechten die ihm angebotene Hand des jungen Mannes, schüttelte sie und sagte: »Ryad Sonka«, denn den Jaivedh-Namen benutzte er nicht gern – außerdem hätte das die schöne Asymmetrie zwischen ihnen zerstört, wenn der, von dem er mehr erfahren wollte, allzu schnell auf den Gedanken kam, seinerseits nach Ryad und seinem Herkommen zu fragen. Mit lässiger Bewegung des Zeigefingers der Linken ließ Ryad das Etui aufschnappen, Lukas nahm sich eine Zigarette, steckte sie sich mit seinem Feuerzeug an und half damit dann auch Ryad, der sich ebenfalls eine Zigarette herausgefischt hatte.

Eine halbe Minute lang saßen sie schweigend und paffend beisammen.

Dann sagte Lukas: »Omphalos. Ruine. Ich wäre gern mit ihr hergekommen. Mit meiner Mutter, Kathrin. Du kennst sie sicher.«

Ryad nickte höflich, Lukas ignorierte ihn und fuhr fort: »Sie hat mir mal erzählt, die Leute nähmen das alles viel zu stumpf hin –

wo wir hier sind, und was es hier gibt, und die Omphaloi seien dafür Symbole. Grabsteine einer großen Idee, die in uns von den Lapithen hätte zum Leben erweckt werden können. Die Leute gehen hin, sagte sie immer, weil die Gänge so lang sind, mit ihren kleinen Kindern gehen sie hin und bringen ihnen da auf den Pisten das Laufen bei, und die Kunst ist egal. Gleichgültigkeit, das fand sie das Schlimmste. Und jetzt? Jetzt ist ihr selbst egal, was passiert.«

Eine leicht ungehörige Erregung ergriff Ryad: also doch wieder anders, nämlich sehr wohl eine große, eine allgemeine, eine hochpolitische Geschichte – Lukas Ristau behauptete also, zu wissen, wo die Verschwundene war, und zumindest schien er sicher, dass sie lebte. Ryad beschloss, sich die äußerste Zurückhaltung aufzuerlegen – was ihm hier gerade in den Schoß gefallen war, wollte er auf keinen Fall verscheuchen; die eingetretene Pause, das leichte Stocken im Erzählgang des Mannes würde er nicht stören.
Tatsächlich wurde seine Geduld schon zwei Minuten später belohnt, als Lukas aus dem Zusammenfassenden ins Konkrete fand: »Der Mann da ... dieser Gangsterboss, Leiharbeiterchef ... Yang, der in D)s fast erstickt ... der hat uns einfach eine Adresse gegeben. So. Uns. Fabrizio und mir. Wir sind zusammen hin – ein Hinterhof, hier, in diesem verrauchten und schmutzigen Barbizek, glaubt man das? Nicht wenigstens in Laischa oder ... Es war deprimierend. Abblätternder Putz an den Wänden, wie rosa Hautlappen innen, Wunden ... Schrott, Stacheldraht, Kameras, wahrscheinlich gehört der Mietblock sogar Yang. Die ganze Welt hält sie für tot, und wir kraxeln dieses nach Walnussöl riechende ... finstere Treppenhaus hoch, mit diesen Dielen und Wandbrettern, die aussehen wie ein kranker Storarier ... und keine Klingel, kein Augenfenster, kein Kennungsportal. Fabrizio klopft. Sie macht auf. Sie ist es wirklich, in einem ... so ein weites Ding, mit Kaffeeflecken, ein ... ein Pyjama, nicht zum Knöpfen, einfacher blauer Zweiteiler ... als wäre nichts gewesen, als würden nicht die Sops und die Retros und die Prodniki und die Lacs und die Admins und

die Storarier und die Rengi alle lauern und warten, wann Kathrin Ristau das klärende Wort sagt, die Intervention der … ach, es ist zum Schreien.«

Er zuckte mit den Schultern, es sah aber nicht wie ein willkürlicher Akt aus, sondern wie ein Nachbeben der Tränenerschütterungen, die ihn eben noch in ihrer Gewalt gehabt hatten.
»Sie war … lieb, das ist das Schlimmste. Nahm mich in den Arm. Ich wusste gar nicht, wie mir … das war wie so ein Drehschwindel, wenn man aus großer Höhe …«, er zog etwas Rotz hoch, schaute jetzt sehr grimmig, sagte gepresst: »Fliegen … Wir sind zusammen geflogen, wir konnten fliegen, bevor wir alle … bevor das ganze Zeug in den Atemwegen, das Gift in der Luft, die Feralkunstide uns so viel neurologische Arbeit gemacht haben, dass wir … die freien Kapazitäten, die man im Hirn braucht, um die Tricks von Waveele hinzukriegen … sie sind blockiert, weil … wir müssten eigentlich alle durch die Gegend torkeln wie die armen Lacs auf den Atollen, die es erwischt hat, aber unsere Zentralnervensysteme …«
»… sind Schlachtfelder, auf denen die Kriege der Schirmkrieger immer noch ausgefochten werden«, sagte Ryad, der vor dem Abflug zum Planeten auf Arrhenius dreitägige, mörderisch anstrengende Impfungen über sich hatte ergehen lassen.

Lukas nickte: »Ja. Und es wird immer noch gefiltert. Gebaggert und gefiltert … ist sogar mein Job. Meine Arbeit, mit meinem Mann, im Süden, am Kap, bei den Atollen. Wir wohnen auf einem Bagger.« Er lächelte schwach, ein Zug von Heimweh, der Ryad kurz an den Schattenspiegel denken ließ, ans gelbe Strandhaus seiner Mutter, die heiteren Dünen.
Lukas fuhr fort: »Sie wusste das alles. Hatte nach mir geforscht sogar, ob ich … hat mich auch entdeckt, obwohl ich einen anderen Nachnamen angenommen hatte … Ich weiß, hab mich dir gleich vorgestellt, als Ristau, aber die letzten Jahre war ich Lukas Terryson. Nach Terry. Sohn. Albern … ich wollte mich … Terry, weißt

du, meine große Liebe, getötet von dem Schwein Toril. Wir hätten ein Kind zusammen haben können, und …« Es war ihm zu heilig, was er jetzt dachte, also sprach er es nicht aus, aber Ryad wunderte sich, dass er es sogar verstand: Lukas hatte sich einfach so verhalten wollen, als wäre er nach den Unruhen neu geboren worden, und der Name dieses Neugeborenen sollte auf den verlorenen Menschen hinweisen und ihn ehren, sollte sagen, ich bin das Kind geworden, der Sohn, den wir nicht hatten. Eine hilflose Geste.

Ryad räusperte sich, sog noch mal gesunden Qualm in die Lunge, spuckte ein bisschen davon aus, sagte dann vorsichtig: »Und … deine Mutter, sie hat dich nie kontaktiert?«

»Sie sagt«, Lukas war mit seiner Zigarette offenbar schon fertig und schnickte sie achtlos aufs Kopfsteinpflaster jenseits des Rasens, »es wäre Unsinn gewesen, nach allem, was wir erlebt haben, Familie zu spielen. Das alte Leben sei vorbei, sie habe neue Verpflichtungen.«

»Verpflich …«

»Sie meinte die Frau. Die alte Frau, eine … es roch in dieser engen, dunklen, mit Möbeln und Krimskrams vollgestellten Wohnung … Zinnteller! Porzellan! Es roch nach Kampfer und Medizin und sterilen …da lag eine Uralte in einem Krankenbett. Umgeben von Robotern.«

Ryad fiel seine tote Schwester ein, ihr Sterbebett, seine Besuche, beide Male an der Hand seiner Mutter, beide Male autistisch desinteressiert, völlig absorbiert von den Syneslandschaften in seinem Kopf, und weil das eine so starke Erinnerung war, verpasste er überm schließlich erfolgreichen Versuch, sie zurückzudrängen, zwei, drei Sätze, die Lukas gesagt hatte, weshalb er nachfragen musste: »Ähm, die Frau, Entschuldigung, ich habe das eben nicht ver …«

»Meori Dassy. Ihre Mitgefangene. Sie pflegt sie tot. Sie steht ihr bei. Kathrin Ristau, stellt euch vor.« Das Kalte, höhnisch Schneidende in seiner Stimme jetzt war sehr hässlich, aber Ryad ahnte, woher es kam, und redete ihm nicht drein, als er fortfuhr: »Die große Kathrin Ristau ist Krankenschwester geworden, rennt im Pyjama rum ... es ist wohl was schiefgegangen. Mit Torils Nanoniken, mit diesen ... Helferlein, die er den Leuten injiziert ... er wusste, dass er gestürzt wird, wenigstens aber ernsthaft bedroht. Dieser Yang, er hat gelogen: Kathrin und Meori wurden nicht freigelassen, sondern ... Toril wusste, dass er sich also entweder ein paar Tage und Wochen, oder überhaupt für immer ... nicht mehr um seine Verliese kümmern können würde. Der Kerker ... das war im Alarmturm.«

»In Ellemi?«

»Ja. Er ließ den Storarier, den er auch eingesperrt hatte, frei, versuchte, ihn als Verhandlungs ... als Geisel ...«

»Ich kenne die Geschichte. Terzutac Mohenim.«

»Woh ...woher?«, Lukas sah Ryad direkt an, ihm schien plötzlich bewusst geworden zu sein, dass er über den Menschen, dem er seine Geschichte erzählte, nichts wusste.

»Ich arbeite mit ihm«, erklärte Ryad schlicht, »auf der Arrheniuslinse. Ich bin Nomophysiker. Er hat es mir erzählt. Toril versuchte, sich Unterstützung gegen Fruchtman und die Admins bei der Storema zu verschaffen, indem er ihnen Terzutac anbot. Sie haben ihn erst abgeholt, als Toril schon erledigt war ... wir wissen also nicht, ob sie ihm sein ... Angebot ... vergolten hätten.«

Lukas lachte trocken, dann schüttelte er den Kopf: »Schweinekerl. Unglaublich, wie viel er kaputt gemacht hat, dieser Neschech Dremocci.«

»Nesch ...«

»Vergiss es. Lange Geschichte, meine Mutter ... sie kannte ihn noch aus der Zeit vor den Coms, hat sie mir erzählt, heute Mittag ... kannte ihn unter anderem Namen.«

»Ah. Und ihre ... diese alte Frau ...«

»Ja, richtig. Da waren wir. Also, er wollte die beiden nicht freilassen, Meori Dassy und meine Mutter, deshalb hat er ihnen dieses Zeug spritzen lassen, das auch die Schirmkrieger metabolisch autark machen sollte, pf, soweit Autarkie mit der Entropie und der

Wirklichkeit insgesamt zusammengeht. Jedenfalls unabhängig von Zuckern, Proteinen, diesem Fertigzeug der Natur … sie sollten zur Not Jahrzehnte in dem Knast überleben, sich nur von der Heizungswärme in den Wänden ernähren, auf den Rücken legen, wie in Kryoschlaf, das hat er ihnen befohlen, und einschlafen, und dann konserviert sein von … na ja, die Heizung lief über einen Reaktor, der … es hätte Jahrhunderte halten sollen, theoretisch. Aber bei Meori hat's nicht geklappt. Sie blieb wach, und sie … sie hat meine Mutter befreit, und sich selbst. Die … es waren alte, frühe Kunstide in ihrem Blut. Der Thomasstreifen ist voll davon, weil da oben die Insel abgestürzt ist, in der Klemens Erikson … mein Freund, Mutters Freund … also, die Kunstide in Meori hatten reagiert mit den Nanoniken, und nachdem Meori sich und meine Mutter aus dem Verließ befreit hatte – es hat mehrere Tage gedauert, sie hat die Zelle zerlegt, mit den Bauteilen der Pritschen die Türen aufgehebelt, erst nur einen Spalt, und dann … drei Tage, mit kümmerlichen Resten von Nahrung und Wasser … sie hat irreparable Schäden davongetragen, die Reaktionen in ihrem Leib … die Telomerasewartung ist ihr zergangen, desintegriert von der Autarkiescheiße im Kampf mit den Kunstiden … seitdem altert sie, und zwar sehr geschwind, und ist verkrebst und voller anderer … Sachen … und kein Krankenhaus nimmt sie, alle sagen meiner Mutter, lass sie doch sterben, aber aus Dankbarkeit und schlechtem Gewissen … Meine Mutter hat genügend D)s, das geistige Eigentum an ihren Schriften aus der Subversionszeit, aus der Comzeit bringt ihr … Tantiemen ein, und Fruchtman gibt scheint's auch was dazu … so sitzt sie am Krankenlager der Frau, hält die verknöcherte Hand, singt ihr Lieder aus Wilentz … und will mit mir und dem, was war, nichts mehr zu tun haben, und schickt mich auf die Reise, wünscht mir alles Gute, sagt, ich soll Severin grüßen … Clarence … egal. Sagt, sie wisse auch, wo Maura ist, ihre Frau, die sie … und hätte sich mit ihr ausgesprochen, mit ihr versöhnt … Und hier sitze ich, und weiß als Einziger außer Meori Dassy, Fabrizio, Fruchtman, Maura und meiner Mutter, dass die einzige Person, die sich jemals für den ganzen Planeten interessiert hat, die das *big picture* sah, wie die Alten gesagt hätten, vor der Hidschra ... dass sie nicht einmal eine Legende ist, an der wir uns festhalten können, von wegen: Es gab mal eine, die war bereit, fürs große Ganze Verantwortung zu übernehmen, und wenn wir nur nochmal so jemanden fänden ... nein, selbst sie hat's aufgeben. Und wenn eine wie sie aufgibt, was ... was sollen wir dann hier? Wofür war das alles gut? Die Coms? Das Umherirren? Torils Absetzung?«

Lukas erwartete keine Antwort.

Er bekam sie trotzdem: »Nun ja, es kränkt uns wohl, aber ...wir müssen vielleicht einfach lernen, dass es Aufgaben gibt, die mehr als eine Generation beschäftigen. Dass die Menschen heute, obwohl sie sehr viel länger leben als vor der Hidschra, wieder anfangen müssen, über die eigene Lebensspanne hinaus zu denken, und dass wir, als die Kinder von Eltern, die eine schwere, eine heroische Epoche auf Feldeváye erlebt haben ...«

Eine Spur aggressiver, als er wollte, sagte Lukas: »Was weißt du von heroischen Eltern?«

»Mein Vater«, entgegnete Ryad schlicht, »war Tarik Jaivedh. Ich muss auf Arrhenius Verantwortung für das übernehmen, was er dort hinterlassen hat. Du könntest dir also überlegen, ob du nicht genauso ... ob du nicht die Verantwortung für das übernehmen musst, was Kathrin Ristau dieser Welt geschenkt hat.«

Im Halbdunkel war Lukas Ristaus Gesichtsausdruck schwer zu deuten.

Weil er Ryad nicht direkt ansah, drehte dieser nun den Kopf und schaute hinüber zum höchsten, steilsten der Gerüste, das, vermutlich eine optische Täuschung, leicht zu schwanken schien, als würde es in der lauen Luft von Magnetismen bewegt – die Silhouetten der Schlangen wurden, wenn man direkt hinsah, von der spärlich sternbesetzten Himmelsfinsternis verschluckt, nur aus den Augenwinkeln erkannte man einzelne Gestalten, hier eine allein, dort eine Gruppe von dreien.

Als Lukas nichts sagte, wandte sich Ryad ihm wieder zu – und erkannte am Reflex des Streulichts der Monde, Sterne und Laternen die weißen Zähne des Sohnes von Kathrin Ristau.
Der grinste, kein bisschen bedrohlich, und sagte: »Du hast Mut, weißt du das, Ryad Sonka? Ich kannte deinen Vater. Eigentlich ein netter Mann. Ich war ein kleines Mädchen. Er wirkte müde, ich mochte ihn, mit ein bisschen Abstand, zu dem mir mein Opa riet, ganz gerne.«
»Mut?«
»Ja. Ich meine, mir sagen wenige Leute, was ich tun soll, und meistens höre ich nicht auf sie. Meine Mutter zum Beispiel. Sie hat mich vor die Tür gesetzt. Für dich, siehst du, ist sie eine historische Größe, die mir ihr Erbe damit aufhalst. Für mich ist sie eine gealterte, wenn auch … noch nicht … alte Frau, bei der ich irgendwie unterkriechen wollte, ich meine, ich hatte die Hoffnung … weißt du, was sie gesagt hat? Ich soll zurück zu meinem Wasserbagger. Zurück zu meinem Mann, und froh sein, dass ich umgeben bin von Leuten, die mich kennen, denn sie selbst … sie sagte: Ich bin wurzellos, ich war's immer. Sagt sie zu mir, zu einem, dessen Wurzeln sie sein sollte.«

Ermutigt durch das Kompliment von gerade eben traute sich Ryad, auch hier eine abweichende Meinung zu äußern: »Du darfst einen lebendigen Menschen nicht als Lehrfabel betrachten, als Moral auf zwei Beinen, als Antwort auf die Frage, als die dir dein Leben erscheint. Sie hat ihre eigenen Sorgen, und manchmal glaube ich, das ist überhaupt der Fehler bei unseren archäologischen Bemühungen, dass wir übers Leben der Leute, denen wir unsere wichtigsten Kulturgüter und unsere höchsten Wissenswerte verdanken, immer nur so viel wissen, wie sich lernen lässt. Ich meine, selbst über die Künstlerinnen und Künstler, die uns historisch noch am nächsten sind, um die Zeit der Hidschra, kurz davor, kurz danach, bevor die Künste verwirklicht wurden, wissen wir immer nur …
Wir kennen Warhol, denn den liebten alle, den haben sie gefeiert,

daran lässt sich also studieren, wie das ist, als Götterliebling. Und wir kennen Broodthaers, den hat man schlechter behandelt, also lernen wir alles über die Stationen des Leidenswegs ... Aber was wissen wir von denen, die ... irgendwo dazwischen rumgelebt haben? Weder eine Lektion in Erfolg noch ein Beispiel für Haltung trotz Elend? Nicht viel weiß man über Duchamp, nichts über Beuys, wenig über Tanaka, weniger noch über Wu oder Carula, die ja Künste schufen, als die Menschheit ihr Sonnensystem schon zu besiedeln begann. Alles kannst du erfahren über Wenyüan, alles über Shasta, weil die auf dem Merkur auch politisch eine Rolle spielten, und alles über die tragische Liebe von Ming zu Chahdousti oder die von Sebassus zu Dora, wegen der ... biologischen Folgen. Diese Tradition, dass Lebensläufe immer nur Illustrationen von Begriffshaufen sind – ich finde, es ist Zeit, damit zu brechen.«
»Und ich finde«, sagte Lukas im Aufstehen, und streckte Ryad noch einmal die Hand entgegen, um ihn daran in die Höhe zu ziehen, »wir sollten dich, wo du so ein gutbezahlter Spezialist auf Arrhenius bist, um ein paar hundert D)s erleichtern, in die Altstadt gehen und uns krank trinken.«
Ryad schlug ein, spontan überzeugt, und ließ sich vom Stein helfen.
Bevor sie jedoch den Plan des von seinem Weltschmerz zumindest vorläufig Geheilten umsetzen konnten, senkte sich beinah mit Fallgeschwindigkeit ein Gleiter vor ihnen zwischen die Gerüste und eröffnete in der unmissverständlichen Absicht, beide zu töten, das Feuer.

Liber Severini 9

»Es entzieht sich der Darstellung mit allen diesen Mitteln«, murmelte Frau Ngwethu, und ich wurde wach: Das hatte ich noch über nichts gehört, was es gab, jedenfalls von keiner Auswerterin. »Wie meinen Sie das?«, fragte ich also. Sie zeigte blendend weiße Zähne und die Augen blitzten spöttisch, als sie sagte: »Na, wie will man es machen? Als Historienschinken, als Verfilmung, als Wallenstein-Drama oder dokumentarisches Theater oder Wasserballett? Wie willst du das erzählen, wir gegen die SB und die SB gegen die Auswertung und die Admins und die gegen die Prodisten und alle gegen die Aistheten und dann die Keime für neue, radikalere ...«

»Verstehe«, nickte ich, »also dann vielleicht abstrakt, geometrisch?«

Sie schnaufte spöttisch und wusste eine gute Gegenfrage: »Wie, als roten Keil, der die Weißen schlägt? In wie vielen Dimensionen denn?«

Da musste ich doch sehr lachen, notgedrungen.

X. MANTEL FLAMME SAMT

Das kleinste Teilchen der Welt
ist zweideutig. Das ist das
Wesen der Liebe.

Antje Wagner

1: Grenzwärts fliehen

Clarence schlief draußen und oben.
Es war sehr warm geworden. Weil Lukas und er sich ihr Zuhause auf dem roten Baggerkran im Wasser aus einer teils aisthetischen, teils politischen und teils begründungslos freien Haltung zum Leben ohne die meisten Tröstungen der zuhandenen Technik eingerichtet hatten, also auch auf Klimamaschinen verzichteten, war es in dem kleinen Kasten, der im engeren Sinne ihr Haus war, um diese Jahreszeit die ganze Nacht über backofenheiß.
Kein Problem, fand Clarence: Ich lege mich auf's Dach, horche und blinzle in die Noos und schlummere zufrieden, wenn es sich ergibt.
Warmer Regen begrüßte ihn, große, lustige Tropfen, die er zählte, wie sie ihm auf den Brustkorb und die Stirn, die Wangen und die Beine fielen, bis sie zu zahlreich wurden, ein weicher Guss, der dann abrupt abriss.

Es roch kräftig, die Nasenhärchen reizend, aber angenehm, vor allem nach Azaleen.
Das diesen Blumen gewidmete Festival, das seit den Unruhen hier jeden Sommer zwischen Conlon Pier (ohne Bindestrich) und Chandler's Wharf stattfand und den Olchen wie alle Lokaleigenheiten besser zu gefallen schien als den Reisenden aus dem Norden, die es anlocken sollte, war seit drei Tagen vorbei.
Die Gestecke und kleinen, in speziellen Trögen angepflanzten Azaleenwäldchen, die als Mitbringsel den imaginären Festivalbesuchern von auswärts die D)s aus den Taschen locken sollten, verkauften die Einheimischen stattdessen jetzt einander.
Clarence stellte sich regelmäßig ein paar aufs Dach des Baggerhauses, Schmuckstücke, zwischen denen er jetzt auf dem Rücken lag, den vollen Duft durch geweitete Nasenlöcher einsog und das Firmament betrachtete.

Einbaum war ein gutes Zuhause, der ganze Küstenstreifen kein schlechter Ort, um sich aus dem Irrsinn des Lebens zurückzuziehen und stillzuhalten.
Im Fall des schnellen Menschen war das freilich ein Stillhalten nur nach außen – im Innern, in der großen Welt der Pläne, Interpretationen, Noos, Solitona und den Köpfen, die daran hingen, bewegte sich Clarence nach wie vor sicher und leise, schnell und wach wie der Olch im Schilf.

Conlon hatte ihm nicht umsonst gezeigt, wie man Proxies, Expersönlichkeiten, Partiale, gefälschte Extensionen nicht existierender Körper überall in die Netze und anderen Verkehrswelten der Menschen, Storema, Rengi, überhaupt Intelligenzwesen schickte: »Das wird das Einzige sein, kannste mir glauben, was von den Tafeln übrich bleibt. Verboten ham se die, und jetzt sehen wir, war gar nich nötig, denn wo es noch welche gab, fallense überall auseinander – tscha, hat sich gezeigt, dass sie nicht länger als fünf Jahre inaktiv kohärent bleiben, und aktivieren konnte man sie auch nie, hamse ja immer drauf gewartet, dass die Technik mal so weit is. Kam nich. Nur bei dir, Severin … der große Sonderfall … tja.«

Dass eines seiner Partiale, einer dieser nirgendwo als im *Potentialis* geerdeten Ableger der Trias Carla/Klemens/Severin äußerst aktiv war in der Regionalpolitik am Kap, gehörte zu den fröhlicheren Paradoxa, in die Clarence sich eingewickelt fand wie in eine vor lauter Multikonnektivität zeichensprühende Spule aus Absichten, Zielen, Vorhaben und Initiativen. Der »Katalog der Forderungen« der kapseitigen Heimatgesellschaft, deren kommerzieller Arm das Azaleenfest ausrichtete, war von einem »David Barrier« gezeichnet, hinter dem sich Clarences drei- bis vierfacher Kopf verbarg. Das Dokument wurde inzwischen von Admins bis hinauf nach Laischa als vorbildlich im Sinne der Klarheit und Wohlgeformtheit derartiger Eingaben betrachtet; auch wenn mit seiner Umsetzung dank allerlei Reibereien in verschiedenen Verwaltungen auf verschiedenen Ebenen mit verschiedenen Befugnissen nicht allzu rasch zu rechnen war.

Barrier und die seinen (von denen einige erfunden waren) verlangten

Erstens: prodistische Erstellung detaillierter geomorpher und ökosystemischer Karten für die ganze Kapregion diesseits der Versiegelung, als Basis künftiger Konservationsbemühungen.

Zweitens: gezielte Erhaltung der Küstenlinie im Rahmen der bestmöglichen Bewirtschaftung. Hierzu Klärung der Fragen: Wofür eignet sich welcher Küstenabschnitt? Gibt es versiegelte Inseln, die man zurückgewinnen kann?

Drittens: Reinigung der zurückgewinnbaren Inseln (mit Methoden, wie sie etwa der rote Baggerkran anwandte).

Viertens: Bestimmung von Schutzzonen, die weder politisch noch militärisch, noch wirtschaftlich genutzt werden durften.

Fünftens: Anhebung (qua Versetzung) von Behausungen, kommerziellen, politischen und militärischen Bauten unmittelbar landwärts von den Schutzzonen aus – das sollte die Sturmgefährdung senken, das Ausrollen von Springfluten erlauben et cetera.

Sechstens: unbedingte Sperrung, vielleicht sogar sekundäre Versiegelung niedriger küstennaher supratidaler Zonen und Marschlandschaften.

Siebtens: Aufgabe oder Abriss von Bauten und Brücken, die nach Implementierung der sechs vorangegangenen Punkte nicht länger nutzbar waren.

Die Wolken, graue Mehlbildnisse von Menschen ohne Köpfe am Himmel, wichen auseinander.

Clarence sah die Sternbilder des Südens, die er inzwischen gut kannte. Ihm war, als riefen sie ihn: Willst du denn für immer auf dieser Murmel bleiben, du, der und die mehr Wege zurückgelegt hat als alle, die du kennst, vom Schattenspiegel her, von den Rechnergärten her, aus Echoräumen von Synesarchitekturen, die weitläufiger waren als alle je von anderen Menschen eingerichteten?
Die Konstellationen spendeten Trost, sie waren verlässlich: der Lebensretter, die Egoistin, die drei Kinder, der Gastgeber, das Segel, der Gott im Garten.
Poetische Figurationen, Geschichten, die inzwischen kaum mehr jemand kannte.

»Weißt du, wie das Einbaumkap in der Adminverwaltung heißt? In Laischa, wo die Geographie und Kartographie sitzt?«, plauderte Carla, der Clarence, wenn er so alleine war wie jetzt, einfach nicht länger verbieten wollte, sich in ihm zu regen. »Da, wo immer noch die meisten Verwaltungsentscheidungen getroffen werden, Toril hin, Fruchtman her, nennen sie den Ort das Promontorium Tremendum – das Kap der Angst. Während er für einige Lacs übrigens Promontorium Sacrum heißt, das heilige Kap.«
»Lacs sprechen Latein?«, zweifelte Klemens, der sich aufgerufen fühlte, auch seine Meinung kundzutun, wenn Carla sich aus dem Gestrüpp der verwilderten Seele wagte.
»Es gibt sogar Lacs, die sprechen Akkadisch, du Rassist.« Carla war ungehalten. »Ihr beiden, Klemens und Severin, verhaltet euch wie typische Zugereiste: Später angekommen als die Lacs, deren einziger Makel überhaupt ist, dass sie so spät angekommen sind … und um euch selbst zu beweisen, dass ihr nicht noch unter ihnen steht, spuckt ihr aus einer imaginären Höhe auf sie runter, als hättet ihr den Kopf ganz oben und stündet dabei auf allerfestestem Grund. Auf einem … Promontorium Sacrum.«
Clarence wusste genau, wie unsicher der Grund war, auf dem er wirklich stand, und wie illusionär die meisten Intuitionen waren, die einem im Laufe des Lebens das Gefühl von Sicherheit oder Geborgenheit vermittelten.

Intuitiv zum Beispiel glaubte man, das Einbaumkap, sogar der Wasserbagger seien stabiler als die Verhältnisse zwischen den Sternen, weil deren Präsenz am Himmel, dachte man, nur auf menschlicher Einbildungskraft und ein bisschen Geometrie beruhten: Es handelte sich um Geschichten, falsche Spuren. Gott im Garten? So erfunden wie Herr Barrier.
In Wahrheit aber waren die siderischen Relationen etwas, das sich nicht ändern würde bis zu einem Zeitpunkt, an dem das Kap längst ins Meer gewaschen sein würde.
Verlass war auf wenig, fast nichts.

Lukas hatte sich das letzte Mal vor drei Wochen gemeldet, damals in großer Aufregung, auch Vorfreude – die Spur, auf die ihn die Schirmkriegerin, die jetzt Fabrizio hieß, geleitet hatte, schien tatsächlich zu Kathrin zu führen. Clarence, ein bisschen feige, hatte ihm alles Gute gewünscht, und sich den Gruß an die Frau, die er immer noch liebte, verbissen: Die Störung des Lebens, das er sich mühsam aufgebaut hatte, wäre gar zu groß gewesen, wenn es ihr eingefallen wäre, zu antworten. Wollte er also, dass es Kathrin Ristau wirklich nicht mehr gab?
Nein.

Aber er wünschte auch keine Hoffnung mehr auf ein Zusammensein, die er sich vor langer Zeit aus dem Kopf hatte schlagen müssen, um Platz zu machen, erst für Lukas und dann für das Kind, das jetzt vielleicht doch nicht gezeugt, nicht geboren werden würde. Nach zwei Wochen Schweigen des Liebsten hatte Clarence die Arbeit an der Arpla unter Deck allmählich eingestellt – zunächst die vier Stunden täglich auf zwei reduziert, dann immer häufiger einen Tag ausfallen lassen.
Jetzt war es schon neun Tage her, dass er das letzte Mal am Gerät gestanden hatte.
Der rechte Fuß des Gottes im Garten droben blinkte ein bisschen, flackerte – atmosphärische Erscheinung, wusste Clarence. Er gähnte: Ich sollte schlafen.

Im Gegenteil, fand Carla, solltest du nicht, du solltest dich beunruhigen. Sollte er? Klemens und Severin waren sich darüber nicht nur untereinander, sondern, soweit Clarence die Stimmen auflösen konnte, sogar jeweils in sich selbst uneins.

Er hätte wissen müssen, wo Kathrin war, das stimmte schon, wusste er doch so vieles sonst, das nicht nur kaum jemand anders wusste, sondern von dem auch niemand wusste, dass Clarence es wusste – still auf der Stelle, beim täglichen Morgen- und Abendspaziergang auf den Planken am Westrand von Einbaum, gegenüber der versiegelten Küste, hatte er seine verfeinerten Solitona-Proxies in alle Welt ausgesandt und Informationen sammeln lassen.
Das Projekt »Unterrichtetbleiben« war freilich eins, bei dem er sich nie zu nahe an Lukas hatte aufhalten wollen, weil ein Rest seines alten unwillkürlichen Vermögens, in anderen zu denken und andere in sich denken zu lassen, vielleicht ein Überlappen seiner Suchen mit Gesprächen hätte herbeiführen können, in denen er sich bewegte.

Clarence wusste unter anderem, wo Conlon war – ein gebrochener Mann, dem Miwon Kwon auf ihrem schönen Grundstück Bleiberecht gewährte, obwohl er, offiziell wichtiger Berater ihrer Retro-Aistheten, sich nur noch gehen ließ, ununterbrochen auf alle und keinen schimpfte, jede Rauschdroge benutzte, die er finden konnte, und morgens nicht selten in einer Pfütze seines eigenen Erbrochenen an der Steinumfassung eines der Goldfischteiche der Frau gefunden wurde, die schlecht und recht, den Umständen entsprechend, die analytischen, polemischen, politischen Pflichten Kathrin Ristaus erfüllte – was sie gar nicht wollte, was aber der so Vertretenen, da die Zeiten nun einmal nicht nach dergleichen waren, kaum besser gelungen wäre.
Tief genug gegraben, um Kathrins Aufenthaltsort zu entdecken, hatte Clarence bei aller Recherchelust nie – bis zur Verhaftung, bis zum Gefängnis, sogar bis zu dessen verborgenem Ort in Ellemi, hatte er ihre Spur zwar nachverfolgt, das war nicht so schwer

gewesen, wie Lukas oder andere Langsame dachten, und auch den Ausbruch hatte er, sogar auf Film, nämlich von Überwachungskameras in Torils Alarmturm aufgenommen, sich angesehen, aber damit, fand er, war's genug.

Reguläre SB, zu diesem Zeitpunkt noch verstrickt in einen Zweifrontenkrieg gegen Toril und Fruchtman, aber bereits in Verhandlungen mit Letzterem, griffen die beiden Frauen, die unsanft Geweckte und die Schwerkranke, in einem provisorischen Lac-Lager auf, wohin sich die ärmsten Feldeváyer aus urbanen Zonen geflüchtet hatten, als ihre Behausungen bei den Kämpfen vernichtet worden waren.

Man fertigte ein Protokoll an, bei dem Kathrin erklärte: »Ich will nur Frieden. Nur irgendwohin mit ihr, wo ich ihr danken, sie pflegen kann, sie entweder heilen oder bei ihr bleiben bis ans Ende. Gebt mir einen neuen Namen, lasst mir mein Gesicht, ich werde es auf keiner Straße zeigen. Ich lasse mir das, was wir brauchen, gern per Kurier oder Roboter bringen.«

Als ein Partial von Clarence dieses Protokoll aufgetrieben hatte, beschloss er: Das will ich respektieren. Die alten Zeiten mit Gewalt wiederzubeleben kann uns nur alle unglücklich machen. Eine Gewissensnot freilich war ihm daraus entstanden, dass er sich gefragt hatte, ob er die Auskunft über Kathrins Schicksal nicht Lukas schuldete. Es war die Stimme von Severin Rukeyser gewesen, die Stimme des Fuchses, die dagegen entschieden hatte: »Wenn er sie finden will, und das muss er gewiss wollen, dann lass es ihn allein tun.«

Als Clarence und Lukas Tatjana Cortés aus dem Grundschlamm des Flusses gebaggert hatten, war dem schnellen Menschen schon bei der ersten Berührung ihrer Rüstung klargewesen: Das hier ist ein loses Ende im Lügengewebe der neuen feldeváyschen Ordnung, ein Faden, an dem Lukas ziehen wird, und der ihn umgekehrt in ein Labyrinth zieht, in das ich ihm nicht folgen will.

Dieser Unwille war kein Zeichen des Quietismus.
Ein unruhiger, aber kraftvoller Instinkt, den alle drei teilten, die er war, hatte Clarence aber verraten, dass seine Aufgabe in diesen Tagen der Restauration darin bestand, Daten zu sammeln und sich bereitzuhalten für den Moment, da man ihn brauchen würde.
Wer war »man«?

Die Proxies in die Noos zu schicken, auf ihre Rückmeldung zu warten, das alles zu kollationieren, war für den schnellen Menschen eine Geduldsleistung am Rande der Folter gewesen. Als er sich schließlich ein Bild von der Lage gemacht hatte, von allen ihren Kristallschalen, Energiesphären, vom Vorrücken der Storema im galaktischen Schlachtenraum bis zum Treiben des Sops, hatte sich ihm die Wahrheit enthüllt, dass die große Geschichte, in der seine kleine eines der tragenden Strata stellte, allmählich, und zunehmend schneller, ihrem Ende entgegenstrebte.

Die Sops hätte er ohne Carla nie verstanden.
Sie lachte bitter: »An diesem Punkt war die Kunst mehrmals, zweimal auf der Erde, einmal auf dem Mars, und nach Beginn der Hidschra auch nochmal, bevor es schließlich hieß, sie sei verwirklicht. Sowohl Rethel wie Yerka sind ja über den Augenblick hinaus, an dem die Kunst ihre Materialien erkennt, auch über den heikleren, an dem sie anfängt, die Ergebnisse ihrer Materialbearbeitung selbst wieder zu bearbeiten. Jetzt treten sie auf der Stelle, weil sie wissen, es ist was dran an der Idee ihrer sogenannten Sozialen Praxis, aber die erkämpfte Kunstautonomie macht sie gleichzeitig steril, stumpf. Gut, denken sie, nehmen wir noch das Publikum der Bearbeitung des bereits Bearbeiteten mit auf in unser Materialverständnis – und indem sie Menschen als Medien gebrauchen, kriegt das, was sie machen, einen ontologischen Doppelstatus: Jede dieser Sop-Aktionen ist ein Ereignis mitten in der sozialen Welt, aber gleichzeitig davon ganz klar geschieden, weil es nicht irgendeine Praxis ist, sondern etwas explizit von der Bewegung ›Soziale Praxis‹ Veranstaltetes, die als Kunstbewegung

wahrgenommen wird, werden muss, wir sind eben auf Feldeváye. Also ist es Kunst. Und was nun beide, Yerka wie Rethel, rausfinden wollen: Wie macht man diesen Zwiespalt zwischen Kunstüberwinden und Kunstmachen produktiv, wie nutzt man ihn, um auf zwei Ebenen zu kommunizieren, mit den Teilnehmenden, die Publikum sind, mit dem Publikum, das irgendwie auch teilnimmt? Vor allem Yerka kann nicht genug kriegen von den perversen, störenden, schiefen, auch genüsslichen Effekten des Widerspruchs – und ist eigentlich der größere Idealist und Schwärmer von den beiden. Denn wo Rethel, so banal und andererseits richtig sowas ist, einfach Gutes tun will, glaubt er heimlich daran, dass diese ganzen kleinen Schocks, die er verteilt, den Leuten dazu verhelfen, sich selbst und ihre Beziehungen ganz anders zu denken.«

»Und wieso ist das falsch?« Die Stimme Klemens Eriksons sträubte sich.

»Das ist nicht falsch«, seufzte Carla, »das ist nur viel zu spät. Sowas hätten sie machen sollen, als die Kritik an den Admins, die an der Auswertung, die an der Blockade, als das alles zusammenkam und die größte Sprengkraft hatte. Zur Zeit der Coms.«

»Was du sagst, ist: Kathrin hätte die Führung übernehmen sollen. Richtig?«, fragte Severin nach, der selbst genau so dachte.

»Ja, die politische, zur intellektuellen, die sie schon innehatte«, bestätigte Carla.

Während die Sops in ihrem Paradoxon zappelten, hatten die Prodisten in letzter Zeit mit Versuchen an Tieren begonnen, um die Auswertung, wie es hieß, »auf eine neue, endlich wissenschaftliche, nämlich wahrnehmungspsychologische Basis« zu stellen, unterstützt von Leuten in den Omphaloi, insbesondere Kaderums und Laischas. Das waren armselige Hirnstrommessungen vor allem bei Relos, die Clarence noch als große, mit den Löwen in Fresskonkurrenz stehende Katzen aus den Sümpfen zwischen Steppe und Brombeerländern in Erinnerung hatte: Wenn man sie maschinell reizte, so die neue Wissenschaft, empfanden sie den Spannungsaufbau bis zu einem gewissen Grad als angenehm, danach und darüber hinaus dann aber als unangenehm – »Aber das weiß man doch seit Jahrtausenden!«, hatte sich Lukas entsetzt, als Clarence ihm davon berichtet hatte, und der konnte nur erwidern: »Schlimmer. Die Publikationen dieser prodistischen Idioten, die daraus irgendetwas Kunstrelevantes abzuleiten versuchen, sind so verworren und hilflos wortreich, dass Carla … in mir … die das Zeug noch am besten versteht, Mühe hat, nicht zu glauben, sie wären selbst kein bisschen überzeugt davon – so wenig wie die medizinischen Admins, die ihrerseits eine Beziehung zwischen diesen Reiz- und Spannungs- und Wahrnehmungsstudien auf der einen und eigenen Erhebungen auf der anderen herstellen wollen, bei denen herausgekommen ist, dass Angstzustände, Schuldgefühle, Stress und Labilität bei menschlichen Probandinnen und Probanden, die einen Großteil ihres Lebens irgendeiner politisierten Beschäftigung mit Kunst widmen, etwa Sops, Retro-Aistheten, häufiger sind als bei Leuten, die einfach so vor sich hinleben. Die Opposition ist krank. Ein schönes, ein erwünschtes Ergebnis.«

Sanftes Schaukeln.
Leises Plätschern.
Die liebe Nacht hält mich, weiß mich.
Die Azaleen haben keine Angst. Sie sind Schlangen, die sich dafür entschieden haben, Pflanzen zu werden statt Göttinnen.

Der Mann auf dem Dach kam sich schwer vor.
Es fühlte sich an, als verwandelte er sich in warmes Holz, die Arme und Beine schienen Äste, die Finger und Zehen wurden Zweiglein und Knospen.
Gedanken, Erinnerungen, Spekulationen ringelten sich darum. Da glitt er, versöhnt mit einer unbekannten Zukunft, in die Bewusstlosigkeit wie in einen glatten Schlafsack.

Erst Morgenröte weckte ihn, ein Räumen und Rumoren, ein Werkeln, Schieben und Umstellen.
Bevor er recht orientiert war, war er schon alarmiert: Jemand hatte

den Kran betreten, war an Bord geklettert, bewegte sich unter ihm, im Haus.
Wie durch einen Windstoß befreit von der Vorsicht der vergangenen fünfzehn Jahre sprang Clarence auf und streifte dabei etwas, nein, etwas streifte ihn, am rechten Oberarm – Fischlein, Seepferdchen oder Anemone, er hatte den flüchtigen Eindruck, es sei unter Wasser geschehen, schaute aber nicht hin, denn da passten sich die Augen schon der Dunkelheit an: Die eben wahrgenommene Morgenröte war ein Irrtum gewesen, eine Halluzination, es herrschte noch Nacht, der vermeintliche Dämmer nur ein Trick seines Bewusstseins, das eigene Erwachen für etwas zu halten, das von Licht ausgelöst war – ein paar Sterne, und ein Abglanz von Thyone, zeigten sich, dann fand der Blick die tagsüber gelbe, jetzt hellgraue Kontur der Ziehkabine am Kranarm.

Unter der stand ein Mann und bedrohte Clarence mit einer Waffe, in beiden Händen, an vorgestreckten Armen, wie ein SB-Anfänger, der einen Einbrecher stellt, der er doch selber war. Clarence dachte: Weiß er, dass ich schneller bei ihm sein könnte, als er abdrücken kann, und ihm das Genick brechen, bevor er mir Antwort gibt auf die Frage, die ich mich eben sagen höre: »Und wer bist du jetzt?«

»Guten Morgen. Ich heiße …«, seltsame Förmlichkeit, sonderbare Nervosität auch, die dem Fremden die Pause in den Mund drückte, auf der er herumkaute, um dann herauszuzwingen: »… Ryad Sonka.«
»Ryad Jaivedh«, sagte Clarence – seine Archive hatten den Nervösen erkannt. »Bist wie dein Vater. Weißt nicht, worauf du dich einlässt«, dazu schlenderte der Hausherr mit aufreizender Lässigkeit barfuß auf dem von etwas Regenfilm feuchten Dach zum grauen Beschlag am Rand und wollte herunterspringen.
Da trat unter ihm ein weiterer Mann ans weiße Kreuzgeländer, aus dem Haus, und rief nach oben: »Er ist mit mir hier. Ich hol nur mein Zeug.«

Schon war Lukas wieder in der Kabine verschwunden.
»Ah«, machte Clarence, weil er raten konnte, worauf das hinauslief. Er sprang nun tatsächlich vom Dach, auf den roten, kleinen Bogenkamin, rutschte hinunter, stand vor Ryad, der ihn in Panik anblinzelte, und sich gern sagen ließ: »Die Waffe kannst du jetzt wegtun. Sie hätte dir eh nicht geholfen.«
Ryad sah das ein, und während Clarence sich umdrehte und beobachtete, wie große, vollgepackte Rucksäcke aus der Tür aufs Deck geworfen wurden, dann Büchsen mit Proviant und etwas Gerät, auch ein, zwei Waffen, eilte Ryad dorthin und begann, einzusammeln, was Lukas aus dem Häuschen räumte.
Das also war's gewesen, dachte Clarence, kein Plätschern und kein Dämmer, was mich geweckt hat, sondern Flüchtlingsradau.
»Hast du was zu rauchen?«, fragte er Ryad, der sich über die Sachen beugte, die er zusammenschob, die Pistole im Gürtel auf dem Rücken, und so geschäftig tat, als wäre es ihm das Liebste, sich beim Packen ganz unter Clarence wegzuducken.
Die Bitte war kein Versuch, den Mann, dem die Situation so unbehaglich war, zu ärgern oder auf eine Probe zu stellen, sondern ernst gemeint: Clarence vermisste das Rauchen und hatte schon seit Wochen – seit dem Ausbleiben jeder Meldung von Lukas – zwar seine morgendlichen und abendlichen Spaziergänge nicht vergessen, aber die Umwege dabei unterlassen, die ihn in kleine Läden führten, wo es Zigaretten gab – als wollte er, wenn er keinen Kontakt zu Kathrins Sohn hatte, auch sonst nichts mit Menschen zu tun haben.

Ohne ihn recht anzusehen, half ihm Ryad also aus, gab ihm sogar Feuer, und dann stand Lukas dabei, sah Clarence an und sagte: »Ich muss weg. Wir müssen weg. Tut mir leid.«
»Warum?«, fragte Clarence, nicht gereizt, nicht einmal zweifelnd, er wollte es wirklich nur wissen, und war bloß ein bisschen gekränkt, als der Fremde, anstelle des Vertrauten, antwortete: »Reza Fruchtman. Wir haben … wir stehen auf einer sehr kurzen Abschussliste. Die Dinge in den Urbeen …«

»Überschlagen sich, wie meistens«, seufzte Clarence mit über Jahre einstudierter Ironie.
Er nahm Lukas bei den Armen, und der ließ sich nah genug zu ihm ziehen, dass sie einander direkt anschauten.
Der Jüngere sagte: »Du hängst nicht mit drin – noch nicht. Du kannst es plausibel leugnen, wenn wir nicht länger hier bleiben. Fruchtman ist nicht Toril. Er wird dich nicht gefangen nehmen, und falls er dich doch gefangen nimmt und sogar verhört, foltert er nicht. Je weniger du weißt, desto besser.«
»Mehr hast du nicht zu sagen?« Clarence sprach leise und überlegt.
Lukas wich seinem Blick nicht aus, zuckte nur mit den Schultern, bis der Mann ihn losließ, den er sein ganzes Leben lang kannte. Dann hob Lukas einen Rucksack vom Boden auf, schlüpfte in die Gurte, nahm andere Dinge vom Deck, und sein Begleiter tat desgleichen.
»Wir brauchen eins der Boote«, erklärte Lukas, und Clarence fragte sich, wie sie überhaupt an Bord gekommen waren, hatte er doch alle beide steuerbords vertäut. Dann sah er backbords den kleinen Flitzer der Stadtverwaltung, den Lukas kurzgeschlossen und gestohlen hatte, aber immerhin hierlassen wollte, um Clarence nicht noch mehr Scherereien zu machen.
»Wohin wollt ihr überhaupt?«, fragte er Lukas.
»Rüber.« Ein Kopfnicken, und auch das hatte sich Clarence eigentlich schon gedacht: auf die versiegelten Eilande, die nördlichsten der Atolle.
Er sprach nicht die Arpla an, nicht die Pläne, nicht die Träume.
Er ließ den Jungen ziehen.

Als das Boot klein und kleiner wurde, als die dichte Vegetation am andern Ufer es verschlang, riss über den Dächern, über den Hotels und dem alten Baumwollmarktholzbaukomplex die wahre Morgenröte auf.
Clarence kletterte zurück aufs Dach, um sich dort hinzulegen, bis die Sonne zu stark werden würde und ihn zwingen, sich in den

Tag zu stemmen. Er erkannte, was ihn vorhin gestreift hatte: Da flogen Olche, ohne Flügel, wie früher er, wie Waveele, sehr wenige nur, vielleicht drei oder vier.
So also gelangten sie aufs Boot und wieder an Land, auf die Planken.

Es geschah, wenn keine Menschen sie sahen, sehr früh, sehr spät, nachts – vielleicht, riet er, besaßen die Tierchen ein spezielles Sensorium, das ihnen verriet, wann sie von denen beobachtet wurden, die sie nur krabbeln, nicht schweben sehen durften.

2: Was es nicht gibt

I got up in the night
for the dolphin spoke to me.
Elizabeth Bishop

Dass die Schlangen noch redeten, konnte niemand behaupten. Manchmal aber teilten sie sich mit, und man verstand sie, wenn sie das taten.
Wurde man von ihnen über etwas, das sie mitzuteilen wünschten, unterrichtet, so verhielt es sich nicht wie bei den schnellsten CLPs, wo man, je nachdem was für einen Grad des synidentitären Empfindens man erreicht hatte, Sätze oder Schrift in fremder Stimme oder einer, die man in diesem Moment für die eigene hielt, hören oder lesen konnte. Eher meinte man, wenn die Silhouetten etwas zu übermitteln hatten, man erinnere sich mit einem Mal an etwas, das man vor langer Zeit gedacht und dann vergessen hatte, nur dass man jedes Mal wusste, dass diese Erinnerung sich nicht auf Eigenes, sondern auf Fremdes bezog, und nichts Vergangenes zurückrief, sondern etwas erlebte, das im Moment des vermeintlichen Erinnerns überhaupt erst in die Welt kam.

Zwei Emissäre des Silhouettengemeinwesens besuchten Miwon Kwon.
Dass es zwei waren, entsprach einem bereits etablierten Muster: Die Umrisswesen traten, wenn sie sich Menschen zeigten, so gut wie nie alleine auf.

Kaum hatte das Duo Miwon Kwons Büro betreten, verstand sie, dass es den Emissären darum ging, Conlon Nancarrow zu überreden, mit ihnen Laischa zu verlassen, um zum Omphalos von Barbizek zu gehen, wo die Schlangen Arbeit für ihn hatten.

Sie brauchten, wusste Kwon, ohne zu wissen, woher sie das wusste, Rat und Hilfe von ihm, dem Verheerten, Versumpften.
Miwon Kwon senkte den Kopf. Das tat sie weder aus Höflichkeit noch aus Ehrfurcht; ihr war der Anblick der Silhouette einfach physiologisch heikel: Etwas wie Höhenangst, ein Gefühl, das sie in ihren Noos-Kommentaren mit einem uralten Ausdruck *displacement* nannte, hatte ihr seit der ersten Begegnung mit der neuesten Inkarnation der Schlangen, deren Vorfahren mit Klemens Erikson und Severin Rukeyser auf diese Welt gefallen waren, körperliches Unbehagen, auch migräneartige Kopfschmerzen und sogar Wortfindungsstörungen beschert.
Eingeschüchtert war sie dennoch nicht, sondern fragte: »Wie soll ich … Sie … eigentlich anreden? Haben Sie überhaupt noch individuelle Namen?«
Zwei Minuten verstrichen, dann empfand Miwon Kwon einen Schauer der Enttäuschung und spürte dabei deutlich, dass es nicht ihre eigene war: So seufzten die Silhouetten.
Sie würden reden müssen, Miwon Kwon verdiente das, fanden sie.

»Wir können uns duzen«, sagte die leise Stimme der Schlange, die klang, als spräche eine dünne, gegen ihren Willen amüsierte Metallfolie, ironisch, unterkühlt. »Du kannst mich Asenath nennen. Unsere Namen sind …«, die Kunstpause öffnete in Kwons Herz Abgründe, »funktionaler geworden. Sie handeln nicht mehr so sehr davon, wer wir im Umgang untereinander, und mit euch, sein wollen. Sie handeln davon, was wir tun«.
»Was tut man, wenn man Asenath heißt?«, fragte Kwon.
»Schließ die Augen«, sagte Asenath.
Die Frau tat's und fiel in Bilder all der Jahre, in Streit und Einsicht, Irrtum, Abweg und Umarmung, und sah: Das haben wir gemacht.
Die Künste. Der einzige Ort (war das Wort richtig? Sie sah ein Fenster, spürte einen Aufwind, meinte, über eine fragile Brücke zu gehen oder eine Lichtung zu betreten) im Kosmos, der mit dem

Bewusstsein die Eigenschaft teilt, dass es da Dinge gibt, die es eben nicht gibt: Das sind die Künste.
Eine Leere, in der eine Möglichkeit leuchtet.
Splitter des Wachseins nach vielen Richtungen.
Das Weltall handelt vom Wirklichen, die Künste vom Möglichen.
Übereinkunft, Kompromiss, Vertrag – Miwon spürte ein Einrasten, als wäre ihr Gewissen eine Gürtelschnalle –, ein Staunen, Dankbarkeit: Wie selten das ist, da zeigt jemand jemandem etwas, das es nicht gibt. Man muss das beschützen.
Sie sah auf, aus Respekt. Der Schimmer hatte sich verdunkelt, er war jetzt leichter anzusehen. Miwon Kwon fragte: »Conlon … Conlon? Er soll mit euch etwas tun, das … uns allen hilft, nicht wahr? In Barbizek? Am Omphalos, ihr wollt … einen Unfall korrigieren? Etwas mit … Zeit?«
Die Antwort wurde nicht gesprochen; sie bestand in einer neuen Gewissheit, die Kwon vorkam wie das Ergebnis langen Nachdenkens, schwerer Arbeit, und ihr zugleich zufiel wie Newtons Apfel: Information geht nicht verloren.
Sie nickte.
»Ich gehe ihn holen.«

3: Die Undankbarkeit des Gemeinwesens

Als Reza Fruchtman, noch im Morgenmantel, aus seinem Schlafzimmer aufs gläserne Arbeitsfeld trat, mit von der kurzen Ruhezeit noch trägem Sinn, sah er zunächst, als wollte er Kraft schöpfen und sein Hirn aufladen, zur langen, hohen Wand, wo Raffaels triumphierende Galatea in einer fast ein wenig zu farbintensiven und konturenklaren lamontischen Kopie hätte hängen sollen.
Sie hing da nicht.

Jemand hatte das Gemälde gehackt.
Fruchtman war unter Prodisten aufgewachsen, also folgerte er sofort völlig richtig, dass das, was er da jetzt sehen musste, überall zu sehen war, überall da jedenfalls, wo diese neue Art zivilisierten Zimmerschmucks hing, Resultat der Bemühungen Bastet Rethels um die sogenannte Hebung des Niveaus der Ärmsten, Lamontik als Erziehungshilfsmittel – in Hunderttausenden, wenn nicht Millionen Wohnungen allein in Fruchtmans Stadt also.
Das modale Fenster zeigte einen Mann, der nackt auf einem Haufen knochenbleicher Leichen hockte, mit den Insignien der SB in Blut bemalt war und das Gesicht der verfluchten menschlichen Sirrmücke Francis Yerka hatte.

Noch bevor jener den Mund aufmachte und durch alle Lautsprecher in Fruchtmans Penthouse, alle Resonanzgeber in vielen anderen Behausungen, vermutlich unzählige CLP-Transceiver auf ganz Feldeváye redete, wusste Fruchtman, dass dies das Ende war: Die Laufbahn des Nothelfers, Feuerwehrmanns, Retters und Ausputzers der grauenhaften Zeit seit Torils Aufstieg empfing den Todesstoß, auf den in gewisser Weise niemand je sehnlicher gewartet hatte als Fruchtman selbst.

»Ich heiße Francis Yerka«, keckerte der Dämon irr und rollte mit den Augen – das linke bewegte sich im Uhrzeigersinn, das rechte andersherum –, »aber in diesem Spiel heiße ich Fabrizio, und der heißt in einem anderen Spiel Tatjana Cortés. Was für ein Riesenspaß! Was für eine Show! Soll ich euch was verraten?« Er breitete die Arme aus und warf mit toten Fliegen, wenn man hinsah, roch man ihren beißenden Gestank – clever, dachte Fruchtman in säuerlicher Bewunderung, das zu programmieren, musste Hunderte von Leuten tagelang beschäftigt haben.

Der Gestank verflog sofort, dann ließ der Wahnsinnige die Arme sinken, beugte sich vor, grinste und sprach: »Ich bin tot. Toti-toti-tot. Man hat mich, na sowas, umbringen lassen. Fruchtman war's, Fruchtman war's, Fri-Fra-Fruchtman war's! Mit dem Einverständnis der Admins Campion, Kuo, Nevran und wie sie alle heißen. Aber wieso?«, er zog eine traurige Grimasse und greinte: »Waaah! Wieso umgebracht? Mich armen Fabrizio!«

Fruchtman grunzte.

Die Erscheinung rief: »Weil sie die Wahrheit töten wollen! Weil ich weiß, dass der ganze Regimewechsel Theater war. Eine Show! Und was für eine Show! Ja, da staunt ihr. Toril hat nicht verloren, sondern gesiegt, und er ist auch nicht tot. Lebi-lebi-lebt. Oh, wo er steckt, das weiß ich nicht. Aber wisst ihr was? Er hat die Zügel ganz bewusst an Fri-Fra-Fruchtman abgegeben, weil es ihm zu heiß wurde, weil er Mikolat fürchtete und den, der Mikolat gerade hinrichten lässt. Ja, da staunt ihr! Ahmed Ben Han – nix Hausarrest! Die Storema und die Rengi haben gedroht, in den galaxisweiten Krieg mit der Menschheit zu ziehen, wenn wir unsere Politik nicht aufräumen! Und Mikolat? Ein Pflichtmensch. Lässt sich hinrichten, weil er denkt, dieses Opfer rettet die Zivilisation. Undankbares Gemeinwesen! Man wird auf sein Grab spucken. Ben Han wird dafür sorgen. Warum man das nicht weiß, hier? Was da passiert? Wegen der Blockade, jawohl! Eure Noos, liebe Trottel, ist taub und blind! Aber Toril? Nein, der nicht. Sein Versuch, Arrhenius in einem letzten Selbstmordanschlag zu sprengen, schlug fehl. Was macht er da, der Toril? Er taucht ab. Kluger Mann. Aber keine Sorge! Ha!«

Yerka stand auf und begann, auf den Leichen zu tanzen, schwankend, torkelnd, taumelnd.
Knochen knackten.
Er sang und schrie: »Ti-Ta-Toril, der Täter, der Täter, der Täterätää!«
Er setzte sich wieder und klang nun wie ein Prediger kurz vor dem Ziel, der Apotheose:
»Wir werden ihn finden! Wer, wir? Ihr! Ihr, die Menschen von Feldeváye, werdet ihn finden, denn wir foltern es einfach aus Fruchtman heraus, wo er sitzt, der Täteretää! Nur keine Sentimentalitäten! Fruchtman riecht, allerlei niederträchtige Chemie irritiert Sozialpraktiker! Yerka erklärt: Rache kann anfangen! Immer sauber totschlagen! Wut ist Ehre! Reine Aktion, immer nach altem, lustigem Dramenmuster! Große Oper, extrem tolle Zeit!«
Reza Fruchtman hätte die Lautsprecher deaktivieren, den Ton ausblenden können, um Zeit zu gewinnen, um sich zu sammeln, sich zu konzentrieren.
Stattdessen befiel ihn eine eigenartige Erregung, wie ein Kriechstrom, eine neue Sorte Stolz. Ich muss, dachte er, das nicht hören, wenn ich nicht will.
Mitten im Lärm, in der Häme, im Hohn und Spott stand er davon unbehelligt, denn er wusste so vieles, das schlimmer war als diese Enthüllungen.
Sein Verurteiltsein schien ihm eine Art spottabweisender Beschichtung.
Hatte er nicht alles versucht? Er nickte dem blöden Bild und dem darauf sein Feurio-Fest feiernden Blödmann der sogenannten Sozialen Praxis militärisch knapp zu, dabei fast belustigt, ja, gewiss, mein Freund, schrei du nur, erst nennst du sie Trottel und dann rufst du sie zu den Waffen, es ist kein Widerspruch und wird gut ankommen bei ihnen, denn weil sie wirklich Trottel sind, mögen sie's, erkannt zu werden, und wollen sich dafür bedanken, indem

sie zu den Waffen greifen und mich jagen, der sie beschützt hat vor dem Chaos, der sich die Hände (sie zitterten nicht. Er streckte sie vor sich aus, er besah sie: Die Hände zitterten nicht. Er ließ sie sinken) schmutzig gemacht hat.
Ja: Als Cortés, die diesem Yerka offenbar alle ihre Geheimnisse hinterlassen hat, zu mir kam, um mich zu erpressen, weil sie der Wahrheit nahe gekommen war, so nahe, so sehr viel näher, als sie selbst wusste, und als sie von mir wollte, dass ich sie in meine Ordnung, die gar nicht meine ist, hineinnehme, dass ich sie, wie man unter Toril gesagt hätte, beschirme und dekoriere und beschenke und mit D)s überhäufe und ihr dann auch noch freies Geleit von Feldeváye verschaffe, bevor passiert, was unvermeidlich ist: die Zerstörung dieser Welt durch die Storema, die nicht mehr abwarten, nicht mehr zusehen will – ja, das erzählst du ihnen nicht, Yerka, dass riesige Verbände von storarischen Inseln, hunderte, tausende unterwegs sind, denn das war er, der Handel mit Ben Han, der andere Sorgen hat, der sich ihnen nicht in den Weg stellen wird, der ihnen diese Welt als Brandopfer darbringt … als sie hier auftauchte, die Ängstliche, Getriebene, da habe ich, wie immer, meine Pflicht getan, habe nicht meine Leibwache und auch sonst keine Handlanger gerufen, sondern den Draht aus meinem Armband gezogen und das lästige Ding, das sich Fabrizio nannte und aus irgendeiner beschissenen Gedächtnisgruft geklettert ist, um den Anfang vom Ende all dessen einzuläuten, wofür ich gearbeitet und gelitten habe, persönlich getötet, wie wir das gelernt haben, unter Toril, unter Dremocci, unter Yang, dem Mann mit so vielen Gesichtern, so vielen Namen …

Mit federndem Schritt ging Fruchtman zu seiner Werkzeugleiste an der Wand, die dem Gemälde gegenüber fahlblau leuchtete, während der Nackte und Beschmierte von seinem Kadaverthron erneut aufstand und schrie und enthüllte, tobte und entlarvte, lachte und sich freute, die Täter nannte und die Opfer, die Spuren als Coifletfenster einrichtete, und alle schauten, hörten, ließen sich mitreißen von diesem letzten Dreck der Wahrheit.

In Fruchtmans wundem Kopf öffnete sich eine Türanfrage: Unten, beim Empfang, vor zwei Bewaffneten, die ihm treu ergeben waren, meldete sich eine Frau auf der Flucht an, die Jiang hieß und zu viel über Yang Xianzhen, die derzeitige Inkarnation des bösen Fürsten Neschech Dremocci, zu wissen meinte – zu viel, so verrieten einige Filter in ihrem Schädel den Spürern, die Fruchtmans Bewusstsein automatisch zu ihr schickte, viel zu viel, als dass sie noch irgendwo anders hätte ihres Lebens sicher sein zu können meinte als eben bei Fruchtman.

Nett: Vertrauen. Er reagierte nicht, sondern dachte: Geht schon, muss nicht sein. Will euer Vertrauen nicht mehr haben.

Nein, es wird mir jetzt wirklich zu dumm.

Macht mal, tötet euch alle gegenseitig oder selbst, lasst die Storema den Planeten, der ihnen zu gefährlich wurde, seit die Schlangen zeigen, wer sie sind, wer sie werden wollen, was sie vorhaben, in Milliarden Stücke sprengen.

Lasst alle alles tun, was sie müssen.

Ich aber muss und kann und will nicht mehr. Zwischen Briefbeschwerern, Mineralien, kleiner Kunst und anderen Erinnerungen fand er die Dienstpistole in der größten, der mittleren Schublade in seinem steinernen Fach.

Er holte sie heraus, wog sie in der Hand.

Fruchtman kontrollierte, ob sie geladen war, entsicherte sie, nahm den Lauf in den Mund.

Der schmeckte kühl.

Er dachte: Ich hätte gern mehr Zeit gehabt, aber wofür?

Er schoss und starb.

Yerka hörte nicht auf, ihn kreischend zu verklagen.

4: Kleine Bekehrung

Maya achthundertvier war erstaunt, nicht entsetzt.
Fremde im Konstrukt, zwei smaragdene Schatten: Sie traten ihr im Durchgang entgegen und bewegten sich nicht hastig. Als sie Maya gegenübertraten, wirkten sie alles andere als überrascht.
Viel Zeit, Jahrzehnte, am Ende anderthalb Jahrhunderte, hatte Maya achthundertvier damit verbracht, darüber nachzudenken, ob es wohl möglich wäre, von außen in ihre Installation zu gelangen. Konnte das schwieriger sein als das Finden und Öffnen ihrer eigenen Wege aus der Installation hinaus, in die verschiedenen Zeiten? Mit Hilfe immer wieder überprüfter Berechnungen sowie experimenteller Gegenproben für einzelne darin verwertete Annahmen war sie zu dem Ergebnis gelangt, dass es sich wohl machen ließ; allerdings hatten die Beweise Lücken, und wie einige der Randbedingungen technisch zu erfüllen wären, davon besaß sie keine Vorstellung.
Klar aber war ihr: Ist erst einmal, wie im Fall ihrer Kalkulationen, der Beweis erbracht, dass etwas prinzipiell möglich ist, also mit dem Nomos nicht im grundsätzlichen logischen Widerspruch steht, dann wird irgendwer irgendwann irgendwo auch eine Methode finden, es in die Welt zu holen.

Irgendwer: Man konnte die zwei Gestalten nicht direkt ansehen.
Ihre Ränder taten den Augen weh. Die Farbe, woher kannte Maya das? Sie riet, und sprach es aus: »Was seid ihr, Vorstudien für Lapithen? Bis dieser grüne Schimmer wie ein Pelz aussieht, dauert's aber noch ein Weilchen.« Sie meinte den doppelten Nimbus aus lauter winzigen Fädchen, fusselgrünem Gold.
Statt darauf etwas zu erwidern, hielt ihr der rechte der beiden Umrisse auf einer Art gleichzeitig an- wie abwesender Handfläche drei dünne Stäbchen hin, stark verschlankte kleine Ampul-

len. Die Aufforderung, sie an sich zu nehmen, war nicht zu verkennen.

Maya nahm also die Röhrchen. Sie zwischen den Fingern zu spüren, war wie der Blick auf die Weltausrisse, durch die ihre Schlitten die Maschine verlassen hatten: Etwas und Nichts, ein Greifen, das sich anfühlte, als wären die Röhrchen nur der leere Abstand zwischen den Fingerkuppen, die sie fassten. Im selben Augenblick, als hätte man ihr das Wissen in den Kopf geweht, einem Wind gleich, der durch eine poröse Membran hindurchgeht, wusste sie: Nicht diese beiden Schlangenmenschenschatten würden Lapithen werden, sondern sie selbst, wenn sie bei sich das anwandte, was in den Röhrchen war – wenn sie die Röhrchen mit sanftem Fingerdruck an einem Ende zerbrach und sich die Flüssigkeit in den Mund träufelte.

Sie würde sich verändern, würde eine Aura um den Leib aufflammen sehen, eine raumzeitliche Ummantelung, die ihren Körper zu etwas machte, das der Zeitmaschine, dem ehemaligen Omphalos in manchem glich, aber lebendig war, mobil, und bewusst.

Sie dachte: Ich, und viele andere Mayas, die diese Ampullen ebenfalls bekommen werden, von den Missionarinnen der verwandelten Schlangenmenschen, wir sind, nein: Wir werden die Lapithen, wir werden an vielen Orten, zu vielen Zeiten aus meiner Maschine treten – wofür wir jetzt keine Keile mehr brauchen und keine Schlitten, denn die Keile und Schlitten sind wir jetzt selbst.

Wenn wir aus der Maschine in die orthogonale Zeit zurückkehren, werden wir, als unsere eigenen Verkürzerports, beweglicher sein als je zuvor.

Und das ist nötig, damit wir den Dienst tun können, der uns, mir, hier eben aufgegeben wurde und dem ich mich weder widersetzen kann noch will: Diesen Wesen, die bald nicht mehr sprechen werden, den Anlauf zu erleichtern, damit sie werden können, was sie haben werden wollen, seit der Absturz, der Unfall, der Kurzschluss, die Erleuchtung im Schnee in ihnen den Funken des Möglichen entzündet hat.

Sie zeigte Zähne.
Es war ein Grinsen aus Freude, denn alle ihre Denkprobleme lösten sich: Wie ich mich abgemüht habe mit dem Rätsel, warum es möglich war, in eine Vergangenheit vor der Errichtung der Zeitmaschine zu reisen, wie ich versucht habe, zu begreifen, was die entsprechenden Nomogramme bedeuteten – dabei ist es ganz einfach: Geschlossene Gödelkurven wählt man an, und auf denen muss man nur so lange in die Zukunft fallen, bis Vergangenheit draus wird.
Sie zerbrach die Ampullen.
Sie schüttelte sich den Inhalt auf die Zunge, kostete.
Minze und Eis, Asche und Glut. Sie schluckte es herunter.
Die Silhouetten traten auseinander, um ihr Platz zu machen.

5: Envoi

Something is going on. Something is wrong.
Frederick Seidel

In der kümmerlichen Abschiedshalle mit niedriger Decke erinnerten sich nur zwei Leute ans Leben der letzten Dassytochter.
Der kalte Raum befand sich im Keller eines privatwirtschaftlich betriebenen medizinischen Pflegeproduls, wo Meori ihre letzten drei Wochen verbracht hatte, weil in Kathrins Wohnung kein Platz für die aufwendigeren lebenserhaltenden Nomoroboter gewesen war.
Tristesse, auch Komik: Zwei Klappstuhlblöcke von je fünf Sitzen zu sechs Reihen, das Pult vorn, auf dem die Urne stand, und die Resonanzaufstellflächen, auf denen in zwei Dimensionen heruntergerechnete Syneslandschaften und etwas Musik, meist religiösen Ursprungs, aus der Zeit vor der Hidschra, so etwas wie elegische Stimmung erzeugen sollten, mit abrufbarer Predigtunterstützung oder Lyrik, auf die Kathrin verzichtet hatte.

Sie saß auf einem der Klappstühle, ließ sich von Trauer und Scham festhalten, zwei grimmen Konkurrentinnen, die sie zwischen sich zerdrücken wollten, starrte dabei die Urne an, als würde die gleich explodieren, um sie in den Tod der letzten Zeugin eines einfacheren Lebens mitzureißen, und dachte so gut wie nichts.
Eine Stunde, mehr Totenwacht konnte sie nicht bezahlen – das Taschengeld, wie Fruchtman es genannt hatte, wurde zwar nach dem aufsehenerregenden Selbstmord des SB-Chefs weiter ausgezahlt, aber Sonderausgaben, die Kathrin zuvor stets schnell und unbürokratisch bei ihm hatte beantragen können, waren nicht mehr vorgesehen. Sie hegte den begründeten Verdacht, dass er diese Sonderausgaben aus eigener Tasche bezahlt hatte; schlechtes Gewissen und Scham waren auch ihm nicht fremd gewesen.

Traurig und belustigt zugleich dachte sie daran, dass sie ein paarmal, in persönlichen Unterredungen, sogar das Gefühl gehabt hatte, er mache ihr ein wenig den Hof.
Aussichtslos, natürlich, und er war allemal intelligent genug gewesen, das zu wissen, aber es passte ganz gut zu seinem komplizierten Leben, zu seinem Begriff von Ehre, seiner Idee von Anstand: Man muss sich bewähren, indem man den unvermeidlichen Verfall von allem, was man in voller Jugendkraft für die Welt gehalten und deshalb zu erobern versucht hatte, so lange wie möglich aufhielt.
War ihm je aufgefallen, dass sie ihn mochte?
Dass sie vielleicht der einzige Mensch war, der einen wie ihn mögen konnte? Er war ihr Spiegelbild gewesen: Alles Schlechte, das er angerichtet und erlitten hatte, kam daher, dass er sich nie zu drücken gewusst hatte, während umgekehrt wohl das meiste, das an Kathrins Leben nicht passte und schiefgegangen war, daher rührte, dass sie, vor die Wahl gestellt, entweder ihren Gedankenspielen, Interessen, Spekulationen nachzugehen oder aber praktische Verantwortung für das zu übernehmen, was sie mit diesen Geistesleistungen auslöste, stets vor der trägen Wirklichkeit davongelaufen war.

Sie war jetzt müde, saß mit nach vorn hängenden Schultern, schmerzendem Genick, stumpfem Haar, unreiner Haut, trübem Blick in der schlecht beheizten Halle.
Etwas weiter hinten saß eine verhältnismäßig junge Frau in Anzug, Krawatte und Mantel, mit großer Sonnenbrille, die sie entweder trug, um Tränen zu verbergen – unwahrscheinlich, dachte Kathrin –, oder aber, um nicht erkannt zu werden. Nutzlos, wer hätte sie erkennen sollen, wenn nicht eben Kathrin, die ohnehin wusste, wer das war?
Die Haare ließen nicht zu, dass man diese Person verwechselte, wenn man von ihrer Existenz wusste, und von diesen Haaren.

Als die bezahlte Zeit zu Ende war, stand Kathrin auf, ging zum Pult, nahm ohne Verbeugung, Gruß oder sonstige Zeremonie die kleine Metalltrommel mit der Asche an sich, klemmte sie sich unter den rechten Arm und ging, ohne die andere Frau zu beachten, aus dem Raum mit den langsam in Kräuseln zergehenden Filmchen, der zerbröckelnden Musik.

Sie stieg, weil ihr die schnellen Aufzüge unheimlich waren, schmale Treppen in feuchten Gewölben hoch und legte bei Tageslicht eine beachtliche Strecke zu Fuß zurück bis zu einer Parkbank, wo sie sich mit der Urne, von der sie nicht wusste, was sie damit eigentlich wollte, unter einen Baum mit bunten Blättern setzte, von denen immer mal wieder, alle paar Minuten, eins herunterfiel, sie aber nie berührte.
Es war, als wollte selbst die Natur Pietät beweisen.

Kathrin wusste, dass die andere sie einholen würde. Sie hätte sie schon in der Abschiedshalle ansprechen können, um hinter sich zu bringen, was von ihr diesmal verlangt war.
Aber sie brauchte heute das Gefühl, noch Herrin ihrer Entscheidungen zu sein, Widersetzlichkeit zeigen zu können, etwas wie Flucht wenigstens versucht zu haben.

Fast völlig geräuschlos setzte sich Frau Arrhenius neben sie und nahm die Sonnenbrille ab. »Böse ist das alles. Diese Zeit hier«, sagte die Uralte, die jünger klang und aussah, als Kathrin sich je wieder fühlen würde.
»Dann hau doch ab«, erwiderte Kathrin patzig, »Soweit ich weiß, kannst du dich in der Gesamtheit von Raum und Zeit frei bewegen und bist nahezu unsterblich. Conlon hat's recherchiert. Der fand die Geschichte sehr spannend, als Severin sie uns damals schließlich gebeichtet hat. Eure Begegnung. Conlon hat ein eigenes File in die Solitona gestellt, damit wir nach dir Ausschau halten, und hat Material dort … kompiliert. Gesichertes, wahres, messbares Zeug ebenso wie Gerüchte, Legenden, Geraune über eine Frau Späth.«

»Ich weiß, ich kenn's. Hab manche Zeit damit verloren. Schau … räumen wir die Scheiße aus dem Weg – ich bin nicht unsterblich, und nur ein paar tausend Jahre alt, und was meine Beweglichkeit im Multiversum angeht, so komme ich in dieser Bernsteinik … entschuldige, Fachidiotie … in diesem hiesigen Universum nie weiter in die Vergangenheit als bis relativ kurz vor die Hidschra, also etwa … na ja, ein paar hundert Jahre davor – die Zeitrechnung, die wir damals hatten, nannte es das Jahr 1992. Das hat sich mir, wie sagt man, unauslöschlich eingeprägt. Und dabei … war ich damals ja schon eine Weile am Leben. Also, immer wenn ich mir begegne, bin ich ungefähr dreißig, nie jünger, und obwohl ich wirklich einige Energie reingesteckt habe, zu ermitteln, woran das liegt … es gibt nichts am Nomos, was das zwingend macht. Enough about me«, das klassische Zitat verließ ihre Lippen wie ein frivoler Pfiff, »was wirst du jetzt machen? Das Ende ist ja … sozusagen … weich. Mischst du dich nochmal ein?«
»Wär's dir recht? So als Publikum?«, Kathrin war wirklich nicht nach Leutseligkeiten.
»Du verstehst mich falsch«, sagte die, Frau, nach der ein Mond hieß, der eine Sonne war. »Ich werd' nicht zusehen und nicht dabei sein. Ich mach die Biege. Schlüpfe hier raus. Haue ab. Mich brauchen sie nicht warnen, die Schlangen. Ein bisschen wird noch evakuiert werden, aber … nein, ich warte das nicht ab, ob die Storema das Gestirn verdampft oder die Schlangen ihr Vorhaben, Feldeváye … aus der … Schusslinie zu nehmen, schnell genug umgesetzt kriegen. Aber wenn es Feldeváye in vierundzwanzig Stunden noch geben sollte … dann stellt sich für die, die dann hier noch leben, die Frage: Was für ein Planet soll das sein? Da dachte ich, du könntest … vielleicht ein Wort sagen.«
»Kommt es darauf an, was ich zu sagen habe?«
»Ja«, sagte Frau Arrhenius, die eigentlich Frau Späth hieß, lächelnd, stand auf und ging.

6: A commodius vicus of recirculation

Ryad fand vieles hier zum Staunen.
Aus der Nähe sah die versiegelte Küste anders aus, als er gedacht hatte: Die Blüten zum Beispiel saßen nicht still und windgeschaukelt in den Bäumen, sondern kletterten darauf herum, mittels Beinen, die, kleinen Nesseln gleich, unablässig wimmelten. Und die Bäume waren teils keine Bäume, sondern giganische, tief wurzelnde Gräser, teils federgespickt, teils büschelhaarig, teils wie umgedrehte Tropfen, teils wie silberne Ähren, in denen hohe Horste hockten.
Die gelegentlichen lebenden Leichen, stationär mit der Vegetation oder geschmolzenem Gestein Verwachsene, aber wohl noch lebendig in None-Rüstungen oder mit blauem Moos auf nacktem Körper, auch Ausgemergelte, die, von Feralkunstiden verwirrt, herumirrten, brabbelten, Beeren und kleine Tiere aßen, schrien oder sich auf den Boden legten und zappelten, waren leicht zu umgehen: Es lag ihnen wohl noch weniger daran, aus ihren starren oder zappeligen Albträumen geweckt zu werden, als die beiden Flüchtlinge Lust verspürten, sich mit solchen Opfern alter Kämpfe einzulassen.

»Und wie es riecht!« Ryad hatte es nicht leicht beim Hacken mit der Machete, denn wenn die Gewächse bluteten, dann wurde ihm schwindlig – Lukas verstand ihn gut: »Ich weiß. Was ist das bloß, wie nennt man den Geruch? Orangenkupfer? Wir haben zu wenige Worte.«
Ein kleiner Schwarm flügelloser Midrai, vielleicht ein Dutzend, sprang über gefallene Stämme gestorbener Palmen, keine zehn Meter von den beiden Menschen weg, lachend, in fremden alten Zungen redend: »Swerve of shore!« »Bend of bay!«, dann verschwand die Gruppe zwischen Halmen und Rispen.

Zwergbambus stellte sich den Männern stachlig entgegen. Versuchten sie, drum herumzugehen, folgten ihnen die Spitzen. So wichen Lukas und Ryad ganz zurück, gingen um einen Teich, der nicht Wasser, sondern etwas wie grünes, flüssiges, öliges Silber enthielt, und fanden auf dessen anderer Seite ihre Kompasse nutzlos: »Es sind, glaube ich, nicht magnetische Fehler«, klärte Ryad nach einem Blick auf andere Instrumente den Nichtnomophysiker auf, den er begleitete, »es ist die Topologie selber. Es sind die Maßverhältnisse. Das kann an der Versiegelung liegen – man hat ja Schilde rund um die Riffs ins Wasser gesteckt und Satelliten drüber positioniert, nach alten nancarrowschen Verfahren – oder an den Waffen, die hier zum Einsatz kamen. Ich weiß es nicht, an einem von beiden wohl.«
»Oder an was noch Unheimlicherem«, mutmaßte Lukas, nicht furchtsam, nur bereit, sehr vieles für möglich zu halten.

Seltsame Padurn, die über ihren Köpfen in den Kronen der schwefelgelben Büschelbäume hin und her sprangen, waren kaum so groß wie ein menschliches Kind, sangen und schlugen mit Pfoten auf Trommeln, die sie vor die Brust gebunden hatten.
Paduraffen, Affenpadurn: »Würde mich nicht wundern, wenn sie nicht hochgeklettert, sondern auf den Bäumen selbst gewachsen wären«, schniefte Lukas, dessen Immunsystem in diesen ersten Stunden alles geben musste, um nicht über die vasomotorische Rhinitis hinaus schlimmere Symptome zu entwickeln.
Wenn ihn die Feralkunstide, die hier Erdreich und Lüfte gesättigt hatten, erwischten, würde sein Kontakt zur Außenwelt verlorengehen. Aber sie waren nicht mehr so zahlreich, nicht mehr so wütend und mutagen wie früher.
Der Krieg schlief endlich ein.

Als es Abend wurde, spannte der Nomophysiker ein Zelt aus auffälligen und farbstarken Musikfasern auf, lamontisierte Synes-konstrukte – immerhin, dachte er, war seine technische Expertise, von der man gedacht hatte, sie werde sich nirgends je beweisen können als unter den allerextremsten Bedingungen, nämlich in der Linse, jetzt doch noch zu etwas gut, beim Camping im Wahnsinn.

Lukas und Ryad schliefen eng umschlungen, wenn auch ohne Kraft zur Liebe, die sie auf ihrer Reise von Barbizek nach Einbaum in Verstecken gefunden hatten.

Am Morgen, nach Träumen, die banal waren, vom Schwimmen und vom Fliegen handelten, als müssten solche kindlichen Fantasien die Reisenden beruhigen, sagte Lukas beim Frühstück, das aus Suppen bestand, die er vom Wasserbagger mitgenommen hatte: »Wir sind tatsächlich die einzigen, die trotz grundsätzlich normaler menschlicher Physiologie eine Chance haben, uns auf einem dieser für Menschen viel zu gefährlichen Eilande durchzuschlagen – ich, weil ich sozusagen vorinokuliert bin durch die Networks aus aberwitzigster Technik, die Conlon während meiner ganzen Kindheit und Jugend in mich geschossen hat, um mich gegen die verschlageneren Angriffe der Schirmkrieger zu schützen, und du, weil du ausgeheilt … schon einmal überlebt hast, was die Feralkunstide, von denen man immer noch nicht weiß, wer sie eigentlich losgelassen hat, den Leuten antun: totalen Weltverlust, in deinem Fall als Synesimmersion.«

»Könnte auch falsch sein;« sagte Ryad, beim Löffeln der Kürbiscreme. »Vielleicht sind wir gar nicht gegen das alles gefeit, sondern lehnen längst irgendwo an einem Stamm oder Halm, rennen schreiend herum oder stolpern gackernd im Kreis und bilden uns dabei nur ein, wir wären zielstrebig unterwegs zum … wohin, sagtest du, wollen wir?«

»Einen Freund abholen, der hier sein Zuhause ist. Eine Freundin.«

»Deren Zuhause hier ist?«, versuchte Ryad, den für ihn unsinnigen Satz richtigzustellen.

»Nein, sie ist ein Zuhause hier, und hoffentlich nur ihr eigenes. Ich weiß übrigens auch ohne Kompass, weil ich die Lage spüre und kenne mit den Sinnen, die mir Severin entwickelt hat, wie weit wir noch gehen müssen, und in welche Richtung, um sie zu finden.«

»Und dann?«

»Dann überrede ich sie, uns mitzunehmen, ganz woandershin. Von diesem Planeten weg. Sie hat Kontakte. Sie kann Leute rufen, die werden sie retten, die werden sich jetzt, da nicht mehr scharf geschossen wird und zugleich ein neuer Notstand sich ankündigt, hertrauen, um ihre Besten abzuholen, zu denen diese alte Freundin zweifellos zählt. Komm, auf, wir könnten es in sieben, acht Stunden schaffen. Heute noch!«

Das war in der Tat verlockend. Länger als nötig wollte Ryad hier keinesfalls bleiben.

So packte er schnell zusammen und behielt dabei für sich, dass, wenn der Zeitplan, den Lukas da entworfen hatte, tatsächlich realistisch war, die Hälfte des Proviants, den er eingepackt hatte, ganz überflüssig war.

Nach vier Stunden zügigen Marschierens durchs Dickicht fanden sie die Antwort auf eine Frage, die viele auf Feldeváye beschäftigte und sie selbst noch vor kurzem beschäftigt hatte. Da war ein Gleiter unter großlaubigen, panaschierten Blättern begraben, ein Fahrzeug militanter Coms, das Lukas sofort erkannte: »Ja, das sind unsere. Solche Roboter hatten wir.«

In der Rückenklammer des Gefährts steckten noch die Tanks, aus denen man die Antikunstide abgeschossen hatte, mit Von-Neumannschen Replikatoreninnereien.

Vier Leichen, darunter Maura, um die Lukas trauerte, die er begrub.

Das Log des Roboters verriet ihm, was geschehen war.

Er erzählte es Ryad.

»Sie haben sie befreit. Sie hätte auch in das Gefängnis sollen, in dem Meori und meine andere Mutter fast verschmachtet wären. Aber ein Kommando hat sie befreit, Seidels Leute. Auf dem Weg nach Laischa. Sie ging sofort an die Front, sofort in den Untergrund, sofort dahin, wo sie mich und Severin vermutete, mit dieser Truppe hier.«

»Wer hat sie getötet?«

»Da drüben«, sagte Lukas, und Ryad sah zwischen zwei feuerroten, mannshohen Trichtern auf kurzen, holzigen Wurzelstücken eine lahmgelegte Rüstung, daneben ein Boden-Luft-Abwehrgeschütz: Eine Schirmkriegerin, Infanterie, hatte den Gleiter vom Himmel geholt, war aber von dessen automatischen Systemen ihrerseits getroffen und immobilisiert worden.

»Lebt sie noch?«, fragte Ryad, sich gruselnd.

»Das schauen wir gleich nach. Wenn wir fertig sind.«

»Womit?«

»Mit den Beerdigungen.«

Aus dem Gleiter holte Lukas Schaufeln.

Mit einem Flammenwerfer befreite er ein Stück Boden, nährstoffreich, vom allgegenwärtigen Wildwuchs. Dann verbrachten er und Lukas mehrere Stunden, bis zum Abenddämmer, mit Graben.

Sie betteten die Skelette in den zerschlissenen, ausgebleichten Uniformen des Widerstands tief genug in den Schoß der Versiegelung.

»Die … Soldatin …«, sagte Ryad abgekämpft, als die Grabhügel fertig aufgeschichtet waren.

»Morgen früh«, erwiderte Lukas, ging in den Gleiter und legte sich auf eine Pritsche.

Na gut, dachte Ryad, der flexibel genug war und nicht anspruchsvoll, dabei fällt immerhin eine Nacht auf einer Art Bett ab. Sogar die Dusche funktionierte noch, und die Nahrungslamontik machte ihm ein Brötchen, das er allerdings, weil die Verzögerung gegenüber dem von Lukas heute Morgen gefassten Plan ihm aufs Gemüt schlug und er sich vom bereits Schlafenden ein wenig im Stich gelassen fühlte, nur halb aufaß.

Als er erwachte, war Lukas schon draußen und hatte die Schirmkriegerin aus ihrer Schale befreit, auch geweckt. Wie das ging, wusste er noch von Tatjana Cortés her.

Die hier Befreite aber schien ihre Wiedererweckung schlechter zu vertragen als die Doppelagentin.
Sie fieberte und spuckte, lachte hässlich, dann sah sie Lukas böse an und sagte: »Ein … weißer Hirsch … du Arsch … eigentlich eine Hirschkuh … steigt außem … Wald und lacht und … Gras wird immer dichter … wird … wachsen über dem Blut das … wir hier vergossen haben, und die …Gespenster, die wir … die wir sind, werden hier herumlaufen, bis das Gericht … das … entscheide dich … Junge … Mädchen …wenn die Engel … des Krieges ihren Schlachtruf … am … im Feuer … im Haus, das …«

»Reicht«, sagte Lukas, und schnitt ihr mit dem langen Messer, mit dem er sich durchs Gestrüpp gekämpft hatte, die Kehle durch. Das Blut sah nachtschwarz aus, ergoss sich in Schüben über den Rest Brustpanzerung.
Ryad wandte sich ab und fragte: »Warum hat deine Mutter Kathrin gelogen? Darüber, dass sie weiß, wo Maura Féron …«
»Das war ihre Art Beerdigung. Sie wusste es sicher, sie wollte es bei … für sich behalten. Ich sollte nicht drüber reden«, erwiderte Lukas.
Die Soldatin wurde nicht beerdigt.

Die beiden Männer gingen, um einigen Proviant erleichtert, den Lukas Ryad zurückzulassen aufgefordert hatte, geradeaus weiter – jedenfalls kam es Ryad so vor, und er wollte nicht nachfragen, Lukas' neue Schweigsamkeit war unverkennbar eine brütende und wütende.
Gegen Mittag, unter den kühlen Baldachinen des Berlfarns, wo sich immer wieder Sporenkapseln öffneten und ein zaubrischer Staub wie von frisch gemähtem Heu um die beiden Abenteurer zu schweben begann, der dem Sohn von Kathrin und Maura unerklärlicherweise die dunklen Wolken von der Seele wegtrieb, lächelte Lukas den Gefährten beim Weitergehen einmal an.
Da wusste der: Es wird wieder besser.

Nach einer weiteren Stunde begann Lukas plötzlich halblaut zu singen:

Das Sternbild der Katze
Erwacht und flackert
Die Heuernte
Ein ständig knurrender Bauch
Arbeit auf dem Feld
Ein ständig aufschreckendes Herz
Liebe
Das Sternbild der nackten Frau erwacht,
um zu lieben.

Die Stelis überm Wasserfall, zwischen schartigen Steinen, sah nicht einmal beschädigt, geschweige zerbrochen aus.
Ihre Nevina lagen eng am Dach an.
Es war die größte storarische Struktur, die Ryad je gesehen hatte, wahrhaftig ein Gebäude, kein bloßer Möbelrahmen wie sonst.
Das Wesen schien zu schlafen.
Es regte sich nicht einmal, als Lukas zu rufen begann: »Semitac! He, Semitac-Sinhumen, ich bin's, der Lukas! Was ist, sonnst du dich?«
Durch die Schraffuren hypertrophen Tüpfelfarns fiel starkes gelbes Licht auf die von Kanarien- und Lampenputzergras umstandene Stelis.
Balkengerüst, Verkleidungen, Dach: Alles das, fand Ryad bei sich, sah nicht verwittert, zerkratzt, bemoost oder aufgegeben aus, sondern war in gutem Zustand.
Die ehemalige Integralleiterin musste noch am Leben sein.
»Was machen wir jetzt? Gehen wir hinein?«, fragte er Lukas unsicher.
Da ließ die Storarierin ihre Stimme hören, voll und weiblich, stark und sicher: »Schön, dass ich nicht verrotten muss. Hast dir ja Zeit gelassen. Wer ist der andere?«
Ryad stellte sich vor.

Die Storarierin sagte: »Tariks Sohn. Man lernt nie aus. Was bringt euch her? Die wilden Kunstide sind noch nicht alle resorbiert, es muss also was Dringendes sein.«

»Stehst du im Kontakt mit … der Storema?«, wollte Lukas wissen.

Er hielt sich nicht mit Nettigkeiten auf.

Semitac-Sinhumen lachte gutmütig: »Ich nicht mit ihr, aber sie mit mir: Sie rufen mich ständig, aber ich bleibe incommunicado. Keinen Mucks. Bin zu alt für den Quatsch.«

Lukas fasste nach: »Aber du könntest dich abholen lassen? Evakuierung? Ich weiß nämlich zufällig, dass die Storema den Planeten pulverisieren will. Da wäre ich dann gerne nicht mehr drauf.«

»Sie wollen das, meine Cousinen und Cousins, stimmt schon. Aber wollen und können – du kennst das.«

»Keine Rätsel, bitte.«

»Oh, der junge Herr hat's eilig. Sie werden feuern, aber da wird nichts sein, worauf sie feuern können. Der Planet macht eine kleine Reise – die Schlangen schicken ihn woanders … wann anders … hin.«

»Und da willst du mit?«, wunderte sich Lukas.

»Wer sollte nicht mitwollen? Es ist«, sagte Semitac-Sinhumen, »schließlich doch die weiteste Reise, die unsereins je unternommen hat!«

7: Fokussierung

Durch die Linse sausten, zischten und brüllten schlimmste Lichter.
Nichts war mehr, wie es sich gehörte: Plasmatische Böenwalzen rissen am schwarzen Eis der Linsenaußenwände, die Kinematik freiströmender Partikelschauer glitt an den Höhlungen innen auseinander, bis die Wirbel sich jeder Berechnung entzogen, Metall sprang aus Feuerschüben, Pufferräume wurden zusammengedrückt, Sonden schmolzen, bevor sie ins Arrheniusmedium abgesetzt werden konnten, Tanks barsten, Wasser- und Schlammfluten machten Korridore unpassierbar, weil die Grotten der Rengi von arrhenischer Bremsstrahlung, falscher Rotation des Mondsterns, an den Linsenrand gedrückt wurden.
Außen Blitze und Schäden von koronalen Massenejektionen, innen Positronenhagel zwischen den Kühlungsturbinen, Reißen und Schütteln.
Schwerkraftstürze, Strudel.

Die paar Menschen, die noch als Admins und Prodisten bei der Arbeit gewesen waren, als der Terror anfing, hatten sich evakuieren lassen.
Xao Alexandrow, im letzten Boot, hatte sich immer wieder in seinen Helm übergeben, die Sauger konnten nur mit Mühe verhindern, dass er erstickte. Terzutac Mohenim, letzter Storarier auf der Linse, angeblich aus wissenschaftlichem Pflichtbewusstsein an Bord gewesen – »Ich gehe mit der Station unter, wenn sie untergeht, und sende noch in letzter Sekunde meinen Log« –, war von zwei Rengi, die mit Smelmle (u) Thik arbeiteten, dabei erwischt worden, wie er in der Sendekapsel hinter den Röntgendämpfern große Mengen baustatischer, zug- und druckkraftrelevanter Daten über die Innenmantelgestalt der Linse aus den entsprechenden

Dateien auf den Zentralen Servern kopiert und in einer Richtung abgestrahlt hatte, in der die provisorische militärische Beobachtungsstaffel aus drei Rengi-Inseln in Leichtbauweise, die vor drei Wochen durch von den Lapithen freundlicherweise eingerichtete besondere Verkürzerports ins System gefallen war, die Vernichtungsflotte der Storema vermutete.
Man konnte sie nicht orten. Geheimdienstarbeit hatte aber glaubhaft gemacht, dass es sie gab, und dass sie sich zügig näherte.

Drei Lapithen, die letzten auf der Linse, begleiteten Smelme im unsicheren Flug zur unteren Maschinenhalle, in der sich Terzutac verschanzt hatte.
»Gibt es Geiseln?«, rasselte Smelmle erregt.
Der vorderste Lapith erwiderte und strengte dabei seine Stimme an, um das Tosen zu übertönen: »Zwei Rengi, bis mein Terzutac einsah, dass sie ihm nicht helfen noch nützen werden.« Die Implikation war klar.
Der Storarier hatte die Rengi getötet.

Vor der doppelt hermetisch festgesaugten Stahltür angekommen, hinter der Terzutac sein Schicksal erwartete, öffnete Smelmle einen Kommunikationskanal und sprach den Terroristen ohne Umschweife an: »Komm raus. Komm aufs Boot. Lass uns nach Feldeváye fliegen.«
»Das ist keine Flucht. Das ist der Tod. Die Storema wird den Planeten sprengen.«
»Kommst du nicht raus, dann sprengen wir dich.«
Die Lapithen waren bereits damit beschäftigt, Bohrladungen rund um die Tür auf die bebende Wand zu setzen.
»Ist die Linse nicht zerstört genug?«, erwiderte der Storarier.
»Wenn wir dich ins Plasma blasen, opfern wir nur ein paar Turbinen, die man eh nicht mehr braucht – die Station wird aufgegeben. Aber wenn wir dich am Leben lassen, sorgst du dafür, dass die Storema sie zerstören kann. Eine aufgegebene kann man später wieder in Besitz nehmen, eine zerstörte nicht. Und was ist, wenn du

sie hereinlässt, ihnen hilfst, anzudocken, einzusteigen, alles in Besitz zu nehmen, was an getaner Arbeit herumliegt, und damit einen Wissensvorsprung …«

Der Satz riss ab, als Smelmle, die ihn sprach, zwei Schlangenmenschensilhouetten vor sich sah. Sie geboten ihr Einhalt und teilten ihr, ohne ein Wort, mit, dass sie besser daran tat, den Storarier in der Falle, in die er sich gesetzt hatte, sitzen zu lassen, und selbst das letzte Boot zu besteigen, solange noch Zeit dazu war.

Smelmle (u) Thik spürte, wie sich ihr Innerstes zusammenbog von der Offenbarung dessen, was geschehen würde: Die Schlangen hatten ihr verraten, was der letzte Zweck der Linse war, worauf die Gestalt dieser Station immer schon verwiesen hatte.

Wie war es möglich gewesen, dass das niemandem zuvor je aufgefallen war?

Was leisten denn Linsen im Licht und im Feuer?

8: Überfall der Bilder auf die Bilder

And I am fascinated by the spiritual man
I'm humbled by his humble nature, ya.
Alanis Morissette

Yang hatte, technisch unterstürzt, stark abgenommen.
Er fühlte sich in seinem Leib so wohl wie seit der Geburt als Fajid Toril nicht mehr, damals, im Gefängnis, im Thomasstreifen.
Überhaupt war er neuerdings sehr zufrieden mit sich.
Die Auflösung seiner Konten und den Abschied von seiner Villa hatte er eher beiläufig erledigt, das lose Ende Jiang kümmerte ihn nicht sehr.
Nach der Löschung vieler, fast aller Spuren, der Tilgung kleinerer Schulden, der Beseitigung allfälliger Zeuginnen und Zeugen war er zügig nach Süden aufgebrochen, den beiden Flüchtlingen zu folgen, die Fruchtman, der als Ordnungshüter einfach nichts taugte, so leichtfertig hatte entkommen lassen.
Sie waren nicht mehr auf dem roten Wasserkran.
Die Entdeckung aber, die Yang dort stattdessen zugefallen war, machte das wett.

Anderthalb Wochen, während deren er sein Glück zunächst gar nicht fassen konnte, saß er nachts, sehr spät, auf dem schwarzen Geländer am äußersten nordöstlichen Ausläufer des Plankenwegs von Einbaum und schaute diesem erstaunlichen Menschen zu, wie der sich auf das Dach des roten Häuschens legte und dort auf die fliegenden Olche wartete, sie dann beobachtete, wenn sie sich, flüchtig, flatterhaft, bezaubernd zeigten, nebenher seinen Geschäften in der Solitona und der Noos nachging, lächerlich leicht abzufangende Signale sandte und empfing, als David Barrier und in anderen Larven. Proxies und Partiale, schlampig kon-

struiert, lokalpolitisches Gewurstel, literarische Versuche, Palimpseste, und steganographisch darin eingemantelt verbotene Recherchen und Beseitigung, Untertunnelung oder Zersetzung von Täuschungen, die nicht selten Yang selbst eingerichtet hatte.
Ein Roman, und ein zweites Buch: Liber Severini.

Der schnelle Mensch: ein Rumpf, ein Stumpf, ein Rest von etwas Großem, aber nicht, weil er sich kleingemacht und weggeduckt hatte wie Neschech, sondern weil er zu schnell zu hoch geflogen war und dann abgestürzt.
Neschech hatte seine strategischen und taktischen Fehler längst eingesehen. Wollte man sein wie die Schlangen, wollte man den Menneskern zumindest nahekommen, wollte man auf dem Spielfeld mitspielen, wo die allerwichtigsten, die langfristigen, die äonenüberwölbenden Partien ausgetragen wurden, so durfte man die, die einem überlegen waren – die gab es immer, man betrat das Spiel stets unten –, niemals frontal angehen.
Lange vor der Hidschra, lange vor den Menschen machte die irdische DNA die Erfahrung, die den richtigen Weg wies: Saurier gegen Säugetiere. Man lief zwischen den Beinen der Giganten flink genug herum, bis etwas geschah, das bedeutend genug war, den Lebensrhythmus der Riesen zu stören, sie niederzuwerfen. Dann durfte man sich von ihnen nur nicht erschlagen lassen, und bald war der Moment gekommen, da sich auf ihren toten Leibern tanzen ließ.
Neschechs Stunde rückte näher. Im Licht Zemelos, Jocelyns und Thyones fasste er Mut.
Einbaums Beschaffenheit kam ihm entgegen; das Städtchen hätte, musste er anerkennen, verschlafener sein können und schlechter versorgt mit dem, was er brauchte, wieder einmal hatte er Glück gehabt.

Tagsüber nahm er sich Zeit, denn ihn suchte niemand, seine Spuren waren, wo er sie nicht selbst verwischt hatte, so tief in den Hintergrund zurückgesunken, dass eine Enthüllung, wie sie ihm selbst bei Barrier, Clarence, Severin Carla Klemens gelungen war, nicht zu befürchten stand.

Daher tummelte er sich, wenn die Sonne schien, nach dem Morgen- und vor dem Abendspaziergang des Baggermannes, in Produln an der breiten Robotbahn im Osten, auf Schrottplätzen, in Ersatzteillagern, sprach mit lokalen Nomotechnikern, kaufte, was er brauchte, Apparat um Apparat zusammen, alle Komponenten einzeln, und wenn es mal ein größeres Bauteil gab, zerlegte er es im Kopf, fand unauffällige Entsprechungen für die Funktionseinheiten und besorgte sich die.

Keines seiner Geschäfte brachte zu hohe D)-Beträge in Umlauf, keine Alarmfahnen sollten flattern, kein Mensch, sonstiger lebender Aufpasser oder vifer Algorithmus durften aufmerken.

Neschech hatte sich ein kleines Zimmer auf der zweiten Straße stadteinwärts vom Fluss genommen. Es wurde nicht robotisch gewartet, besaß auch nur wenige selbstreinigende Applikaturen und Möbel, aber Neschech zahlte der Reinemachfrau ein stattliches Trinkgeld, damit sie sein Zimmer in ihren Dateien an Tagen, die er fürs Arbeiten brauchte, als besucht und gereinigt markierte, ohne es je zu betreten.

Seine Arbeit verbrauchte zwei Hunde.

Als sie Erfolg hatte, wandte er sich einer Handvoll geschickt gefangener Olche zu, interessanten Züchtungen der Schlangen, deren Züchtungszweck er leicht ermittelte: Sie waren kollektive *Nodes* eines beweglichen Gewebes, hier im Süden gab es also ein dezentrales, exterritoriales Fühlersystem des großen Werks der Schlangen. Kurzentschlossen wandte er an, was er herausgefunden hatte, konfigurierte seine selbstgebauten Maschinen, augmentierte und modifizierte sein eigenes Hirn und probte mit sicheren Händen und kühlem Verstand die Operation, die er an Clarence durchzuführen beabsichtigte.

Noch ein paar Tierversuche an niederen Kreaturen, dann wieder zurück zu den Olchen. Es war nicht mühsam, sie zu öffnen und aus ihnen, ehemals kleinen, bewusstlosen Spionen für die Schlangen, kleine, bewusstlose Spione für Neschech Dremocci zu machen. Neschech wusste seit langem, wie man die Balance hielt auf dem dünnen Drahtseil zwischen dem Abgrund, in dem noch keine Sprache gewesen war, und dem Himmel, in dem man keine mehr brauchen würde – zwischen der Tiefe der Materie und der Erhabenheit der Mennesker.

Es gab viel zu bewundern, während man den Aufstieg organisierte.

Die Nervensysteme der schlangengeschaffenen Flitzer schienen ihm wahre Wunderwerke – sie dachten mit mehr als ihren Hirnen, die waren nur Anschlussstellen, Enden eines mehrdimensionalen Großrechenorganismus: Stimmen, die selbst nicht hörten, was sie in die abstrakte Metagestalt der Schlangenzivilisation einspeisten, die so weit über die Noos hinausreichte wie diese über die Einfaltungen und marginalen Alteritäten der nancarrowschen Solitona.

Ich bin der am wenigsten verrückte Mensch, den es je gab, dachte Neschech: Wenn Verrücktsein von alters her heißt, man hört die verkehrten Stimmen, nämlich solche, die es nicht gibt, dann bin ich einer, der Stimmen ausblendet, die es zwar gibt, die aber trotzdem verkehrt sind – einer, der sich durch alle Mannigfaltigkeiten von Induktion und Deduktion, von Kommunikation und Soliloquien bewegen kann, ohne auch nur von seiner eigenen Stimme abgelenkt zu werden.

Mit diesem fröhlichen Lied im Herzen zwackte und zwickte, beschnitt und veränderte er auf seinem lamontischen Tisch die gefangenen winzigen Echsen und ihre höherdimensionalen Achsen, bis sie seinen Zwecken auf die sicherste Weise dienstbar geworden waren: Es handelte sich nunmehr um ihre eigenen Zwecke, entlang geglätteter Bäume rationaler Verhaltens- und Gedankenbahnen, um sichere Quotienten abgeflachter algebraischer Rela-

tionen in abstraktesten Räumen: Die Olche glaubten, sie täten, was sie wollten.
Kritische Sklaven, solche mit etwas Selbstbewusstsein, aber nicht genug zum klaren Denken, sind die besten, wusste Neschech. Denn wer glaubt, er sei Egoist, lässt sich schwerer belehren und aufklären als jeder Geknechtete, der weiß, dass er's ist. Wie simpel etwa war es gewesen, zwischen den Manövriermassen der neuen Geldwirtschaft mit etwas über Yerka ausgestreutem Sand der Sorte »Die verdienen mehr als jene, hetzt sie aufeinander« den Gesamtbau der Macht von getarnten alten Schirmkriegerverbänden über leichtgläubige Admins und Prodisten zu stabilisieren – nicht einmal Yerka hatte man bemühen müssen, Bastet Rethels biedere Leute fühlten sich ja mitunter radikaler als die Yerkaschreier, wenn sie etwa ein Theater darüber machen konnten, dass seit Einführung der Gewinnanreize Produln mit allgemeinem Nutzen verwahrlosten und geschickte Profiteure sich mästeten: »Eine Krankenschwester in Laischa verdient weniger als ein Yerka-Hofnarr in Yangs neuem Performance-Tempel in Kaderum!«, hieß eines der bekanntesten Musikstandbilder der Rethelgruppe, und dass daraufhin die Rethelleute die Yerkaleute als Hofnarren attackierten und die Yerkaleute die Rethelleute als fantasielose Verherrlicher von stumpfen Arbeiten wie der Krankenschwesterei, während niemand auf den Gedanken kam, dass das Problem Yang hieß, nicht Yerka oder Rethel, gab Neschech den melancholischen Gedanken ein: Was für ein schönes Drama wäre dies, aber ich bin Politiker, nicht Künstler, und darf's deshalb nicht schreiben.

So schuf er statt Dramen lebende Waffen – zum Beispiel die olchigen Vektorpfeile der Nahüberwachung des schnellen Menschen, die Neschech in tiefster Nacht schließlich freiließ.
Der schnelle Mensch sollte herausgeben, was er hatte und was Neschech brauchte.
Ich werde, dachte der, es aus ihm herausholen müssen, aber es wird dann sauber sein: Wenn Carla und Severin und Klemens erst

aus Clarence befreit sind und ich sie trinke, ihnen ein angemessenes Heim gebe, dann geschieht das unter optimalen klinischen Bedingungen. Es wird nicht sein wie die anstrengenden Gewaltakte, die mir in meinem anstrengenden Leben beigebracht haben, wie das geht, dieses Abbilden von Identitäten auf Identitäten.

Ich bin das wichtigste Kunstwerk auf diesem Planeten, schon jetzt zukunftsweisender als alle Flammen oder Tiefenlichter: Ich bin Bilder von Bildern von Leuten.

Eine erstaunliche Geschichte, im Grunde: Lasse Ristau hat in mir Messame gefunden und rausgeprügelt, Carla fiel, weil Severins Deckel ein Loch hatte, in ihn, dieser verschluckte Klemens, alle drei wurden vom Bürgerkrieg von innen nach außen gekrempelt, um eine Randbedingung zu werden, die sich Clarence nennt – unordentlichste Vorgänge, von mir, Neschech, endlich aufgeräumt. Denn was nützen sie als Zufälle und Singularitäten, an denen sich bestenfalls die Schlangen reiben, katafriktional?

Neschech hatte also beschlossen, den Unfall, der Clarence hieß, planmäßig zu wiederholen, an sich selbst, um zu werden, was Clarence bereits war: Die tagwache Grenzlinie zwischen »noch keine Sprache« und »weiter als Sprache«, den Schlangen Gelächter oder schmerzliche Scham, dem Bewusstsein, das noch Neschech hieß, die wahre Brücke, durch die er auf das Terrain gelangen konnte, das ihn einzig interessierte.

Die Olche schnüffelten und filmten, fingen ab, spürten und tasteten, so nah sie nur ans schwache elektromagnetische Feld um Clarences Kopf gelangen konnten. Dann sandten sie, was sie erfuhren, an Neschech, nicht mehr an die Schlangen (denen fütterte Nesch auf den alten Frequenzen gefälschte Coiflets, geschickte Simulationen).

So wurde Neschechs Bild vom Unfall, den er wiederholen wollte, Datum um Datum vervollständigt.

Während dieser Zeit trainierte Neschech, verbesserte Nerven und Muskeln und Sehnen mit Shots und Streckern, mechanisch und lamontisch und nomobiotisch, lief durch die Marsch, lief die Landstraßen und Robobahnen entlang, lief und rannte, riss Bäume aus, schlug Holz entzwei, baute sich zwei humanoide Roboter und kämpfte mit ihnen, wurde besiegt, übte anders, übte besser, besiegte sie, schlug sie in Trümmer, baute neue, bessere, lernte, studierte, arbeitete. Dann wieder saß er in seinem Versteck, las, was Clarence schrieb, das öffentliche Buch und das verdeckte, zweite, las, was die Proxies schrieben, lächelte winterlich, obwohl Hochsommer war.

Endlich wusste sich Neschech Dremocci bereit für den Zugriff auf alle Reichtümer, die Clarence verschluckt hatte: schnell genug, stark genug, schlau genug, dank der Kameras und Horchöhrchen der Olche unterrichtet genug.
Aus Freude an der Tücke, dem einzigen Vergnügen, das ihn seit den Schlägen, mit denen Lasse Ristau ihm das Glücklichseinkönnen ausgetrieben hatte, stets treu geblieben war, und aus Liebe zum Risiko, in dem ein vager Wunsch nach Selbstvernichtung eingerollt war, ging er am Tag vor der Nacht, in der er den Überfall wagen wollte, ein eigentlich unnötiges Wagnis ein.

Was er bislang, etwa um Yang zu werden, immer nur kosmetisch-physisch getan hatte, tat er nun seinem Bewusstsein an: Für eine festgelegte Zeit sollte er vergessen, wer er war, um eine letzte Kundschafteraufgabe selbst erfüllen zu können. Mittels subtiler Manipulationen an CLP-Transceivern und Zugängen, am Sprachzentrum, in der Hirnrinde allgemein, tarnte er sich vor sich selbst und implantierte sich einen Befehl, der ihn zwei Stunden lang, ab dem Augenblick, da er den Plankenweg, den *River Walk,* südlich seiner Wohnung betreten würde, vergessen hieß, wer und was er war.
Solange er sich auf dem *River* Walk befand, sollte er glauben, er sei Joseph Maschke, ein niederer Währungskommissariats-Admin für Kap Hatteras, der sich hier aufhielt, um sich zu erholen, den

Bauernmarkt zu besuchen und an ein paar Azaleen zu riechen – so konnte er arglos, gedeckt von Proxiehinweisen und anderen ablenkenden Vorrichtungen in der Noos, falls Clarence ihn bemerken sollte, auf einer Bank sitzen, keine zwölf Meter entfernt vom Wasserkran, und diesen betrachten, als wäre er bloß eine kleine lokale Sehenswürdigkeit, mit interesselosem Wohlgefallen: wie das schwarze Kreuzwerk des Kranarms aus der dunklen Leiste unterm Wohnhaus hochwuchs bis, schöne optische Täuschung, in die Wolken, wenn man ein Auge schloss und das Tableau nur zweidimensional studierte; wie der schräge, nach Westen in die Höhe ragende Turm unten am Hals einen Knick aufwies und hinten eine Art Hahnenschweif aus ihm wuchs, von Drähten mit dem Sender und Server im Haus verbunden; wie Kleidung und Müll, Verpackungen etwa, auch Pakete mit Büchern – denn Clarences Roman war inzwischen erschienen – auf Deck herumlagen, Zeichen der fortschreitenden, eigentümlich gutartigen Verwahrlosung des Hausherrn und Kapitäns, der stoppelbärtig im ausgehängten roten Baggerschaufelbecken saß, mit wirrem, verklebtem Haar, dort auf Papier kritzelte, lachte, Musik hörte, laut, aus Boxen, die er aus den Fenstern der beiden Ausguck-Kabinen gehängt hatte.
Und wie er Neschech winkte, Hallo Tourist!

Neschech, der sich selbst nicht kannte, winkte zurück.
Aber der Kupferfluss war zu breit zwischen dem Geländer am Plankenweg und den rostorangenen Kufen des Wasserbaggers, als dass die zwei einander hätten verstehen können, wäre ihnen denn eingefallen, zu rufen.
Zwar bedeutete der Tourist dem Einsiedler mit vorsichtigen, heiteren Handzeichen, man könne einander doch in der Noos begegnen, man könnte aufeinander einschwenken, mit ein bisschen Peilgeschick, aber Clarence winkte nur ab, lachte, kehrte zu seinen Papieren zurück, raschelte und kritzelte, verlor ein Blatt und kümmerte sich nicht darum, als ein Windchen aufkam und es ins Wasser wehte, wo es der breite, fast spiegelglatte Strom mitnahm, nach Süden. Ins Meer.

Da verlor auch der Tourist das Interesse und ging nach Westen, über den Rand des Bretterpfads hinaus, zum Baumwollmarkt, wo er ein Würstchen in Pizzateig aß und langsam erwachte, bis er, darüber durchaus nicht erleichtert, wieder wusste, wer er war und was er plante, ohne die Begegnung mit seinem vorgesehenen Opfer jedoch vergessen zu haben.
Ein reizvolles Überlappen, eine Mehrdeutigkeit – als der Prozess der Neuintegration seines Selbst abgeschlossen war, beschloss Neschech, die kleine Bizarrerie als Vorgeschmack auf all die Leute zu betrachten, die er bald würde sein dürfen.
Er ging zurück in seine Kammer und ruhte sich dort auf seiner schäbigen Liege aus, während tausende von Diagnostiken seine Funktionen und Augmentationen überprüften: seine platinbeschichteten Knie und Ellenbogen, seine kohlefaserverstärkten Muskeln, seine Servomotoren, seine Kraftwerke in Schläfen und Brustkorb.
Alles war in bestem Zustand.
Er glaubte sich unentdeckt, sicher: Solitär, der bald obenauf sein würde.
Das war ein Irrtum.

Zur selben Zeit nämlich stand Clarence auf dem westlichen der beiden Ausguckkästen des Wasserbaggers und wusste, wer der Mann auf der Bank gewesen war, der ihm gewunken hatte, und wusste auch, dass der Mann selbst es nicht gewusst hatte.
Der schnelle Mensch war vollständig orientiert über den Ablauf seit dem Untertauchen Fajid Torils und der Transformation des angeblich Getöteten zu Yang Xianzhen. Weil jeder Nachrichtenkanal, jede Verbindung, die sich mit Information gegen das sie umgebende ununterschiedene Rauschen und mit Markierungen gegen den unmarkierten Raum behauptet, also auch die Kommunikation zwischen den Olchen und Neschech, eine Verbindung in zwei Richtungen stiftet, war das ganz leicht gewesen – während er sich hatte ausspionieren lassen, war Clarence in die Stollen und Schächte des Feindes gestiegen, zaghaft zunächst, dann immer dreister.

Jetzt dachte er darüber nach, was als Nächstes geschehen musste – es war ein Nachdenken in Partitionen und Proxies, die der Feind nie hätte aufspüren können, weil sie immer nur planckzeitlang existierten und untereinander mit Methoden Verbindung hielten, die zum Arcanum der bestgehüteten nancarrowschen Geheimnisse gehörten.

In einem, überlegte Metaclarence, ist er mir über: Er hat ein Motiv und genießt es, er will und muss kämpfen. Ich dagegen bin und bleibe mit mir selbst zerfallen, meine Personen sind einander nicht sicher.

Dass er sie trennen, rauben, dann neu verklammern, einem Zweck subsumieren will – lockt mich das nicht sogar?

Ist es nicht verführerisch?

Nein, das ist überhaupt nicht verführerisch, schrie Carla. Doch, das ist sehr verführerisch, gestand Klemens. Was wollt ihr von mir?, regte sich Severin auf.

Es blieb nichts zu tun, als abzuwarten, bis es Abend wurde und dann Nacht.

Clarence aß gebratenen Fisch auf breitem Blatt mit Reis, rauchte viel, hörte Mahler und Bach und Kenwaqui.

Dann stieg er aufs Dach, um zu schlafen.

Wenn er mich weckt, dachte Severin, beruhigt vom Schweigen der beiden wider einander unversöhnlichen anderen Personen, dann bin ich nicht der Grübler, der arme Hamlet, als der ich hier an mir herumkaue.

Dann bin ich Reflexe, Selbsterhaltung, Kampf. Und falls ich nicht aufwache, falls er mich im Schlaf überwältigt, ausnimmt und tötet, hat es eben so sein sollen, kein schlechtes Ende, zumindest für den Dänenprinzen.

*

Zwei Stunden nach Mitternacht schoss Neschech am nördlichen Ende der ersten Straße, östlich vom Plankenweg, an einem Robomotorpfeil ein Kabel vom Pflaster in die Höhe, aufs Dach des weißen Hotels südlich des Baggers.
Er ließ sich hochziehen, legte seine letzten Schutzschienen an, schulterte die tragbare Harpunenkanone ein zweites Mal und schoss ein weiteres Kabel ab, diesmal auf die Kranspitze, wo es auf leisen, schnellen Spinnenbeinen von einem wartenden Olch eng mit den schwarzen Kreuzträgern verwoben wurde. An diesem Kabel hing Neschech, als er das Wasser überbrückte, und als er oben auf der Kranarmspitze angekommen war, sah er Clarence, in jeder Hand eine Schusswaffe, auf dem Dach stehen, hellwach, düster belustigt.

»Ich hatte gehofft«, rief der schnelle Mensch nach oben, »du würdest mich wecken. Aber wenn du so umständlich einbrichst, was soll ich machen? Ich hatte zu viel Zeit. Komm runter. Wir verhandeln!«
»Lieber nicht! Du bist so viel schlauer als ich, du haust mich doch nur übers Ohr«, lachte Neschech, kippte nach vorn, hing sofort kopfüber wie ein Affe im Gerüst und schoss dreimal auf den schnellen Menschen.
Der wich den Projektilen hakenschlagend aus: Ein Sprung nach rechts, einer nach links, dann tat er einen Satz auf die Basis des schrägen Gerüsts und rannte hoch. Jetzt schoss auch er, dass Kugeln durchdringend pfeifend von den Trägern abprallten.
Neschech klinkte sich aus dem Kabel, griff mit der rechten, freien Hand einen Träger, schwang sich in eine Hocke, schoss wieder und traf die linke Schläfe des Angreifers, der überrascht den Mund aufriss und »Wa-?« rief, dann zur Seite kippte, drei Meter fiel und aufs rote Deck schlug.
Flink kraxelte Neschech vom Kranarm.
Er näherte sich dem Zusammengekrümmten, der zuckend zu sich kam, sich aufrichten wollte, aber, kaum in Kauerstellung, von Neschechs Stiefelspitze hart am Hals getroffen wurde. Eine seiner

Pistolen hatte er verloren, mit der anderen schoss er Neschech immerhin ins linke Bein, wurde aber selbst, noch während Neschech abknickte, von einem Steckschuss in die rechte Hüfte gestochen. Dann traf ihn ein Faustschlag ins Gesicht, dass seine Nasenwurzel brach.

Mit Gebrüll, das mehr lüstern und ausgelassen klang als aggressiv, warf sich Neschech auf ihn.

Sie rollten über Papier und Abfall, rostigen Schrott und Gummiteile ringend zur Brüstung.

Der schnelle Mensch packte die Kehle Neschechs mit der Linken. Er drückte zu, aber Neschech schlug ihm mit dem Lauf seiner Pistole in den Mund, wo Hartes brach und Weiches riss. Clarence würgte an seinem Blut. Der Mund füllte sich damit, dann rammte ihm Neschech, der auf ihm hockte, das metallisch gepanzerte rechte Knie in die Brust und riss die Waffe hoch. Zweimal schoss er Clarence in die rechte Schulter.

Der schnelle Mensch bäumte sich auf. Er drückte die Brust nach vorn, dass Neschech nach rechts kippte und sich den rechten Arm an der Brüstung verletzte, so dass Clarence, sich windend wie eine Schlange, unter ihm wegrutschen und ein Eisen packen konnte, einen abgebrochenen Hebel, und den nach vorne stieß, dass er sich in Neschs linken Oberschenkel bohrte.

Neschech griff blindwütig, aufheulend, nach Clarences Kopf, riss ihn an sich, drehte sich nach vorn, schlug den Schädel des Benommenen gegen einen der gelben Zapfen zum Vertäuen, einmal, zweimal, dreimal. Es krachte, als schlüge wer mit einem schweren Hammer auf einen Amboss. Die Arme des schnellen Menschen flogen in die Höhe wie flatternde Midrai, die Finger griffen nach nichts in der Luft.

Neschech trat ihm in den Bauch, trat ihm auf Becken und Hals, Kopf und Beine, stampfte darauf herum, als wollte er Weintrauben zertreten oder einen ausgebeulten eisernen Teppich glätten. Verrenkungen und Austreten des Unterlegenen wurden schwächer. Neschech ließ schließlich ab vom Trampeln.

Er stellte sich, schwankend, mit zerstörtem rechten Auge, aufgerissener linker Wange, neben sein Opfer, legte mit der Pistole an, schoss Clarence die linke Hand kaputt, dann die rechte.
Danach warf er die Pistole weg, fing wieder an, zu treten, bückte sich, platzierte zwei Fausthiebe auf der Schädeldecke. Clarence, der längst das Bewusstsein hätte verloren haben müssen, griff mit beiden blutenden Händen plötzlich Neschechs rechtes Schienbein, riss daran und brachte den Peiniger damit tatsächlich zu Fall.
Fünf endlose Minuten lang versuchte Clarence, das Gesicht verschmiert von Blut, das Sehfeld entsprechend eingeschränkt, den sich zappelnd und boxend Wehrenden zu überwältigen, gegen die Treppe zum Haus zu drücken, in die Enge, in die Ecke zu treiben, griff nochmal nach der Kehle.
Aber die Hände, die taub waren, weil zerschossen, hatten nur einmal noch das Wunder geschafft, etwas zu greifen. Jetzt schienen die Finger weichgekochte Nudeln, zu nichts nutze, und als Neschech schließlich die Überraschung darüber verwunden hatte, dass der bereits Besiegte keine Ruhe geben wollte, schlug er gezielter zurück, wehrte die wie komische robotische Dreschflegel auf ihn einfuchtelnden Arme ab, hieb mit dem Ellenbogen gegen den Halsansatz des Spuckenden und Röchelnden, traf mit der Handkante die Stirn, dann wieder mit dem Ellenbogen, als der Kopf nach vorne nickte, den Hinterkopf, und Clarence, dessen Kinnlade auf und ab klappte, als wäre sie ausgerenkt, eine Art kaputter Nussknacker, biss in die unterste der Trittstufen der Treppe zum Haus, dass etwas wie ein Stromschlag durch seinen ganzen Oberkörper fuhr und er nur wie aus weiter Ferne noch mitbekam, dass Neschech sich am Gestänge hochzog, ihn wieder überragte und mit einem kräftigen Tritt seines schweren Fußes dem Feind das linke Bein durchtrat, es zerbrach. Knochensplitter stachen durch das Fleisch nach außen.
Ohnmacht riss Clarence ins Leere.

*

Scherenschnippen, Lampentaumeln.
Licht, nichts, Licht Licht, nichts, Licht.
Lackgeruch, Seitenschmerzen. Als Clarence aus dem Sirup auftauchte, der ihm alle drei Identitäten zusammenklebte, summten und klickten Maschinen um ihn, schnitten sehr dünne Drähte ins Fleisch, vor allem im Gesicht und vor der Brust, und Apparate führten Befehle aus, die vielleicht nur symbolisch und verrückt waren, nicht technisch und wirklich: Sektiereremsigkeit.

Er fuhr zusammen vom plötzlichen Lachreiz, der tat ihm weh.
»Ah, nicht sprechen!«, sagte ein Gesicht, sagten zwei Augen über einer Atemmaske. »Nicht. Lass es lieber, Clarence, oder wer immer du sein willst.«
Es war kein schlechter Rat. Clarence ließ es tatsächlich.
Er schaute sich vorsichtig um, unter zugeschwollenen Lidern, und erkannte den großen gelben Schlauch, erkannte die schnippelnden Extremitäten von Robotern. Es erinnerte ihn an die klinischen Produln, in die man ihn nach dem Absturz der Insel gebettet hatte, in Laischa zunächst, kurz auch in Pachetum, dann wieder in Laischa.

»Schau, ich muss improvisieren«, sagte Neschech, der auf einem Stuhl, welcher Räder hatte, von einer Rechner- und Screenleiste zur hastig ausgeschlachteten Arpla, in deren Chassis er Clarence fixiert hatte, hin und her fuhr, ein bisschen Zeug lötete an Clarences rechter Schläfe und auf seiner Schädelkuppe, dann nähte und tupfte, dazwischen leise bei sich murmelte, fast sang, sich räusperte, dann fortfuhr: »Improvisieren, ja. Soll ja alles sein wie da, wo du das letzte Mal aufgewacht bist. Nur dass du jetzt das letzte Mal einschläfst, nicht? Mhmhm. Ja, ja. Mhh. Alles Idioten, außer uns, was?«
Clarence hatte das irreale Gefühl, er werde ihn jetzt gleich mit einem dieser harten Ellenbogen anstupsen, ankumpeln, der Metzger, der derweil Teile aus Clarences Körper – aus Clarences Kopf? – in eine silbermetallische Schale fallen ließ, etwas Feuchtes, etwas Rotes und Hellbräunliches, Karamellfarbenes.

Clarence würgte, und wieder beugte sich das Gesicht des Chirurgen dicht über seins und riet ihm davon ab, sich zu äußern: »Tsssssessesse, nicht. Wirklich. Tut besonders am Kiefer weh, unten, richtig? Ja. Zahnleiste. Mitten durchgebrochen, schlimmer Schlamassel, würde selbst bei bester Gesichtsrekonstruktion Tage, wenn nicht Wochen dauern, bis das wieder sitzt. Also, ich könnte es vielleicht schneller, und wenn deine Hände nicht zerschossen wären, könntest du's vermutlich sogar selber, aber … nein, die andern Leute, vergiss es. Wer soll dir helfen? Alles Idioten. Ich bin zu Rethel, am Anfang, und zu Yerka dann, als die Rethel mich einfach nicht gernhaben wollte. Ich hatte ganz vorsichtige Fühler ausgestreckt, mich nicht mal als der oberste Schirmkrieger zu erkennen gegeben, nur als jemand aus nächster Nähe von Toril, und schon da hat sie abgeblockt und mir gedroht, sie werde Fruchtman alarmieren, den dummen Padur. Ah, Tierschimpfnamen, ich vergaß, ihr seid sensibel … hör mal bitte auf, zu zucken, ja? Ihr seid empfindlich, ihr Coms. Was, na gut, he, wenn die Fessel weh tut unten links, dann … blinzle zweimal. Gut. Siehst du? Schon gelockert. Es dauert nicht mehr lang. Ja, jedenfalls – ich hatte es schnell raus: Dass sie das Arrheniuslicht anders filtern, dass sie Sachen in die Luft blasen, unsere cleveren Admins – das, nicht die Kunstide, hat eure Beweglichkeit reduziert. Ich dachte: So weit die Menschen. Und die Lapithen? Nach meinem … Sturz ließen die Geschenke rapide nach. Ich habe mir geschmeichelt: Oh, sie trauern um dich, Junge. Erst kam monatelang nur noch Musik, auf den absurdesten Datenträgern, sogar auf Papier, ausgeschrieben zum Beispiel der ganze Mahler, den du so gern … tja. Dann noch ein paar Bilder, und ein paar Videos von Aktionen, die der wildgewordene, aber spaßige Idiot Yerka sofort geklaut hat … Endphase, ich wusste es, aber hat mir wer zugehört? Yerka, Himmel, ich sagte ihm: Geh nach Kaderum, hol die Puppen raus. Wie, du runzelst die Stirn? Louises Puppen, die vom Dach, die hatten jetzt einen eigenen Flügel in Kaderum, in Stasisfelder eingebacken, von der Decke suspendiert, von starken Magneten starr gehalten. Die Puppen! Einzige Chance, eine Armee … sie hätten sel-

ber andere Puppen bauen können, natürlich, sich vervielfältigen, sie hätten die Schlangen aufhalten können ... nicht doch, der Herr Yerka, der sich allzu gern von mir bezahlen ließ, aber sich mit den Schlangen anlegen? Da haben sie alle gekniffen, der Fruchtman, die Muscheln – die schon seit Jahren heimlich, still und leise nicht nur Feldeváye räumen, sondern sich sowieso aus dem Geschehen auf der großen galaktischen Bühne zurückziehen werden, langsam ins Zentrum der Milchstraße migrieren, sich's dort wohl sein lassen oder an eigenen Projekten wursteln ... neuerdings als Instandbesetzer von Ruinen der Prodisten und Admins, glaubt man's? Projekt Lärz, da findest du sie jetzt, das fasst ja sonst keiner mehr an, nach den Kriegen dort. Diese kurze Scheiße für Mikolat ... das war ihr letzter Versuch, die Menschen auf Kurs zu kriegen, sie zu einigen, damit man gemeinsam gegen die Storema vorgehen ... und sich damit bei den Menneskern beliebt machen kann ... Alles Quatsch. Also, was macht man? Wenn keiner die Schlangen angreift, dann muss ich mich eben durch ihre Sperren schleichen, um an ihre ... Schätze ... Mit ihren Mitteln – wie ein Lapith, wie ein – na, wie du. So, ja, harmonisch ... prima ...«
Clarence registrierte jetzt erst, dass er bibberte, es waren ganz und gar unzulängliche Versuche, seine Körperschwingung wieder an die Schwelle zur Katafriktion zu heben. Unverständliche Hindernisse im nahen Raumzeitgefüge um ihn verhinderten das, Inhibitoren, die Neschech implementiert haben musste.
Woher wusste er, wie das ging? Hatte er die alten Aufzeichnungen von Lasse Ristau und Conlon gefunden, die Clarence in jahrelanger Proxiesuche nirgends hatte aufspüren können, bei aller Geduld, allem Geschick?

»So. Soooo und sooo ... So.« Pervers liebevoller Singsang des Mannes, der jetzt sein Werkzeug weglegte und nach einer großen elektrischen Säge griff, sich ins Licht stellte, dass Clarence nur mehr einen hoch über sich aufragenden Schattenriss erkennen konnte und von einer Angst gepackt wurde, wie er sie nie gekannt hatte: einem gleichzeitigen Davonlaufenwollen von Carla, Klemens und Severin in alle Richtungen.

Neschech rupfte sich die Chirurgenmaske aus dem Gesicht, das Schrammen, Schnitte, Blessuren davongetragen hatte, die im Gegenlicht schwer zu erkennen waren.
Dann sagte er: »Wirklich, gräm dich nicht, wir machen das noch schnell fertig, und dann bin ich du, und dann breche ich durch die Absperrungen der Mennesker, die noch Schlangen sind, und stoße in ihre Wiege vor, nicht wahr, in ihren Brutkasten, in die Zeitmaschine im ehemaligen Omphalos – und entweder ersticke ich sie in der Wiege oder, wenn sie da schon zu stark sind, lege ich eben ein gutes Wort für mich ein, damit in dem Zeitalter, das jetzt beginnen wird, aber selbst außerhalb aller Zeit steht, auch für mich gesorgt sei. Ein gutes Wort für meine … Spezies, die dann nur aus mir besteht. Wer weiß, vielleicht wird's viele geben. Eine zweite, andere Sorte Lapithen. Es kann nicht schaden, den Göttern gegenüberzutreten, wenn sie noch Säuglinge sind, vielleicht wollen sie Spielzeug. Sie werden mich vorlassen müssen. Weißt du, warum?«
Er setzte die Säge dicht über Clarences Augenbrauen an.
Der Gefesselte spürte die Klinge kalt, spürte dann, wie die Leitungen um ihn warm wurden, wie das Ganze gleich anspringen würde. Neschech sagte: »Weil mich nichts und niemand mehr aufhalten kann.«
»Müsste man ausprobieren«, sagte eine Stimme, die Clarence und Neschech beide kannten.
Dann zerplatzte der Kopf des ehemaligen Herrn der Schirmkrieger, von hinten zerschossen mit einem Detonationsprojektil, in viele Bruchteile. Die Säge glitt, nur einen leichten Hautschnitt verursachend, rechts an Clarences Wange vorbei aus der Hand des Kippenden.
Mann und Gerät fielen polternd zu Boden.
Clarence versuchte, lauthals zu schreien.
Es kam nur ein klägliches Krähen dabei heraus.
Er krampfte. Die Hände fühlten tiefe Stiche, die nicht da waren, die Beine glaubten, sie lägen in Säure. Sein Magen ballte sich, die Eingeweide hüpften, als wollten sie aus dem Leib entkommen. Er kniff die Augen zusammen.

Öffnete sie wieder.
Sie weinten Blut.

Kathrin stand über ihm. Ihre Hand verschob die Lampe, dass er sie sehen konnte.
»Hallo, mein Lieber«, flüsterte sie, »entschuldige, dass ich so spät dran bin.«
Tiefere Falten als früher an den Mundwinkeln, etwas mehr Grau im etwas längeren Haar, ein dunklerer Teint, dasselbe Leuchten der grünblauen Augen.
Trost.
Dunkelheit.

9: Öffnen

Wacklige Träume, erdiges Umgraben aller Sinne, mühsames Atmen, heißer Brei, Wasser. Gütige Worte, naher, hilfreicher Herzschlag.
Kleine Feuer. Verbände, feucht, später trocken.
Salben.
Kribbeln, als liefen Olche über die noch unerlösten, im Fegefeuer brutzelnden Arme und Beine. Öffnen und Schließen der Hände nach langer Zeit. Erstes Auftreten mit den Füßen, Orientierungslosigkeit, Ärger, Zuspruch.
Geduld, viel Geduld.
Leiden, dann Langeweile, dann Scherze, dann Leiden, dann Warten, dann Besserung.

Sechs Tage waren nötig, ihn so weit wiederherzustellen, dass sie ihn mit an Deck nehmen konnte, an einem späten Nachmittag.
Es wurde langsam Abend.
Sie zeigte ihm die Veränderungen am Himmel.
»Siehst du? Milliarden Spitzen.«
Sie glichen Tannenadeln, und hingen von ganz oben herunter, wo sonst wolkenloses Blau, auch bauschiges oder zerrupftes Weiß gewesen war – Milliarden Spitzen, die nach innen, auf Feldeváye zeigten, nach Norden hin dichter, dort um einen Attraktor sich sammelnd – »Da ist Barbizek, richtig?«
»Überm Omphalos«, bestätigte Kathrin.
»Wenn man dort steht, sieht man eine gleißende, dicke, feste Säule aus diesem Licht direkt von dem Ort, an dem Maya ihre Filme gezeigt hat, bis hinauf zu Arrhenius reichen. Nachts geht es ein bisschen weg, wird schwächer. Man erkennt die Sterne noch, und die andern Monde. Aber am Tag wird es immer deutlicher. Manchmal verschwimmt sogar die Freundliche in diesen Stacheln, diesem Glimmern.«

»Was, glaubst du, ist das?«, fragte er, und wunderte sich nicht, dass eine aus Routine, gar nicht bewusst, von seinem Kopf unternommene Nachfrage desselben Inhalts aus der Noos nicht beantwortete wurde – die Noos war wie tot, keine Bilder, keine Musik, er stand im Schweigen, zurückgeworfen auf das, was seine Augen sahen. Eine Verbindung, die sein ganzes Leben lang präsent gewesen war, hatte jemand gekappt, und er war nicht einmal neugierig darauf, ob das nur ihn betraf, ob es eine Folge der Verbrechen Neschechs an seinem Körper war oder allen auf Feldeváye passierte, und ob es hieß, dass die Noos nur nicht zugänglich oder tatsächlich zusammengebrochen war.

»Ein Vorspiel«, sagte Kathrin.

»Was ist mit … Neschech?«, fragte er.

»Sie haben ihn abgeholt. Lokale Polizei, Einbaum, und irgendwo seziert oder verbuddelt, aber die Sicherheitsorgane haben hier, wie überall auf der Welt, gerade Wichtigeres zu tun. Fruchtman hat sich umgebracht, siebenhundert Leute erheben Ansprüche darauf, mit der Neuordnung der SB beauftragt zu werden, es gibt schon wieder erste Unruhen, und allgemeine Panik, wegen der Quarantäne.«

»Quarantäne?«, er sah hinaus aufs glatte dunkle schöne Wasser und zur wilden Vegetation drüben, am versiegelten Ufer.

»Feldeváye ist ohne Antwort von draußen, und ohne Fragen. Wir sind isoliert. Die letzten Storarier und Rengi haben den Planeten verlassen, lustigerweise mit ein paar tausend denkenden und sprechenden Padurn, die sich jeweils den einen oder den andern angeschlossen haben. Und einige Menschen sind auch abgehauen. Sogar hochrangige Admins. Man rechnet mit einer Katastrophe. Die letzten astronomischen Daten unserer Satelliten zeigen eine Flotte der Storema im Anflug, die uns vernichten will …«

Der Versehrte legte den linken Arm um sie, teils, um sich zu stützen, teils, weil es schön war, bei ihr zu sein, die er liebte.

Dann sagte er: »Katastrophe. Du hörst dich aber nicht besonders beunruhigt an.«

»Ich bin auch nicht besonders beunruhigt. Ich glaube, wir erfahren noch, was passiert, aber es tut uns nichts mehr. Jetzt zu leben, das ist, wie …deine Papiere zu lesen.«
Sie schmunzelte, sah mit ihm auf den Fluss und dann zur breiten Pflanzenwand des Eilands, wo sich etwas bewegte, regte, teilte, wo der Wildwuchs etwas aufs Wasser entließ.
Es war dunkel und breiter als hoch.
Es näherte sich, nahm zügig und zielstrebig Kurs auf den Bagger.
Ein Schiff.
Ein Haus.
Eine Freundin.

»Du liest meine Papiere?«
»Nur, bis du wieder gesund bist. Dann kannst du sie mir vorlesen«, sagte Kathrin. »Wir haben Zeit.«

Auf dem Dach von Semitac Sinhumen drüben, die mit ausgeruhter Kraft quer zur Strömungsrichtung voranschipperte, saßen mehrere Menschen, vielleicht ein Dutzend, aus der Versiegelung befreit, aus falschen Räuschen, ziellosem Suchen.
Dabei waren, erkannten Kathrin und Severin, auch Lukas und sein Ryad.

»Wir hatten ein Kind. Nicht ihn. Der ist ja Mauras Sohn«, sagte Kathrin sanft.
»Du und ich. Wir hatten ein anderes. Es ist gestorben, bevor es geboren wurde, im Gefängnis. Toril hat es mir weggenommen und studiert. Daher hatte er seine Ideen. Der Mörder hat es … uns weggenommen. Wir waren die Eltern. Du und ich, Severin.«
Der Name fiel ganz selbstverständlich.
Der schnelle Mensch wusste, es war jetzt der richtige, denn er gehörte zum ersten Zurückgekehrten, zum ersten, der aus einem bösen Traum erwacht war.

Er sagte: »Clarence ist nicht mehr nötig, die Tarnkappe. Jetzt bin ich Severin, und vielleicht irgendwann Klemens, und vielleicht irgendwann Carla.«

»Carla«, sagte Kathrin, »das wäre schön. Ich kenne sie ja noch nicht gut.«

Es war nicht ganz die Wahrheit, sie kannte sie aus Stunden, über die sie viel nachgedacht und wenig geredet hatte. »Aber ich freue mich drauf, sie näher kennenzulernen.«

Die beiden, die an der Brüstung des Wasserbaggers standen, winkten zurück, als Lukas ihnen winkte. Dann deutete Lukas aufgeregt nach oben, hoch oben, und der Blick seiner Mutter und Severins folgte der Geste.

Alle schauten hoch, die auf dem storarischen Dach und die an Deck des roten Baggers.

Sie sahen die langen grünen Lanzen glitzern und zittern, bevor sie herabzufallen begannen.

Der Himmel, befreit von der Pflicht, eine Welt zusammenzuhalten, öffnete sich über Barbizek nach außen: ein Blütenkelch.

Liber Severini 10

Das *concetto* lag, wie soll man sagen?
Auf der Hand, nicht im Handschuh. Die Zahl der Bilder und die Abmessungen der Kunst, um die man herumgehen oder durch die man hindurchgehen konnte, war so schwer zu schätzen wie die ersten hundert Stellen der Haltewahrscheinlichkeit – Gregory Chaitin, der die Zahl gefunden hatte, sah die Sache launig, in einem Interview, das Egaluces fand: »Yes, this number has a lot of information coded inside it, and in an extremely compressed form. If you knew its first hundred digits, you'd know a lot, you'd be able to settle a lot of open mathematical questions. Let me put it this way: if a mathematician could ask God a hundred questions – questions that have one-digit answers – then the best he could do would be to ask for the first hundred digits of this number. And that's precisely the reason that we can never know the digits of this number, because they contain too much information.«

In der ersten Zeit im roten Baggerkran haderte ich genau damit – es war mir eben doch ernster damit, das *concetto* der Mennesker, wenn ich es schon nicht versprachlichen konnte, für mich zu erkunden, sozusagen zu begehen, zu erkunden, und also saß ich auf dem Dach des Häuschens, das ich mit Lukas bewohnen durfte, und metrisierte den Raum aller Ausstellungen, wie sie gewesen wären, wenn man die Geschenke der Mennesker nicht in die Omphaloi gesperrt hätte, sondern den ganzen Planeten als ein Museum mit wechselnden Ausstellungskonfigurationen, die sich durch Neuzugänge veränderten, betrachtete – und stieß, wenn man bestimmte Zeitparameter so anschaute, dass die Faserbündel der Eigenzeiten der Kunstwerke eben nicht in Cec oder Reke, sondern in Cerrem zu messen waren, auf jede Menge Überlagerungen – also Faserungen mit samt und sonders diskreten Fasern von Zeiten, in denen ich mich dann lange mit kanonischen Projektionen befasste – die Hand zum Handschuh umkrempeln, nannte ich das bei mir, ein Kitzeln des Tausendfüßlers in dem Boden, aus dem Cerrem gewachsen war. Den Geist über diese Wirklichkeiten stülpen, von oben über sie urteilen, ihnen sich selbst als Gestalt aus Urteilen und Absichten und Setzungen gegenüberzustellen, das ging nicht, aber leben, sich drin bewegen, sich drin orientieren, das ging: eine fürs Menschenhirn völlig neue Form der Intensionalität, der Gerichtetheit von Unterscheidungen und Vergleichen, in der mir nicht selten so schwindlig wurde, dass ich im Gefühl, kurz vor dem entscheidenden Durchbruch zum tiefstmöglichen Verständnis zu stehen, abbrechen musste.

Schließlich, an einem besonders gestreckten Nachmittag des Atmens und Schweigens und Schauens und Denkens, auf dem gleichsam höchsten von mir je erreichten Aussichtspunkt des Ordnens und Überblickens, ergriff mich dieser Taumel mit einer solchen Gewalt, dass er mich von der erreichten Allgemeinheit der Reflexion in die Abgründe der Einzelheiten schleuderte, aus denen ich mich zuvor so geduldig emporgearbeitet hatte: ins rötliche Braungrau der Landschaft mit Grab, Sarg und Eule, in eine eigentlich überwundene Philosophie, die umso mehr auf meinen sterblichen Körper fixiert war, als sie mir dauernd Machtphantasien einflüstern wollte darüber, wie es mir durch Kontemplation gelingen würde, mich übers Sinnliche und Leibliche hinwegzusetzen, in das Sitzen über der Platte, das Festhalten am hölzernen Stift, Malen der Ideogramme, die Zugluft in Aspin Castle, die fauvistischen Fehlschlüsse und suprematistischen Übereilungen, ins opak Monochrome, dann wieder ins Leuchten der mit Eitempera gemischten Öle, in vier kleine Schriftzeichen und gigantische Wandteppiche voller Flechtornamente, in eine Übelkeit aus Gold und Silber, so dass Lukas mich stützen musste und ich nur, aus sehr weiter Ferne zu mir kommend, flüstern konnte: »Es ist zu hoch. Die Menneskerstufe ... man soll nicht hinwollen.«

Er nickte, ohne zu verstehen, und ich war ihm für beides dankbar: fürs Nicken und fürs Nichtverstehen, und wusste, was die beste, die einzig mögliche Näherung in Worten war, fürs *concetto* der Mennesker: Ihr Plan, das ist, was sie von uns trennt, von denen, die noch Pläne brauchen.

XI. IM NOVUM

Als ich meine neun Monate alte
Tochter fragte, wie wird die Zukunft werden,
gab sie zur Antwort: Ah jih jih jah wah!
Das klingt richtig.
Die Zukunft wird: Ah jih jih jah wah.

Wang Yuyang

1: Entrückung aushalten

So kam es, dass man auf der Welt der Letzten Künste die ersten Wissenschaften neu erlernen musste: Rechnen, Messen, Wägen.
Physik.
Chemie.
Biologie.
Astronomie.

Die Sternbilder, die man gekannt hatte, gab es nicht mehr: kein Gastgeber, keine drei Kinder, kein Lebensretter, keine nackte Frau, kein spitzer Pilz, kein Gott im Garten, keine Jägerin, keine kleine und große Tür ins Draußen.

Als die Noos wieder hochfuhr, mit auffälligen glatten Flächen, neuen Sackgassen, gekappten Verweisen in andere, größere, transfeldeváysche Netze, und man ein paar nicht verstrahlte, sondern intakt gebliebene Astrosatelliten in niedrigen Orbits synchron stellte – das geschah erst drei Tage nach dem Ereignis, zunächst hatte man andere Sorgen –, um sich zu orientieren, was für Sterne einen jetzt umgaben, wurden umgehend Anläufe unternommen, die Verschiebung zu berechnen. Sechshundertsiebzehn Anläufe.
Da man große Teile der besiedelten Galaxien kartographiert hatte, und für diejenigen Bezirke, die man nicht kannte, auf Extrapolationen aus dem Nomos über die Materie- und Dunkelmaterieverteilung im Universum zurückgreifen konnte, hätte es nicht schwierig sein dürfen, aus den neuen Sternkarten zu schließen, wo (und wann) man sich aufhielt.
Man erreichte indes keine Deckung zwischen Bildern und Beobachtungen.
Alles mit einberechnet, was man wusste, waren nie mehr als drei

Prozent Übereinstimmung herzustellen, die, wie man sich endlich eingestand, genauso gut Zufall sein konnten.
»Wir wissen nicht«, erklärte der leitende Prodist des astronomischen Instituts von Kaderum, Yun Zhang, »wo oder wann wir sind. Es müssen unvorstellbare Distanzen zurückgelegt worden sein, wir befinden uns vielleicht so weit in der Zukunft respektive Vergangenheit, dass überhaupt kein Modell der Rück- oder Vorausberechnung passt, für keine Position, die wir simulieren können.«

Die neue Sonne war größer, und dunkler, fast rot, näher an Feldeváye auch, als Nemezal gewesen war.
Der Streit zwischen Prodisten und Admins erlosch in dem Moment, da der Mond Arrhenius, der ein Stern gewesen war, seine Energie verausgabt hatte, um den Planeten dorthin zu schicken, wo er jetzt seine Bahn zog.

Zwei Brüder der Frau, die Miss Qi geheißen hatte und später Jian, einer namens Zhu Pyrokles und ein anderer namens Zhu Kymokles, beide Prodniki, beide Lacs, wurden in Laischa und Pachetum in hohe Ämter der Notausschüsse zur Krisenbewältigung gewählt und nutzten ihr verwandtschaftliches Einvernehmen, eine Achse der Ordnung zu bilden, die so etwas wie der erste Nukleus neuer Formen des Regierens auf Feldeváye werden sollte.

Die Silhouettenschlangen hielten sich von diesen Dingen fern.
Fast alle waren in der goldgrünen Sphäre am *Ground Zero*, dem Omphalos von Barbizek, verschwunden. Nur zwei standen noch vor einem sonnenfleckartigen schwarzen Flackerfeld in der Kuppel. Die alten Schutzmäntel aus Licht und Kraft, aus denen die Menschen die Geschenke der Lapithen befreit hatten, bildeten sich wieder um diese, wo sie in Omphaloi oder im Freien standen.
Als man versuchte, sie erneut zu öffnen, gelang das nicht.
Die Werke, so ummantelt, bewegten sich.

Sie gingen durch Wände, stiegen durch Dächer, schwebten aus Kellern, reisten mit kommoder Schrittgeschwindigkeit von überallher zur Kuppel in Barbizek. Dort vereinigten sie sich mit ihr, wurden aufgenommen.

Nur die In-situ-Kunst und die auf Feldeváye selbst entstandenen Arbeiten, angefangen mit denen der Aisthesis, blieben, wo sie waren.

Zhu Pyrokles ließ seine Schwester Jiang suchen. Ihre Spur hatte sich vor Fruchtmans Festung verloren, als sie dort um Asyl gebeten hatte.

Bei Zhu Kymokles wurde ein pergamentgrauer, in hartes Knatterleder gekleideter, sehr alter Prodist namens Raul Singh vorstellig, der sich auch auf dreimalige Aufforderung nicht setzen wollte, seinen breitkrempigen Hut in den Händen behielt und dort drehte, während er großen Respekt vor Kymokles bekundete.

»Ich find's ganz richtig, dass jetzt mal die Lacs sagen, was geht.«

»Schon gut.« Zhu Kymokles winkte ab.

Der Alte räusperte sich und sagte: »Es is wegen deiner Schwester, Jiang. Ich war bei ihr. Als Leibwächter und Techniker und Tarner.«

»Tarner?«

»Hab sie getarnt, abgeschirmt. Vor dem Zugriff von Sonden und Spürern und so. War in Yang Xianzhens Stab. Der hat mich gekauft, nachdem mich Smelme (u) Thik empfohlen hat. Ganz alte Geschichte, egal. Ich wollt dir nur sagen, weil ich ... ich hab gehört, ihr sucht sie, du und dein Bruder. Müsst ihr nich. Die is so gut aufgehoben, wie man nur sein kann.«

»Wo?«

»Bei den Schlangen. Die is ... als wir da vor der Türe standen beim Fruchtman, da is eins von den Biestern aufgetaucht, hoch wie zweieinhalb Kerle ... und hat sich, wie heißt es, erbarmt. Wollte eigentlich zu Fruchtman, um ihm zu sagen, dasser ... na ja, dass Turbulenzen kommen und er mal besser die Sicherheit organisiert, wenn der Planet verschoben wird, nach ... na, wir wissen ja nich, wo wir sind. Oder wann. Und da sagt sie, da bittet sie, er soll sich doch erbarmen. Ich geh lieber n Schritt zurück, mit dem Kaliber will ich nix zu tun haben, heiß ich Nancarrow? Da sagt der Götze: Weib, was habe ich mit dir zu schaffen? Also, sagt es nicht, aber wir hören es beide im Schädel, wie das halt war, bevor sie verschwunden sind, weißte ja. Aber es ist ein Satz, Sprache immerhin. Manchmal ham sie unsereinem, wenn sie überhaupt noch mit uns geredet ham, ja nur so vage Gefühle eingepflanzt ... Da merkt sie, schlaue Frau, gebildet, das is n Zitat, bei dem kann sie mit Kunst landen, mit Religion und Dichtung und Mythos und alldem, und schaut ihn an, und bittet für sich: Sic uteram gestans, redeo terraque marique / In patrium luctu perdita, mortis amans.«

Pyrokles legte die Stirn in Falten: »Geschwollener Bauch, was heißt das?«

»Naja, die Scheiße is, sie war ja schwanger. Von Yang, dem Schwein. Zwillinge, zwei Mädchen. Also, sie hat dem Drachen praktisch angeboten, hier, nimm mich und die beiden Ungeborenen, und beschütze uns.«

»Und das wollte er.«

»Das hat er gemacht ja. Hab es gesehen, mit meinen entzündeten alten Augen. Weg waren sie. Wahrscheinlich hat er sie mitgenommen, in seine ... in die ... in das Ding.«

»Ich danke Dir.« Ein kaum wahrnehmbares Nicken. »Jetzt, wo wir das wissen, können wir, ich weiß nicht ...«

»Es aushalten?«, riet der Alte.

»Ja. Aushalten. Ein gutes Wort.«

*

Im Laufe der nächsten Jahre wurde nach und nach deutlich, dass die makrokosmische Entrückung nicht das Einzige war, was sich im Gefüge des Erforschlichen um, an und auf Feldeváye geändert hatte.

Sterne sandten weniger Infrarotlicht, als man nomosgemäß erwartete, Teilchenschauer aus dem Kosmos wiesen eine vom Vertrauten stark abweichende Zusammensetzung auf, Radiolauschen ins All, Ansible-Sendungen, überhaupt alle Versuche der Kontaktaufnahme mit denkenden, sprechenden, sternefahrenden Geschöpfen wurden mit undurchdringlichem Schweigen beantwortet.

Das Fehlen der Monde entriss das Meeresleben der gewohnten Gezeitendynamik und brachte die Abundanz der ozeanischen Populationen zwischen Fluktuation und Oszillation durcheinander. Gewisse biotisch-elektromagnetisch-chemische Prozesse in allen feldeváyschen Lebewesen (besonders solche im Zusammenhang mit gewissen Piezoproteinen) hatten sich verändert. Selbst die Zusammensetzung des Planetenmaterials als solches schien nicht mehr dieselbe (Hitzeschwankungen bei Tiefenbohrungen, veränderte Stickstoffgehalte von Felsgestein deuteten darauf hin und verstörten die Fachleute).
Effekte all dieser Veränderung auf große Ökosysteme wie Wälder und Korallenriffs würden noch eine Weile unsichtbar bleiben, ließen sich aber bereits simulieren. Umstellungen in Fischerei und Forstwirtschaft waren unvermeidlich.
Neue Wettermuster traten auf: Kaltfrontbewegungen bei Süd- bis Südwestwind zwischen Toveyn und Travers brachten neue Aufwinde mit sich, die von einem in dieser Intensität unerklärlichen horizontalen Frontsog gespeist wurden.
Es regnete auf die Wüsten.

Das genetische Profil vieler Arten, die jetzt aus den Nischen zurückkehrten, in die sie sich während der fünfzehn Jahre nach Torils Sturz zurückgezogen hatten, insbesondere auf die versiegelten Atolle, enthüllte eine merkwürdig rasche Austauschrate von Umweltanpassungsvorteilen, eine beschleunigte Evolution.
Vor allem Padurn und Midrai zeigten sich in einem Ausmaß verwandelt, für das die natürliche Auslese beim Homo Sapiens vor der Hidschra, auf der Erde Jahrzehntausende gebraucht hatte.

Heonick Ha vom zuständigen Ausschuss der Doppelregierung Pyrokles/Kymokles sprach von »nie dagewesenen Hybridisierungen und Introgressionen, das genomische Resequencing wird Jahrzehnte brauchen, bis wir das alles auch nur erfasst und beschrieben haben. Eine Hypothese, wie es zustande kam, haben wir dafür wenigstens: Im engen Umgang mit den inzwischen inerten Feralkunstiden haben diese Arten und Unterarten viele Fähigkeiten bewahrt und verfeinert, die uns selbst in der toxischen Katastrophe nach Torils Sturz vorübergehend abhandenkamen. Es ist damit zu rechnen, dass uns Menschen ähnliche … Abläufe … erfassen werden. Uns, und ganz sicher unsere Nachkommen.«

Die Padurn und die Midrai aus dem Süden, aber auch viele Spinnen, kleine Säuger, Amphibien und Echsen wie die Olche konnten schneller denken, besser reden und leichter fliegen als die Menschen, deren Kinder es daher von ihnen lernten, bis sie so geübt darin waren, dass sie es auch ihren Eltern beibringen konnten.

Über den Mühen, die es die Bevölkerung des Planeten kostete, sich diesen makro-, meso-und mikrokosmischen Veränderungen gewachsen zu zeigen, gerieten Fragen, die zuvor das gesellschaftliche Leben bestimmt hatten, vorübergehend in den Hintergrund.
Rethels und Yerkas Gemeinden liefen auseinander und in anderer Zusammensetzung, entlang anderen praktischen und theoretischen Moden und Entwicklungen, auch wieder zusammen. Was von der Auswertung übrig war, die jetzt nichts auswerten konnte außer neuester Kunst, die gerade erst entstanden war oder gemacht wurde, sammelte sich um Miwon Kwon.
Pyrokles nahm sie unter seinen Schutz, man nannte das, was früher Auswertung geheißen hatte, bald den »Pyrokles-Stab« oder einfach »den Stab«.
Aus diesem wurde schließlich ein Kurier namens Mahmoud Abou mit ein paar Resultaten Kwons nach Süden geschickt, zum

roten Wasserbagger, der, optisch nicht leicht zu unterscheiden von der mit ihm nun verbundenen Stelis Semitac-Sinhumens, der Jahr um Jahr wachsenden familiären Kleinstgesellschaft um Severin und Kathrin als Wohnstätte diente.

Kathrin hatte, als die Noos wieder hochgefahren wurde, öffentlich erklärt, sie wolle »die ein- oder zweihundert Jahre, die mir vielleicht noch bleiben, nicht mit Angelegenheiten des Gemeinwesens verbringen.«
Es war ein bisschen an ihr und Severin gezerrt worden, dann hatte man sich dem Novum zugewandt und die Berühmtheiten in Ruhe gelassen, ja sogar ein wenig vergessen.

Mahmoud Abou fand die beiden auf Deck, mitten in einem Sommer, der fast so jubelnd heiß und klar war wie der im Jahr der Entrückung.
Sie lagen in blaubespannten Stühlen. Er hielt ihre ruhende Hand, bis er riet, dass sie Durst hatte, da schenkte er ihr ein wenig stark süßen, einbaumtypischen kalten Tee aus einer Karaffe in ein Glas ein, reichte es ihr und begrüßte den Abgesandten des Stabs, als der vom Plankenweg herüberschwebte.
In Worten, per Coiflet und, noch ungeübt, auch über telepathische Fenster, deren Konstitution und Modulation die Menschen von den Midrai langsam lernten, tauschte man ein paar Artigkeiten des Kennenlernens aus.
Dann setzte sich der Gesandte und erklärte: »Es geht um Sprache, denken wir. Darum, dass die beiden Schlangen vor der Kuppel jede Kontaktaufnahme verweigern. Darum, dass der Bezug unserer Auswertungen und Deutungen zu den Objekten, die von den Lapithen überall eingesammelt wurden, nach Miwon Kwons Überzeugung, die sie unter anderem einer sorgfältigen Neulektüre Ihres Gesamtwerks verdankt, liebe Frau Ristau, ein Modell ist für einen Durchgang aus dem gegenwärtig menschenüblichen in einen … höheren Zustand der … anderen Verarbeitung von Information, ein … besseres Rechnen … Was die Schlangen überwin-

den wollten, um die Mennesker werden zu können, war der fürs Sprechen notwendige schematisierende Einfall, die – sagt Miwon Kwon, und benutzt einen von Ihnen eingeführten, aus dem Altertum geholten Begriff – die … Reifizierung, die nahelegt, ein Ding oder ein Sachverhalt seien jeweils nichts anderes als dieses Ding und dieser Sachverhalt – ein Wahn, dessen wahres Gegenteil man eben nicht sagen kann, in keiner unserer Sprachen. Es besteht wohl, das ist die Lehre der Entrückung und der neuen Gaben für Midrai und Padurn und endlich für uns … ein wichtiger Unterschied zwischen Wesen, die, wie Midrai und Padurn vorher, noch keine Sprache haben, und Wesen, die keine mehr brauchen, wie etwa den Menneskern. Dieser Unterschied, scheint es, sind wir. Die Menschen.«

»Früher wäre da oben jetzt Arrhenius gewesen«, sagte Severin betont langsam, mit Blick zum Himmel, »an diesem Sommerende. Damals kam es nicht mehr dazu. Und seither nie mehr.
Die Mennesker haben diesen Mond, diese Sonne, in eine weit entfernte, sehr unnatürliche, offensichtlich gesteuerte, schleifenförmige Umlaufbahn um Feldeváye geschossen, damals, um ihr Experiment mit Energie zu versorgen. Und Miwon Kwon, sehe ich das richtig, glaubt jetzt, das Experiment sei dazu dagewesen, die besten Möglichkeiten aus Wesen herauszuholen, die eine Sprache besitzen und von ihr besessen werden. Diejenigen Möglichkeiten, die diese Besessenheit überwinden helfen.«
Kathrin lächelte. Severin auch.
Mahmoud sah ein, dass es nicht genügte, das Modell darzustellen, um darauf eine Antwort, um dafür eine Bestätigung oder eine Kritik daran einzuholen, die er zu Pyrokles mitnehmen konnte.

Also fragte er direkt: »Ist es ungefähr richtig? Dieses Modell?«
»Nein«, sagte Kathrin, immer noch liebenswürdig lächelnd.
»Auf gar keinen Fall«, präzisierte Severin, und ließ Kathrins Hand los, um aufzustehen und mehr Tee zu holen.
»Kekse?«, bot Kathrin an, und der Emissär wusste, dass er besiegt war.

Mehr würden sie ihm nicht verraten.
Man plauschte noch ein halbes Stündchen, dann zog er sich zurück.
Kathrin genoss den Sonnenuntergang allein, da Severin trotz Schwangerschaft, vier Monate vor Umbettung der erwarteten Tochter in die Arpla und damit fünf Monate vor ihrer Geburt, zusammen mit Lukas und Ryad im Kutter aufgebrochen war, um abermals um die befreiten Eilande zu schippern, ein wenig zu fischen und die Handelsbeziehungen zu vertiefen, die Einbaum mit der Midraistadt Messentu unterhielt.

»Es ist, wie du es dir immer gewünscht hast, nicht?«, neckte das Haus sie sanft.
»So, so«, sagte Kathrin – nicht spitz, eher heiter.
»Sicher. Die Welt ist, was damals nur dein liebster Ort war: eine große Blüte, auf deren Blütenblättern man liegen kann. Die Blüte ist überwuchert von neuen Nachrichten wie von Brombeeren, man kann sie pflücken, oben auf der Blütenschwinge. Von unten, vor der Blüte, kann dich niemand sehen und belästigen. Über dir nur der weinrote Himmel, mit leichten, weißen William-Turner-Schlieren. Immer mehr Leute leben im Wasser, wenn sie nicht in der Luft leben. Es gibt bald keine Trennung mehr zwischen Tieren, Menschen und Pflanzen. Die großen Gewächse aus der Brombeergegend, hast du das mitbekommen? Die Midrai haben sie umgesiedelt. Eine Variante gezüchtet, die schwimmen kann. Da draußen, vor Messentu, wo Severin jetzt ist – in wenigen Metern Tiefe sieht man knallbunte Vögel im Meer, neue Midrai. In den ehemals versiegelten Wäldern wachen sogar noch eigenartigere Geschöpfe auf, komische Relikte, transformierte Schirmkrieger, die von den Padurn freundlich in die Zivilisation zurückgeführt werden. Stachelschweine des Friedens. Die Noos stirbt ab. Direkte Telepathie ist bald Alltag. Die Vögel spielen Ball und bringen es den andern bei. Neue Winter gibt's auch: Seit Arrhenius fehlt und die andern Monde, die auch nicht mitgesprungen sind in die Entrückung, frieren die Seen auf der Seenplatte in den Erkmenbergen manch-

mal zu, da bewegen sich dann alle mit Schlittschuhen. Es entsteht dort eine Art beweglicher Stadt, etwas anderes als ein Urbeum: Prodniki spielen Wohnen auf den Seen, in gleitenden Eishäusern. Alle können allmählich fliegen, tun's aber nicht immer. Leichtwerdenkönnen reicht ja auch. Gegessen wird nur, wenn man Lust hat, es ist keine Notwendigkeit, das hat Fruchtman bewirkt, mit Torils Technik. Rethel führt die nächsten Künste ein, die zu diesem anderen Zeitalter passen. Sie ist mit Neo-Sops auf die Eilande migriert. Die Welt, die du wolltest, nicht?«

»Ja«, nickte Kathrin, »und für das, was die Rethelleute tun, habe ich sehr viel übrig – ich hab's gesehen, gemalt wird mit dünnen, aber schlauen Farben, im Wasser, es entstehen Bilder, durch die man schwimmen kann, und dabei hat man ... es sind gezähmte Kunstide drin.«

»Du hast gewonnen«, erklärte das Haus.

Kathrin schwieg.

2: Menneskerstufe

Mein reicher, alter Changai,
öffne uns die Tür des Glücks,
Schließe die Tür des Schadens.
Ulrike Ottinger

Als Serenella Rukeyser alt genug war, sich von den Eltern abzusetzen, zog sie mit drei anderen Kindern aus Einbaum in die Midraistadt.

»Das geht jetzt immer schneller. Seri ist wenigstens schon acht. Ich habe von Kindern gehört, die mit fünf abhauen«, seufzte Kathrin.

Lukas, nun wieder Luzi, und Nelly Surani, eine Küstenretterin aus Berufung, in die sich Luzi verliebt hatte, waren schon zwei Jahre vorher ans Kap Hatteras gezogen.

Die Drifter und Kundschafter, Regierungsleute und Freunde, die abwechselnd auf dem stillgelegten Bagger mit Severin und Kathrin lebten, kamen und gingen – die Familie oszillierte, fluktuierte extensiv wie intensiv, einmal gehörte sogar zwei Jahre lang Miwon Kwon dazu.

Manchmal ging jemand fast verloren.

Von Ryad zum Beispiel, der kurz nach Serenellas Geburt zu den Erkmenbergen aufgebrochen war, hatte man seit Monaten nichts mehr gehört.

Severin und Kathrin hockten, während die Pollen übern Fluss flogen, weil schon wieder Frühling war, auf einem Erker, den sich Semitac, in letzter Zeit ein bisschen eitel, zugelegt hatte, und redeten darüber, ob es nicht an der Zeit wäre, die Häuslichkeit zu beenden, wenigstens vorläufig, und stattdessen den Umstand zu nutzen, dass man sich auf einer Welt befand, die aus Überraschungen gemacht war.

»Außerdem ist es unfair.«
»Was?«
»Uns einfach zu entschuldigen und rauszuziehen, gerade jetzt«, sagte er.
»Red' du mir nicht von unfair«, lachte sie, »wie du den armen Jungen von Pyrokles damals abserviert hast … ›Auf gar keinen Fall‹! Der ist geknickt zurückgeschlichen zu seinem Chef.«
»Gibt's den noch? Den Chef?«
»Ich weiß es gar nicht. Pyrodingsda? Und Kymosowieso? Sind längst neue Leute dran. Es ist unübersichtlich geworden. Die Leute haben ihre Posten nicht mehr lang.«
»Demokratie. Anarchie«, sagte Severin und gähnte.
»So was. Du hättest ihm schon mehr mitgeben können. Schließlich hast du ein schönes Modell, fertig. Fast geschlossen. Das *concetto* der Mennesker. Für alles, was passiert ist, und manches, was passieren wird.«
Severin erwiderte: »Ja. Aber wenn sie sich die Daten anschauen, diese neuen Chefinnen und Chefs, dann werden sie's selber sehen, und das ist … wie habt ihr bei der Auswertung immer gesagt?«
Säuerlich guckte Kathrin, als ihr einfiel, was ihre Lehrerin, die Spionin, tatsächlich immer gesagt hatte, in solchen Lagen: »Pädagogisch wertvoll.«
»Außerdem sagt mein Modell voraus … da es ein Modell dieser … denkenden … Welt ist, die wir jetzt haben … dass man den Vorgang nicht beschleunigen kann, in dem sich diese denkende Welt als denkende Welt erkennt. Dass es sogar möglich ist, dass dieser Erkenntnisprozess überhaupt nie zu einem Abschluss …«
»Halteproblem. Haltewahrscheinlichkeit. Omega. Der Fund des Storariers unter Munouz-Perou. Ich hab's gelesen, erinnerst du dich?«
Er machte ein zustimmendes Geräusch und sagte: »Gut. Aber … jetzt?«
Die Schulter bei der Schulter, so spürten sie einander.
Es windete in äolischer Musik, Zephyrbehagen.
Kathrin sagte: »Zumindest eine der Ideen, die der arme Neschech

hatte, war nicht ganz falsch: Man soll sich mit den Schlangen ins Benehmen setzen. Sie dürfen nicht vergessen, dass es uns gibt, dass sie eine Verantwortung haben nicht nur für Maya und die Lapithen und das große Werk, das hier seinen Nabel hat, sondern für uns, die kleinen Krabbler.«
»Du willst nach Barbizek? Mit ihnen reden? Den beiden Wachen?«
»Die würden mich gar nicht sehen. Aber dich.«
»Dann lass uns gehen«, sagte er, »solange wir noch nicht ganz in unserer Weisheit verschimmelt sind.«
Er sprang auf und bot ihr seine Hände, die sie gern ergriff.

Semitac brachte Kathrin und Severin hin.
Mal war sie ein Boot, dann ein Gefährt in der Luft.
Zwischendurch ging sie, was ihr das Liebste war, auf erstaunlich gut abgefederten Beinen.

Die große Stadt – man redete nur mehr nostalgisch, und mit ironischem Unterton, von Urbeen – hatte sich gegenüber Kathrins letztem Besuch merklich belebt – »verbessert«, wie sie fand.
Die mutabilen Architekturen, breiteren Promenaden, lichteren Boulevards und Alleen gefielen ihr, auch die Märkte, Feste, öffentlichen mündlichen und gedachten Diskussionen, die sich seit dem ersten Nooszusammenbruch zur städtischen Gewohnheit entwickelt hatten.
Leute lebten nicht nur in Häusern, sondern auch in gefällten oder an Gebäuden lehnenden Großrobotern aus dem Krieg, in denen, je nach Gigantismus, bis zu einem Dutzend größerer Familien unterkamen.

»Ich falle hier gar nicht auf«, erkannte Semitac-Sinhumen, »außer dem Holz meiner Stelis, den paar Kleinreaktoren und sechs biotischen Herzen bin ich wie eine von diesen ausrangierten Kampfmaschinen. Seht ihr? Manche haben sie flottgemacht und wandern jetzt von Viertel zu Viertel. Mobile Blocks.«

Die beiden Schlangenriesen-Umrisse vor der Zeitmaschine gehörten zum Straßenbild wie früher gewisse Kunstwerke.
Sie wurden nicht beachtet, man ging um sie herum, die ihnen nächste Menschengruppe, ein paar grölende, lärmende, mit Wurfscheiben und dazugehörigen Fangschlägern spielende Jugendliche, hielt zehn, fünfzehn Meter Abstand.
Gras wuchs an den massigen Beinen der Protomennesker empor.

Vorsichtig klappte die Storarierin ihr Maul auf und ließ die beiden Menschen aussteigen.
Severin wagte sich vor.
Kathrin blieb zurück, rief aber nach ihm, im Kopf: Sagen sie was? Ich hör nix.
Severin? Hörst ... oder ... spürst du sie?

Severin drehte sich nach ihr um und sagte laut genug, dass auch Semitac ihn hören konnte: »Sie sagen nichts. Aber ... ich weiß, was sie ... ich weiß das, wovon sie wollen, dass ich es weiß.«
Kathrin sah entwaffnet aus, schutzlos.
Er fand sie schön, wie damals, am Baum, unter demselben Haus, das jetzt hinter ihr stand, wie ein riesiger hölzerner Padur, der sie bewacht.
Dann sagte sie: »Und was ist das? Darfst du reingehen?«
»Darf ich«, nickte er, »das ist ihr Willkommensgruß, mehr ... Interesse bringen sie für ... kurzlebige Leute wie uns nicht auf.«
»Ich spüre gar nichts«, gab sie zu, enttäuscht, aber auch ein wenig erleichtert.
Er schien unschlüssig, sie lächelte. »Na, geh schon. Wir sehen uns sicher wieder.«

Ihr Vertrauen, dachte er, dass alles richtig wird, gut ausgeht, dass die Verbindungen stark genug sind: Das war immer ihre größte Kraft gewesen, nicht die außergewöhnliche Auffassungsgabe, nicht das Vermögen, sich in die Werke zu denken, fehlende Kontexte zu ergänzen, Muster zu erschließen.

Das Vertrauen auf sich selbst und die Welt Feldeváye.
Würde er noch länger darüber nachdenken, sie weiter betrachten, ihre langen Hände, ihren Mund, die grünen Augen, dann wäre es ihm bald unmöglich, sich noch loszureißen.
So beschloss er, ihr Vertrauen zu erwidern, drehte sich um und schritt hinein ins Helle.

Als Kathrin sich dem Haus zuwandte, das sie hergebracht hatte, bemerkte sie sofort, dass Semitacs Nevina zitterten.
Schwer fiel es ihr nicht, zu erraten, was das hieß: »Du hast auch … sie haben auch mit dir … geredet?«
Semitac antwortete: »Ich weiß, was sie sich von mir wünschen, wenn du das meinst. Nicht die beiden Türsteher. Die Mennesker. Ihre Kinder, und … zugleich … wenn man bedenkt, wie weit sie in die Vergangenheit eingreifen können … ihre Eltern.«
»Was sie wollen?« Kathrin legte den Kopf schief wie ein kleiner Hund, der nicht sicher war, ob ein Ball, den man vor ihr fortgeworfen hatte, damit sie ihm hinterherlief, die Verfolgung lohnte. »Was ist das? Was sie wollen, die Mennesker?«
»Ich soll dich … ich soll ihnen helfen, dich zu belohnen, dafür, dass du in … schwierigsten Zeiten, auf langen Durststrecken, in finsteren Talsenken … die Geschichte zusammengehalten hast. Ich soll dich zu ein paar Antworten bringen, die du dir verdient hast.«
»Und die sind wo?«, fragte Kathrin, und stieg dabei schon wieder in die Stelis.
»Im Thomasstreifen«, knarrten die Wände des Hauses, das sich rasch in die Lüfte erhob.

*

Man flog vier Tage, begegnete Wolken, Schwärmen neuer Bürgerinnen und Bürger des Himmels und Midrai, die eine besondere Zeit erlebten: Auf der Nordhalbkugel war die Saison der alle vier Jahre ausgetragenen Meisterschaften angebrochen. Nur die siebenhundert bestqualifizierten Teams auf dem Planeten, eine Auswahl unter zehntausenden, durften sich daran beteiligen.

Als das fliegende Haus und seine einzige Bewohnerin die breite Wasserstraße nordwestlich von Ammar überquert und sich an der Ostküste von Travers und Toveyn entlang in immer blauere, immer weißere, immer weitere Gegenden vorgearbeitet hatten, als die Wälder sichtbar wurden, schwarzblaue Flecken, und die Kälte durch die dichten Fugen in die Wohnräume vordrang, wurde Kathrin paradoxerweise wärmer ums Herz – was allerdings zum Teil auch daran lag, dass Semitac ihr nach Kräften durch neu manifestierte, lamontisch gegossene Bodenplatten einheizte, wenn sie am in die Basis der Stelis eingelassenen Aussichtsfenster in der Mitte des Wohnzimmers saß.

»Wilentz. Da vorn. In ein, zwei Stunden. Ist das, was ich suchen … finden soll, dort?«, fragte die Frau ihre storarische Freundin.

»Nein. Weiter soll ich dich nur nicht bringen.«

Kathrin brummte Zustimmung: Weiter. Das hieß –

»Das heißt, es ist noch höher im Norden. Die Absturzstelle?«

»Warm. Ähm, na ja, kalt natürlich. Aber wärmer – näher dran.«

Das Spiel Warm/Kalt hatte dem Haus das Mädchen Serenella beigebracht: Ich sehe was, was du nicht siehst.

Kathrin erriet es: »Die Menneskerstufe. Das Gebirge.«

»Ja«, sagte das Haus.

Sie setzten an der Mauer auf, hinter der Zainab ihre Padurn ausgebildet hatte.

Kathrin stieg aus.

Es war klamm, Ausläufer katabatischer Winde, von den Bergen her, die sie würde erklimmen müssen, fegten schneidend talwärts.

Das Haus trottete hinter ihr her bis zur Umzäunung des Friedhofs, wo Kathrin darum bat, Semitac möge zurückbleiben.

Kathrin hatte vor Tagen, im mittleren Westen von Ammar, bereits eine Landung erbeten, und dort auf einer trockenen, aber blühenden Wiese einige bescheidene Blumen gesammelt.

Die brachte sie Messame mit, und redete ein paar Worte mit ihr, die nicht antworten konnte.
Dann ging sie mit dem Haus zur alten Ristaubrennerei.

Nodos hatten sie übernommen.
Es wurde dort etwas hergestellt, das man nicht trinken, sondern essen konnte, aus Beeren, die selbst auf verschneiten Wiesen wuchsen. Kleine Küchlein buk man hier.
»Uns gefällt's, und den Midrai auch, zu denen wir sie ex-por-tie-ren« sagte der dickliche Vorsteher des Produls, ein in tausend Farben aufgetakelter Nodo, der zu glauben schien, man müsse manche Worte so präzise betonen, dass Menschen den schuldigen Respekt ganz von allein empfanden, der einer Spezies gebührte, die vor drei Generationen noch gar nicht hatte sprechen oder denken können, jetzt aber schon Produln leitete und Geschäfte machte.
»Was ist mit der Scheune, dem …«
»Dem alten Kram? Wo Klemens Erikson gewerkelt hat? Ist unberührt geblieben!«, plusterte sich der Nodo auf, dem Kathrin dankte, als er ihr erlaubte, sich ein paar Sachen von dorther zu holen: einen Roboter vor allem, denn Padurschlitten gab's nicht mehr, »auch Padurn gibt es in der Gegend kaum noch. Ein paar pilgern ab und zu her, Geburtsstätte von Zainab Sgriacci und so«, quakte der Nodo wichtig.
»Nur recht und billig«, fand Kathrin.
Dann verabschiedete sie sich von Semitac: »Wir sehen uns wieder?«
»Klar.«

Kathrin stieg in ihren mit altmodischen Brennstoffzellen betriebenen Roboter, der satt genug betankt war, um sie sechsmal zum Fuß des Gebirges und zurück zu bringen, und fuhr los.
Zwei aufgegebene Brennereien passierte sie, dann eine, die noch betrieben wurde, und fand wenig Menschen auf den Wegen – nur halb so dicht bevölkert war die Gegend gegenüber damals, vor sechzig – nein, schon siebzig Jahren.

Zwei Padurn grüßten sie, mit schön bestickten Jacken, sie gingen aufrecht, es war, als könnten sie Kathrin im Roboter sehen; vielleicht hatten sie auch ihre Gedanken gehört.

Etwa zwanzig Kilometer nordwestlich von Wilentz wurde ihr Weg in einiger Entfernung von Wesen gekreuzt, die sich früher nie so nah ans Städtchen gewagt hätten: eine Herde von Rentieren.
Sie bewegten sich auf endlosen Teppichen von goldenem Moos, leise und schnell.
Am Westrand des Packeises fuhr Kathrin nordwärts, betrachtete die Pfannkucheninseln, stellte die Mikrofone ein, dass sie die Kischarobben rufen hören konnte: »Agöah, agöah!« Roter Pelzwal, dies waren deine Jagdgründe, aber du bist lang schon fort.
Schillernde, irisierende lila Wolkenspiele oben.
Knirschendes und donnerndes Schelfeis unter den Roboterketten.
Seevögel, mehr als früher, in der klaren Wölbung, ein Kreisen und Kreisen, wie Pendel an unsichtbar feinen Fäden.
Abbiegen nach rechts, glattere, weniger holprige Fahrt. Sechshundert Meter vor den ersten Felsen stellte der Motor ab, ohne Spucken, ganz sauber, als hätte eine Hand an ein Tastfeld gerührt und sie schlafen geschickt.

Kathrin packte sich warm ein, stieg aus, dachte mit wehmütiger Heiterkeit an die Schutzbrille: Die hab ich vergessen und brauch sie auch nicht.
Kein Arrheniuslicht, keine Angst.
Sie begann, sich zwischen den Felsen, auf Kies und Eis und Schnee und etwas wie Diamantbrocken, einen Weg zu bahnen.
Erst war das Gelände flach und sie kam gut voran.
Dann wurde es steiler und sie zog einen zweiten Schal vor den Mund.
Jetzt ballten sich Eisenwollewolken am Himmel, zwischen den Gipfeln.
Zwei Stunden stieg sie empor, dann setzte Eisregen ein, bald

Hagel, und heftige Winde, vor denen Kathrin Ristau großen Respekt hatte.
Sie kletterte langsamer, magnetisierte die Handschuhe stärker, dachte an Katafriktion: Wie schnell wäre Severin hier, wie mühelos käme er hoch, aber ich darf nicht fallen. Als der Regen endigte und die Sonne neu durchbrach, war alles mit Glas überzogen, Wände und Brocken, Rutschen in Schluchten – und ein Skelett, wie auf einer Tafel aus schwarzem Stein, teils hineingewachsen. Ein Padur, eine alte Geschichte.

Kathrin ruhte sich aus, als es windstill geworden war.
Sie aß ein paar Früchte, wenig Brot.
Es war nicht nötig, aber beim Kauen kam sie zur Ruhe, und der Blutzuckerzuschuss besserte ihre Laune. Weit, spürte sie, konnte der Weg nicht mehr sein. Sie kam gut voran und stieß bald auf eine freigeräumte Serpentine, einen trockenen gelben Staubweg im Grauen.
Um die nächste Kurve kam ihr etwas entgegen, was sie nicht erwartet hatte: eine nackte junge Frau mit langen dunklen Haaren, zartrosa Haut, wie aus einem Bild gestiegen.
Sie nahm Kathrin, die steif stapfte, bei der Hand, und deutete auf einen Hang etwas weiter oben. Schneeplatten, Lawinengefahr: Schweigend gingen sie vorsichtig noch ein Stück, dann kam eine zweite, ähnliche Frau dazu, mit offenerem Blick, freier und frecher, und stützte Kathrin auf der andern Seite.
Gemeinsam fanden sie den Eingang einer gipfelnahen Höhle, wo eine Dritte stand, die Arme einladend ausgebreitet, die Mutter also, die nicht alterte, mit ihren beiden Töchtern, die jetzt so alt oder jung aussahen wie diese Frau: Miss Qi, die Kathrin umarmte und abklopfte.

In der Höhle war es wohlig warm.
Man hatte sie innen ganz mit Marmor ausgekleidet.
Die beiden Töchter halfen Kathrin beim Aus- und Umziehen, die Mutter reichte ihr eine Schale mit warmem grüngoldenem Gebräu, das sie gern annahm, vorsichtig schlürfte.

Als Kathrins Lippen nicht mehr blau waren und sie wieder sprechen konnte, sagte sie: »Genau wie die Flamme. Das Bild. Genau wie das Triptychon. Damals.«
»Für dich ist es Vergangenheit, aber es wird erst gemalt werden«, sagte die Mutter, »wenn man uns alle drei zurückschickt, auf die Erde, vor die Hidschra, zu Kuroda, dem Maler. Japan. Dabei sind meine Ahnen Chinesen. Wir müssen uns unsere Geschichte erst zurückholen. Es wird eine Weile dauern.«

Kathrin blickte auf.
Sie sah die Tür, das Leuchten: »Wie lange ist das schon hier? Gab's das schon vor Mayas Aktion in Barbizek? Dieses Tor hier?«
»Die Schlangen, die aus der Insel von Klemens und Severin geflohen sind«, erklärte die kühnere Tochter, »haben bald mit Experimenten begonnen, hier oben. Menneskerstufe, der Name stimmt.«
Die drei Frauen zogen sich zurück.

Eine Silhouette trat aus dem Tor und brauchte keine Augen, um Kathrin anzusehen.
Kathrin sagte: »Ich weiß, ihr redet nicht mehr. Aber habt ihr nicht doch noch Namen? Ich weiß gern, wen ich vor mir habe.«
Sie erschrak ein bisschen, als sie eine Stimme hörte: »Wir reden nicht mehr, wenn es sich nicht lohnt. Manchmal lohnt es sich aber. Nenn mich Feldeváye. Der Name sagt dir, was ich kann.«
Kathrin nahm ein Handtuch, rubbelte sich damit das Haar durcheinander, das noch nass war von geschmolzenem Schnee und Eis.
»Antworten finde ich hier, hieß es. Sagst du mir, was mein Leben bedeutet hat?«
Feldeváye tat mehr.
Sie lud Kathrin ein, mitzukommen, durchs Tor, um ihr, wie Kathrin plötzlich wusste, spürte, ein paar Verwandte vorzustellen.
Kathrin stand auf und sagte: »Komisch. Ich bin tatsächlich immer noch neugierig.«
Sie schüttelte den Kopf und ging, wohin sie wollte.

DANK

Das Buch gehört denen, die damit etwas tun können, das viel zu selten getan wird.

Zuerst also gehört es denen, deren Arbeit und Unterstützung auf die eine oder andere Art schon jetzt drinsteckt: Barbara Kirchner, Markus Hablizel, Sven-Eric Wehmeyer, Doris Achelwilm, Steffi Mathias, Elke Schuch, Oliver Scheibler, Piwi, Andreas Platthaus, Jörg Sundermeier, Thomas Weber, Heike Aumüller, Johannes Frisch, Sascha Mamczak, Lorenz Jäger und einigen Leuten in der schönen Stadt, die in diesem Buch »Einbaum« heißt und in deren Flussmündung man noch immer den roten Wohnbagger findet (a shout out to the wild ones J., D., P. and J. II especially).

Danke, Mareike.

Besonderer Dank gilt den Studierenden, die im Sommer 2013 in Gießen am szenischen Projekt »Wie es nicht ist« zur Ästhetik des Phantastischen mitgearbeitet haben – ich habe viel von Euch gelernt.

Einige Namen im Buch sind solche von Leuten, die es tatsächlich gibt oder gegeben hat. Ihre Arbeit und ihre Ideen sind, damit sie hier reinpassen, zumeist so stark verändert worden, dass diese Menschen mit Recht jede Verantwortung für das ablehnen würden, was nun dasteht.

Hinweisen sollte man aber, falls jemand neugierig ist, doch auf fünf Bücher, in denen einige Ausgangspunkte für das stehen, was auf Feldeváye nicht nur Argument oder These, sondern Lebensentscheidung ist: 1. *One Place after Another. Site-Specific Art and*

Locational Identity (2004) von Miwon Kwon, 2. *Spaces of Experience: Art Gallery Interiors from 1800 to 2000* (2006) von Charlotte Klonk, 3. *The Nature of Computation* (2011) von Cristopher Moore und Stephan Mertens, 4. *Conversations with a Mathematician: Math, Art, Science and The Limits of Reason* (2002) von Gregory J. Chaitin, 5. *Lichtmächte. Kino – Museum – Galerie – Öffentlichkeit* (2013) von Swantje Karich und mir.

Kunstdiskurs? Lass mal, es ist ein Roman.

Das Wichtigste: Francis Yerka existiert, allerdings unter anderem Namen. Er ist sehr, sehr, sehr gefährlich und soll daher schön verflucht sein. Whatever you do, don't feed the Auswertung.

Frankfurt, im Januar 2014 Dietmar Dath

INHALT